小倉山房

尺牍详注

〔清〕袁　枚　著
夏　勇　注释

浙江古籍出版社

前　言

一、尺牍的由来与尺牍专集

所谓尺牍，即书信的代称。由于早期的书信往往写在大约一尺长的竹简或木板（即所谓牍）上，故名尺牍。据现有文献考证，“尺牍”一词最早可能出现于《史记·扁鹊仓公列传》的传赞“缇萦通尺牍，父得以后宁”中。这就是著名的缇萦为救父亲太仓公淳于意，而向汉文帝上书的故事。《史记·扁鹊仓公列传》正文部分同赞辞“通尺牍”相对应的文字，即为缇萦所上之书，可知这里的“尺牍”确指书信。

除“尺牍”外，书信在古代的称谓颇为繁多，包括“牍”“札”“简”“帖”“函”“启”等。这些称谓大抵同当时的书写材料木版、竹简、缣帛、纸张等有关。至如带“尺”字的别称，则有“尺素”“尺书”“尺纸”“尺翰”“尺锦”“尺简”等。此外如“鲤素”“云锦书”“青泥书”“飞奴”等，亦皆为书信的雅称。

关于尺牍作品的史料记载，渊源甚早。《文心雕龙·书记》篇说：“三代政暇，文翰颇疏。春秋聘繁，书介弥盛。绕朝赠士会以策，子家与赵宣以书，巫臣之遗子反，子产之谏范宣，详观四书，辞若对面。”可见至迟到春秋时期，书信的写作与来往就已相当常见。《左传》记载的“叔向使贻子产书”“郑子家遗赵宣子书”“吕相绝秦书”等，即为显例。秦汉以后，书信逐步成为士大夫应用最广的文体之一，留下了浩如烟海的文献遗存。

随着尺牍文献日益增多，至迟从两晋南北朝开始，尺牍就被视为一种文体，并进而成为一种文献类型。其突出表征之一，即为萧统主持编选的《昭明文选》。此集分列三十八种文体，其中的“书”类即为尺牍专类；其他如“表”“上书”“启”“弹事”“笺”“奏记”等，大抵均与尺牍相同或类似。此外，《隋书·经籍志》“史部·仪注类”又著录南朝人撰写的多种“书仪”，包括谢元《内外书仪》四卷、蔡超《书仪》二卷、王弘《书仪》十卷、王俭《吉书仪》二卷、唐瑾《书仪》十卷、释昙瑗《僧家书仪》五卷、佚名《妇人书仪》八卷等，应系指导书信写作的著作，可见当时士人对书信的重视程度已是相当高了。

唐宋两代是尺牍文献的发展时期。这一时期，士人往往将其所撰尺牍编入别集。[1]如唐刘禹锡的《刘宾客文集》即有“书”“启”等文类；北宋欧阳修的《欧阳文忠公集》亦有“书启”和“书简”等文类。同时，还出现了尺牍专集。如《宋史·艺文志》“集部·别集类”著录的北宋范仲淹《尺牍》二卷、黄庭坚《书尺》十五卷、宋绶《常山遗札》三卷等，以及“集部·总集类”著录的北宋谢逸《溪堂师友尺牍》六卷等，即分别为宋代人编纂的尺牍专集，可谓一种划时代的现象。

降至明清，尺牍专集的编纂更是蔚为大观。不论专收尺牍的别集、总集还是丛书，均层出不穷，呈现出汗牛充栋之势。单就尺牍总集来说，据《中国古籍总目·集部》粗略统计，出自明清人之手的便至少有一百三十余种。《中国古籍总目·集部》当然并未牢笼明清尺牍总集的全部，特别是清代尺牍总集，更是遗漏甚多。据笔者初步统计，清人编纂的尺牍总集至少在四百种以上，编纂风气远超前代。在这种编纂热潮下，清代尺牍总集的类型也是空前丰富。除常见的通代或断代选本、名家或交游合集等之外，还涌现出一批此前罕见甚至从未有过的类型。譬如：专收某地人士所撰尺牍者，有莫友芝辑《胜朝越郡忠节名贤尺牍》、鲁燮光辑《越贤尺牍存真》等；专收某一家族人士所撰尺

1　赵树功《中国尺牍文学史》认为“起码至南朝齐代，文人编集子已开始收入‘书’这一类”。河北人民出版社1999年版，第66页。

牍者，有查慎行、查嗣瑮撰《二查尺牍》及袁世传辑《袁氏家书》[1]等；专收方外人士所撰尺牍者，有法筏道人植庵辑《释氏书启》、释道古辑《缁林尺牍》等；专收女性所撰尺牍者，有陈韶辑《历朝名媛尺牍》、荣文祚辑《名媛尺牍续集》等；甚至还出现了像逸仙女史、醉竹生辑《海上名花尺牍》这样，专门面向上海滩的青楼女子，所收"凡青楼往来书札八十一篇"[2]的小类型。从这种复杂的类型格局中，我们可以窥见清代尺牍总集乃至整个尺牍专集编纂是何其繁盛！

本书《小仓山房尺牍》，正是清代乃至历代尺牍专集中的佼佼者。

二、袁枚其人与《小仓山房尺牍》其书

《小仓山房尺牍》的作者袁枚（1716—1798），字子才，小字瑞官，号简斋，别号存斋。因中年后居江宁（今南京）随园，乃以随园自号，晚年号随园老人、随园叟，世称随园先生。

袁枚家族世居浙江慈溪，自祖父袁锜（1638—1709），始迁居浙江钱塘（今杭州）。袁枚本人亦生于杭州府城艮山门内的大树巷中。

袁枚幼年时，因父亲袁滨（1678—1752）长期游幕在外，故由祖母柴氏、母章氏、孀姑沈氏等家中女眷抚育，并接受启蒙教育。七岁时，乃受业于江苏溧阳人史中，开始接受正式的私塾教育。袁枚性聪颖，九岁即学诗古文词；十二岁举秀才，入县学；十八岁得时任浙江总督[3]程元章赏识，并受程氏举荐，入杭

1　此集收入《项城袁氏家集》，含袁世传祖父袁甲三、父袁保龄、伯父袁保恒、堂伯父袁保庆之家书。

2　胡文楷编著、张宏生等增订《历代妇女著作考》附录二"总集"，上海古籍出版社2008年版，第948页。

3　顺治十五年（1658）七月，浙江单设总督。此后，该职位三次裁撤，又三次复设。最终于乾隆三月（1738）九月第四次被裁撤，从此再未恢复。

州万松书院（又名敷文书院）读书。

雍正十三年（1735）春，年仅二十岁的袁枚在杭州参加博学鸿词试。这次考试是雍正帝下诏举办的，当该年八月雍正帝驾崩后，遂无果而终。不过失之东隅，收之桑榆，这年秋天，袁枚还是考取了参加三年后举行的乡试的资格。

乾隆元年（1736）春，袁枚在父亲安排下，从杭州出发，奔赴广西桂林，投奔在广西巡抚金铁手下担任幕僚的叔父袁鸿。是为他平生第一次远游。抵达广西省城桂林后，袁枚的才华很快得到金铁的认可。适逢该年九月乾隆帝举办博学鸿词试，事先要求各省长官推荐人才应试，金铁遂一力举荐袁枚，并赠送袁枚一百二十金，派人为之置办行装，一路护送至北京赴试。可惜袁枚限于年资、学力与录取名额[1]，最终名落孙山。落榜后的袁枚无颜回家，只得在北京一边坐馆讨生活，一边苦练八股文，准备两年后的乡试。

乾隆三年（1738）八月，袁枚在北京参加顺天乡试，其试卷获主考官邓时敏等的青睐，得中举人。第二年三月，他再度参加会试，被座主蒋溥视为奇才；四月五日参加殿试，遂获钦点为二甲第五名进士。随后在五月举行的朝考中，他得到时任刑部尚书尹继善的帮助，获选为庶吉士，入翰林院学习满文，从而开始了三年翰林生涯。

乾隆七年（1742）春，袁枚在翰林院的三年学习期满，需通过考试决定去留。成绩合格者可留在翰林院任编修、检讨等京官，不合格者多外放地方任知县。袁枚的满文成绩不佳，被考官鄂尔泰定为末等，遂外放为知县。先抵江苏南部的溧水（今南京市溧水区）任知县，不久改任江浦（今南京市江浦区）知县。第二年初春，又调至江苏北部的沭阳任知县。乾隆十年（1743）春，由于袁枚治理沭阳的政绩颇佳，于是在时任两江总督尹继善

1　此次考试，钦定一等五名、二等十名，而正式应试者有一百七十六人，袁枚是其中年纪最小的。

的帮助下，调回江南，出任江宁（今南京）知县。江宁为冲要烦剧之地，琐务繁多，送往迎来之事络绎不绝，这令袁枚颇有“俗吏”之感。乾隆十二年（1747）六月，江苏高邮州知州员缺，尹继善遂表荐袁枚出任此职。然而该年八月，袁枚因本年任内漕项钱粮征收未完，被送户部咨参；十月，乾隆帝依户部奏，照例停袁枚升转高邮州知州一事，并罚俸一年。此事令袁枚颇受打击，遂有辞官之意。

乾隆十三年（1748）六月，袁枚以三百金购得前江宁织造隋赫德的“隋园”，改名“随园”。不久即因染上疟疾而正式上书尹继善，托病辞官。不过，袁枚从官场抽身并未一步到位，而是经历了一番波折。乾隆十七年（1752），他因经济拮据与家人压力而重入仕途，被派往陕西任职，五月抵达西安。未及担任具体官职，即因该年九月接到父亲袁滨去世的消息，遂依当时惯例，返回江南守制，从此再未踏入官场。至乾隆十九年（1754）冬，袁枚托尹继善为其向吏部题达终养文书，吏部批复后，便正式而彻底地告别了仕途。

此后四十余年间，袁枚一直过着优裕潇洒的市隐生活。他一方面优游林下，与一众友朋亲戚诗酒雅集，经数十年而乐此不疲；一方面埋头著述，造诣精进，文名日盛，获得大批文人、尤其是后辈文人的追捧，当时即有“随园弟子半天下，提笔人人讲性灵”[1]，“子才来往江湖，从者如市”[2]的描述。特别值得一提的是，袁枚居随园而常出游，除往来于南京左近的扬州、苏州、杭州等名城外，还多次远行壮游，有时甚至一年中的半数以上时间出游在外。其游兴至老不衰，哪怕年届八旬以后，仍往来于扬州、通州（今南通）、苏州、杭州、宁波等地，玩赏宴集不断，

1 ［清］韩廷秀《题刘霞裳两粤游草》，见《随园诗话·补遗》卷八，人民文学出版社1982年版，第786页。

2 ［清］王昶辑《湖海诗传》卷七，《续修四库全书》第1625册，第601页。

且有游宁波四明山、雪窦山与无锡惠山之举。东南诸省的众多名胜，如黄山、九华山、庐山、石钟山、武夷山、天台山、雁荡山、衡山、太湖、黄鹤楼、岳阳楼、滕王阁、百花洲、兰亭、禹穴等，均留下他的足迹与题咏。人称袁枚诗文创作得江山之助，洵不诬也。

袁枚既是清代诗坛大家，也是文章名家；而在尺牍写作方面，他更是被誉为“清代唯一一个才气与眼光都可称道的尺牍作家”[1]，是“清代尺牍文学的峰巅”，亦为“中国尺牍文学史收底的大家”[2]。他的尺牍，除若干零散之作外，主要集中于两处：一是他的文章别集，包括《小仓山房文集》卷十五至卷十九、《小仓山房（续）文集》卷三十与卷三十五、《小仓山房外集》卷四；再者，即他的尺牍专集《小仓山房尺牍》。

《小仓山房尺牍》最初由扬州盐商洪锡豫在获得袁枚首肯后，于乾隆五十四年（1789）前后刊刻，成六卷。此后陆续增刻至十卷，今其主要版本有乾隆、嘉庆间刻《随园三十种》本，同治五年（1866）三让睦记刻《随园三十种》本，光绪十八年（1882）勤裕堂排印《随园三十八种》本等。今人王英志主持整理的《袁枚全集》（江苏古籍出版社1993年版）与《袁枚全集新编》（浙江古籍出版社2015年版），所收《小仓山房尺牍》亦为十卷本。

晚清以来，《小仓山房尺牍》日益流行，除上述十卷本外，还出现了众多选本与注本。譬如：胡光斗《音注小仓山房尺牍》八卷，有咸丰九年（1859）青萝室刻本等；陈名金《小仓山房尺牍详注》六卷，有同治二年（1876）文光堂刻本；马步元《小仓山房尺牍辑注》十卷，有光绪十八年（1892）刻本；虞山犹龙子《增广详注言文对照小仓山房尺牍》四卷，有民国十七年（1928）中西书局石印本；章荣《广注语译小仓山房尺牍》八

1　赵树功《中国尺牍文学史》，第564页。

2　赵树功《中国尺牍文学史》，第600页。

卷，有民国二十五年（1936）世界书局铅印本，等等。这些选本与注本中的相当一部分，问世后一再重印再版。典型例子为胡光斗《音注小仓山房尺牍》八卷。该书除上述咸丰九年刻本外，后来又有光绪四年（1878）兰言书屋刻本、光绪中申报馆排印《申报馆丛书》本等面世；至民国时期，甚至还出现了徐桢在胡光斗原注基础上增注的《新体广注小仓山房尺牍》八卷，有民国八年（1919）上海广文书局铅印本等多种版本。仅从上面列举的例子，我们已不难体察到《小仓山房尺牍》自问世以来，是何等的受欢迎！

三、整理说明

我们现在能较方便看到的《小仓山房尺牍》单行本，一是现代人影印的晚清、民国时期注本，如台湾正生书局1970年影印出版的《广注语译小仓山房尺牍》，台湾大方出版社1979年影印出版的《新体广注小仓山房尺牍》等；二是现代人的标点本，如范寅铮校注本（湖南文艺出版社1987年）、栾保群整理本（浙江人民美术出版社2017年）等。

综观上述单行本，均有不足之处。一则它们都只是选本，皆为晚清人编选的八卷本《小仓山房尺牍》的衍生品，而并非以清中叶乾隆、嘉庆年间问世的十卷本《小仓山房尺牍》为底本，有的甚至连尺牍原文也作了节选。再者，它们的注释都只着眼于词语与典故，而对理解书信十分关键的收信人与写作时段信息等，则均付之阙如，未免遗憾。至于若干晚清、民国时的旧注本，不论遣词行文，还是刊印版式，也都与现代读者的阅读习惯有所不合。

缘乎此，浙江古籍出版社委托笔者重新整理注释一部十卷本《小仓山房尺牍》。全书以该社出版的《袁枚全集新编》所收十卷本《小仓山房尺牍》为底本，核校以南京图书馆藏乾隆五十四年刻十卷本《小仓山房尺牍》与浙江图书馆藏光绪十八年刻十卷本《小仓山房尺牍》，若《袁枚全集新编》本有讹误则径改，并附录十卷本《小仓山房尺牍》未收而见收于选注本《小仓山房尺牍》的四篇尺牍。为节省篇幅，与袁枚有交游的人物，只于第一次注释时详细介绍，此后均只注出人名；至于其他人物，或只注出原文所述事典，或只提供简介，或只揭出姓名、身份等。由于袁枚生活年代跨度大，交游遍天下，故查找收信人、写信时段乃至其他相关信息非常烦难；再者，袁枚学问广博，书信中引文用典甚多，且引用方式往往翻新出奇，注释起来相当有难度；加之其往往凭记忆引文用典，其间不免出现偏差，更为笔者设下颇多拦路虎。幸而有一批前辈与同辈学者的优秀研究成果（尤其是王英志主编《袁枚全集》与《袁枚全集新编》、郑幸著《袁枚年谱新编》、范寅铮校注《小仓山房尺牍》以及朱彭寿《清代大学士部院大臣总督巡抚全录》、钱实甫《清代职官年表》等）可供参考，笔者方能勉力完成这部书稿，其间南京大学文学院的覃柳燕同学助力颇多。同时，中山大学（珠海校区）的蓝青博士、烟台大学的耿锐博士，以及笔者所在院系的王淑芳、王梓瑞、周翟倩同学，也为书稿的编辑整理做了不少贡献。只是限于时间与学力，仍有一部分收信人、写信时段及其他相关信息未能查考出确切结论，注释中的谬误遗漏之处，恐亦难以避免，敬请读者海涵。

夏勇

2020年10月9日定稿于杭州电子科技大学科技馆

小仓山房尺牍序

随园先生尝谓：尺牍者，古文之唾余〔一〕。今之人或以尺牍为古文，误也。盖古文体最严洁，一切绮语、谐语、排偶语、词赋语、理学语、佛老语、考据、注疏、寒暄、酬应语，俱不可一字犯其笔端；若尺牍，则信手任心，谑浪笑傲，无所不可〔二〕。故先生所为尺牍，随作随弃。

今冬先生过扬州，豫从其弟子刘霞裳处抄得若干〔三〕。读之意趣横生，殊胜苏、黄小品；且其中论政、论古、论文学极有关系，在他人必阑入正集矣〔四〕，而先生弃若涕唾，未免太忍。豫故争之曰："先生以四六为《外集》，其严画古文界限之意〔五〕，业已了然。尺牍每况愈下，豫岂不知？然而齐桓公谓管仲曰：'仲父但教我以善，而不教我以不善，我又安知善之所以为善耶？'今先生既以严且洁者示人，而不以不严不洁者示人，则学者又何由知古文与尺牍所由判别之故哉！"先生笑曰："诺。"遂梓而存之，仅得六卷〔六〕。真州后学洪锡豫〔七〕。

注释

〔一〕唾余：比喻他人意见或言论的余绪点滴，有微不足道之意。

〔二〕严洁：整肃洁净。绮语：绮丽的语言。谐语：诙谐的语言。谑浪笑傲：形容戏谑笑闹。

〔三〕"今冬先生过扬州"句：乾隆五十三年（1788）十二月，袁枚尝往游扬州。刘霞裳，即刘志鹏（1758—？），字霞裳，江苏江宁（今南京）人，庠生，袁枚弟子。

〔四〕苏、黄：即苏轼、黄庭坚。阑（lán）入：搀杂进去。

〔五〕以四六为《外集》：袁枚有《小仓山房外集》，所收皆为四六骈文。严画古文界限：严格划分古文的边界。

〔六〕梓：本意是木头雕刻成印刷用的木板，引申为印刷出版。六卷：指《小仓山房尺牍》初刻本。

〔七〕洪锡豫：字建侯，安徽歙县人。其祖洪征治徙居扬州，世代业盐。按，“真州”原误作“直州”。

目 录

卷二

卷　三

卷 四

卷 五

卷　六

卷　七

卷　八

卷　九

卷　十

附　录

卷　一

答镇江黄太守〔一〕

急足至，知侯丞之变，仓卒不及察，泫然久之〔二〕。既而曰：“呜呼，侯丞得死所矣〔三〕！”唐侯喜受知于卢郎中，面有喜色而过昌黎曰：“侯喜死不恨。”〔四〕然而喜固不死，则卢公之知终未深也。

枚与丞游凡十年〔五〕。丞为文甚古，行义甚高〔六〕，落魄江南。枚荐丞于公。公怜之，赐颜色甚厚〔七〕。亡何，丞调溧阳尉〔八〕。公守镇江，溧固公属也。丞大喜，扬扬然治行李，载妻子以去〔九〕。去竟死公署中〔一〇〕，所谓士为知己者死，固其所也。公之知丞，丞之感公，从可知矣。

丞家寒，窘于归葬；枚不能厚赙，为请于诸绅士而足成之〔一一〕。恐滞时日，先以饼金寄上〔一二〕。所示祭文，苍凉沉古，今人不能为。丞有灵，当以死为快也。

注释

〔一〕镇江黄太守：太守，清代知府的别称。这里指时任江苏镇江知府黄永年。黄永年（1699—1751），字静山，号崧甫，江西广昌人。乾隆元年（1736）进士，授刑部主事，后升为员外郎，转刑部郎中，历任江苏省辖下镇江、常州知府。有《春秋四传异同辨》《南庄类稿》《白云诗钞》等。该信应写于乾隆十一年（1746）秋侯嘉繙（1698—1746）意外去世后不久。

〔二〕急足：急行送信的人。侯丞之变：丞，古代辅佐主要官员做事的官吏。变，这里指突然去世。倸丞，即倸嘉繙，字符经，号夷门，浙江临海人。以优贡选拔，在江苏辖下上元、金山、江宁、溧阳等县任县丞等职近十年。乾隆十年（1745）赴镇江知府黄永年署中做幕僚，翌年秋夜里上厕所时不慎跌死。卒后，袁枚为作《哭倸夷门》诗四首与《倸夷门墓志铭》，分别收入《小仓山房诗集》卷五与《小仓山房文集》卷五。仓卒（cù）：匆忙急迫。不及察：来不及细看。泫（xuàn）然：形容流泪的样子。

〔三〕得死所：死得其所。

〔四〕“唐侯喜”句：唐韩愈《与汝州卢郎中论荐侯喜状》：“（侯喜）为文甚古，立志甚坚，行止取舍有士君子之操。家贫亲老，无援于朝，在举场十余年，竟无知遇。愈常慕其才而恨其屈。……五月初至此，自言为阁下所知，辞气激扬，面有矜色，曰：‘侯喜死不恨矣！’”侯喜，中唐元和年间人，曾与韩愈交往，韩愈为作《赠侯喜》诗。卢郎中，即卢虔，唐汝州人，由进士历任御史府三院、刑部郎中，江、汝二州刺史和秘书监等职。昌黎，即韩愈，因其自称郡望昌黎，故称。

〔五〕游：交游，来往。

〔六〕行义：品行。

〔七〕赐颜色甚厚：待他很好的意思。

〔八〕亡（wú）何：不久。溧阳：清代江苏镇江府下辖县名，今为江苏省溧阳市。尉：县尉，这里是县丞的别称。

〔九〕扬扬然：形容高兴得意的样子。治：整理。妻子：妻指妻子，子指子女。

〔一〇〕署：古代公务人员办理政事的地方。

〔一一〕寒：贫寒。窘：窘迫。赙（fù）：拿自己的钱财帮别人办理丧事。足成：补足凑成。

〔一二〕饼金：饼状的金块，这里泛指钱财。

答两江制府尹公〔一〕

韦把总来，接寄怀诗二章，知夫子得句于风雨横舟之际，金丝引和，寄托深远〔二〕。适窗前有绿梅一株，水仙数种，对之展读，正与古香冷艳同入襟怀。枚疟虽痊，而四肢无力，终日曳杖而行，未出柴门一步〔三〕。借此闭门，与廿一史中古人相对，领现在可行之乐〔四〕，补平生未读之书。昔有善用其短者〔五〕，枚亦善用其病。夫子闻之，必为莞尔〔六〕。

枚尚有请者〔七〕：先君服阕已久〔八〕，非无仕进之心，因老母七旬，家无昆季，与圣朝终养之例相符〔九〕。枚已申明情节，由江宁转报〔一〇〕。此实乌鸟私情，退而求息，并非膏肓泉石，借此鸣高〔一一〕。文书到院之日，求夫子早为题达，免吏部赴补迁延之处分，则山中之岁月，与膝下之晨昏，未始非夫子重莅江南之所赐也〔一二〕。

注释

〔一〕两江制府尹公：即尹继善（1695—1771），章佳氏，字符长，号望山，满洲镶黄旗人。雍正元年（1723）进士，改庶吉士，授编修，累官至文华殿大学士。卒赠太保，入祀贤良祠，谥文端。有《尹文端公诗集》等。两江制府，即两江总督，制府为清代总督的尊称。尹继善凡四次担任两江总督，依次为雍正九年（1731）七月至十年（1732）九月，乾隆八年（1743）二月至十三年（1748）九月，乾隆十六年（1751）闰五月至十八年（1753）正月，乾隆十九年（1754）八月至三十年（1765）三月。此信约写于乾隆十九年（1754）冬。

〔二〕把总：明代及清代前中期基层军官名，亦称百总。夫子：古时对男子的尊称，这里指尹继善。金丝引和（hè）：指诗作的音调美妙。金，金属制的乐器。丝，弦乐器。引，即引吭高歌之引。和，跟着唱。

〔三〕“枚疟虽痊”句：疟，一种发冷发烧的急性传染病。痊，痊愈。曳，拖，牵引。柴门，本意是用柴木做的门，形容简陋，这里泛指房门。袁枚于乾隆十九年（1754）八月患疟疾，至该年除夕犹未完全病愈。

〔四〕廿一史：二十一部正史的合称，分别为《史记》《汉书》《后汉书》《三国志》《晋书》《宋书》《南齐书》《梁书》《陈书》

《魏书》《北齐书》《周书》《隋书》《南史》《北史》《新唐书》《新五代史》《宋史》《辽史》《金史》《元史》。领：领略。

〔五〕短：短处。

〔六〕莞（wǎn）尔：微笑。

〔七〕请：请求。此为袁枚请求尹继善代为向吏部转达终养文书。

〔八〕先君：已故的父亲。这里指袁枚的父亲袁滨（1678—1752），原名凤，字景岐，敕封承德郎。服阕（què）：服丧期满。古代官员若父母去世，则无论担任何官何职，从得知丧事的那一天起，必须辞官回到祖籍，为父母守制二十七个月。

〔九〕老母：即袁枚的母亲章氏（1685—1778）。袁枚《小仓山房文集》卷二十七《先妣章太孺人行状》叙其生平。昆季：即兄弟。长为昆，幼为季。圣朝：古代对本朝的尊称。终养：奉养父母，以终其天年。多指辞官回家以终养年老亲人。

〔一〇〕江宁：即当时袁枚定居的江苏江宁县，今为南京市区之一部分。

〔一一〕乌鸟私情：乌即乌鸦。古时传说，小乌能反哺老乌。后以乌鸟私情比喻侍奉尊亲的孝心。膏肓（huāng）泉石：形容热爱山林泉水已成为很难改变的癖好，这里指愿隐居而不愿做官。鸣高：自鸣清高。

〔一二〕院：这里指官署。补：这里指补授官职。迁延：拖延。膝下：这里指父母身边。夫子重莅（lì）江南：这里指乾隆十九年（1754）冬，尹继善由南河总督改任两江总督。莅，来到。

再答尹公〔一〕

枚健饭一月矣〔二〕，起居幸如平时。惟形体未充〔三〕，五十步外不能离杖而行。前蒙夫子遣使问疾，枚欲趋函丈〔四〕。奈春寒逼人，毛发淅洒，且闭户半年，一作出山之云〔五〕，则酬应如麻而起。是以旌旗两至白门，而野鹤孤眠，竟无迎送〔六〕；自叹公门桃李，变作朽木难雕〔七〕。倘节届清明，此身与草木同茂，定当先诣平泉，领略时雨春风，以捐除宿疾也〔八〕。

呈小诗数章，亲笔誊写。夫子读诗情宛转，喜其故态之存，见字迹欹斜〔九〕，怜其腕力之弱。五、六两公子〔一〇〕，未知已渡江否？奉怀诗附书于后。

注释

〔一〕尹公：即尹继善。此信或写于乾隆二十年（1755）春。

〔二〕健饭：食欲好。

〔三〕形体未充：指病刚刚好，身体尚未完全复原。

〔四〕趋函丈：到您那里来。古代讲学者与听讲者的坐席之间相距一丈，后以函丈称讲席，引申为对前辈学者或师长的敬称。

〔五〕淅洒：形容寒颤时毛发竖起。一作出山之云：意即一旦出门。

〔六〕旌旗两至白门：意即您两次到南京来。白门，南朝宋都城建康宣阳门的俗称，后成为南京的别称。野鹤，旧指生活闲散、脱离世事的人，这里是袁枚自比。

〔七〕公门桃李：尊称某人提携栽培的后辈、学生。朽木难雕：语出《论语·公冶长》："朽木不可雕也，粪土之墙不可圬也。"

〔八〕届：到。诣（yì）：到，旧时特指到尊长那里去。平泉：晚唐名相李德裕有别业平泉庄，这里代指尹继善住所。领略时雨春风：接受尹继善教诲的比喻说法。捐除：消除。宿疾：久治不愈的疾病，这里指疟疾。

〔九〕欹（qī）斜：歪斜不正。

〔一〇〕五、六两公子：指尹继善第五子庆霖与第六子庆兰。庆霖，章佳氏，字雨村，号晴村，满洲镶黄旗人。历官侍卫、侍讲、宁古塔副都统、青州副都统、江宁将军、福州将军。庆兰，字似村，号长白浩歌子，章佳氏，满洲镶黄旗人。有《绚春园诗钞》《萤窗异草》等。尹继善家世簪缨，三代俱登宰辅，而庆兰独不慕功名，性喜诗，总角时随父驻守两江，以诗才见许于袁枚。年五十余，以布衣终。

病中谢尹相国赐食物〔一〕

接叠韵诗〔二〕，至于再，至于三，如春波遇风，秋云过月，层见叠出，而意思无穷。当即熏笼壁间，恐江城碧纱，从此价贵，随园庭榭，将终宵有丝竹之声〔三〕。

蒙惠食物二种：怜野鸟之有文章也，故贻以雌雉；知山人之非热容也〔四〕，故赐以冰梨。对使倾筐，降拜登受〔五〕。奈昨日偶感寒疾，山中苍苔之色，忽移生于舌本之间；嗜好酸咸，如隔十重皮甲。方造轩光之灶，饮苦口之汤，对此珍馐，无能染指〔六〕？不得已，尽颁之于侍疾之人，使食德饮和〔七〕，广沾师惠。然而贪饕性在，嗔念反生〔八〕。不自恨其朵颐福薄，而转恨先生之赐：不自我先，不自我后，偏当此口不从心之时，似若瞰亡往拜者〔九〕。

因追忆廿年前，蒙高邮一荐，部议阻之〔一〇〕，从此长庆老郎〔一一〕，官阶终矣。平生惯领虚恩，大率类此。往者不可谏，来者犹可追〔一二〕。愿夫子其有以补过焉！

注释

〔一〕尹相国：即尹继善。清代内阁大学士雅称相国，尹继善自乾隆二十九年（1764）四月起迁文华殿大学士，故袁枚有此称呼。此信或写于乾隆三十二年（1767）前后。

〔二〕叠韵：赋诗重用前韵。

〔三〕碧纱：即碧纱笼，绿纱灯罩的意思。五代王定保《唐摭言》载王播客居扬州惠昭寺，备受冷落。后出镇扬州，重游故地，发现以前题在墙上的诗都用碧纱笼罩。后以“碧纱笼”为诗以人重的典故。随园：位于南京小仓山（今南京市广州路西侧一带）。原为江宁织造曹寅所建，曹家被抄后，转归江宁织造隋赫德，后隋赫德又被抄家。乾隆十三年（1748），袁枚购得此园，改名随园。终宵：彻夜，通宵。丝竹：弦乐器和竹制管乐器的统称，亦泛指音乐。

〔四〕蒙惠：承蒙惠赠。文章：这里是花纹、条纹的意思。贻：赠送。雉（zhì）：俗称野鸡。山人：一般指隐士高人，又指山野之人，这里是作者谦称。热容：形容热衷于功名利禄。

〔五〕降拜：下堂拜客。登受：收受，接受。

〔六〕轩光：轩辕星的光辉。这里是对尹继善家灶具的美称。珍馐（xiū）：珍奇名贵的食物。

〔七〕食德：语出《周易·讼卦》："六三，食旧德。"谓安享旧日的德业。饮和：语出《庄子·则阳》："故或不言而饮人以和。"谓使人感到自在，享受和乐。

〔八〕贪饕（tāo）：贪吃。嗔（chēn）念：仇怨、损害他人的心理，是佛教认为的有害众生修行的"三毒"之一。

〔九〕朵颐：动嘴大吃，形容享受口福之乐。瞰亡往拜：看到对方不在家时前去拜访。形容本来不想拜见，却又要走过场。瞰，窥看。亡，外出。

〔一〇〕"廿年前"句：乾隆十二年（1747）六月，时任两江总督尹继善闻江苏高邮州知州职位空缺，遂向朝廷上表推荐袁枚，但九月吏部商议后，驳回荐书。部议，旧指中央各部的决定。

〔一一〕长庆老郎：据《汉武故事》记载，汉武帝在宫中巡游，经过宿卫侍从官的官署时，见到老郎官颜驷，就问他为什么这么老还在做郎官。颜驷回答说，自己在文帝时期就当郎官，文帝好文，而自己却喜欢习武，景帝继位后重用老年人，而自己却还年轻，等到陛下您即位，喜欢用年轻人的时候，自己却已经老了，所以三世不遇，蹉跎至今。唐白居易有诗句云："长庆老郎唯我在，客曹故事望君传。"这里袁枚用此典故指升迁无望。长庆，唐穆宗年号。郎，指郎官。

〔一二〕"往者不可谏"句：过去的不能再挽回，未来的还能赶得上，要努力争取。语出《论语·微子》。

答相国劝独宿〔一〕

夫子惟其疾之忧，循循善诱，教以隔绝群花，单身独宿；且以雏凤将鸣之语，宛转劝之〔二〕，道“西收有日，东作休劳”。甚矣，先生之恩我也；甚矣，先生之迂我也！

夫有子克家，身后之事；非人不暖，病中之需〔三〕。夫子身为相国，而急其所缓，缓其所急。虽则爱人以德之心，殊乖燮理阴阳之义〔四〕。群雌粥粥，觉“母也天只，不谅人只”〔五〕，得毋有反唇而相稽者乎！

且枚之居处，不避群花，更有说焉：人惟与花相远，故闻香破戒者有之〔六〕，逢花必折者有之。若夫邓尉种梅之夫，洞庭栽橘之叟〔七〕，终日见花，如不见花者，何也？狎而玩之〔八〕，故淡而忘之也。枚自幼以人为菑，迄今四十年矣，横陈嚼蜡，习惯自然〔九〕。颜渊侍于孔子，自称“坐忘”〔一〇〕；若枚者，可称卧忘者也。愿夫子之勿虑也。

注释

〔一〕相国：即尹继善。

〔二〕夫子惟其疾之忧：语出《论语·为政》：“孟武伯问孝，子曰：‘父母唯其疾之忧。’”夫子，这里指尹继善。群花，比喻袁枚众妻妾。雏凤：比喻佳子弟。将鸣：指孩子快要出生。

〔三〕克家：语出《周易·蒙卦》，谓能管理家业。非人不暖：语出唐白居易《戏答皇甫监》：“寒窗劝酒君须饮，君是孤眠七十身。莫道非人身不暖，十分一盏暖于人。”

〔四〕殊：特别，尤其。乖：违背。燮理阴阳：语出《尚书·周官》：“立太师、太傅、太保，兹为三公，论道经邦，燮理阴阳。”燮理，协调治理。

〔五〕群雌粥粥：语出唐韩愈《雉朝飞操》。粥粥，象声词，鸡相呼声，比喻侍妾们议论纷纷。母也天只，不谅人只：语出《诗经·鄘风·柏舟》，谓做父母的不体谅子女。只，语助词。

〔六〕破戒：本指受戒僧人违反戒律，后泛指破除约束、规矩。

〔七〕邓尉：山名，在江苏苏州城西南七十里，为赏梅胜地。洞庭：指西洞庭山，为太湖中的岛屿，以产橘柚闻名。

〔八〕狎（xiá）：亲近而态度不庄重。

〔九〕以人为菑（zī）：意即需人扶持。横陈嚼蜡：语出《楞严经》卷八：“我无欲心，应汝行事。于横陈时，味如嚼蜡。”横陈，横卧。嚼蜡，比喻无味。

〔一〇〕坐忘：《庄子·大宗师》：“堕肢体，黜聪明，离形去知，同于大通，此谓坐忘。”

答似村公子索食物〔一〕

前上笋菹、蜜饵，是郎主之餐，非先生之馔，不谓公子食而甘之，竟作堂上秩膳之献〔二〕。不但孝子服养无方，使二亲尝其旨否〔三〕；且代弟子束脩自献〔四〕，免嫌陆氏庄荒〔五〕，可谓一举而两善备焉。

来书代传夫子之言，平章软脆〔六〕，判别酸咸。油重则濡而不芳，糖多故腻而不爽，具见大君子一饮一食，有诲人不倦之意〔七〕。明知调羹之衣钵，难传粗粝之腐儒〔八〕，然从此燔黍押豚〔九〕，小增学问，他日赵稚长能监厨请客〔一〇〕，未必非夫子循循善诱之功也。至于催将来之献芹，为君子之属餍〔一一〕，则羊枣、昌蒲，未谙食性〔一二〕，还望公子于问安视膳之余〔一三〕，探得老人所嗜，消息暗通，当别作羹汤，自夸手爪，馐惟所有，不若征惟所欲之为妙也〔一四〕。仆非新妇，兄恰小姑，故敢布其缕缕。

注释

〔一〕似村公子：即庆兰。

〔二〕笋菹（zū）、蜜饵：腌笋与蜜果。郎主：门生家吏称其主为郎，主之子即为郎主。庆兰系袁枚恩主尹继善之子，故有是称。先生之馔（zhuàn）：语出《论语·为政》：“有酒食，先生馔。”馔，这里指食物。堂上：指父母。秩膳：常备精美之食。

〔三〕服养：衣食。二亲：父母的代称。旨：美味。

〔四〕束脩：扎成一捆的干肉，古时学生送给教师的酬礼。后用作教师报酬的代称。

〔五〕陆氏庄荒：比喻主考官杜绝请托、清廉公正的典故。唐李冗《独异志》卷下载，唐代崔群为相时有清名，其夫人常劝他置办庄田，为子孙计。崔群笑着说：“今年放春榜的三十个门生，都是我的庄田。”夫人回答：“你自己不就是陆相的门生吗？如今你做上了主考官，却不让陆相的儿子参加考试。陆家要是把你当作庄田，他们一家的庄田肯定全都荒芜了。”这里是说因有束脩之献，可以免去陆氏庄荒之嫌。

〔六〕夫子：即尹继善。平章：品评。

〔七〕诲人不倦：语出《论语·述而》：“学而不厌，诲人不倦。”

〔八〕调羹：语出《尚书·说命下》：“若作和羹，尔为盐梅。”盐、梅都是调味品，后以调羹、调鼎比喻宰相调和阴阳，燮理国务的职责。衣钵：佛教僧尼的袈裟和食器。中国禅宗师徒间的道法传授，常付衣钵为信证，称为衣钵相传。后引申为学艺上的继承。粗粝（lì）：糙米，泛指粗劣的食物。

〔九〕燔（fán）黍：上古以黍米放在烧石上，烧之使热。押豚：杀猪。

〔一〇〕赵稚长监厨请客：典出《后汉书·文苑列传下》：“（祢）衡曰：‘文若可借面吊丧，稚长可使监厨请客。’”文若、稚长分别为汉末曹操集团之成员荀彧（文若其字）、赵融（稚长其字）。

〔一一〕献芹：谦称礼品菲薄或建议浅陋。典出《列子·杨朱》：“昔人有美戎菽、甘枲茎、芹萍子者，对乡豪称之。乡豪取而尝之，蜇于口，惨于腹。”意即过去有人喜欢吃大豆、胡麻茎、藾蒿苗，对乡里的富豪啧啧称道。富豪拿来品尝，谁料刺在嘴上，痛在肚里。属餍

（yàn）：饱足。

〔一二〕羊枣、昌蒲：羊枣是果名，菖蒲是草名。史称周文王嗜菖蒲，这里用以比喻人的食性爱好。未谙食性：语出唐王建《新嫁娘词》："三日入厨下，洗手作羹汤。未谙姑食性，先遣小姑尝。"

〔一三〕问安视膳：古代礼法，子侍父母，每日必问安，每食必在侧。

〔一四〕征惟所欲：指先征求老人的爱好。

答相国〔一〕

风物凄紧，急景凋年〔二〕。江城之金印铜符，齐被黄细封裹〔三〕。一时官吏，是召公伴奂、优游之日，非周公"所其无逸"之时〔四〕。故人庄、魏、倪、许诸公，连日作消寒之会〔五〕，互斗羹汤；以枚为饮食之人，引为上客。且知枚天性不饮，故未入酒泉之郡，先登饭颗之山〔六〕。一盏未交，而五浆先馈〔七〕。夫子知之，命各加品题〔八〕，密为申报。

伏思魏文帝《典论》云："一世长者知居处，三世长者知服食。"〔九〕钱穆父亦云："三世仕宦，才晓得着衣吃饭。"〔一〇〕枚，窭人子耳，腹如唐园，半是菜根充塞；虽有牛羊，未必遽能踏破〔一一〕。何足当谆谆见委之盛心哉！然傅说调羹之妙〔一二〕，衣钵难传；而易牙知味之称〔一三〕，古今同嗜。谨当持三寸不烂之舌，仔细平章，凡一切蒸凫炙鸹，鸭臛羊羹，必加去取之功，列长名之榜〔一四〕，为夫子琐屑具呈焉。明知鬻鱼非献替之术，何敢乞酰效忠〔一五〕；或者束脩亦弟子之心〔一六〕，不妨借花献佛。想当日伏生传经，不废《稾饫》一章〔一七〕，亦以酒食为先生馔计耶！

注释

〔一〕相国：即尹继善。

〔二〕急景（yǐng）凋年：语出唐白居易《和自劝》："急景凋年急于水，念此拦衣中夜起。"急景，急促的时光。景，通"影"。

〔三〕金印：犹官印。铜符：铜制的符节。紬（chóu）：粗绸。封裹：封闭印信，意即停办公事。

〔四〕召公：姓姬，名奭，西周初年贵族，因封地在召，故称。伴奂、优游：皆悠闲自得之意。语出《诗经·大雅·卷阿》："伴奂尔游矣，优游尔休矣。"周公：姬姓，名旦，周文王子，辅助周武王灭纣，武王卒后摄政称王。所其无逸：语出《尚书·无逸》："君子所其无逸，先知稼穑之艰难。"这是周公告诫周成王勿耽于享乐之辞。所其，助词。

〔五〕消寒之会：旧俗冬至后，邀集朋友轮流做东的宴会。

〔六〕酒泉：汉武帝时在河西走廊所设郡名。相传城有金泉，味如酒，故名。饭颗：唐代长安附近山名。

〔七〕五浆先馈：《庄子·列御寇》载，列子前往齐国，中途折返，路遇伯昏瞀人。伯昏瞀人问他为何这么快就回来，列子说他每到一个地方，十家酒店中就有五家争相宴请他，他受惊不已，只好返回。五浆，五家卖浆的店。先馈，争相馈送。本指卖浆者争利，后比喻争相设宴款待。

〔八〕品题：这里指品评食物。

〔九〕"一世长者知居处"句：语出三国魏曹丕《与群臣论被服书》："三世长者知被服，五世长者知饮食。"并非出自《典论》。

〔一〇〕"三世仕宦"句：此为宋代民间谚语。南宋陆游《老学庵笔记》卷五："隆兴间，有扬州帅，贵戚也。宴席间语客曰：'谚谓三世仕宦，方解着衣吃饭。'"钱穆父：即钱勰（1034—1097），字穆父，北宋杭州人。五代十国吴越国开国君主钱镠之六世孙，官至朝议大夫。

〔一一〕窭（jù）人子：贫穷人家弟子。腹如唐园：语出西汉桓宽《盐铁论·孝养》："老亲之腹非唐园，唯菜是盛。"唐园，指菜园。"虽有牛羊"句：典出三国魏邯郸淳《笑林》："有人常食蔬茹，忽食羊肉，梦五藏神曰：'羊踏破菜园。'"藏，通"脏"。

〔一二〕傅说（yuè）：商王武丁相，相传善于烹饪。

〔一三〕易牙：春秋时期齐桓公宠信的近臣，以善于烹调闻名。

〔一四〕凫：野鸭。炙：烤。鸹（guā）：俗称灰鸭。腒（sōu）：干肉。长名之榜：候补官员名单。语出《新唐书·选举志》。

〔一五〕鮆（zhì）：一种滋味甘美的鱼。献替：献可替否的省略语，指臣对君进献可行的计策，建议废止不可做的事。醯（xī）：醋。

〔一六〕束脩：见本卷《答似村公子索食物》注〔四〕。

〔一七〕伏生传经：《汉书·儒林传》载，伏生治《尚书》，汉文帝欲召其进京，因其年老不能远行，于是派晁错前往学习。又载伏生以二十九篇《尚书》教于齐鲁之间，齐学者多有能言《尚书》者。《藁饫》（gǎo yù）：又作“槀饫”，伪《孔传古文尚书》的篇名，仅存篇目。

又

手谕，责人者重以周，责己者廉以约，束脩之献，不许迟迟〔一〕。

枚闻命之下，汗出如浆〔二〕。第所以徘徊而不敢献者，有二故焉。一则能近取譬〔三〕，责人者人必责之。鲍老登场，其郎当未必不更甚于郭老，以故愿甘纤啬，知难而退〔四〕。一则夫子居心行事，刻刻从宽，惟于论诗论味，则溪刻已甚〔五〕。一吟咏耳，或摘其句中之累，或抉其字外之疵；一饮食耳，或嫌其失火齐之功，或诋其少水泉之洁〔六〕。就使安成名高，宏微制美〔七〕，而往往卷俎而退者多，置虚命彻者少，訑訑之声音颜色〔八〕，拒人于千里之外。枚独何人，能无怖乎！不特此也，诸公厨下执爨之人，男子也，羹定后，可以提挈而来；枚厨下治具之人，女子也，登鼎时不能束装而走〔九〕。山中草舍，抵列戟军门也，须三十须臾，如炊五斗黍许矣〔一〇〕。能无一里变臭〔一一〕，二里变色，三里变味乎？诗之不佳，一身失名；味之不佳，一家丧名。传有之曰："嗛嗛之食，不可狃也。"〔一二〕不能为膏而只离咎也〔一三〕，故不敢献也。

注释

〔一〕责人者重以周，责己者廉以约：语出唐韩愈《原毁》："古之君子，其责己也重以周，其责人也轻以约。"这里反其义而用之。束脩：见本卷《答似村公子索食物》注〔四〕。

〔二〕汗出如浆：《世说新语·言语》载钟毓、钟会一起去见魏文帝曹丕，其间钟毓不停出汗，曹丕问他为什么这样，钟毓回答："战战惶惶，汗出如浆。"接着曹丕又问钟会怎么没像钟毓这样，钟会回答："战战栗栗，汗不敢出。"

〔三〕能近取譬：语出《论语·雍也》："夫仁者，己欲立而立人，己欲达而达人，能近取譬，可谓仁之方矣。"这里指以自己作譬喻。

〔四〕鲍老：宋代戏剧角色名。郎当未必不更甚于郭老：郎当，衣服宽大不合身。北宋陈师道《后山诗话》引杨大年《傀儡诗》云："鲍老当筵笑郭郎，笑他舞袖太郎当。若教鲍老当筵舞，转更郎当舞袖长。"郭老，即郭郎。纤啬：吝啬。

〔五〕溪刻：苛刻。

〔六〕火齐：犹火候。水泉之洁：语出《礼记·月令》："湛炽必絜，水泉必香。"

〔七〕安成名高：安成，即南朝宋安成公何勖。名高，名气大，这里指饮食而言。《宋书·列传第三十一》载，安成公何勖、临汝公孟灵休与徐湛之以肴膳、器服、车马精美而闻名，京城人士称之为"安成食，临汝饰"。宏微：泛指大小食品。

〔八〕卷俎（zǔ）而退者多：这里指送出的食物以得不到赞美的居多。卷俎，语出《礼记·公食大夫礼》："有司卷三牲之俎归于宾馆。"置虚命彻者少：这里指送出的食物少有得不到赞美的。置虚命彻，意即留下食物，只拿回空榼。訑訑（dàn）：傲慢自足的样子。

〔九〕羹定：语出《仪礼·乡饮酒礼》："羹定，主任速宾，宾拜辱。"谓肉已熟。登鼎：将食物盛入容器。

〔一〇〕列戟：旧时官庙、官府及显贵之家列戟门前，以为仪仗。

军门：军营之门。清朝专命武臣为提督，以总军务，军门遂成为提督的敬称。三十须臾：佛教谓一天一夜有三十须臾。须臾，即片刻的意思。

〔一一〕变臭（xiù）：失去香气。

〔一二〕“传有之曰”句：《国语·晋语一》：“商之衰也，其铭有之曰：‘嗛嗛之德，不足就也……嗛嗛之食，不足狃也。’”嗛嗛（qiǎn），微小。狃（niǔ），贪。

〔一三〕膏：甘美。离：通“罹”，遭受。咎：责备。

又

书来，敦逼再三，又命群公子环檄而嬲之〔一〕。枚虽为石人，亦不得不拾颜渊之尘〔二〕，煮魏昭之粥〔三〕矣。昨漏下二鼓〔四〕，聚家人而谋焉。佥以为夫子饱大官之馔，饫天厨之珍〔五〕，凡尧葱舜韭、禹粮汤烹、酒号三辰、脯名千里者，何一不属餍于相公之腹！一旦种菜野人，想出奇制胜，不亦难乎？然枚独气粗胆壮而奋然治具者，恰别有说焉！

每见大富贵人，堂上悬画一幅，制《行乐》一图，往往不画玉几金床，而反画白苹红蓼、竹杖芒鞋者〔六〕，何哉？盖味浓则厌，趣淡反佳故耳。枚今所献，亦仿此意而为之，如平日诗文，自出机杼，不屑寄人篱下〔七〕。伊川先生云〔八〕：“凡事必求一是处。”况束脩古礼，不敢以苟且将之，以故别之欲其真也，洌之欲其清也，调而尝之，欲其臭香而引津也〔九〕。幂而急驰之，封碧磁之口，欲其旨蓄而气不上升也〔一〇〕。自以为弟子之于味也，尽心焉耳矣〔一一〕。且饮食之道，不可以随众，尤不可以务名。尝谓燕窝、海参，虚名之士也，盗他味以为己味；鸡鸭、鱼豚，豪杰之材也，卓然有自立之味，各成一家，且如广大教主，往往以阴德济人〔一二〕，而己不居其功。枚所献，有鸡豚，无海菜，故又作解嘲之说，自文其陋，唯夫子哂之〔一三〕。

再有请者，陆氏庄荒三十年〔一四〕，一旦偶有萌芽，倘樵者又从而践踏之，则从此寸草不生矣。诚恐所献之味，有不中于口者，还求夫子隐恶而扬善〔一五〕，勿宣布于众人为幸。

注释

〔一〕敦逼：敦促逼迫。环檄：围绕声讨。嬲（niǎo）：纠缠。

〔二〕拾颜渊之尘：《孔子家语·在厄》载孔子晚年周游列国，在陈国、蔡国一带受困，断粮七天。后来子贡得到一石米，由颜渊、子路烹煮。其间有灰尘落入饭中，颜渊便将灰尘舀出，以嘴嘘吹。子贡恰好看到这一幕，误以为颜渊在偷吃。

〔三〕煮魏昭之粥：《后汉书·孔僖传》载东汉人魏昭拜当时名士郭泰为师，侍奉左右。一天晚上，魏昭奉命给郭泰煮粥，因粥的味道不佳而遭郭泰怒斥。魏昭见此情形，没有表现出任何情绪上的波动，反而一如既往恭敬地侍奉郭泰，终于令郭泰感叹说："始见吾子之面，今见吾子之心矣。"

〔四〕漏鼓：报更漏的鼓。漏是古代的计时器。

〔五〕佥（qiān）：都。天厨：星名。后世传说美食出自天厨。

〔六〕行乐图：南朝齐画家刘瑱有《少年行乐图》，后称个人小照为行乐图。白苹、红蓼（liǎo）：皆植物名。竹杖芒鞋：语出北宋苏轼《定风波》："竹杖芒鞋轻胜马，谁怕？一蓑烟雨任平生。"芒鞋，即草鞋。

〔七〕自出机杼（zhù）：语出《魏书·祖莹传》："文章须自出机杼，成一家风骨。"机杼，比喻写文章时的命意构思。寄人篱下：语出《南史·张融传》："大丈夫当删诗书，制礼乐，何至寄人篱下。"这里比喻文章因袭他人。

〔八〕伊川先生：即北宋理学家程颐，世称伊川先生。

〔九〕束脩：见本卷《答似村公子索食物》注〔四〕。别之：指区别味道。

〔一〇〕幂：用巾布遮盖食物。磁：通"瓷"，这里指瓷质餐具。旨蓄：语出《诗经·邶风·谷风》："我有旨蓄，亦以御冬。"后泛指储藏的美味。这里指保存香味。

〔一一〕尽心焉耳矣：语出《孟子·梁惠王上》："寡人之于国

也，尽心焉耳矣！”

〔一二〕广大教主：袁枚戏称猪为广大教主，见《随园食单·特牲单》。阴德：暗中施于人的恩德。

〔一三〕解嘲：被人嘲笑而自作解释。哂（shěn）：微笑。

〔一四〕陆氏庄荒：见本卷《答似村公子索食物》注〔五〕。这里指三十年未曾献食。

〔一五〕隐恶而扬善：语出《礼记·中庸》：“舜好问而察迩言，隐恶而扬善。”

又

自献食后，枚皇皇然如秀才望榜，举家霍霍然如失鹰师，不知能以壶中隽否〔一〕。忽而一朵仙云，从天飞下，所以夸之者，善善从长，不啻若是其口出〔二〕，遂使东厢侧耳者，皆欣欣然有喜色而相告〔三〕。主妇贺于堂前，厨娘舞于灶下，枚亦喜心翻倒，较当时之登蕊榜、上玉堂〔四〕，尤有荣焉！其果侊饭之不及壶飧耶，抑故诱之而使至于道耶〔五〕？正怀疑间，又捧到荷囊四枚〔六〕，方知赏有实征，则誉非虚语。

然枚窃有感焉：元旦日，枚贺新喜，蒙夫人赐两荷囊，色颇黯淡；今赐来者，灿若云霞，且以四为节，似知有八手纤纤〔七〕，而暗为之点名给赏者。若果如是，是三晋之大夫，不如邹鲁之仆妾也〔八〕。夫子过矣，夫人亦过矣！然仔细思之，元旦之赐，不过怜垂老之门生，聊以偿其屈膝；此番之赐，乃以奖有功之少女，兼可策其将来。夫人之“德懋懋官，功懋懋赏”，洵足以佐夫子平章天下〔九〕，成就人才之美。谨诵《尚书》一章，三肃使者而退〔一〇〕。

注释

〔一〕皇皇：同“惶惶”，不安的样子。霍霍然如失鹰师：语出《世说新语·轻诋》：“王兴道谓谢望蔡：‘霍霍如失鹰师。’”霍霍，急迫的样子。鹰师，驯鹰的人，比喻有主见的人。壶：古代娱乐器具。中隽：隽同“俊”，意即投壶投中者为俊秀，后称考试被录取为中隽。

〔二〕仙云：这里指书信。善善从长：语出《春秋公羊传·昭公二十年》：“君子之善善也长，恶恶也短；恶恶止其身，善善及子孙。”本为赞扬美德源远流长之意，后称取长弃短为善善从长。不啻（chì）若是其口出：语出《尚书·秦誓》：“人之彦圣，其心好之，不啻若是其口出。”意谓别人有才德，他的心里喜欢他，就像他嘴上常常称道的那样。

〔三〕东厢侧耳：语出《汉书·周昌传》：“吕后侧耳于东厢听，见昌，为跪谢曰：‘微君，太子几废。’”东厢，古代庙堂东侧的厢房，后泛指正房东侧的房屋。侧耳，认真倾听的样子。皆欣欣然有喜色而相告：语出《孟子·梁惠王下》：“百姓闻王钟鼓之声，管籥之音，举欣欣然有喜色而相告曰：‘吾王庶几无疾病欤，何以能鼓乐也。’”

〔四〕蕊榜：进士榜。玉堂：这里指翰林院。

〔五〕侊（gōng）饭之不及壶飧（sūn）：语出《国语·越语》：“谚有之曰：‘侊饭不及壶飧。’”侊饭，丰盛的大餐。壶飧，用壶装的水泡饭，这里比喻所献食物。道：这里指烹调技术精益求精。

〔六〕荷囊：随身佩带的小袋子。

〔七〕八手：指参与烹调的女子有四人。纤纤：柔美。

〔八〕三晋之大夫，不如邹鲁之仆妾：语出《战国策·赵策三》：“是使三晋之大臣，不如邹鲁之仆妾也。”三晋，指战国时韩、赵、魏三国。春秋末，晋国大夫韩、赵、魏三家瓜分晋国，故有三晋之称。邹鲁，分别是孟子、孔子的故乡，比喻文化昌盛之地。

〔九〕德懋（mào）懋官，功懋懋赏：语出《尚书·汤誓》，谓给予勤勉于修德的人以官爵，给予勤勉于立功的人以奖赏。平章：辨别彰明。

〔一〇〕《尚书》一章：指上注《尚书·汤誓》一章。三肃使者而退：语出《左传·成公十六年》，谓三次向使者肃拜以后才退走。

又

蒙赐风肉一盘，古人所谓“千里脯”，注疏中所谓“凉州乌翅”者是也，公食大夫礼中最为珍贵〔一〕，夫子频频颁来，且云以劳有功者，枚闻之瞿然。

夫妇人惟酒食是议〔二〕，惟刀匕是供，固其职也。夫子一赏之不足，又屡赏之，似若褒其前功而策其后效者。不知养由基之矢，百发百中，尚有弓拨矢勾之时〔三〕，况灶下婢乎？且人之学问，惟有所歉然也，而后知不足；知不足也，而后能大有功。枚于厨娘，亦以此术待之，故能摩厉以须，时亦弋获〔四〕。今不料夫子褒之，又奇赏之。窃恐此辈将来，以为两朝元老尚且贬少褒多，则主人平日之龂龂督过者，殆不足为定评，而从此放手调羹，不复婆娑相料理矣〔五〕。嗣后如山人有献食之事，求夫子且勿扬之而先抑之，幸甚！

注释

〔一〕凉州乌翅：《周礼·天官·腊人》：“腊人掌干肉。”郑玄注：“大物解肆干之，谓之干肉，若今凉州乌翅。”凉州，古地名，辖境相当于今甘肃、宁夏以及青海东北部、内蒙古西部。公食大夫礼：见《仪礼》卷二十五，指国君以礼食小聘大夫之礼。

〔二〕唯酒食是议：语出《诗经·小雅·斯干》：“乃生女子，载寝之地。……唯酒食是议。”谓女子长大后，要准备酒食之事。

〔三〕养由基：春秋中期楚国大夫，善射，传说有百步穿杨之能。弓拨矢勾：语出《荀子·正论》：“不能以拨弓曲矢中。”拨，不正。勾，歪曲。

〔四〕摩厉以须：语出《左传·昭公十二年》，谓磨刀以待。比喻做好准备，待时而动。时亦弋（yì）获：语出《诗经·大雅·桑柔》："如彼飞虫，时亦射获。"这里比喻调制更精美的食品。

〔五〕龂龂（yín）：争辩的样子。调羹：见本卷《答似村公子索食物》注〔八〕。

与帅璞山刺史〔一〕

枚客岁仲夏，挈家入山，以母老故戢影山庐；高轩过白下，芳讯迥然〔二〕。虽相思之忱，寸阴若岁；而萱苏之寄〔三〕，缺然未来。此赵元叔所谓"实望仁兄，昭其悬迟"者也〔四〕。

三月间，有潘生者来山中，素无抚麈之好，更无执膢之义〔五〕；始投以书，继以诗，读之虽未尽合乎古之立言者，要为有志士也。出见问所欲，曰来南都访其戚某，将我求童蒙，冀束脩一脡耳〔六〕。今戚某不知所之，势甚窘，故急而相投。问其地，曰广德州秀才也〔七〕。枚始而色然骇〔八〕，继乃欣然慰。骇者，骇南都之为师者，在谷满谷，在坑满坑，无可推毂也；喜者，喜明公之刺其州，其雅望渊鉴，足以有造于生也〔九〕。

昔许子将掖虞永贤于牧竖，擢郭子瑜于鞍马〔一〇〕，陆敬舆收昌黎，则王础为之关说〔一一〕。今枚之贤不如王础，生之穷亦未至于牧竖鞍马。然明公之为许子将、陆敬舆者，固俨然在矣。夫安游士于故土，教诲之以励风俗，有司之事也〔一二〕。举所知以成文翁之化〔一三〕，朋友之道也。凡所称引，俱公所知，而必有云者，欲公之重笃斯义也。

注释

〔一〕帅璞山刺史：刺史，清代知州的别称。帅璞山，即帅家相，字伯子，号卓山，江西奉新人。乾隆二年（1737）进士，入庶常馆，三年后改授吏部文选司主事。其后又历任安徽广德州、直隶蔚州与深州之知州，以及广西浔州府知府。有《卓山诗集》传世。

〔二〕客岁：去年。袁枚于乾隆十三年（1748）夏以三百金购得江宁隋氏废园，改名随园，九月即辞官。这里所谓“客岁”，应即乾隆十三年，该信则应写于乾隆十四年（1749）或以后。挈（qiè）：带领。入山：这里是辞官闲居的比喻说法。戢（jí）影：本指隐匿踪迹，这里是退隐闲居的意思。高轩：显贵者所乘高车，亦借指显贵者。白下：南京的别称。

〔三〕萱苏：即萱草、忘忧草。古代多用为忘忧释劳之典。

〔四〕赵元叔：即东汉后期辞赋家赵壹，字符叔，汉阳郡西县（今甘肃礼县）人。实望仁兄，昭其悬迟：语出赵壹《报皇甫规书》。悬迟，犹久仰。

〔五〕素无抚麈（zhǔ）之好，更无执臄（jué）之义：意即素来没有朋友来往的关系，更没有帮其讨生活的义务。

〔六〕南都：即南京。戚：亲戚。将（qiāng）：请求。童蒙：儿童。冀：希望。束脩：见本卷《答似村公子索食物》注〔四〕。脡（tǐng）：条状的干肉。

〔七〕广德州：清代安徽省辖下直隶州，治所在今安徽广德市。

〔八〕色然骇：形容惊骇的样子。

〔九〕推毂（gǔ）：推荐。雅望：清高的名望。渊鉴：洞察，明察。造：培养，造就。

〔一〇〕“许子将掖（yè）虞永贤于牧竖”句：许子将，即东汉后期人物评论家许劭，字子将，汝南平舆（今河南平舆）人。《三国志·魏书·和洽传》裴松之注引《汝南先贤传》：“（许）劭始发明樊子昭于鬻帻之肆，出虞永贤于牧竖，召李淑才乡闾之间，擢郭子瑜鞍马之吏，援杨孝祖，举和阳士。兹六贤者，皆当世之令懿也。”掖，扶助，提携。牧竖，放牧人。擢，提拔，提升。

〔一一〕“陆敬舆收昌黎”句：陆敬舆，即中唐政治家、文学家陆贽，敬舆其字。昌黎，即韩愈。关说，由人代为请托游说。唐德宗贞元八年（792），时任兵部侍郎陆贽主持科举考试，时任右补阙梁肃、比部郎中王础辅助之。梁肃、王础都欣赏韩愈的文章，有意提携韩愈，遂使韩愈以第十三名的成绩考中进士。

〔一二〕有司：古代设官分职，各有专司，故称有司。后泛指官吏。

〔一三〕文翁之化：《汉书·文翁传》载汉景帝时，文翁出任蜀郡太守，修学官于成都市中，招县下子弟为学官弟子，明经饬行，使传教令，蜀地由此大化，比于齐鲁。至汉武帝时，乃令天下郡国皆立学官。

与洪洞令陶西圃〔一〕

河水东流，而君西上。且闻新选花封，可以问阳侯之国，访虒祈之宫，登姑射之山，饮襄陵之酒〔二〕。乐哉乐哉，班生此行，无异登仙矣〔三〕！

昔郁林王指阿堵曰："我昔日思汝，一个不得，今日得用汝不？"〔四〕足下半生贫苦，衣不掩骭，而一旦处脂膏之地，百万一紫标，千万一黄标，得毋手把牢盆，不知颠倒乎〔五〕？又闻年嫂夫人，业已委化，宫弦绝矣，则么弦续张〔六〕。我家阿昭，公然有敌体之意，所谓哀姜薨而成风正，出姜去而敬嬴尊，春秋之义也〔七〕。第绿珠之车虽去，而一斛之价未来，足下在家慈前，颇有诸责〔八〕。公余之暇，宜取怀中记事珠，略加摸索，宁饮水而瘦，毋食言而肥也〔九〕。

注释

〔一〕洪洞（tóng）令陶西圃：陶西圃，即袁枚同年陶镛，字序东，号西圃，安徽芜湖人。乾隆四年（1739）进士，授庶常，改知直隶武强县，以忧归，起补山西洪洞知县，调知乐平。寻迁湖北宜昌司马，引疾归里。卒后，袁枚为作《祭陶西圃文》，收入《小仓山房文集》卷十四。

〔二〕花封：西晋潘岳为河阳令时，满县种桃花，后因以花封为县治之美称。阳侯：水神名。传说原为陵阳国侯，溺水而死。虒（sī）祁：宫殿名，春秋后期晋平公所建，故址在今山西侯马附近。姑射（yè）之山：《庄子·逍遥游》："藐姑射之山，有神人居焉。"襄陵：山西县名，因有晋襄公之陵墓，故名。

〔三〕班生此行，无异登仙：班生，即班景倩，唐汲县人。史称其自采访使入为大理寺少卿，路过大梁时，刺史倪若水为其饯别。别后，若水望其行尘许久，对其官属说："班生此行，无异登仙。"

〔四〕"郁林王指阿（ē）堵曰"句：郁林王，即南朝齐第三任皇帝萧昭业（473—494），字符尚，小字法身，南兰陵（治今常州西北）人，在位一年，后被萧鸾杀死。阿堵，古人称钱为阿堵物。《南齐书·本纪第四》载萧昭业即位后，"极意赏赐，动百数十万。每见钱，辄曰：'我昔时思汝，一文不得，今得用汝未？'"

〔五〕骭（gàn）：胫骨。脂膏之地：富裕的地方。紫标、黄标：史称梁武帝弟萧宏性爱钱，百万一聚，黄榜标之；千万一库，悬一紫标。牢盆：煮盐器。

〔六〕委化：去世的委婉说法。宫弦：喻指妻子。么（yāo）弦：指妾。续张：扶为正室。

〔七〕阿昭：又作阿招，本为袁枚侍女，后于乾隆十八年（1753）正月初七嫁陶镛为妾。敌体：彼此地位相等，这里指妻妾之间的地位而言。哀姜、成风：分别是春秋时期鲁庄公的妻和妾。出姜、敬嬴：分别是春秋时期鲁文公的妻和妾。

〔八〕绿珠：西晋梁氏女，有姿容，善吹笛，石崇以珍珠三斛买来为妾。石崇被逮后，遂坠楼自杀。一斛之价：指买阿昭的身价。家慈：在别人面前对自己母亲的谦称。

〔九〕记事珠：五代王仁裕《开元天宝遗事》卷上载唐代张说做宰相时，有人送他一颗珠子，名曰"记事珠"，"或有阙忘之事，则以手持弄此珠，便觉心神开悟，事无巨细，涣然明晓，一无所忘"。食言而肥：语出《左传·哀公二十五年》："是食言多矣，能无肥乎？"谓背弃诺言。

再与西圃〔一〕

使者来，接手书及朱提一流，知昭姑已作阿摩敦矣〔二〕。郎君又与如来同诞〔三〕，定自不凡。“康公我之所自出”，异日头角峥嵘〔四〕，老夫当以此语谑之。

足下以瘦人而居肥地，仆谓人当因地而肥，不谓地反因人而瘦。革陋规自佳，然亦不宜太骤，有近名之心〔五〕。昔谢方明承代前人〔六〕，不易其政，有应改者，必移之以渐，使无迹可寻。士君子居家在廉让之间，行己在清浊之际〔七〕。陶靖节为君家第一流人物，其言曰：“聊欲弦歌以为三径之资。”〔八〕是黑海之余资，未必非青山之退步，愿少为留意〔九〕。

仆已挈家入山，随园构草屋数间，将栖鸡于埘，豢豕于牢，采山钓水，息影蓬庐，从此永赋遂初〔一〇〕。虽韩、白按剑于前，苏、张巧说于后，必不出雷池半步矣〔一一〕。昔元微之以州宅夸于乐天〔一二〕，仆则以山房傲于西圃，故人交好，情在于斯。

注释

〔一〕西圃：即陶镛。

〔二〕朱提（shū shí）：山名，出银。《汉书·食货志》：“朱提银重八两为一流，直一千五百八十。”后以朱提为银的代称。昭姑已作阿摩敦：昭姑，即上文的阿昭。阿摩敦，古鲜卑语，指母亲。这句是说阿昭已做了母亲。

〔三〕与如来同诞：传说阴历四月初八是如来诞辰。

〔四〕康公我之所自出：语出《左传·成公十三年》，系吕相绝秦中的外交辞令。意即：秦康公是我们晋国先君晋献公的外甥。头角峥嵘：比喻突出地显露才能。

〔五〕近名：好名，追求名誉。

〔六〕谢方明（380—426）：陈郡阳夏人，东晋元兴中除著作郎，累迁晋陵太守。后入南朝宋为会稽太守，深明政体，不拘文法，阔略苛细，务综纲领。贵族豪士，莫敢犯禁。

〔七〕居家在廉让之间：《南史·列传第三十七》载，南朝时人范柏年以应对敏捷为宋明帝所知。一次宋明帝言及广州的贪泉，于是问范柏年梁州可有贪泉这样的地名，柏年回答：“梁州唯有文川、武乡，廉泉、让水。”宋明帝又问：“卿宅在何处？”柏年回答：“臣所居在廉让之间。”行己：立身行事。

〔八〕陶靖节：即陶潜，一名渊明，世称靖节先生。聊欲弦歌以为三径之资：语出《晋书·陶潜传》。《论语·阳货》载孔子弟子子游为武城宰，以弦歌为教民之具，后以弦歌为出任邑令的典故。三径，典出《三辅决录·逃名》：“蒋诩归乡里，荆棘塞门，舍中有三径，不出，唯求仲、羊仲从之游。”后以三径指代归隐者的家园。

〔九〕黑海：代指宦海。退步：为以后留下余地。少：稍微。

〔一〇〕埘：鸡栖的木桩。豢（huàn）：喂养。豕（shǐ）：猪。牢：养牲畜的圈。息影：退隐闲居。蓬庐：茅舍，泛指简陋的房屋。遂初：西汉末年刘歆贬官五原太守，不得意，作《遂初赋》以寄意。这里指去官隐居，得遂其愿。

〔一一〕韩、白：即古代名将韩信、白起。苏、张：即战国中期纵横家代表苏秦、张仪。不出雷池半步：语出《晋书·庾亮传》：“吾忧西陲，过于历阳，足下无过雷池一步也。”雷池即大雷水，在安徽望江县南。比喻不可越出的一定范围。

〔一二〕元微之以州宅夸于乐天：元微之，即中唐诗人元稹，微之其字。乐天，即白居易，乐天其号。元稹有《以州宅夸于乐天》诗。

与胡书巢妹夫〔一〕

川中李姓者来，接札，知摄篆简州〔二〕。上官知其才，黔首乐其政〔三〕，吾道大行，效已可睹。乃谆谆问途于老马〔四〕。仆如天宝梨园，退闲已久，一切骁壶伴侣，都已羽换宫移，闭门造车，不能出而合辙〔五〕，古之训也。况崔郾因地而宽严〔六〕，徐邈随时为通介〔七〕。道若转圜〔八〕，不容墨守。仆何能以破烂惠文冠，赞足下新硎之政哉〔九〕？但愿守吕文穆“忍辱耐烦”之语〔一〇〕，行张乖崖洁己爱民之政〔一一〕；谅所已能也，不敢不告也。

寄信人李某，乃撅竖小人耳〔一二〕。将所托寄金，全行干没，竟以一纸空函，作殷浩之投[一三]。仆与香亭，气如结辖[一四]。观其结舌支离，蓝衫破碎，任圜是何虫豸[一五]；而足下乃望其以四百金谋人骨肉，岂君子可欺以其方耶[一六]？

香亭家困穷已极，大妹望断藁砧，有盘中一曲、万首回文之意[一七]。譬如赤地三年，偶得慈云一片，而又被毒龙吸去，命也如何？仆虽有资助，奈山居已久，分润无多，所谓“马负千钧，蚁驮一粒”[一八]，亦各尽其力之所能到而已。一笑。

注释

〔一〕胡书巢妹夫：胡书巢即胡德琳，字碧腴，一字书巢。其先安徽休宁人，父经商于两广，遂隶籍广西临桂（今桂林）。乾隆十七年（1752）进士，累官山东东昌、莱州、登州知府。因其娶袁枚叔父袁鸿长女袁杰为妻，故袁枚呼之为妹夫。

〔二〕摄篆（zhuàn）：代理官职。官员印信刻以篆文，故名。简州：今四川简阳市。

〔三〕黔首：平民百姓。

〔四〕谆（zhūn）谆：忠谨诚恳貌。问途于老马：喻指向袁枚询问做地方官之要领。

〔五〕天宝：唐玄宗年号（742—756）。梨园：唐玄宗时宫廷所设训练乐器演奏人员的机构。骁壶：南朝清乐曲名。羽换宫移：本义是乐曲换调，这里比喻时移世易、物是人非。宫、羽均为古代五音中的音阶名。合辙：比喻一致。

〔六〕崔郾（yǎn）因地而宽严：崔郾（768—836），字广略，中唐大臣。《新唐书·列传第八十八》载其治虢以宽，治鄂以严。

〔七〕徐邈随时为通介：徐邈，字景山，三国魏蓟（今北京西南）人，官至光禄大夫，赐爵关内侯。随时，顺应时势。通，通达。介，耿直。《三国志·魏书·徐胡二王传》载卢钦称赞徐邈秉性高洁，通达耿直，不随波逐流。

〔八〕转圜（huán）：转动的圆形器物，代指便易迅速之事。

〔九〕惠文冠：古代武官所戴的冠，相传是战国中期赵惠文王所制，故名。赞：辅佐，帮助。新硎（xíng）：新磨出的刀刃，比喻首次尝试或初露锋芒。

〔一〇〕吕文穆：即吕蒙正（944—1011），字圣功，河南洛阳人。北宋太平兴国二年（977）状元，三度拜相，封许国公，授太子太师，卒谥文穆。

〔一一〕张乖崖：即张咏（946—1015），字复之，号乖崖，北宋濮州鄄城（今山东鄄城）人。太平兴国年间进士。累擢枢密直学士，真宗时官至礼部尚书，卒谥忠定。

〔一二〕撅（jué）竖：卑鄙，恶劣。

〔一三〕干（gān）没：侵吞公家或别人的财物。殷浩之投：殷浩（303—356），字渊源，陈郡长平（今河南西华）人，东晋大臣、将领。《晋书·殷浩传》载殷浩曾答应为人递送书信，"虑有谬误，开闭者数，竟达空函"。空函，指没有放入信笺的函封。

〔一四〕香亭：即袁树（1731—1806），字香亭，袁枚叔父袁鸿长子。乾隆二十八年（1763）进士，历任多地知县、通判。有《红豆村人诗集》《诸子詹詹录》等。结辖（sè）：将辖连结起来，比喻心中郁结不畅。辖，用皮革缠叠而成的车旁障蔽物。

〔一五〕结舌：不敢说话或想说而说不出话，犹张口结舌。支离：散乱，无条理。蓝衫：破烂的衣衫。虫豸（zhì）：小虫，比喻下贱者。典出五代孙光宪《北梦琐言·卢程》："卢程擢进士第……唯以氏族傲物。任圜常以公事入谒，程乌纱隐几，谓圜曰：'公是虫豸，辄来唐突！'"

〔一六〕君子可欺以其方：语出《孟子·万章上》，意即：对于君子，可以用合乎人情的方法来欺骗他。

〔一七〕藁砧（gǎo zhēn）：妇女称呼丈夫的隐语。盘中一曲、万首回文：妻子思念远方丈夫的典故。盘中一曲，即苏伯玉妻《盘中诗》。传说汉代（一说晋代）苏伯玉宦游蜀地，久而不归，其妻在长安作《盘中诗》以寄，倾诉思念之情。万首回文，即窦滔妻《璇玑图》。相传前秦时秦州刺史窦滔因罪被徙流沙，到流沙后，他不顾居家苦守的妻子苏蕙，另寻新欢。苏蕙得知后，以织锦回文诗《璇玑图》寄与窦滔，使夫妻二人重归于好。

〔一八〕分润：分取钱财，分享利益。负：背负。钧：古代重量单位，合三十斤。

又

枚去秋病痁[一]，命不绝如缕。妹舟过时，张目强视，语昏昏不复省记[二]。有书奉讯起居，竟不知书中作何谰语[三]。今年蜀使来赍金帛，走古杭，又走寿春[四]，枚俱懵焉！最后才得手书，并说三巴风土[五]。上官以君为拨烦吏，接席倾衿[六]，争先睹之为快。想青莲之《蜀道难》，将化为陆畅之《蜀道易》耶[七]？暂饮冰蘗[八]，故自儒者所耐，为可喜也。

香亭家借河海之润[九]，感何可言！但世母于作家道理[一〇]，天性限之。沟浍之盈涸[一一]，可立待，谅智者所深知也，亦仁人所深念也。

枚前因赴选，故不获视先君含殓[一二]，时时抱恨终天。今母老矣，白云亲舍[一三]，言之黯然！故出具文书，告请终养[一四]，而今而后，吾知免夫循吏、儒林。请各努力。

注释

〔一〕去秋：这里指乾隆十九年（1754）秋。痁（shān）：疟疾。

〔二〕省（xǐng）记：回忆，记忆。

〔三〕谰（lán）语：妄语。

〔四〕赍（jī）：持，带。古杭：即杭州。寿春：指清代安徽寿州，治所在今安徽寿县。

〔五〕三巴：巴郡、巴东、巴西的合称，这里代指四川。

〔六〕上官：上司，长官。拨烦吏：能治理烦杂之事的吏员。接席：坐席相接，形容亲近。倾衿（jīn）：亦作“倾襟”，推诚相待。

〔七〕青莲：即李白，号青莲居士，《蜀道难》为其名篇。陆畅：

字达夫，吴郡吴县（今苏州）人，生活于唐宪宗时期。初居蜀，尝为《蜀道易》一诗颂美剑南节度使韦皋。事见《新唐书》卷一百五十八。

〔八〕冰蘖：比喻寒苦而有操守。

〔九〕香亭：指袁枚从弟袁树。

〔一〇〕世母：伯母。作家：治家，理家。

〔一一〕沟浍（kuài）：泛指田间水道。盈：充满。涸：干涸。

〔一二〕赴选：前往吏部，听候铨选。先君：已故的父亲。含殓（liàn）：入殓安葬。古时将珠宝放于死者口中，含之入棺。

〔一三〕白云亲舍：比喻思念父母的话。亲，父母。舍，居住。《新唐书·狄仁杰传》载狄仁杰曾登太行山，遥望故乡，看到远方有白云飘过，就对身边的人说自己的父母就住在云的下方，一边看一边感慨，直到云彩飘走，才离开。

〔一四〕出具文书，告请终养：终养，奉养父母，以终其天年。乾隆十九年（1754）冬，尹继善署两江总督，袁枚遂托其代为向吏部题达终养文书。

与程绵庄论楞严经〔一〕

自幼即闻古之达人文士，靡不好《楞严》者〔二〕。今生四十年，蒙先生教以寓目。初见似奇，再玩之觉甚平平〔三〕，大率即宋儒语录耳！宋儒讲学，有意为深微；《楞严》谈禅，有心为高妙。其大旨在曲引旁证〔四〕，敷衍成章；平易处忽生峰曲，到吃紧处仍不说明。非故为廋词，即乱以番语〔五〕，以便再申文义，重起波澜。不知略聪悟人观一波〔六〕，便知再一波，万千波之不过尔尔。徐骑省以为如一桶水〔七〕，倾出后复倾入一桶中，了无义意，可谓道破机关。以仆揣之，大抵六朝人伪撰，故西域转无此书，犹之冉求所撰《算书》〔八〕，现在日本国，不在中华也。

吾儒六经大都言情纪事，无空谈者。惟《周易》一书，圆通广大，凭虚而立，然六十四卦中，何尝不指物陈象[九]，畅所欲言！从无赘词复笔，方知周、孔之教，终非如来所能梦见[一〇]。司马文正曰："其微言不能出吾书。"[一一]信矣！先生《礼乐论》，粹然儒者之言，其妙处在发前人之所未发。鱼门之病，在有心作有关系文字，而不免依傍附会，由其识力未到故也[一二]。驰此种文字以救之，当必有进。

注释

〔一〕程绵庄：即程廷祚（1691—1767），初名默，字启生，号绵庄，又号青溪居士，祖籍安徽歙县，迁江苏上元（今南京）。乾隆元年（1736）举博学鸿词，不应要人招致，卒报罢，十六年（1752）检举经明行修，复报罢，遂不应科举。著有《易通》《青溪诗说》等。《楞严经》：大乘佛教经典。

〔二〕靡：无，没有。

〔三〕玩：观赏，玩味。

〔四〕曲引旁证：即旁征博引。

〔五〕廋词：隐语。番语：少数民族或外国的语言。

〔六〕略聪悟人：稍稍聪明一些、有悟性的人。

〔七〕徐骑省：即徐铉（916—991），字鼎臣，广陵（今江苏扬州）人。历仕五代吴、南唐，后随李煜归宋，官至散骑常侍，世称徐骑省。

〔八〕六朝：三国两晋南北朝时期南方的六个朝代，即孙吴（或称东吴）、东晋、南朝宋（或称刘宋）、南朝齐（或称萧齐）、南朝梁、南朝陈。冉求：孔子弟子，字子有，春秋后期鲁国陶（今山东菏泽）人。

〔九〕指物陈象：指明客观事物，叙述其外在表象。

〔一〇〕赘词复笔：冗赘多余的文辞。周、孔：即周公、孔子。

〔一一〕"司马文正曰"句：司马文正，即司马光，文正其谥。《宋史·司马光传》："光于物澹然无所好，于学无所不通，惟不喜释、老，曰：'其微言不能出吾书，其诞吾不信也。'"意即：佛教、道教的所谓微言大义，超不出我的著作范畴。

〔一二〕鱼门：即程晋芳（1718—1784），初名廷璜，字鱼门，号蕺园，安徽歙县人。乾隆三十六年（1771）进士，由内阁中书改授吏部主事，迁员外郎，被举荐参与纂修《四库全书》。家世业盐于淮扬，殷富，袁枚与其家过从甚密，且投资其中。有《蕺园诗》《勉和斋文》等。病：毛病。识力：识别事物的能力。

与卢雅雨转运〔一〕

先生借省会之余闲，访野人于物外，一林梅萼，半榻茶烟，想别后犹殷然在念也〔二〕。伏念风雅一席，主之者有人；本朝新城司寇之遗风，六七十年来为《广陵散》矣〔三〕。先生以硕德峻望，起而继之；又掌财赋之均输，居东南之胜地〔四〕，宜海内文士归之者，如晨风之郁北林，龙鱼之趋薮泽也〔五〕。先生玉秤在心，因材而笃〔六〕。虽汲汲顾影〔七〕，劳不可支，每谈及斯文，便眉舞色飞而不能自已。此殆天之默相其精神〔八〕，以扶持大雅耶？

陈生古愚，因受知于先生，而有其室家；因有其室家，而转增食口〔九〕。良医治人，原不能十全为上也。然恩始恩终，大君子必无厌色。喜渠食指无多，桶中之妻，尚易畜养〔一〇〕。古语云：“赈饥不期于鼎食，拯溺无待于规行。”〔一一〕兹来晋谒〔一二〕，祈进之前席而洗其寒酸，幸甚！

注释

〔一〕卢雅雨转运：即卢见曾（1690—1768），字澹园，又字抱孙，号雅雨，又号道悦子，山东德州人。康熙六十年（1721）进士，历官四川洪雅知县，直隶滦州知州、永平知府，长芦、两淮盐运使。有《雅雨堂诗文集》等。卢见曾于乾隆元年（1736）至二年（1737），乾隆十八年（1753）至二十七年（1762）间，两次担任两淮盐运使（驻扎扬州），故以转运称之。袁枚此信应写于卢见曾第二次任两淮盐运使期间。

〔二〕省会：这里指江苏省会所在地江宁府城。野人：有隐逸之人、村野之人的涵义，这里是袁枚自谦之词。物外：世外。殷然：情义深厚貌。

〔三〕新城司寇：即王士禛（1634—1711），字子真，一字贻上，号阮亭，又号渔洋山人，世称王渔洋，谥文简，山东新城（今桓台）人。顺治十五年（1658）进士，康熙四十三年（1704）官至刑部尚书。司寇，刑部尚书的别称。王士禛曾任刑部尚书，又隶籍山东新城，故称之为新城司寇。《广陵散》：古代琴曲，因三国时嵇康临刑前弹奏此曲而知名。

〔四〕硕德：大德之人。峻望：崇高的声望。财赋：财货赋税。均输：汉武帝实行的一项经济措施。在大司农属下置均输令、丞，统一征收、买卖和运输货物。

〔五〕晨风之郁北林，龙鱼之趋薮（sǒu）泽：语出晋干宝《晋纪总论》："如晨风之郁北林，龙鱼之趣渊泽也。"晨风之郁北林，语本《诗经·秦风·晨风》："鴥彼晨风，郁彼北林。"晨风，即鹯（zhān）鸟，属于鹞鹰一类的猛禽。郁，形容茂密。鴥（yù），鸟疾飞的样子。龙鱼，传说中的奇异动物。薮泽，水草茂密的沼泽湖泊地带。

〔六〕玉秤在心：相传唐代才女上官婉儿诞生前，其母郑氏梦见一个巨人，给她一杆秤说："持此称量天下士。"事见唐张说《唐昭容上官氏文集序》与《旧唐书·列传第一》记载。因材而笃：语出《礼记·中庸》："故天之生物，必因其材而笃焉。"意即：所以天生万物，必定依照各自的材质而笃实对待。

〔七〕汲汲（jí）：形容急切的样子。

〔八〕相（xiàng）：帮助。

〔九〕陈生古愚：即陈毅，字直方，号古渔（又作古愚），江苏上元（今南京）人。性兀傲，不谐于俗。以布衣终其身。所编《所知集》专选同时布衣寒士诗，袁枚尝为之作序，收入《小仓山房文集》卷十。食口：这里指家口。

〔一〇〕渠：他。食指：指家中人口。桶中之妻：此为元末明初浙江黄岩隐士吕徽之事。陶宗仪《南村辍耕录》卷八载，吕徽之家住仙居群山之中，博学能诗文，安贫乐道，耕渔以自给。曾有贵游子弟造访其家，唯见草屋一间，家徒壁立，其妻只能坐在米桶中，以避寒取暖。

〔一一〕赈饥不期于鼎食，拯溺无待于规行：语出南朝齐王融《永明十一年策秀才文》之四："岂非疗饥不期于鼎食，拯溺无待于规行。"鼎食，吃饭时排列很多鼎，形容富贵人家的奢侈生活。拯溺，救援溺水的人，引申指解救危难。规行，规规矩矩地走，比喻拘泥于礼法而不能逾越常规。

〔一二〕晋谒（yè）：拜见。

戏招李晴江〔一〕

旧雨不来〔二〕，杏花将去。仆此时酒价与武库争先〔三〕，足下来车，亦须与东风争速。不然，则残红满地，石大夫虽来，已在绿珠坠楼之后〔四〕，徒惹神伤。送行诗呈上，所以多用小注者，恐百世后，少陵与孔巢父交情〔五〕，费注杜者几许精神，终未了了故耳。

足下去矣，所手植借园花木〔六〕，交与何人？何不尽付山中，当作托孤之计〔七〕？赠花如赠妾，不妨留与他人乐少年也；如不见信，可使歌者何戡与花俱留〔八〕。他年仆则曰："璧犹是也，而马齿加长。"〔九〕兄则曰："树犹如此，人何以堪！"〔一〇〕岂非一时之佳话哉？合肥可有诗人否？可将鄙作带往，教令和成，归而镌板〔一一〕，压之行李担中，较羊肉千斤、肥牛百只，轻重何如？

注释

〔一〕李晴江：即李方膺（1695—1755），字仲虬，号晴江、白衣山人等，江苏通州（今南通）人。曾任山东兰山，安徽潜山、合肥知县。后获罪罢官，因寓居江苏江宁（今南京），往来扬州卖画为生，为扬州八怪之一。卒后，袁枚尝为之作《李晴江墓志铭》，收入《小仓山房文集》卷五。乾隆二十年（1755）春，李方膺将离江宁，袁枚作《送李晴江还通州》诗三首为之送行，并作此信招李方膺来随园饮酒赏花。

〔二〕旧雨：典出杜甫《秋述》："常时车马之客，旧，雨来；今，雨不来。"意即：过去宾客遇雨也来，而今遇雨却不来了。后以"旧雨"作为老友的代称。

〔三〕武库：储藏武器的仓库。这里比喻书库，与酒价对应，犹言书价。

〔四〕石大夫：即西晋巨富石崇，以生活豪奢闻名，赵王司马伦之乱时被杀。绿珠：石崇宠妾，石崇被捕时，坠楼自杀。

〔五〕少陵与孔巢父交情：杜甫自称少陵野老，故世称杜少陵。孔巢父（？—784），字弱翁，唐冀州（今河北冀州）人，孔子三十六世孙，与李白、杜甫友善，杜甫曾赠其《送孔巢父谢病归游江东兼呈李白》诗。

〔六〕借园：李方膺在江宁时曾寓居借园，因自号借园主人。

〔七〕托孤：以遗孤相托。

〔八〕少年：几年。何戡（kān）：唐代长庆年间歌者名，这里代指歌者。

〔九〕璧犹是也，而马齿加长：此为春秋中期晋献公假途灭虢之典故。语出《春秋穀梁传·僖公二年》："献公亡虢，五年而后举虞，荀息牵马操璧而前曰：'璧则犹是也，而马齿加长矣。'"

〔一〇〕树犹如此，人何以堪：语出《世说新语·言语》："桓温北征，经金城，见前为琅邪时种柳皆已十围，慨然曰：'木犹如此，人何以堪！'攀枝执条，泫然流泪。"表达岁月无情流逝、催人衰老之意。

〔一一〕镌（juān）板：雕版印刷。

与朱草衣〔一〕

昨日红杏一株，白头三老〔二〕；酌山家之瓦缶〔三〕，作铜狄之摩挲〔四〕。王晞所谓："卿辈即留连之一物，岂独鱼鸟而已？"〔五〕旨哉斯言〔六〕！第飞蓬随风，微子所叹〔七〕；转眼陈迹，少陵所悲[八]。古人南皮之游[九]，曲水之宴[一〇]，千年于兹，流风未泯者，岂非仗文人之笔，使之传留哉？先生诗中雄伯[一一]，宜赋短章，以荣斯举。瓶罄而钵韵初鸣，峰青而曲声尚在，斯乃高人之雅怀，宴游之逸轨也[一二]。

所云洲事，殊是下情所愿，望即讯明颠末，俟苍头来淮，便可以彼易此[一三]。昔李衡树甘橘于龙阳[一四]，今袁子植芦花江上，隔世效颦，允堪齿冷[一五]。倘得落叶添薪，免仰首于古槐之下[一六]，则王猛资粮，直是君炊之而君爨之[一七]，感何可言！

女公子何日来园[一八]？当此柳花如雪，使平阳弱息[一九]，樊素姬人[二〇]，想杀谢家风范[二一]，两颈为劳矣[二二]。如何姗姗其来迟耶[二三]？

注释

〔一〕朱草衣：即朱卉（1684—1757），字草衣，祖籍安徽芜湖，侨居安徽休宁，后入赘江苏江宁（今南京）史家。性喜吟咏，工书画，今人或认为他是《儒林外史》中牛布衣的原型。有《朱草衣遗诗》传世。卒后，袁枚题其墓曰“清诗人朱草衣之墓”。

〔二〕红杏一株，白头三老：一位年轻女子、三位白发老翁的比喻说法。

〔三〕山家：山野人家。瓦缶：小口大腹的瓦器。

〔四〕作铜狄之摩娑：铜狄，铜铸之人。摩娑铜狄为《后汉书·方术列传》所载方士蓟子训事，曰：“后人复于长安东霸城见之（按，即蓟子训），与一老公共摩挲铜人，相谓曰：‘适见铸此，已近五百岁矣。’”

〔五〕“王晞（xī）所谓”句：王晞（510—581），字叔朗，历仕北魏、北齐、北周、隋。《北齐书》卷三十一称其以超脱尘世而著称，曾作诗曰：“日落应归去，鱼鸟见留连。”一日，有相王使者召唤，他未按时到场。第二天，卢思道调侃他是否留连于鱼和鸟，所以迟迟不来，王晞微笑着说：“昨晚陶然，颇以酒浆被责，卿辈亦是留连之一物，岂直在鱼鸟而已？”

〔六〕旨哉斯言：这番话多么美好啊！

〔七〕第：但是。飞蓬随风，微子所叹：语出《后汉书·明帝纪》：“飞蓬随风，微子所叹，永览前戒。”

〔八〕转眼陈迹，少陵所悲：唐杜甫《客旧馆》：“陈迹随人事，初秋别此亭。”

〔九〕南皮之游：典出三国魏曹丕《与吴质书》：“每念昔日南皮之游，诚不可忘。”南皮，今河北沧州市下辖县。

〔一〇〕曲水之宴：古人常于三月三日上巳之日举行祓禊觞咏之会，席上众人临流水而坐，往往有赏花、赋诗等活动。

〔一一〕雄伯：杰出人物。

〔一二〕峰青而曲声尚在：唐钱起《省试湘灵鼓瑟》：“曲终人不见，江上数峰青。”逸轨：高洁的轨范。

〔一三〕讯明颠末：问明白所有情况。俟（sì）：等待。苍头：头发斑白，指老年人。这里是袁枚自称。易：交换。

〔一四〕李衡树甘橘于龙阳：典出北魏贾思勰《齐民要术序》：“李衡于武陵龙阳氾洲上作宅，种甘橘千树。”李衡，三国吴人，曾任丹阳太守。武陵，三国时吴国郡名，在今湖南省境内。龙阳，今湖南汉寿县。氾洲，水中大片的冲积沙洲。

〔一五〕袁子：袁枚自称。效颦（pín）：典出《庄子·天运》，盲目模仿的意思。允：确实。齿冷：露齿笑人，久之觉冷，极言讥笑嘲讽之甚。

〔一六〕落叶添薪，免仰首于古槐之下：典出元稹《遣悲怀三首》其一：“落叶添薪仰古槐。”意即靠古槐落叶当柴也无怨言。

〔一七〕“王猛资粮”句：王猛（325—375），字景略，北海郡剧县（今山东寿光东南）人。十六国时期政治家、军事家，在前秦官至丞相、大将军。《资治通鉴》卷一百载：“樊世谓（王）猛曰：‘吾辈耕之，君食之邪？’猛曰：‘非徒使君耕之，又将使君炊之！’”爨，烧火做饭。

〔一八〕女公子：先秦时期特指诸侯的女儿，后用以尊称别人的女儿。

〔一九〕平阳弱息：唐魏颢《李翰林集序》载，李白只有一女，名叫平阳。李白《寄东鲁二稚子》诗亦称：“娇女字平阳。”后多指幼弱的女儿。

〔二〇〕樊素姬人：樊素是中唐诗人白居易的家姬，与小蛮齐名。唐孟棨《本事诗·事感》：“白尚书姬人樊素善歌，妓人小蛮善舞，尝为诗曰：‘樱桃樊素口，杨柳小蛮腰。’”

〔二一〕谢家：即东晋才女谢道韫。

〔二二〕两颈为劳：意即我的女儿和侍姬引颈以待你的女儿，两个人的脖颈都望酸了。

〔二三〕姗姗其来迟：语出《汉书·外戚传上》：“立而望之，偏何姗姗其来迟。”

与岳水轩〔一〕

蒙念仆无子，荐常州董生来，为仆修灶。仆拒而不见，非不感情也，恐为灶所笑故也。灶为五祀之一〔二〕，理宜致祭。然以床笫之事渎之，灶如有神，必訾我曰〔三〕：“卿不能媚于室，乃欲媚于灶！”此何事，可使灶有功耶？就使有功，则生子乃真是灶下养矣〔四〕！为中郎将，尚且被人耻笑，而况其未必乎！

董生工于媚灶，自是王孙贾一流〔五〕，圣人所深鄙，故不愿见也。昔范武子以祝史不祈〔六〕，称贤于诸侯；漆雕开以一年龟兆之多寡，定臧氏三代之贤否〔七〕。大抵古之贤士大夫，壶子走巫〔八〕，颜含拒筮〔九〕，无有不敬鬼神而远之者〔一〇〕。后世最好时日小数者〔一一〕，莫如王莽〔一二〕；其次则晋之废太子司马遹是也〔一三〕。二人终竟吉乎凶乎？史册具在，可考而知。此仆平日硁硁之见〔一四〕，如董生来，即以此言告之。

注释

〔一〕岳水轩：即岳梦渊（1699—？），字峙亭、伸子，号水轩、白门倦翁，河南汤阴人，岳飞裔孙。康熙、乾隆间诸生，有经济才，游幕四方，曾在永保、准泰、额尔登、吴晏幕中襄理政务。袁枚尝为其《海桐书屋诗钞》作序，收入《小仓山房外集》卷二，题为“岳水轩诗序”。

〔二〕五祀：古代祭祀的五种神祇。具体说法不一，此处袁枚或据《礼记·月令》：“（孟冬之月）天子乃祈来年于天宗，大割祀于公社及门闾，腊先祖五祀。”郑玄注：“五祀，门、户、中溜、灶、行也。”

〔三〕訾（zǐ）：指责。

〔四〕灶下养：《后汉书》卷十一载，更始帝刘玄往往将官爵授予小商人、厨子之流，百姓戏称之为“灶下养，中郎将”。灶下养即指厨子。

〔五〕王孙贾：春秋后期卫国大夫。《论语·八佾》：“王孙贾问曰：‘与其媚于奥，宁媚于灶，何谓也？’子曰：‘不然。获罪于天。无所祷也。’”

〔六〕范武子以祝史不祈：范武子，春秋中期晋国大夫。祝史，上古司祭祀之官。《左传·襄公二十七年》载，楚国大夫子木向晋国大夫赵孟询问范武子之德，赵孟曰：“夫人之家事治，言于晋国无隐情。其祝史陈信于鬼神，无愧辞。”意即：这个人的家事治理得井井有条，对晋国人来说没有什么可隐瞒的情况，他的祝史向鬼神祝祷时没有言不由衷的话。

〔七〕“漆雕开以一年龟兆之多寡”句：《孔子家语·好生》载，孔子问漆雕凭：“你曾侍奉过三位鲁国大夫臧文仲、臧武仲、孺子容，他们谁更贤明？”漆雕凭说：“臧家有块占卜用的龟甲，臧文仲三年占卜一次，臧武仲三年占卜两次，孺子容三年占卜三次。我可以从中判断他们贤明与否。”袁枚或将漆雕凭误记为漆雕开。

〔八〕壶子走巫：《庄子·应帝王》载，郑国有个叫季咸的神巫，夸口能断定一个人的死生存亡、祸福寿夭，连列子也受其蛊惑。列子的老师壶子为引导列子重回正道，让季咸给自己相面。三天下来，壶子分别向季咸展示了地之相、天之相、人之相，搅得季咸迷惑不已。第四天，壶子示之以无相之相，吓得季咸撒腿就跑。

〔九〕颜含拒筮：颜含字弘都，琅琊莘（今山东费县）人，颜回第二十六世孙，东晋名臣。《晋书》卷六十八载郭璞欲为颜含占卦，颜含拒绝，并说：“自有性命，无劳蓍龟。”

〔一〇〕敬鬼神而远之：语出《论语·雍也》：“樊迟问知。子曰：‘务民之义，敬鬼神而远之，可谓知矣。’”

〔一一〕时日：犹吉日。古人迷信，以为时日有吉凶，常以卜筮决之。小数：犹言小术，多指博弈、占卜之类。

〔一二〕王莽（前45—23）：新朝开国皇帝，字巨君，魏郡元城（今河北大名）人，9—23年在位。

〔一三〕司马遹（yù，278—300）：晋武帝司马炎之孙，晋惠帝司马衷长子，字熙祖，小字沙门。晋惠帝皇后贾南风以司马遹非己出，恐其即位后自己地位难保，便与贾谧等设计谋害，诬陷司马遹谋反，最终将其杀害，后追谥为愍怀太子。

〔一四〕硁硁（kēng）：形容浅陋固执。

答何献葵明府〔一〕

去秋病中作别，床上送行，客主情怀，两未酣畅。腊底接手书，知新妇入厨，羹汤初作；喜古尊在署〔二〕，相助为理。以新硎之治化，兼旧雨之周旋，本朝《循吏传》中，添几页相须矣〔三〕。

兄爱我深，爱随园尤深。别后增柳谷三间〔四〕，有背山临流之胜，惜乎好友去而好春来也。比来数月流天，杂花生树，追忆当年留宿，或提灯而采荷叶，或曳足而仰星河，呼茶命短腿之胡奴，烧韭烦庞眉之老姊〔五〕。忽忽四五年，鸿爪雪泥〔六〕，都为陈迹。闻刘氏苍头，司阍未久，旋即化去，能无感慨系之〔七〕！未知画戟排衙之际〔八〕，犹作空山一梦否?

仆小不快意，为沭阳买麦一案，核追千石有奇〔九〕。事远年湮，已尽亡其底册；官卑累重，只自奋其空拳。一段春愁，又在水流花谢之外。所以告之足下者，亦以乌纱局内〔一〇〕，虽新旧分途，而酸咸同味，不可不筹之于早也。所嘱者，足下三台五马，宦成之后〔一一〕，亟宜白首同归，早践结邻之约。羊、求风义，张、邴云山〔一二〕，无使古人腾笑。

注释

〔一〕何献葵明府：即何廷模（？—1790），字献葵，号西舫，浙江仁和（今杭州）人。乾隆十二年（1747）顺天举人，先后任江苏如皋、沛县知县，高邮州、海州知州，丁母忧归，遂归隐林泉。卒后，袁枚为作《海州知州何君墓志铭》，收入《小仓山房续文集》卷三十二。明府，清代用为知府、知州的代称。此信应作于乾隆二十二年（1757）。

〔二〕古尊：指旧吏。

〔三〕新硎（xíng）：初试锋芒的意思。治化：治理国家，教化人民。旧雨：老友的代称。相须：互相配合、依存。

〔四〕柳谷：语出《周礼·天官·缝人》："衣翣柳之材。"郑玄注："《书》曰：'分命和仲，度西曰柳谷。'"古人谓柳谷为主西方之官和仲居住的地方，这里指代房屋。

〔五〕胡奴：指仆人。庞眉：眉毛黑白杂色，形容衰老。

〔六〕鸿爪雪泥：比喻往事留下的痕迹。语出北宋苏轼《和子由渑池怀旧》："人生到处知何似，应似飞鸿踏雪泥。泥上偶然留指爪，鸿飞那复计东西。"

〔七〕司阍（hūn）：看门。化去：死亡的委婉说法。

〔八〕排衙：旧时主官升座，衙署陈设仪仗，僚属依次参谒，分立两旁，谓之排衙。

〔九〕沭阳买麦一案：事在乾隆二十二年（1757），袁枚被迫以房产呈抵，以弥补官府亏空。石（dàn）：古代容量单位。有奇（jī）：还有零头。

〔一〇〕乌纱局：犹言官场。

〔一一〕三台：汉代称尚书为中台，御史为宪台，谒者为外台，合称三台。五马：汉代太守出则以五马驾车，后因以五马为太守的代称。宦成：官居高位。

〔一二〕羊、求：即汉代隐士羊仲、求仲。《昭明文选》卷三十录谢灵运《田南树园激流植援》："唯开蒋生径，永怀求羊踪。"李善注引《三辅决录》："蒋诩，字符卿，隐于杜陵，舍中三径，惟羊仲、求仲从之游。"张、邴：即汉代名臣张良、邴汉，二人均有晚年退出官场之举。

与汪可舟〔一〕

雨窗无事，供春兰一枝，读客吟百首，如孤云，如峭壁，何齿牙之洁，而脱手之超耶〔二〕？题中小序，无一闲字，俨然元次山、姜白石复生，云林不足道也〔三〕！交丈人六七年，不图为乐之至于斯〔四〕！

伏念诗文非削楮之伎，何所为难，不过命管城公，洒墨数行耳〔五〕。尽有兰台、石渠之彦，齿危发秃之儒，终身由之而不知其道者，安得黄金铸成贾岛，为笨伯作导师哉〔六〕！悠悠人世，本少知音，骏骨牵盐，玄文覆酱〔七〕。庆虬作赋，托相如而见赏〔八〕；张率为文，假沈约而交推〔九〕。丈人之所以没没人间，含光隐耀者，身列布衣，未遇真知风雅之人故也。仆负海内狂名，必不作无端之推奉〔一〇〕，要维得失寸心自领之耳。午后雨停，望劳屐齿〔一一〕。

注释

〔一〕汪可舟：即汪舸（1702—1770），字可舟，晚号客吟居士，安徽婺源（今属江西）人，流寓江苏扬州。卒后，袁枚为作《客吟先生墓志铭》，收入《小仓山房外集》卷六。

〔二〕超：超脱，超凡。

〔三〕元次山：即唐代诗人元结，次山其字。姜白石：即南宋词人姜夔，白石其号。云林：元代画家倪瓒的号。

〔四〕交丈人六七年：丈人，对老年男子的尊称。乾隆十六年（1751）秋，汪舸到访随园，遂与袁枚订交。不图：没想到。

〔五〕楮（chǔ）：落叶乔木，树皮可造纸。伎：技巧，才能。管城公：笔的别称。

〔六〕兰台：汉代宫内收藏典籍之处，后泛指宫廷藏书处。石渠：西汉皇家图书典藏与编校机构，后为皇家藏书之别称。彦（yàn）：有才学德行的人。安得黄金铸成贾岛：语本金元好问《论诗绝句》之八："论功若准平吴例，合著黄金铸子昂。"贾岛是中晚唐之交重要诗人，其诗精于雕琢，喜写荒凉、枯寂之境，晚唐以后影响甚大。

〔七〕骏骨牵盐：典出西汉刘向《战国策·楚策四》："夫骥之齿至矣，服盐车而上大行，蹄申膝折。"指才华遭到抑制。玄文覆酱：典出《汉书·扬雄传》："今学者有禄利，然尚不能明《易》，又如《玄》何？吾恐后人用覆酱瓿也。"比喻著作高深，无人能懂。

〔八〕庆虬作赋，托相如而见赏：事见晋葛洪《西京杂记》卷三："长安有庆虬之，亦善为赋。尝为《清思赋》，时人不之贵也，乃托以相如所作，遂大见重于世。"相如，即西汉辞赋家司马相如。

〔九〕张率为文，假沈约而交推：《南史·张裕传》载，齐梁时人张率十二岁能写文章，又能作赋颂，十六岁时已作二千余首。当时名流虞讷见到张率的文章后，嗤之以鼻。于是张率焚毁自己的文稿，转而写诗，并假托是当时文坛领袖沈约所写。虞讷见到这批所谓的沈约诗作后，竟赞赏不已。

〔一〇〕推奉：推崇，尊奉。

〔一一〕屐（jī）齿：指足迹、游踪。

又

茅庵税驾〔一〕，示我客吟，此后漱齿余甘，犹作莲花香气。许元度出都，刘真长九日内十一诣之〔二〕。我与丈人有此风概，别来小换岁时〔三〕，未知丈人诗骨犹自清苍否？

所许王孟津字迹，思之殊殷，潢治未成，空幅以待〔四〕。赐退谷单幅〔五〕，允为此老出色之笔。惜粉笺质脆，裱手未佳〔六〕，锋棱稍损。尚望搜检缥缃〔七〕，再寄数行，以成其美。叨居爱末，致起贪心，勿笑虞公之无厌也〔八〕。

注释

〔一〕税（tuō）驾：解下驾车的马，有休息或归宿之意。税，通“挩”“脱”。

〔二〕“许元度出都”句：《世说新语·宠礼》：“许玄度停都一月，刘尹无日不往，乃叹曰：‘卿复少时不去，我成轻薄京尹！’”刘孝标注引《语林》：“玄度出都，真长九日十一诣之，曰：‘卿尚不去，使我成薄德二千石。’”许元度，本作许玄度，清代避清圣祖玄烨讳，改玄为元。此人即东晋清谈家与玄言诗的代表许询，玄度其字。刘真长，即东晋清谈家刘惔，真长其字。

〔三〕风概：风度气概。岁时：岁月。

〔四〕王孟津：即明末清初书画名家王铎，因其为河南孟津人，故称。殷：殷切。潢（huáng）治：装裱书画。

〔五〕退谷：即孙承泽（1593—1676），字耳北，一作耳伯，号北海，又号退谷，山东益都（今青州）人。富收藏，精鉴别。

〔六〕裱（biǎo）手：裱褙的技艺。

〔七〕缥缃（piǎo xiāng）：缥，淡青色。缃，浅黄色。古时常用淡青、浅黄色的丝帛作书囊书衣，因以缥缃指代书卷。

〔八〕虞公之无厌：此为春秋前期虞国国君贪得无厌，向弟弟索取美玉后，又继续索取宝剑之事。见《左传·桓公十年》记载。

与钱稼轩少司空〔一〕

白云满山，忽闻驺唱〔二〕，使十九年离愁别绪，一旦释然。侍郎享人世之清华，抱古贤之风谊〔三〕。春能润笔〔四〕，天教看山。书《豳风》《无逸》之图，进圣主贤臣之颂，抑何遭逢之盛，而才艺之多耶〔五〕？伏思唐贤陆敬舆、柳宜城辈，俱以风流文采，上结主知；且能纳荩效忠，垂令闻于史册〔六〕。行成而先，艺成而后〔七〕，是所望于明公。

忆戊午榜后，曲江秋宴，彼此少年，极走马看花之乐〔八〕。

庚申五月，相遇于黄流风浪中，我携新妇，君抱娇娃，彼此停桡〔九〕，匆匆数语，岂料来年即蹑金鳌顶上哉〔一〇〕！读昌黎《忆昨》之行，庾信感旧之赋，能无眷然〔一一〕？

注释

〔一〕钱稼轩少司空：即钱维城（1720—1772），初名辛来，字宗磐，一字幼安，号纫庵、茶山，晚号稼轩，江苏武进（今常州）人。乾隆十年（1745）状元，官至刑部侍郎，谥文敏。工书画，著有《茶山集》。少司空，即工部侍郎的代称。钱维城于乾隆二十二年（1757）至二十六年（1761）间任工部侍郎，此信或作于乾隆二十四年（1759）。

〔二〕驺（zōu）唱：侍从引马开道时的传呼。

〔三〕清华：清高显贵的门第或官职。风谊：风操，节操。

〔四〕润笔：以清水浸湿笔毫。

〔五〕《豳（bīn）风》《无逸》之图：《豳风》是《诗经·国风》的一部分，《无逸》是《尚书·周书》的一篇。圣主贤臣之颂：即西汉中期宫廷文人王褒的《圣主得贤臣颂》。据《汉书·王褒传》记载，该文系王褒受汉宣帝诏命而作。遭逢：人生际遇。

〔六〕陆敬舆：即中唐名相陆贽，敬舆其字。柳宜城：即柳浑（714—789），原名柳载，字夷旷，一字惟深。襄州襄阳（今湖北襄阳）人。天宝元年（742）进士及第，封宜城县伯。荩（jìn）：忠诚。令闻：美好的声誉。

〔七〕行成而先，艺成而后：语出《礼记·乐记》："是故德成而上，艺成而下；行成而先，事成而后。"意即：所以成就德行是主要的，懂得技艺是次要的；成就德行的在上位，成就事功的在下位。

〔八〕戊午：此指乾隆三年（1738）。该年袁枚与钱维城一起参加顺天乡试，并考中举人。曲江秋宴：曲江位于唐代长安城东南，是当时游赏宴集之处。古代乡试多在秋天举行，故这里以"曲江秋宴"来描述该年乡试发榜后，袁、钱二人游宴庆祝的场景。走马看花之乐：典出唐孟郊《登科后》："昔日龌龊不足夸，今朝放荡思无涯。春风得意马蹄疾，一日看尽长安花。"

〔九〕"庚申五月"句：庚申，此指乾隆五年（1740）。停桡（ráo），停船。桡，船桨。该年春，袁枚与同里王氏成亲，五月乘船北上进京，途遇南归的钱维城。

〔一〇〕蹑（niè）金鳌顶上：即占鳌头之意。钱维城于乾隆十年（1745）状元及第，故袁枚有“来年即蹑金鳌顶上”之语。

〔一一〕昌黎《忆昨》之行：即韩愈的七言古诗《忆昨行，和张十一》。庾（yǔ）信感旧之赋：庾信（513—581），字子山，小字兰成，南阳新野（今河南新野）人。南朝梁末年侯景之乱时，庾信逃往江陵。后奉命出使西魏，因梁为西魏所灭，遂留居北方。他在北方所作诗赋，多有表达思念故国情怀者。眷然：顾念、依恋貌。

与程原衡〔一〕

接令弟鱼门书，有“子金难应”之语，仆闻之瞿然〔二〕。仆数年来，仗昆玉之转输〔三〕，为全家之生计。所以终养老亲，辞官不赴者，道此长城可恃故耳。

近闻令弟鹾务渐衰，高谈性命，仆屡以儒者治生之道，切切相规，不图其铅椠日富而囊橐日空也〔四〕。仆明知其江河日下，而不忍抽提程本者，仆四十无儿，澹然将老，管、晏之法，期于没身〔五〕。苟藉良友之扶持，得具此生饘粥足矣〔六〕。岂若刀墨之民，权其子母，才得微赢，又亟亟焉挈东而之西哉〔七〕！然渡船者，因潮期之不爽，而竟忘积水之留余，人之情也，亦仆之过也。仆本窭人子耳，陋巷箪瓢，何尝不惯〔八〕？然自无而有，其势顺，自有而无，其势逆，此中道理，明者谅之。

令弟肫然如佛〔九〕，非万不得已，必不肯先期作复。接札后，忧之甚深，不愿两家拮据，及于吾身亲见之。闻其在银山读书，以银易银，未必遽能恢复。惟足下才大如海，望为通盘筹算，外以安二十年相知之故人，内以安五千卷撑胸之贤弟。祈覆数行，以慰悬悬。

注释

〔一〕程原衡：即程志铨（1711—1768），字原衡，号溉堂，安徽歙县人，迁居江苏扬州。以业盐为生，生性明敏果决。因家口庞杂，资产日耗，遂忧怀以终。此信写于乾隆二十年（1755）。

〔二〕鱼门：即程晋芳。子金："母金"的对称，即利息。瞿然：惊骇貌。

〔三〕昆玉：对他人兄弟的美称。转输：周转输入。

〔四〕鹾务：盐务。性命：万物的天赋和禀受。治生：经营家业，谋生计。铅椠（qiàn）：古人书写文字的工具，这里指著作。囊橐（tuó）：袋子，这里指资金。

〔五〕程本：犹成本。澹然：恬淡貌。管、晏：即春秋时齐国名相管仲与晏婴，均为治世之才。没（mò）身：终身。

〔六〕饘（zhān）粥：厚粥。

〔七〕刀墨之民：语出《国语·周语上》："有斧钺、刀墨之民。"谓遭到刀墨刑法的罪民。刀墨，用刀在脸上刻划后涂墨。亟亟（jí）：急迫，急忙。挈（qiè）：携带，率领。之：到。

〔八〕窭（jù）人子：穷人家子弟。陋巷箪（dān）瓢：语出《论语·雍也》："贤哉回也，一箪食，一瓢饮，在陋巷，人不堪其忧，回也不改其乐。"

〔九〕肫（zhūn）然：恳挚的样子。

与刘映榆侍讲〔一〕

去秋接芳讯于病骨支离之际，借故人之玉麈，作元化之青粘〔二〕，足使陈琳愈风〔三〕，石虔已疟也〔四〕。近闻侍讲，领"二分明月"〔五〕，作"六一先生"，江汉发声，杞梓崇望，知文澜之所含濡者远矣〔六〕！

伏思文章之盛，在有力者振之。虽有其才，苟无其位，不敢言主持焉。历览史册，建安之藻采〔七〕，齐、梁之华腴〔八〕，元和之古淡〔九〕，皆有青云之士创其始、扬其波，而天下靡然以从〔一〇〕。本朝自渔洋、东海而后〔一一〕，六七十年振之者，稍稍弱矣！明公负隽才，居高位，静观天下事，以为旂常竹帛，别有千秋，是非鲰生所敢知也〔一二〕！若思报国恩，惟有文章〔一三〕，则一二英绝领袖之士，当以一人不知为憾，当以一人不得其所为憾。其中文史玄儒〔一四〕，又当广其门户而收罗之。范希文为宋朝第一名臣，不过以汲引人材为己任〔一五〕，未知明公其有意追踪之否？

严君冬友当仲华拜衮之年，以文噪于世，想见我辈当日长安跳荡之概〔一六〕。从古文心、诗律与年俱进〔一七〕，而成名每在三十以前。盖由独角双抵〔一八〕，生而有异故也！闻公招之使往，殊惬鄙怀。

注释

〔一〕刘映榆侍讲：即刘星炜（1718—1772），字映榆，又作印纡，号圃三，江苏武进（今常州）人。乾隆十三年（1748）进士，改庶吉士，散馆授编修，官至工部左侍郎。以词章擅名，有《思补斋文集》等。侍讲，即侍讲学士，主要配置于内阁或翰林院。此信应写于乾隆二十二年（1757）。

〔二〕芳讯：对亲友音问的美称。病骨支离：形容病中瘦弱无力。乾隆二十一年（1756）八月，袁枚病疟。玉麈（zhǔ）：玉柄麈尾。麈尾是魏晋清谈家用来拂秽清暑、显示身份的一种道具，直到唐代还在士大夫间流行，宋代以后逐渐失传。元化：即东汉末年名医华佗。青粘：药名。

〔三〕陈琳愈风：《三国志·魏书·王卫二刘傅传》裴松之注引《典略》：“（陈）琳作诸书及檄，草成呈太祖（按，即曹操）。太祖先苦头风，是日疾发，卧读琳所作，翕然而起曰：‘此愈我病。’”陈琳是东汉末年建安七子之一，擅写章表书檄。愈，治愈。风，头风病。

〔四〕石虔已疟：石虔，即东晋大将桓石虔。已，停止。《晋书》卷七十四：“石虔，小字镇恶。有才干，矫捷绝伦。……三军叹息，威震敌人。时有患虐疾者，谓曰‘桓石虔来’以怖之，病者多愈，其见畏如此。”

〔五〕二分明月：语出唐徐凝《忆扬州》：“天下三分明月夜，二分无赖是扬州。”刘星炜尝于乾隆二十二年（1757）前后掌教扬州安定书院，故袁枚称其领“二分明月”。

〔六〕六一先生：即欧阳修，晚号六一居士。杞梓（qǐ zǐ）：原指两种优良木材，后比喻优秀人才。濡（rú）：沾湿，润泽。

〔七〕建安之藻采：建安（196—220），东汉末年汉献帝的年号。这一时期是我国文学史上的繁荣时期，形成以三曹、七子、蔡琰等为代表的建安文学。藻采，即文采、辞采。

〔八〕齐、梁之华腴：齐、梁，南北朝时期南方的两个政权。这一时期是我国文学史上的重要发展阶段，形成永明新体诗与宫体诗。华腴，文辞华美。

〔九〕元和之古淡：元和（806—820），唐宪宗的年号。这一时期是唐代文学的重要转折阶段，出现了韩孟诗派与元白诗派，并兴起了古文运动。古淡，古朴淡雅。

〔一〇〕青云之士：志存高远、德高望重的人。靡（mǐ）然：草木顺风而倒貌，比喻望风响应，闻风而动。从：跟从。

〔一一〕渔洋、东海：即清初文学家王士禛与徐乾学。前者号渔洋山人，后者号东海。

〔一二〕旂（qí）常：《周礼·春官·司常》：“日月为常，交龙为旂……王建大常，诸侯建旂。”指王侯的旗帜，这里借指王侯。鲰（zōu）生：浅薄愚陋的人，这里是谦词。

〔一三〕思报国恩，惟有文章：语出唐柳宗元《献平淮夷雅表》：“思报国恩，独惟文章。”

〔一四〕文史玄儒：指南朝宋文帝所立玄、儒、文、史四学。

〔一五〕范希文：即北宋政治家、文学家范仲淹，希文其字。汲引：提携。

〔一六〕严君冬友：即严长明（1731—1787），字冬友，一字道甫，号用晦，江苏江宁（今南京）人。少从方苞学，乾隆二十七年（1762）召试举人，授内阁中书，明年充方略馆纂修馆，入直军机处七年，三十六年（1771）擢侍读。遭父母丧，遂不出。仲华：即东汉开国功臣邓禹。衮（gǔn）：古代上公所服，借指三公。邓禹二十四岁拜大司徒，位至三公，后因以“拜衮之年”指二十四岁。长安：代指北京。

〔一七〕从古：自古以来。

〔一八〕独角：指英才。双抵：指凡才。

又

严生来扬州〔一〕，曾以数行上溷清听。兹又有荐者：白下秀才吴模〔二〕，当日仆试江宁之张童子也，有子胜斐然之志〔三〕；近更砥砺于学，藻思芊绵〔四〕，不愧后来之秀。慕扬州书院之胜，欲虱其间，扫门有心，执腒无介〔五〕。乞予一言，为通其意。

伏念文翁兴其教，雅雨观察是也；相如为之师，侍讲是也；疏十余人与陆员外，则子才是也〔六〕。望侍讲识高柔于弱冠，拔王基于幼童，先扃户而试之，果不乖所许，即为推毂于观察〔七〕。若嫌许子之不惮烦〔八〕，则淳于髡一日而见七士〔九〕，恐继此而来者，尚未艾也〔一〇〕。

注释

〔一〕严生来扬州：严生，即严长明。他于乾隆十九年（1754）假馆扬州，遍读马曰琯兄弟藏书；乾隆二十七年（1762）清高宗南巡，以诸生献赋，赐举人，授内阁中书。

〔二〕吴模：江苏江宁（今南京）人，少负隽才。应童子试时，适逢袁枚担任江宁知县，为枚所激赏，拔置第一，补县学生。乾隆三十年（1765）拔贡，三十三年（1768）举人，官广东大埔知县。

〔三〕子胜斐然之志：语出东汉陈琳《为曹洪与魏文帝书》："仰司马杨王遗风，有子胜斐然之志，故颇奋文辞，异于他日。"

〔四〕砥砺：磨刀石，引申为磨砺。藻思：华美的文思。芊（qiān）绵：本形容草木茂密繁盛，这里形容文思如泉涌。

〔五〕虱：置身。扫门：西汉初年人魏勃少时，欲见齐相曹参，家贫无以自通，于是常在齐相舍人门外扫地，终获舍人通报，得荐为齐国内史。事见《史记·齐悼惠王世家》。后以扫门作为求谒权贵的典故。

执腒（jū）：犹言送上礼物。

〔六〕文翁：见本卷《与帅璞山刺史》注〔一三〕。雅雨观察：即卢见曾，当时在扬州担任两淮盐运使，故称其为观察。相如：即西汉辞赋家司马相如。疏：推荐。陆员外：即中唐政治家、文学家陆贽。子才：即袁枚，子才其字。

〔七〕识高柔于弱冠，拔王基于幼童：高柔与王基均为三国曹魏时人。二人年少时，都得到王修的赏识与提拔。事见《三国志·魏书十一·袁张凉国田王邴管传》。弱冠，古代男子二十岁行冠礼，表示已成人。扃（jiōng）户：关门。乖：背离。推毂（gǔ）：推荐。

〔八〕许子之不惮烦：语出《孟子·滕文公上》。许子，即战国中期农家代表人物许行，楚国人，主张君民并耕，从而遭到孟子的批驳。

〔九〕淳于髡一日而见七士：指淳于髡一日之内向齐宣王推荐七位贤人的典故，见《战国策·齐策三》。淳于髡，战国中期齐国人，身长不满七尺，滑稽多辩，数度出使诸侯，未尝屈辱，齐威王拜其为卿大夫。

〔一〇〕艾：止，尽。

与姚小坡刺史〔一〕

别后曾一接手书，非缺然不报也，实以僻处山野，凡作长安之行者，都了不相关〔二〕。而枚又泄泄然无须臾之不懒〔三〕，以致相思之忱，积于心者有余，而分与公者不足，幸勿责其蠢顽为幸。

枚甲戌之秋〔四〕，病几不起，起一年而去秋又病。每至八月有凶，几以此身为《临》卦，防秋无策，常自莞然〔五〕。金陵无可与游，补萝、晴江，俱为异物〔六〕。人琴之感〔七〕，古昔所同，不图如是之速！卓园惨变〔八〕，更非人事所能推测。闻公古谊有东汉烈士之风〔九〕，为之泣下。

鄙人有勒追麦价一事，司差府役，烂其盈门〔一〇〕。自笑去官廿年，正如开元、天宝，久矣人不知兵；而一旦有范阳之事，能勿猿惊鹤怨乎〔一一〕？现将房产呈抵，未知当事者能勿嬲之以所不能否〔一二〕？

注释

〔一〕姚小坡刺史：即姚立德（？—1783），字次功，浙江仁和（今杭州）人。以荫生授主事，乾隆十二年（1747）外授江宁通判，历知景州、定州，大名、泰安、济南府，擢运河道、淮徐道、山东按察使，署河东河道总督，三十九年（1774）春实授。乾隆四十四年（1778），河南仪封河决，命夺官，仍留工效力自赎。四十五年（1779），责令回籍。旋发往南河，补淮安里河同知，卒于官。刺史，清代知州的别称。此信应写于乾隆二十二年（1757）。

〔二〕缺然：耽搁。长安：北京的代称。

〔三〕泄泄（yì）然：闲散自得的样子。

〔四〕甲戌：此指乾隆十九年（1754）。

〔五〕八月有凶：语出《周易·临卦》："临。元亨利贞，至于八月有凶。"贾公彦疏："至于八月有凶，以物盛必衰，阴长阳退……小人道长，君子道消，故八月有凶也。"防秋：古代北方入秋时，边塞常发生战事，届时边军加意警卫，称为防秋。这里比喻防病。莞然（wǎn）：同"莞尔"，形容微笑。

〔六〕补萝：即沈凤（1685—1755），字凡民，一字补萝，江苏江阴人。雍正十三年（1735）以国学生效力南河，署江宁南捕通判、安徽徽州同知，又历宣城、灵璧、舒城、建德、盱眙、泾县知县。后乞病居江宁。卒后，袁枚为作《补萝先生墓志铭》，收入《小仓山房文集》卷五。晴江：即李方膺。异物：故去的人。

〔七〕人琴之感：睹物思人、痛悼亡友之典。《世说新语·伤逝》载王徽之、王献之俱病笃，王献之先辞世，王徽之得知后前来奔丧，取王献之琴弹奏，结果弦音已不协调，遂掷琴于地，叹息说："子敬！子敬！人琴俱亡。"子敬，即王献之字。

〔八〕卓园惨变：指傅魁（字卓园）遭处斩一事。朱彭寿《旧典备征》卷五："江南狼山镇总兵傅魁，以擅杀率众来投之贼首莽噶里克，欺诳邀功，二十二年（按，即1757年）四月处斩。"

〔九〕古谊：古贤人之风义。烈士：有气节、有壮志的人。

〔一〇〕烂其盈门：语出《诗经·大雅·韩奕》，形容众多。

〔一一〕开元、天宝：俱为唐玄宗年号，是唐王朝的太平盛世。范阳之事：指安禄山起范阳、平卢、河东凡三镇节度使之兵反唐。这里比喻差役临门。

〔一二〕当事者：当权的人。嬲（niǎo）：纠缠。

与刘介石太守〔一〕

太守以王、陆之真传，居建封之故址〔二〕。黄河水猛，望白马而停波，未知燕子楼中，曾携玉人之手，一证前生否〔三〕？家弟香亭，承公骨肉之爱，虽小效微勤，有惬英盼；终缘推鄙人之爱，连类及之，非指臂相依，刻不可离者也〔四〕。今其四妹成婚于扬州〔五〕，送女无伴，行礼无人，仆故寄声唤归。而香亭信中，殷殷以失馆为虑〔六〕，枚窃笑其知公之尚浅也。

夫以香亭之才之学，原非绝类离群之士〔七〕；以公之负重名，居显职，又岂无望风奔走，甘为役使之人？然而四年于兹加颜色焉，常俸之外加资助焉；以爱弟之道待香亭，不以幕府之道待香亭〔八〕，是念旧之情重，而惜费之心轻也。今又新迁五马，转盼三台，方将举海内之人才陶育之，以答圣天子之知遇〔九〕。枚老矣，左提右挈，无所望于明公；惟僳然一弱弟，属其善事长者，以希冀无穷之培植〔一〇〕。而香亭忽为见小之论，患得患失，如儿女子然，枚不能不鄙香亭而疑阁下也。鄙香亭者，鄙其以小人之心，度君子之腹也。疑阁下者，疑阁下左右必有贱丈夫焉，以省费为殷勤，以小忠为迎合，登高垄断，作拱辰一网打尽之思〔一一〕。故向日之亲爱者，俱变为此日之狐疑耶！然阁下智珠在握〔一二〕，或小试其使贪使诈之才，而仍有毅然不惑之见，恐非香亭之所能知也。然耶，否耶？请即以香亭之行止卜之〔一三〕。

注释

〔一〕刘介石太守：即刘珙，湖北咸宁人，乾隆二十二年（1757）至二十六年（1761）任徐州知府。

〔二〕王、陆：指明代心学家王守仁与南宋心学家陆九渊。建封：即张建封（735—800），字本立，邓州南阳（今河南南阳）人。唐德宗贞元四年（788），拜徐泗濠节度使，守徐州十余年。

〔三〕白马：即白马津，黄河渡口名，在河南滑县北，今已湮没。燕子楼：位于今江苏徐州云龙公园，系唐贞元年间武宁军节度使张愔在其徐州府第中为爱妾关盼盼所建小楼。因其飞檐挑角，形如飞燕，故名。

〔四〕家弟香亭：即袁枚堂弟袁树。缘：因为。刻不可离：片刻也不能离开。

〔五〕今其四妹成婚于扬州：四妹，即袁枚堂妹袁棠。乾隆二十三年（1758）二月，袁棠嫁扬州汪孟翊为继室，袁枚代为操办婚事。

〔六〕殷殷：忧伤的样子。失馆：失去教书的职业。馆，学塾的通称。

〔七〕绝类离群：指才学出众。

〔八〕幕府：将帅在外地的营帐，这里指一般僚属。

〔九〕五马：汉时太守乘坐五匹马驾的车，因借指太守的车驾。这里是太守的代称。三台：见本卷《答何献葵明府》注〔一一〕。陶育：造就，培育。

〔一〇〕左提右挈（qiè）：形容相互扶持。儽（lěi）然：颓丧貌。属（zhǔ）：嘱咐。

〔一一〕贱丈夫：贪利可鄙之人。拱辰一网打尽之思：拱辰，即王拱辰（1012—1085），原名王拱寿，字君贶，北宋开封咸平（今河南通许）人。宋仁宗在位时，此人反对庆历新政，借故劾逐王益柔、苏舜钦以倾轧范仲淹，为公议所鄙薄，但他依旧沾沾自喜地说："吾一举网尽矣！"事见南宋李焘《续资治通鉴长编》卷一百五十三。

〔一二〕智珠：佛教指本性的智慧，比喻具有高深的智慧并能应付任何事情。

〔一三〕行止：行为举止。

覆杨山斋监掣〔一〕

十年旧雨，相晤邗江，彼此须眉都非畴昔〔二〕。执事怜念故人〔三〕，约过官斋道旧。枚亦窃幸自喜，欲到名公瑞室，遍览收藏，充扩贫儿眼界。不意夜过鸾江，风利不泊，且误闻榜人谰语道：“旌旗业已北行。”〔四〕遂尔裹足。书来讯责，且感且惭。

所借玉版《兰亭》，理宜呈上，缘匹夫怀璧，形影相随，譬如野妾山妻，虽非绝色，其不肯寄宿邻家也明矣〔五〕。《坤》为吝啬，《泰》自包荒，谅不责其蚩儜也〔六〕。秋天将有邗江之行，或抱敝帚而来〔七〕，更有佳于此者，一齐呈上，亦未可定。谅之待之！

注释

〔一〕监掣：盐官。清代于山西、河东、两淮各置一人，秩正五品，掌管掣盐之政令。

〔二〕旧雨：老友的代称。邗江：清代江苏扬州府辖下附郭县，亦可作为扬州的别称。畴昔：往昔，以前。

〔三〕执事：古代官吏身边的侍从。后用作对对方的敬称，表示不敢直指其人。

〔四〕风利不泊：风势迅疾，无法停泊。榜人：船夫。谰（lán）语：没有根据的话。旌旗：这里代指官员，即杨山斋。

〔五〕玉版：亦作“玉板”，指珍贵的典籍。《兰亭》：即东晋王羲之的书法作品《兰亭集序》。匹夫怀璧：语出《左传·桓公十年》：“匹夫无罪，怀璧其罪。”意即：百姓没有罪，怀藏玉璧就有了罪。山妻：隐士的妻子。

〔六〕《坤》为吝啬：语出《周易·说卦》：“坤为地，为母，为布，为釜，为吝啬。”意即：坤为地象，为母象，为钱币流布之象，为锅釜象，为吝啬象。《泰》自包荒：语出《周易·泰卦》：“包荒，用冯河，不遐遗。”意即：有笼括大川似的胸怀，可以跨越长河，远方的贤者也无所遗弃。蚩儜（níng）：庸劣，丑恶。蚩，通“媸”，与“妍”相对。

〔七〕敝帚：破旧的扫帚，比喻无用之物。这里是对自己作品的谦称。

与钱香树司寇〔一〕

王太守孟亭，从嘉禾来〔二〕，蒙先生赐《香树斋诗集》。枚适病痁于床次，拜而读之，声和被纸，琬琰成章〔三〕。闻萧夫子之风者，五尺童子羞称曹、陆矣〔四〕！《南巡颂》一篇，《太玄经》所谓“物登明堂，矞矞皇皇”〔五〕，《一品集》所谓“独含日光，静与天语”〔六〕。沉博绝丽之文，在汉惟子云、相如能为之〔七〕，其他无闻焉，况后之公卿乎？枚始而不敢句读，继而不敢决舍，掩扉覃思，不觉首之至地也〔八〕。

伏思古文人之贵而传、传且久者，昌黎、香山，皆侍郎也〔九〕。秋官则李嘉祐所称白云司者〔一〇〕，是矣！先生生逢其时，官当其位，夔牙并奏，孔翠群翔，有两侍郎之遗风焉〔一一〕。至于年未七十而致仕，放心于自得之场，置器于必安之地，扶持大雅，以待后之学者，尤为哲人之逸轨，清流之全福也〔一二〕。

枚古杭无家，筑舍于谢公墩下，母老丁孤，伏而不出〔一三〕。拟冬春之间，买舟秀水，谒大前辈〔一四〕，以当黄河、泰山之见。因令侄子厚归里，先肃启谢教〔一五〕。

注释

〔一〕钱香树司寇：即钱陈群（1686—1774），字主敬、集斋，号香树、修亭、柘南居士，浙江嘉兴人。康熙六十年（1721）进士，改庶吉士，授编修，官至刑部侍郎。卒赠太傅，谥文端。有《香树斋集》等。此信或作于乾隆二十年（1755）。

〔二〕王太守孟亭：即王箴舆（1793—1758），字敬倚，号孟亭，江苏宝应人。康熙五十一年（1712）进士。嘉禾：浙江嘉兴的别称。

〔三〕病痁于床次：乾隆十九年（1754）秋，袁枚患疟疾，直至除夕犹未痊愈。琬琰（wǎn yǎn）：泛指美玉，这里比喻文词之美。

〔四〕萧夫子：即唐代古文运动的先驱萧颖士。曹、陆：指魏晋时期文学家曹植、陆机。《新唐书·列传第一百二十六》载萧颖士的门生阎士和"著《兰陵先生诔》《萧夫子集论》，因榷历世文章，而盛推颖士所长，以为'闻萧氏风者，五尺童子羞称曹、陆'"。

〔五〕物登明堂，矞矞（yù）皇皇：语出西汉扬雄《太玄》卷二"交"："阳交于阴，阴交于阳，物登明堂，矞矞皇皇。"明堂，古代帝王宣明政教、举行大典的地方。矞矞皇皇，繁荣昌盛、富丽堂皇的意思。

〔六〕《一品集》：即晚唐名相李德裕的文集《会昌一品集》。

〔七〕沉博绝丽：指文章内容渊博，文辞美妙。子云、相如：分别指西汉文学家扬雄（子云其字）、司马相如。

〔八〕句读（dòu）：文词停顿的地方。决舍：取舍。掩扉：关门。覃（tán）思：深思。首之至地：犹言五体投地。

〔九〕昌黎、香山，皆侍郎也：昌黎、香山，即韩愈、白居易。二人分别担任过吏部侍郎、刑部侍郎等职。

〔一〇〕秋官：典出《周礼》。《周礼》分设天、地、春、夏、秋、冬六官，秋官以大司寇为长官，掌刑狱。后即以秋官为刑部的通称。李嘉祐：字从一，赵州（今河北省赵县）人，天宝七年（748）进士，曾任台州刺史、袁州刺史等，中唐诗人。其《和都官苗员外秋夜省直对雨简诸知已》诗有句云："漏长丹凤阙，秋冷白云司。"白云司是刑部的别称。

〔一一〕夔（kuí）牙：传说中舜时乐官夔与春秋时精于琴艺的伯牙的并称，借指精通音乐的人。孔翠：孔雀和翠鸟。

〔一二〕致仕：退休。扶持大雅：维护正统文风，使其得以推行和发展。哲人：才智卓越的人。逸轨：高洁的轨范。清流：这里指德行高洁、负有名望的士大夫。

〔一三〕古杭：即杭州。谢公墩：又名“谢安墩”，东晋谢安与王羲之登临处，传说在今南京城东隅蒋山半山上。丁孤：人丁稀少。

〔一四〕“拟冬春之间”句：秀水，清代浙江嘉兴府的附郭县，亦可作为嘉兴的别称。乾隆二十一年（1755）春，袁枚有路经嘉兴、拜访钱陈群之举。

〔一五〕肃启：敬启，系书札用语。

答金寿门托卖灯〔一〕

三月间芳讯至，属售画灯。适仆在江北弄田〔二〕，未及裁答，致手书再问。

先生笔墨，遗世独立，付烛奴以光明之，真奇宝也〔三〕。奈金陵人但知食鸭耳，白日昭昭，尚不知画为何物，况长夜之悠悠乎？旧令尹虽膏唇拭舌〔四〕，不能担竿而悬诸市，使童蒙求我也。久存许处，虑有所伤，须挈而归之，明珠反照，自怜终胜人怜。新曲四章，如云璈水瑟〔五〕，从何处吹来？师旷聆音，惟有寒天躅足而已〔六〕！因幔亭之便〔七〕，裁书写心。

注释

〔一〕金寿门：即金农（1687—1763），字寿门、司农、吉金，号冬心先生、稽留山民、曲江外史、昔耶居士等，浙江钱塘（今杭州）人，为扬州八怪之首。

〔二〕江北弄田：袁枚在位于长江以北的安徽滁州一带置办有田产，这里应是从南京渡江赴滁州收割秋粮的意思。

〔三〕遗世独立：语出西汉李延年《佳人歌》：“北方有佳人，遗世而独立。”付烛奴以光明之：给灯台点上烛光。烓奴，即灯台。

〔四〕令尹：本为先秦时楚国官名，这里指代县官。膏唇拭舌：用脂膏涂嘴唇，用布巾擦拭舌头，形容用尽语言之所能以打动人心。

〔五〕云璈水瑟：云璈与水瑟，均为乐器名。

〔六〕师旷：春秋后期晋国盲乐师，以善辨乐音著称。躅（zhú）足：跺脚。

〔七〕幔亭：即周榘（1712—1777），字于平，一字幔亭，祖籍福建莆田，迁江苏江宁（今南京）。与袁枚交善，卒后，袁枚为作《幔亭周君墓志铭》，收入《小仓山房文集》卷二十六。

又

腰镰江北，芳讯曷来，知作答之笺，未彻于隶人之听〔一〕。归后，以一札交幔亭，属其相达〔二〕。不图此公如西域贾胡，到处辄止〔三〕。姜若彤来，知其又复沉搁，且许氏之灯亦尚未还璧，此心缺然，谨以两手自搏，呼负负而已〔四〕！

蒙赐诗扇，真《易林》所谓"心得所好，口常欲笑"者〔五〕。先生之风，出入怀袖〔六〕，且喜且惭。一面遣人催取紫明供奉，速诣主人，并将原书录呈英盼〔七〕。

注释

〔一〕腰镰江北：这里应是从南京渡江赴滁州收割秋粮的意思。曷（hé）来：何来。曷，通"曷"。隶人：仆人。

〔二〕幔亭：即周榘。属（zhǔ）其相达：嘱托他代为送达。

〔三〕不图：不料。如西域贾（gǔ）胡，到处辄止：语出《后汉书·马援传》："伏波类西域贾胡，到一处辄止，以是失利。"西域贾胡，旧称经商的胡人。

〔四〕沉搁：耽搁。还璧：敬辞，归还原物或辞谢馈赠之物。缺然：犹歉然。以两手自搏：犹言自打耳光，表达愧疚之意。负负：语出《后汉书·王刘张李彭卢列传》："（苏）茂让（张）步曰：'以南阳兵精，延岑善战，而耿弇走之。大王奈何就攻其营？既呼茂，不能待邪？'步曰：'负负，无可言者。'"李贤注："负，愧也，再言之者，愧之甚。"

〔五〕心得所好，口常欲笑：语出西汉焦延寿《焦氏易林》卷下之四。

〔六〕出入怀袖：语出西汉班婕妤《怨歌行》：“出入君怀袖，动摇微风发。”

〔七〕紫明供奉：对琉璃灯的拟人称呼。诣（yì）：旧时特指到尊长那里去，这里是送到、送达的意思。英盼：奕奕有神的目光。

覆感遇上人〔一〕

过诗社见诗僧，忽忽改岁矣〔二〕。家弟挈手书来，以诗稿索序，读之芊绵可喜〔三〕。

仆非不欲序上人也，尝谓诗人之传，惟王侯将相为最易，其次则闺阁、方外而已，神仙、鬼魅、妓女而已。上人居易传之地，抱可传之才，存欲传之心，索助传之序，宜也。然余自问其地其才其心，俱未足以自传，又乌能传上人耶？学问之道，若涉大海，其无津涯〔四〕。愿上人暂息乎其所已能者，而勤思乎其所未能者。假我数年，贯休、齐己之序，微随园，其谁与归〔五〕？

注释

〔一〕上人：对持戒严格并精于佛学的僧侣之尊称。

〔二〕改岁：旧岁换新年。

〔三〕芊（qiān）绵：形容富有文采。

〔四〕若涉大海，其无津涯：语出《尚书·微子》：“若涉大水，其无津涯。”意即：好像要渡过大河，几乎找不到渡口和河岸。

〔五〕假：借。贯休：唐末五代前蜀诗僧，俗姓姜，字德隐，婺州兰溪（今浙江兰溪）人。齐己：晚唐诗僧，本姓胡，名得生，潭州益阳（今属湖南宁乡）人，晚年自号衡岳沙门。微随园，其谁与归：语本北宋范仲淹《岳阳楼记》：“微斯人，吾谁与归？”这里指作序之事非我袁枚莫属。

与梅六公子〔一〕

黄山人崔君，挟数十松游南都，陈之清凉山〔二〕。邦之人为佛庙之会，七月大集，千万人往矣，无一顾者〔三〕。最后闻于仆，仆不整履、不命驾而往〔四〕，得之，若以为至庆也。崔扬扬有喜色，仆调之曰〔五〕：“子不见梅六公子之松而遽以自满耶？”崔曰：“嘻！吾之戚里也。小巫见大巫，必见之而后神气尽焉〔六〕。”

越数日，复来，曰：“梅氏之松已见矣，请往黄山，为致如梅氏者而甘心焉，第需有力者负之来〔七〕。”仆为告于方伯，于制军，于宣州太守，庶几大行其人之道，而己因以取便焉〔八〕。

此一役也，诱之而至于道者，公子也；使我有志事竟成者，崔君也；吾之得遇鲁侯，天也〔九〕；为丛驱雀者〔一〇〕，金陵之人也。“四美具，二难并”〔一一〕，告之公子，博笑也，志喜也。

注释

〔一〕梅六公子：应系梅兆颐第六子。袁枚《小仓山房诗集》卷十有《赠张芸墅司马兼寄梅六公子》。

〔二〕黄山：这里指位于清代宁国府太平县（今安徽省黄山市黄山区）境内的黄山，而非绵亘于皖南的黄山山脉。南都：这里指南京。清凉山：古名石头山、石首山等，北宋时更名清凉山，位于江苏南京城西。

〔三〕顾：回头看。

〔四〕不整履、不命驾而往：形容迫不及待的样子。履，鞋。命驾，命御者驾驶马车。

〔五〕调（tiáo）：戏弄，嘲笑。

〔六〕“小巫见大巫”句：语出东汉陈琳《答张纮书》：“今景兴

在此，足下与子布在彼，所谓小巫见大巫，神气尽矣。”

〔七〕第：但是。

〔八〕方伯：明清时对布政使的尊称。这里指安徽布政使。制军：明清时总督的别称，也叫制台。这里指两江总督。宣州太守：即清代安徽宁国府知府，因黄山在其辖境内，故须告之。宁国府，古称宣州。太守，明清时知府的别称。庶几：也许可以。

〔九〕吾之得遇鲁侯，天也：语出《孟子·梁惠王下》：“吾之不遇鲁侯，天也，臧氏之子，焉能使予不遇哉？”这里反其意而用之，意思是说能遇上崔君，是老天的安排。

〔一〇〕为丛驱雀：把雀赶到丛林，比喻把本可以团结的人赶到敌对的一方。语出《孟子·离娄上》：“为丛驱爵者，鹯也。”爵，即“雀”。

〔一一〕四美具，二难并：语出唐王勃《滕王阁序》。一般认为四美指良辰、美景、赏心、乐事，二难指贤主与嘉宾。

与胡书巢〔一〕

接手书及赠物，感缟纻之情，慰三秋之念〔二〕。读新咏，觉峨嵋山翠，扑人眉宇。射者之声，御者之旌，一闻一见，都足起予〔三〕。又闻婶母处得兼金为寿，济其涸辙，若饥十日而享太牢焉〔四〕。

仆入山以来，辴然开口而笑〔五〕，孰有如蜀中消息者乎？香亭佐刘太守于徐州〔六〕，见之者都有明月入怀、清风投座之意。仆鲜兄弟，而渠家又无健妇〔七〕，故不欲其远行于六千里之外。书中招之甚殷，且待闱后〔八〕，再为酌量。香亭于举业之事，本非所好，工夫既浅，而又迫于家计，东驰而西突〔九〕。是以旗亭乐府，齐唱香山；而雁塔琼林，屡困昭谏〔一〇〕。弟名未成，许武有愧〔一一〕，如何如何！

注释

〔一〕胡书巢：即胡德琳。

〔二〕缟纻：典出《左传·襄公二十九年》：“聘于郑，见子产，如旧相识，与之缟带，子产献纻衣焉。”即白绢与麻衣，后比喻朋友间的相互馈赠。三秋：犹言三年。

〔三〕起予：启发自己。语出《论语·八佾》：“子曰：‘起予者，商也。’”

〔四〕兼金：价值倍于寻常的精金。古代金银铜统称为金，这里指银。涸辙：形容处境窘困。太牢：古代君王祭祀时，牛、羊、豕三牲全备为“太牢”。这里比喻丰盛的宴席。

〔五〕畚（quán）然：笑而见齿貌。

〔六〕香亭：即袁枚从弟袁树。

〔七〕健妇：健壮精干的女人。

〔八〕闱后：考试结束以后。闱，科举考场的称谓。

〔九〕举业：科举时代称应试诗文为举业，又称举子业。家计：家庭生计。

〔一〇〕旗亭：酒楼。因其悬旗为酒招，故称。香山：即白居易，号香山居士。雁塔：即陕西西安慈恩寺中的大雁塔。唐朝新中进士均在大雁塔内题名，故以“雁塔题名”代称进士及第。琼林：宋内苑名。宋时，天子在此赐宴新进士，故以“赴琼林宴”代指进士及第。昭谏：即唐末五代文学家罗隐，昭谏其字。

〔一一〕许武：字季长，东汉阳羡人。《后汉书·循吏列传》载其幼年丧父，二弟晏、普年幼。许武举孝廉后，因其弟名未显，乃三分家产，自取肥田广宅，劣者与弟，实默存抑己扬弟之心。后其弟均得选举。

又

足下官东鲁后，两执讯而与书，所以过存之者，至殷且挚〔一〕。枚神心怖覆〔二〕，以手击头呼谢者再。道甲、丁两编，都蒙英盼，拙人之拙，布露所畜，不笑之至矧，而甘心以贤之，使我变惭颜为欣瞩矣〔三〕！青莲、玉局，如云屋天构，足下以禅傍之杙俪之，直是溺爱过差，非其实也〔四〕。纳手扪心，自知不如。

阿品诗骨清绝，其淫说靡辨才甚，当是吾家临汝〔五〕。惜多公家之言，速藻如下水舟，不能纡澜回波〔六〕。得隐侯三易法〔七〕，而亦蹈繁华流荡之讥。喜依傍大贤，刘遵祖已作阿舅贼矣〔八〕。当好料理此人，幸宠秩之，勿与冷将息，笼东而退，为可惜也〔九〕。

夫文章易作，逋峭难为，不合古人不佳，不离古人又不佳，两者宜兼，非沉酣竹素，修业不息版，则高轨遐踪，未由深造〔一〇〕。至于一绝处〔一一〕，别有天授，非人力也。

枚生七八岁，即赍油素，弄柔翰，学作振奇人〔一二〕。时艺误之，象胥误之，竹皮冠再误之，途杂学荒，如骏马登陁，契需不进〔一三〕。然尔时意态阔略，谓能濡迹匡时〔一四〕，小有建立，当不借空文以自表。卒之仕宦不进，才亦退矣。如彼博枭，十掷辄鞬，何能效碌碌者苏而复上乎〔一五〕？不得不伏蛰盛夏，藏华当春，韬精肆力，以彼易此，韵语外，尚多沉博绝丽之制〔一六〕。此时虽甚没没，而千百世后，未必不以子云为金匮〔一七〕；非足下游目分明，仆亦不敢搴帘自炫也〔一八〕。

仆今年四十六矣，发种种欲宣，左车牙先填沟壑〔一九〕。儿胞未藏，绿绨已裹，得姓千年，危乎艰哉〔二〇〕！就使添丁迟暮，不过曹瞒以爱子托人而已〔二一〕。五棺碑纤未营，羁鬼相望，念古人“随葬为达，归葬为仁”之说，如行阴雪中，寒心飘摇，迷闷无主〔二二〕。招难弟同居〔二三〕，此议甚健。奈庾诜十亩之宅，山池居半〔二四〕，薅其荼蓼，未必容彼妻孥〔二五〕。阿五、阿三，又霍霍如失鹰师〔二六〕，随风承流，未能自立。自此之后，或十年，或五六年，或四三年，想寒家此局才定耳。

足下绾符赤紧，身名俱泰，前程干云，非楚焞所卜〔二七〕。然私心眷眷，望巾车早归，买一廛于南山之南，彼此如骖之靳，申其呫毕，并轨千秋〔二八〕。愿虽至切，天不可期，且存此怀，各自努力而已。嗟乎！疾没世而名不称，定是宣尼晚年之语〔二九〕。物孤则思伴，人老则思传，为可悲也。足下亦有意乎？

注释

〔一〕东鲁：即山东。胡德琳长期在山东为官，乾隆二十五年（1760）十二月任济阳知县，三十一年（1766）任历城知县，三十四年（1769）擢济宁知州，迁东昌知府。乾隆三十九年（1774）被革职。乾隆四十二年（1777）又起用为莱州知府。此信约作于乾隆二十六年（1761）五月。过存：问候。

〔二〕神心怖覆：语出战国宋玉《神女赋》：“意离未绝，神心怖覆。”神心，犹心神。怖，惶恐，惊惧。覆，反复。

〔三〕布露：公布，揭示。笑之至矧（shěn）：语出《礼记·曲礼上》：“笑不至矧，怒不至詈。”矧，牙龈。

〔四〕青莲：即李白，号青莲居士。玉局：即苏轼，因其曾任玉局观提举，后遂以“玉局”称之。云屋天构：比喻李、苏诗文高不可攀。禅（shàn）傍：指棺木之全一边者，即独板。杙（yì）：木桩。俪（lì）：比拟。过差：过分。

〔五〕阿品：即袁枚从弟袁树。淫说靡辨才甚：语出《韩非子·存韩》：“臣视非之言，文其淫说靡辩，才甚。”淫说靡辨，这里指夸大其词的言论与文章。才甚，很有才华。吾家临汝：即东晋名士袁宏。其父袁勖曾任临汝令，故袁宏被称为袁临汝郎，事见《晋书·袁宏传》。这里比喻袁家有佳子弟。

〔六〕公家之言：指诗文缺少独特风格。速藻：比喻为文敏捷，挥笔立就。

〔七〕隐侯三易法：隐侯，即南朝齐梁时期文坛领袖沈约，因其被梁武帝封为建昌县侯，卒谥隐，故世称沈隐侯。北齐颜之推《颜氏家训·文章篇》引沈约语曰：“文章当从三易。易见事，一也；易识字，二也；易诵读，三也。”

〔八〕刘遵祖：即刘爰之，字遵祖，东晋沛郡人。《世说新语·排调》载，刘爰之年轻时得名士殷浩赏识，殷浩向外戚庾亮荐举刘爰之，庾亮乃接纳其为僚属。二人见面谈话后，庾亮发现刘爰之的言谈与其名声很不相称，颇为失望。阿舅贼：贼，窃学之意。这里袁枚将袁树比作虽然能力不济，但依傍上当时名流的刘爰之，一则表示谦虚，二则有戏谑意味，同时也希望身为阿舅的胡书巢能成为袁树的依傍，给予其教导。

〔九〕此人：指阿品。宠秩：宠爱并授以官职。与冷将息：无所事事。笼东：不振作的样子。

〔一〇〕文章易作，逋峭难为：语出《北史·温子升传》："（温子升）谓人曰：'诗章易作，逋峭难为。'"逋（bū）峭，形容诗文曲折多姿。竹素：竹简和白绢，多指史册、书籍。息版：语出《管子·宙合》："故退身不舍端，修业不息版，以待清明。"谓停止读书。高轨遐踪：比喻学业超群绝伦。

〔一一〕一绝处：绝妙独特之处。

〔一二〕赍：怀抱，带着。油素：光滑的白绢。柔翰：毛笔。振奇人：特出、非凡的人。语出隋王通《中说》："或问扬雄、张衡，子曰：'古之振奇人也。其思苦，其言艰。'"

〔一三〕时艺：即时文，多指科举考试使用的八股文。象胥：古代接待四方使者的官员，亦指翻译人员。这里指学习外语。袁枚曾在翰林院学习满文翻译，故有此说。竹皮冠：典出《史记·高祖本纪》："高祖为亭长，乃以竹皮为冠，令求盗之薛治之，时时冠之，及贵常冠，所谓'刘氏冠'乃是也。"这里指做官。阤（chí）：崖边。契需：怯懦。

〔一四〕阔略：疏放，不拘束。濡迹：比喻出仕。

〔一五〕博枭：古代一种角胜负的游戏，后泛指赌博。十掷辄鞬（jiàn）：屡赌屡败的意思。掷，掷骰子，博戏的一种。苏而复上：比喻几经挫折，依旧混迹于仕途。

〔一六〕制：作品，文章。

〔一七〕没（mò）没：犹言默默无闻。以子云为金匮：子云，西汉后期学者、辞赋家扬雄的字。金匮，以金属制成的柜，用以收藏文献或文物。扬雄平生淡泊，著书不辍，桓谭认为其书必传，事见《汉书·扬雄列传》。这里以扬雄自比，希望自己的著述也能传世。

〔一八〕游目分明：比喻眼光好。搴（qiān）：通"褰"，撩起。

〔一九〕种种：发短的样子。宣：头发斑白。填沟壑：本为人死的委婉说法，这里指牙齿掉落。

〔二〇〕绿绨已裹：指生女孩而裹以绿绨。得姓千年：指传宗接代。危乎艰哉：语出唐李白《蜀道难》："噫吁嚱，危乎高哉！"

〔二一〕添丁：生男孩。迟暮：晚年。曹瞒：即曹操，小字阿瞒。爱子：指曹操幼子曹冲。

〔二二〕碑纤：系在碑上方形穿孔中的绳。羁鬼：指寄柩外地而未能归葬的死者。达：达观，通达。

〔二三〕难（nán）弟：即难兄难弟，形容两兄弟都好，难分上下。这里指袁树。

〔二四〕庾诜十亩之宅，山池居半：语出《梁书·列传第四十五》："庾诜，字彦宝，新野人也。……性托夷简，特爱林泉。十亩之宅，山池居半。蔬食弊衣，不治产业。"

〔二五〕薅（hāo）：拔除。荼蓼（liǎo）：荼和蓼，泛指田野沼泽间的杂草。妻孥（nú）：妻子和儿女。

〔二六〕霍霍如失鹰师：见本卷《答相国（又）》注〔一〕。

〔二七〕绾（wǎn）符赤紧：犹言官居要津。干（gān）云：高入云霄，这里形容前途无量。楚焞（tūn）：灼龟之荆木条。古代占卜时，用点燃的荆木条钻灼龟壳，视其灼裂的兆纹，附会人事，以断吉凶。

〔二八〕巾车：有帷幕的车子。一廛（chán）：本指一夫所居之地，后泛指一块土地、一处居宅。如骖之靳（jìn）：语出《左传·定公九年》："吾从子，如骖之有靳。"后称先后相随为骖靳。靳，套在辕马胸部的皮革。申：重复，一再。呫（tiè）毕：吟诵，诵读。并轨千秋：将著作一起传之后世。

〔二九〕疾没世而名不称：语出《论语·卫灵公》："子曰：'君子疾没世而名不称焉。'"意即：到死而名声不被别人称述，君子引以为恨。宣尼：即孔子。西汉平帝元始元年追谥孔子为褒成宣尼公，后因称孔子为宣尼。

与金贤村明府〔一〕

二十年人伦冠冕，蒙过访于野田草露之间，仰挹私心〔二〕，为之忻慰。别后于竹溪同年处，吟风人之什，绝节高唱，如春空片云，尤深佩服〔三〕。惜行期孔迫，未及具白饭青刍〔四〕，作竟日谈，惭愧何似！

书斋失去玉履，久与夏五、郭公〔五〕，付作传疑。不料明公神机高朗，照及奴星，必使连城之璧返赵而后已〔六〕。他日秉轴钧衡〔七〕，物无遁义，可即此而推。开匣捧观，颇似饼师之妻，既已决别于岐玉，仍复团圞于破镜，且喜且惊，曲踊三百〔八〕。所云处置偷儿，薄与小惩，自是下情所愿。过蒙芳讯，增我惭颜。但有余语为公戏者：馆人廋屦〔九〕，公可无惭于孟轲；而肯认失牛，仆终有惭于卓茂〔一〇〕。奈何！

注释

〔一〕金贤村明府：即金潢。《随园诗话·补遗》卷七："金贤村太守潢，性倜傥，通音律；有四姬人，俱善歌，常偕至随园度曲吹箫，太守亲为按板：殆古所云风流人豪者耶？籍系宛平，临入都时，年逾六十。"

〔二〕仰挹（yì）：仰慕。

〔三〕同年：科举同榜的人。风人：犹言诗人。什：犹言诗篇。绝节：犹绝唱。

〔四〕孔：很。青刍：新鲜的草料。

〔五〕夏五、郭公：分别语出《春秋·桓公十四年》与《庄公二十四年》，前者云："十有四年春正月，公会郑伯于曹。无冰。夏五。"后者云："冬，戎侵曹。曹羁出奔陈。赤归于曹。郭公。""夏五"后缺"月"字，"郭公"下未记事，皆为《春秋》阙文。这里是存疑的比喻说法。

〔六〕奴星：奴仆。必使连城之璧返赵而后已：连城之璧，价值连城的美玉。《史记·廉颇蔺相如列传》载战国中期赵惠文王在位时，秦国强行向赵国索要和氏璧，蔺相如奉命携璧入秦，当廷力争，终于完璧归赵。

〔七〕秉轴：比喻执政。轴，车轴。钧衡：比喻国家政务之重任。

〔八〕"颇似饼师之妻"句：唐孟棨《本事诗》载宁王强夺卖饼人

妻，王维得知后，作诗讽谏宁王，终使卖饼夫妇团聚。团圞，犹团聚。曲踊：高兴的样子。

〔九〕馆人廋（sōu）屦（jù）：典出《孟子·尽心下》："孟子之滕，馆于上宫。有业屦于牖上，馆人求之弗得。或问之曰：'若是乎从者之廋也？'曰：'子以是为窃屦来与？'"廋，隐藏。屦，用麻、葛等做成的鞋。

〔一〇〕"肯认失牛"句：卓茂（？—28），字子康，南阳郡宛县人，东汉云台三十二将之一。《后汉书》卷二十五载其任丞相府史时，有一次马被别人错认，卓茂毫不介意，坦然解马予之。后来马主找到自己的马，乃将卓茂的马归还。至于袁枚所云"认失牛"一事，则是《后汉书》卷二十五所载另一位东汉名臣刘宽所为。

与何献葵明府〔一〕

菊有黄花之际，正相思命驾之时，蒙故人之情，委曲周挚〔二〕。或极三更清话，僮仆鼾呼；或听一部宫商〔三〕，金灯灿烂。至于小艇将开，而呼驺又到；漏尽霜浓之际，握手依依，使我至今低徊不置也〔四〕。访春痴兴，恃牛相公之保护樊川，几于微服野行，狎邪不顾〔五〕。终无所获，命也何如！然新花之采折，与旧雨之周旋，孰轻孰重，静言思之，终不悔雉皋之跋涉也〔六〕。

在苏耽迟四十余日，佳人信断，残腊将终，依旧抱空而返，未免抡才太刻，穷且益坚矣〔七〕！幸为小女择得一婿，楚楚不凡，差强人意。本求西子，翻得东床〔八〕，想彼苍亦"与之齿者去其角"之意也〔九〕。

还山后，重兴土木，小有经营，日与都料匠攘臂握算，日昃不遑〔一〇〕。故奉赠诗与游冒氏荒园之作，至今未能握管〔一一〕。才人觅句，荡子寻春，其间得与不得之故，想亦有数存耶〔一二〕？

注释

〔一〕何献葵明府：即何廷模。此信写于乾隆二十四年（1759）。

〔二〕菊有黄花之际：菊花开放的时候。相思命驾：语出《世说新语·简傲》："嵇康与吕安善，每一相思，千里命驾。"命驾，命人驾车马，谓立即动身。委曲：委婉曲折。周挚：至为真诚笃厚。

〔三〕宫商：五音中的宫音与商音。这里泛指乐曲。

〔四〕呼驺（zōu）：古代贵族、官员出行时的骑马侍从。漏尽：刻漏已尽，形容夜深。漏，古代计时器。握手依依：握着手依依不舍。低徊：徘徊，流连。不置：不舍。

〔五〕牛相公之保护樊川：牛相公，即晚唐牛李党争中的牛党领袖牛僧孺。樊川，即晚唐诗人杜牧，号樊川居士。《太平广记》卷二百七十三载，唐文宗大和七年（833）四月以后，杜牧在淮南节度使牛僧孺幕中做推官，每每夜游寻欢，牛僧孺为其安全着想，暗中派兵保护。狎（xiá）邪不顾：形容行为放荡。

〔六〕新花之采折：新花，女子的代称。乾隆二十三年（1758）十一月，袁枚前往苏州物色美妾，历四十余日而不得，至十二月乃返回江宁。所谓采折新花，即指此而言。旧雨：老友的代称。静言思之：语出《诗经·卫风·氓》，意谓静下心来想想。雉皋：江苏如皋的别称。

〔七〕苏：苏州。耽迟：耽搁。残腊将终：即年终将至。抱空而返：犹言空手而归。抡（lún）：选择。刻：苛刻。穷且益坚：语出《后汉书·马援传》："丈夫为志，穷当益坚，老当益壮。"意即处境愈艰难困窘，意志愈坚强。

〔八〕西子：即西施。东床：即女婿。东晋太傅郗鉴曾前往琅琊王氏家中挑选女婿，王家诸郎闻讯后，均郑重其事应选，唯有王羲之在东厢房床上坦腹高卧，郗太傅遂将女儿嫁与王羲之。事见《世语新说·雅量》。袁枚此次苏州之行，将长女成姑许配给友人蒋桀之子蒋元鼐。

〔九〕彼苍：天的代称。与之齿者去其角：语出《汉书·董仲舒传》所引董仲舒《天人三策》："天亦有所分予，予之齿者去其角，傅其翼者两其足，是所受大者不得取小也。"颜师古注："谓牛无上齿则有角，其余无角者则有上齿。"

〔一〇〕都料匠：工匠。日昃（zè）：太阳西斜。不遑：没有时间，来不及。

〔一一〕握管：动笔写。

〔一二〕数：天意。

覆陈竹香

接手书，为平章小女姻事，执讯告我，大才人一解作诺，便尔不忘，可感也〔一〕。

曹来殷舍人为吴门七子，仆耳之久矣〔二〕。其文如万斛泉源，茫洋无极〔三〕。矧已秉笔凤池，出纳王命〔四〕。得婿如此，洵足为欢。

奈小女已于去冬联姻苏州蒋氏〔五〕，虽草草向平之愿〔六〕，业已粗完；而明明箫史之楼〔七〕，未能少待。信乎王廖之贵先，不若倪良之贵后也〔八〕。还君玉镜，有负冰人，为惆怅者久之〔九〕。

足下一试京兆，出手得卢〔一〇〕。此后蹑云将而腾羊角〔一一〕，弹指须臾。但未知再唱高轩，访野人于物外，当是何时〔一二〕？

注释

〔一〕平章：商量处理。作诺：连声答应。

〔二〕曹来殷舍人为吴门七子：曹来殷，即曹仁虎（1731—1787），字来殷，号习庵，江苏嘉定（今上海市嘉定区）人。舍人，明清内阁中书科设中书舍人，掌书写诰敕。曹仁虎青年时期与钱大昕、王昶、赵文哲、王鸣盛、吴泰来、黄文莲诸人均以文学词章齐名，被沈德潜推为“吴中七子”。耳：听说。

〔三〕其文如万斛（hú）泉源：语出北宋苏轼《文说》：“吾文如万斛泉源，不择地而出。”本指泉源丰富，后比喻文思敏捷。茫洋：辽阔无边貌。

〔四〕矧（shěn）：况且。凤池，亦称凤凰池，后世称中书省为凤池。乾隆二十二年（1757），乾隆帝南巡，曹仁虎献赋，召试列一等，赐举人，授内阁中书。出纳王命：出，把帝王诏命向下宣告。纳，把下面的意见向帝王陈述。

〔五〕去冬：去年冬天，即乾隆二十三年（1758）冬天。

〔六〕向平之愿：儿女成婚的愿望。《后汉书·逸民列传》："向长，字子平，隐居不仕，性尚中和。读《易》至《损》《益》卦，喟然叹曰：'吾已知富不如贫，贵不如贱，但未知死何如生耳。'建武中，男女娶嫁既毕，敕断家事勿相关，当如我死也。"

〔七〕箫史：也作萧史，春秋中期人。传说秦穆公以女弄玉妻之，为作凤台以居。二人一夕吹箫引凤，一同升天仙去。

〔八〕"信乎王廖之贵先"句：语出《吕氏春秋》："王廖贵先，倪良贵后，二人者，皆天下豪杰之士也。"

〔九〕玉镜：玉制的镜子，这里指聘礼。冰人：媒人。

〔一〇〕一试京兆：这里是赴京城参加会试的意思。出手得卢：比喻一下子就取得胜利。这里指第一次参加会试，即顺利考上进士。

〔一一〕蹑云将而腾羊角：这里是青云直上、官运亨通的意思。云将，语出《庄子·在宥》："云将东游，过扶摇之枝，而适遭鸿蒙。"成玄英疏："云将，云主将也。"羊角，即旋风。语出《庄子·逍遥游》："抟扶摇羊角而上者九万里。"

〔一二〕高轩：显贵者所乘高车，亦借指显贵者。野人：平民，村野之人。这里是袁枚自谦之词。物外：世事之外。

荐周幔亭与鱼门〔一〕

周子幔亭，古之振奇人也〔二〕。平生学问，好取人间之极难、极苦、极琐碎者而为之。能以杯许浮球制浑天图〔三〕，能以尺绢画长江万里，其他则《鸡碑》《雀策》《鼠序》《龟经》〔四〕，靡不精心致思〔五〕，钣剞苛细〔六〕。足下大雅堂中，玄、儒骈列〔七〕，安可无此人参错其间？

更妙者能为传响之伎〔八〕。尝至其家，主人对坐，噤不发声，客有所需，但取笔管叩盎二三或十数响，则茶汤粉饵，悉从内出〔九〕。借盎代口，百无一差。较之古人之芦荻画灰、粉盘书字者〔一〇〕，神巧更绝焉！渠出外则以一奴自随，到处可以奏伎〔一一〕。足下何不进而试之，且令家人学之耶？

昔者有客能呼，公孙龙许为弟子〔一二〕；有人善窃，楚子发遂退齐兵〔一三〕。幔亭之伎，似在呼与窃之上，故不吝数行，为之作介。

注释

〔一〕周幔亭：即周椝。鱼门：即程晋芳。

〔二〕振奇人：见本卷《与胡书巢（又）》注〔一二〕。

〔三〕杯许浮球：杯子这么大的浮球。浑天图：古代天象图。

〔四〕《鸡碑》：典出《晋书·戴逵传》："总角时，以鸡卵汁溲白瓦屑作《郑玄碑》，又为文而自镌之，词丽器妙，时人莫不惊叹。"后以"鸡碑"为多才多艺之典。《雀箓（lù）》：传说中赤雀所衔丹书，后泛指重要史籍文献。《鼠序》《龟经》：均为占卜之书。《汉书·艺文志》著录《鼠序卜黄》二十五卷，清姚振宗《汉书艺文志条理》云："书已亡。鼠序，即鼠卜。卜黄，即鸡卜。"《隋书·经籍志》著录史苏《龟经》一卷，《新唐书·艺文志》著录柳彦询、柳世隆《龟经》各三卷，刘宝真、王弘礼、庄道名、孙思邈《龟经》各一卷，今皆不传。

〔五〕致思：集中心思于某一方面。

〔六〕钚（pī）：分析。剫（luò）：剖析。苛细：要求严格且琐碎。

〔七〕骈列：并列，并排。

〔八〕伎：技巧，才能。

〔九〕噤（jìn）：闭口不说话。盎（àng）：古代的一种盆，腹大口小。茶汤：古代的一种甜食。粉饵：糕饼。

〔一〇〕芦荻画灰：《宋史·欧阳修传》载欧阳修四岁而孤，其母亲自教育他，因家贫，以芦苇秆在地上划写，教欧阳修学习写字。粉盘书字：《资治通鉴》卷二百七十载五代十国时吴越国开国君主钱镠习惯于在卧室内放一个粉盘，夜里想起什么事就写在盘中，至老不倦。

〔一一〕奏伎：表演技艺。

〔一二〕“有客能呼”句：公孙龙，战国时赵国人，名家代表人物。《淮南子·道应训》载公孙龙曾收善呼者为弟子，后来公孙龙渡河时，依靠善呼者成功喊来渡船。

〔一三〕“有人善窃”句：子发，战国时楚宣王的将军，名舍，字子发。《淮南子·道应训》载子发将善偷者纳入门下，后来齐楚交战时，善偷者三次偷来齐军主帅的睡帐、枕头、玉簪，随后又三次归还。齐军上下听闻此事，甚为恐惧，遂不战而退。

卷　二

上座主虞山相公〔一〕

枚立雪程门二十一年矣〔二〕！枚不肖，不能致身通显，仰承大贤衣钵。然受恩最早，为三千弟子之先声〔三〕。豨苓虽贱，曾早登于药笼；他日升堂，可使执梃为诸门生之长也〔四〕。近知夫子入赞黄扉〔五〕，朝野相庆。枚以为鼎鼐和羹〔六〕，原是师门旧物。唐之萧、韦，宋之韩、范，不得专美于前〔七〕。所望庆云当空，万物尽沾膏雨耳〔八〕！

枚山居奉亲，刈田自活〔九〕。幸年岁有收，高堂康健，足以上慰慈怀。兹有赴补郎中谈羽仪，系枚受业弟子，束修自立，以小门生参见师相〔一〇〕。有如曾点之后，曾参又来，夫子必莞尔而笑〔一一〕。或藉以问山中之小草，访物外之孤云，亦拾旧履而念遗簪之一助也〔一二〕。

注释

〔一〕座主虞山相公：唐宋时进士称主试官为座主；至明清，举人、进士亦称其本科主考官或总裁官为座主，或称师座。虞山，位于江苏常熟，后为常熟代称。虞山相公，指蒋溥（1708—1761），字质甫，号恒轩，江苏常熟人，雍正八年（1730）二甲第一名进士，官至东阁大学士兼户部尚书。乾隆四年（1739）春三月，袁枚会试高中，蒋溥即为考官，故袁枚尊称之为座主。

〔二〕立雪程门二十一年：立雪程门，典出《二程语录·侯子雅言》与《宋史·杨时传》等，旧指学生恭敬受教。袁枚与蒋溥的师生之谊始于乾隆四年（1739），是则此信应写于乾隆二十五年（1760）

前后。

〔三〕三千弟子：典出《史记·孔子世家》："孔子以诗书礼乐教，弟子盖三千焉。"

〔四〕豨（xī）苓：即猪苓，药草名。药笼：盛药的器具。执梃（tǐng）：手执梃杖，做仪卫而担任前导。

〔五〕赞：辅佐。黄扉（fēi）：古代丞相、三公、给事中等高官办事的地方，以黄色涂门上，故称。

〔六〕鼎鼐（nài）：古代的两种烹饪器具，喻指执政大臣。和羹：配以不同调味品而制成的羹汤，这里比喻宰辅之职。

〔七〕萧、韦、韩、范：指唐宋两代的名相萧瑀、韦执宜、韩琦、范仲淹。

〔八〕庆云：五色云，古人以为乃祥瑞之气。膏雨：滋润万物的霖雨，这里比喻恩泽。

〔九〕山居：这里是隐居的意思。奉亲：侍奉双亲。刈（yì）：割草或谷类。

〔一〇〕束修：受约束，注重自己的言行举止。小门生：再传弟子。师相：宰相的尊称。

〔一一〕"曾点之后"句：曾点，字皙，春秋末期鲁国南武城人；其子曾参，字子舆，与曾点同以孔子为师。莞尔，微笑。

〔一二〕拾旧履而念遗簪（zān）之一助也：语出《魏书·孝静帝纪》："帝曰：'古人念遗簪弊履，欲与六宫别，可乎？'"旧履、遗簪，皆比喻旧物或故情。

与江苏抚军陈榕门先生〔一〕

闻大贤之名久矣！怀愿见之私亦久矣！枚作翰林时，谓可以后辈礼见，而公旬宣在外〔二〕，不果见。枚来江宁时，谓可以属下礼见，而公调任远方，又不果见。每于邸报中，读公章奏〔三〕，见忧民之心，经国之略，往往合于古人。然仅能知公所行之善，未能悉公所学之深也〔四〕。去冬过苏，承颜接词，方知公之所以负重望于天下者，有本有源，非外间传闻者所可尽也。

大凡理学之说，为第一流人物所必争，而往往入之不深，则流弊必多；反不如豪杰之士，建立转盛，所谓“苟为不熟，不如荑稗”是也〔五〕。公则不然：以用世为心，不谈玄妙；以闻过为喜，不事矜张；以淡泊自甘，而不以敝车羸马取人；以恭俭自持，而不以矫情饰行镇物〔六〕。析理必穷其微，爱民必核其实，然后知公无自矜理学之心，而立身行事，不与世同。世之人欲位置公而无所，则不得不以此事相推〔七〕。诚于中，形于外，凡深于道者，莫不皆然〔八〕。所刊书籍，上自从政，下至在官，旁及童蒙女子，罔不集有遗言〔九〕，示之遵守。至于重刻温公文集〔一〇〕，则又公之隐然自命者也。

枚因之有感焉。温公德望粹然，其门下士苏轼、刘攽，皆一时疏俊之士，宜若“道不同不相为谋”〔一一〕。然温公爱之甚殷，接之颇勤者，岂非以中行之外，惟狂狷可与入道欤〔一二〕？抑亦刚克、柔克之说〔一三〕，修己安民，非聪明才辨者，不足以集思广益欤？卒之争差役者惟子瞻，赞《通鉴》者惟原父，亦其明验也〔一四〕。枚虽乍见，蒙公褒之过当，且云论政书中，有与公暗合者数条。是亦温公待原父、子瞻之遗意也。

枚终养老母〔一五〕，伏而不出，于当代名贤，未尝不心焉系之。草木虽微，望卿云当空〔一六〕，而有荣茂之色。伏愿明公晚节弥坚，仁闻愈广。认理虽真，先规其大；守经虽定，兼济以权〔一七〕。嫉恶不妨太严，但须察其恶之是否；听言不妨太广，但能审其言之是非。潢潦之水〔一八〕，所助于河海者，如是而已。

注释

〔一〕江苏抚军陈榕门先生：即陈弘谋（1696—1771），又作陈宏谋，字汝咨，号榕门，广西临桂（今桂林）人。雍正元年（1723）乡试解元，同年进士，授检讨，官至吏部尚书，授东阁大学士，加太子太傅衔，谥文恭。有《培远堂集》等。抚军，清代巡抚的别称。陈弘谋于乾隆二十三年（1758）至二十七年（1762）间任江苏巡抚。此信应写于乾隆二十四年（1759）。

〔二〕旬宣：周遍巡视各地，宣布德教。

〔三〕邸报：又称“朝报”“条报”等，专门用于朝廷传知朝政的文书和政治情报。章奏：即奏章，向皇帝奏事的本章。

〔四〕悉：知道。

〔五〕苟为不熟，不如荑稗（bài）：语出《孟子·告子上》：“五谷者，种之美者也。苟为不熟，不如荑稗。”荑、稗，二草名，似禾，实比谷小，亦可食。

〔六〕用世：见用于世，为世所用。闻过为喜：语出《孟子·公孙丑上》：“子路，人告之以有过则喜。”矜张：夸张，自吹自擂。饰行：矫饰其行为。

〔七〕位置公而无所：不知该怎样来称颂您，该将您摆在什么样的位置。此事：指理学造诣。推：尊崇。

〔八〕诚于中，形于外：语出《礼记·大学》：“此谓诚于中，形于外，故君子必慎其独也。”

〔九〕遗言：古训。

〔一〇〕温公：即北宋史学家、文学家司马光，因其卒后追封温国公，故称。

〔一一〕刘攽（1023—1089）：字贡父，号公非，临江新喻（今江西樟树）人。宋仁宗庆历六年（1046）进士，是司马光编撰《资治通鉴》的重要助手。疏俊：放达超逸。道不同不相为谋：语出《论语·卫灵公》。

〔一二〕“岂非以中行之外”句：《论语·子路》：“子曰：‘不得中行而与之，必也狂狷乎！狂者进取，狷者有所不为也。’”何晏《集解》引包咸曰：“中行，行能得其中者，言不得中行则欲得狂狷者。狂者，进取于善道。狷者，守节无为。”

〔一三〕刚克、柔克：语出《尚书·洪范》：“强弗友刚克，燮友柔克。沈潜刚克，高明柔克。”前者意即以刚强制胜，后者意即以柔和制胜。

〔一四〕子瞻：即苏轼，子瞻其字。原父：即北宋史学家刘敞，原父其字，与弟刘攽同为司马光编撰《资治通鉴》的重要助手。

〔一五〕终养：奉养年老的亲人，以终其天年。

〔一六〕卿云：亦作“庆云”“景云”，古人以为祥瑞。

〔一七〕权：权宜，变通。

〔一八〕潢潦（liáo）：地上流淌的雨水。

寄山东周燮堂抚军〔一〕

忆壬申岁路过保阳，蒙明公旧雨情深，殷勤款接，助之以路费，饫之以盘餐，使游子天涯，有宾至如归之乐〔二〕。其时值金质甫同年掌教书院〔三〕，擒裳联襼〔四〕，入署同欢。枚又携北地之燕脂，谒南衙之金粉，住虽三日，情足千秋〔五〕。至今酒痕灯光，犹往来于心而不能释。

是岁秋间，读《礼》南返，侨寓白门〔六〕。服阕后〔七〕，遂告养亲，幽栖岩壑。云泥路隔，鱼雁风稀，以致一介之书，久不彻于隶人之听；遥知卿月当天，必不责闲云之疏懒也〔八〕。阅邸报，知公巡抚山东，官爵愈尊，家乡愈近，且与姚小坡、蔡蒿霞两观察朝夕共事。鲁多君子，我尽故人。若非老母年高，几几乎有千里命驾之思焉〔九〕。

枚烟霞供养，垂二十年，欲寡过而未能，恐修名之不立〔一〇〕。桑榆未晚，蒲柳先衰，未知戊午同科，合簪缨、萝薜而计之，尚剩几个晨星硕果，思之怃然〔一一〕！

注释

〔一〕山东周燮堂抚军：即周元理（1706—1782），字秉中，号燮堂，浙江仁和（今杭州）人。乾隆三年（1738）举人，授直隶蠡县知县，迁霸州知州，宣化、广平、天津、保定知府，改清河道，擢按察使、布政使。寻迁山东巡抚、直隶总督。乾隆四十四年（1779）以失察属吏事革职，旋补都察院左副都御史，署直隶总督。四十五年（1780）

迁兵部左侍郎，擢工部尚书。四十六年（1781）以疾乞休。山东抚军，即山东巡抚。周元理于乾隆三十六年（1771）三月授山东巡抚，十月迁直隶总督，则此信应作于该年三月至十月间。

〔二〕壬申岁路过保阳：保阳，保定的别称。壬申，指乾隆十七年（1752）。是年正月，袁枚有北京之行；二月在京得讯将官陕西，遂于三月离京赴陕。其间过直隶保定府，与周元理、金文淳聚会于清苑知县衙署中。饫（yù）：饱食。

〔三〕金质甫：即金文淳，字质甫，号金门，浙江钱塘（今杭州）人。乾隆四年（1739）进士，选庶吉士，散馆授翰林院编修。历官奉天锦州知府、直隶天津知府等。乾隆三十二年（1767）革职，发往军前效力赎罪。后主讲天津问津书院，弟子多有成就。

〔四〕掎裳联襼（yì）：牵着裙，连着袖，形容人多。语出西晋潘岳《藉田赋》：“蹑踵侧肩，掎裳连襼。”

〔五〕燕脂：即胭脂，这里代指姬人。南衙：唐代宰相官署，因中书、门下、尚书三省均在皇宫之南，故称。这里是官署的泛称。

〔六〕读《礼》南返：古人守丧在家，读有关丧祭的礼书，因称居丧为读礼。乾隆三年（1738）九月，袁枚在陕西西安得到父亲袁滨去世的消息，随即南归，为父守丧。白门：南京的别称。

〔七〕服阕：守丧期满。

〔八〕云泥：比喻地位悬隔。鱼雁：书信的代称。隶人：仆人。卿月：月亮的美称，亦可借指官员。语出《尚书·洪范》：“王省惟岁，卿士惟月，师尹惟日。”

〔九〕千里命驾：《世说新语·简傲》：“嵇康与吕安善，每一相思，千里命驾。”命驾，指命人驾车马，谓立即动身。

〔一〇〕欲寡过而未能：想要减少自己的错误，但未能做到。语出《论语·宪问》。恐修名之不立：语出屈原《离骚》：“老冉冉其将至兮，恐修名之不立。”

〔一一〕桑榆未晚：语出唐王勃《滕王阁序》：“东隅已逝，桑榆非晚。”桑榆，指日落处，比喻晚年。蒲柳：一种秋天很早就凋零的灌木，旧时用以谦称自己体质衰弱或地位低下。戊午：即袁枚考中进士的乾隆三年（1738）。同科：同榜考中者。簪缨：古代达官贵人的冠饰，后借指高官显宦。萝薜（bì）：两种蔓生植物女萝和薜荔，后用以指隐士的服装。这里是袁枚自称。晨星：早晨的星，比喻稀少。硕果：丰硕的果实，后称仅存的难得之物为硕果。怃（wǔ）然：怅然失意貌。

与徐紫庭方伯〔一〕

丁丑春，高轩来白下，小具壶觞，班荆道故〔二〕。蒙赐七律二章，写物外之风花，纪雪鸿之爪迹，至今碧纱笼护，当作《兰亭》醉本看矣〔三〕。近闻移节黔中〔四〕，以承流宣化之才，当赋简民醇之地，想见香凝燕寝，风静彭排，回首玉堂，清华较胜，如阁下者，方信人间生佛，远胜天上顽仙〔五〕。

枚别来四年，发有二色〔六〕。十年清俸，既消磨于风台月榭之中；半世精神，又狼藉于断简残编之内。前年妾生一男，坠地不举〔七〕。是区区者而不余畀〔八〕，命可知也！赖明公荫庇，老母康娱，家无避债之台，邑少催租之吏，得与云山书史，耦居无猜，不可谓非人生之幸〔九〕。

驾赴西川时，曾赋长排五十四韵奉怀〔一〇〕。道远未寄，蹉跎至今。适有候补贰尹庄绪畴来黔候补〔一一〕，托其带呈左右。虽岁月小差〔一二〕，已是过时之笔墨，而相思未减，依然往日之心情。知明公聆音识曲，不笑其为失晨之鸡也〔一三〕。

注释

〔一〕徐紫庭方伯：即徐垣（1711—1762），字紫庭，号芷汀、芷亭，直隶大兴（今北京市大兴区）人。乾隆四年（1739）进士，授编修，历官安徽按察使、四川布政使、贵州布政使、湖北布政使。方伯，清代布政使的别称。

〔二〕丁丑：指乾隆二十二年（1757）。高轩：贵显者所乘大车，亦借指贵显者。这里即指徐垣。白下：南京的别称。班荆道故：形容老朋友途中相遇，共话旧谊。语出《左传·襄公二十六年》：“伍举奔郑，将遂奔晋。声子将如晋，遇之于郑郊，班荆与食，而言复故。”

班，铺开。

〔三〕雪鸿之爪迹：比喻往事遗留的痕迹。碧纱笼护：见卷一《病中谢尹相国赐食物》注〔三〕。

〔四〕移节黔中：乾隆二十四年（1759）正月，徐垣由四川布政使调任贵州布政使；至二十六年（1761）八月，改官湖北布政使。

〔五〕承流宣化：语出《汉书·董仲舒传》："今之郡守、县令，民之师帅，所使承流而宣化也。"指官员奉君命教化百姓，可使文化流传，百姓更有教养，国家更加兴旺。赋：赋税。燕寝：古代帝王居息的宫室，后泛指闲居之处。风静彭排：干戈止息的意思。彭排，即盾牌。玉堂：这里是官署的美称。生佛：活佛，这里比喻有恩德的官吏。

〔六〕二色：犹言斑白。

〔七〕"前年妾生一男"句：乾隆二十三年（1758）六月二十九日，袁枚妾陆姬生下一男婴，旋即夭折。

〔八〕畀（bì）：给。

〔九〕荫庇（bì）：庇护。康娱：健康。避债之台：西晋皇甫谧《帝王世纪》载，东周末年，王室衰微，周赧王虽有天子之名，但被诸侯侵凌，欠债无法归还，于是逃到周景王所筑高台上躲债，故称"避债台"。耦（ǒu）居：两两同处。

〔一〇〕"驾赴西川时"句：乾隆二十二年（1757）六月，徐垣将迁四川布政使，袁枚作《寄西川方伯徐芷亭同年五十四韵》送之，收入《小仓山房诗集》卷十三。

〔一一〕贰尹：县丞的别称。

〔一二〕小差：稍有误差。

〔一三〕失晨之鸡：语出曹操《选举令》："失晨之鸡，思补更鸣。"即忘记报晓的雄鸡，比喻失职或犯错误的人。

与许青岩方伯〔一〕

明公心存匡济，德备中和，履患难而青白愈彰，敦故旧而始终如一〔二〕。枚阅历宦途，所心折者，屈指如公，不数数觏〔三〕。恭闻安徽布政官署移在皖江〔四〕，天子命公领职。枚考朝廷官职，凡创始之人，无不垂之简编〔五〕，传为盛事。如三公在外之始于张温也〔六〕，转运使之始于裴耀卿也〔七〕，总漕之始于吴桢也〔八〕，总河之始于陈瑄也〔九〕，丰功伟业，俱赫赫在人耳目。

今明公为皖江布政使之始，不特科房银库，事事维新；而且立美善之章程，使后人有所遵守；権从前之利弊〔一〇〕，使善政有所开端。非公之才，不足以当此重任；非公之福，亦不能际此遭逢。南望皖云，为之欣喜。

接手书，知起居康健，深慰下情。蒙赐肉桂二两，李义山诗云："补羸惟紫桂。"〔一一〕枚知公之所补益于苍生者，正是恢宏悠远，而不谓枚之先受其赐也。远贻药石〔一二〕，见仁者之深情；片语不忘，仰故人之风义。可师可感，两者兼之。

南湖观察太夫人行状，是枚受其迫促，一夕而成，即史黄门之《急就章》也〔一三〕，何足齿及？

注释

〔一〕许青岩方伯：即许松佶，福建闽县（今福州）人，官至江苏布政使。此信应写于乾隆二十五年（1760）。

〔二〕匡济：匡助救济。青白：即青天白日，比喻清明、明白。

〔三〕心折：衷心折服。不数数觏（gòu）：不曾多见。

〔四〕安徽布政官署移在皖江：安徽布政使司长期驻扎在江苏江宁（今南京），至乾隆二十五年（1760）六月，乾隆帝下令将其由江宁迁至安徽安庆，并派许松佶赴安庆出任该职。

〔五〕简编：书籍。

〔六〕三公在外之始于张温：三公，古代最显贵的三个官职，东汉以太尉、司徒、司空为三公。张温（？—191），字伯慎，东汉末年南阳穰县（今河南邓州）人。他于汉灵帝中平二年（185）率军赴西北平乱，翌年在长安晋升太尉，成为第一个不在朝廷的三公。

〔七〕转运使之始于裴耀卿：转运使，设立于唐玄宗时期，是主管运输事务的官职。裴耀卿（681—743），字焕之，绛州稷山（今山西稷山）人。开元二十一年（733），他建议疏通漕运，征调江淮粮赋，以充实关中，获唐玄宗赞同，遂被任命为首任江淮河南转运使。

〔八〕总漕之始于吴桢：总漕，明清时总管漕运的官职。吴桢，应作吴祯（1328—1379），原名国宝，字干臣，定远（今安徽定远）人，明朝开国名将。明朝建国后，封靖海侯，获赐铁券，子孙世袭。卒赠特进光禄大夫、左柱国、海国公，赐谥襄毅。洪武五年（1372），吴祯尝受命出镇登州（今山东蓬莱），统率水军，督理海运，为辽东运送粮饷。

〔九〕总河之始于陈瑄：总河，明清时总管河道的官职。陈瑄（1365—1433），字彦纯，合肥（今安徽合肥）人。历仕洪武、建文、永乐、洪熙、宣德五朝，自永乐元年（1403）起任漕运总兵官，主持治河、督理漕运凡三十年，为明代漕运发展做出了重要贡献。卒后，淮安清河百姓立祠祀之。

〔一〇〕榷（què）：商讨。

〔一一〕“李义山诗云”句：李义山，即晚唐诗人李商隐，义山其字。其《酬令狐郎中见寄》有句云：“补羸贪紫桂，负气托青萍。”

〔一二〕药石：药剂和砭石，泛指药物。

〔一三〕行状：旧时死者家属叙述死者世系、籍贯、事迹的文章。史黄门之《急就章》：史黄门，即史游，汉元帝时任黄门令，精字学，善书法。相传尝以隶书草写而撰成《急就章》，为童蒙识字课本。后以“急就章”比喻匆促完成的文章或工作。

尹六公子闻新娶姬人患病戏作骈体书为紫云之请作此覆之〔一〕

“有女同车”，未盈一月；“其人如玉”，竟谒三医〔二〕。自怜浪费黄金，买来马骨〔三〕；或者赏音名士，惯获焦琴〔四〕。足下理宜增华助宠，缄封阿杜之钗〔五〕；抑或济困扶倾，远馈季康之药〔六〕。此则君子之深情，通家之雅意也〔七〕。

不料许不吊灾〔八〕，而楚翻问鼎〔九〕；紫云未见〔一〇〕，遽发狂言；碧玉闻名〔一一〕，便思篡取。久假不归〔一二〕，是吾忧也。如其非义，于汝安乎？虽司空见惯，何妨使配参军〔一三〕；而白傅中年，尚未放归樊素〔一四〕。譬如趁齐之败，而取质萧同〔一五〕；当汉之强，而书求吕雉〔一六〕。无嫂溺加援之手〔一七〕，有朕栖欲治之心〔一八〕。上愧淳于，下同傲象〔一九〕。虽为八法原情〔二〇〕，难免《春秋》诛意矣。倘若九原竟逝，定与公子同归；如其一息尚存，可使日中为市〔二一〕。

注释

〔一〕尹六公子：即尹继善第六子庆兰。

〔二〕有女同车：语出《诗经·郑风·有女同车》。其人如玉：语出《诗经·小雅·白驹》。

〔三〕浪费黄金，买来马骨：即《战国策·燕策一》所载战国中期燕昭王以重金购买千里马骨头的典故。比喻重视、渴求人才。

〔四〕赏音名士，惯获焦琴：典出《后汉书·蔡邕传》："吴人有烧桐以爨者，（蔡）邕闻火烈之声，知其良木，因请而裁为琴，果有美音，而其尾犹焦，故时人名曰焦尾琴焉。"

〔五〕缄封阿杜之钗：《南史》卷四十六载，周盘龙于南齐建元元年（479）在寿春大破北魏军队，齐高帝萧道成闻讯大喜，遂将爱妾杜氏与金钗二十枚赏赐给周盘龙，并手敕曰："饷周公阿杜。"

〔六〕远馈季康之药：典出《论语·乡党》："康子馈药，拜而受之。曰：'丘未达，不敢尝。'"季康，即季康子，鲁哀公时正卿。

〔七〕通家：世代有交谊之家。

〔八〕许不吊灾：许，即西周、春秋时的许国。吊，慰问。《左传·昭公十八年》载，前520年夏五月，宋、卫、陈、郑四国均发生火灾。事后，郑国派官员向各诸侯国报告，宋国和卫国也都这样。只有陈国不救火，许国则对火灾不予慰问。

〔九〕楚翻问鼎：指春秋中期楚庄王问周鼎之大小轻重一事，见《左传·宣公三年》与《史记·楚世家》等。

〔一〇〕紫云：唐代歌妓名，尝见赏于杜牧。《唐才子传》卷六与《唐诗纪事》卷五十六载杜牧曾以御史分司洛阳，时李愿罢官闲居，宴集朝士，杜牧知其家伎颇负盛名，遂向李愿说："闻有紫云者，妙歌舞，孰是？"并赠诗曰："华堂今日绮筵开，谁唤分司御史来。忽发狂言惊四座，两行红袖一时回。"

〔一一〕碧玉：西晋汝南王司马亮之妾。

〔一二〕久假不归：长期借用而不归还。语出《孟子·尽心上》。

〔一三〕虽司空见惯，何妨使配参军：唐孟棨《本事诗·情感》："刘尚书禹锡罢和州，为主客郎中、集贤学士。李司空（按，即李绅）罢镇在京，慕刘名，尝邀至第中，厚设饮馔。酒酣，命妙妓歌以送之。刘于席上赋诗曰：'鬖髻梳头宫样妆，春风一曲杜韦娘。司空见惯浑闲事，断尽江南刺史肠。'李因以妓赠之。"

〔一四〕白傅：即白居易，因其曾授太子少傅，故称白傅。樊素：白居易的家姬。

〔一五〕趁齐之败，而取质萧同：萧同，即萧同叔子，春秋中期齐顷公之母。据《左传·宣公十七年》与《成公二年》载，前592年春，晋景公派正卿郤克出使齐国，齐顷公接见郤克时，让萧同叔子在帷幕后观看。郤克有足疾，遭萧同叔子嘲笑，郤克遂发誓报仇。前589年，郤克领兵在鞌地大败齐师，齐顷公被迫求和，郤克要求以萧同叔子作为人质，方许罢兵。

〔一六〕当汉之强，而书求吕雉：汉惠帝、吕后统治时期，匈奴首领冒顿骄横傲慢，曾写信向吕后求亲。事见《汉书·匈奴传》。

〔一七〕嫂溺加援之手：典出《孟子·离娄上》："淳于髡曰：'男女授受不亲，礼与？'孟子曰：'礼也。'曰：'嫂溺，则援之以手乎？'曰：'嫂溺不援，是豺狼也。男女授受不亲，礼也；嫂溺援之以手者，权也。'"

〔一八〕朕栖欲治之心：典出《孟子·万章上》："象曰：'谟盖都君咸我绩，牛羊父母，仓廪父母，干戈朕，琴朕，弤朕，二嫂使治朕栖。'"象，传说中舜的同父异母弟。他的这段话意思是：谋害舜都是我的功劳，牛羊分给父母，仓廪分给父母，干戈归我，琴归我，弤弓归我，两位嫂嫂要替我铺床叠被。

〔一九〕淳于：即淳于髡。傲象：即象。

〔二〇〕八法：周代管理百姓的八种方法，详见《周礼·天官·大宰》。原情：情由。

〔二一〕九原：犹言九泉、黄泉。日中为市：语出《周易·系辞下》。日中，正午。市，做买卖。

再覆似村〔一〕

古人挈瓶之智，守不假器〔二〕；今人徙宅之愚，谁肯忘妻〔三〕？乃足下始则作阴姬之请，舍曰欲之〔四〕；继则覆吕相之书，恶乎佞者〔五〕。

振振公子，原非带下之医〔六〕；蛇蛇硕言，偏纳瓜田之履〔七〕。虽重耳自然返璧，而颜回先已拾尘〔八〕。佳人非朋友之轻裘，公然可共〔九〕；枕衾岂五霸之仁义，久假思归〔一〇〕？

老夫耄矣，诚宜让畔而居〔一一〕；赐也贤乎，乃敢越疆而吊〔一二〕！昔苍吾浇娶妻而美，让之于兄〔一三〕；今谢幼舆张口而挑，劫之以病〔一四〕。以吾一日之长〔一五〕，何所不容？小子鸣鼓而攻，谓之不弟〔一六〕。在陈平美如冠玉，盗嫂何妨〔一七〕？奈六郎面似莲花，自媒不暇〔一八〕。我笑慢藏诲盗〔一九〕，三女为“奸”；君如小往大来，一夔已足〔二〇〕。

注释

〔一〕似村：即庆兰。

〔二〕挈（qiè）瓶之智，守不假器：语出《左传·昭公七年》：“虽有挈瓶之知，守不假器。”意即：虽然只有提着瓶子打水这样的小智慧，也懂得守着器物不出借。

〔三〕徙宅之愚，谁肯忘妻：典出西汉刘向《说苑·敬慎》：“鲁哀公问孔子曰：‘予闻忘之甚者，徙而忘其妻，有诸？’孔子对曰：‘此非忘之甚者也，忘之甚者忘其身。’”徙宅，犹言搬家。

〔四〕阴姬：战国时期中山国的王后，其事见《战国策·中山策》。舍曰欲之：不说自己贪心无厌。语出《论语·季氏》：“君子疾夫舍曰欲之而必为之辞。”

〔五〕吕相之书：即《左传·成公十三年》所载晋国使臣吕相到秦

国宣布与之绝交的外交辞令。恶乎佞（nìng）者：语出《论语·先进》："是故恶夫佞者。"意即：所以我讨厌尖嘴利舌的人。

〔六〕振振公子：仁厚的公子。语出《诗经·周南·麟之趾》。带下之医：妇科病医生。

〔七〕蛇蛇（yí）硕言：夸夸其谈的大话。语出《诗经·小雅·巧言》。瓜田之履：语出三国魏曹植《君子行》："君子防未然，不处嫌疑间。瓜田不纳履，李下不正冠。"意即：经过瓜田时，不要弯腰提鞋子；走在李树下面，不要举手整理帽子，免得被人怀疑偷瓜摘李。

〔八〕重耳自然返璧：重耳，即晋文公。《左传·僖公二十三年》载其流亡途中经过曹国，遭遇曹共公无礼对待。曹国大臣僖负羁认为重耳日后必成大事，遂赠送其饭菜，并放进一块玉璧，重耳接受了饭菜，退回了玉璧。颜回先已拾尘：比喻遭人嫌疑或冤枉之典故。见卷一《答相国（又）》注〔二〕。

〔九〕佳人非朋友之轻裘，公然可共：语本《论语·公冶长》："子路曰：'愿车马衣轻裘，与朋友共，敝之而无憾。'"

〔一〇〕枕衾岂五霸之仁义，久假思归：语出《孟子·尽心上》："尧、舜，性之也；汤、武，身之也；五霸，假之也。久假而不归，恶知其非有也？"意即：尧、舜是本性具备仁义，商汤、周武王是亲身实践仁义，五霸是假借仁义。假借久了而不归还，哪能知道他们本来是没有仁义的呢？

〔一一〕让畔而居：典出《史记·五帝本纪》："舜耕历山，历山之人皆让畔。"让畔，意即互相谦让，在田界处让对方多占有土地。

〔一二〕赐也贤乎：语出《论语·宪问》："子曰：'赐也贤乎哉？夫我则不暇。'"赐，即孔子弟子端木赐，字子贡。越疆而吊：语出《礼记·檀弓下》："五十无车者，不越疆而吊人。"意即：年过五十岁而没有车的人，不越过国界去吊唁别人。

〔一三〕苍吾浇娶妻而美，让之于兄：事见《孔子家语·六本》："苍梧娆娶妻而美，让与其兄，让则让矣，然非礼之让也。"袁枚所谓"苍梧浇"，即"苍梧娆"。

〔一四〕谢幼舆张口而挑，劫之以病：事见《晋书·谢鲲传》："谢鲲，字幼舆，陈国阳夏人也。……邻家高氏女有美色，鲲尝挑之，女投梭，折其两齿。"

〔一五〕以吾一日之长：语出《论语·先进》："子路、曾皙、冉有、公西华侍坐，子曰：'以吾一日长乎尔，毋吾以也。'"

〔一六〕小子鸣鼓而攻：语出《论语·先进》："季氏富于周公，而求也为之聚敛而附益之。子曰：'非吾徒也。小子鸣鼓而攻之，可也。'"不弟：对兄长或长辈不恭顺。

〔一七〕陈平美如冠玉，盗嫂何妨：事见《史记·陈丞相世家》："绛侯、灌婴等咸谗陈平曰：'平虽美丈夫，如冠玉耳，其中未必有也。臣闻平居家时，盗其嫂。'"《汉书·陈平传》亦有类似记载。

〔一八〕六郎：即武则天的男宠张昌宗，因其排行第六，人称六郎。《旧唐书》卷九十载杨再思奉承张昌宗说："人言六郎面似莲花，再思以为莲花似六郎，非六郎似莲花也。"自媒：自择配偶。

〔一九〕慢藏诲盗：收藏财物不慎，等于诱人偷窃。语出《周易·系辞上》。

〔二〇〕小往大来：语出《周易·泰卦》。一夔已足：《韩非子·外储说左下》载帝尧曾任用精通音乐的夔为乐正，并有"夔一而足"语，意即：有一个夔，就足以担当制乐重任。

谢托师健抚军〔一〕

不奉教诲，四月有余；仰止之怀〔二〕，寸阴若岁。伏惟贤者之精神，即邦家之元气〔三〕。天留国老，以作岁星。想入座起居，入秋弥健也。

八月廿二日，为老母八十生辰，将公所赐寿言张之堂陛〔四〕，一时宾客，争相传观。伏念人子之寿其亲也，往往求巨公笔墨，以为光荣；而巨公之应其求也，亦不过嘱人握管，勉强敷衍而已〔五〕。公则额三字曰"仁之征"，对一联云："乐山在山中奉养；主静得静处延年。"此皆挤嚅道要，真有德者之言，非他人所能代；而书法之苍秀，直逼钟、王，亦非凡手所能摹也〔六〕。较之古人，庐山九锡〔七〕，华阳十赍〔八〕，荣有过焉。平生乌鸟之私〔九〕，藉兹稍慰。本当亲渡长江，拜申谢悃，因膝前侍馔，未敢远离〔一〇〕。明岁天子南巡，公当扈跸，将访皋、夔于唐、虞殿陛间，一听赓扬之什，如前年故事〔一一〕。虽身未到，而心已驰矣！

注释

〔一〕托师健抚军：即托庸（1693—1773），字师健，号瞻园，满洲镶黄旗人，富察氏，官至吏部尚书，加太子太保，谥诚毅。抚军，清代巡抚的别称。袁枚此信应写于乾隆二十九年（1764）八月前后，托庸时任安徽巡抚。

〔二〕仰止：语出《诗经·小雅·车舝》，仰慕、向往的意思。止，语助词。

〔三〕邦家：国家。

〔四〕寿言：祝寿诗文。堂陛：厅堂和台阶。

〔五〕巨公：大人物。握管：执笔。

〔六〕道要：最主要的方面。钟、王：指魏晋时期书法家钟繇和王羲之。

〔七〕庐山九锡：锡，赐予。九锡，天子将车马、礼服、音乐等九种器物赐予功勋卓越的大臣。赐九锡之时，须命人撰文，以皇帝口气下诏封赏，称颂受赐者的功德，说明赐九锡的缘由。庐山九锡，典出南朝宋袁淑的游戏之作《庐山公九锡文》。所谓“庐山公”，实乃驴的戏称。全文先从各方面对驴子加以称颂，后又煞有其事地对驴进行封赏。

〔八〕华阳：即南朝梁时著名炼丹家、文学家陶弘景，号华阳隐居。十赉（lài）：语出陶弘景《授陆敬游十赉文》，指十种便于修炼的赏赐。

〔九〕乌鸟之私：古时传说，小乌能反哺老乌。比喻侍奉尊亲的孝心。

〔一〇〕谢悃（kǔn）：感谢的诚意。膝前：父母的身边。馔（zhuàn）：饮食。

〔一一〕扈跸（hù bì）：随侍皇帝出行至某处。扈，随从，随侍。跸，帝王的车驾或行幸之处。皋：即皋陶（yáo），上古传说中尧、舜、禹时代的贤人，后常为狱官或狱神的代称。夔：上古传说中尧、舜时的乐官。唐：上古传说中尧所建的朝代。虞：上古传说中舜所建的朝代。殿陛：御殿前的石阶。赓扬：飞扬轻举，连续而歌。什（shí）：诗篇。故事：旧事。

覆庄滋圃新参[一]

前呈米字册子，尹师相深訾其非真[二]。而阁下则中心笃嗜，留之案头，不忍决舍，有古人三宿索靖碑下，徘徊不忍去之意[三]。一师一友，孰是孰非，枚非书家，实不敢妄举一词。

然想古君子“和而不同”，韩、范交好最深，而上殿便争如虎[四]。阁下他日与尹公同赞黄扉[五]，风采正当如是。承命明日在家相候，将拉往尹师处，置酒送行[六]。枚初觉两宰相，一山人，鸠凤相参，殊不伦类[七]，意欲辞谢；既而思之，公西华之肥马轻裘[八]，与颜渊之箪食瓢饮[九]，何以同侍孔门之侧，而彼此相忘？其中道妙，必有在富贵贫贱之外者。阁下知之，尹师相知之，枚敢不知哉！谨当扫门驾车，鹄立以候[一〇]。

注释

〔一〕庄滋圃新参：即庄有恭（1713—1767），字容可，号滋圃，祖籍福建晋江，迁广东番禺（今广州）。乾隆四年（1739）进士，官至福建巡抚。此信作于乾隆三十年（1765）八月一日。

〔二〕米字册子：米芾的字帖。尹师相：即尹继善。訾（zǐ）：指责。

〔三〕古人三宿索靖碑下，徘徊不忍去：此为初唐书法家欧阳询事。《新唐书·列传第一百二十三》载其“尝行见索靖所书碑，观之，去数步复返，及疲，乃布坐，至宿其傍，三日乃得去”。索靖（239—303），字幼安，敦煌龙勒（今甘肃敦煌）人，西晋书法名家，善章草，有《草书状》等。

〔四〕和而不同：语出《论语·子路》：“君子和而不同，小人同而不和。”韩、范：即北宋名臣韩琦与范仲淹。

〔五〕赞：辅佐。黄扉：见本卷《上座主虞山相公》注〔五〕。

〔六〕“承命明日在家相候”句：乾隆三十年（1765）三月二十日，清高宗召尹继善入阁，至九月，尹继善遂由江宁启程北上。此前的八月二日，庄有恭偕袁枚往谒尹继善，为之送行，所谓“拉往尹师处，置酒送行”云云，即指此事。

〔七〕伦类：同类。

〔八〕公西华之肥马轻裘：语出《论语·雍也》：“赤之适齐也，乘肥马，衣轻裘。”公西华，名赤，孔子弟子。

〔九〕颜渊之箪食瓢饮：语出《论语·雍也》：“一箪食，一瓢饮，在陋巷，人不堪其忧，回也不改其乐。”颜回，字渊，孔子弟子。

〔一〇〕鹄（hú）立：像鹄一样伸长脖子站立着，形容盼望等待。

与裘叔度少宰〔一〕

己卯秋闱〔二〕，蒙公过访，扶病作别，垂六七年。非不惓怀明德，而一函未通。来求书者，非可与之人；可与书者，非入山之客。“譬彼坏木，疾用无枝”〔三〕。知公必不督过之也。前岁春间，闻公泊舟江口，枚得信迟，不获趋侍，而公亦不驰一介以相招〔四〕，岂欲赠以不可召之名哉？转浅之乎视故人矣！

枚少登名场，风流自赏，见人闻五六十翁，自道去之尚远，如隔十重城郭。不意半百之年，忽焉已至，圉马不乘，理宜差健，何以种种之发，竟与当途劳碌者同此头颅，为可叹也〔五〕！客秋，陶西圃同年来，道朝门见裘、程两公，居然黄发老臣矣〔六〕。枚谓三十年为一世，理应尔也，况十二科之进士乎〔七〕？公门生故吏，充溢海内，然而当年之出则共车，入则同席，侍安昌之门墙，斗齐谐之幻语者，彼何人斯，独不一回首于五云深处耶〔八〕？以野客之常思春梦，卜君子之肯念遗簪〔九〕，当亦不甚过差耳！

比来山中述作，侈侈隆富〔一〇〕。手编骈、散文及韵语、杂著，无虑数十卷，高可隐人。有《子不语》一种，专纪新鬼，将来录一副墨〔一一〕，寄呈阁下，依然灯下丛谈，定当欣畅。

拔贡生吴模〔一二〕，子夏之门人小子也〔一三〕。十二岁试明经〔一四〕，为张童子，近复溺苦于学；家徒壁立，就月光读书，竟能淹贯〔一五〕，可以对武平一之"七穆三桓"〔一六〕、张茂先之"千门万户"矣〔一七〕。倘有笔研事〔一八〕，可以呼叱而东西之。

注释

〔一〕裘叔度少宰：即裘曰修（1712—1773），字叔度，一字漫士，江西新建（今南昌市新建区）人。乾隆四年（1739）进士，历官翰林院编修、吏部侍郎，礼、刑、工部尚书，加太子少傅，谥文达。少宰，明清时吏部侍郎的俗称，也叫少冢宰。裘曰修于乾隆二十一年（1756）四月任吏部右侍郎，二十二年（1757）五月改左侍郎，至十月，乃改官户部右侍郎。

〔二〕己卯秋闱：己卯为乾隆二十四年（1759）。明清乡试在秋季举行，故名秋闱。闱，考试的地方。

〔三〕譬彼坏木，疾用无枝：语出《诗经·小雅·小弁》。意即：我犹如病死的树，因为身染沉疴而落尽了枝条。这里比喻隐居山间，与外界接触很少。

〔四〕一介：一个使者或仆役。

〔五〕圉（yǔ）：畜养。当途：指执掌大权。

〔六〕客秋：去年秋天。陶西圃：即陶镛。他于乾隆三十年（1765）八月偕袁枚所赠姬妾过访随园，则本信应作于乾隆三十一年（1766）。

〔七〕三十年为一世：《说文解字·十部》："世，三十年为一世。"十二科之进士：清代每三年在京城举行一次会试。举行十二次会试，需历时三十余年。

〔八〕安昌：即西汉后期名臣张禹，因其受封安昌侯，故称。齐谐：《庄子·逍遥游》："齐谐者，志怪者也。"成玄英疏："姓齐，名谐，人姓名也。亦言书名也，齐国有此徘谐书也。"彼何人斯：语出《诗经·小雅·何人斯》。意即：他是什么人啊。

〔九〕野客：村野之人，多借指隐逸者。遗簪：《韩诗外传》卷九载，孔子见一妇人在泽中哭泣，便派弟子询问她为何哭泣，妇人说她割著草时丢失了簪子，虽说簪子本身并无多少价值，但因是故旧之物，所以找寻不得便不禁悲哀哭泣。后即以遗簪比喻因睹物而引起的怀旧之情。

〔一〇〕侈侈：繁多貌。

〔一一〕副墨：副本。

〔一二〕拔贡生：科举制度中由地方贡入国子监的生员之一种。每府学二名，州、县学各一名，由各省学政从生员中考选，保送入京，作为拔贡。

〔一三〕子夏之门人小子：语出《论语·子张》："子游曰：'子夏之门人小子，当洒扫、应对、进退，则可矣。'"这里袁枚自比子夏。

〔一四〕试明经：犹言考贡生。明经，明清对贡生的尊称。

〔一五〕淹贯：渊博而贯通。

〔一六〕武平一之"七穆三桓"：《新唐书·列传第四十四》载崔日用自称精通《左氏春秋》中的诸侯官族，武平一同样博通《春秋》，崔日用便向武平一问难说："鲁三桓，郑七穆，奈何？"武平一对答如流，说："庆父、叔牙、季友， 桓三子也。孟孙至彘凡九世，叔孙舒、季孙肥凡八世。郑穆公十一子，子然及二子子孔三族亡，子羽不为卿，故称七穆，子罕、子驷、子良、子国、子游、子印、子丰也。"

〔一七〕张茂先之"千门万户"：张茂先，即西晋文学家、政治家张华，茂先其字。《晋书·张华传》："华强记默识，四海之内，若指诸掌。武帝尝问汉宫室制度及建章千门万户，华应对如流，听者忘倦，画地成图，左右属目。"

〔一八〕笔研：即笔砚，借指书写、著作之事。

与湖南抚军方毓川〔一〕

接手书及茶、缎二物，知大君子不忘故人，如是其深且厚也！别后一星终矣〔二〕，云泥分隔，山水程遥。高观察掌万里之刑名〔三〕，通两家之芳讯，亦是一时盛事。书中念旧，娓娓千言，如坐燕寝香清处，听九天珠玉，惠而好我，在远日亲〔四〕。

客秋，陶西圃挈眷来园，班荆道故〔五〕，追忆当年，赠柳分花，催妆捧镜，明公与有劳焉。今阿昭已成房老，而佛保亦舞勺成童，白首思量，能无於邑〔六〕！其时适滋圃相公监临秋试，三人接席连宵，仿佛琼林光景〔七〕。乃未及半稔，西圃远赴荆南，而庄亦三公策免矣〔八〕。同榜三十年，每相见，不觉一往情深，况重之以沧桑枨触哉〔九〕？

枚今年五十有一，与人世推排，已成老物；且喜八旬母健，万卷书横，差强人意。然山泽之癯，负暄之乐〔一〇〕，不足为达官显者道也。明公沉几应务，濡迹匡时，在封疆大吏中，所谓"卓尔不群"者，缘何有"访旧看山，白云相迓"等语耶〔一一〕？无论圣人恩重，未容养望平泉〔一二〕；而我亦苍生，正要远看丰采。所愿如溧阳文靖公故事，开府两江〔一三〕。尔时以杜甫之蓬茅，迓严公之八座〔一四〕。山人必以竹里行厨，款金鞍于花下耳！企予望之〔一五〕。

注释

〔一〕湖南抚军方毓川：即方世儁，字苏永，号毓川、竹溪，祖籍安徽桐城，迁江苏上元（今南京）。乾隆四年（1739）二甲进士，历官户部主事、太仆寺少卿、陕西布政使、贵州巡抚、湖南巡抚。乾隆三十五年（1770）十月，以贪污受贿罪，被处以绞刑。湖南抚军，即湖南巡抚。方世儁于乾隆三十二年（1767）二月正式调任湖南巡抚，三十四年（1769）十一月解职。此信则写于乾隆三十一年（1766）。

〔二〕一星终：《左传·襄公九年》："十二年矣，是谓一终，一星终也。"古人划周天为十二，而木星运行十二年乃满一周天，故以十二年为一星终，用以纪年。

〔三〕刑名：古代指法律。

〔四〕燕寝：见本卷《与徐紫庭方伯》注〔二〕。九天珠玉：唐李白《妾薄命》："咳唾落九天，随风生珠玉。"这里是对别人言辞的极力赞美。惠而好我：语出《诗经·邶风·北风》。在远日亲：语出三国魏曹植《赠白马王彪》："恩爱苟不亏，在远分日亲。"

〔五〕客秋，陶西圃挈眷来园：见本卷《与裘叔度少宰》注〔六〕。班荆道故：见本卷《与徐紫庭方伯》注〔二〕。

〔六〕阿昭：袁枚赠与陶镛的姬妾。房老：年老色衰的婢妾。佛保：陶镛子，为阿昭所生。舞勺：典出《礼记·内则》："十有三年，学乐，诵诗，舞勺。成童，舞象，学射御。"孔颖达疏："言十三之时，学此舞勺之文舞也。"后以舞勺指代十三岁。於（wū）邑：犹呜咽。

〔七〕滋圃相公：即庄有恭。秋试：即乾隆三十年（1765）秋的江苏省乡试。琼林：见卷一《与胡书巢》注〔一〇〕。

〔八〕稔（rěn）：古代谷物一年一熟，因称年为稔。西圃远赴荆南：这里应指陶镛于乾隆三十一年（1766）春卒于赴京途中一事。庄亦三公策免：这里应指庄有恭于乾隆三十一年（1766）春，因苏州同知段成功贪赃案处理不当而遭革职处分一事。

〔九〕枨（chéng）触：感触，触动。

〔一〇〕负暄：犹言晒太阳。

〔一一〕沉几（jī）应务：静察事变，处理政务。濡（rú）迹：见卷一《与胡书巢（又）》注〔一四〕。迓（yà）：迎接。

〔一二〕圣人：这里是对帝王的尊称。养望：指隐退闲居。平泉：晚唐宰相李德裕的别墅名。

〔一三〕溧阳文靖公：即史贻直（1682—1763），字儆弦，号铁崖，江苏溧阳人。康熙三十九年（1700）进士，曾于雍正八年（1730）三月至六月间署两江总督。开府：开建府署，辟置僚属。

〔一四〕杜甫之蓬茅：指杜甫在成都的浣花草堂。严公：即严武（726—765），字季鹰，华州华阴（今陕西华阴）人。尝官成都尹，兼剑南节度使，在蜀期间与杜甫甚为友善，常以诗歌唱和。八座：古代的八种高级官员，历代说法不一，清代称六部尚书为八座。

〔一五〕企予：伫立。

又

接手书，并茶、葛两种，既温谕之缠绵，复嘉珍之宠锡〔一〕。明公于督办军需之际，犹忆及山中一叟，惓惓不忘，不独笃于故旧之义，人所难能；而即此临事从容，机宜悉协〔二〕，亦可想见古大臣之风度也。

书中谈及庄、陶二公，令人凄咽〔三〕。古人称“三十年为一世”，己未至今，刚一世矣〔四〕。晨星晓露，逐渐飘零。所赖明公一人，领封疆重任，为吾党辉光；须知望三台而以手加额者〔五〕，军吏苍生之外，尚有闲鸥野鹭也。

枚去秋始带眼镜，一自借重此君之后，观书作楷，须臾难离。左车牙欲落不落，时复痛楚，与老饕作梗〔六〕。正如朱买臣妻，求去未去，故终日勃谿作闹〔七〕。老之逼人，乃如是乎！近得裘司空手札，亦以衰颜相告，想此境界，贵贱同之。惟今春见归愚宫傅〔八〕，已九十六岁，而聪强如昔，知公闻之，亦为色喜。

高涧南明府席上，得见令郎公子：长成如许，既叹岁月之如流；秋试将临〔九〕，预卜青云之直上。因其归楚〔一〇〕，顺候近祺。

注释

〔一〕锡：同“赐”。

〔二〕机宜：得时机所宜。

〔三〕书中谈及庄、陶二公，令人凄咽：庄指庄有恭，陶指陶镛。二人均于乾隆三十一年（1766）春遭遇大难，详见前篇《与湖南抚军方毓川》注〔八〕。

〔四〕己未至今，刚一世矣：己未，即乾隆四年（1739）。此信应写于乾隆三十三年（1768）。

〔五〕三台：见卷一《答何献葵明府》注〔一一〕。

〔六〕老饕（tāo）：这里指贪吃的人。

〔七〕正如朱买臣妻，求去未去：《汉书·朱买臣传》载朱买臣早年家贫，靠卖柴火为生。其妻不堪忍受困苦生活，遂与买臣离婚。勃豀（xī）：语出《庄子·外物》："室无空虚，则妇姑勃豀。"争斗的意思。

〔八〕归愚宫傅：即清代格调派代表诗人沈德潜（1673—1769），字确士，号归愚，长洲（今江苏苏州）人。乾隆四年（1739）进士，官至礼部侍郎。乾隆十四年（1749）致仕，此后又先后加礼部尚书衔、太子太傅，卒赠太子太师，谥文悫。宫傅，太子太傅的略称。

〔九〕秋试：明清乡试在秋季举行，故又名秋试。

〔一〇〕楚：这里指湖南。

与姚小坡尚书〔一〕

陶西圃灵柩到白门，其小妻携两孤来，具道西圃卒于济宁舟中〔二〕，孤危托落，形影相吊〔三〕。赖明公加意扶持，办治棺衾〔四〕，料量水陆，且多与书函，为日后孤寡计。较古人羊舌下泣之仁〔五〕，郈成分宅之义〔六〕，有过之无不及也！

去秋司马过江宁，枚留宿山中；见其年力颓侵，精神已去，而钟鸣漏尽，夜行不休，心戚戚然忧之〔七〕。其时相国尹公尚未入都，庄容可新参正来监试，一山人，两宰相，合口同声，苦劝其息肩梓里，不必入都，灯炧酒阑，声泪俱下〔八〕。而司马亦明知前行非策，但云："儿子不肖，终日勃豀，至于掘地毁床，舐糠及米，故不得已，避子祸而出，非贪热官而行也。"〔九〕话至于此，只得听其解缆，然私心希冀：天道难知，或一年，或二三年，得补一官，沾升斗之禄，未始非余光之照，而不料其竟委化于道路中也〔一〇〕。

所幸者，不在大河以北、大河以南，而独于临清终焉〔一一〕。似忍须臾毋死〔一二〕，以待仁人君子之援手者，岂非天之报施善人，与人之投托知己，皆有数存乎其间耶？此又不幸中之幸，司马所含笑于九泉者也。手谕以其如君幼子为拳拳，枚伏思阿鹜吾家旧人，康公我之所自出，宁不关心〔一三〕？然而山居之人，棉力有限〔一四〕，只可尽其心之所能到。《古乐府》云："骆驼无角，奋迅两耳。"〔一五〕是枚此刻光景。引之自喻，博公一笑。

注释

〔一〕姚小坡尚书：即姚立德。他于乾隆三十六年（1771）八月署东河总督，三十九年（1774）正月实授加尚书衔，至四十四年（1779）四月革职。

〔二〕"陶西圃灵柩到白门"句：陶西圃，即陶镛。济宁，属山东省。乾隆三十一年（1766）春，陶镛卒于赴京途中。此信亦应写于该年。

〔三〕托落：夫妻离散，特指妻子被遗弃。形影相吊：语出西晋李密《陈情表》。形容无依无靠，非常孤单。

〔四〕棺衾（qīn）：棺材和衾被。泛指殓尸之具。

〔五〕羊舌下泣：羊舌即叔向，羊舌氏，名肸，是春秋时期晋国的公族，历事晋悼公、平公和昭公。他以正直和才识见称于时，《国语·晋语八》载其每阅狱囚，辄为泣下。

〔六〕郈（hòu）成分宅：此为资助亡友亲属的典故。《孔丛子·陈士义》载，春秋后期，鲁国大夫郈成子出使晋国途中路过卫国，卫国右宰盛情宴请郈成子，并送璧玉给他。郈成子离开卫国不久，便听到宁喜杀死卫君，右宰殉难的消息，于是马上掉转车头去卫国哭悼右宰。回到鲁国后，郈成子又派人去卫国把右宰的妻儿接到鲁国，供养他们。右宰的儿子长大后，郈成子便把右宰当年赠予的璧玉还给了他。

〔七〕去秋司马过江宁：即乾隆三十年（1765）八月陶镛过访随园一事。钟鸣漏尽，夜行不休：语出《三国志·魏书·田豫传》："年过七十而以居位，譬犹钟鸣漏尽而夜行不休，是罪人也。"形容夜深，又比喻年老力衰，已到晚年。

〔八〕相国尹公：即尹继善。庄容可新参：即庄有恭。息肩：放下肩上的担子休息，比喻卸除负担。梓里：故乡。灯灺（xiè）酒阑：灯烛熄灭，酒筵将尽。

〔九〕勃豀：吵闹争斗。舐（shì）糠及米：语出《史记·吴王濞列传》。意即从米外的糠舔起，一直舔到里面的米。比喻由表及里，逐步进逼蚕食。热官：有权势的官吏。

〔一〇〕解缆：解去系船的缆绳，指开船。陶镛于乾隆三十年（1765）九月离开江宁，北上京师。委化：这里是死亡的委婉说法。

〔一一〕大河：即黄河。临清：即清代山东临清州（今临清市），是当时京杭运河畔的重要城镇。

〔一二〕忍须臾毋死：指临死挣扎，有所期待。

〔一三〕如君：妾的别称。拳拳：眷爱貌。阿鹜吾家旧人：阿鹜，三国魏荀攸之妾的小名，后用以代称他人的妻妾。袁枚曾把自己的侍婢阿昭赠与陶镛为妾，故称其为吾家旧人。康公我之所自出：语出《左传·成公十三年》："晋侯使吕相绝秦，曰：'……康公，我之自出。'"杜预注："晋外甥。"秦康公是晋献公女儿所生，故晋国视其为外甥。袁枚借用此典，表示自己会视陶镛之子为外甥。

〔一四〕棉力：犹微力，常用作自谦之词。

〔一五〕骆驼无角，奋迅两耳：语出《乐府诗集》卷五十六《俳歌辞》。奋迅，指精神振奋，行动迅速。

与闵莲峰〔一〕

舟泊南都，惠而顾我〔二〕。聆"春容摇岸柳，风色起江波"之句，至今耿耿未忘。顷者〔三〕，杂花生树，以鸟鸣春，丈人何以自娱，颇复有所述作否？

白下诗人陈古渔〔四〕，近体五、七言超超有逸气。月之望日〔五〕，在仆处与转运公面为游约。兹竟两袪高蹶，远涉扬州；所虑偏弦独张，清唱不应〔六〕。孺悲无介，见拒于孔门〔七〕；季札有交，始通于上国〔八〕。故兼予一札，上谒清流，明月入怀，定将按剑〔九〕。望为通彼我之怀，释两情之滞，足矣！

注释

〔一〕闵莲峰：即闵华，字玉井，号廉风，一号莲峰，江苏江都（今扬州）人。监生，折节读书，布衣终身。有《澄秋阁集》《楮叶词》等。

〔二〕南都：即南京。惠而顾我：语本《诗经·邶风·北风》："惠而好我。"顾，拜访。

〔三〕顷（qǐng）者：近来。

〔四〕白下诗人陈古渔：即陈毅。

〔五〕望日：通常指农历每月的十五日。

〔六〕两袪（qū）高蹶：语出《吕氏春秋·贵直论·知化》："夫差不听，子胥两袪高蹶而出于廷。"意即两袖高扬，犹言远去。偏弦独张，清唱不应：语出西晋陆机《文赋》："譬偏弦之独张，含清唱而靡应。"这里比喻无人唱和。

〔七〕孺悲无介，见拒于孔门：《论语·阳货》："孺悲欲见孔子，孔子辞以疾。将命者出户，取瑟而歌，使之闻之。"

〔八〕季札有交，始通于上国：季札，春秋后期吴王寿梦第四子，封于延陵（今江苏常州），后又封于州来。春秋时称中原诸侯国为上国，与吴、楚等中原周边诸侯国相对而言。季札是当时著名的政治家和外交家，曾多次出访中原诸侯国。

〔九〕清流：指德行高洁、有名望的士大夫。明月入怀，定将按剑：语出《史记·鲁仲连邹阳列传》："臣闻明月之珠，夜光之璧，以暗投人于道路，人无不按剑相眄者。"

覆江苏臬使钱玙沙先生〔一〕

枚于吏术，虽曾尽心，然卸惠文冠久矣，不复省记〔二〕。蒙公苦言至意，勤勤下询，譬如贾人还家，鬻余之货，自分弃置灰没，无所于用；忽有大富人物色之，其不倾橐以献者，非情也〔三〕。具状州县利弊如左，伏冀采择。

枚窃愿公行其道以救时者，无他，亦在官思官而已。按察使何官乎？按者，按狱也；察者，察吏也。二者孰急？察吏为急。何也？狱之上闻者，公得而按之，其不上闻者，公不得而按之也。其得而按之者，吏也，公能察吏，则狱皆平，而不按如按矣。然所谓察者，又非琐屑隐伺、攻讦阴私之谓也〔四〕。本朝徐雨峰巡抚苏州，不设逻者，不采风闻，其时吏治蒸蒸，贤才众多〔五〕。考其所以致之者，有道焉：州县参谒，必具狱令判，闭门而试，其合者荐之，其不合者教之，其屡教而不能者黜之。徐公之言曰："吾不知所谓四善也，八法也，官在识治体、晓民情而已。"〔六〕大哉言乎！晓与识无他，惟其明而已矣。

今人不明之是求，而先廉之是求；不知不明而廉，不如其明而贪也。不明而贪，贪，即其医昏之药也，贫者死，富者生焉。不明而廉，则无药可治，而贫富全死于非法矣。今人不明之是求，而先勤之是求；不知不明而勤，不如其不明而惰也。不明而惰，惰，即其寡过之一端也，其所枉谬者〔七〕，月不过一二事；不明而勤，则卤莽断割而枉谬者，日且千百事矣！此数语，似发言偏宕，然实代闾阎颦蹙而言，非过激也〔八〕。

江南积弊久矣，岂无一二上游〔九〕，畜意澄清？然非起家贵胄，则迂袭理学，于用人行政，或皮相貌取，或头痒搔跟，无益于治〔一〇〕。且其病在位尊，去九重近而离百姓远〔一一〕，故务竭精神，揣摩上意。《左氏》所谓“奉己而不在民”，此近日之大病也〔一二〕。明公官虽尊，尚隔一间，及此勤施于四方，时乎时乎！然古之君子，作事都有次第，改弦更张，势当渐靡而往〔一三〕，不露锋颖。倘求治太急，务为今是而昨非，以形容前此上游之赘设，则愠且愧者众，而道将有所不行。又或进锐退速〔一四〕，严于始而宽于终，均非所以为治也。谨空胸腹，陈愚见，惟省览焉。

注释

〔一〕江苏臬（niè）使钱玙沙先生：即钱琦（1709—1790），字相人，号玙沙，晚自号耕石老人，浙江仁和（今杭州）人。乾隆二年（1737）进士，改庶吉士，授编修，补河南道监察御史，历官工科掌印给事中、江安督粮道、江苏按察使、四川布政使，官至福建布政使。乞养归，以原品致仕。有《征碧堂诗集》。卒后，袁枚尝为之作《福建布政使钱公墓志铭》，收入《小仓山房文集》卷二十六。臬使，即按察使的别称。钱琦于乾隆二十八年（1763）五月至乾隆三十年（1765）闰二月间任江苏按察使。此信即作于钱琦上任之初。

〔二〕吏术：为官之道。惠文冠：古代官员所戴之冠。相传为战国中期赵惠文王所制，故名。

〔三〕贾（gǔ）人：做买卖的人。鬻（yù）：卖。橐（tuó）：一种口袋。

〔四〕攻讦（jié）：揭发别人的过失或阴私而加以攻击。

〔五〕徐雨峰巡抚苏州：徐雨峰，即徐士林（1684—1741），字式儒，山东文登（今威海市文登区）人。康熙五十二年（1713）进士，任内阁中书，升礼部员外郎，雍正五年（1727）任安庆知府，十年（1732）升江苏按察使，乾隆五年（1740）任江苏巡抚，卒于任上。江苏巡抚驻扎于苏州，故称巡抚苏州。吏治蒸蒸：语出《汉书·酷吏传》：“吏治蒸蒸，不至于奸，黎民艾安。”颜师古注：“蒸蒸，纯一之貌也。”

〔六〕四善：《唐六典》卷二：“凡考课之法有四善：一曰德义有

闻，二曰清慎明著，三曰公平可称，四曰恪勤匪懈。”是为唐代考课官吏品德的四项标准。八法：见本卷《尹六公子闻新娶姬人患病戏作骈体书为紫云之请作此覆之》注〔二〇〕。治体：治国的要领。

〔七〕枉谬：犹荒谬。

〔八〕偏宕（dàng）：偏激过当。闾（lǘ）阎：原指古代里巷内外的门，后泛指平民百姓。颦蹙（pín cù）：皱眉皱额，形容忧愁。

〔九〕上游：比喻高位。

〔一〇〕贵胄（zhòu）：贵族子弟。胄，后代。头痒搔跟，无益于治：语出西汉焦延寿《易林》：“头痒搔跟，无益于疾。”谓头痒而挠脚，比喻花了气力而于事无补。

〔一一〕九重（chóng）：朝廷。

〔一二〕奉己而不在民：语出《左传·僖公二十八年》：“奉己而已，不在民矣。”谓养护己身，无所作为。

〔一三〕渐靡而往：语出《晋书·列传第十六》：“渐靡而往，终得其济。”这里是顺势缓缓而为的意思。

〔一四〕进锐退速：语出《孟子·尽心上》：“其进锐者，其退速。”意即：急于求进者，往往后退也快。

答鱼门〔一〕

来书谆谆，不忧其内养之缺〔二〕，而忧其为外物之伤，劝弃随园，别居村野。此言是也，而惜乎其言之晚也！

当初得随园时，草舍数间，弃之甚易。自家口来后，营造十年，资力尽矣〔三〕。一旦舍旧谋新，谈何容易？《中庸》云：“君子素富贵，行乎富贵。”〔四〕仆亦素随园，行乎随园而已。

年来穷究史书，静观世事，于安身立命之道，觉有进焉。士孙瑞能免于李郭之祸，而卒为乱兵所残〔五〕；韦玄屈膝求全，而反为赫连所杀〔六〕。大概有心于避祸，不若无心以任运〔七〕。千仞之木，固毙于斧斤〔八〕；一寸之草，亦伤于践踏。

士君子含光隐耀，善刀而藏，已是没没求活矣〔九〕。若复长虑却顾，以官为可虑而弃之，又以家为可虑而迁之；无病先灸，畏溺而自投于河，棘刺为丸，朝暮吞嚼，何其戚戚无坦怀耶〔一〇〕？《韩非子》云："矢来有向，为铁甲以备之；矢来无向，为铁室以备之。"〔一一〕《韩诗外传》则曰："日慎一日，完如金城。"〔一二〕仆但能修身以为韩婴之金城，不能迁家而居韩非之铁室也。古圣贤未有不坦然自乐者：《论语》第一章，即曰"悦"，曰"乐"，曰"不愠"；其他则"乐以忘忧""君子不忧不惧"，圣人屡屡言之〔一三〕。其所以能乐而无忧惧之故，则在"内省不疚"四字〔一四〕。足下不以内省见规，而以外迁相劝，何其爱之深而知之浅也！

仆恰有进规于足下者：足下高谈心性，不事生产。家中豪奢，业已出千进一矣。又性喜泛施，有求必应，己囊已竭，乞诸其邻；一家之感未终，一家之怨已伏，久之逋负山积，自累其身〔一五〕。须知孔子之"乐在其中"〔一六〕，颜子之"不改其乐"，皆身无逋负者也，又恃有箪瓢疏食也〔一七〕。若身有逋负，家无箪瓢，则狱讼偾兴〔一八〕，饥寒交迫，活且不能，乐于何有？足下自度将来，能为身织屦、妻辟纑之陈仲子乎〔一九〕？抑能为上食槁壤、下饮黄泉之蚯蚓乎〔二〇〕？

儒者以读书传名为第一计，必不当以治生理财为第二计〔二一〕。开源节流，量入为出，经纪之道〔二二〕，不过如此。闻会事将成，殊为可贺，然亦从尽欢竭忠得来〔二三〕。钱文为白水〔二四〕，来难去易，尤宜慎持之。我辈身逢盛世，非有大怪僻、大妄诞，当不受文人之厄。惟恐不节之嗟〔二五〕，债台独上，徒然仰屋，不能著书〔二六〕，白驹过隙，没世无称〔二七〕，可为寒心刻骨也。

注释

〔一〕鱼门：即程晋芳。

〔二〕内养：内在的修养。

〔三〕资力：财力。

〔四〕君子素富贵，行乎富贵：语出《礼记·中庸》：“君子素其位而行，不愿乎其外。素富贵，行乎富贵。”意即：君子守着自己现时所处的地位而行事，不羡慕行其地位以外的事。现时处在富贵的地位，就做富贵地位上该做的事。

〔五〕士孙瑞能免于李郭之祸，而卒为乱兵所残：士孙瑞，字君策，东汉末年扶风人。汉献帝初为执金吾，王允引为仆射，谋诛董卓。事成，士孙瑞不以诛董卓有功自居，得免于董卓部将李傕、郭汜叛乱之祸，后终为乱兵所杀。事见《后汉书·陈王列传》。李郭之祸，指东汉末年李傕、郭汜发起的兵变。董卓死后，李傕、郭汜等起兵围困长安，纵兵劫掠。后李、郭二人互生嫌隙，在长安自相残杀，终被曹操攻灭。

〔六〕韦玄屈膝求全，而反为赫连所杀：韦玄，字祖思，十六国时夏京兆人，隐士。博涉经史，尤善属文。姚兴、刘裕曾备礼征辟，不就。赫连，即赫连勃勃（381—425），匈奴右贤王去卑的后代，十六国时期夏国建立者。赫连勃勃建立夏国后，征韦玄为太子庶子，韦玄既至而恭惧过礼，勃勃以其不敬之如帝王，怒而杀之。事见《宋书·列传第五十五·索虏》《晋书·载记第三十》记载。

〔七〕任（rèn）运：听凭命运安排。

〔八〕千仞：形容极高。斧斤：泛指各种斧子。

〔九〕含光：收敛光辉，比喻随世俗而浮沉。隐耀：隐藏光彩。善刀而藏：语出《庄子·养生主》：“提刀而立，为之四顾，为之踌躇满志，善刀而藏之。”意即把刀擦干净，收藏起来。比喻适可而止，自敛其才。没没求活：语出《南史·王僧达传》：“大丈夫宁当玉碎，安可没没求活？”意即埋没自己的才华，苟且偷安。

〔一〇〕长虑却顾：顾及未来而作长远打算。无病先灸：没有病，非要治病。畏溺而自投于河：怕被溺死，就自己投河自杀。棘刺为丸：拿荆棘做成丸子吃。戚戚无坦怀：语出《论语·述而》：“君子坦荡荡，小人长戚戚。”意即：君子心地平坦宽广，小人却经常局促忧愁。

〔一一〕“《韩非子》云”句：语出《韩非子·内储说上·七

术》："夫矢来有乡，则积铁以备一乡；矢来无乡，则为铁室以尽备之。"意即：箭射过来的时候如果有一定的方向，那就用铁堆积成墙来防备这一个方向；箭射过来的时候如果没有一定的方向，那就要建造铁屋来全面地防备它。乡，通"向"。

〔一二〕"《韩诗外传》则曰"句：《韩诗外传》，西汉人韩婴撰。韩婴是汉文帝时的博士，武帝时曾与董仲舒辩论。《韩诗外传》凡十卷，由360条历史轶事、道德说教等汇编而成，一般每条都以一句《诗经》引文作结论。"日慎一日，完如金城"见该书卷八，意即：做人一天比一天谨慎，那么自己就会像金属铸造的城池一样坚不可摧。

〔一三〕《论语》第一章：即《论语·学而》篇的第一章："子曰：'学而时习之，不亦说乎？有朋自远方来，不亦乐乎？人不知而不愠，不亦君子乎？'"乐以忘忧：语出《论语·述而》："子曰：'女奚不曰，其为人也，发愤忘食，乐以忘忧，不知老之将至云尔。'"君子不忧不惧：语出《论语·颜渊》："司马牛问君子。子曰：'君子不忧不惧。'"

〔一四〕内省不疚：语出《论语·颜渊》："子曰：'内省不疚，夫何忧何惧？'"意即自己问心无愧，有什么可以忧愁和恐惧的呢？

〔一五〕泛施：广为施舍。感：感激。逋（bū）负：拖欠。山积：堆积如山，极言其多。

〔一六〕乐在其中：语出《论语·述而》："子曰：'饭疏食饮水，曲肱而枕之，乐亦在其中矣。不义而富且贵，于我如浮云。'"意即：吃粗粮，喝冷水，弯着胳膊做枕头，也有乐趣。干不正当的事而得来的富贵，在我看来好像浮云。

〔一七〕不改其乐：语出《论语·雍也》："子曰：'贤哉，回也！一箪食，一瓢饮，在陋巷，人不堪其忧，回也不改其乐。贤哉，回也！'"回，即孔子弟子颜回。箪（dān）瓢：简陋的餐具。疏食：粗糙的饮食。

〔一八〕狱讼：诉讼案件。偾（fèn）兴：暴涨。

〔一九〕身织屦（jù）、妻辟纑（bì lú）之陈仲子：屦，古代用麻葛制成的一种鞋。辟纑，将麻搓成线。陈仲子，战国时期齐国隐士，因见其兄食禄万钟，以为不义，故避兄离母，又先后坚辞不受齐国大夫、楚国国相等职，先迁居於陵，后隐居山中，终日为人灌园，最终饥饿而死。事见《孟子·滕文公下》。

〔二〇〕上食槁（gǎo）壤、下饮黄泉之蚯蚓：语出《孟子·滕文公下》："夫蚓，上食槁壤，下饮黄泉。"意即：蚯蚓在地面上吃干土，在地面下喝泉水。

〔二一〕治生：经营家业，谋生计。

〔二二〕经纪：经营管理。

〔二三〕尽欢竭忠：语出《礼记·曲礼上》："君子不尽人之欢，不竭人之忠，以全交也。"指朋友对自己竭尽友爱和忠心。

〔二四〕钱文：钱面上的文字，这里即指钱币。

〔二五〕不节之嗟：语出《周易·节卦》之《象传》："不节之嗟，又谁咎也。"意即因为不能节制而嗟叹悔伤，又能责怪谁呢?

〔二六〕徒然仰屋，不能著书：语出《梁书·南平元襄王伟传》："下官历观世人，多有不好观乐，乃仰眠床上，看屋梁而著书。"仰屋，举头而向屋上仰望，比喻一筹莫展。

〔二七〕白驹过隙：语出《庄子·知北游》："人生天地之间，若白驹之过隙，忽然而已。"形容时间过得极快。没世无称：语出《论语·卫灵公》："子曰：'君子疾没世而名不称焉。'"谓死后名声不能为人所颂扬、为人所知。

答似村〔一〕

君为公子，随风车云马以飘然；仆是山人，抱白石青松而老矣。相离之易，相见之难，未有如我二人之销魂者。

君家兰玉〔二〕，各自峥嵘〔三〕，有三珠五桂之遗风〔四〕。然就所见者而衡之：三郎有迈往不屑之韵〔五〕，而文举冰棱〔六〕，时嫌流露；五郎如明珠走盘〔七〕，阿龙超矣〔八〕，而幽静未足。若内文明，外柔顺〔九〕，鱼鱼雅雅〔一〇〕，吹气如兰，令相对者有一往情深之意，其惟我似村乎?

别后青云之直上，鸿藻之流传，交情之终始，仆俱无所赠言；惟玉体少弱，而长安路遥，所当自爱于野田风露之间〔一一〕。

送上汉玉索圈，为谢郎提挂紫香囊〔一二〕，比君子之德；玉虾蟆、玛瑙枣二枚，可缚扇头，扬庶人之风。再旧铜水盛二具，可佐文房砚北之需。所以零星琐屑呈献而不惭者，欲足下之衣裳几案，触目皆有山人在其左右故也。

仆扬州往返，十日为期。倘公子行旌尚能追及，则或黄冠草服，仍访萧斋〔一三〕，或负弩前驱，送君南浦〔一四〕，亦未可知。

注释

〔一〕似村：即庆兰。此信作于乾隆三十年（1763）春。

〔二〕兰玉：典出《世说新语·言语》："谢太傅问诸子侄：'子弟亦何预人事，而正欲使其佳。'诸人莫有言者。车骑答曰：'譬如芝兰玉树，欲使其生于阶庭耳。'"后以兰玉称誉别人优秀的子弟。谢太傅即谢安，车骑即谢玄。

〔三〕峥嵘：比喻超越寻常。

〔四〕三珠：典出《新唐书·文艺传上》："初，勔、勮、勃皆著才名，故杜易简称三珠树。"本为对唐初王勔、王勮、王勃兄弟的美称，后用为对他人兄弟的赞词。五桂：典出五代冯道《赠窦十》："燕山窦十郎，教子有义方。灵椿一株老，丹桂五枝芳。"窦十，即五代后周窦禹钧，史称其教子有方，五子仪、俨、侃、偁、僖均先后登科，时人赞为"窦氏五龙"。

〔五〕三郎：即尹继善第三子庆玉，字璞斋，号两峰，满洲镶黄旗人，章佳氏。乾隆二十一年（1756）举人，历官芜湖道台、安徽按察使、湖北布政使。迈往：一往无前。

〔六〕文举冰棱：语出《北齐书·列传第十四》："长广太守邢子广目二卢（按，即卢询祖、卢思道）云：'询祖有规检祢衡，思道无冰棱文举。'"文举，即东汉末年名士孔融，文举其字。冰棱，比喻锋芒毕露。

〔七〕五郎：即尹继善第五子庆霖。

〔八〕阿龙超矣：《世说新语·企羡》："王丞相拜司空，桓廷尉作两髻、葛裙、策杖，路边窥之。叹曰：'人言阿龙超，阿龙故自超！'"不觉至台门。"王丞相，即东晋开国功勋王导，因其小字赤龙，故有"阿龙"之称。桓廷尉，即东晋名臣桓彝，因其卒赠廷尉，故称。

〔九〕内文明，外柔顺：语出《周易·明夷卦》下《彖传》："明夷，内文明而外柔顺。"意即：如果内有文明，外表就会表现出忍让、克制和顺从。

〔一〇〕鱼鱼雅雅：语出韩愈《元和圣德诗》："驾龙十二，鱼鱼雅雅。"形容整齐的样子。雅，通"鸦"。鱼行成贯，鸦飞成阵，故有此语。

〔一一〕鸿藻：雄伟的文章。长安路遥：长安，即北京的代称。乾隆三十年（1765）春，庆兰有北上进京之行。

〔一二〕谢郎提挂紫香囊：典出《世说新语·假谲》："谢遏年少时，好着紫罗香囊，垂覆手。"谢遏，东晋名将谢玄的小名。

〔一三〕行旌：官员出行时的旗帜，亦泛指出行时的仪仗。黄冠草服：语出《礼记·郊特牲》："野夫黄冠。黄冠，草服也。"后借指农夫野老之服。这里是作者自喻。萧斋：书斋的别称。典出唐李肇《国史补》卷中："梁武帝造寺，令萧子云飞白大书萧字，至今一'萧'字存焉。李约竭产自江南买归东洛，匾于小亭以玩之，号为'萧斋'。"

〔一四〕负弩前驱：语出《史记·司马相如列传》："蜀太守以下郊迎，县令负弩矢先驱。"谓背负弓箭，在前面开路。南浦：语出屈原《九歌·河伯》："与子交手兮东行，送美人兮南浦。"后多泛指送别的地方。

与张司马

足下同不失正，贞不绝俗，古之人与？古之人也！〔一〕但有进规于左右者：

蕙纕来，道足下治生太急，持筹握算，终日生嗔；又惑于风水之说，扪险探幽，劳瘁靡已，致病体日增〔二〕。仆窃以为过矣！夫善养生者不窭，善逸生者不殖〔三〕。鱼门短于养生〔四〕，故常窘；足下短于逸生，故常病。臧获亡羊〔五〕，其失一也。何不分作韦弦之佩耶〔六〕？青囊一书〔七〕，皆术者之妄词，古之贤圣，未有闻焉。《周礼》墓大夫无相阴阳之说〔八〕；孔子问于郰曼父之母，即合葬于防〔九〕；王季之墓，为滦水所啮〔一〇〕，无损周家气运。元人《就日录》云〔一一〕："凡见理明之人，五行鬼神，皆不能拘。"今人仁孝，万不及古人之一，而于葬亲之郑重，则十倍焉。其若是者何哉？为死者之心缓，而为生者之心急故也。此心不可以对天，即不可以对地。柳仲涂曰："善葬之家必不昌。"〔一二〕其言有至理，足下当深思之。附上历古来风水源流数则，以开足下之惑。

自来言《葬经》者，不始于郭璞〔一三〕。《史记》樗里子言："后世当有天子之宫夹我墓。"〔一四〕《汉书》刘向奏王氏坟在济南者，树皆交柯连叶，上高出屋，有立石起柳之象〔一五〕。《袁安传》：书生指某地曰："葬后世出三公。"〔一六〕孙钟遇三少年乞瓜，为指葬地〔一七〕。《三国志》管辂过毋丘俭坟曰："白虎衔尸，朱雀悲哭。"〔一八〕孙坚祖坟，有五色云曼延数里。此言阴宅风水之始也〔一九〕。吕才驳之〔二〇〕，司马温公驳之〔二一〕，最为明快。若伊川之驳《葬经》〔二二〕，言"培其本根，而枝叶自盛"，此非驳之，乃助之也。

理学先生，往往惑于风水，将平日义利之辨，一旦抹搽，不知世之父母肥而子孙瘦、父母寿而子孙夭者甚多。在生前一气相感，根本尚无补于枝叶，而况死后之枯骴乎〔二三〕！汉廷尉吴雄，以人所封之地葬母，人皆言必灭，而子孙贵盛〔二四〕。见《后汉书》。隋文帝曰："我家墓田，若云不吉，我不当为天子；若曰吉，我弟不当战死。"〔二五〕见《隋书》。宋文潞公穿漯渠，司天者言其不利，时仁宗病，后改筑，潞公即命司天者往〔二六〕，乃更言："前穿无害，恐将来有不利。"则改者受罪故耳。见罗氏《识遗》〔二七〕。源乾曜得张说门左之地，村夫为之卜葬，俚斗为之书碑，而泓师知其必贵〔二八〕。见《新唐书》。黄巢、李自成之败，俱以掘其祖坟故也，乃唐高祖起兵，亦被长安留守尽发其祖坟〔二九〕，而依然无恙。宋明帝恶萧道成墓有五色云气，暗遣人以铁钉长五六尺者，钉墓四维，以为压胜，而卒于无验〔三〇〕。蔡京酷嗜风水，葬其父于杭之临平，以钱塘江为水，越之秦望山为案，似乎大吉矣，而全家灰灭〔三一〕。元龙冈失火，廉希宪谓太常卿田忠良曰："上都圣上龙飞之地，偶尔失火，慎勿令妄谈地理者有所更移。"〔三二〕

凡史册所载，风水之不验者多，验者少。今人信其少者，忘其多者，殊不可解。蔡元定好地理，贬后，人以诗嘲之云："先生果有尧夫术，何不先言去道州？"〔三三〕宋喻氏《萤雪丛谈》：陈同甫驳蔡季通云："古人皇氏定九州，尚无百官，先有山川，不知何者为靴山，何者为笏山？"朱晦翁在坐，低首而不能答〔三四〕。郭子仪被鱼朝恩发其祖墓，而子仪富贵寿考，七子、八婿皆贵显朝廷〔三五〕。

注释

〔一〕贞不绝俗：语出《后汉书·郭符许列传》，为范滂评郭泰语，谓品性高洁而不与世俗隔绝。古之人与？古之人也：语出《礼记·仲尼燕居》。

〔二〕蕙纕：即袁谷芳。治生：经营家业，谋生计。持筹握算：管理财务，精打细算。筹、算为古代计算数目的器具。靡已：不停止。

〔三〕窭（jù）：贫穷。不殖：不事货殖，这里指劳累致病。

〔四〕鱼门：即程晋芳。

〔五〕臧获亡羊："获"应作"縠"（hú）。典出《庄子·骈拇》："臧与縠二人相与牧羊而俱亡其羊。问臧奚事，则挟策读书；问縠奚事，则博塞以游。二人者，事业不同，其亡羊同也。"臧，古代对奴仆的贱称。縠，小孩。

〔六〕韦弦之佩：典出《韩非子·观行》："西门豹之性急，故佩韦以自缓；董安于之心缓，故佩弦以自急。"韦，熟牛皮；弦，弓弦。

前者柔而韧，后者紧而直。原形容随时警戒自己，后比喻有益的规劝。

〔七〕青囊一书：青囊，古代术数家盛放书和卜具的囊，借指卜筮之术。后世堪舆术士有《青囊经》，前有托名郭璞的序。

〔八〕墓大夫：《周礼·春官·墓大夫》："墓大夫掌凡邦墓之地域，为之图。令国民族葬，而掌其禁令。正其位，掌其度数，使皆有私地域。"

〔九〕孔子问于郰曼父之母，即合葬于防：郰（zōu），地名，孔子之父叔梁纥曾担任过该地长官，传说孔子即出生于此地。防，山名，在山东曲阜东。《礼记·檀弓上》《史记·孔子世家》等载，孔子三岁时，叔梁纥即去世，葬在防山。由于孔子母亲颜徵在未告知其父埋葬的地方，所以孔子无法确知其父坟墓在何处。母亲死后，孔子出于慎重，没有马上埋葬，而是把灵柩暂时停放在五父之衢。后来，孔子从郰邑人曼父那里打听到父亲的葬地，这才把母亲的灵柩迁去防山，同父亲葬在一起。

〔一〇〕王季之墓，为滦水所啮：王季，即周文王之父季历。《吕氏春秋·开春论》载王季葬于涡山脚下，水渗漏而侵蚀其墓事。

〔一一〕《就日录》：元代中期文学家虞集的著作。

〔一二〕"柳仲涂曰"句：柳仲涂，即宋代古代运动先驱柳开，仲涂其字。其《河东集》卷一《默书》云："善葬之家，其无昌也。"

〔一三〕自来言《葬经》者，不始于郭璞：《葬经》又名《葬书》，主要讲风水理论与相地术，旧本题东晋郭璞撰。

〔一四〕"《史记》樗里子言"句：樗里子，名疾，战国时期秦惠王异母弟，曾任秦国丞相。《史记·樗里子甘茂列传》载其临终前预言说："后百岁，是当有天子之宫夹我墓。"卒后葬在渭水南边、章台东边。到汉朝时，长乐宫建在其坟墓东边，未央宫则在西边，武库正对其坟墓，果如所言。

〔一五〕"《汉书》刘向奏王氏坟在济南者"句：《汉书·楚元王传》载，汉成帝在位时，外戚专权，大政由太后王氏一族掌控，王氏四兄弟王凤、王音、王商、王根分别位居要津，形成"王凤专权，五侯当朝"的局面。汉室宗亲刘向有感于国事日非，遂向汉成帝上《谏用外臣封事》，中有句云："物盛必有非常之变先见，为其人微象。孝昭帝时，冠石立于泰山，仆柳起于上林。而孝宣帝即位，今王氏先祖坟墓在济南者，其梓柱生枝叶，扶疏上出屋，根臿地中，虽立石起柳，无以过此之明也。事势不两大，王氏与刘氏亦且不并立，如下有泰山之安，则上有累卵之危。”

〔一六〕“《袁安传》”句：袁安（？—92），字邵公（一作召公），汝南郡汝阳（今河南商水西南）人，东汉名臣。汝南袁氏家族自袁安后，长期兴盛，为东汉著名的世家大族，号称四世三公。《后汉书·袁张韩周传》载，袁安为其父访求葬地时，路遇三个书生。他们得知袁安意图后，便指向一处，说：“葬此地，当世为上公。”说完后，三人很快不见踪迹。袁安大感诧异，于是将父亲葬在书生所指之处。因为这个缘故，袁氏家族乃得累世隆盛。

〔一七〕“孙钟遇三少年乞瓜”句：孙钟，东汉末年吴郡富春（今浙江杭州市富阳区）人，传说是三国时期东吴政权奠基者孙坚之父。南朝宋刘义庆《幽明录》、南朝宋刘敬叔《异苑》等载，孙钟以种瓜为业，一日，有三个衣装华丽的少年前来乞瓜，孙钟殷勤招待。三人临走前，自称是司命下凡，为报答孙钟，乃为孙钟指点葬地，依其所言，可为数代天子。孙钟后遂在司命指点之处安葬母亲，冢上常有紫气触天。

〔一八〕“《三国志》管辂过毋丘俭坟曰”句：管辂（209—256），字公明，平原（今山东平原）人，三国时期曹魏术士。毋丘俭（？—255），字仲恭，河东闻喜（今山西闻喜）人，三国时期曹魏名将。正元二年（255），权臣司马师废黜魏帝曹芳，毋丘俭起兵勤王，最终兵败身亡。《三国志·魏书·方技传》载，管辂随军西征时，路过毋丘俭墓，靠着树哀叹不已，情绪极为低沉。别人问是什么原因，管辂说：“林木虽然繁茂，但不会长久；碑诔虽然很美，但是没有后人看守。玄武藏头，苍龙无足，白虎衔尸，朱雀悲鸣，四种危害已经具备，按理国家必亡无疑。不过两年，就会应验。”后来果如其言。

〔一九〕阴宅：风水学名词，指安葬祖先灵柩的地方。

〔二〇〕“吕才驳之”句：吕才（606—665），博州清平（今山东高唐）人，唐代学者。《旧唐书·列传第二十九》：“太宗以阴阳书近代以来渐致讹伪，穿凿既甚，拘忌亦多。遂命（吕）才与学者十余人共加刊正，削其浅俗，存其可用者。勒成五十三卷，并旧书四十七卷，十五年书成，诏颁行之。”吕才叙《宅经》《禄命》《葬书》诸篇正文，可见《旧唐书》本传记载。

〔二一〕“司马温公驳之”句：司马温公，即北宋史学家、文学家司马光。其有《葬论》一文（收入《司马温公文集》卷十三），反对阴阳风水、厚葬、停柩不葬之类现象。

〔二二〕伊川：即北宋理学家程颐，世称伊川先生。

〔二三〕根本：喻指父母。枝叶：喻指子孙。骴（cī）：肉未烂尽的骸骨。

〔二四〕“汉廷尉吴雄”句：《后汉书·郭陈列传》载吴雄年少家贫，葬母不择地，丧事促办，不问时日。于是一个巫师就预言他将来要灭族，吴雄不予理睬。后来吴雄位至司徒，子孙三世都是廷尉。

〔二五〕“隋文帝曰”句：《隋书·列传第四十三·艺术》载南朝齐梁宗室萧吉精通阴阳算术，隋文帝的皇后独孤氏死后，隋文帝命萧吉为之卜择葬所。萧吉呈上所择葬所的地图后，文帝说：“吉凶由人，不在于地。高纬父葬，岂不卜乎？国寻灭亡。正如我家墓田，若云不吉，朕不当为天子；若云不凶，我弟不当战没。”

〔二六〕文潞公：即北宋名臣文彦博。司天：主管观察天象之官。

〔二七〕罗氏：即罗璧，南宋新安人，字子苍，自号默耕，尝考证经史疑义，为《识遗》一书。

〔二八〕“源乾曜得张说门左之地”句：此事见《太平广记》卷三百八十九引唐韦绚撰《戎幕闲谈》记载，大略曰：僧泓是唐玄宗时期著名僧人，擅长阴阳风水之术，曾告诉张说：“缺门道左有块地非常好。您可请二三天假，待同僚来看您时，我躲在帘后观察他们，如有长相富贵者，就把那块地交给他。”张说照办。等到监察御史源乾曜到来时，僧泓说：“这个人有富贵相，您把那块地交给他吧。”后来僧泓又经过缺门，发现这里真的成了源家的墓地，于是回来对张说说：“问其卜葬者，村夫耳。问其术，乃凭下俚斗书耳。其制度一一自然如此。源氏子大贵矣。”后来源乾曜果然官至宰相。

〔二九〕长安留守：即隋朝将领阴世师（656—617），武威姑臧（今甘肃武威）人。隋炀帝东巡时，与代王杨侑留守长安。唐高祖李渊起兵太原后，阴世师捕杀留居长安的李渊家属，并挖掘长安附近的李渊家族祖坟。

〔三〇〕“宋明帝恶萧道成墓有五色云气”句：《南齐书·志第十·祥瑞》载，武进县彭山有萧氏家族祖坟，上有五色云气，并有龙出没。宋明帝得知后非常憎恶，“遣人于墓左右校猎，以大铁钉长五六尺钉墓四维，以为厌胜”。

〔三一〕“蔡京酷嗜风水”句：蔡京，北宋权相，好风水。葬父于临平山，欲借“驼负重则行远”的风水来荫庇后裔。事见陆游《老学庵笔记》卷十。

〔三二〕“元龙冈失火”句：事见元苏天爵《国朝名臣事略》卷

七："太常卿田忠良领阴阳事，一日来问疾，公（按，即廉希宪）曰：'上都，圣上龙飞之地，天下视为根本。近闻龙岗遗火，此居民常事。今南人萃此，勿令妄谈风水，惑动上意。'"廉希宪（1231—1280），一名忻都，字善甫，号野云。畏吾人，祖籍西域高昌（今新疆吐鲁番），元朝名臣，官至宰相，卒谥文正。田忠良（1243—1318），字正卿，擅术数。官至光禄大夫，领太常礼仪院事，卒谥忠献。

〔三三〕"蔡元定好地理"句：蔡元定（1135—1198），字季通，学者称西山先生，建宁府建阳县（今属福建）人，南宋理学家、律吕学家、堪舆学家，有《律吕新书》《西山公集》等。尧夫，即北宋理学家邵雍，尧夫其字。朱晦翁，即南宋理学家朱熹，晦翁其号。道州，即今湖南道县。

〔三四〕"宋喻氏《萤雪丛谈》"数句：喻氏，即《萤雪丛说》的作者南宋人俞成。《萤雪丛说》即《萤雪丛谈》。靴山、笏山，风水堪舆家称可以出贵官子孙的葬地。《萤雪丛说·溺于阴阳》载"陈季陆尝挽刘韬仲诸公，同往武夷，访晦翁朱先生。偶张体仁与焉。宴会之次，朱、张忘形，交谈风水，曰如是而为笏山，如是而为靴山"，于是招来陈同甫之驳语。

〔三五〕"郭子仪被鱼朝恩发其祖墓"句：《新唐书·列传第六十二》载名将郭子仪遭幸臣程元振、鱼朝恩诋毁，当郭子仪领兵在外时，鱼朝恩遣人盗掘了郭家的坟墓。

乞上元令李竹溪释枷犯〔一〕

从尊署归，过北门桥，见荷校者〔二〕，嫣然少年，饶有姿媚。问："何修而获此？"曰："为赌博耳！"仆记《汉书·列侯功臣年表》，以博揜失侯者〔三〕，十余人。可见天性好赌，自古有之。王侯将相且然矣，况里巷子弟乎？且造物虽巧，生人易，生美人难。谈何容易，于千万人中，布置眉目，略略妥当，而地方官不护惜之，反学牛羊，从而践踏之，忍乎哉？

问：“何业？”曰：“修发匠也！”余发如此种种矣，可速释之，命原差送来一试其技。唐人诗曰：“休将两片木，夹杀一枝花。”〔四〕敬诵之替若人请命〔五〕，何如？

注释

〔一〕上元令李竹溪：即李棠（1714—1786），字召林，号竹溪，直隶河间（今河北河间）人。乾隆七年（1742）进士。历宰如皋、元和、丰县、句容、上元、天长、合肥七县，擢广东惠州知府。以忤大府故，抵任未久即遭弹劾，遂罢官。家居授徒，中风而卒。袁枚为作《祭李竹溪文》与《广东惠州府知府李君墓志铭》，收入《小仓山房（续）文集》卷二十九与卷三十一。

〔二〕荷校（jiào）：以肩荷枷，即颈上带枷。

〔三〕博揜（yǎn）：古代六博、意钱一类的博戏，角胜负以取人财物。后泛指赌博。

〔四〕休将两片木，夹杀一枝花：语出唐何仲举《李皋试诗》。

〔五〕若人：这个人。

又

荷校者来，仆拥髻而出，急令沐薙，谁知奏刀茫然，发未落而头先伤，竟是以怨报德〔一〕！方知彼固店家之酒旗，以貌招，以体荐〔二〕，而非以伎奏者也。磁能引铁，而欲其牵瓦也，不亦难乎？且谛视之〔三〕，貌亦不佳，自觉前书之无谓。

虽然，彼虽伎不佳，貌不佳，而能遇雾里看花之老叟，又能遇肯听下情之好官，则其流年月建〔四〕，固已佳矣！顺天者昌，于余心终无悔焉。特再布知，同为一笑。

注释

〔一〕薙（tì）：同“剃”。奏刀：语出《庄子·养生主》：“庖丁为文惠君解牛……奏刀騞然。”

〔二〕荐：进献。

〔三〕谛（dì）视：仔细地看。

〔四〕流年：旧时算命看相者称人一年的运气。月建：也称月令、月将，事关每个月的吉凶祸福。

覆沈省堂太守〔一〕

昨具札奉招后，窭其夫妇〔二〕，鸡鸣而起，躬自洒扫，肉曰脱之，鱼曰作之〔三〕，引领而盼临况者，如大旱之望云霓〔四〕。已而日昳不至〔五〕，则有喰其馌〔六〕，乐尔妻孥〔七〕，家人获朵颐之福，主人作凿空之费〔八〕，甚无谓也。

来札云玉体有郄，为黄眚所苦，太守方需次入都，未炫腰下之赤，先见眉间之黄〔九〕。吕僧珍不得擅美于前〔一〇〕，大是喜事。不料仆亦忍俊不禁，昨夜卧床，敬儿竟作全体热矣。头岑岑如巨鳌戴石，重不可支；鼻夭阏不通，熏莸莫辨〔一一〕。想是防秋不严，风为祟耳。然与太守同学同年，而又同病，何其相似之多而相染之易也！

托售人参，自当留意。第此物贫者非危欲招魂，不乞灵于此草；富者久已买之官库，畜艾三年，此时门扇户吹，恐难得价〔一二〕。尝谓东汉人物，三君最高，八厨最卑；高者为其能以德感人，卑者为其能以财振人故也〔一三〕。然居今之世，三君易得，八厨难求，竟是通病。仆戏欲甲此而乙彼〔一四〕，然郑当时置驿通宾，豪举甚矣，而其馈遗人不过算器食〔一五〕，殊不可解。及读班氏《白虎通》有云："朋友之道五，而通财不与焉。"〔一六〕方始輾然大悟〔一七〕。质之太守〔一八〕，同为一笑。

注释

〔一〕沈省堂太守：即沈荣昌，字永之，号省堂，浙江归安（今湖州）人。乾隆十年（1745）进士，官山西文水知县、朔州知州与河南怀庆知府。丁忧起复，擢守甘肃兰州，调巩昌、平凉，迁陕西督粮道。再丁艰，起复补云南驿盐道，病归。二年病愈，发河南以同知用，循例捐复，补江西盐法道，调粮道，卒于官，年七十四。袁枚为作《江西督粮道省堂沈公传》，收入《小仓山房文集》卷三十一。

〔二〕窦其：即窦婴（？—前131），字王孙，清河观津（今河北衡水东）人。汉文帝皇后窦氏之侄，七国之乱后，受封魏其侯，以喜宾客著称。这里袁枚是以窦婴好客来自况。

〔三〕肉曰脱之，鱼曰作之：语出《礼记·内则》。意即：吃肉要剔骨去筋，吃鱼要刮去鳞片。这里指准备食物。

〔四〕如大旱之望云霓：语出《孟子·梁惠王下》："民望之，若大旱之望云霓也。"

〔五〕日佚：同"日昃"，太阳偏西，约下午二时左右。

〔六〕有嗿（tǎn）其馌（yè）：语出《诗经·周颂·载芟》。有嗿，众人吃饭的声音。馌，送给田间耕作者的饮食。

〔七〕乐尔妻孥（nú）：语出《诗经·小雅·棠棣》："宜尔室家，乐尔妻帑。"妻帑，又作"妻孥"，妻子与儿女的合称。

〔八〕朵颐：动嘴大吃。凿空：这里是白白浪费的意思。

〔九〕玉体有郄：语出《战国策·触詟说赵太后》："恐太后玉体之有所郄也，故愿望见。"有郄，有病。黄眚（shěng）：目病生翳。需次：官吏授职后，按资历依次补缺。未炫腰下之赤：犹言还没有上任。赤，代指印绶。眉间之黄：指目病发黄。

〔一〇〕吕僧珍不得擅美于前：《梁书》卷十一载，吕僧珍在蒙县做官时，曾染重病，以为必死无疑，梁武帝对他说："卿有富贵相，必当不死。"后来果然病愈。

〔一一〕岑岑：胀痛，烦闷。夭阏（è）：阻塞。薰莸（yóu）：香草和臭草。

〔一二〕乞灵：求助于神灵。畜艾三年：语出《孟子·离娄上》：

“今之欲王者，犹七年之病，求三年之艾也。苟为不畜，终身不得。”这里指早有储蓄。门扇户吹：意为沿户叫卖。

〔一三〕三君、八厨：典出《后汉书·党锢列传》：“窦武、刘淑、陈蕃为‘三君’。君者，言一世之所宗也。……度尚、张邈、王考、刘儒、胡毋班、秦周、蕃向、王章为‘八厨’。厨者，言能以财救人者也。”振：通“赈”，救济。

〔一四〕甲此而乙彼：意为给上述高卑更换位置。

〔一五〕“郑当时置驿通宾”句：馈遗（wèi），馈赠。算器，竹器。《史记·汲郑列传》载，汉景帝时，郑当时担任太子舍人，每逢假日，经常骑马看望各位老友，并邀请宾朋聚会。郑当时虽然豪爽，但为人廉洁，不添置私产，只靠官俸和赏赐所得馈赠友人，所以他馈送的礼物不过是用竹器盛的些许吃食。

〔一六〕“班氏《白虎通》有云”句：东汉班固《白虎通》卷四：“朋友之道有四焉，通财不在其中。”意即：朋友之间交往的方式有四种，互通财物不包括在内。此处言“五”，误。

〔一七〕辴（chǎn）然：笑的样子。

〔一八〕质：询问。

与秦涧泉修撰〔一〕

前日驾至，未接音尘〔二〕。总因鄙人山居以来，无平子之“四愁”〔三〕，有香山之“三泰”〔四〕，往往意行小憩，向清凉一带，随路勾留，致花外鸣驺，有失延候〔五〕。

比来桃李满园，颇似绛纱诸弟子，环绕后堂〔六〕。意欲具梁昭明之小食〔七〕，戒崔子玉之过菜〔八〕，仿当年徐园张饮故事，招诸旧雨，申叙幽情〔九〕。第百花以牡丹为魁，多士以状元为主，恐无人领袖，则谁赋《清平》〔一〇〕？特遣伻来，请定日子，以便发名纸于诸公〔一一〕。

注释

〔一〕秦涧泉修撰：即秦大士（1715—1777），字鲁一，一字涧泉，号秋田，别署秋田老人，江苏江宁（今南京）人。乾隆十三年（1748）举于乡，十七年（1752）进士，授翰林院修撰，擢侍讲学士，二十八年（1763）告归养亲。

〔二〕音尘：本指声音与尘埃，后借指信息。这里指见面交谈。

〔三〕平子之“四愁”：平子，即东汉文学家张衡，平子其字。四愁，即张衡的代表作《四愁诗》。

〔四〕香山之“三泰”：香山，即中唐诗人白居易，自号香山居士。三泰，典出白居易《与元微之书》：“顷所牵念者，今悉置在目前，得同寒暖饥饱，此一泰也。……身衣口食，且免求人，此二泰也。……平生所好者，尽在其中。不唯忘归，可以终老。此三泰也。”即三件令人舒适的事情。

〔五〕意行：犹信步，随意而行。清凉：即南京清凉山。勾留：停留，耽搁。鸣驺（zōu）：古代随从显贵出行并传呼喝道的骑卒，又可借指显贵。延候：迎接。

〔六〕比来：近来。绛纱：即绛纱帐，指红色帐帷。《后汉书·马融传》载马融讲学，“常坐高堂，施绛纱帐，前援生徒，后列女乐”。

〔七〕梁昭明之小食：梁昭明，即南朝梁昭明太子萧统。小食，即点心。《梁书·昭明太子传》：“大军北征，京师谷贵，太子因命菲衣减膳，改常馔为小食。”

〔八〕崔子玉之过菜：崔子玉，即东汉中期书法家、文学家崔瑗，子玉其字。《后汉书·崔瑗传》：“瑗爱士，好宾客，盛修肴膳，极滋味，不问余产。居常蔬食菜羹而已，家无担石储，当世清之。”

〔九〕当年徐园张饮故事：张饮，设帐幕以饮宴。乾隆十年（1745）秋，袁枚时任江苏江宁知县，招江宁诸生聚会于徐园，与会者有秦大士、车研等二十人，俱以弟子礼见。其详可见《随园诗话》卷十三第六十四与六十五则。旧雨：老友的代称。

〔一〇〕多士：众多的贤士。《清平》：即《清平调》，唐大曲名，后用为词牌。

〔一一〕伻（bēng）：使者。名纸：古代拜谒时用的帖子。

答涧泉[一]

修撰作秀才来受业时，即便充充其容，有舒雁之威仪[二]；及中状元归来，亦不过安其故态。乃世之人，先怀成见，遂谓修撰比来以科名自矜，庞然而大；仆深为修撰雪此谰言[三]。乃手书自辨，引前朝洪紫溪之言[四]，谓“三十年读书，胸中才消得状元二字”。斯言也，仆久鄙之，不料修撰反引之以自证也。

我辈六七岁读孟子书，即已晓“大行不加，穷居不损”八字矣[五]。状元可以为大行乎？而可以于我有加乎？紫溪非幼时不读《孟子》者，而何以消磨“状元”二字，必待至三十年？不知此三十年中，所读者何书也。倘紫溪竟不满三十年而死，则“状元”二字，将带入丘陇耶[六]？味其言，欣欣然以能忘“状元”二字自负。然则紫溪之胸中，不特三十年以前未忘，即三十年以后犹未忘也。何也？以能忘自夸者，其未忘之根，终未拔也。

且紫溪亦知“状元”二字，有断不可忘者乎？有断不可不忘者乎？念状元为科名之冠，将何以副之[七]？念状元受君恩之重，将何以报之？如此存心，则“状元”二字，岂可一刻忘耶？若倚此为傲人夸俗之具，则“状元”二字，岂可一刻不忘耶？宋马涓入幕，自称“状元”，吕大中呵之曰：“状元者，及第未除官之称；既为判官，何得复称状元？”[八]王嗣宗亦以状元补秦州参军，盛气凌人，为知州路冲系之于狱[九]。此皆不忘“状元”二字之明效也。

从古自谦与自贱有异，自重与自大有殊，所谓“差之毫厘，失以千里”[一〇]，不可不察也。修撰其再思之。

注释

〔一〕涧泉：即秦大士。

〔二〕受业：跟随老师学习。充充：精神饱满的样子。舒雁：鹅的别称。古人因鹅行自成行列，遂以之比喻有次序。

〔三〕比来：近来。科名：科举考中而取得的功名。自矜：自负，自夸。雪：洗掉，洗雪。谰（lán）言：诬妄不实的话。

〔四〕洪紫溪：《随园诗话》卷五："明洪紫溪自言：'三十年读书，才消得胸中状元二字。'陋哉言乎！如欲状元之名副其实，则'状元'二字，胸中不可一日忘也。如倚状元为骄人之具，则'状元'二字，胸中不可一日不忘也。何待读书三十年哉？味其言，紫溪自以为忘，正其终身不忘之证。"

〔五〕大行不加，穷居不损：语出《孟子·尽心上》："君子所性，虽大行不加焉，虽穷居不损焉，分定故也。"意即：君子的本性，纵使他的抱负实现也不会增加，纵使他穷困也不会减少，因为他的本分已经固定。

〔六〕丘垄：坟墓。

〔七〕副：相配，相称。

〔八〕"宋马涓入幕"句：马涓，字巨济，阆中保宁（今四川南部）人，宋哲宗元祐六年（1091）辛未科状元。吕大中呵斥马涓事，见北宋邵伯温《邵氏闻见录》卷十四记载。

〔九〕"王嗣宗亦以状元补秦州参军"句：王嗣宗（944—1021），字希阮，汾州（今山西汾阳）人，宋太祖开宝八年（975）乙亥科状元。王嗣宗担任秦州司寇参军时，曾因批评秦州知州路冲为政之缺失，而惹怒路冲，被关进监狱。事见《宋史·王嗣宗传》。

〔一〇〕差之毫厘，失以千里：语本《经解》："《易》曰：'君子慎始，差若毫厘，缪以千里。'"

与尹相国论书〔一〕

同年裘叔度〔二〕，常与校论书法不必专门名家而后工也。大凡有功德者，有大福泽者，有文学者，其平生虽未学书，而落笔必超。若无此数者，虽摹仿古人，不过如剪彩之花，绘画之美，谓之字匠可也，谓之名家不可也。

枚常持此意以衡天下之书〔三〕，数十年来，百不失一。盖形而上者道也，形而下者器也〔四〕。器为形象，必以道贯之，而精神始露。然道又不能以气力取也。诚于中，形于外，必有事焉而勿正〔五〕，蕴酿久之，不期然而然。古人如文潞公、欧阳公〔六〕，并无书名，尔来人藏其手迹，开卷憬然〔七〕，别有风趣。

职此之由〔八〕，前为求印章，故特上相公手书册子。公抽去清江所写首面一页，岂不知公近日肆力于文、董诸家，功夫日进，故悔其少作，以为“良工不示人以璞”耶〔九〕？不知公近日之书，如天马鸣銮，日娴规矩；公当日之书，如曼殊、仙子，秀骨天然，全不知人世之梳妆，与晋、唐之衣褶也〔一〇〕。然而天真烂漫，有迥非专门名家所可企及者，故何也？则以公之功德、文章、福泽，俱超绝凡庸，正有合乎叔度所论故也。

噫！岂惟公哉？即如枚之不肖，幼不习书，每一执笔，如书生骑马，左支右吾〔一一〕，岌岌乎时防坠地。然而天下嗜痂之人〔一二〕，以为笔墨外，别饶风趣，竟有寤寐求之，不许他人代笔者，况公之千百倍于枚者乎？

望公仍将清江一册发来，仍裱册首，庶几学者观公著手成春，知伟人之别有天授；观公晚年进道，知学问之真无尽途，亦未尝非“圣人无行不与”之意云〔一三〕。

注释

〔一〕尹相国：即尹继善。

〔二〕同年裘叔度：即裘曰修，与袁枚同为乾隆四年（1739）己未科进士。

〔三〕衡：衡量。

〔四〕形而上者道也，形而下者器也：语出《周易·系辞上》：“是故形而上者谓之道，形而下者谓之器，化而裁之谓之变。”

〔五〕必有事焉而勿正：《孟子·公孙丑上》：“必有事焉，而勿正，心勿忘，勿助长也。”意即：一定要不断地培养义，心中不要忘记，但也不要一厢情愿地去帮助它生长。

〔六〕文潞公：即北宋名臣文彦博，因其受封潞国公，故称。欧阳公：即欧阳修。

〔七〕憬（jǐng）然：醒悟的样子。

〔八〕职此之由：出于这个原因。

〔九〕文、董：即明代书画名家文征明与董其昌。良工不示人以璞（pú）：语出《后汉书·马援传》，意即好工匠不把没有经过雕琢的玉石拿给人看。

〔一〇〕鸣銮：装在轭首或车衡上的铜铃，车行时摇动作响。娴：娴熟。曼殊：梵文音译，全译为曼殊室利，即文殊菩萨。

〔一一〕左支右吾：本义是左右抵拒，引申指多方面穷于应付。

〔一二〕嗜痂（jiā）：典出《宋书·列传第二》：“（刘）邕所至嗜食疮痂，以为味似鳆鱼。尝诣孟灵休，灵休先患灸疮，疮痂落床上，因取食之。灵休大惊，答曰：‘性之所嗜。’”后称怪僻的嗜好为“嗜痂”。

〔一三〕圣人无行不与：《论语·述而》：“二三子以我为隐乎？吾无隐乎尔！吾无行而不与二三子者，是丘也。”意即：你们这些学生以为我有所隐瞒吗？我对你们是没有隐瞒的。我没有一点不向你们公开，这就是我孔丘的为人。

卷　三

与钱稼轩少宰[一]

去年十月还武林，拜公于督学公廨，是枚四十年前应童子试地[二]。旧游重游，恍如汉家老妪，重登丙舍；而明公更赐以清酒三升，教坐玉笋班中，清谈对客，遂得大言炎炎，一空胸腹[三]。至今思之，亦是香火缘中一重公案[四]。

伏念浙西文薮，多方闻缀学之儒，须有气力者为之董率而遴选之，则亦无望海而知归者[五]。所谓不逢记室，谁辨上中[六]？不遇孔公，孰分风雅是也[七]！公来三年，施时雨以化之，张云罗以收之，凡小雅之才七十二，大雅之才二十一，莫不昧揥而中蛟头，掩目而分黑白，宜吾邦之庶士倾风，万流仰镜也[八]！今虽行矣，而泮宫之芹，与旃檀之风，都是过后弥香，彼都人士，如之何勿思[九]？

蒙题《随园雅集图》，挥洒淋漓，手为天马[一〇]；尤爱其无一浮藻，无一卮言，醰醰有味[一一]。元相称少陵云："怜渠直道当时事，不着心源傍古人。"[一二]其斯之谓欤？

江宁拔贡生吴模，是枚当年作令时所取童子，家贫力学，作诗歌及选体文，苦心孤诣，与古为邻。今来覆试端门，与一函走谒门下，或与浙西多士，同受烟墨驱使，似又添一健者[一三]。

注释

〔一〕钱稼轩少宰：即钱维城。少宰，清代吏部侍郎的别称。此信作于乾隆三十一年（1766）。

〔二〕武林：杭州的别称。督学：这里指浙江学政。钱维城于乾隆二十七年（1762）九月以刑部左侍郎衔受差遣出任浙江学政，至三十年（1765）九月任满。公廨（xiè）：官署。童子试：科举中录取秀才的考试。

〔三〕丙舍：后汉宫中正室两旁的房屋，以次于甲乙，所以叫丙舍。玉笋班：唐末朝士风貌秀异有才华者，人称玉笋，得与其列者称玉笋班。大言炎炎：语出《庄子·齐物论》："大言炎炎，小言詹詹。"炎炎，盛气凌人的样子。

〔四〕香火缘：即香火因缘。古人盟誓多设香火告神。公案：佛教禅宗认为用教理来解决疑难问题，有如官府判案，故也称公案。

〔五〕文薮（sǒu）：文人聚集的地方。方闻：博洽多闻。缀学：编辑前人旧文的学问。董率：督率。望海而知归：如百川汇海，相率来归。

〔六〕记室：即南朝齐梁时期诗论家钟嵘，因其曾任晋安王记室，故以记室称之。钟嵘撰有诗论名著《诗品》，分上、中、下三品评论自汉至梁诗人，故云"谁辨上中"。

〔七〕孔公：即孔子。《文选·杨修〈答临淄侯笺〉》："今之赋颂，古诗之流，不更孔公，风雅无别耳。"吕延济注："修言今植之赋颂乃与古诗相类，虽不经孔子删定，与《诗》之《风》《雅》无异焉。"

〔八〕云罗：高入云天的网罗。揥（tì）：古代的一种首饰，可用来搔头。蛟头：犹言鳌头。庶士倾风，万流仰镜：语出《文选》所收南朝宋颜延之《皇太子释奠会作》诗，李周翰注："言众士万人皆倾慕其风，仰之以为鉴镜。"

〔九〕泮（pàn）宫：古代的国家高等学校。芹：比喻贤士。旃（zhān）檀：即檀香。彼都人士：语出《诗经·小雅·都人士》。如之何勿思：语出《诗经·王风·君子于役》。

〔一〇〕《随园雅集图》：乾隆三十年（1765）闰二月前后，袁枚请吴省曾作《随园雅集图》，图中绘沈德潜、蒋士铨、庆兰、陈熙及袁枚五人。该图后毁，唯袁枚辑《续同人集·题图类》保存题诗若干。后嘉庆、道光年间人陆镄重摹此图，民国时罗振常辑成《随园雅集图题咏》，刊布于世。手为天马：这里比喻笔力矫健。

〔一一〕浮藻：浮泛的辞藻。卮（zhī）言：语出《庄子·寓言》："卮言日出，和以天倪。"成玄英疏："无心之言，即卮言也。……又解：卮，支也。支离其言，言无的当，故谓之卮言耳。"醰醰（tán）：形容韵味淳厚。

〔一二〕"元相称少陵云"句：元相，即中唐文学家元稹，因其官至宰相，故称。少陵，即杜甫，因其自号少陵野老，故称。元稹《酬孝甫见赠十首》其二云："怜渠直道当时语，不着心源傍古人。"

〔一三〕覆试：考试。端门：代指考试场所。多士：众多的贤士。

与陈省斋转运〔一〕

廿载旧交，半年新别。中秋后接手书，知滨乐地方，名为周昉画肥，其实少陵诗瘦〔二〕。想见古之名贤哲士，处脂膏而不能自润者〔三〕，大抵皆然。然水晶盐味，虽淡犹浓，任江防为虞姁之造舟，作转运学太公之煮海，岂独盈虚迥异，亦且劳逸判然〔四〕。天之所以报盛德者，正方兴而未艾也。重阳节近，满眼黄花。记丁丑岁，蒙公开筵相招，坐中汪伦吹箫，吴猛弹琴，姚思廉琢砚，彼此错综参伍，呈技争妍〔五〕。忽忽十年，恍如隔世。山川间隔，不获升堂再续前梦〔六〕，屡搔白发，思之黯然！

令孙梅岑〔七〕，学力日深，诗才日进，心地亦和平高朗。蒋苕生太史赠以诗云〔八〕："一代高才有情者，继袁夫子是陈君。"在枚虽不足冠冕人伦，而蒋公之肯为此言，则亦倾倒之至矣。尊眷行期在即，颇觉六年师弟，分手为难，所谆谆勖之者，渠于时文八股，少精进工夫〔九〕。虽天下皆知罗隐，何须一第〔一〇〕？然青云阶梯，非此不可。此事无关学问，而有系科名，他日大父含饴时〔一一〕，还须慈训及之。

注释

〔一〕陈省斋转运：即陈景淳（？—1778），浙江秀水（今嘉兴）人。转运，这里指盐运使，是专管盐务的长官。此信应写于乾隆三十二年（1767）前后。

〔二〕滨乐：即清代山东都转盐运使司之滨乐分司，其辖下诸盐场，分布于渤海南岸的沾化、乐安、利津等县境内。周昉：字仲朗，京兆（今陕西西安）人，中唐著名画家，擅画仕女，《益州名画录·品目》称其风格“以丰厚为体”。少陵诗瘦：少陵即杜甫。李白《戏赠杜甫》：“饭颗山头逢杜甫，头带笠子日卓午。借问别来太瘦生，总为从前作诗苦。”

〔三〕脂膏：这里指膏腴之地或肥缺。自润：自己得到好处。

〔四〕任江防：陈景淳尝任江苏江宁府之江防同知。虞姁：典出《吕氏春秋·勿躬》：“虞姁作舟。”传说中发明船的人。太公之煮海：太公，即吕尚，一名望，西周开国功臣，齐国首封之君。齐国东临大海，有鱼盐之利。判然：形容差异特别分明。

〔五〕丁丑岁：这里指乾隆二十二年（1757）。坐中汪伦吹箫，吴猛弹琴，姚思廉琢砚：汪伦，唐玄宗时人，李白好友。吴猛，晋代道士。姚思廉，初唐史学家。袁枚《小仓山房诗集》卷十三有《十月九日饮江防司马陈省斋署中，坐客汪君吹箫，吴君鼓琴，姚君制砚，相错劝觞》，可与此信相印证。错综参伍：交互错杂。

〔六〕升堂：这里指登堂拜访。

〔七〕令孙梅岑：即陈景淳之孙陈熙，字梅岑，浙江秀水（今嘉兴）人，曾官安徽、河南州判等，有《腾啸轩诗集》。

〔八〕蒋苕生太史：即蒋士铨。

〔九〕师弟：老师和学生。乾隆二十六年（1761）前后，陈景淳携陈熙到访小仓山房，命陈熙拜袁枚为师。陈熙时年十三岁，事见《随园诗话》卷十六。勖（xù）：勉励。

〔一〇〕天下皆知罗隐，何须一第：《五代史补》卷一：“罗隐在科场，恃才傲物，尤为公卿所恶，故六举不第。……媪叹曰：‘秀才何自迷甚焉！且天下皆知罗隐，何须一第然后为得哉？’”罗隐，唐末五代文学家。第，科第。

〔一一〕大父：祖父。含饴：犹含饴弄孙，意即含着糖逗小孙子玩。

与邵叔宋太史〔一〕

读手书，知去年有芳讯，交马山人寄来，竟未收到。太史素封之家，以溺苦于学，不肯俯同群碎，而专托之守藏者，是何长者大人哉〔二〕？然生产事竟作一两倍落漠，是非天之所以穷太史也，乃天之所以相太史，而使其计无所复，不得不以其道勤施于四方也，毗陵之人何幸焉〔三〕！

赐读墓志二篇，一散一骈，意制相诡，皆能列申玄妙，金丝引和，的的然得古人形貌〔四〕。唐陈黯称〔五〕：“君子之文其德全，文人之文其思全。”太史其兼之矣。

伏念能古文者，代不数家，矧值阳数之摽季而孤为之〔六〕，谈者寥寥，宜也。然男儿作健〔七〕，正应于此时揭竿起耳。蒙太史以归、唐相勖〔八〕，两人何可当也？荆川文向未宣究，不敢掉罄；《震川集》久已披览，纡淡处自佳，然绝少大题目，而又多祝寿时艺之序，体制已偵，比予于管仲，似非知己〔九〕。鄙意王荆公学韩文，能经堂入奥，而又周其匽焉〔一〇〕。吁，可畏也！虽有不足，不敢不勉。他日抱集登门，再乞言。不备〔一一〕。

注释

〔一〕邵叔宋太史：即邵齐焘（1718—1769），字荀慈，号叔宋，江苏常熟人。乾隆七年（1742）进士，官至翰林院编修。曾主讲常州龙城书院。有《玉芝堂文集》《玉芝堂诗集》等。明清两朝，修史之事由翰林院负责，故称翰林为太史。

〔二〕素封之家：无官爵封邑而富比封君的人家。群碎：指米盐琐屑之事。守藏者：指管理财物的人。

〔三〕落漠：冷落衰败。相（xiàng）：辅助。毗陵：江苏常州的古称。邵齐焘于乾隆三十一年（1766）受常州知府潘恂礼聘，掌教常州龙城书院。

〔四〕意制：形式体制。相诡：犹相反。金丝引和：指作品的音调美妙。的的（dì）然：明显貌。

〔五〕陈黯：字希儒，号昌晦，泉州南安人，约唐懿宗咸通前后在世。

〔六〕矧：况且。阳数之摽（biāo）季：由盛转衰的时期。

〔七〕作健：振作发奋。

〔八〕归、唐：指明代中期古文家归有光、唐顺之。勖：勉励。

〔九〕荆川：即唐顺之，荆川其号。宣究：深入推求。掉罄：妄加评论。《震川集》：归有光别集名。时艺：即时文、八股文。傎（diān）：同“颠”。

〔一〇〕王荆公：即王安石，因其受封荆国公，故称。韩文：韩愈的文章。堂：厅堂。奥：内室。周其匽（yàn）：匽，排水沟。这里指王安石学韩文不仅能升堂入奥，而且连细微之处也极其酷似。

〔一一〕不备：不详尽。书信结尾套语。

覆似村〔一〕

接手书，讥仆荐贤太滥，似信陵门客，不许再交平原者然〔二〕。吁，过矣！庄子云：“逃深山者，闻人足音，则跫然而笑，况謦欬于其侧者乎？”〔三〕仆山人也，自君别后，益复无俚；忽有某昆季肯低首降心，物色一叟于荒烟蔓草中，此其志足尚也〔四〕。其诗有佳者，几不在似村下，此仆之所以再三倾倒，而且欲与两家联风雅之交。世兄不念其心之孤、肠之热，而反疑之诮之〔五〕，何耶？仆平生最爱武三思一语道：“我不知世上何者为善人，何者为恶人。但与我善者即善人，与我恶者即恶人。”〔六〕此种见解，今之大贤君子，往往皆然。即古之程、朱〔七〕，亦未免蹈此病，第不肯如三思之直捷说出耳。三思虽人不足取，而一言以为知，愿似村味其言，且自反焉〔八〕。

再书中言："杜门谢客，除鱼门老友一人外〔九〕，绝无往来。"此言在似村自以为高，而仆又大不以为然。兄而不爱鱼门则已，兄而爱鱼门，则当学鱼门之为人。鱼门之为人也，尊贤而容众，嘉善而矜不能〔一〇〕。在似村以为所交只鱼门一人，试问鱼门所交，只似村一人而已乎？仆虽不能如鱼门之太丘道广〔一一〕，而惟恐执德不宏，自蹈于"焉能为有，焉能为亡"之辈〔一二〕，故取人宁过于宽。

来书笑："子才得一公子必誉之，将来卓方伯公子入都〔一三〕，子才将又荐之而誉之乎？"此言尤过也！夫天地无心成化，圣人因物付物。使卓公子不纳交于子才则已；使卓公子果纳交于子才，而又能诗，则将来临别之依依无疑也，誉之而荐之无疑也，又岂虑某公子之生妒生恼，而竟自同寒蝉，忍而不吐乎〔一四〕！或某郎自有不佳处，仆老悖为其所愚，似村骨肉之爱，益当明以告我，而不必为廋词刺语〔一五〕，使我疑且骇也。

总之，士君子宜有定见，不宜有成见。定见者，在我之性情学问，不与世为推移者也〔一六〕；成见者，在人之亲疏厚薄，与其知愚贤否，当从容以审其分量，而不可先意抹摋者也。况似村地位，与仆与鱼门不同，尤当以开阔为怀。何也？仆与鱼门老矣，且皆窭人子耳，踽踽凉凉，人犹谅之〔一七〕。似村宰相之孙、宰相之子，年甫三十，世受国恩，方将收揽人才，助吾师甄陶万类，为范纯仁、韩忠彦一流人物，方慰故人之望；切不可俯视群流，春行秋令，蹈高人名士习气〔一八〕。仆曾有咏怀一联云："定须如我难求友，到处饶人好着棋。"愿献此言，以当萱苏之寄〔一九〕。

注释

〔一〕似村：即庆兰。

〔二〕信陵、平原：分别指战国后期魏国信陵君魏无忌与赵国平原君赵胜。二人与齐国孟尝君田文、楚国春申君黄歇并称四公子，均以养士闻名。

〔三〕“庄子云”句：《庄子·徐无鬼》：“夫逃虚空者，藜藋柱乎鼪鼬之径，踉位其空，闻人足音，跫然而喜矣，又况乎昆弟亲戚之謦欬其侧者乎！”跫（qióng）然，形容欣喜的样子。謦欬（qǐng kài），咳嗽，借指谈笑。

〔四〕无俚：无聊。昆季：兄弟。尚：尊崇。

〔五〕诮（qiào）：责备。

〔六〕“仆平生最爱武三思一语”句：武三思（649—707），并州文水（今属山西）人，武则天侄子。武则天称帝后受封为梁王，权倾一时，杀戮朝臣甚多。唐中宗神龙三年（707），谋废太子李重俊，被诛。《资治通鉴·唐纪二十四》：“三思既杀五王，权倾人主，常言：‘我不知代间何者谓之善人，何者谓之恶人；但于我善者则为善人，于我恶者则为恶人耳。’”

〔七〕程、朱：即宋代理学家程颢、程颐兄弟与朱熹。

〔八〕自反：犹反躬自省。

〔九〕鱼门：即程晋芳。

〔一〇〕嘉：夸奖。矜：怜悯。

〔一一〕太丘道广：典出《后汉书·郭符许列传》。太丘，即东汉名士陈寔，字仲躬，颍川许县（今河南长葛市古桥乡）人，汉桓帝时曾任太丘长，世称陈太丘。其人颇有名望，交游亦甚广，后即以太丘道广称人交游广泛。

〔一二〕“惟恐执德不宏”句：《论语·子张》：“子张曰：‘执德不弘，信道不笃。焉能为有？焉能为亡？’”意即：对于道德，行为不坚强，信仰不忠实。（这种人）有他不为多，没他不为少。

〔一三〕卓方伯：或即卓尔岱。他于乾隆三十二年（1767）六月至三十三年（1768）九月间任江宁布政使。

〔一四〕自同寒蝉，忍而不吐：蝉于深秋时即不再鸣叫，这里比喻隐忍不言。

〔一五〕廋词：隐语的意思。剌语：多余的话。

〔一六〕推移：变迁。

〔一七〕窭（jù）人子：穷人家的子弟。踽踽（jǔ）凉凉：语出《孟子·尽心下》，形容孤独寡合的样子。

〔一八〕似村宰相之孙、宰相之子：庆兰祖父尹泰、父亲尹继善，分别官至东阁大学士、文华殿大学士。清代大学士雅称宰相，故袁枚称庆兰为宰相之孙、宰相之子。吾师：即尹继善。甄陶：锻炼成器，引申为培育人才和推行教化。范纯仁、韩忠彦一流人物：范纯仁、韩忠彦分别为北宋名臣范仲淹、韩琦之子。这里将尹继善、庆兰父子与范氏、韩氏父子相比拟。春行秋令：春天里做本该在秋天里做的事。比喻行为不合时宜。

〔一九〕萱苏：两种常见草名，喻微薄之意。

与周青原舍人〔一〕

栖霞一别，遽尔分襟〔二〕。仆于十一月十九日还山，而舍人于十月廿一日赴阙〔三〕，彼此交臂而失，如夜行船，当面分驰，始信人生一见，都有前因。

廿八日接所留手书，读之芳芬悱恻，情见乎词。追忆五年来，抗颜称师〔四〕，侈口说法，在仆固倾橐出之，而如足下之始终领闻、神解灵速者，亦罕见其匹也〔五〕。今作小凤飞去，俾老夫傫然独居，寻春余之坠欢，玩行间之手迹，每低徊久之〔六〕。绛帐中有人抽簪助学〔七〕，自是一时佳话。将来作计相时，须先朝王陵夫人，再归私第可耳〔八〕。何必以碧磁一箱，存作息壤〔九〕，所以报我者，如斯而已乎？即用尊磁飞罚一瓯于三千里外〔一〇〕，何如？

注释

〔一〕周青原舍人：即周发春（1738—1811），字青原，号惠涵，江苏上元（今南京）人。乾隆三十年（1765）召试赐举人，授中书，入直军机处。后以事获罪，放废以至于老。工诗古文辞，尝题诗随园，深为袁枚所赏。舍人，犹言公子。此信或作于乾隆三十一年

（1766）前后。

〔二〕栖霞：这里应指南京栖霞山。遽（jù）尔：匆促。分襟：离别。

〔三〕还山：这里指返回随园居所。赴阙：入朝觐见皇帝。

〔四〕抗颜称师：语出唐柳宗元《答韦中立论师道书》："独韩愈奋不顾流俗，犯笑侮，收召后学，作《师说》，因抗颜而为师。"抗颜，指面色庄严不屈。乾隆二十六年（1761）六月，周发春来问诗法于袁枚，袁枚遂书长诗于扇以教之，即《小仓山房诗集》卷十六所收《用定声录韵赠周青原》。所谓抗颜称师，或即此事。

〔五〕侈口：犹信口。神解：语出《世说新语·术解》："阮咸妙赏，时谓神解。"指极强的理解力。

〔六〕小凤：唐人称中书舍人为小凤，因中书省有凤池，故名。傫（lěi）然：颓丧的样子。坠欢：过去的欢乐。

〔七〕"绛帐中"句：或指袁枚资助周发春求学事。绛帐，见卷二《与秦涧泉修撰》注〔六〕。抽簪，本指弃官隐退。这里袁枚或是用其字面意义，戏称自己以簪换钱资助对方。

〔八〕计相：汉置官名，专掌计籍。先朝王陵夫人，再归私第：《史记·张丞相列传》载，张苍早年随刘邦进攻南阳时，曾犯法而被判斩首，因王陵向刘邦说情，乃得免死罪。张苍感激王陵恩德，遂以父礼侍奉王陵。王陵去世后，张苍贵显，官至丞相，但仍在公休时朝拜王陵的夫人，侍奉其饮食完毕后才回家。私第，犹言私宅。

〔九〕息壤：《山海经·海内经》："洪水滔天，鲧窃帝息壤以堙洪水，不待帝命。"郭璞注："息壤者，言土自长息无限，故可以塞洪水也。"

〔一〇〕瓯：古代酒器。

答戴敬咸进士论时文〔一〕

习之于人大矣哉〔二〕！秦除井田〔三〕，民怨；王莽复井田〔四〕，民又怨。赵武灵王胡服〔五〕，国人不从；魏孝文禁胡服〔六〕，民又不从。宋熙宁间，行王氏之学不过二三十年，一旦杨时奏请禁之，天下哗然，以为不可〔七〕。足下之重时文，囿于习也。

来札云："作时文与注经、撰子同功。"〔八〕此言过矣！夫注经无格式，撰子无偶对；有格式、偶对者，皆应制干禄之俗体，不可谓之文也〔九〕。盖尝论之：有韵之文，始自《关雎》，降而五、七古，降而五、七律，再降至词、曲，而流品极矣〔一〇〕！未闻于词、曲外，有能再化一格者。无韵之文，始自《尧典》，降而汉、魏，降而六朝，降而八家，再降至时文，而流品极矣〔一一〕！未闻于时文外，有能再倡一体者。词、曲之于诗，犹时文之于古文也。此处界限极严，断难僭越〔一二〕。时文八股，其流派实始于唐人应制之八韵应制诗〔一三〕，岂无佳者？而李、杜集中断然不存，即韩、柳诸公，亦未闻为人作应制诗序〔一四〕。可知功令之文，自古不重，况时文加以割裂搭截，侮圣人之言哉〔一五〕？曰：从古文章皆自言所得，未有为优孟衣冠〔一六〕，代人作语者。惟时文与戏曲，则皆以描摩口吻为工〔一七〕。如作王孙贾，便极言媚灶之妙〔一八〕；作淳于髡、微生亩，便极诋孔、孟之非〔一九〕。犹之优人，忽而胡妲，忽而苍鹘，忽而忠臣孝子，忽而淫妇奸臣，此其体之所以卑也〔二〇〕。若云足以明道，极有关系，则戏曲中尽有无数传奇，足以动里巷之讴吟，招妇竖之歌泣者，其功且百倍于时文矣〔二一〕！何以诗集中，宁存温、李、冬郎淫靡之诗〔二二〕，而断不存《王孝子寻亲》《杨椒山写本》之曲〔二三〕，其故何耶？盖此处不暇论纲常名教，而先论文章体裁故也。

宋文文山《跋李龙庚策》云："今虽贤圣，不得不为时文，而其所以为文者，终非心之所安，故苟足以讫事则已矣！"〔二四〕《黄氏日抄》云〔二五〕："学者作时文，亦是少年一厄，过此当留心学问。”宋之时文，非今之时文也。古名臣尚且薄之〔二六〕，况今之时文乎？善乎沈子大先生之论时文曰：“时文者，干禄之具，宜听士之自谋，而不必朝廷代为之谋。”卢抱经学士之论时文曰〔二七〕：“时文者，验其所学，而非所以为学也。”此二论最为平允。若顾景范则曰〔二八〕：“秦坑儒不过四百，八股坑人极于天下后世。”则过于激切，而吾子闻之，更当掩耳而走矣。

注释

〔一〕戴敬咸进士：即戴祖启（1725—1783），字敬咸，别字东田，号未堂，江苏江宁（今南京）人。乾隆二十七年（1762）与戴震同举于乡，一时有“二戴”之目。屡试礼部不遇，乃应毕沅之聘，掌教关中书院。乾隆四十三年（1778）成进士，例授中书舍人，而仍还关中。

〔二〕习：习惯。

〔三〕秦除井田：井田是传说中西周实行的土地国有制度。战国时期，秦国自商鞅变法后，推行土地私有制，井田制乃日趋瓦解。

〔四〕王莽复井田：王莽取代西汉、建立新朝后，实施全面复古，仿照西周制度，恢复井田制，号称王田。

〔五〕赵武灵王胡服：战国中期，赵武灵王为增加国力，对抗中原大国与边疆游牧民族，乃进行军事改革，推行“胡服骑射”政策。

〔六〕魏孝文禁胡服：北魏孝文帝执政时期，全面改革鲜卑旧俗，以汉服代替胡服，以汉语代替胡语，改胡姓为汉姓。

〔七〕“宋熙宁间”句：王氏，即王安石。北宋熙宁（1068—1077）年间，宋神宗任命王安石主持变法，王安石的政治与学术思想也由此而大行其道，号称“新学”。两宋之际的理学家杨时不满“新学”，入朝为官后，便利用其政治地位，主张废新法，黜新学，力图以其所宗主的洛学取而代之。

〔八〕经、子：古代两大典籍类型，前者主要指儒家“十三经”及相关著作，后者主要指诸子百家著作。

〔九〕偶对：诗文的对偶。应制：古代由皇帝下诏命而作文赋诗的一种活动。干（gān）禄：求取禄位仕进。

〔一〇〕有韵之文：指诗歌。《关雎》：《诗经·国风》的第一篇。五、七古：即五言古诗、七言古诗。五、七律：即五言律诗、七言律诗。

〔一一〕无韵之文：犹今所谓散文。《尧典》：《尚书》的第一篇。八家：即唐宋八大家。

〔一二〕儳（chán）越：越次插入。

〔一三〕唐人应制之八韵应制诗：唐代进士科考试以诗赋为主，诗为五言六韵十二句或八韵十六句之排律，号称“试帖诗”。

〔一四〕李、杜：即李白、杜甫。韩、柳：即韩愈、柳宗元。

〔一五〕功令之文：犹应试、应用之文。搭截：古代科举考试将经书语句截断牵搭，作为题目，号称“搭截题”。

〔一六〕优孟衣冠：优孟，春秋中期楚国演员，擅长滑稽讽谏。《史记·滑稽列传》载，楚相孙叔敖死后，其子穷困无依，于是优孟穿上孙叔敖的衣冠，模仿其神态去见楚庄王。庄王大惊，优孟乃趁机讽谏，使孙叔敖之子得到封地，保有富贵。后用以指登场演戏或假扮古人、模仿他人。

〔一七〕描摩口吻：描摩，模拟、模仿之意。明清八股时文写作须模仿圣人口吻，戏曲演员则须模仿戏中角色的口吻。

〔一八〕“作王孙贾（gǔ）”句：典出《论语·八佾》：“王孙贾问曰：‘与其媚于奥，宁媚于灶，何谓也？’子曰：‘不然；获罪于天，无所祷也。’”王孙贾，春秋后期卫灵公的大臣。奥，屋内西南角；灶，做饭的地方。古人认为奥、灶均有神灵。

〔一九〕“作淳于髡、微生亩”句：淳于髡，战国中期齐国人，博闻强识，滑稽多智，齐威王拜其为卿大夫，是稷下学派代表人物之一。微生亩，春秋后期鲁国隐士。诋（dǐ），毁谤。微生亩与孔子的对话见《论语·宪问》：“微生亩谓孔子曰：‘丘何为是栖栖者与？无乃为佞乎？’孔子曰：‘非敢为佞也，疾固也。’”淳于髡与孟子的对话见《孟子·离娄上》：“淳于髡曰：‘男女授受不亲，礼与？’孟子曰：‘礼也。’曰：‘嫂溺，则援之以手乎？’曰：‘嫂溺不援，是豺狼也。男女授受不亲，礼也；嫂溺援之以手者，权也。’”

〔二〇〕优人：古代以乐舞、戏谑为业的艺人。苍鹘（hú）：唐宋参军戏的一种角色。

〔二一〕极有关系：这里指与世道人心、社会教化极有关系。里巷：街巷。讴吟：歌唱吟咏。妇竖：妇孺。

〔二二〕温、李、冬郎：温、李指晚唐诗人温庭筠、李商隐。冬郎是晚唐诗人韩偓的小名。三人均以诗风绮靡艳丽著称。

〔二三〕《王孝子寻亲》《杨椒山写本》之曲：《王孝子寻亲》，徐渭《南词叙录》著录“王孝子寻母”一剧，江浙人念“王”“黄”音同，故学者认为即传世南戏《黄孝子寻亲记》的异名。剧演元代黄觉经行乞寻找母亲的故事，本事见《元史·孝义传》。《杨椒山写本》，演明代杨继盛（椒山其号）上疏弹劾严嵩父子事。

〔二四〕“宋文文山《跋李龙庚策》云”句：文文山，即文天祥，文山其号。其《跋李龙庚殿策》云：“三代以下无良法取士者，因仍科举，不能变士。虽有圣贤之资，倘非俯首时文，无自奋之路，是以不得不屑于从事。而其所谓文，盖非其心之所甚安，故苟足以讫事则已矣。”讫（qì）事，完事。这里是考试通过、考完的意思。

〔二五〕《黄氏日抄》：南宋理学家黄震的著作。黄震（1213—1280），字东发，浙江慈溪人，曾任史馆校阅、提点刑狱等官，宋亡后不仕。

〔二六〕薄：轻视。

〔二七〕卢抱经学士：即卢文弨（1717—1796），字绍弓，一作召弓，号矶渔，又号檠斋，人称抱经先生，浙江仁和（今杭州）人。乾隆十七年（1752）进士，授翰林院编修，历官左春坊左申允、翰林院侍读学士、湖南学政。乾隆三十四年（1768）辞官归杭，先后在钟山、紫阳、龙城等书院主持讲席。有《抱经堂文集》《读史札记》等。

〔二八〕顾景范：即顾祖禹（1631—1692），字景范，南直隶无锡（今江苏无锡）人。专治经史舆地之学，有《读史方舆纪要》《宛溪集》等。

与托师健冢宰〔一〕

家人从皖江归，接手书垂注深切，并有“水路入都，把晤不远”之语〔二〕。枚喜跃不已，学闲鸥引颈而望。至十一日，闻公舟过白门〔三〕，风利不泊。枚已呼车出城，逢送者自崖而返，方知一片慈云，已被春风吹过，惟有瞻望弗及、泣涕如雨而已〔四〕。

枚读书涉世垂三十年，尝谓学问之道，当识其大者；知己之恩，当感其深者。今儒言满天下矣，率皆郢书燕说〔五〕，无足深览。公独涵泳圣涯，阐发道蕴，于六经、《论语》得古人未有，视汉、宋儒若踞泰、华而俯临焉〔六〕。赐和五律中有“吴江开墅僻，泰华抱云归”之句，如凤鸣九霄，高不可接；又“对酒月相照，挥毫花乱飞”之句，如霞明雪海，妙不可思。数年来，凡公所赐手书、诗草，都已装潢成帙，每一展玩，如亲色笑。曾学后汉郭冲记武侯五事〔七〕，将公所谈在任事可法、可传者，奋笔志之。非徒备史官之采择，亦以作文章之冠冕也。

枚虽以诗文受知，而自一见后，便许其有入道之基，又往往称为心中人。所以期之者，在雕虫小技之外。可惜见公太迟，别公太早，未免仰止无穷，景行有限〔八〕。天边明月，原无常照之光；世上春风，或有重来之望。私心祷切，余复何言！

注释

〔一〕托师健冢宰：即托庸。冢宰，这里指吏部尚书。托庸于乾隆三十四年（1768）十月任吏部尚书，至三十八年（1772）十月卒于官。

〔二〕把晤：握手会面。

〔三〕白门：南朝宋都城建康（今南京）宣阳门的俗称，后以之作为南京的俗称。

〔四〕自崖而返：送行辞。语出《庄子·山木》：“君其涉于江而浮于海，望之而不见其崖，愈往而不知其所穷，送君者皆自崖而反，君自此远矣。”瞻望弗及、泣涕如雨：语出《诗经·邶风·燕燕》。

〔五〕郢书燕（yān）说：典出《韩非子·外储说左上》：“郢人有遗燕相国书者，夜书，火不明，因谓持烛者曰：‘举烛。’而误书‘举烛’。举烛，非书意也。燕相受书而说之，曰：‘举烛者，尚明也；尚明也者，举贤而任之。’燕相白王，王大悦，国以治。治则治矣，非书意也。”指在解释文章时曲解原意。

〔六〕泰、华（huà）：指泰山、华山。

〔七〕后汉郭冲记武侯五事：《三国志·蜀书·诸葛亮传》裴松之注引《蜀记》载，西晋人郭冲在太康年间（280—289）作“条亮五事”，记录诸葛亮不为人知的五件异事。

〔八〕仰止无穷，景行有限：语出《诗经·小雅·车舝》：“高山仰止，景行行止。”仰止，仰慕、向往之意。景行，指大路，比喻行为光明正大。

寄房师邓逊斋先生〔一〕

小门生张宗柏从北来〔二〕，接手书，得悉起居万福。膝前世弟世妹，瑶草琼花，苗而不秀〔三〕，要是运数所关。庄子云：“求其故而不得者，命也夫！”〔四〕仰祈夫子委怀顺化，珍重朝野倚赖之身，勿为中年哀乐所累。

廷尉旧官，一时难补；然公才公望，圣主深知，卿贰之迁，定当不远〔五〕。夫子乞养西归，东山复起〔六〕，物换星移，三十年为一世矣。以前辈之典型，合后来之花样，自然格格不入；然棋局长安，亦必须一二鲁灵光，落落然参错其间，为之镇中流而标正鹄〔七〕。“如用之，则吾从先进。”〔八〕圣人岂欺我哉？

枚去秋送尹相公，曾北抵清江，顺流而下，扫墓古杭，至冬至前三日，才还白下〔九〕。幸老母聪强，秋收有获，附白以慰夫子之惓惓焉。

注释

〔一〕房师邓逊斋先生：即邓时敏（1710—1775），字逊斋，号梦崖，四川广安人。乾隆元年（1736）进士，改庶吉士，授编修。乾隆三年（1738）分校顺天，称得士最盛。迁侍讲学士，改大理寺正卿，以母老乞养。乾隆二十九年（1764）复起，补原官，三十九年（1774）予告归蜀。房师是明清两代科举制度中，举人、进士对荐举本人试卷的同考官的尊称。乾隆三年（1738），袁枚参加顺天乡试，邓时敏为其房师。此信写于乾隆三十一年（1766）。

〔二〕小门生：再传弟子。

〔三〕苗而不秀：语出《论语·子罕》："苗而不秀者有矣夫！"本为孔子痛惜颜渊早死，后用以比喻早夭。

〔四〕求其故而不得者，命也夫：语出《庄子·大宗师》："天无私覆，地无私载，天地岂私贫我哉？求其为之者而不得也！然而至此极者，命也夫！"

〔五〕廷尉：本为秦九卿之一，掌刑狱。这里指邓时敏担任过的大理寺正卿一职。公才公望：语出《世说新语·品藻》："孔愉有公才而无公望，丁潭有公望而无公才。"才、望，分别指才识和名望。卿贰：侍郎的别称。迁：调动官职，一般指升职。

〔六〕东山复起：《世说新语·排调》载东晋名相谢安长期隐居在东山，到四十多岁才重新出来做官。后以"东山复起"指称隐士出仕，也比喻失势之后又重新得势。

〔七〕棋局长安：语出唐杜甫《秋兴八首》之四："闻道长安似弈棋。"比喻朝中政局的变更。鲁灵光：西汉鲁恭王刘余喜建宫室，尝建灵光殿。这里比喻有声望的人。正鹄（gǔ）：箭靶的中心，引申为目的。

〔八〕如用之，则吾从先进：语出《论语·先进》。

〔九〕"枚去秋送尹相公"句：乾隆三十年（1765）三月二十日，乾隆帝召两江总督尹继善入阁。九月六日，尹继善启程北上，袁枚一路送行至江苏淮安清江浦，分别后，乃自淮安沿京杭运河顺流而下至杭州扫墓。

又

枚明年六十矣，亲知寥落，家中惟一母，朝内惟一师，居恒夸耀于人，往往以之自负。然家中之母，朝夕可以承欢；而朝内之师，束脩不能常献〔一〕。此枚之所为中心悁悁而不能自释者也〔二〕。

来谕："戊午本房得一文一武。"〔三〕枚闻之悚然。阿广庭将军，先征缅甸，现征金川，功勋隆隆，将画凌烟阁上〔四〕。而枚则寂处山中，日与麋鹿为群，就有著述，亦不过雕虫篆刻〔五〕，何足与当代勋臣相提而并论？

然而夫子云云者，则亦未尝无说焉。大凡父母之于子也，能者爱之，不能者亦爱之；其间于能不能之间，而能亲近父母者尤爱之。阿将军立功万里之外，其不能常侍函丈、常通音问也明矣；而枚则一笺一咏，时寄都门，或夫子溺爱不明，而遂许巢、许与夔、龙接席耶〔六〕？然闾巷之人，往往附青云而益显，枚之得与阿将军同门，幸也，夫子之恩也。

上元令李棠〔七〕，亦系戊午同门。其人敦良朴诚，长于为政，真可自提由瑟而升孔堂者〔八〕。枚相从甚欢，不能学澹台灭明之非公不至也〔九〕。喜师门之多君子，故附及焉。

注释

〔一〕承欢：迎合人意，博取欢心。这里指侍奉父母。束脩：见卷一《答似村公子索食物》注〔四〕。

〔二〕中心悁悁（yuān）：语出《诗经·陈风·泽陂》，意即心中忧闷。

〔三〕戊午：这里指乾隆三年（1738），为袁枚、阿桂中举之年，邓时敏为二人的同考官。

〔四〕阿广庭：即阿桂（1717—1797），章佳氏，字广庭，号云崖，满洲正蓝旗，后以新疆战功入正白旗。乾隆三年（1738）举人，官至武英殿大学士，卒赠太保，谥文成。先征缅甸：指乾隆三十三年（1768）、三十四年（1769）阿桂受命率军进攻缅甸一事。现征金川：指乾隆三十六年（1771）至四十一年（1776）间阿桂率军再平大小金川一事。袁枚此信则作于乾隆三十九年（1774）。凌烟阁：唐朝为表彰功臣而修筑的绘有功臣图像的高阁，位于长安城皇宫内三清殿旁。

〔五〕雕虫篆刻：西汉扬雄《法言·吾子》："或问：'吾子少而好赋？'曰：'然。童子雕虫篆刻。'俄而曰：'壮夫不为也。'"后以之比喻词章小技。

〔六〕函丈：语出《礼记·曲礼上》："席间函丈。"意即老师讲席与学生坐席之间要留出一丈的空地。后以“函丈”为老师的尊称。巢、许：上古传说中帝尧时代的隐士巢父与许由。夔、龙：上古传说中舜、禹时代的二臣名。接席：坐席相接，形容亲近。

〔七〕上元令李棠：见卷二《乞上元令李竹溪释枷犯》注〔一〕。

〔八〕自提由瑟而升孔堂者：《论语·先进》：“子曰：‘由之瑟奚为于丘之门？’门人不敬子路。子曰：‘由也升堂矣，未入于室也。’”由，即孔子弟子仲由，字子路。

〔九〕澹（tán）台灭明之非公不至：《论语·雍也》：“子游为武城宰。子曰：‘女得人焉耳乎？’曰：‘有澹台灭明者，行不由径，非公事，未尝至于偃之室也。’”澹台灭明，姓澹台，名灭明，字子羽，鲁国武城（今山东平邑境内）人，孔门七十二贤之一。子游，即孔子弟子言偃，字子游。

答尹相国〔一〕

长至前七日，材官李长柱从长安来，面投师谕〔二〕。枚尚未开缄，已觉函高三寸。知郇云一朵〔三〕，中有万叠情波；开诵之余，如亲化雨，如坐春风，墨虽尽于行间，言尚余于札外，为低徊拉泪者久之〔四〕。

据材官云：“夫子塞外从围，犹能挽强弓而得鹿兕，天颜喜笑，百辟观瞻。”〔五〕文潞公之精神，真足使远方朝贡之人拱手却立也〔六〕。寄和枚诗及和杜少陵诗，格以老而弥苍，情以真而愈笃。如“歌到离亭声断续，人分淮浦影东西”，则去年清江分手之情形宛然如画也〔七〕。“试问空山风雪里，持笺可有扣门人？”则近日随园村落之萧疏可知也。至于“山连蓬岛峰还翠，地接昆湖水更清”，则又想见园依上苑，别有蓬莱，古大臣之平泉绿野，俱未足以仿佛焉〔八〕。伏思夫子夔拊龙言，日不暇给，犹能以重叠篇章，答野鹤清猿于三千里外〔九〕。如此年位，如此风情，遂古以来，谁为俦偶〔一〇〕？白下秦、蒋两太史，及书院诸生，获此芳讯，争相传钞，皆不觉手之舞之，足之蹈之也〔一一〕。

惟是枚半世功名，全出公手，卅年依倚，不甚乖离。一旦白发彭宣〔一二〕，不及堂前乳燕，兴言及此，黯然魂消。虽翰墨往来，宛如亲炙，然而双鱼之渺渺，终不如函丈之依依〔一三〕。因私立誓言：计夫子杖朝之年〔一四〕，枚亦五十九岁。倘蒲柳之资，得与青松并茂，将挖舟江上，直诣京师，为夫子介寿升堂；且拉鱼门、青原诸君子，痛饮十日〔一五〕。庶几程门之雪，不须待立于来生；而绚春园中，亦留下飞鸿爪印矣〔一六〕。言有大而非夸，未知夫子以为雍之言然否〔一七〕？

注释

〔一〕尹相国：即尹继善。此信写于乾隆三十一年（1766）。

〔二〕长至：夏至的别称。材官：武卒或供差遣的低级武职。长安：北京的代称。

〔三〕郇云：指书信。唐韦陟在书札上签“陟”字像五朵云，时人号为“五云体”。后因谓书札为“朵云”，因韦陟袭封郇国公，又称“郇云”。

〔四〕抆（wěn）：擦去。

〔五〕从围：跟随皇帝去围场打猎。兕（sì）：兽名，古代常拿兕和犀对举。天颜：皇帝的容颜。百辟：这里指百官。

〔六〕文潞公：即北宋名臣文彦博。却立：后退站立。

〔七〕去年清江分手：指乾隆三十年（1765）九月，袁枚送尹继善进京，直至江苏淮安清江浦乃告别一事。

〔八〕上苑：西汉上林苑的简称，这里指代皇家园林。平泉：即晚唐名臣李德裕的别业平泉庄。

〔九〕夔拊（fǔ）龙言：典出《尚书·舜典》：“帝曰：‘夔！命汝典乐……。’夔曰：‘於！予击石拊石，百兽率舞。’帝曰：‘龙，朕塈谗说殄行，震惊朕师。命汝作纳言，夙夜出纳朕命，惟允！’”夔、龙，舜时二臣名。拊石，敲击石磬。野鹤清猿：比喻隐士，这里是袁枚自喻。

〔一〇〕遂古：往古，上古。俦（chóu）偶：相比，匹敌。

〔一一〕手之舞之，足之蹈之：语出《毛诗大序》。

〔一二〕彭宣：西汉后期人，字子佩，淮阳阳夏人。历任光禄大夫、御史大夫，又转任大司空，封爵长平侯。王莽掌权后，彭宣见险而止，告老还乡。

〔一三〕亲炙：谓亲承教导。双鱼：书信的代称。

〔一四〕杖朝：古代大臣年老不告退，赐杖。

〔一五〕蒲柳：见卷二《寄山东周燮堂抚军》注〔一一〕。拕（tuō）舟：牵舟。诣：到。介寿：祝寿。鱼门、青原：即程晋芳、周发春。

〔一六〕程门之雪：《二程语录》《宋史·杨时传》等载，游酢、杨时拜见程颐，程颐当时瞑目而坐，游、杨二人侍立不去。等程颐醒来，门外的雪已深一尺。绚春园：尹继善北京府邸，内有花园，名绚春园。

〔一七〕雍之言然：《论语·雍也》："仲弓曰：'居敬而行简，以临其民，不亦可乎？居简而行简，无乃大简乎？'子曰：'雍之言然。'"仲弓，即孔子弟子冉雍，字仲弓。

寄庆树斋少宰〔一〕

阅邸报，知山巨源乏然历级，直掌铨衡〔二〕。此信得后，陶唐氏之小儿女，欢声如雷，几欲将"假父作天官"五字，鸣钲击鼓而夸张之〔三〕。仆以为儿辈如是，则彼"夜来新染桂枝香"者〔四〕，其流目送笑，又当何如？

荀侍中未三十而弭三貂〔五〕，其贵可及，其年不可及也。更可嗤者，江东士大夫，不为阁下称欢，而转向山人贺喜，呼鸡祝凤，事太无因。然亦想见师门世谊，其休戚相关，竟如是也。戏反义山诗云："郎君官贵施行马，东阁遥知得再窥。"〔六〕质之世兄〔七〕，其许之否？

周姬于冬至前一日，合浦还珠，其时虎丘月明，兰舟酒暖，致足乐也〔八〕。除玉人外，更有随身奁具，百两御之，非君之力不至此〔九〕。方拟播之笙诗，传为佳话，而不料事有匪夷所思者，荐寝时，珠胎已结三月矣〔一〇〕。《周易》云“鼎颠趾”，“得妾以其子”〔一一〕。彼此贸贸，竟占此爻〔一二〕。为仆计者，将沉珠于渊耶〔一三〕？将买其椟而还其珠耶〔一四〕？抑将视作走盘之珠，仍使楚弓楚得耶〔一五〕？现在寄声五柳，属其作速平章〔一六〕。若欲以吕易嬴，则吾岂敢〔一七〕？

注释

〔一〕庆树斋少宰：即尹继善第四子庆桂（1735—1816），章佳氏，字依之，一字树斋，号丹岩，满洲镶黄旗人。以荫生授户部员外郎，官至文渊阁大学士，卒谥文恪。少宰，吏部侍郎的别称。

〔二〕山巨源辵（chuò）然历级，直掌铨衡：辵然，这里形容速度快。历级，越级提升。铨衡，主管选拔官吏的职位。山巨源，即魏晋竹林七贤之一的山涛，巨源其字。他两次担任吏部尚书，史称“前后选举，周遍内外，而并得其才”（《晋书·山涛传》）。这里将山涛执掌铨衡与乾隆四十二年（1778）庆桂出任吏部侍郎相比拟，此信亦应写于该年。

〔三〕陶唐氏：即帝尧。假父：犹义父、养父。钲（zhēng）：一种古代乐器。形似钟而狭长，有柄，用铜制成。

〔四〕夜来新染桂枝香：语出唐裴思谦《及第后宿平康里》。平康里，唐代长安城北街坊名，亦称“北里”，后为妓院的代称。

〔五〕荀侍中未三十而弭三貂：荀侍中，即荀羡（322—359），字令则，颍川颍阴（今河南许昌）人，二十八岁任北中郎将、徐州刺史，假节监徐、兖二州及扬州之晋陵诸军事。弭，应作“珥”（ěr），插的意思。汉代侍中、中常侍的帽子上，皆插貂尾。珥三貂，指荀羡身兼徐、兖、扬三州要职而言。

〔六〕义山：即李商隐，义山其字。其《九日》诗云：“郎君官贵施行马，东阁无因再得窥。”

〔七〕质：询问。

〔八〕合浦还珠：《后汉书·循吏列传》载，东汉合浦郡盛产珍珠，当地百姓以采珠为生，贪官污吏趁机盘剥，珠民不得不加倍捕捞。于是珠蚌越来越少，仿佛离开合浦一般。后汉顺帝派孟尝出任合浦太守，他革除弊端，不准滥捕。不到一年，合浦的珠蚌数量便即恢复。这里借此典故，叙述与周姬重逢一事。虎丘：苏州城西北山名，为风景名胜。

〔九〕奁（lián）具：古代妇女梳妆用的镜匣。百两御之：语出《诗经·召南·鹊巢》，意即用百辆彩车去迎接她。

〔一〇〕笙诗：《诗经·小雅》中的《南陔》《白华》《华黍》《由庚》《崇丘》《由仪》六篇仅有篇名，而无文辞，号称笙诗。荐寝：侍寝。珠胎：喻胎儿。

〔一一〕"《周易》云"句：《周易·鼎卦》："鼎颠趾，利出否，得妾以其子，无咎。"鼎颠趾，意即大鼎翻倒，鼎脚朝上。得妾以其子，意即娶妾生子，扶作正室。

〔一二〕贸贸：目不明貌。爻（yáo）：构成《易》卦的基本符号。

〔一三〕沉珠于渊：比喻不让孩子出世。

〔一四〕买其椟而还其珠：典出《韩非子·外储说左上》。原意是买来装珍珠的木匣而退还珍珠，这里指留下周姬，而舍弃其腹中胎儿。

〔一五〕楚弓楚得：西汉刘向《说苑·至公》："楚共王出猎而遗其弓，左右请求之。共王曰：'止！楚人遗弓，楚人得之，又何求焉？'"这里借此典故，表达将周姬及其腹中胎儿双双留下之意。

〔一六〕属（zhǔ）：同"嘱"。平章：商议。

〔一七〕以吕易嬴：相传吕不韦以怀有自己儿子的宠姬嫁给秦国王子嬴异人，此子便是日后的秦始皇嬴政，故有以吕易嬴之说。事见《史记·吕不韦列传》。则吾岂敢：语出《论语·述而》。

寄庄新参〔一〕

客岁在苏，旌旗迟十日之行，致故人缺方舟之送，至今于心欿然〔二〕。第中年以后，殊难作别，借此戛然而止，未始非柳河东以妄塞悲之义〔三〕。公虽调元任重〔四〕，而念旧情深，或颇以枚言为是否？

京口太守寄到尹公诗册〔五〕，读跋后一篇，文章尔雅，笔墨苍秀，所不待言。尤爱公立言得体，将野人视朱门如蓬户光景，写得不即不离，身分颇高。譬如晏子本短人也，为僬瞒所抱持，放置百尺楼上，旁人观者，遂疑其有九尺四寸之长〔六〕。公之抬举，毋乃类斯？

吴模秀才本在苏州书院受公教育者，近日造诣尤为精进，学使李鹤峰拔冠多士〔七〕，宜也。因其来都，修函问安，或赐以一见，而叩其近日之所学，亦大君子所不宜得已者耶？

注释

〔一〕庄新参：即庄有恭。

〔二〕客岁：去年。苏：苏州。欿（kǎn）然：忧愁貌。

〔三〕柳河东：即唐代文学家、思想家柳宗元，因其为河东（今山西永济）人，故称。

〔四〕调元：调和阴阳，引申指执掌大政。

〔五〕京口太守：即镇江知府。尹公：即尹继善。

〔六〕晏子本短人：春秋后期齐国名相晏婴身材矮小，故称之为短人。僬（sōu）瞒：又作鄋瞒，古族名，约在今山东境内。史称其人身材高大。

〔七〕学使李鹤峰：即李因培（1717—1767），字其材，号鹤峰，云南晋宁（今昆明市晋宁区）人。乾隆十年（1745）进士。学使，即学政，这里指江苏学政。李因培凡两次出任江苏学政，分别是乾隆二十年（1755）五月至乾隆二十四年（1759）九月间，以及乾隆二十七年（1762）至三十年（1765）四月间。多士：众多的贤士。

与陈刺史虚斋

别来半年，思如隔岁。想由矜宠之情重〔一〕，顿使离别之情深耶？泗州凋敝之地，得执事领而治之，勤不知劳，廉不表异，吏畏如日，民爱如春，举从前牧吏一扫而空之〔二〕。将见名列御屏〔三〕，四方之为政者，必询郭丹之行事，写署黄堂〔四〕，考侯霸之章程，编为令甲矣〔五〕。记乙丑秋，在秦淮水次，两人将古今循吏事，高睨而大谈，今果然坐而言者，起而行焉，不胜钦挹之至〔六〕！

弟子王廷泰，捧束帛戋戋，来参记室。仆告以相主作宾，事非容易〔七〕。为名贤握管〔八〕，必须如班彪之佐窦融〔九〕，少陵之佐严武〔一〇〕，而后克称此任。诚恐鲰生笔舌〔一一〕，未登大雅之堂。还望刺史陶冶而成全之，宽其所不逮，教其所不知，不视作前席之先生，而当作有造之小子，则庶乎其不虚糜月廪耳〔一二〕。

注释

〔一〕矜宠：犹宠爱。

〔二〕泗州：清代安徽直隶州名，治所在今安徽泗县。执事：古代官吏身边的侍从。后用作对对方的敬称，表示不敢直指其人。吏畏如日：语出《左传·文公七年》。牧：有统治、主管之意，引申指地方长官。

〔三〕名列御屏：《贞观政要·择官》载，唐太宗为更好地治理天下，把各地都督、刺史的姓名写在屏风上，以方便记忆考察。这里指得到皇帝的赏识。

〔四〕询郭丹之行事，写署黄堂：郭丹（？—62），字少卿，东汉南阳穰（今河南邓州）人，官至司徒。黄堂，太守衙门中的正堂。《后汉书》卷二十七载，南阳太守杜诗曾有意让郭丹出任功曹，郭丹得知后，推荐本乡长者出任该职。杜诗有感于郭丹之襟怀，遂命人将郭丹事迹编署在太守厅堂，以为后人楷模。

〔五〕考侯霸之章程，编为令甲：侯霸（？—37），字君房，河南郡密县（今河南新密东南）人，官至大司徒。令甲，法令的第一篇，后用为法令的通称。《后汉书》卷二十六载，光武帝刘秀征召侯霸为尚书令，当时天下初定，朝廷缺少老臣，政事多无章可循，侯霸凭借自己的学识，为新制的确立做出巨大贡献。

〔六〕乙丑：这里指乾隆十年（1745）。水次：水边。高睨（nì）而大谈：语出东汉张衡《应间》：“方将师天老而友地典，与之乎高睨而大谈。”意即眼睛看着上面而大发议论。钦挹（yì）：钦佩，推重。

〔七〕束帛戋戋（jiān）：语出《周易·贲卦》。束帛，古代聘问、馈赠的礼物。戋戋，形容少。记室：官名，东汉置，掌章表书记文檄。相（xiàng）：辅佐。

〔八〕握管：执笔。

〔九〕班彪之佐窦融：班彪，字叔皮，扶风安陵（今陕西咸阳东北）人，史学家班固之父。《汉书·班彪列传》载其为避乱而至天水，依附当地军阀隗嚣，劝说隗嚣归依汉室，未能如愿。后至河西（今甘肃河西走廊一带 ），为大将军窦融从事，又劝窦融支持光武帝刘秀。

〔一〇〕少陵之佐严武：少陵，即杜甫，他于安史之乱时避居蜀中，与时任剑南节度使严武甚为交好。

〔一一〕鲰（zōu）生：浅薄无知之人。

〔一二〕不逮：不足之处，过错。糜：浪费。月廪（lǐn）：泛指每月给予的粮米。

与郑时庆太守〔一〕

久不见，甚悬悬也。客有从皖来者，道太守行安而节和〔二〕，政善而民乐，慰甚喜甚！

丁生星树，贫如潦岁之蛙，数年前邂逅僧庵，见其《咏读书》一联云：“此事不知何日了，著书翻恨古人多！”〔三〕先得我心，为击节久之。生因感奋，受业门下，为之讲解，进而愈上。每有吟咏，若春波之漾落花，流风之舞回雪〔四〕。枚目为不易才，绝爱怜之。近闻试于府中，褎然为举首〔五〕。枚初不知领府者为何人，今年生来，道受知于太守。方知我两人聆音识曲，自甲子科同司分校后，隔二十年，衡鉴如一日，为欣然躅足者久之〔六〕！夫丰城之剑，雷焕知之，张华又知之；得张公之知，而雷方有以自信也〔七〕。然雷位卑而张位尊，则剑之无穷之望有所属矣。于其归，与之书，使自达于君子。

注释

〔一〕郑时庆：字华臣，山西文水人。雍正十一年（1733）进士，历任龙里、贵筑、长洲等知县，山东漕州府水利同知，安庆、镇江知府，官至山东运河兵备道。

〔二〕行安而节和：语出《汉书·魏相丙吉传》，步履安详、气节平和的意思。

〔三〕"丁生星树"句：丁星树，即丁珠，字星树，安徽怀宁（今安庆）人，乾隆三十五年（1770）举人，官甘肃灵州知州，改安徽灵璧训导。有《西溪诗草》。袁枚《随园诗话》卷六载其同丁珠结识并推荐于时任安庆知府郑时庆事，曰："随园西有放生庵。余偶至其地，见僦居一寒士，衣敝履穿，几上有诗稿，题是《夏日杂吟》，云：'香焚宝鸭客吟哦，万轴牙签手遍摩。此事未知何日了，著书翻恨古人多。'余惊问姓名。曰：'丁珠，字贯如，怀宁人，访亲不值，流落于此。'因小有馈赠，劝其攻诗。作札，荐与安庆太守郑公时庆。郑拔作府案首入学，次年即举乡试。"

〔四〕流风之舞回雪：语出三国魏曹植《洛神赋》："飘飖兮若流风之回雪。"

〔五〕举首：在被荐举者中位居首位。

〔六〕甲子科同司分校：指乾隆九年甲子（1744）秋，袁枚与郑时庆入闱，担任本年江南乡试同考官一事。衡鉴：品评，鉴别。躅（zhú）足：犹跺脚。

〔七〕"夫丰城之剑"句：《晋书·列传第六》载，西晋初年，斗星与牛星之间常有紫气，朝廷要员张华听说豫章人雷焕精通谶纬天象，便邀请雷焕与他一同观察天象，最后认定是豫章郡丰城县有宝剑精气上彻于天的结果。于是，张华派雷焕前往丰城出任县令，雷焕到任后，果然在当地掘得龙泉、太阿二剑。

寄房师邓逊斋先生〔一〕

六月初，接夫子书，知因计典休官〔二〕，将还西蜀。枚初闻甚骇，觉当今有数正人，昭昭然如晨星之丽天〔三〕，忽又散去，苍生将何望焉！继为夫子思之，则又色然而喜。

古大臣能进以礼，退以义，吟风弄月而归者，有几人哉〔四〕！圣人以微罪行尚可〔五〕，而况以无罪行乎？夫子书中，亦极以退归为乐，此虽夫子不言，而枚早已知夫子之心之深也。使夫子有好爵尔縻之意，则当三十年前隆隆骤迁时，必不告归请养，急流勇退矣〔六〕。岂待于今六十高年，而转有所恋恋哉？惟思枚二十三岁受夫子知，至如今五十九岁，虽乞身太早〔七〕，不以远大自期，有负夫子属望之至意。然今日之一丘一壑，一饭一衣，饮水思源，皆夫子之所赐也。从前长安通书，彼此容易，此后则万里西川，鳞鸿少便矣〔八〕！白头师弟〔九〕，再见何时？静言思之，泪如雨下。犹记《送尹文端公入相序》云："倘或前缘未尽，定重逢问字之车；如其后会难知，誓永立来生之雪。"〔一〇〕不图此日又为夫子诵之。

命撰墓志，在夫子达人之见，无闷于怀〔一一〕，而枚则何敢？古人如陶靖节之《自祭》，司空表圣之《墓铭》〔一二〕，自为之可也，他人为之，不可也。预凶有非礼之讥〔一三〕，而况门生乎？惟生传，则自古有之，如韩昌黎之于何蕃，司马温公之于范镇，有例可援，枚当撰成寄上〔一四〕。未知寸莛击钟〔一五〕，能表扬贤者于万分之一否？

师母夫人温恭淑慎，于法宜铭，谨撰墓志一篇，先镌玄石〔一六〕。札中有为世兄完姻，将到维扬之说〔一七〕。枚欲先往延候，恐舟到无期；而出月又为家慈九十寿期〔一八〕，未免有人子应办之事，难以渡江。为此特差家人先到扬州，并托族弟常镇道名鉴者〔一九〕，加意照应。谨具程敬〔二〇〕，聊表区区。

注释

〔一〕房师邓逊斋先生：即邓时敏。

〔二〕计典休官：因年老而退休。

〔三〕丽：附着。

〔四〕进以礼，退以义：语出《孟子·万章上》："孔子进以礼，退以义，得之不得曰有命。"

〔五〕以微罪行：语出《孟子·告子下》："孔子则欲以微罪行，不欲为苟去。"意即因为一点小罪名就出走。

〔六〕好爵尔縻：语出《周易·中孚》："我有好爵，吾与尔靡之。"意即：我有甜美的酒浆，愿与你共饮同乐。告归请养：本义是回家奉养父母，后用为辞官的别称。

〔七〕乞身：古代以做官为委身事君，因称请求辞职为乞身。

〔八〕长安：北京的代称。鳞鸿：传递书信的鱼雁。

〔九〕师弟：老师与学生。

〔一〇〕问字之车：《汉书·扬雄列传》载，扬雄校书天禄阁时，多识古文奇字，刘棻曾向扬雄学奇字。后称从师受业或向人请教为"问字"。永立来生之雪：意即来生仍做您的学生。立雪，见本卷《答尹相国》注〔一六〕。

〔一一〕达人：通达知命的人。无闷：没有苦恼。

〔一二〕陶靖节之《自祭》：即陶渊明《自祭文》。司空表圣之《墓铭》：司空表圣，即晚唐文学家司空图，表圣其字。他曾自撰墓志。

〔一三〕预凶有非礼之讥：《左传·隐公元年》："豫凶事，非礼也。"预凶，未丧先吊。

〔一四〕生传：为活着的人立传。韩昌黎之于何蕃：韩昌黎即韩愈，撰有《太学生何蕃传》。司马温公之于范镇：司马温公即司马光。《宋史·范镇传》："（范）镇平生与司马光相得甚欢，议论如出一口，且约生则互为传，死则作铭。光生为镇传，服其勇决。"

〔一五〕寸莛（tíng）击钟：语出《汉书·东方朔传》。莛，草茎。钟，一种乐器。用一寸长的草茎来打钟，比喻力所不及。

〔一六〕玄石：指石碑或墓碑。

〔一七〕维扬：即扬州。

〔一八〕出月又为家慈九十寿期：出月，过了本月。家慈，在别人面前对自己母亲的谦称。乾隆三十九年（1774）八月二十二日为袁枚母章氏九十寿诞，故此信应写于该年七月。

〔一九〕族弟常镇道名鉴者：即袁鉴，时为江苏常镇通海道道员。

〔二〇〕程敬：赠给远行者的财物。

谢高相国〔一〕

接钧谕，念老母年登大耋〔二〕，赐以"延寿堂"三字，仰见相公覆物以仁、训人以孝之意。

枚闻古人有言："君相皆能造命。"〔三〕良以调元赞化之功〔四〕，可以登斯民于仁寿。贤相许其寿，则天下无不寿之人，将来老母之百岁期颐〔五〕，皆出自相公之所赐也。读跋语有"简斋袁宰，博学能文，事亲克孝"云云，奖许过深，使枚惶恐。伏思学问之道无穷，而事亲之礼难尽。有一物之不知，不可谓之博也；有一言之未善，不可谓之孝也。枚何人斯，敢当斯语？想相公善善从长，亦昌黎所谓"诱之而使至于道"者欤〔六〕！枚惟有奉作规箴，益加策励，搜其诵读之所未周，勉其晨昏之所未到，以仰副训言〔七〕。

寄来匾式，广狭恰称，"蓬庐"二字篆书，尤为古雅。枚将觅善手双钩〔八〕，镌金作字。称觞之日，广座高悬〔九〕。使山中之草木烟云，俱增华采，捧爵之同年故旧〔一〇〕，相率观瞻。所有谢忱，合先布达。

注释

〔一〕高相国：即高晋（1707—1779），字昭德。高氏家族本是八旗汉军包衣，雍正十三年（1735）诏令入满洲镶黄旗，嘉庆二十二年（1817）奉旨改姓高佳氏。高晋初授山东泗水知县，乾隆十四年（1749）授山东按察使，迁安徽布政使，二十年（1755）授安徽巡抚，二十三年（1758）加太子少保，二十六年（1761）授南河总督，二十八年（1763）晋太子太傅，三十年（1765）改两江总督。明清对内阁大学士雅称相国，高晋于乾隆三十六年（1771）五月授文华殿大学士，故称之为相国。此信则应写于乾隆三十九年（1774）。

〔二〕钧谕：对帝王或尊长的指示、命令的敬称。大耋（dié）：年高的人。这里指袁枚母章氏年届九十。

〔三〕君相皆能造命：此为中唐名相李泌的言论。造命，即掌握命运。

〔四〕调元：比喻宰相调和阴阳，执掌政柄。赞化：辅助教化事务。

〔五〕期颐：百岁。

〔六〕昌黎所谓“诱之而使至于道”：韩愈《与卫中行书》：“然所称道过盛，岂所谓诱之而欲其至于是欤？”

〔七〕副：相配，相称。

〔八〕双钩：以法书篆刻石上，沿其笔墨痕迹，两边用细钩钩出，使不失其真。

〔九〕称觞：举杯祝酒。广座高悬：犹言高悬于广座。广座，众人聚会的场所。

〔一〇〕爵：饮酒的器皿。

为张东皋太夫人祝寿〔一〕

恭闻孟冬元日，太夫人古稀荣寿，世讲合两淮之觞咏，庆七秩之慈云，以华衮作斑衣，集云璈为仙曲，喜可知也〔二〕！枚叨在犹子之班，合作跻堂之客，缘牵俗事，未遂抠衣〔三〕。身伥伥以未行〔四〕，心依依而未已。

伏念家慈九十〔五〕，已为寿母之先声；将见同享百年，传作两家之佳话。望隔江之山色，遥捧霞觞；分席上之蟠桃，有输青鸟〔六〕。倘筹添以后至者为佳，则箓外云仙将偷闲而补到〔七〕。

先遣家奴，小申敬意。《戴记》曰："君子不以菲废礼。"〔八〕其斯之谓欤？

注释

〔一〕太夫人：汉制，列侯之母称太夫人。后凡官僚、豪绅的母亲，均称太夫人。

〔二〕孟冬元日：即农历十月初一。古稀：指七十岁。世讲：朋友的后辈，这里指张东皋。觞咏：饮酒赋诗。七秩：一秩等于十岁，七秩即七十岁。慈云：这里指代张东皋的母亲。华衮（gǔn）：古代王公贵族的礼服。斑衣：犹言彩衣。云璈（áo）：即云锣，一种打击乐器。

〔三〕叨：谦词，表示辱没他人，自觉惭愧。犹子：本指兄弟的儿子，谓如同儿子，后即指侄子或侄女。合：应该。跻堂：犹登堂。缘：因为。抠衣：提起衣服前襟。这是古人迎趋时的动作，表示恭敬。

〔四〕伥伥（chāng）：迷茫不知所措的样子。

〔五〕家慈九十：即乾隆三十九年（1774）八月二十二日，袁枚母章氏的九十寿诞。此信亦应写于该年。

〔六〕霞觞：对酒杯的美化说法，又可理解为装仙酒的杯子。蟠桃：传说中西王母种植的仙桃。青鸟：传说中西王母的使者。

〔七〕筹添：北宋苏轼《东坡志林》卷二：“尝有三老人相遇，或问之年。……一人曰：‘海水变桑田时，吾辄下一筹，尔来吾筹已满十间屋。’”后以“海屋筹添”为祝寿词。箓（lù）：道教施行法术的牒文，又称法箓。

〔八〕《戴记》：即《礼记》。西汉礼学家戴德和侄子戴圣均选编《礼记》，戴德的八十五篇本叫《大戴礼记》，至唐代只剩下三十九篇；戴圣的四十九篇本叫《小戴礼记》，即今本《礼记》。君子不以菲废礼：语出《礼记·坊记》，意即：君子不因为物品菲薄（达不到礼的要求）而废弃礼。

与书巢〔一〕

山左信来，知膺卓荐，喜心翻倒，距跃三百〔二〕。唐人以县令为畜生道〔三〕，语似过激。然束缚百里〔四〕，正如猕猴骑土牛，不能奋飞，得以计偕课最〔五〕，通姓名于天子，将见，赐次公以一丈之车，加卓茂以三公之服〔六〕，鄙人与有荣焉。

仆今岁黄杨厄闰〔七〕，为清积案故，代前令分偿若干；又为清查册费，追缴若干〔八〕。抱木鱼符来叩门者，震来虩虩，如虎如雷〔九〕。自念入山二十年，犹裹絮绵，行荆棘，罣碍不已〔一〇〕。每当水竹萧疏，一编相对，忽见朱封墨牒，施施从外来，顷刻胸中柴棘斗许，非鬻产质抵，便须衣质长生库，才得眠食晏然〔一一〕。静言思之，想终是在官时，司管库者料量不善故也〔一二〕。前车屡覆，后轸方遒〔一三〕。今之从政者，尚慎旃哉〔一四〕！

来书谆谆以买妾见委〔一五〕。仆自庚辰后，往来吴会，思以兰蕙之新姿，娱桑榆之晚景，横搜苦索，千力万气，可谓既竭吾才矣〔一六〕。乃或者将牢太过，而惊鸠已翔；或者急就成章，而悔之折骨〔一七〕。今虽充位之员，群雌粥粥〔一八〕，而寸心许可者，卒无一人。自指双眸，常呼负负，多疾之医，屡败之将，尚何劳足下北面而问之哉〔一九〕？平生入金门，登玉堂〔二〇〕，为文人，为循吏，求则得之；惟娟娟此豸，不可求思〔二一〕。想坤灵扇牒〔二二〕，别有前缘，不可以气力争也。或僮厮贱隶，而哲妇倾城；或慧业文人，而蹩行无偶〔二三〕。纷纷者天下皆是，奈之何哉？

札中"不取处子"一语，殊得老子"不为天下先"之戒〔二四〕。以为非处子，则不贞耶？不知豫让遇智伯，便成烈士〔二五〕，文君嫁相如，便矢白头〔二六〕。责报于人，先自问施之者何如耳。以为非处子则不洁耶？不知八珍具而厨者先尝〔二七〕，大厦成而匠人先坐。娶也何害？洵知言哉〔二八〕！因妹夫持论偶尔相同，故戏及之。

我家荆树三枝，萌芽将绝〔二九〕。香亭掷黄金于虚牝，费若丘山，而独于花柳风情、宗祠大计，反置之度外〔三〇〕。果香闺严妒，能先斫桃花〔三一〕，以绝其念耶？抑亦芮伯万之母，不容芮伯之有宠人耶〔三二〕？大妹《周南》之化〔三三〕，能行于东诸侯，而不能行于姑嫂、母子之间，又何故耶？嗣后，执讯而与之书，宜几谏者几谏之，宜缓颊者缓颊之〔三四〕。祖宗之灵，实式凭焉〔三五〕。

每读入蜀诗，如司马仲达观武侯营垒，辄叹天下奇才不难其似杜，而难其不似杜也〔三六〕。仪神夺貌，虽浦山布衣，尚不足以语此，而况其他乎？青出于蓝，当仁不让，拟跋数行，未肯轻下，故宁负诸责焉〔三七〕。

陆甥诗刻成附上，中与胡姨夫唱和甚多，有才如此，而俾不永年，使人何以为怀〔三八〕？读李贺小传，知诗人老泪，必当沾洒行间。仆三十五年提携保抱，得酿成此半寸可传之作，转觉抚孤之心，窃喜自负耳。

注释

〔一〕书巢：即胡德琳。此信或作于乾隆三十三年（1768）前后。

〔二〕山左：山东的别称，胡德琳时在山东为官。膺：受到。卓荐：因卓异而被举荐。清制，吏部考核官吏，才能出众的称为卓异。距跃三百：语出《左传·僖公二十八年》，意即高兴得跳起来。

〔三〕唐人以县令为畜生道：北宋王谠《唐语林·补遗一》："议者戏云：'畿尉有六道：入御史为佛道，入评事为仙道，入京尉为人道，入畿丞为苦海道，入县令为畜生道，入判司为饿鬼道。'"

〔四〕百里：古代往往以方圆百里的区域作为县的建制，县的长官亦有百里侯的称谓。

〔五〕计偕：汉时被征召的士人皆与计吏相偕同上京城，故称计偕。课最：古时朝廷对官吏定期考核，检查政绩，政绩最好的称课最。

〔六〕赐次公以一丈之车：《汉书·循吏传》载，西汉名臣黄霸执法严格，受人称颂，被汉宣帝钦点为颍川太守，俸禄千石，赐车盖高一丈。加卓茂以三公之服：卓茂（？—28），字子康，南阳郡宛县（今河南南阳）人。此人在西汉末年任密县令、京部丞等职，政声卓著。新莽、更始时期，避乱乡居。东汉建立后，前往河阳觐见光武帝刘秀，拜太傅，封褒德侯，食邑二千户，赐车马衣裘。三公，秦汉时地位最尊显的三个官职的合称，具体说法不一。古文经学家据《周礼》，以为太师、太傅、太保为三公。

〔七〕黄杨厄闰：传说黄杨木难长，遇到闰年，非但不长，反而缩短。比喻境遇困难。

〔八〕"为清积案故"句：此事或即国家图书馆藏写本《随园家书·四》所云："奉部文追徽江宁清查册费，那（挪）动耗羡银三百余两，代沭阳钱令分赔陆地税一百八十二两，误解十一年江宁粮道增租银四十七两，赔民欠恤孤米一百六十四石。其外来之追呼者如万箭交攻，其在内之作抵者如全军覆没。"

〔九〕木鱼符：木质鱼形符节。虩虩（xì）：形容恐惧的样子。

〔一〇〕罣（guà）碍：犹挂碍。

〔一一〕朱封：用朱笔在封口作标记。墨牒：用黑笔书写的文书。施施（yí）：形容扬扬得意。柴棘：犹荆棘。鬻（yù）：变卖。长生库：南宋陆游《老学庵笔记》卷六：“今僧寺辄作库，质钱取利，谓之长生库。”晏（yàn）然：安宁。

〔一二〕料量：处理。

〔一三〕前车屡覆，后轸（zhěn）方酋：语出《后汉书·左周黄列传》：“往车虽折，而来轸方遒。”轸，古代车后的横木，这里指车子。酋，同“遒”，劲健有力的意思。

〔一四〕尚慎旃（zhān）哉：语出《诗经·魏风·陟岵》，意即：还是要谨慎小心啊。

〔一五〕委：委托。

〔一六〕庚辰：这里指乾隆二十五年（1760）。吴会（kuài）：本指东汉时的吴郡与会稽郡，约相当于今江苏南部、上海、浙江一带。兰蕙之新姿：这里比喻年轻女子。桑榆之晚景：比喻晚年，这里是袁枚自比。既竭吾才：语出《论语·子罕》：“颜渊喟然叹曰：‘……夫子循循然善诱人，博我以文，约我以礼，欲罢不能，既竭吾才。’”

〔一七〕将牢太过：语出《晋书·载记第十六》：“（姚）苌大败登于安定东，置酒高会，诸将咸曰：‘若值魏武王，不令此贼至今，陛下将牢太过耳。’”将牢，持重。急就：匆促而成。

〔一八〕群雌粥粥：形容在场的妇女众多，声音嘈杂。袁枚女眷除妻王氏外，又有妾陶姬、方聪娘、陆姬、钟姬、大金姬、小金姬等。

〔一九〕呼负负：见卷一《答金寿门托卖灯（又）》注〔四〕。北面：古礼，臣拜君，卑幼拜尊长，皆面向北行礼。后称居臣下、晚辈之位为“北面”。

〔二〇〕入金门，登玉堂：语出《汉书·扬雄传》：“今子幸得遭明盛之世，处不讳之朝，与群贤同行，历金门、上玉堂有日矣。”金门即金马门，玉堂即玉堂殿。前者原为汉官宦者署门，后者原为汉未央宫的属殿，均为学士待诏之所。后用为翰林院的代称。

〔二一〕娟娟此豸（zhì）：语出东汉张衡《西京赋》：“嚼清商而却转，增婵蜎以此豸。”形容姿态婀娜妖娆。不可求思：语出《诗经·周南·汉广》。思，语助词。

〔二二〕坤灵扇牒：北宋陶穀《清异录》卷上“氤氲大使”条载，伯氏虞部有女妓宠，艳秀明慧，阳翟人朱起对其颇为倾心，宠也有意于朱起。只是二人难以常常相会。一日，朱起遇到一位异人。异人告诉朱起，世间男女情缘都由缱绻司掌管，缱绻司的长官叫氤氲大使，只要氤氲大使发下鸳鸯牒，但凡“伉俪之正，婢妾之微，买笑之略，偷期之秘，仙凡交会，华戎配接”，都将无往而不利。异人赠朱起一把具有隐身功能的坤灵扇子，朱起凭借宝扇助力，神不知鬼不觉地与宠按期相会，直至十五年后宠因病辞世。

〔二三〕僮：未成年的仆人。厮：古代干粗杂活的男奴隶或小役。哲妇倾城：语出《诗经·大雅·瞻卬》。哲妇，多谋虑或有贤德的妇人。慧业：佛教语，指智慧的业缘。蟹行无偶：语出东汉张超《诮青衣赋》：“蟹行索妃，旁行求偶。”

〔二四〕不为天下先：语出《老子》第六十七章：“一曰慈，二曰俭，三曰不敢为天下先。”

〔二五〕豫让遇智伯，便成烈士：豫让，春秋末期晋国人，先后为晋国卿大夫范氏、中行氏的家臣，均默默无闻，后得晋国正卿智伯瑶重用。智伯瑶被韩、赵、魏三家联合攻灭后，豫让矢志为主报仇，最终自杀身亡。

〔二六〕文君嫁相如，便矢白头：托名卓文君《白头吟》：“愿得一心人，白头不相离。”

〔二七〕八珍：语出《周礼·天官冢宰》：“食医，掌和王之六食、六饮、六膳、百馐、百酱、八珍之齐。”意即八种珍贵的食物。

〔二八〕知言：有见识的话。

〔二九〕我家荆树三枝，萌芽将绝：形容当时袁枚及堂弟袁树等尚无子嗣的情况。

〔三〇〕掷黄金于虚牝（pìn）：语出唐韩愈《赠崔立之评事》：“可怜无益费精神，有似黄金掷虚牝。”虚牝，白白地浪费。宗祠大计：犹子嗣大计。

〔三一〕香闺严妒，能先斫桃花：《艺文类聚》卷八十六引《妒女记》：“武历阳女，嫁阮宣武，绝忌。家有一桃树，华叶灼耀，宣叹美之，即便大怒，使婢取刀斫树，摧折其华。”香闺，对女子居室的美称，这里指袁树之妻。严妒，嫉妒心强。

〔三二〕芮伯万之母，不容芮伯之有宠人：《左传·桓公三年》：“芮伯万之母芮姜恶芮伯之多宠人也，故逐之，出居于魏。”

〔三三〕大姒《周南》之化：大姒，即周文王正妃太姒。古人多认为《诗经·周南》是周文王教化行于南国的作品，且与太姒颇有关联。

〔三四〕几（jī）谏：对长辈委婉和气地劝告。缓颊：婉言劝解或替人求情。

〔三五〕式凭：依靠，依附。

〔三六〕司马仲达观武侯营垒：司马仲达，即司马懿，仲达其字。武侯，即诸葛亮，因其生前受封武乡侯，卒后追谥忠武侯，故称。《三国志·蜀书·诸葛亮传》："其年八月，亮疾病，卒于军，时年五十四。及军退，宣王（按，即司马懿）案行其营垒处所，曰：'天下奇才也！'"杜：即杜甫。

〔三七〕诺责：不履行诺言而被指责。

〔三八〕陆甥：即陆建（1731—1765），字湄君，号豫庭，袁枚仲姊之子，自幼由袁枚抚养。卒后，袁枚为作《湄君小传》，收入《小仓山房文集》卷七，又代梓其诗稿《湄君诗集》。胡姨夫：即胡德琳。俾（bǐ）：使。永年，长寿。

答梁瑶峰大司农〔一〕

接手书，知公自楚南归后，移掌度支，赐第中禁〔二〕。因思古宠贤臣，有加户曹之职，为白傅营财者〔三〕；有辍殿前之材，为房公构宅者〔四〕。恩非不厚，然未必旬日之内兼而有之。公独超过古人，则平素之孤忠格天〔五〕，愈可想见。

枚欲纂思奋笔，赋《圣主得贤臣颂》，铺序恩荣，而才非王子渊，故欲为而不敢〔六〕。且闻赐第在金鳌、玉蛛间，是枚当日簪笔翰林时，朝夕趋朝所必过者〔七〕。三十年来，回首前尘，杳如天上。公竟迁居若素，而枚则欲过不能矣，思之怃然〔八〕。

命搜古玩奉寄，枚非敢忘怀也。奈求之者多，则应之者寡，天不爱宝，野无遗贤，此其时也。且又寂处空山，不能向五都之市、收藏之家，膏唇拭舌而求之〔九〕。不得已，寄上书、画、铜、玉五件，亦是秀才家敝帚之享，非清秘阁蕴椟之藏耳〔一〇〕。

注释

〔一〕梁瑶峰大司农：即梁国治（1723—1787），字阶平，号瑶峰，又号丰山、梅塘，浙江会稽（今绍兴）人。乾隆十三年（1748）进士，由翰林院修撰累官至东阁大学士兼户部尚书，卒谥文定。有《敬思堂文集》。明清两代以户部掌漕粮田赋，故又称户部尚书为大司农。梁国治于乾隆四十二年（1777）十一月任户部尚书，乾隆五十年（1785）五月迁东阁大学士。

〔二〕自楚南归后，移掌度支：楚南，即湖南。掌，掌管。度支，统计与支调财赋。梁国治于乾隆三十六年（1771）任湖南巡抚，三十八年（1773）召还，命在军机处行走，次年授户部左侍郎。第：府第，古代官僚贵族的大宅子。中禁：皇帝所居之处，这里指北京城。

〔三〕加户曹之职，为白傅营财者：白傅，即白居易。《旧唐书·白居易传》载，元和五年（810），白居易例当调动官职，唐宪宗考虑到白居易官卑俸薄，但又限于年资，不能越级授官，便让白居易自己挑选职位。白居易要求得到一个收入丰厚的职位，最终如愿调任京兆府户曹参军。

〔四〕辍殿前之材，为房公构宅者：此为魏徵事，袁枚或误记为房玄龄事。《旧唐书·魏徵传》："（魏）徵宅先无正寝，太宗欲为小殿，辍其材为徵营构，五日而成。"

〔五〕孤忠：忠贞自持，不求人体察的节操。格天：感通上天。

〔六〕"纂思奋笔"句：王子渊，即西汉中期辞赋家王褒，子渊其字。据《汉书·王褒传》载，汉宣帝喜爱辞赋，先后征召文学之士刘向、张子侨、华尤、柳褒等待诏金马门。王褒也因益州刺史王襄推荐，被召入京，受诏作《圣主得贤臣颂》。

〔七〕金鳌、玉蝀（dōng）：桥名。在今北京市北海和中海之间，东西两端各立一坊，西坊题"金鳌"，东坊题"玉蝀"。簪笔翰林：在翰林院任职。趋朝：上朝。

〔八〕若素：和往常一样。怃（wǔ）然：怅然失意貌。

〔九〕五都：五方都会，泛指繁华的都市。膏唇拭舌：用膏涂嘴唇，用布巾揩舌头。形容竭尽言语之所能，以求打动人心。

〔一〇〕敝帚之享：敝帚，破扫帚。享，供奉。这里用于自谦。清秘阁：宋末元初书画家倪瓒的藏书阁。蕴椟：包容，含藏。

与家春圃[一]

大山王叟，与余相别，垂三十年。忽大暑中策杖而至，道与弟有旧，去年曾蒙吹嘘，稍有弋获，衰年残喘，得支半年，深知感切[二]。奈所得已空，而残生未死，不得已，又将踵门，弱颜难以再至，特纡道金陵，索阿兄一札，以当新娘遮面之扇[三]。

愚思弟此刻所居官位，如高山大松，松之荫，不过身横九亩尽之矣。而天下之趋而求荫者，皆以为千亩万亩而未已。然则何以待之？曰："视其力之所能为，尽春心之所能到而已。"大山晚景，颇似冯五兄。冯兄屡作冯妇[四]，弟不绝之，故阿兄引例以请。望哀其年之老，家之贫且孤，兼念其能交子才子以求书也，可为委曲筹之。

注释

〔一〕家春圃：即袁鉴，字春圃，浙江钱塘（今杭州）人。乾隆二十二年（1757）进士，选庶吉士，散馆授翰林院编修，以给事中出任江宁布政使。

〔二〕弋获：获得，收获。残喘：仅存的残喘，指余生。

〔三〕踵门：亲自上门。弱颜：语出《楚辞·招魂》："弱颜固植，謇其有意些。"忸怩害羞的意思。

〔四〕冯妇：此为"冯妇搏虎"之典，这里形容出尔反尔的人。冯妇，善搏虎，事见《孟子·尽心下》。

答长洲明府杨镜村[一]

家奴从苏州归之前一日，金姬小妹不堪其妒妻之毒，雉经而亡[二]。及接到执事关文，不觉咨嗟涕洟[三]。在仆有帷私之爱，犹是常情；在执事全无瓜葛，乃肯赎文姬于汉关[四]，拔翁须于寄养[五]。韩婴云："有殷勤之意者好丽。"[六]仁人君子，大概如斯。岂知请到援兵，而孤城已破；方知红颜薄命，虽佛力天尊[七]，亦无如何也！

此姝灵魄，自当感恩于九泉；而仆只以一念蹉跎，既失上手之明珠，又作陷人之坑阱，龂噤蹢足[八]，寝食难甘。读手书，有"倘到金陵，愿教一见"之语，仆本意提而出之，即命败雨残云，侍奉箕帚[九]。而今已矣，夫复何言！惜其意思之缠绵，眉目之婉媚，则近日吴下女儿，恐未必有其侪偶也[一〇]。仆老矣，肠如湆汤，无从告诉，特泐数行，上尘清听[一一]，亦唐人所谓"聊题一片叶，寄与有情人"之意云[一二]。

注释

〔一〕长洲明府杨镜村：即杨灿，福建邵武人。乾隆四十三年（1778）七月至四十四年（1779）二月间任苏州知府。

〔二〕金姬小妹不堪其妒妻之毒，雉经而亡：金姬小妹，即袁枚侍妾金姬之妹金凤龄。雉经，自缢。袁枚门生杨芳灿《真率斋初稿》卷八《凤龄曲》序云："凤龄，袁简斋夫子侍姬妹也。幼鬻某姓，为赎归，育之，年十六，媵隋生川增，疟于大妇，投缳死。"事在乾隆三十八年（1773）秋。后袁枚为作《凤龄嫁某郎半年，为其大妻所虐，雉经而亡。余悔恨无已，赋十六韵哭之》，收入《小仓山房诗集》卷二十四。

〔三〕执事：古代官吏身边的侍从，后用作对对方的敬称，表示不敢直指其人。关文：官府间的平行文书。咨嗟：叹息。涕洟（yí）：眼泪和鼻涕。

〔四〕赎文姬于汉关：文姬，即蔡文姬。她在东汉末年战乱中被南匈奴俘获，后曹操将其赎回。

〔五〕拔翁须于寄养：翁须（？—前91），汉武帝之孙刘进妻，汉宣帝刘询生母，姓王，名翁须。《汉书·外戚传上》称“翁须年八九岁时，寄居广望节侯子刘仲卿宅”，在其家学习歌舞数年后，被卖与邯郸人贾长儿。汉武帝天汉（前100—前97）年间以歌舞女入太子刘据家为家人子，太始年间（前96—前93）得宠于刘进，征和二年（前91）生下后来的汉宣帝，不久死于巫蛊之祸。汉宣帝即位后，追谥王翁须为悼后。

〔六〕有殷勤之意者好丽：西汉韩婴《韩诗外传》卷五：“夫仁者好伟，和者好粉，智者好弹，有殷勤之意者好丽。”

〔七〕天尊：道家对所奉神仙的尊称。

〔八〕齘（xiè）噤：切齿怒恨貌。躅（zhú）足：跺脚。

〔九〕败雨残云：比喻备受折磨的金凤龄。箕帚：指家内洒扫之事。

〔一〇〕侪（chái）偶：同类的人。

〔一一〕肠如涫（guàn）汤：语出《史记·龟策列传》。涫汤，沸滚的水。泐（lè）：书写。上尘清听：表示谦抑的套语，意为有污尊长视听。

〔一二〕唐人所谓“聊题一片叶，寄与有情人”：此即“红叶传情”之典。唐孟棨《本事诗·情感第一》载，中唐诗人顾况在宫苑游玩时，看到宫墙边的小河上飘着一片梧桐叶，上有题诗曰：“一入深宫里，年年不见春。聊题一片叶，寄与有情人。”于是顾况也题了一首诗在叶上，曰：“花落深宫莺亦悲，上阳宫女断肠时。帝城不禁东流水，叶上题诗欲寄谁？”放入水流。过了十多天，又有人在河面上捡到一片红叶，上有题诗曰：“一叶题诗出禁城，谁人酬和独含情？自嗟不及波中叶，荡漾乘春取次行。”

寄寅和斋榷使[一]

接手书，及厚赐重重，具征念旧怜才，寸心感切。书中有“年齿日增，心绪愈乱，日无宁晷[二]，兴致全消”等语。枚闻而愕然。明公以五十之年，掌牢盆之任，天恩优渥，地界繁华，正宜挂笏看山，从容敷政，而何乃自苦如此[三]！想亦晚年进道，位愈高而心愈小之故欤？枚中心钦钦[四]，更复何语？

然苟陈穴管[五]，尚有不能已于言者。在昔明公之枉驾山林，同欢风月，原不过公余之暇，藉以陶情，而非以之自放也[六]。在今明公之屏除嗜好，一意办公，亦只因报国之心，惟日不足[七]，而非以之养尊也。两者形迹虽殊，此衷如一，原可并行而不悖。古之名臣，若谢太傅、寇莱公，何尝不于百务倥偬时，围棋饮博[八]？公两典尚衣之局，至今浙水讴歌，金陵感颂[九]。枚愿公即以从前之流风善政，沾润淮扬，而不必改弦易辙也。

大抵为治之道，操之过蹙[一〇]，则境界不宽；虑之过深，则私意反起。君子循分供职，认理而行，以故仁者不忧，智者不惑[一一]。两淮盐政，有一定章程。明公果能裕国恤商，虽饮酒看花，亦是君恩圣泽，谁曰非宜？但不使之过度，致乖常性足矣[一二]。若一味矜严，太自刻苦，则公之才望，岂是止于盐政者？将来督抚封疆，平章军国，比此时重任，百倍加增，公又将作何如兢业耶[一三]？夫布谷鸣夏，促织鸣秋，物有微而应候，人有贱而言忠，枚故不惮其缕缕焉[一四]。

注释

〔一〕寅和斋榷（què）使：即寅著，号和斋，满洲镶黄旗人。乾隆四十二年（1777）至四十六年（1781）间尝任两淮巡盐御史。此信或写于其上任之际。

〔二〕宁晷（guǐ）：安宁的时刻。

〔三〕牢盆：煮盐器。挂笏（hù）看山：典出《世说新语·简傲》："王子猷作桓车骑参军，桓谓王曰：'卿在府久，比当相料理。'初不答，直高视，以手版拄颊云：'西山朝来，致有爽气。'"手版即笏。后以此典形容在官而有闲情雅兴。敷政：施政。

〔四〕中心：犹心中。钦钦：形容难忘的样子。

〔五〕穴管：浅薄狭小的见解。

〔六〕放：放任，放纵。

〔七〕惟日不足：语出《尚书·泰誓》："我闻吉人为善惟日不足，凶人为不善亦惟日不足。"意即只觉时日不够。

〔八〕"古之名臣"句：谢太傅即东晋名相谢安。《世说新语·雅量》载淝水之战期间，谢安镇定自若地与人下棋，得知侄子谢玄在前线大获全胜后，亦面不改色。寇莱公，即北宋名相寇准。《宋史·寇准传》载，北宋景德元年（1004），寇准辅佐宋真宗在澶州（今河南濮阳）抗击契丹，一次接仗获胜后，宋真宗"使人视准何为"，发现寇准"方与杨亿饮博，歌谑欢呼"，于是宋真宗大喜，说："准如此，吾复何忧？"

〔九〕公两典尚衣之局：寅著于乾隆三十三年（1768）三月出任江宁织造，三十八年（1773）三月杭州织造寅保卒后，乃接任杭州织造。金陵：南京的别称。

〔一〇〕蹙（cù）：急迫。

〔一一〕循分：安守本分。仁者不忧，智者不惑：语出《论语·子罕》。

〔一二〕乖：背离，违背。

〔一三〕平章：商量处理。兢业：语出《尚书·皋陶谟》，形容做事谨慎，认真刻苦。

〔一四〕促织：蟋蟀的别名。应候：迎合气节的变更。

答王梦楼侍讲〔一〕

仆西湖人也，别十年矣！今春还乡，得见西湖而喜，得见侍讲而更喜。何也？西湖之见，出诸意中；侍讲之见，得诸意外故也。

侍讲目无凡马，独于鄙人殷殷然有所深契，尊之以前辈，誉之于公卿，送抱推襟，深情若掬〔二〕。每至两人论诗，如石鼓扣铜鱼〔三〕，声声皆应，而且至理名言，皆得古人所未有。如云："诗宜自出机杼，不可寄人篱下，譬作大官之家奴，不如作小邑之簿尉〔四〕。何也？簿尉虽卑，终是朝廷命官；家奴虽豪，难免主人笞骂〔五〕。今之尊韩抱杜，而皮傅其仪形者，能无悚悔〔六〕？"又云："诗如佛法，有正法眼藏，有狡狯神通〔七〕。参正法者〔八〕，不贵神通；夸神通者，渺视正法。"公自命为正法眼藏，而以神通推心余、云松二公，惟于鄙人，许其二者能兼〔九〕。枚虽不能仰副此言〔一〇〕，然以此告云松、心余，恐二人未必不心服也。

又言："近多刘季绪一流，所学不工，而好作诋诃，深为可憎。"〔一一〕仆以为此理之常，无足怪也。夫离之太远者，其视黑白不明；鼻之齅嚏者，其闻熏莸如一〔一二〕。札中引孔北海之言曰："今之后生，喜谤前辈。"〔一三〕仆则引《山海经》之言曰："山膏如豚，厥性好骂。"〔一四〕盖不特甘苦之分〔一五〕，直是人禽之辨。公闻之，定发大噱〔一六〕。

注释

〔一〕王梦楼侍讲：即王文治（1730—1802），字禹卿，号梦楼，江苏丹徒（今镇江）人。乾隆二十五年（1760）进士，授编修，擢翰林院侍读，官至云南临安知府。有《梦楼诗集》《快雨堂题跋》等。此信或写于乾隆四十三年（1778）。

〔二〕目无凡马：比喻眼界很高。殷殷然有所深契：形容情深意重。契，相合，契合。送抱推襟：真诚相待的意思。掬（jū）：用两手捧。

〔三〕石鼓扣铜鱼：南朝宋刘敬叔《异苑》载西晋人张华取蜀中桐材，刻为鱼形，扣之声闻数里。这里以石鼓与铜鱼相互扣击，从而声响大作，来比喻袁枚、王文治二人声气相投，谈诗论艺甚有共鸣。

〔四〕自出机杼（zhù）：比喻诗文的构思布局别出心裁，颇具新意。簿（bù）尉：簿，主簿。尉，县尉。二者泛指地方官府的佐理官员。

〔五〕笞（chī）：用鞭杖或竹板打。

〔六〕尊韩抱杜：尊崇韩愈和杜甫。皮傅：以肤浅的言词牵强附会。仪形：外在的仪容、形体。悚（sǒng）悔：后悔，惭愧。

〔七〕正法眼藏（cáng）：佛教语，朗照宇宙谓眼，包含万有谓藏。狡狯神通：机灵多变的本领。这里以正法眼藏比喻诗歌创作的正轨，狡狯神通则与之相对。

〔八〕参（cān）：探究，领悟。

〔九〕心余：即蒋士铨（1725—1784），字心余、苕生、藁生，号藏园，又号清容居士，晚号定甫，江西铅山人。乾隆二十二年（1757）进士，官翰林院编修。乾隆二十九年（1764）辞官，主持蕺山、崇文、安定书院讲席。有《忠雅堂全集》《红雪楼九种曲》等。云松：即赵翼（1727—1814），字云崧，一字耘崧，号瓯北，晚号三半老人，江苏阳湖（今常州）人。乾隆二十六年（1761）进士，授翰林院编修，官至贵西兵备道。旋辞官家居，主讲安定书院。有《廿二史札记》《瓯北集》等。蒋、赵二人当时与袁枚齐名而交好，并称“乾隆三大家”或“江右三大家”。许：认可，称许。

〔一〇〕不能仰副：犹言不敢当。仰，敬语。副，相配，相称。

〔一一〕“近多刘季绪一流”句：《三国志·魏书·陈思王传》裴松之注引曹植《与杨德祖书》：“刘季绪才不逮于作者，而诋诃文章，掎摭利病。”刘季绪即刘修，东汉末年荆州牧刘表之子，官至东安（今河北廊坊）太守。诋诃（dǐ hē），诋毁、指责的意思。

〔一二〕鼽嚏（qiú tì）：感冒伤风。熏莸（yóu）：香草与臭草。

〔一三〕“札中引孔北海之言”句：孔北海即东汉末年建安七子之一的孔融，因其曾至北海国（治今山东昌乐西）任国相，故称。孔融《与曹公书论盛孝章》：“今之少年，喜谤前辈。”

〔一四〕山膏如豚，厥性好骂：《山海经·中山经》：“苦山，有兽焉，名曰山膏。其状如逐，赤若丹火，善詈。”逐，即“豚”，小猪的意思，又泛指猪。詈，骂。

〔一五〕不特：不仅，不但。

〔一六〕大噱（jué）：大笑。

寄谢未堂司寇〔一〕

杦心仰卿云，三十年矣！自问山中小草，不敢通名于大君子之前。幸朱观察来，相与论当代人物，渠独倾心于明公。以为略官阶而亲风雅者，当今无第二人。以故寻春一事，蒙其代为谁诿〔二〕。然终竟私心悚惧：一恐公卿贰高官，岂屑小星之末事〔三〕；一恐公迂拘理学，将删好色之《国风》，唐突尊严，方深踧踖〔四〕。

不料舍弟归来，道公蜡阮孚之屐〔五〕，斜王俭之簪〔六〕，折柳判花，兴复不浅。方知东山太傅〔七〕，尚在人间，且感且钦！惟是竹西歌吹之场〔八〕，人才绝少。据舍弟云：“一片花丛，到眼差可者，只吴七姑一人。惜自命太高，玉琢金妆，非肯在陶学士家雪里烹茶者〔九〕。”以故打桨之心，夷犹未决；又因老母在堂，不能久住邗江，缓行遴选〔一〇〕。区区妄念，还想借抡才之玉尺，作刮目之金篦，命麾下司花使者，广为探访〔一一〕。一得其人，即示知汪甥〔一二〕，以便飞帆而至。

注释

〔一〕谢未堂司寇：即谢溶生（？—1801），字未堂，号溶川，江苏仪征人。乾隆十年（1745）进士，十三年（1748）授编修，二十年（1755）擢侍读学士，历官山东、江西学政，礼部左侍郎、太常寺卿、刑部侍郎。

〔二〕寻春：这里指物色小妾。谆（zhuì）诿：嘱托。

〔三〕卿贰：次于卿相的朝中大官。小星：《诗经·召南》有篇名《小星》，东汉郑玄谓小星即众多无名之星，比喻周王的姬妾。后因以小星为妾的代称。

〔四〕删好色之《国风》：《史记·孔子世家》："古者诗三千余篇，及至孔子，去其重，取可施于礼义。"是为孔子删《诗》说。《史记·屈原贾生列传》又云："《国风》好色而不淫。"唐突：冒犯。踧踖（cù jí）：局促不安的样子。

〔五〕蜡阮孚之屐：《世说新语·雅量》："阮遥集好屐。……或有诣阮，见自吹火蜡屐，因叹曰：'未知一生当着几量屐！'神色闲畅。"阮孚，字遥集，竹林七贤之一阮咸之子，陈留尉氏（今属河南）人。蜡屐，以蜡涂屐。

〔六〕斜王俭之簪：《南齐书》卷二十三："王俭，字仲宝，琅琊临沂人也。……作解散髻，斜插帻簪，朝野慕之，相与放效。俭常谓人曰：'江左风流宰相，唯有谢安。'盖自比也。"

〔七〕东山太傅：即东晋名相谢安，曾隐居东山。

〔八〕竹西歌吹之场：指代扬州。

〔九〕在陶学士家雪里烹茶：陶学士，即陶穀（903—970），本姓唐，字秀实，邠州新平（今陕西彬州）人。明蒋一葵《尧山堂外纪》卷四十二："陶穀得党太尉家姬，遇雪，取雪水烹茶，谓姬曰：'党家儿识此味否？'姬曰：'彼粗人，安知此？但能于销金帐中浅斟低唱，饮羊羔酒尔！'陶默然。"

〔一〇〕夷犹：迟疑不前。邗（hán）江：清代江苏扬州府的附郭县。

〔一一〕抡（lún）才：选拔人才。玉尺：比喻衡量才识高下的尺度。刮目：比喻另眼看待。金篦（bì）：古代治眼病的工具。

〔一二〕汪甥：即汪庭萱，字兰圃，袁枚堂妹袁棠之子。

答家惠纕孝廉〔一〕

赐序推许过当〔二〕，故前书以谢为辞；刻下见覆，道仆平生小德出入〔三〕。故有意相推于道学中，以免老生腐儒之疵瑕〔四〕。斯言过矣！

夫疵瑕小德者，老生腐儒也；以出入为可者，子夏也。老生腐儒，庸人也；子夏，圣门之高弟子也〔五〕。学者不师圣门之高弟子，而师庸人，可乎？三代以下，久无完人。《朱子语录》中，讥孔明太粗，岳飞太横，韩、欧不知道〔六〕。此种吹毛之论，不一而足。朱子，贤人也，非老生腐儒也。其识论尚且如此，况其下焉者，而可以预为趋避乎〔七〕？且瑕瑜不相掩者，玉也；粹然一色者，碔砆也〔八〕。仆耻为碔砆，方欲暴生平得失于天下〔九〕，使天下人昭昭然可指可按，而后有以存其真。足下乃欲为掩饰而附会之，无论区区一序不足掩天下之口，就使丘里耳目竟为足下所掩〔一〇〕，而先使仆弃玉之真，就碔砆之伪，则岂仆之心哉？

古之制行者，宰予不讳短丧〔一一〕，子贡不讳货殖〔一二〕，豫让不讳事中行氏〔一三〕。立言者，庄周不嫌荒唐〔一四〕，申、韩不嫌刑名〔一五〕，太史公是非颇诡于圣人〔一六〕。惟其如此，故独往独来于天地间。虽圣人责之，旁人议之，而其真意之所到，卒难磨灭。大哉孔子乎！七十子之徒兼收并畜，或以德行，或以言语，或以政事，或以文学〔一七〕，甚至互相难与言，亦许其洁己以进〔一八〕。有如禹会诸侯，执玉帛者万国，听其何途之从，而来则教育之，成全之，不加关讥，不施垄断，不使政事、言语、文学之徒冒德行之名，而德行中人亦不敢自以为高，而有所病于群贤之不足〔一九〕。今之理学，半德行之伪者也，舍此一门外，岂竟无地自居，无科可入？而足下必欲推而纳诸伪途。仆之所以赧然力辞者〔二〇〕，意有所不屑也，是傲也，非谦也。

至于心余推仆为六朝人〔二一〕，则又不敢当。何也？六朝人有狂者、狷者、中行者、邪愿者〔二二〕，人颇不同，心余不知置仆为六朝中何等人，而但浑而言之曰六朝，则是心余于六朝之人尚有所未知，又何能知仆哉？仆故不特足下序中所称理学之名不受，即六朝人之称亦不受也。若夫老生腐儒之疵瑕，善者好之，不善者恶之，于仆之文，无加损焉〔二三〕。

注释

〔一〕家惠纕孝廉：即袁谷芳，字慧相、蕙纕，号实堂，安徽宣城人。乾隆十七年（1752）恩科举人，屡荐不第，授江苏震泽学训导，后保举知县，坚辞不就，改摄紫阳监院。有《秋草文随》等。孝廉，明清对举人的雅称。

〔二〕赐序推许过当：乾隆三十九年（1775）秋，袁谷芳过访随园，袁枚因嘱其为《小仓山房文集》作序。序成，袁枚未予遽刊，十余年后，乃附为后序刊出。所谓推许过当，即指袁谷芳此序而言。

〔三〕“刻下见覆”句：袁枚辑《续同人集·文类》卷一收袁谷芳《答随园先生书》，即袁谷芳“刻下见覆”之信，系答复袁枚“以谢为辞”之“前书”而作。刻下，目前。小德出入，语出《论语·子张》：“子夏曰：‘大德不逾闲，小德出入可也。’”观袁谷芳《答随园先生书》，可知乃指袁枚好色之习性。

〔四〕道学：又称理学，宋代以后思想界最重要的流派之一。老生：老书生。

〔五〕子夏：孔子弟子，姓卜（bǔ）名商，字子夏，春秋末年晋国温地（今河南温县）人，一说卫国人。圣门：孔子的门下，亦泛指传孔子之道者。

〔六〕“《朱子语录》中”句：《朱子语录》，即南宋黎靖德编《朱子语类》。讥孔明太粗，见该书卷一百三十六：“诸葛孔明大纲资质好，但病于粗疏。”讥岳飞太横，见该书卷一百三十一：“如张、韩、刘、岳之徒，富贵已极，如何责他死了，宜其不可用。若论数将之才，则岳飞为胜，然飞亦横。”讥韩、欧不知道，见该书卷一百二十六：“唐之韩文公，本朝之欧阳公，以及闽、洛诸公，既皆阐明正道以排释氏……此数人皆未深知道，而其言或出于强为，是以终有不满人意处。”韩、欧，即韩愈、欧阳修。

〔七〕趋避：躲避。

〔八〕碔砆（wǔ fū）：亦作“珷玞”，似玉之石。

〔九〕暴（pù）：同“曝”，显露。

〔一〇〕丘里：乡里。

〔一一〕宰予不讳短丧：《论语·阳货》：“宰我问：‘三年之丧，期已久矣。君子三年不为礼，礼必坏；三年不为乐，乐必崩。旧谷既没，新谷既升，钻燧改火，期可已矣。’”宰予，孔子弟子，字子我。

〔一二〕子贡不讳货殖：货殖，经商营利。子贡营商事，可见《史记·货殖列传》记载。

〔一三〕豫让不讳事中行（háng）氏：见本卷《与书巢》注〔二五〕。

〔一四〕庄周不嫌荒唐：《庄子·天下》：“古之道术有在于是者，庄周闻其风而悦之。以谬悠之说，荒唐之言，无端崖之辞，时恣纵而不傥，不以觭见之也。”成玄英疏：“荒唐，广大也。”

〔一五〕申、韩：指战国时期法家代表人物申不害、韩非。刑名：战国时以申不害等为代表的学派，主张循名责实、明赏慎罚，后人称为“刑名之学”，亦省作“刑名”。

〔一六〕太史公是非颇诡于圣人：太史公，即司马迁。东汉班固《汉书·司马迁传》认为“其是非颇缪于圣人”。

〔一七〕“或以德行”句：《论语·先进》：“德行：颜渊，闵子骞，冉伯牛，仲弓。言语：宰我，子贡。政事：冉有，季路。文学：子游，子夏。”德行、言语、政事、文学，是孔子教授门徒的四种主要科目。

〔一八〕“互相难与言”句：《论语·述而》：“互乡难与言，童子见，门人惑。子曰：‘与其进也，不与其退也，唯何甚？人洁己以进，与其洁也，不保其往也。’”洁己以进，意即把自己弄得干干净净而来。

〔一九〕“禹会诸侯”句：《左传·哀公七年》：“禹合诸侯于涂山，执玉帛者万国。”意即：禹在涂山会合诸侯，拿着玉帛（来朝见）的有上万个邦国。病：不满，责备。

〔二〇〕赧（nǎn）然：形容羞愧的样子。

〔二一〕心余：即蒋士铨。

〔二二〕狂者、狷（juàn）者、中行者、邪愿者：《论语·子路》：“子曰：‘不得中行而与之，必也狂狷乎！狂者进取，狷者有所不为也。’”中行者，言行合乎中庸的人。狂者，志在兼济、锐意进取的人。狷者，洁身自好、有所不为的人。

〔二三〕无加损焉：不能有所增减。

覆家实堂〔一〕

当今行古人之道，为古人之文，如吾实堂者，本不多觏〔二〕。三十年来，形迹虽疏，相知愈深。读见赠文集序一篇，便知梗概。前因推许太过，未敢遽刊，今又十余稔矣〔三〕。觉道着肯綮处〔四〕，未有如实堂之文之佳者，以故刊为后序，见仆之折服，非虚言也。所以奉劝付梓者，亦因序文清劲，一气旋折，非于此道中三折肱不能如此〔五〕。其他文之瑰奇，记从前都已见过。虽唐以前原无自梓其文者，其时人人知重古文，门生故吏又多感恩念旧〔六〕，宏通博雅之儒，自可待诸身后。而今则非其时矣。苟不校定付梓，及于吾身亲见之，则一旦溘然而去〔七〕，将一生心血付之茫茫，岂不大可惜耶！善乎宋李泰伯之言曰〔八〕：“使天而假我以年乎，吾所为未可量也。”若就今日而论，则亦可抱此以见古人矣。

商宝意为一代才人，其诗集梓成，有相诋娸者，仆为不平〔九〕。友人仲烛庭笑曰：“但使我辈身后尚有形卷，文集被人吹毛索瘢，便是天地间尚有此人，否则付之草亡木卒而已。”〔一〇〕其言最为沉痛，实堂又何必过于矜慎哉〔一一〕！

札中云：“尔来少年习气，好矜考据。”仆又有说。从来风运所趋〔一二〕，历代不一。西汉尊经，东汉穷经，魏晋清谈，六朝骈丽，唐尚诗赋，宋尚理学，元尚词曲，明尚时文，本朝尚考据〔一三〕。趋之者，如一群之貉〔一四〕，累万盈千。其中忽有韩、柳、欧、曾〔一五〕，为古文于举世不为之时。此外，亦无他名家历历鼎峙〔一六〕。盖其道本至难，其境亦最狭故也。形而上者谓之道，形而下者谓之器〔一七〕。古文，道也；考据，器也：器易而道难。作者之谓圣，述者之谓明〔一八〕。古文，作也；考据，述也：述易而作难。实堂又何必以至难之事，望之今之后生小子哉？第就考据而论，亦正难言。

来札云：“未明《四书》，便谈许慎；未通八股，便事康成。”〔一九〕嘻！彼亦知许氏《说文》、康成笺注，在当日早有非之者乎〔二〇〕？后周黎广从崔司徒受字学，不宗《说文》〔二一〕；三国虞翻驳正康成一百六十事〔二二〕；孔融以父礼事康成，而深笑其麟鼓郊天之说，以为臆造〔二三〕；王辅嗣詈康成为老奴〔二四〕。请问今之宗许、郑者，亦略闻其说否？至以宋儒为学究，宋儒注经，原未必尽善。然据周、孔以訾程、朱可也，挟郑、马以诋程、朱不可也〔二五〕。以欧、曾为空疏，即刘贡父笑欧九不读书之说〔二六〕。然公是先生全集具在〔二七〕，散漫平芜，不及欧公远甚。且吾又不知作二典、三谟者，胸中有何史学；作《国风》《雅》《颂》者，胸中有何韵学也〔二八〕。我辈下笔所以不如欧、曾者，正为胸中卷轴太多之故〔二九〕。读韩《与李翊》、柳《与韦中立》两书〔三〇〕，便知原委。

去冬在杭州，见朱石君侍郎〔三一〕，蒙其推许，云：“古文有十弊，惟随园能扫而空之。”余问其目，曰：“谈心论性，颇似宋人语录，一弊也；俳词偶语，学六朝靡曼，二弊也；记、序不知体裁，传、志如写账簿，三弊也；优孟衣冠，摩秦仿汉，四弊也；谨守八家空套，不自出心裁，五弊也；饾饤成语，死气满纸，六弊也；措词率易，颇类应酬尺牍，七弊也；窘于边幅，有文无章，如枯木寒鸦，淡而可厌，且受不住一个大题目，八弊也；平弱敷衍，袭时文调，九弊也；钩章棘句，以艰深文其浅陋，十弊也。"〔三二〕余笑答曰："此外尚有三弊。"侍郎惊问，余曰："征书数典〔三三〕，琐碎零星，误以注疏为古文，一弊也；驰骋杂乱，自夸气力，甘作粗才，二弊也；尚有一弊，某不敢言。"侍郎再三询，曰："写《说文》篆、隶〔三四〕，教人难识，字古而文不古，又一弊也。"侍郎知有所指，不觉大笑。质之实堂〔三五〕，以为然否？

注释

〔一〕家实堂：即袁谷芳。此信写于乾隆五十二年（1787）。

〔二〕觏（gòu）：遇见，看见。

〔三〕稔（rěn）：年。

〔四〕肯綮（qìng）：筋骨结合的地方，比喻要害、关键之处。

〔五〕付梓（zǐ）：古代多用木版印刷，在木版上刻字叫梓，因而把交付稿件刊印叫付梓。三折肱（gōng）：三次折断手臂，比喻多次失败。引申为阅历丰富，富有经验。

〔六〕门生故吏：学生和老部下。故吏，过去的属吏。

〔七〕溘（kè）然而去：指人忽然死去。

〔八〕李泰伯：即北宋思想家、教育家李觏，泰伯其字。

〔九〕商宝意：即商盘（1701—1767），字苍雨，号宝意，浙江会稽（今绍兴）人。雍正八年（1730）进士，改庶吉士，散馆授编修，累官至云南元江知府。有《质园诗集》。诋娸（qī）：毁谤，丑化。

〔一〇〕仲烛庭：即仲蕴檠，字小海，一字烛亭，浙江钱塘（今杭州）人，岁贡生。《随园诗话》卷十三："杭州仲蕴檠，字烛亭，与余同庚。雍正癸丑（按，即雍正十一年，1733），两人初学为诗，彼此吟成，便携袖中，冒雨欣赏。后余官白下，而烛亭亦就幕江南，常得把晤。岁辛卯（按，即乾隆三十六年，1771），相见苏州，怪其消瘦，不类平时壮佼；然意致尚豪，犹令小妻出拜，尚无子。亡何，讣至。”吹毛索瘢（bān）：吹开皮上的毛，寻找疤痕。比喻故意挑剔别人的缺点、差错。

〔一一〕矜慎：严谨慎重。

〔一二〕风运：风气，时势。

〔一三〕穷经：极力钻研经籍。时文：旧时对科举应试文体的通称。

〔一四〕一群之貉（hé）：犹一丘之貉。

〔一五〕韩、柳、欧、曾：分别指韩愈、柳宗元、欧阳修、曾巩。

〔一六〕鼎峙：犹言鼎立、并峙。

〔一七〕形而上者谓之道，形而下者谓之器：语出《周易·系辞上》。

〔一八〕作者之谓圣，述者之谓明：语出《礼记·乐记》。作，创新。述，传承。

〔一九〕许慎：字叔重，汝南召陵（今河南漯河）人，东汉经学家、文字学家，著有《五经异义》《说文解字》等。康成：即东汉末年经学大师郑玄，康成其字。

〔二〇〕非：责怪，反对。

〔二一〕“后周黎广从崔司徒受字学”句：《周书·黎景熙传》：“其从祖（黎）广，太武时为尚书郎，善古学。尝从吏部尚书清河崔玄伯受字义，黎又从司徒崔浩学楷篆，自是家传其法。季明（按，黎景熙字季明）亦传习之，颇与许氏（按，即许慎）有异。”

〔二二〕三国虞翻驳正康成一百六十事：虞翻（164—233），字仲翔，会稽余姚（今属浙江）人，三国时期东吴学者，精通《易》学，兼通医术。《三国志·吴书·虞翻传》裴松之注引《翻别传》，言虞翻认为“（郑）玄所注五经，违义尤甚者百六十七事，不可不正”。

〔二三〕“孔融以父礼事康成”句：郊天，即祭天。麟鼓郊天，以鹿皮鼓为祭天器物。孔融讥笑郑玄麟鼓郊天之说，见其《与诸卿书》：“郑康成多臆说，人见其名学，谓有所出也。证案大较，要在《五经》四部书。如非此文，近为妄矣。若子所执，以为郊天鼓必以麒麟之皮也，写《孝经》本当曾子家策乎？”

〔二四〕王辅嗣詈康成为老奴：《太平广记》卷三百一十七：“王弼注《易》，辄笑郑玄为儒，云：‘老奴无意。’于时夜分，忽闻外阁有著屐声，须臾便进，自云郑玄，责之曰：‘君年少，何以轻穿凿文句，而妄讥诋老子也。’极有忿色，言竟便退。弼恶之，后遇疠而卒。”王辅嗣，即三国曹魏经学家、哲学家王弼，辅嗣其字。

〔二五〕周、孔、程、朱：分别指周公、孔子，以及北宋理学家程颢、程颐兄弟与南宋理学家朱熹。訾（zǐ）：指责。郑、马：指东汉经学家郑玄、马融。诋：诋毁。

〔二六〕刘贡父笑欧九不读书之说：刘贡父，即北宋史学家刘攽，贡父其字。欧九，即欧阳修。南宋祝穆《古今事文类聚·别集》卷一：“刘原父敞在词掖，有立马挥九制之才。……尝私谓所亲曰：‘好个欧九，极有文章，但可惜不甚读书耳。’”刘原父即刘攽之兄刘敞，原父其字。袁枚此处将兄弟二人混淆。

〔二七〕公是先生：刘敞的别号。

〔二八〕二典、三谟：分别指《尚书》中的《尧典》《舜典》以及《大禹谟》《皋陶谟》《益稷》。韵学：这里是诗学的意思。

〔二九〕卷轴：典籍、书画的泛称。

〔三〇〕韩《与李翊》、柳《与韦中立》两书：即韩愈《与李翊书》、柳宗元《答韦中立论师道书》。

〔三一〕朱石君侍郎：即朱珪（1731—1807），字石君，号南崖，晚号盘陀老人，顺天大兴（今北京市大兴区）人。乾隆十三年（1738）进士，改庶吉士，授编修，历官福建粮驿道，福建、湖北、山西按察使，山西布政使、礼部侍郎，安徽、广东巡抚，都察院左都御史，兵部、吏部、户部尚书，嘉庆七年（1802）八月授协办大学士，加太子少保，八年（1803）兼翰林院掌院学士，九年（1804）晋太子太傅，十年（1805）正月迁体仁阁大学士，卒赠太傅，谥文正。袁枚写作此信时，朱珪任礼部右侍郎，故称朱石君侍郎。

〔三二〕目：纲目，条目。俳词偶语：对偶骈俪的词句。靡曼：纤弱柔美，引申为轻艳卑弱。优孟衣冠：典出《史记·滑稽列传》，比喻假扮古人或模仿他人，后也指登场演戏。摩：模仿。八家：即唐宋八大家。饾饤（dòu dìng）：堆砌。率易：轻率，随便。边幅：这里指作品内容的广度。钩章棘句：形容文辞艰涩。文：掩饰。

〔三三〕征书数典：引用典籍，列举典故。

〔三四〕篆、隶：篆书和隶书。

〔三五〕质：询问。

卷　四

答皖江裴二知抚军[一]

十月中旬，武闱毕后，蒙中丞鸣驺枉顾，小住烟罗；降卿月之光辉，照幽栖之小草，兼之留连茶话，披阅图书，有依依不忍去之意[二]。枚伏读《唐缺史》，载中书舍人路群之高淡，给事中卢宏正之富贵，雪中相过，所服不同，所役使不同，而两意相忘，交好特甚，时人两美之[三]。中丞昔日来园，颇有前贤光景，求之今日，少此高风。

接手书，命题《昨非图》卷子。伏念中丞，贵人也，而画中角巾芒履[四]，水竹松云，高淡乃尔。古称“谢太傅功高百辟，心在一丘”[五]，“范希文身为经略，白发忧边，犹眷眷于圭峰山下之读书处”[六]。大概用世之才愈大者，其出世之心愈深。《尚书》所谓“臣罔以宠利居成功”是也[七]。中丞见解如斯，将来晚节弥香，尤可预决。

第枚更有陈者。图名“昨非”，二字似本诸渊明《归去来辞》[八]。渊明晋室小臣，与公身分不合，拟改“退思”二字，则庶几乎古大臣“进思尽忠，退思补过”之义[九]，而廊庙江湖出处之道，皆一以贯之矣。未知中丞其以为然否？卷中未题一字，似特空之以待枚为前马者[一〇]。许温太真作第一流[一一]，未免矜宠太过，然而操觚亦愈觉难矣[一二]，奈何？

注释

〔一〕皖江裴二知抚军：即裴宗锡（1711—1779），字默堂，号二知、午桥，山西曲沃人。历任青州知府、直隶按察使、安徽巡抚、云南巡抚、贵州巡抚等。抚军，清代巡抚的别称。裴宗锡于乾隆三十五年（1770）七月至四十年（1775）五月间任安徽巡抚。此信或写于乾隆三十五年（1770）。

〔二〕武闱：武举科考。中丞：清代巡抚的别称，这里指裴宗锡。鸣驺（zōu）：古代随从显贵出行并传呼喝道的骑卒。枉顾：称对方来访的敬辞。卿月：月亮的美称，亦借指百官。

〔三〕“枚伏读《唐缺史》”句：《唐缺史》，一般作《唐阙史》，晚唐高彦休所撰杂史。该书卷上“路舍人友卢给事”条载，中唐时中书舍人路群与给事中卢宏正性格各异，路群为人古淡，未尝言朝市，卢宏正则热衷富贵，未尝言山水，然而二人交情极深。

〔四〕角巾芒履：角巾，方巾。芒履，芒鞋。均为隐士的服饰。

〔五〕谢太傅：即东晋名相谢安。百辟：百官。心在一丘：意即有归隐之志。

〔六〕“范希文身为经略”句：范希文，即北宋名臣范仲淹，希文其字。他曾任陕西经略安抚副使，抵御西夏。圭峰山，位于今陕西西安市鄠邑区境内，系秦岭支脉，范仲淹尝在此栖游。

〔七〕臣罔以宠利居成功：语出《尚书·太甲下》，意即：臣下不要凭仗着骄宠和利禄而安居成功。

〔八〕二字似本诸渊明《归去来辞》：东晋陶渊明《归去来辞》有“知迷途其未远，觉今是而昨非”句。

〔九〕进思尽忠，退思补过：语出《左传·宣公十二年》。

〔一〇〕前马：犹前驱。

〔一一〕许温太真作第一流：《世说新语·品藻》：“世论温太真是过江第二流之高者。时名辈共说人物第一将尽之间，温常失色。”温太真，即东晋名将温峤，太真其字。

〔一二〕操觚：写文章。袁枚辑《续同人集·文类》卷二所收裴宗锡《答随园先生书》，称袁枚尝为《退思图》“撰序一篇，诗一首”。今《小仓山房文集》卷十一有《裴中丞退思图序》，诗则未见于《小仓山房诗集》。

与沈归愚宗伯〔一〕

客岁在苏，见尚书神明矍铄，如日方中，既慰同谱私心，又庆人伦瑞事〔二〕。赐和七律二章，香熏锦裹，什袭藏之，将与白下紫金山同不磨矣〔三〕。

启者，敝乡人沈方舟诗，才力高迈，绝近少陵〔四〕。近有谋刊其遗稿者，无从得窥全豹。读大集有《方舟诗序》，知为尚书素所推奖之人。序中称其稿藏张少弋家，未识张君何处人，家于何方。乞详示之，以便往觅。

昔李穆堂先生云〔五〕："凡能拾人遗文残稿，而代存之者，其功德与哺弃儿、葬枯骨相同。"枚爱其罕譬雅切，言尤沉痛，时时诵之。倘方舟灵爽不泯，得尚书发其覆，而因以大显于时，岂非缒深井之珠，而升之于白昼之庭乎〔六〕！望即示覆。

注释

〔一〕沈归愚宗伯：即沈德潜。此信作于乾隆二十九年（1764）。

〔二〕客岁在苏：客岁，犹去年。乾隆二十八年（1763）夏，袁枚与沈德潜在苏州会面，并有诗歌往来。同谱：即通谱。异性人相约为兄弟，俗称换帖。

〔三〕什袭：把物品重重叠叠包裹起来。白下：南京的别称。紫金山：南京城东山名，又名钟山。

〔四〕启者：旧时书信中开始陈述的套语。沈方舟：即沈用济，原名渼，字方舟，浙江钱塘（今杭州）人。少陵：即杜甫。

〔五〕李穆堂：即清初理学名臣李绂，穆堂其号。

〔六〕灵爽：指神明、精气。缒（zhuì）：这里是用绳索拴住往上拉的意思。

寄嵇黼庭相国〔一〕

枚常谓物性即人性也，草木萌芽，难忘情于故土；人生发轫，多回首于恩门〔二〕。枚设帐公家，才逾弱冠，两年之内，一举京兆，再捷南宫；报信者皆叩公之门，驾喜者多履公之闼〔三〕。重重光景，恍在目前。而公相望之深，相扶之切，尤想见梁补阙与陆侍郎一番古谊〔四〕。习凿齿向桓宣武云："使当时不遇明公，则不过一荆州老从事耳。"〔五〕枚有味乎其言，故前赋送行五古四章，一往情深，言由衷出，非皮傅语也〔六〕。蒙公奖许过当，愧不敢当。

闻受之世讲，以翰林谕德在上书房行走〔七〕。此日巾韛侍讲，作帝室之先生；当年辟咡牵衣，是童蒙之弟子〔八〕。渊源追溯，房、魏功业，未尝非文中子之光荣〔九〕。蒙题《随园雅集图》，先之以近体，继之以古风，深得古人一唱三叹之旨。云笺墨渖，尽作金光，当什袭藏之，永为珍宝〔一〇〕。札中有称名过拙之虑，不知白也、微之，古朋友敌体以下，时时称焉〔一一〕！而况公以两朝元老称小子后生乎？未免虑非所宜，谦之过当。

注释

〔一〕嵇黼（fǔ）庭相国：即嵇璜（1711—1794），字尚佐，一字黼庭，晚号拙修，江苏无锡人。雍正八年（1730）进士，历任日讲起居注官、翰林院侍读学士、通政司副使、都察院右佥都御史、吏部右侍郎、礼部尚书等职。卒赠太子太师，谥文恭。

〔二〕发轫：出发，后喻指事物的开端。恩门：犹师门。

〔三〕设帐：开馆执教。京兆：京都。这里指应顺天府乡试。南宫：古称尚书省。这里指应礼部考试。闼（tà）：夹室，寝室左右的小屋。

〔四〕梁补阙与陆侍郎一番古谊：梁补阙，即中唐古文名家梁肃，因其尝任左补阙，故称。陆侍郎，即中唐政治家、文学家陆贽，因其尝任中书侍郎，故称。唐德宗贞元八年（792），梁肃协助陆贽主持科举考试，推举韩愈、欧阳詹等登第。袁枚自乾隆元年（1736）秋博学鸿词试落榜后，不得不漂泊京城，四处讨生活。至乾隆三年（1738）春，乃在嵇璜家坐馆，饮食起居皆获安定，遂得苦练时文应考。嵇璜又赠金为袁枚捐顺天府监生，使袁枚获得参加顺天乡试的资格。该年秋，袁枚考中举人，翌年春考中进士。这里将嵇璜对自己的恩情，比作梁肃、陆贽对韩愈等人的恩情。

〔五〕“习凿齿向桓宣武云”句：《世说新语·文学》：“习凿齿史才不常，宣武甚器之，未三十，便用为荆州治中。凿齿谢笺亦云：‘不遇明公，荆州老从事耳！’”习凿齿（328—412），字彦威，襄阳人，东晋史学家、文学家。桓宣武，即东晋名将桓温，因其谥号宣武，故称。

〔六〕皮傅：以肤浅的言词牵强附会。

〔七〕受之世讲：即嵇璜长子嵇承谦（1732—1784），字受之，号晴轩，江苏无锡人。乾隆二十六年（1761）进士，选翰林院庶吉士，授编修，仕至翰林院侍读。世讲，两姓子孙世世有共同讲学的情谊。上书房：清代皇子读书之处。

〔八〕巾韛（bài）：巾帻与单衣，为士人的盛服。侍讲：给皇帝或太子讲学。辟咡（pì èr）：交谈时侧着头，不使口气触及对方，以示尊敬。

〔九〕房、魏：即初唐名臣房玄龄、魏徵。文中子：即隋朝思想家、教育家王通，号文中子。后世附会房玄龄、魏徵为王通弟子。

〔一〇〕墨渖（shěn）：墨汁。什（shí）袭：原指把物品一层层地包起来，后形容珍重地收藏。

〔一一〕“白也、微之”句：白也，指李白。杜甫《春日忆李白》：“白也诗无敌。”微之，指中唐诗人元稹，微之其字。李、元二人分别与杜甫、白居易友善，且齐名并称。敌体，处在相等的地位。

与蒋戟门观察〔一〕

前日笙歌罢后，特许抠衣金屋，平视朱姬〔二〕。虽上手明珠，有意夸张于坐客，而判花法眼，原宜共赏于知音。拜见之下，果然靡颜腻理〔三〕，淑质艳光，可为观察得人贺矣。

别来半月，南衙花草〔四〕，被风吹开，想牡丹芍药，与玉女争妍，必更盛于往岁。闻尊纪司访春之事者，主人付线一条，长四尺八寸，先量美人身材，必须如许长，而后再端相于眉目〔五〕。人皆笑观察太拘，仆心窃是之。考诸经史，《诗》称“硕人颀颀”〔六〕，《骚》称“长眉连蜷”〔七〕，汉冯伉为子娶长妻〔八〕，晋武帝称卫瓘女有五美〔九〕。长而白，其一也。可见论美人者，贵长忌短，自古皆然。

第鄙意以为宜娉婷夭袅，不宜挺立森森，如束长竿耳〔一〇〕。况观察具曹交之体，虽鞭之长，必及马腹〔一一〕。倘对井跰跹，其能无绠短汲深之虑哉〔一二〕？算法家有量天之尺，观察家有测美之丝，付之白朴青箱，而作典故用矣〔一三〕。仆亦新有所获，公如暇，可来谛视之〔一四〕。元载所宠薛瑶英，除却杨炎，不许见也〔一五〕。

注释

〔一〕蒋戟门观察：即蒋锡棨。明清称道员为观察。

〔二〕抠衣：提裳而行，多表示敬谨。平视：两眼平着向前看。典出《三国志·魏书·王卫二刘傅传》裴松之注引《典略》：“（刘）桢辞旨巧妙皆如是，由是特为诸公子所亲爱。其后太子（按，即曹丕）尝请诸文学，酒酣坐欢，命夫人甄氏出拜。坐中众人咸伏，而桢独平视。”

〔三〕靡颜腻理：语出《楚辞·招魂》，谓容貌妍丽，肌理细腻。

〔四〕南衙：即衙门。

〔五〕尊纪：犹尊仆。端相：审视，细看。

〔六〕硕人颀颀：语出《诗经·卫风·硕人》：“硕人其颀。”硕人，高大的人，指美人。颀，修长貌。

〔七〕《骚》称“长眉连蜷（quán）”：《骚》，即《楚辞》。该书多次提及“娥眉”“蛾眉”，意即细长而弯曲的双眉。连蜷，长曲貌。

〔八〕汉冯伉为子娶长妻：《后汉书·伏侯宋蔡冯赵牟伟列传》载，冯勤祖父冯偃身高不满七尺，恐子孙似之，乃为子冯伉娶身材高大的妻子。此处袁枚将冯偃误记为冯伉。

〔九〕晋武帝称卫瓘女有五美：《晋书·列传第一·后妃上》载，晋武帝司马炎欲为太子娶卫瓘女，贾充妻郭槐贿赂皇后左右，使皇后劝说司马炎纳贾充之女为太子妃，司马炎表示：“卫公女有五可，贾公女有五不可。卫家种贤而多子，美而长白；贾家种妒而少子，丑而短黑。”

〔一〇〕娉（pīng）婷夭袅：形容姿态美好。森森：高耸的样子。

〔一一〕“具曹交之体”句：这里是说美人虽然身材高挑，也比不上你蒋观察高。曹交之体，比喻身材高大。《孟子·告子下》：“曹交问曰：‘人皆可以为尧舜，有诸？’孟子曰：‘然。’‘交闻文王十尺，汤九尺，今交九尺四寸以长，食粟而已，如何则可？’”“虽鞭之长，必及马腹”，语出《左传·宣公十五年》，意即：马鞭虽然很长，也不应该打在马肚子上。后比喻力所不及。这里反用其意。

〔一二〕跰跹（bèng xiān）：行不正的样子。绠（gěng）短汲深：用短绳系桶，去汲取深井里的水。这里指人太高了，就会有绠短汲深的顾虑。

〔一三〕量天之尺：即圭表，古代测日影的仪器，俗称量天尺。测美之丝：《清稗类钞·物品类》：“乾隆朝，蒋戟门观察家多姬侍，袁子才至其家，辄许作刘桢之平视。蒋精于选艳，环肥燕瘦，无美不臻，每夸示子才，自谓独具判花法眼。戟门每买妾，先以线量其身，线长四尺八寸，必先有线之长，乃始端详其眉目，谓之测美丝。”白朴：指白居易所撰制诏程式书。元稹《酬乐天余思不尽加为六韵之作》自注云：“乐天于翰林中书，取书诏批答词等，撰为程式，禁中号曰白朴。每有新入学士求访，宝重过于《六典》也。”青箱：指传家的史学。《宋书·王准之传》：“曾祖彪之……博闻多识，练悉朝仪，自是家世相传，并谙江左旧事，缄之青箱，世人谓之‘王氏青箱学’。”

〔一四〕谛视：仔细审视。

〔一五〕“元载所宠薛瑶英”句：元载，字公辅，凤翔岐山（今陕西岐山）人，唐代宗时曾任宰相。杨炎，字公南，凤翔天兴（今陕西凤翔）人，唐德宗时曾任宰相。唐苏鹗《杜阳杂编》卷上载，元载有宠妾薛瑶英，仙姿玉质，肌香体轻。杨炎与元载交好，故往往得见瑶英歌舞。

寄张有虔先生〔一〕

枚七岁入学〔二〕，受业史玉瓒师〔三〕，得识先生。尔时孩提之童，或背书不熟，畏受师嗔；或督课谨严，觊觎客至〔四〕。每见先生飘然而来，则善气迎人，不特满堂弟子，皆执化人之袪〔五〕；而史师亦释躁平矜，顷刻有沂水春风之乐矣〔六〕！枚年十二，又与先生同入泮宫，释奠则辟咡相招，赴试则抠衣逐后，此种光景未隔前生〔七〕。第五十余年，道路暌违，未通芳讯〔八〕。

去年扫墓武林，自笑丁令威化鹤还乡，城郭虽是，人民已非〔九〕。同学生徒，零落殆尽；而先生巍然独存，神明聪强，齿牙如故，口不服散，手不持筇，言笑宴宴，逸趣横生〔一〇〕。先生其汉文时之西河窦公耶〔一一〕？抑亦隋开皇时之神仙孙思邈耶〔一二〕？方知博大真人，却弥戾之车，走和神之国〔一三〕。其天全，其德厚，真阴阳所不能戕，气数所不能囿也〔一四〕。彼嵇康、郭璞终日论养生，讲仙术，而反以夭其生，宁足步先生之后尘哉〔一五〕？

枚钦挹之忱，不能缕述，谨赋五律二十四韵，书之扇头，托令甥卢抱经学士代为寄上〔一六〕。仍求视作当时童子，加教诲焉。

注释

〔一〕张有虔：袁枚《随园诗话》卷九："杭州张有虔先生，年九十三，皇上钦赐举人。余自幼蒙提携，故求其诗，不得。"此信或作于乾隆三十六年（1771）。

〔二〕入学：旧指生徒或童生经考试录取后，进府、州、县学读书。

〔三〕受业史玉瓒（zàn）师：即袁枚幼年时的老师史中，字玉瓒。

〔四〕觊觎（jì yú）：希望得到不该拥有的东西。

〔五〕执化人之袪（mèi）：语出《列子·周穆王》："王执化人之袪，腾而上者，中天乃止。"化人，有道术或幻术之人。执袪，拉住衣袖。

〔六〕释躁平矜：犹言收起怒容。沂水春风之乐：《论语·先进》："暮春者，春服既成，冠者五六人，童子六七人，浴乎沂，风乎舞雩，咏而归。"

〔七〕泮（pàn）宫：古代的国家高等学校。释奠：古代在学校设置酒食以奠祭先圣先师的一种典礼。辟呭：见本卷《寄嵇黼庭相国》注〔八〕。抠衣：提起衣服前襟。古人迎趋时的动作，表示恭敬。

〔八〕第：但是。睽（kuí）违：分隔。芳讯：对亲友音问的美称。

〔九〕武林：杭州的别称。丁令威化鹤还乡：东晋陶渊明《搜神后记》卷一载丁令威学道成仙后，化作白鹤返回家乡。这里用以表达物是人非之感。

〔一〇〕神明：人的精神和智慧。散（sǎn）：药粉。筇（qióng）：手杖。言笑宴宴：语出《诗经·卫风·氓》，意即说说笑笑，和柔温顺。

〔一一〕汉文时之西河窦公：唐张怀瓘《书断》卷上："汉文帝时，秦博士伏胜献《古文尚书》，时又有魏文侯乐人窦公，年二百八十岁，献古文《乐书》一篇。"

〔一二〕开皇：隋文帝年号（581—600）。孙思邈：京兆华原（今陕西省铜川市耀州区）人，唐代名医、道士，被后人尊为“药王”。

〔一三〕博大真人：语出《庄子·天下》：“虽未至于极，关尹、老聃乎，古之博大真人哉！”弥戾之车：佛教语，原意为言语不分明者，引申指顽愚卑贱、憎恶佛法之种族。和神之国：传说中的国名，见唐牛僧孺《玄怪录》卷三“古元之”条。

〔一四〕戕（qiāng）：伤害。囿（yòu）：局限，限制。

〔一五〕“彼嵇康”句：嵇康崇尚老庄，讲求养生服食之道，并有《养生论》传世。郭璞通晓五行、天文、卜筮之术，号称能禳除灾祸、通达玄机。二人均因故被杀，死于非命。

〔一六〕钦挹（yì）：钦佩，推崇。忱：情意。缕述：详细陈述，逐条叙述。谨赋五律二十四韵：袁枚《小仓山房诗集》卷二十二有《喜晤张有虔先生，却寄二十四韵》，即此诗。卢抱经学士：即卢文弨。

与金匮令〔一〕

蒋心余来〔二〕，道足下办全姑事，大杀风景。案定后，闻其仍归陈某〔三〕，复加拘杖，并弛其袒衣而亲临观之〔四〕，必使玉碎花残而后已。嘻，异哉！此岂仁人君子之所为哉？

夫见貌而相悦者，人之情也。当文王化行南国时，犹有“有女怀春，吉士诱之”之事〔五〕。至春秋时，凡列国诸侯大夫妻，其弃位而姣者，指不胜屈〔六〕。以南子之宣淫，而孔子犹往见之〔七〕；以七子之母改嫁，而孟子以为亲之过小〔八〕。可见孔、孟圣贤，于男女情欲之感，不甚诛求〔九〕。且全姑与陈某，身被官刑之后，犹能冒死相从，殊有观过知仁、从一而终之义〔一〇〕。方谓足下将旌之以徇于国，而乃加之僇辱，不已谬乎〔一一〕？

律文“非亲属不许捉奸”，所以维风化而杜刁风也〔一二〕。今全姑事初告发者起于邻里，再禀闻者由于差役〔一三〕，皆非亲属应捉之人，不过索诈不遂，分赃不匀故耳。足下不为佳人之仁君，而为恶棍之傀儡〔一四〕，是诚何心哉！须知男女越礼之罪小，棍役刁诈之罪大〔一五〕。足下重其所轻，轻其所重，不特无恻隐之心，兼且无是非之心矣。

推足下之意，不过因全姑有美名，陈某有富名，故摧折之，表自己之严正。不知为民父母，而有意避嫌求名，势必至于绅士吞声，乡愚攘臂，是非颠倒，有何底止〔一六〕！夫西施虽美，虎豹见之而必伤；陶朱虽富〔一七〕，豺狼遇之而必害。虎豹豺狼不可谓之严正也。焚琴煮鹤〔一八〕，好恶拂人之性〔一九〕，三尺童子皆知羞之，而足下以此求名，名于何有？

仆明知成事不说，既往不咎，而无如闻不慊心，事如骨鲠在喉，必吐之而后快〔二〇〕。故因心余再来，而发愤一道。

注释

〔一〕金匮（guì）令：清雍正四年（1726），由于江苏无锡县人口繁多，遂分之为无锡、金匮两县，西部为无锡县，东部为金匮县，二者共享一个县城。令，县令。袁枚《子不语》卷十六《全姑》可与此信对读，且叙述原委更为明晰。

〔二〕蒋心余：即蒋士铨。

〔三〕归：古代称女子出嫁。

〔四〕衵（yì）衣：贴身穿的内衣。

〔五〕“当文王化行南国时”句：“有女怀春，吉士诱之”，语出《诗经·召南·野有死麕》。《毛诗序》：“野有死麕，恶无礼也。天下大乱，强暴相陵，遂成淫风。被文王之化，虽当乱世，犹恶无礼也。”

〔六〕弃位而姣（xiáo）：不恪守妇道本分而放荡淫乱。指不胜屈：扳着手指头数也数不过来，形容很多。

〔七〕“以南子之宣淫”句：南子（？—前481），春秋后期宋国公主，嫁卫灵公为夫人，史称其生性淫乱，尝与宋国公子朝私通。《论语·雍也》：“子见南子，子路不说。孔子矢之曰：‘予所否者，天厌之！’”

〔八〕“以七子之母改嫁”句：《毛诗序》认为《诗经·邶风·凯

风》的创作宗旨与背景是“美孝子也。卫之淫风流行，虽有七子之母，犹不能安其室。故美七子能尽其孝道，以慰母心，而成其志尔”。《孟子·告子下》评价说：“《凯风》，亲之过小者也。”

〔九〕诛求：这里是苛责的意思。

〔一〇〕观过知仁：《论语·里仁》：“人之过也，各于其党，观过，斯知仁矣。”

〔一一〕旌：表扬。徇（xùn）：对众宣示。僇（lù）辱：这里是侮辱的意思。

〔一二〕律文：法律条文。杜：杜绝。

〔一三〕禀（bǐng）闻：得知下级报告。

〔一四〕傀儡（kuǐ lěi）：木偶，比喻受人操纵的人。

〔一五〕棍：坏人，恶棍。役：即差役，旧称在官府中当差的人。

〔一六〕乡愚：乡下没知识的人。攘（rǎng）臂：捋起衣袖，伸出胳膊，形容激奋的样子。底止：终止。

〔一七〕陶朱：即范蠡，字少伯，春秋后期楚国宛地三户（今河南淅川）人。《史记·货殖列传》载其助勾践兴越国，灭吴国，功成名就后急流勇退，化名姓为鸱夷子皮，遨游江湖。后居于定陶（今山东菏泽），期间三次经商成巨富，自号陶朱公。

〔一八〕焚琴煮鹤：比喻随意糟蹋美好的事物。

〔一九〕好恶拂人之性：语出《礼记·大学》：“好人之所恶，恶人之所好，是谓拂人之性，菑必逮夫身。”意即：喜欢众人所厌恶的，厌恶众人所喜欢的，这是违背人的本性，灾难必定要落到自己身上。

〔二〇〕成事不说，既往不咎：语出《论语·八佾》：“成事不说，遂事不谏，既往不咎。”意即：已经做了的事不便再解释了，已经完成的事不便再挽救了，已经过去的事不便再追究了。无如：无奈。慊（qiàn）心：快意，满意。

与周新之孝廉

驾在省时，握别匆匆，不及具一餐为雅寿，此心缺然。蒙为小女执柯，转述金圃少司空之意〔一〕，肯与贫士为婚，特命公子同来，作韩姞相攸故事[二]。感司空之高风古谊，对公子之玉质金相，得托丝萝[三]，岂非至幸！

奈此事不敢不禀命于家慈，而家慈又往往决之于日者[四]。昨将两家八字，托梅某合之。据云："男命荣贵，合裘文达公格局，惟嫌与小女辰戌一冲，不甚配合。"[五]仆素不信日者言，而家慈老人见解，未免狐疑。谨将所批五行节略，呈上省览。

仆承司空垂青如此，感不能忘。明岁八驺莅省时，意欲仿《北齐书》所称干阿奶故事，将小女寄司空膝下，依卿月之末光，作琐琐之姻娅[六]。改媳为女，辟咡无嫌；易舅为爷，称名愈昵[七]。未知司空其许之否？乞足下婉致此语，并道山人感德陈情，别无余语。惟学赵孟垂陇之役，赋《隰桑》之卒章焉[八]。

注释

〔一〕执柯：语出《诗经·豳风·伐柯》："伐柯如何？匪斧不克。取妻如何？匪媒不得。"后以"执柯"指作媒。金圃少司空：即谢墉（1719—1795），字昆城，号金圃，晚号西髯，浙江嘉善人。乾隆十七年（1752）进士，改庶吉士，授编修。迁工部侍郎，复调礼部、吏部，两任江南学政。少司空，即工部侍郎的别称。谢墉于乾隆三十八年（1773）五月迁工部右侍郎，八月改工部左侍郎，四十三年（1778）正月改礼部左侍郎。其间又于乾隆三十九年（1774）九月至四十二年（1777）八月任江南学政。

〔二〕韩姞（jí）相攸：语出《诗经·大雅·韩奕》："为韩姞相攸，莫如韩乐。"韩姞，姞姓，嫁韩侯为妻，故称。相攸，观察合适的地方，后称择婿为相攸。

〔三〕玉质金相：语出《诗经·大雅·棫朴》："追琢其章，金玉其相。"这里比喻人品好。丝萝：即兔丝和女萝，是两种蔓生植物，古人以二者茎蔓互相牵缠来比喻男女结成婚姻。

〔四〕家慈：在别人面前对自己母亲的谦称。日者：以占卜为业的人。

〔五〕裘文达公：即裘曰修。曰修卒于乾隆三十八年（1773），谥文达。辰戌一冲：南宋徐大升《渊海子平·女命总断歌》：“有辰休见戌，有戌休见辰，辰戌若相见，必是淫贱人。”

〔六〕八驺（zōu）：古代贵族高官出行时，前有八名驺卒喝道。干阿奶：典出《北齐书·列传第四十二》：“（穆）提婆母陆令萱尝配入掖庭，后主襁褓之中，令其鞠养，谓之干阿妳，遂大为胡后所昵爱。”妳，同“奶”。琐琐之姻娅：语出《诗经·小雅·节南山》：“琐琐姻亚，则无膴仕。”后泛指有婚姻关系的亲戚。

〔七〕辟咡：见本卷《寄嵇黼庭相国》注〔八〕。舅：丈夫的父亲。爷：古指父亲。

〔八〕“赵孟垂陇之役”句：《左传·襄公二十七年》载，郑简公在垂陇设享礼招待晋国正卿赵武，其间有七位郑国大夫赋诗助兴，子产并为赋《诗经·小雅》中的《隰（xí）桑》篇。赵孟，春秋时期晋国赵氏历代宗主的尊称，这里指赵武。

送臬使胡云坡升少司寇入都〔一〕

阅邸抄，知明公以观察之衔，迁爽鸠之职〔二〕。在三吴士民〔三〕，沐恩有素，能无作交州之留士燮〔四〕，河内之借寇恂乎〔五〕？然天子以为使一省无冤，何如使四海无冤？故超阶躐等而用公，尤见圣人之立贤无方，而公之诚能格天，至于如斯之盛也〔六〕。惟是吴中为四方词人学士过从之所，必得当官显赫者，扶大雅之轮〔七〕，开招贤之馆，而士气为之一申。自商丘宋冢宰以来〔八〕，风流歇绝，将六七十年；得公继之，峨峨多士，近悦远来，如龙鱼之趋大壑，一旦远离，将使揆景占星者，漠然无所归向〔九〕。

枚每过胥门，读汤文正公遗爱绰楔，有“民不能忘”四字，为之留连踯躅，想见其为人，不觉涕下沾巾而不忍去〔一〇〕。今又增公为三矣。且喜明刑之职，通于弼教，《皋陶》一谟，不言五刑而反序九德〔一一〕，岂非以钧金束矢之事小，而浚明有家之任重乎〔一二〕？直温宽栗〔一三〕，非公其谁兼之！记在署中命题陈眉公画梅〔一四〕，似非此君善本。山中藏其画梅十二幅，寄上表意，且使一路香风，送公北上，预祝他年调羹之瑞云〔一五〕。

注释

〔一〕臬使胡云坡升少司寇：胡云坡，即胡季堂（1729—1800），字升夫，号云坡，河南光山人。历任刑部员外郎、甘肃庆阳知府、甘肃按察使、江苏按察使、刑部侍郎、刑部尚书、山东巡抚、兵部尚书、直隶总督等职。卒赠太子太傅衔，谥庄敏。臬使，即按察使。少司寇，刑部侍郎的别称。乾隆三十九年（1774）七月，江苏按察使胡季堂被擢升为刑部右侍郎，十二月改刑部左侍郎。该信应即写于此时。

〔二〕爽鸠：即爽鸠氏。传说为上古时期少皞氏的司寇，后借指掌刑狱之官。清代按察使掌管一省之刑法，故以爽鸠指代之。

〔三〕三吴：古以吴兴、吴郡、会稽三郡合称三吴，后泛指长江下游一带。

〔四〕士燮：（137—226），字威彦，苍梧广信（今广西梧州）人。其先为鲁国汶阳人，新莽时移居交州（辖域包括今广西、广东以及越南北部、中部一带），后成为当地豪族。汉灵帝中平四年（187）任交趾太守，由此割据交州约四十年。

〔五〕河内之借寇恂：寇恂字子翼，上谷郡昌平县人。东汉光武帝平定河内（今河南北部一带）后，邓禹推荐寇恂镇守河内。

〔六〕超阶躐（liè）等：这里指越级擢升。立贤无方：语出《孟子·离娄下》，意即：树立贤才，不论他来自哪里。格天：感通于天。

〔七〕扶大雅之轮：指主持风雅教化之事。

〔八〕宋冢宰：即清初文坛领袖之一宋荦（1634—1714），字牧仲，号漫堂、西陂、绵津山人，河南商丘人。顺治四年（1647）应诏以大臣子列侍卫，官至吏部尚书。冢宰，吏部尚书的别称。

〔九〕峨峨：这里指仪容端庄盛美。多士：众多的贤士。近悦远来：语出《论语·子路》：“近者说，远者来。”意即：使近处的人高兴，远处的人来归附。大壑：语出《庄子·天地》：“大壑之为物也，注焉而不满，酌焉而不竭。”揆景（kuí yǐng）占星：这里指仰慕风采。

〔一〇〕胥门：城门名，今江苏苏州城西门。汤文正公：即清初理学名臣汤斌，卒谥文正。遗爱：留于后世而被人追怀的德行、恩惠、贡献等。绰楔（chuò xiē）：明清官署牌坊。汤斌于康熙二十三年（1684）六月至二十五年（1686）二月间任江宁巡抚，其间对苏州颇有惠政。逝世后，苏州百姓在胥门一带修建石牌坊纪念他，上写“民不能忘”四字。踯躅（zhí zhú）：徘徊不前。

〔一一〕弼教：辅佐教化。“《皋陶（yáo）》一谟”句：据《尚书·皋陶谟》，行有九德，即栗、立、恭、敬、毅、温、廉、塞、义之德。

〔一二〕钧金束矢：《周礼·秋官·大司寇》：“以两造禁民讼，入束矢于朝，然后听之。以两剂禁民狱，入钧金，三日乃致于朝，然后听之。”钧金，铜三十斤。束矢，箭一束。古代诉讼双方向官府交的物品，金者取其坚，矢者取其直。断案后，胜者官府还其金、矢，败者则金、矢没入官府。浚明有家：语出《尚书·皋陶谟》：“日宣三德，夙夜浚明有家。”浚明，治理清明。有家，指卿大夫。

〔一三〕直温宽栗：语出《尚书·舜典》：“宽而栗……直而温。”正直而温和、宽大而严肃的意思。

〔一四〕陈眉公：即陈继儒（1558—1639），字仲醇，号眉公，又号麋公，南直隶华亭（今上海市松江区）人。有《陈眉公全集》等。

〔一五〕调羹：语出《尚书·说命下》：“若作和羹，尔惟盐梅。”比喻治理国家政事。

答云坡大司寇〔一〕

六月中，匆厓广文归，接手书，并见怀诗一章、《扈从纪事》诗十二首，皆自操不律，挥写烟云〔二〕。蓬门之下，钟、王与李、杜齐来〔三〕，真何幸也！

伏念诗人“穷而后工”之说〔四〕，原为衰世之言。古人若唐、虞之皋、夔，成、周之周、召，何尝不以高华篇什，传播千秋〔五〕？然而彼皆扬拜于殿廷，未有流传于草野者。公独垂念风人〔六〕，殷殷赐教。《见怀》云“一生知己惟元老，半世栖迟为寿萱”〔七〕，则枚所以闲居之故了然矣！“每上燕台向南望，最关情处是随园”，则纡尊降贵、千里神交之意惓然矣〔八〕！《从围》云“一望灯光列星斗，始知身在五云边”，想见待漏晨趋、月傍九霄之光景〔九〕。“策马上山寻别路，忽闻绝壑响松涛”，想见热处冷行，不争冲要之识力〔一〇〕。至于“才过残月又新月，几度排班看打围”，则又明写湛露龙光、昼日三接之恩荣焉〔一一〕。少陵“直道心源”〔一二〕，摩诘“诗中有画”〔一三〕，非公其谁兼之？

命枚和作，则断不敢，何也？虫吟鸟语，本不足以答遥响于钧天，而况目之所未瞻，身之所未到，勉强为之，有如茅檐曝背，高话金銮〔一四〕。虽溺爱如公，有不笑其牙牙学语，婢作夫人者乎？钦挹之心有余，步趋之力不足，特修书谢教，并申雍也不敏之忱〔一五〕。

注释

〔一〕云坡大司寇：即胡季堂。大司寇，刑部尚书的别称。乾隆四十四年（1779）四月，胡季堂由刑部左侍郎迁刑部尚书，嘉庆三年（1798）正月改直隶总督。

〔二〕勿厓：袁枚《小仓山房（续）文集》卷二十八有《胡勿厓时文序》，或即此胡勿厓。广文：明清时学校教官称广文。扈（hù）从：随侍皇帝出巡。不律：笔。

〔三〕钟、王与李、杜：分别指魏晋书法家钟繇、王羲之，以及盛唐诗人李白、杜甫。

〔四〕穷而后工：语出北宋欧阳修《梅圣俞诗集序》：“然则非诗之能穷人，殆穷者而后工也。”意即诗人越是穷困不得志，诗就写得越好。

〔五〕唐、虞之皋、夔：分别指唐尧、虞舜时期的贤臣皋陶与乐官夔。周、召：即西周初年的王公大臣周公与召公。篇什：《诗经》的《雅》《颂》以十篇为一什，后即以篇什指诗篇。

〔六〕风人：古代传说中到地方上采集民歌以观民风的官员，亦可指诗人。

〔七〕萱：这里是母亲的代称。

〔八〕燕台：史称战国中期燕昭王筑黄金台，以招纳天下贤士，故址在今河北易县东南。因台在今北京及其周边的河北北部一带，故又可作为这一地区的代称。纡（yū）尊降贵：地位高的人降低身分俯就。惓然：恳切诚挚貌。

〔九〕五云：五色祥云。待漏：百官清晨入朝，等待朝拜天子。漏，古代计时器。九霄：天的极高处。

〔一〇〕冲要：这里指重要官职。

〔一一〕打围：打猎。因须多人合围，故称。湛露：本为《诗经·小雅》篇名。《左传·文公四年》："昔诸侯朝正于王，王宴乐之，于是乎赋《湛露》。则天子当阳，诸侯用命也。"后即以湛露比喻君主之恩泽。龙光：语出《诗经·小雅·蓼萧》："既见君子，为龙为光。"这里指皇帝给予的恩宠、荣光。龙，通"宠"。昼日三接：语出《周易·晋卦》："康侯用锡马蕃庶，昼日三接。"意即一日之间三次接见，形容深受宠爱礼遇。

〔一二〕少陵：即杜甫。直道心源：语出唐元稹《酬孝甫见赠十首》之二："杜甫天材颇绝伦，每寻诗卷似情亲。怜渠直道当时语，不著心源傍古人。"意即直接运用当时的新鲜语言，不刻意模仿古人。

〔一三〕摩诘（jié）：即盛唐诗人王维，摩诘其字。诗中有画：语出北宋苏轼《书摩诘〈蓝关烟雨图〉》："味摩诘之诗，诗中有画；观摩诘之画，画中有诗。"

〔一四〕钧天：天的中央，上古传说中天帝居住的地方。茅檐曝（pù）背：在茅屋屋檐下晒太阳。高话金銮：高谈阔论帝王的生活起居。

〔一五〕钦挹（yì）：钦佩推崇。步趋：步步紧跟，引申为追随。雍也不敏：语出《论语·颜渊》："仲弓问仁。子曰：'出门如见大宾，使民如承大祭。己所不欲，勿施于人。在邦无怨，在家无怨。'仲弓曰：'雍虽不敏，请事斯语矣！'"仲弓，即孔子弟子冉雍，仲弓其字。不敏，迟钝。

答姚小坡尚书〔一〕

使者来，接手书，并缟纻四端〔二〕。伏念枚山人也，着芰荷之衣足矣〔三〕。一旦三英耀体，将使为“彼其之子”乎〔四〕？或公念所呈骈体数篇，略工组织，有锦摛霞驳之观，故以是赏之，而使无绮语之悔耶〔五〕？

札中问《道古堂文集》与星斋孰优〔六〕。星斋先生集未付梓〔七〕，枚无由得见。《道古堂集》则通行翻撷，其博引繁称处，自具气力〔八〕。惜记序之文，失之容易；序事之文，过于冗杂，全无提挈剪裁〔九〕。要知良史之才，不是酰酱油盐〔一〇〕，照账誊录也。集中如梁少师、齐侍郎两墓志，此是何等题目，乃铺述一鹿肉、一苹果，如市贾列单，令人齿冷〔一一〕！岂不知君恩所系，有赐必书。然果属卑官寒士，则尚方之一缕一蹄〔一二〕，自当详载；而三品以上大臣，则宜取其大者、远者而书之，琐碎事端，概从删节，此文章一定之体例也。不然，如韩、欧集中，所作诸名臣碑版，岂当时天子不赏赐一物者乎〔一三〕？而何以绝不记载乎？

近日考据家为古文，往往不晓此义，十人九病，堇莆、谢山〔一四〕，皆所不免。惟方望溪力能矫之〔一五〕，而又苦于才力太薄，读者索然。公文章功业，是当代李赞皇一流，将来《一品集》成，必有超乎诸君子者〔一六〕。故先论及之，而又拭目俟之。

注释

〔一〕姚小坡尚书：即姚立德（？—1783），字次功，号小坡，浙江仁和（今杭州）人。以荫生授主事，乾隆十二年（1747）外授江宁通判，历知景州、定州，大名、泰安、济南府，擢运河道、淮徐道、山东按察使，署河东河道总督，三十九年（1774）春实授。乾隆四十四年（1778），河南仪封河决，命夺官，仍留工效力自赎。四十五年（1779），责令回籍。旋发往南河，补淮安里河同知，卒于官。姚立德于乾隆三十九年（1774）正月实授东河总督，加兵部尚书衔，故袁枚以尚书称之。

〔二〕缟纻：见卷一《与胡书巢》注〔二〕。端：匹。

〔三〕芰（jì）荷之衣：语出屈原《离骚》："制芰荷以为衣兮，集芙蓉以为裳。"芰荷，菱叶与荷叶。

〔四〕彼其之子：语出《诗经·王风·扬之水》《郑风·羔裘》《魏风·汾沮洳》《唐风·椒聊》《曹风·候人》诸篇。

〔五〕锦摛（chī）霞驳：唐陆龟蒙《读〈襄阳耆旧传〉，因作五百言寄皮袭美，再抒鄙怀》："发论若霞驳，裁诗如锦摛。"摛，舒展，散布。驳，斑驳。绮语之悔：梁武帝《答菩提树颂手敕》："但所言国美，皆非事实，不无绮语过也。"绮语，佛教指涉及闺门、爱欲等华艳辞藻及一切杂秽语。

〔六〕《道古堂文集》：杭世骏文集名。星斋：即陈兆仑（1700—1771），字星斋，号句山，浙江钱塘（今杭州）人。

〔七〕付梓：刊行。

〔八〕翻撷（xié）：翻检。博引繁称：即旁征博引。

〔九〕提挈（qiè）：带领，统率。

〔一〇〕醯（xī）：醋。

〔一一〕梁少师、齐侍郎两墓志：指杭世骏《道古堂文集》卷四十一所收《梁文庄公墓志铭》与《礼部侍郎齐公墓志铭》，分别为梁诗正、齐召南而作。市贾（gǔ）：市场中的商人。齿冷：露齿笑人，久之觉冷，极言讥笑嘲讽之甚。

〔一二〕尚方：本指古代制造帝王所用器物的官署，后泛称为宫廷置办、掌管饮食器物的官署、部门。

〔一三〕韩、欧：即韩愈、欧阳修。碑版：碑碣上刻的志传文字。

〔一四〕堇（jǐn）蒲：即杭世骏（1695—1773），字大宗，号堇浦，浙江仁和（今杭州）人。乾隆元年（1736）举博学鸿词，授编修，以直言获罪夺官。晚年主讲广州越秀书院、扬州安定书院。谢山：即全祖望（1705—1755），字绍衣，号谢山，浙江鄞县（今宁波）人。乾隆元年（1736）进士，入翰林院庶吉士，因不附权贵，于次年辞官归里。

〔一五〕方望溪：即方苞（1668—1749），字灵皋，一字凤九，号望溪，安徽桐城人。康熙四十五年（1706）进士，五十五年（1716）以戴名世案牵连下狱，获释后充武英殿修书总裁，迁内阁学士，擢礼部侍郎，后以事革。

〔一六〕李赞皇：即晚唐名相李德裕，因其为赵郡赞皇（今属河北）人，故称。《一品集》：即李德裕别集《会昌一品集》。

答钱东麓少司寇〔一〕

接手书，知前寄挽章，业已收到。伏念太傅文端公〔二〕，望重三朝。丙子春间，枚路出嘉兴〔三〕，修后进之礼。蒙国士之知，异目相看，倾衿相接〔四〕，至今感不能忘。

今年闻委化之信〔五〕，凡在士林，靡不异声同叹。枚因老母在堂，不获越疆而吊，敬赋四诗，自抒哀悃〔六〕。有如木坏山颓，而寒蛩幽咽，何足以美盛德之形容〔七〕？乃蒙明公略云泥之分，加奖谢之词，皆由乐善有家风，仁孝有本性，以故鲰生之一字一联，必为之嘘扬曲诱于靡已〔八〕。古有在灵前诵《蓼莪》之篇，代仁王之忏者，殆即明公奖许之意乎〔九〕？枚闻《礼》有悬壶代哭之文〔一〇〕，所以优贵也。公官二品，已在古诸侯、卿大夫上矣，年过五十，又有不毁之戒，似宜节哀自爱，以仰副圣主见知、苍生属望之意，此又太傅在九原所深以枚言为可采者〔一一〕。

注释

〔一〕钱东麓少司寇：即钱汝诚（1722—1779），字立之，号东麓，浙江嘉兴人。以文学知名，兼工画。少司寇，刑部侍郎的别称。钱汝诚于乾隆四十一年（1776）六月署刑部右侍郎，四十二年（1777）十月实授。

〔二〕太傅文端公：即钱汝诚之父钱陈群（1686—1774），字主敬，浙江嘉兴人。康熙六十年（1721）进士，改庶吉士，授编修。官至刑部侍郎，卒赠太傅，谥文端。有《香树斋集》等。

〔三〕丙子春间，枚路出嘉兴：丙子，即乾隆二十一年（1756）。该年三月，袁枚由江宁赴杭州扫墓，路经嘉兴，往访钱陈群。

〔四〕倾衿相接：推诚相待。

〔五〕委化之信：指乾隆三十九年（1774）正月初七钱陈群逝世的消息。

〔六〕越疆而吊：语出《礼记·檀弓下》："五十无车者，不越疆而吊人。"意即：五十岁以上而没有车子的人，不必大老远地越境去吊丧。哀悃（kǔn）：悲哀沉痛的情思。

〔七〕木坏山颓：梁木折坏，泰山崩倒，比喻德高望重的人死去。语出《礼记·檀弓上》："泰山其颓乎！梁木其坏乎！哲人其萎乎！"寒蛩（qióng）：深秋的蟋蟀，这里是袁枚自喻。美盛德之形容：语出《毛诗大序》："颂者，美盛德之形容，以其成功告于神明者也。"

〔八〕鲰（zōu）生：浅薄愚陋的人，这里是袁枚自谦之词。嘘扬曲诱：大力鼓吹。靡已：不停。

〔九〕《蓼莪（liǎo é）》：《诗经·小雅》篇名，抒发孝子不能终养父母之哀情。仁王：佛教徒对佛的尊称。

〔一〇〕《礼》有悬壶代哭之文：《礼记·丧大记》："君丧，虞人出木角，狄人出壶，雍人出鼎，司马县之，乃官代哭。"意即：办国君的丧事，由虞人提供烧火的木柴和舀水的勺子，狄人提供壶漏，雍人提供烧水的鼎，司马亲临视察壶漏的安置，然后安排官员轮流值班代哭。

〔一一〕不毁之戒：《礼记·曲礼上》："居丧之礼，毁瘠不形，视听不衰。……不胜丧，乃比于不慈不孝。五十不致毁，六十不毁，七十唯衰麻在身，饮酒食肉，处于内。"意即：居丧之礼，允许由于悲伤而消瘦，但不至于形销骨立，视力和听力不可衰退。……如果悲伤过度坏了身体而不能承担丧事，那就等于不慈不孝。五十岁的人，允许因悲伤而消瘦，但不可过分。六十岁的人，可以不因悲伤而消瘦。七十岁的人，只须披麻带孝就行，可以饮酒吃肉，可以住在自己的居室内。九原：犹九泉、黄泉。

答伊簏也侍郎〔一〕

接手书，知前呈《小仓山房外集》一部，明公赐教未终，被定圃尚书取去〔二〕。不意樗栎之材〔三〕，方呈身于大匠；而《巴人》之曲〔四〕，又见赏于知音。既入耳以自矜〔五〕，复汗颜而未已。明公命补献一册，并将《全集》寄呈，尤仰见大君子好学怜才之至意。

伏念玄文覆酱〔六〕，《论语》烧薪〔七〕，古绝大文字，苟不遇其人，尚付之一吷，而况枚之雕虫篆刻〔八〕！忽遇垂青，敢不学齐女之自媒、山鸡之舞镜乎〔九〕？奈从残之集，付梓未终；而就正之心，争先为快〔一〇〕。特手书诗册一本寄上。譬尝饮食，取甘者而先献丈人〔一一〕；如鼓瑟琴，待弦调而再为晚奏。希训示。不宣〔一二〕。

注释

〔一〕伊簏（jù）也侍郎：即伊龄阿（？—1795），佟佳氏，字精一，满洲镶黄旗人。乾隆间由笔贴式补主事，官至工部右侍郎。伊龄阿多次出任侍郎一职，乾隆四十九年（1784）五月至五十一年（1786）三月间任工部右侍郎；五十一年（1786）十月授兵部右侍郎，五十三年（1788）十一月改兵部左侍郎，五十四年（1789）十月解职；五十七年（1792）正月授刑部右侍郎，九月复改兵部左侍郎，五十八年（1793）六月复改工部左侍郎。

〔二〕定圃尚书：即德保（1719—1789），字仲容，一字润亭，号定圃，索绰络氏，满洲正白旗人。乾隆二年（1737）恩科三甲进士，官至礼部尚书。卒谥文庄。德保于乾隆四十三年（1778）九月至五十四年（1789）正月间任礼部尚书。

〔三〕樗栎（chū lì）之材：樗、栎为两种树名，古人认为其质地不佳，不能成材。后以之比喻才能低下，亦用作自谦之辞。

〔四〕《巴人》之曲：原指战国时楚国民间流行的歌曲，后用以比喻通俗音乐或文艺。

〔五〕自矜：自负，自夸。

〔六〕玄文覆酱：语出《汉书·扬雄传》："今学者有禄利，然尚不能明《易》，又如《玄》何？吾恐后人用覆酱瓿也。"意即把高深的著作拿去盖酱罐。玄文，深奥的文字。酱，即酱瓿，盛放酱的罐子。

〔七〕《论语》烧薪：《北史·列传第六十九·儒林上》载，北魏学者陈奇注《孝经》《论语》，为士大夫所称道。秘书省官员游雅与陈奇谈论《诗经》《尚书》等，观点每每相悖，游雅恼羞成怒，最后发展到当众侮辱陈奇，并焚烧陈奇注本《论语》。陈奇得知后对游雅说："公贵人，不乏樵薪，何乃燃奇《论语》？"

〔八〕呋（jué）：骂。雕虫篆刻：虫指虫书，刻指刻符，比喻词章小技。

〔九〕齐女之自媒：语出《管子·形势》："自媒之女，丑而不信。"自媒，女子自择配偶。山鸡之舞镜：南朝宋刘敬叔《异苑》卷三："山鸡爱其毛羽，映水则舞。魏武时，南方献之，帝欲其鸣舞无由。公子苍舒令置大镜其前，鸡鉴形而舞，不知止。"山鸡对镜起舞，比喻自我欣赏。

〔一〇〕丛残：琐碎，零乱。就正：请求指导纠正。

〔一一〕丈人：古时对老年男子的尊称。

〔一二〕不宣：不一一细说。旧时书信末尾常用此语。

答陕西抚军毕秋帆先生〔一〕

公大魁天下〔二〕，名声若日。枚在蒋用庵侍御〔三〕、熊蔗泉观察处〔四〕，时时得闻公之言论风采，以为德福兼隆，是北宋王沂公再生〔五〕。随闻持节西秦，作召公之分陕，所以体国经野者，愈盘错则愈从容，尤征古大臣之识最〔六〕。枚爱而不见，中心殷殷；又自分山泽之癯，瞻观星斗〔七〕。虽钦迟仰止，发于秉夷，而高高在上者，未必知人间之有此畸士也〔八〕。以故一札之投，亦不敢轻溷典签之听〔九〕。不料明公加先施之恩〔一〇〕，行后进之礼。严侍读归〔一一〕，赐以手札，惠以羊裘，意外之恩，从空飞下。

伏念古之元勋硕德，好与文士往来者，莫如裴晋公之于白乐天〔一二〕，千古传为美谈。然其时彼此仕于同朝，又同居洛下〔一三〕，交好易亲故也。若枚与公，则科名前后相乖二十年，道路睽违又相隔三千里，公独能纡尊降贵，有意其存之，岂非下士怜才〔一四〕，更高出古人万万哉！布帛之言，业已不衣而自暖；羔羊之咏，又复着体以生温〔一五〕。感激之忱，真庾子山所谓“鳌戴三山，深知其重”者矣〔一六〕！

寄来尹文端公诗集十二卷，命为校雠，将板而行之〔一七〕，真盛德事。喜枚处亦尚有尹公残稿，合一并寄呈。序用六朝骈体者〔一八〕，从尹公平日所好故也。临启不胜依驰。

注释

〔一〕陕西抚军毕秋帆先生：即毕沅（1730—1797），字纕蘅，一字秋帆，自号灵岩山人，江苏镇洋（今太仓）人。乾隆二十五年（1760）状元，授翰林院编修，三十年（1765）升翰林院侍读学士，三十一年（1766）迁左庶子，历官甘肃巩秦阶道、陕西按察使、陕西布政使、陕西巡抚、河南巡抚、山东巡抚、湖广总督。嘉庆元年（1796）授二等轻车都尉世职，二年（1797）七月病死于湖南辰州军营中。卒赠太子太保。嘉庆四年（1799），因和珅案牵连，被褫夺世职，籍没家产。陕西抚军，即陕西巡抚。毕沅于乾隆三十八年（1773）正月授陕西巡抚，四十四年（1779）十二月丁忧，四十五年（1780）十月仍署陕西巡抚，四十八年（1783）正月实授，五十年（1785）二月改河南巡抚。此信应作于乾隆四十二年（1777）。

〔二〕大魁：科举考试殿试一甲第一名称大魁，即状元。

〔三〕蒋用庵侍御：即蒋和宁（1709—1786），字用安，一字榕庵、畊叔，号耦渔，江苏阳湖（今常州）人。袁枚房师蒋溥之子。乾隆十七年（1752）恩科进士，改庶吉士，散馆授翰林院编修，充方略馆、武英殿纂修官，改湖广道监察御史，充贵州乡试正考官。壮年辞官，以奖掖后辈为任。侍御，唐代称殿中侍御史、监察御史为侍御，后世因沿袭此称。

〔四〕熊蔗泉观察：即熊学骥，字蔗泉，江西南昌籍，江苏江宁（今南京）人。乾隆十五年（1750）举人，官至湖南督粮道。有《研雨斋集》等。观察，清代道员的别称。

〔五〕王沂公：即北宋名相王曾，因其受封沂国公，故称。

〔六〕持节西秦：这里指赴陕西为官。召公之分陕：西周初年以陕原（今河南三门峡市西）为界，"自陕而东者，周公主之；自陕而西者，召公主之"（《春秋公羊传·隐公五年》）。毕沅时任陕西巡抚，故以召公比拟之。体国经野：语出《周礼·天官·序官》："惟王建国，辨方正位，体国经野。"泛指治理国家。盘错：盘曲交错。

〔七〕爱而不见：语出《诗经·邶风·静女》。中心：犹心中。殷殷：形容恳切、殷切。分（fèn）：料想。癯（qú）：清瘦，一般多形容清贫的知识分子。

〔八〕钦迟：敬仰。秉夷：即秉彝，执守天之常道。畸士：奇特之士。

〔九〕典签：掌文书的小吏。

〔一〇〕先施：语出《礼记·中庸》："所求乎朋友，先施之。"指先行拜访或馈赠礼物。

〔一一〕严侍读：即严长明。他于乾隆三十六年（1771）擢侍读，后在毕沅帐下为幕客。

〔一二〕裴晋公：即中唐名相裴度，因其受封晋国公，故称。白乐天：即白居易，乐天其字。

〔一三〕洛下：即洛阳。

〔一四〕下士：谦恭地对待贤士。

〔一五〕布帛之言：语出《荀子·荣辱》："故与人善言，暖于布帛；伤人之言，深于矛戟。"羔羊之咏：指《诗经·召南·羔羊》，古人多认为其意在赞美官员的纯正之德。

〔一六〕庾子山：即南北朝文学家庾信，子山其字。鳌戴三山，深知其重：语出庾信《谢赵王赉犀带等启》。

〔一七〕"寄来尹文端公诗集十二卷"句：尹文端公，即尹继善。乾隆四十二年（1777）春，毕沅致书袁枚，嘱其校订尹继善诗集，以待付梓。

〔一八〕序用六朝骈体者：《小仓山房外集》卷三有《尹文端公诗集序》，以骈文撰成。

寄庆雨林都统〔一〕

久不接芳讯，想将军拥百万貔貅，故忘却山中猿鹤耶〔二〕？世兄以风流儒雅之身，当万里长城之任，绛、灌之武，随、陆之文，兼而有之〔三〕。不知玉帐牙旗中，猎罢归来，添几许铙歌边唱〔四〕。侧身东望，能不依依！

别来十有五年矣，戊年七月，新娶钟姬，忽生一子，一时戚友，争为欢喜，道此事与程鱼门得翰林相同〔五〕。六十衰翁，学为人父，幺豚暮鹳，相对逌然〔六〕。追忆当时望我有后者，先慈而外，惟文端夫子关切尤深，孰知皆不及于生前亲见之〔七〕。以故汤饼筵开，不觉一则以喜，一则以悲也〔八〕。

假我数年〔九〕，古稀将届，精神毛发，逐渐颓侵。惟“临水登山，寻花问柳”八字，一息尚存，双眸如故。前年挈姬人子女，小住西湖，渡江至禹穴、兰亭而返；秋间又过太湖，游石公、飘渺诸峰〔一〇〕，均有题咏。明年将为天台、雁宕之行〔一一〕。学如不及，犹恐失之，世兄闻之，得毋怜其衰而羡其达乎〔一二〕？

更奇者，前年与六世兄相聚三日，送回京师；去年与三世兄相聚三日，送往楚南〔一三〕。此皆前世灵山会上未了因缘故也〔一四〕。未知世兄一样通家，苍苍者其许引此例否〔一五〕？俗人要寿，图享浮世繁华；君子贪生，只望良朋聚会。世兄多情胜我，必同此缠绵焉。

注释

〔一〕庆雨林都统：即庆霖。清代设八旗都统，为旗的最高长官，职掌一旗的户口、生产、教养和训练等。此信写于乾隆四十六年（1781）。

〔二〕貔貅（pí xiū）：传说中的猛兽，后常指代军队。猿鹤：比喻隐士，这里是作者自喻。

〔三〕绛、灌：指西汉初年绛侯周勃与大将军灌婴。随、陆：指西汉初年名臣随何与陆贾。

〔四〕玉帐：征战时主将所居军帐。牙旗：主将、主帅所树大旗。铙（náo）歌：泛指军歌。

〔五〕“戌年七月”句：乾隆四十三年（1778）七月二十三日，袁枚妾钟氏诞下一子，取名袁迟。程鱼门得翰林：程鱼门，即程晋芳。他于乾隆三十六年（1771）四十四岁时方得中进士，后授翰林院编修。

〔六〕么（yāo）豚暮鸐（dí）：么，同“幺”，排行最小的。豚，猪。鸐，山雉，野鸡。这里袁枚以么豚指代幼子袁迟，暮鸐指代自己。逌（yōu）然：笑的样子。

〔七〕“先慈而外”句：先慈即袁枚母章氏，文端夫子即尹继善。二人分别卒于乾隆四十三年（1778）二月与三十六年（1771）四月，未及见到袁迟出生。

〔八〕汤饼筵：旧俗生儿三日设筵招待亲友，称“汤饼筵”。一则以喜，一则以悲：语出《论语·里仁》：“父母之年，不可不知也，一则以喜，一则以惧。”

〔九〕假我数年：语出《论语·述而》：“子曰：‘加我数年，五十以学《易》，可以无大过矣。’”再给我几年时间的意思。

〔一〇〕“前年挈姬人子女”句：乾隆四十四年（1779）正月，袁枚携家眷南下杭州，先寓西湖德生庵，后转寓陈庄，清明后又往游绍兴，历禹穴、兰亭等景，四月启程返江宁；八月又应徐维行兄弟之邀，往游苏州西洞庭山，历缥缈峰、林屋洞、伍子胥墓、石公山、消夏湾等景，九月乃归随园。

〔一一〕明年将为天台、雁宕之行：即乾隆四十七年（1782）正月至四月间袁枚出游天台山、雁荡山之行。

〔一二〕学如不及，犹恐失之：语出《论语·泰伯》，意即：做学问好像追逐什么似的，生怕赶不上；赶上了，还生怕丢掉了。达：通达，放达。

〔一三〕“前年与六世兄相聚三日”句：六世兄指庆兰，三世兄指庆玉。袁枚与庆兰在江宁相聚三日，事在乾隆四十四年（1779）五月。乾隆四十五年（1780）七月，庆玉将赴湖南按察使任，过随园与袁枚话别。

〔一四〕灵山：即传说中的佛陀说法之地灵鹫山。

〔一五〕通家：指彼此世代交谊深厚，如同一家。苍苍者：犹苍天、上苍。

谢树斋将军寄灰鼠裘〔一〕

客冬腊底〔二〕，两接手书，其一附和诗来，其一附灰鼠裘来。嘻，异矣！诗如云璈水瑟，可听而又可歌；裘如天外飞鸿，可望而不可即。《礼》有云：“赐衣服者，服以拜赐。”〔三〕仆意欲披裘之后，作札拜嘉，以故迟迟作答。

不料一年以来，心望未灰，鼠飞不至，真乃“万古云霄一羽毛”矣〔四〕！推原其故，将军以裘交六郎，六郎以裘交鱼门，鱼门以裘交张某，张乃楚材，受裘后不知何往〔五〕。故人情厚，鄙人福薄。想缘仆一毛未拔，而朋友先施，天故不许其消受耶〔六〕？抑山人野客，只可荷芰为衣〔七〕，而此服奇温，服之不称故耶？灰鼠有灵，定当笑我。

虽然，暖于身者，不如暖于心也。《书》曰：“享多仪，仪不及物。”〔八〕《传》曰：“三军之士，皆如挟纩。”〔九〕将军之仪已到矣，仆之纩已挟矣，又何必区区以物为哉？感谢之忱，较收到者而更深也。

闻所居塔尔巴哈，乃古大宛博望侯所到之处〔一〇〕，无三里之城，有万年之雪，男儿至此，壮哉行乎！喜尊眷同行，则春风已度玉门关矣〔一一〕。边笳塞火，收入奚囊；烹羊炮羔，定多新咏〔一二〕。唐人诗云："行过安西三万里〔一三〕，夕阳依旧向西倾。"将军得句，定当似之。

家慈今年九十一岁，耳目起居，聪强如故。仆亦周花甲矣。二月诣吴门，学康对山自寿，集名妓百人，作《百年歌》，好事者从而附益之，虽不满其数，亦得十之二三焉。从邓尉、洞庭探梅，并到平山堂下，留连两月，仍归白门〔一四〕。着手皆春〔一五〕，无花不赏，附告将军，有以知其老而兴在也。以二万里之鳞鸿，通四十年之交谊，为之纸、为之墨者，亦当怃然〔一六〕。

注释

〔一〕树斋将军：即庆桂。此信写于乾隆四十年（1775），庆桂时任塔尔巴哈台参赞大臣，负责塔尔巴哈台地区（驻地塔尔巴哈台城，简称塔城，在今新疆西北部）的驻防、巡边、屯田诸务。

〔二〕客冬腊底：去年冬天十二月底。

〔三〕"《礼》有云"句：《礼记·玉藻》："君赐车马，乘以拜赐；衣服，服以拜赐；君未有命，弗敢即乘服也。"意即：国君赐给臣下车马，臣下除了当时拜受外，第二天还要乘着所赐车马再去拜谢；国君赐给臣下衣服，臣下除了当时拜受外，第二天还要穿上所赐衣服再去拜谢。对于国君所赐的车马和衣服，在行过再拜礼之后，如果国君没有再下达可以乘、穿的命令，臣下就不敢乘、穿，只能收藏起来。

〔四〕万古云霄一羽毛：语出唐杜甫《咏怀古迹》第五首。

〔五〕六郎：即庆兰。因其为尹继善第六子，故称。鱼门：即程晋芳。楚材：语出《左传·襄公二十六年》："虽楚有材，晋实用之。"

〔六〕朋友先施：见本卷《答陕西抚军毕秋帆先生》注〔一〇〕。

〔七〕荷芰为衣：见本卷《答姚小坡尚书》注〔三〕。

〔八〕享多仪，仪不及物：语出《尚书·洛诰》："享多仪，仪不及物，惟曰不享。"意即：享礼注重礼节，假如礼节赶不上礼物，应该叫做不享。

〔九〕三军之士，皆如挟纩（kuàng）：语出《左传·宣公十二年》："王巡三军，拊而勉之。三军之士，皆如挟纩。"意即：楚庄王巡视三军，安抚慰勉士兵们，三军的战士感到温暖，都好像披上了丝棉一样。

〔一〇〕大宛（yuān）：古国名，在今中亚费尔干纳盆地一带，为张骞通西域所到之处。望侯：即张骞。元朔六年（前123），张骞以击匈奴立功，汉武帝取“博广瞻望”之意，封其为博望侯。

〔一一〕春风已度玉门关：语本唐王之涣《凉州词》“春风不度玉门关”而反用其意。

〔一二〕笳：古管乐器名。奚囊：典出唐李商隐《李长吉小传》：“（李贺）每旦日出，与诸公游，恒从小奚奴，骑距驴，背一古破锦囊，遇有所得，即书投囊中。”炮（páo）：将东西放在火中或带火的灰里煨熟。

〔一三〕安西：唐代设安西都护府，辖今新疆与中亚地区。

〔一四〕“二月诣吴门”句：康对山，即康海（1475—1540），字德涵，号对山、沜东渔父，陕西武功人。弘治十五年（1502）状元，明代文学史上的“前七子”之一。尝于六十寿辰时举办百妓宴。乾隆四十年（1775）二月，袁枚前往苏州，先赴邓尉山赏梅，又游太湖洞庭山；至三月二日六十寿辰，欲效法康海，集苏州名妓百人作会，而终未如其数；三月三十日过扬州，尝与金兆燕等十八人在平山堂送春，分体赋诗；至四月，乃归随园。

〔一五〕着手皆春：语出唐司空图《诗品·自然》。

〔一六〕鳞鸿：书信的代称。怃（wǔ）然：怅然失意貌。

答陶悔轩方伯〔一〕

枚素不喜某公，而执事盛称之云：“官至方面，起居寒素，可以为法。”〔二〕枚尤不以为然。

夫君子务其大者、远者，小人务其小者、近者。某公官尊矣，任重矣，果能察吏安民，则虽服食之间小有华美，亦何伤于素位而行之义〔三〕？若徒淡泊其身，偷窃名誉，而于属吏之贪婪，傔从之骚扰，耳塞无闻，则又安用此不食之陈仲子哉〔四〕？

昔文王好色，而孔子美之；卫灵好色，而孔子讥之〔五〕。汾阳奢华，而史册是之〔六〕；元载奢华，而史册非之〔七〕。同事异责，其故何欤？亦不过辨之于大小远近而已矣。

且俭为美德，以之律己犹可，以之观人，则往往受惑。公孙弘之布衣〔八〕，卢杞之恶食〔九〕，皆借此以欺武帝、德宗，而天下国家，因之凋敝，此亦色取仁而行违之明验也〔一〇〕。前明海刚峰，自是廉吏，然史载其为操江时，买舟过江，水手只许用十五名；及至中流，船阁滩上，势不能行，然后遣人渡水雇夫，州县受累，而己亦翻然惭悔〔一一〕。此皆好名已甚，而不察物理人情之过也。

若夫穷鬼之祖，自古有之。史载嵩阳子为高辛氏之儿，性好敝衣恶食，正月晦日，死于穷巷。彼固前生乞丐，误生圣天子之家者也。

就使彼公真廉，亦不过嵩阳子之后身耳，而况其未必真耶！且俟察其所安〔一二〕，再为论定。曾子曰："十目所视，十手所指。"〔一三〕不必待盖棺也。

注释

〔一〕陶悔轩方伯：即陶易（1714—1778），字经初，号悔轩，山东文登（今威海市文登区）人。乾隆九年（1744）举人，乾隆四十一年（1776）升任江苏布政使。方伯，这里指江宁布政使，陶易于乾隆四十一年（1776）三月至四十三年（1778）九月间担任此职。

〔二〕方面：执掌一方军政职权的官员，明清时指地方政府长官。起居寒素：饮食起居还持守着寒素家风。法：模范。

〔三〕素位而行：安于现在所处的地位，努力做好应该做的事。

〔四〕属吏：下属官吏。傔（qiàn）从：侍从，仆役。不食之陈仲子：见卷二《答鱼门》注〔一九〕。

〔五〕卫灵好色，而孔子讥之：《史记·孔子世家》载卫灵公请孔子同游，与夫人南子同车，使孔子为次乘，招摇过市。对此，孔子说："吾未见好德如好色者也。"

〔六〕汾阳奢华，而史册是之：汾阳，即唐代名将郭子仪，因其受封汾阳郡王，故称。郭子仪豪奢侈靡，但功盖一代，史书对他持肯定态度。

〔七〕元载奢华，而史册非之：元载，字公辅，凤翔岐山（今陕西岐山）人。曾协助唐代宗铲除宦官李辅国和鱼朝恩，从而深得宠信。因贪财专权，逐渐引起唐代宗厌恶，后全家坐罪赐死。史书对他持否定态度。

〔八〕公孙弘之布衣：公孙弘，名弘，字季，齐地菑川（今山东寿光南纪台乡）人。汉武帝时期，公孙弘被征为博士，擢为三公之首，封平津侯。先后担任左内史、御史大夫、丞相之职。《史记·平津侯主父列传》载其为人节俭，"盖布被，食不重肉"。

〔九〕卢杞之恶食：卢杞，字子良，滑州灵昌（今河南滑县）人。《新唐书》载其不以恶衣恶食为耻，但为人阴险狡诈，做宰相时党同伐异，排斥忠良。

〔一〇〕武帝、德宗：即汉武帝、唐德宗。色取仁而行违：语出《论语·颜渊》，意即：表面上似乎爱好仁德，实际行为却与之相违背。

〔一一〕海刚峰：即明朝著名清官海瑞，刚峰其号。阁（gē）：搁浅。渡水雇（gù）夫：渡江去对岸雇佣船夫。

〔一二〕察其所安：语出《论语·为政》，意即：了解他安于什么，不安于什么。

〔一三〕"曾子曰"句：《礼记·大学》："曾子曰：'十目所视，十手所指，其严乎？'"意即：十只眼睛看着，十只手指着，这难道不令人畏惧吗？

与苏州孔南溪太守〔一〕

仆老矣，三生杜牧〔二〕，万念俱空。只花月因缘，犹有狂奴故态。今春六十生辰，仿康对山故事，集女校书百人，唱《百年歌》，作雅会〔三〕。买舟治下，欲为寻春之举，而吴宫花草，半属虚名，接席衔杯，了无当意〔四〕。惟有金三姊者，含睇宜笑，故是矫矫于庸中，遂同探梅邓尉而别〔五〕。

刻下接萧娘一纸，道为他事牵引，就鞫黄堂，将有月缺花残之恨〔六〕。其一切颠末，自有令甲，凭公以惠文冠弹治之〔七〕，非仆所敢与闻。但念小妮子蕉叶有心，虽知卷雨；而杨枝无力，只好随风。偶茵溷之误投〔八〕，遂穷民而无告。管敬仲女闾三百，生此厉阶〔九〕。似乎君家宣圣复生，亦当在少者怀之之例，而必不以杖叩其胫也〔一〇〕。且此辈南迎北送，何路不通？何不听请于有力者之家，而必远求数千里外之空山一叟？可想见夫子之门墙，壁立万仞，而非仆不足以替花请命耶〔一一〕？元微之诗云："寄语东风好抬举，夜来曾有凤凰栖。"〔一二〕敬为明公诵之。

注释

〔一〕苏州孔南溪太守：即孔传炣（1713—1779），字振斗，号南溪，山东曲阜人。乾隆四年（1739）进士，授直隶怀安、大兴知县，迁江宁管粮同知，擢扬州知府，调任淮安、苏州，以事去职。复授淮安、苏州知府，乾隆四十年（1775）秋除苏松督粮巡道，次年擢江苏按察使，迁江宁布政使。乾隆四十四年（1779）以积劳成疾乞休，不逾月卒于家。卒后，袁枚为撰《祭孔南溪方伯文》，收入《小仓山房文集》卷二十九。此信系乾隆四十年（1775）袁枚为苏州名妓金蕊仙（即文中的"金三姊"）向孔传炣求情而作。

〔二〕三生杜牧：比喻出入歌舞繁华之地的风流才士。

〔三〕康对山：即明代文学家康海，对山其号。女校书：语出唐胡曾《赠薛涛》："万里桥边女校书，枇杷花下闭门居。"薛涛为中唐蜀中名妓，时称女校书。后因以"女校书"为妓女的雅称，亦省称"校书"。

〔四〕寻春：犹言寻花问柳。吴宫花草：比喻苏州女子。

〔五〕含睇（dì）宜笑：语出屈原《九歌·山鬼》："既含睇兮又宜笑。"含睇，含情脉脉地看。宜笑，笑得自然得体。邓尉：即苏州城西南的赏梅胜地邓尉山。

〔六〕萧娘一纸：语出唐杨巨源《崔娘诗》：“风流才子多春思，肠断萧娘一纸书。”这里指金蕊仙的来信。鞫（jū）：审问犯人。黄堂：古代太守衙中的正堂。

〔七〕颠末：犹始末。令甲：即法令。惠文冠：《汉书·武五子传》“冠惠文冠”句下颜师古注引苏林曰：“治狱法冠也。”弹治：弹压处治。

〔八〕茵溷（hùn）：《梁书·列传第四十二·儒林》载，南朝齐竟陵王萧子良问范缜：“君不信因果，世间何得有富贵，何得有贫贱？”范缜答曰：“人之生譬如一树花，同发一枝，俱开一蒂，随风而堕，自有拂帘幌坠于茵席之上，自有关篱墙落于溷粪之侧。坠茵席者，殿下是也；落粪溷者，下官是也。”后以“茵溷”比喻人的不同际遇。

〔九〕管敬仲：即春秋时期齐国名相管仲，字仲，谥敬，故又称管敬仲。女闾：齐国设于宫中的淫乐场所，后以之指称妓院。厉阶：祸端。

〔一〇〕宣圣：汉平帝元始元年谥孔子为褒成宣尼公，此后历代王朝皆尊孔子为圣人，故称。少者怀之：语出《论语·公冶长》，意即让年轻人得到关怀。以杖叩其胫（jìng）：语出《论语·宪问》，意即用手杖敲打小腿。

〔一一〕夫子之门墙，壁立万仞：语出《论语·子张》：“夫子之墙数仞，不得其门而入，不见宗庙之美，百官之富，得其门者或寡矣。”花：代指金蕊仙。

〔一二〕“元微之诗云”句：唐元稹《襄阳为卢窦纪事》有句曰：“千万春风好抬举，夜来曾有凤凰栖。”

答黄生〔一〕

来书自称生平安于古，悖于时，矜矜自喜〔二〕。仆以为此妄语也。

足下亦知大圣孔子，乃古之周旋世故者乎〔三〕？《论语》称其与上大夫言，必訚訚如也〔四〕；见阳货则如其意以答，不忍面责〔五〕；樊迟必待其出，然后呵为小人〔六〕。其体贴人情，至于如此，故能察言观色〔七〕，而每到是邦，必闻其政〔八〕。夫岂肯生今反古〔九〕，而傲然自足者乎？

扬子《法言》曰：“通天地人，谓之儒；通天地而不通人，谓之伎。”〔一〇〕夫天地难通，人情易通，乃扬子之言，似贱伎而尊儒者。于此可以见学古之不足为奇，而悖时之不可为训也〔一一〕。

尝谓嵇叔夜以箕踞待来访之客〔一二〕；谢康乐出入必使三人执衣裾，四人安坐席〔一三〕。似此骄矜之状〔一四〕，不杀何为？愿足下思圣人之所以处世，而勿效名士之覆辙焉〔一五〕。

注释

〔一〕黄生：即黄之纪，又名黄允修，字星岩，江苏江宁（今南京）人。袁枚《小仓山房文集》卷十有《赠黄生序》，谓布衣黄允修客死秦中，临危，嘱其家人云：“必葬我于随园之侧。”并自题一联云：“生执一经为弟子，死营孤冢傍先生。”

〔二〕悖于时：同当下现实格格不入。矜矜：形容自得、得意的样子。

〔三〕周旋：打交道，应酬。

〔四〕与上大夫言，必訚訚（yín）如也：《论语·乡党》：“朝，与下大夫言，侃侃如也；与上大夫言，訚訚如也。”意即：上朝的时候，同下大夫说话，是温和而快乐的样子；同上大夫说话，是正直而恭敬的样子。

〔五〕见阳货则如其意以答，不忍面责：阳货，又叫阳虎，春秋后期鲁国权臣季氏的家臣。阳货与孔子的来往见《论语·阳货》。

〔六〕樊迟必待其出，然后呵为小人：樊迟即樊须，字子迟，春秋末鲁国人（一说齐国人），孔子七十二贤弟子之一，曾因向孔子问“学稼”和“学为圃”而受到孔子斥责。

〔七〕察言观色：语出《论语·颜渊》：“夫达也者，质直而好义，察言而观色，虑以下人。”意即：怎样才是达呢？品质正直，遇事讲理，善于分析别人的言语，观察别人的脸色，思想上愿意对别人退让。

〔八〕每到是邦，必闻其政：语出《论语·学而》，意即：每到一个国家，必然听得到那个国家的政事。

〔九〕生今反古：语出《礼记·中庸》："愚而好自用，贱而好自专，生乎今之世，反古之道。如此者，灾及其身者也。"所谓"生乎今之世，反古之道"，意即：在如今的时代想要推行古代的治法，最终会招致灾祸。

〔一〇〕"扬子"句：语出扬雄《法言·君子》，意即：能够贯通天地人的叫做"儒"，通天地而不能通人的只能叫"伎"。伎，同"技"，这里指有一技之长的巫觋之类。

〔一一〕不可为训：不值得效法的准则或榜样。

〔一二〕嵇叔夜：即三国曹魏名士嵇康，叔夜其字。箕踞：随意张开两腿坐着，形似簸箕，是一种轻慢的坐姿。

〔一三〕"谢康乐出入"句：谢康乐，即南朝宋文学家谢灵运，因其世袭康乐公，故称。衣裾（jū），衣襟。谢灵运此事见《宋书·五行志》："每出入，自扶接者常数人。民间谣曰'四人牵衣裾，三人捉坐席'是也。此盖不肃之咎。"

〔一四〕骄矜：骄傲专横，傲慢无礼。

〔一五〕覆辙：翻过车的道路，比喻过去失败的做法或前人失败的教训。

再答黄生〔一〕

近日海内考据之学，如云而起。足下弃平日之诗文，而从事于此，其果中心好之耶〔二〕？抑亦为习气所移，震于博雅之名，而急急焉欲冒居之也？

足下之意，以为己之诗文，业已是矣；词章之学，不过尔尔，无可用力，故舍而之他。不知"天下无难事，只怕有心人"，"天下无易事，只怕粗心人"。诗文，非易事也，一字之未协，一句之未工，往往才子文人，穷老尽气，而不能释然于怀，亦惟深造者方能知其瘢结〔三〕。子之诗文，未造古人境界，而半途弃之，岂不可惜？且考据之功，非书不可。子贫士也，势不能购尽天下之书，偶有所得，必为辽东之豕〔四〕，纵有一瓻之借〔五〕，所谓贩鼠卖蛙〔六〕，难以成家者也。昔林公语王中郎，“着腻颜帢，缔布单衣，挟《左传》逐郑康成车后，问是何物尘垢囊”〔七〕。近日考据家光景，人人皆然。危乎子之用心也，虑其似此不远也。

注释

〔一〕黄生：即黄允修。

〔二〕中心：心中。

〔三〕瘢（bān）结：比喻缺点或过失。

〔四〕辽东之豕（shǐ）：《后汉书·朱冯虞郑周列传》：“往时辽东有豕，生子白头，异而献之。行至河东，见群豕皆白，怀惭而还。”比喻少见多怪。

〔五〕一瓻（chī）之借：瓻，古代陶制酒器。古代借书人向藏书人借书时往往以一瓻酒相酬，还书时又以一瓻酒相谢，所谓“借书一瓻，还书一瓻”。

〔六〕贩鼠卖蛙：语出西汉焦延寿《焦氏易林》卷十一“姤之第四十四”：“贩鼠卖蛙，利少无谋，难以成家。”比喻获益很少。

〔七〕“林公语王中郎”句：林公，即东晋高僧支遁，字道林。王中郎，即东晋名臣王坦之。《世说新语·轻诋》载二人相互攻击，王坦之认为支道林只会诡辩，支道林则批评王坦之说：“着腻颜帢（qià），缔布单衣，挟《左传》，逐郑康成车后，问是何物尘垢囊！”意即：戴着油腻古帽，穿着布制单衣，夹着《左传》，跟在郑康成（按，即郑玄，康成其字）车子后面跑，试问这是什么尘垢口袋！

答唐静涵问坐位[一]

昨彭大司马坐朱观察之上[二]，朱大不喜，蒙寄书问孰是孰非。鄙意以为皆是也。

朱所执者，《孟子》“乡党莫如齿”一言[三]；彭所执者，《王制》“一命齿于乡里，二命齿于父族，三命而不齿”之义也[四]。彭官一品，是三命矣，于父族尚不齿，而况于乡里乎？

注释

〔一〕唐静涵：《随园诗话》卷七：“予过苏州，常寓曹家巷唐静涵家。其人有豪气，能罗致都知、录事，故尤狎就之。两家妻女无嫌，如庞公之于司马德操，不知谁为主客也。”袁枚妾方聪娘，原即为唐氏家婢。又《随园食单》载“唐鸡”“青盐甲鱼”，均为“苏州唐静涵家法”。乾隆四十一年（1776）唐氏卒，袁枚为作《哭唐静涵十二首》，收入《小仓山房诗集》卷二十五。

〔二〕彭大司马：即彭启丰（1701—1784），字翰文，号芝庭，又号香山老人，江苏长洲（今苏州）人。雍正五年（1727）状元，官至兵部尚书，晚年主讲苏州紫阳书院。有《芝庭先生集》。大司马，清代兵部尚书的别称。彭启丰于乾隆二十八年（1763）六月至三十一年（1766）十月间任此职，该信亦应写于此一时段。

〔三〕乡党莫如齿：语出《孟子·公孙丑下》：“天下有达尊三：爵一，齿一，德一。朝廷莫如爵，乡党莫如齿，辅世长民莫如德。”意即在乡里，最尊贵的是年龄。

〔四〕一命齿于乡里，二命齿于父族，三命而不齿：语出《周礼·地官·党正》，非《王制》。意即：一命的官要与乡里众宾按年龄序尊卑，二命的官要与本族众宾按年龄序尊卑，三命的官就不与众宾按年龄序尊卑了。命，官阶。周代官阶自一命至九命，一命为最低一级的官。

又

札来，责以语涉两岐，非平日直谅之素〔一〕。不知古今来，两岐语原可并行而不悖。

《世说》：郭林宗与子许、文生二人入市，文生见物必买，子许见物不买。或问林宗孰是。林宗曰："子许少欲，文生多情。"〔二〕或问杀羊于元珪大师："救者是乎，不救者是乎？"大师曰："救者慈悲，不救者解脱。"〔三〕李林甫问大觉禅师曰："肉当食耶，不当食耶？"师曰："食是相公的禄，不食是相公的福。"此皆两岐语也。贤人、佛子尚且然矣，而况鄙人乎？

不特此也，唐高宗问帝丘，窦德玄不能对，而许敬宗能之，许颇自矜。窦夷然不以为意，曰："人各有能，有不能。"时人两美之〔四〕。李涛荐扈载于李穀，穀嫌其福薄，不肯用。涛争曰："相公为造福之人，何可委诸命数？"已而载果卒。人以涛能荐士，穀能知人，亦两美之〔五〕。凡此类皆可历数，以释足下"两岐语"之疑。

注释

〔一〕直谅：正直诚信。素：向来，平素。

〔二〕"《世说》"句：子许，即卫兹（？—190），字子许，陈留襄邑（今河南睢县）人。《三国志·魏书·桓二陈徐卫卢传》裴松之注引《郭林宗传》载，卫兹弱冠时与同郡人圈文生俱称盛德，当时的名士郭泰（林宗其字）曾与二人共至集市，卫兹随价而买物，文生则必讨价还价后才出钱购买。郭泰评价二人说："子许少欲，文生多情。"后文生因贪污而名声受损，卫兹则以节烈而扬名。

〔三〕“或问杀羊于元珪大师”句：唐李吉甫《杭州径山寺大觉禅师碑铭并序》：“大师讳法钦，俗姓朱氏，吴都昆山人也。……尝有设问于大师曰：‘今传舍有二使，邮吏为封一羊。二使既闻，一人救，一人不救，罪福异之乎？’大师曰：‘救者慈悲，不救者解脱。’”

〔四〕“唐高宗问帝丘”句：《新唐书·列传第一百四十八上》载，唐高宗麟德二年（665）封禅泰山，行至濮阳，高宗问窦德玄：“此地为什么又叫帝丘？”窦德玄答不上来。许敬宗在一旁听到后，引经据典地解释，受到高宗夸赞。许敬宗下去后，洋洋得意地说：“大臣不可无学问，方才窦德玄不能答对，我都为他感到羞耻。”窦德玄知道后，不屑地说：“每个人都有自己的特长，我不强说自己不懂的东西，这就是我的特长。”

〔五〕“李涛荐扈载于李穀”句：扈载（922—957），字仲熙，幽州安次（今河北廊坊）人。五代后周广顺二年（952）状元。枢密使王朴尤重其才，推荐给宰相李穀。李穀认为扈载命薄，担心他不能胜任，长期未予任用。王朴质问李穀：“公为宰相，以进贤退不肖为职，何言命邪？”后扈载被拜为知制诰，不久即病卒，年仅三十六。时人认为李穀能知人而王朴能荐士。事见《新五代史·周臣传》，袁枚或误记。

答问诛马谡事〔一〕

来书问：同一败军之将也，秦伯犹用孟明〔二〕，孔明独诛马谡〔三〕，毕竟以何为是？仆以为二人者，皆是也。秦穆公君也，制法者也，可以称心而行；孔明臣也，奉法者也，不可以自我作主。况袭郑之举，穆公自起贪心，原与孟明无干；街亭之战，武侯原有节制〔四〕，而马谡违之。事虽同而实异，故仆亦两许之。足下得毋又笑其“两岐”乎？

注释

〔一〕马谡（190—228）：字幼常，襄阳宜城（今湖北宜城南）

人。蜀汉建兴六年（228），他违背诸葛亮作战指令，从而导致街亭失守，后被诸葛亮斩首，或曰死于狱中。

〔二〕秦伯犹用孟明：秦伯，即秦穆公（？—前621），一作秦缪公，春秋中期秦国国君，前659—前621年在位。孟明，即孟明视，姜姓，百里氏，名视，字孟明，百里奚之子。《左传·僖公三十二年》与《三十三年》载，周襄王二十四年（前628）冬晋文公逝世后，秦穆公欲趁机争夺中原霸权，派孟明视等率军远征，欲袭击郑国，因得知郑国有备而被迫撤军。翌年四月，回国途中的秦军在崤山（在今河南西部）一带遭遇晋国与姜戎联军攻击，孟明视惨败被俘。孟明视被释放回国后，秦穆公不予追究，继续重用他。

〔三〕孔明：即诸葛亮，孔明其字。

〔四〕节制：指挥管辖。

答袁清溪

见示《四书批注》，皆有卓见，可传无疑。解“惟求则非邦也与”二节〔一〕，以为即夫子之言类及之，以晓曾点〔二〕，非点再问而夫子再答也。此恰是何晏旧注〔三〕，非先生之创解。仆有数条意不满于朱子，而非古注所有者，敬质之于先生〔四〕。

“父母惟其疾之忧”〔五〕，此“其”字指父母而言，非指人子也。人能常以父母之疾为忧，则无疾时之保护，有疾时之侍奉，不言孝而孝可知，此即“一则以喜，一则以惧”之本旨也。若将“其”事指人子身上说，则转弯太多，而意义反晦。《论语》中两称“何有于我哉”，皆夫子自任之词〔六〕，非自谦之词。夫子平日以学不厌、诲不倦自居，必不忽然推避〔七〕。盖言我生平不过默而识之、学不厌、诲不倦之人耳，此外何有加于我哉？

“出则事公卿”一章〔八〕，亦即此意。若再作谦词推开讲，则是圣人生平，出不事公卿，入不事父兄，丧事不勉，且为酒困矣。虽下愚不至于此〔九〕，而谓圣人甘心居之乎？抑为此诈谦之言〔一〇〕，以欺世乎？“君子耻其言而过其行”者，君子以言过其行为耻，即“欲讷于言而敏于行”之本旨也〔一一〕，非谓行之可过也。若以行为可过，则与“过犹不及”之旨又相拂戾〔一二〕。

宋儒往往以贤人之小，测圣人之大，如“有盛馔，必变色而作”，注“敬主人之礼”足矣，加“非以其馔也”五字，然则“迅雷风烈必变”，何不云“敬天之怒，非以其雷”乎〔一三〕？“与上大夫言，訚訚如也”，注“訚訚，和悦也”，足矣，加“而诤”二字，则上大夫所言尽善，又何诤之有〔一四〕？闵子侍侧亦訚訚如也，何以不加“而诤”二字乎〔一五〕？凡此类都是替圣人避嫌护短，未遮头，先盖脚，节外生枝；不知圣人身分甚大，不劳代为掩盖。叶公以证父攘羊为直，则答之以父子相隐为“吾党之直”〔一六〕。岂不知父有义方之训，子有几谏之文〔一七〕？而此时论直，则不假及也。陈司败问昭公知礼，则直答以“知礼”，被司败指责，则自引过〔一八〕。岂不知为尊者讳，礼有明文？而此时受责，则不必辨也。使宋儒当之，必生无数支吾粉饰。“子在川上”一节，即智者乐水之意，不必添出“时时省察，自强不息”等语〔一九〕。“女子与小人为难养也”，即“人无远虑，必有近忧”之本旨，亦不必添出“庄莅慈畜”等语〔二〇〕。岂圣人有所不知，而必代为之用心设法乎？

陆、王“致良知”之说，仆策秀才文中力辟其非〔二一〕。孔子终日不食，终夜不寝，以思无益，不如学也〔二二〕。岂大圣人之良知，反不如陆、王乎？故朱子注“致知格物”为“读书明理”〔二三〕，此义丝毫不误。惜其《补传》一章，画蛇添足，反招出多少驳诘〔二四〕。如云“在即物而穷其理，则物无尽时，知无致时”，又曰“一旦豁然贯通”。所谓“一旦”者，是在何年何月？盖已坠入佛氏打七参禅之邪径〔二五〕。使当日不补此章，即以“物有本末”一节与“听讼吾犹人也”一章〔二六〕，为“致知格物”之本传，则省却许多枝节。《论语》“博学于文”，格物也；“约之以礼”，致知也；“多学而识之”，物格也；“一以贯之”，知致也〔二七〕。他如《周易》所称“君子多识前言往行以畜其德”〔二八〕，子贡所谓“贤者识大，不贤者识小”〔二九〕，孟子所谓“博学而详说之，将以反说约也”〔三〇〕，皆可引用以为“格物致知”之解，何劳浅题深做，费许多气力而为此《补传》乎？鄙意《大学》《中庸》原属《戴记》，未必皆曾子、子思之言〔三一〕。宋儒揭而出之，与《论语》并列，亦属可省〔三二〕。

注释

〔一〕惟求则非邦也与：语出《论语·先进》，意即：是不是冉求讲的不是治理国家呢？

〔二〕晓：使人知道清楚。

〔三〕何晏：（？—249），字平叔 ，南阳宛（今河南南阳）人，三国曹魏玄学家，尝撰《论语集解》十卷，后收入北宋邢昺《论语注疏》。

〔四〕仆有数条意不满于朱子：朱子，即南宋理学家朱熹。袁枚此处乃是不满于朱熹的《四书章句集注》。质：质询。

〔五〕父母惟其疾之忧：语出《论语·为政》：“孟武伯问孝。子曰：‘父母唯其疾之忧。’”意即对父母，要特别为他们的疾病担忧。

〔六〕何有于我哉：分别见于《论语·述而》与《子罕》篇。自任：自觉承担。

〔七〕推避：推卸逃避。

〔八〕“出则事公卿”一章：即《论语·子罕》：“子曰：‘出则事公卿，入则事父兄，丧事不敢不勉，不为酒困，何有于我哉？’”

〔九〕下愚：极愚笨的人。

〔一〇〕诈谦：故作谦逊。

〔一一〕君子耻其言而过其行：语出《论语·宪问》，意即君子认为说得多而做得少是可耻的。欲讷于言而敏于行：语出《论语·里仁》，意即君子说话要谨慎，而行动要敏捷。

〔一二〕拂戾（lì）：违逆。

〔一三〕“有盛馔”句：《论语·乡党》：“有盛馔，必变色而作。迅雷风烈，必变。”朱熹《集注》于前一句注云：“敬主人之礼，非以其馔也。”后一句注云：“迅，疾也。烈，猛也。必变者，所以敬天之怒。《记》曰：‘若有疾风、迅雷、甚雨则必变，虽夜必兴，衣服冠而坐。’”

〔一四〕“与上大夫言”句：《论语·乡党》：“与上大夫言，訚訚如也。”朱熹《集注》引《说文解字》云：“訚訚，和悦而诤也。”

〔一五〕“闵子侍侧亦訚訚如也”句：《论语·先进》：“闵子侍侧，訚訚如也。”朱熹《集注》仅注云：“訚、侃，音义见前篇。”

〔一六〕“叶公以证父攘羊为直”句：《论语·子路》：“叶公语孔子曰：‘吾党有直躬者，其父攘羊，而子证之。’孔子曰：‘吾党之直者异于是。父为子隐，子为父隐，直在其中矣。’”

〔一七〕父有义方之训：《左传·隐公三年》：“石碏谏曰：‘臣闻爱子教之以义方，弗纳于邪。’”义方，指做事应该遵守的规范和道理。子有几谏之文：《论语·子路》：“子曰：‘事父母几谏，见志不从，又敬不违，劳而不怨。’”几（jī）谏，委婉地劝说。

〔一八〕“陈司败问昭公知礼”句：《论语·述而》：“陈司败问：‘昭公知礼乎？’孔子曰：‘知礼。’孔子退，揖巫马期而进之，曰：‘吾闻君子不党，君子亦党乎？君取于吴，为同姓，谓之吴孟子。君而知礼，孰不知礼？’巫马期以告。子曰：‘丘也幸，苟有过，人必知之。’”

〔一九〕“子在川上”句：《论语·子罕》：“子在川上曰：‘逝者如斯夫，不舍昼夜。’”朱熹《集注》：“天地之化，往者过，来者续，无一息之停，乃道体之本然也。然其可指而易见者，莫如川流。故于此发以示人，欲学者时时省察，而无毫发之间断也。”

〔二〇〕女子与小人为难养也：语出《论语·阳货》：“子曰：‘唯女子与小人为难养也，近之则不孙，远之则怨。’”朱熹《集注》：“君子之于臣妾，庄以莅之，慈以畜之，则无二者之患矣。”人无远虑，必有近忧：语出《论语·卫灵公》。

〔二一〕陆、王：即南宋陆九渊、明代王守仁。策秀才文：见袁枚《小仓山房文集》卷二十四《策秀才文五道》。

〔二二〕“孔子终日不食”句：《论语·卫灵公》：“子曰：‘吾

尝终日不食、终夜不寝以思，无益，不如学也。’”

〔二三〕朱子注“致知格物”为“读书明理”：朱熹《大学章句》：“所谓致知在格物者，言欲致吾之知，在即物而穷其理也。盖人心之灵莫不有知，而天下之物莫不有理，惟于理有未穷，故其知有不尽也。是以大学始教，必使学者即凡天下之物，莫不因其已知之理而益穷之，以求至乎其极。至于用力之久，而一旦豁然贯通焉，则众物之表里精粗无不到，而吾心之全体大用无不明矣。此谓物格，此谓知之至也。”

〔二四〕《补传》：即朱熹《补格物致知传》。驳诘（jié）：辩驳诘问。

〔二五〕佛氏：佛教。打七：在七日内专注修行。邪径：本指比正道近便的小路，后比喻不正当行径。

〔二六〕物有本末：语出《大学》第一章：“物有本末，事有终始。知所先后，则近道矣。”意即：每样东西都有根本有枝末，每件事情都有开始有终结，明白了这本末始终的道理，就接近事物规律了。听讼吾犹人也：语出《论语·颜渊》：“子曰：‘听讼，吾犹人也，必也使无讼乎！’”意即：审理诉讼案件，我同别人一样（没什么高明之处），重要的是使诉讼案件根本就不发生！

〔二七〕博学于文、约之以礼：语出《论语·雍也》，意即广泛学习古代的文化典籍，以礼来约束自己。多学而识之、一以贯之：语出《论语·卫灵公》。

〔二八〕君子多识前言往行以畜其德：语出《周易·大畜》卦下《象传》，意即君子多方记取前贤的言论、往圣的事迹，用来聚积美好品德。

〔二九〕贤者识大，不贤者识小：语出《论语·子贡》。

〔三〇〕博学而详说之，将以反说约也：语出《孟子·离娄下》。意即：广博地学习，详细地解说，回归简述大义的境界。

〔三一〕“鄙意”句：《大学》原是《小戴礼记》第四十二篇，相传为曾子所作。《中庸》原是《小戴礼记》第三十一篇，相传为子思所作。

〔三二〕“宋儒揭而出之”句：宋儒，指朱熹。朱子将《小戴礼记》中的《大学》《中庸》两篇抽出，与《论语》《孟子》并列，号称《四书》。

答程在山〔一〕

二月间，探梅邓尉，遂到尊园〔二〕。坐春晖楼，登腾啸台，见古梅清幽，太湖飘渺。先生含贞隐耀，栖迟其间〔三〕，此何异表圣之在王官〔四〕，僧绍之游摄山哉〔五〕？虽主人外适，野鹤迎宾，而小憩片时，已有天际真人之想〔六〕。返舟之次日，蒙先生入城作答，见赠新诗，瞻道貌之清幽，读琳琅之篇什，尤使我钦钦在抱〔七〕，恨相见之迟焉！

闻尊阃生香主人〔八〕，亦复才理清新，安行仁义，高柔爱玩贤妻，有终焉之志〔九〕，似此佳偶，尤足心开。记《太平广记》载，唐人李某，朝夕虔修二十余年，梦天遣神人，召问所欲："欲贵乎？欲富乎？"其人皆不愿也。曰："然则何求？"曰："求居山水清妙处，家室小康，妻贤子顺，足矣！"神人大笑，摇手曰："此是上界神仙之福，非汝所能祈求者也。"先生此福，业已消受六十余年，诚何修而得此哉？近闻园虽售与江君橙里，江不来居，仍托先生葺治〔一〇〕，而江又系仆平时旧交。然则先生无园而有园，仆亦失主而得主也。较古人之舍宅为阿兰，与宾至而徘徊不得入者，岂不大相悬绝乎〔一一〕？

来札所托陈生泾南《修禊诗序》〔一二〕，则当撰就寄来。闻其人天机清妙，仆到苏时，当修士相见礼也〔一三〕。

注释

〔一〕程在山：即程钟（？—1776），字在山，号逸园，江苏吴县（今苏州）人。父为巨商，生活豪奢。中年父殁后，乃出售居所以偿债，举家迁入苏州西碛山下之逸园，终日吟咏其间，罕入城市。卒后，袁枚为作《哭逸园主人》，收入《小仓山房诗集》卷二十五。

〔二〕二月间，探梅邓尉，遂到尊园：乾隆四十年（1775）二月，袁枚赴苏州邓尉山赏梅，曾往访程钟逸园。

〔三〕含贞隐耀：隐藏光彩，比喻不求仕进。栖迟：游玩与休憩。

〔四〕表圣：即晚唐文学家司空图，表圣其字。王官：即王官谷，位于今山西永济南中条山中，司空图尝于黄巢之乱时隐居于此，直至逝世。

〔五〕僧绍之游摄山：《太平广记》卷九十五："释法度，黄龙人也。南齐初，游于金陵。高士齐郡名僧绍，隐居琅琊之摄山，挹度清真，待以师友。"

〔六〕外适：外出。天际真人：天上神仙。

〔七〕钦钦：向往。在抱：在胸怀中。

〔八〕尊阃（kǔn）生香主人：尊阃，对别人妻子的敬称。这里指程钟之妻顾信芳，字湘英，江苏吴县（今苏州）人，庶吉士顾秉直女。有《生香阁诗抄》《生香阁词》等。

〔九〕高柔爱玩贤妻，有终焉之志：《世说新语·轻诋》"高柔在东"条下刘孝标注："（高）柔家道隆崇，既罢司空参军、安固令，营宅于伏川，驰动之情既薄，又爱玩贤妻，便有终焉之志。"

〔一〇〕"近闻园虽售与江君橙里"句：江君橙里，即江昉（1727—1793），字旭东，号橙里，又号砚农，安徽歙县人，寓居江苏扬州。工诗词，家有紫玲珑阁，集四方名流，觞咏其中。葺（qì）治，整治。程钟曾将逸园售与江昉，昉以买园之资归之，而使程钟仍居园中。乾隆四十五年（1780）乾隆帝南巡，设逸园为行宫。此后，程、江两家俱不敢居逸园，遂任其荒废。

〔一一〕阿兰：寺院。悬绝：相差很远。

〔一二〕陈生泾南《修褉诗序》：陈生泾南，即陈栻，字泾南，江苏吴县（今苏州）人。诗画得袁枚赏识，尝与袁枚共游天台。袁枚《小仓山房外集》卷七有《陈泾南修褉诗序》。

〔一三〕士相见礼：本为《仪礼》篇名，记述士君子的交际礼节。

答某学士

释氏之教〔一〕，莫盛于晋、唐，然其时儒自儒，释自释，未尝混而一之也。至宋而释与儒傀杂而不可分，则当时《道学传》中诸公不得辞其责〔二〕。盖晋、唐之崇释氏，不过造塔庙，施功德〔三〕，其迹粗，其事显，略有识者，俱能辨其非。宋则不然，大半贤人君子，皆先入释教中，明心见性，深造有得，然后变貌改形，遁而之儒，且以入虎穴得虎子自矜〔四〕，而不知久居虎穴中，已作牛哀之化而不自知〔五〕。试举一二端，为足下一笑。

朱子在南安，闻寺钟声，悚然曰："便觉此心把握不住。"〔六〕不知所把握者何心，所走失者又是何心。孔子在齐闻《韶》，心随《韶》往，至于"三月不知肉味"〔七〕，乃真是把握不住矣。罗从彦教人认喜怒哀乐未发时气象〔八〕，试问玉在石中，声在钟内，不扣不击，于何研求？孔子闻子游之弦歌而喜，遇馆人之丧而悲〔九〕。其未喜未悲时，不闻圣人有所参悟也。周茂叔不除窗外草，曰："与自家生意一般。"〔一〇〕李沆不肯移药栏朽槛，曰："岂以此动吾一念？"〔一一〕须知洒扫乃弟子之职〔一二〕，"日新"为汤盘之铭〔一三〕，揆之圣贤之道，草自当除，槛自当治，二贤所说，皆释教也。更可笑者，张魏公败于符离，杀人三十万，而其子南轩夸家父有心学，故能寂然不动，鼾声若雷〔一四〕。吕希哲讲主静之学〔一五〕，至于肩舆过溪，舆夫坠水死，而安然不问。此种恶僧入定光景，于彼法且为下乘，而晋、唐士大夫宗释氏者所未有也〔一六〕。因足下来书，有称宋儒攘斥佛老之功，故纵笔及之。

昌黎论性三品之说，恪遵孔子“性相近也”“上智下愚”两章而疏解之[一七]，丝毫不误。宋儒因孟子有“性善”一语，遂不敢驳孔子，而专驳昌黎[一八]，真可笑也。程子曰[一九]：“性即理也。”朱子曰[二〇]：“天即理也。”然则《中庸》“天命之谓性”，可以为理，命之谓理乎？程子问学者：“孔、颜所乐何事？”[二一]此亦误也。夫孔子之“饭疏食饮水”，“乐在其中”[二二]，颜子之箪瓢陋巷，“不改其乐”[二三]，皆是不怨不尤，无小人戚戚之状耳[二四]，非指一事而言乐也。若靠定一事说，便是心有所好，乐则不得其正矣！且孔子亦有“发愤忘食”之言[二五]，程子何不再问孔子，所愤者何事乎？

注释

〔一〕释氏之教：即佛教。

〔二〕《道学传》：这里指《宋史·道学传》。道学，犹理学。

〔三〕功德：佛教语。多指诵经、念佛、布施、放生等，也指为敬神敬佛而出的捐款。

〔四〕入虎穴得虎子：宋代理学家往往有泛滥诸家，出入佛、道，最后回归儒门的学习经历。虎穴虎子，即佛、道诸家之谓。

〔五〕牛哀之化：《淮南子·俶真训》载，公牛哀得了一种变身的怪病，短短七天后，变成一只老虎。公牛哀的兄长去探望他，一进家门，老虎就扑上去把兄长吃了。

〔六〕“朱子在南安”句：《朱子语类》卷一百四：“今日学者不长进，只是心不在焉。尝记少年时在同安，夜闻钟鼓声，听其一声未绝，而此心已自走作，因此警惧，乃知为学须是专心致志。”

〔七〕“孔子在齐闻《韶》”句：《论语·述而》：“子在齐闻《韶》，三月不知肉味，曰：‘不图为乐之至于斯也。’”

〔八〕罗从彦教人认喜怒哀乐未发时气象：南宋朱熹《延平问答》：“曩时某（按，即李侗）从罗先生（按，即罗从彦）学问，终日相对静坐，只说文字，未尝及一杂语。先生极好静坐。某时未有知，退入室中亦只静坐而已。先生令静中看喜怒哀乐未发之谓中未发时作何气象，此意不唯于进学有力，兼亦是养心之要。”罗从彦（1072—

1135），字仲素，学者称豫章先生，南剑州剑浦（今福建南平）人。尝师从二程弟子杨时，学成后筑室山中，倡道东南，往求学者众，朱熹之父及其师李桐皆师从之。喜怒哀乐未发，语出《礼记·中庸》："喜怒哀乐之未发，谓之中；发而皆中节，谓之和。"

〔九〕孔子闻子游之弦歌而喜：《论语·阳货》："子之武城，闻弦歌之声，夫子莞尔而笑曰：'割鸡焉用牛刀。'"遇馆人之丧而悲：《礼记·檀弓上》："孔子之卫，遇旧馆人之丧，入而哭之哀。"馆人，管理馆舍、迎接宾客之人。

〔一〇〕"周茂叔不除窗外草"句：《二程遗书》卷三："周茂叔窗前草不除去，问之，云：'与自家意思一般。'"周茂叔，即北宋理学家周敦颐，茂叔其字。

〔一一〕"李沆不肯移药栏朽槛"句：李沆，字太初，洺州肥乡（河北邯郸）人。官至宰相，以清静无为治国，有"圣相"之美誉。《宋史·列传第四十一》载其家中墙塌壁坏，堂屋前的药栏坏了一个多月，也不愿花钱修缮。

〔一二〕洒扫乃弟子之职：《管子·弟子职》："少者之事，夜寐蚤作。既拚盥漱，执事有恪。摄衣共盥，先生乃作。沃盥彻盥，泛拚正席，先生乃坐。"

〔一三〕"日新"为汤盘之铭：《礼记·大学》："汤之盘铭曰：'苟日新，日日新，又日新。'"孔颖达疏："汤之盘铭者，汤沐浴之盘而刻铭为戒。"

〔一四〕"张魏公败于符离"句：张魏公，即南宋名将张浚，因其受封魏国公，故称。宋孝宗隆兴元年（1163），张浚都督江淮军马渡淮北伐，因部下将领不和，兵败符离（今安徽宿州），丧师三十万。南轩，即张浚之子张拭，南轩其号。

〔一五〕吕希哲：字原明，学者称荥阳先生，北宋寿州（治今安徽凤台）人。少从学于焦千之、孙复、石介、胡瑗，后又从程颢、程颐、张载学。晚年又学佛，从高僧游。主张人以修身为本，修身以正心诚意为主。

〔一六〕入定：指僧人静坐敛心，不起杂念，使心定于一处。彼法：指佛法。下乘：这里是低等的意思。

〔一七〕昌黎论性三品之说：唐韩愈《原性》："性也者，与生俱生也。……性之品有三。……曰何也？曰性之品有上、中、下三。上焉者，善焉而已矣；中焉者，可导而上下也；下焉者，恶焉而已矣。"性相近也：语出《论语·阳货》："子曰：'性相近也，习相远也。'"上智下愚：语出《论语·阳货》："子曰：'唯上知与下愚不移。'"意即只有上等的智者与下等的愚者是改变不了的。

〔一八〕"宋儒因孟子有'性善'一语"句：宋儒多有反对韩愈性三品说者。如《二程遗书》卷十八载程颐语云："性无不善，而有不善者，才也。"

〔一九〕程子：即程颐。《二程遗书》卷二十二上："性即理也。所谓理，性是也。天下之理，原其所自，未有不善。喜怒哀乐未发，何尝不善？发而中节，则无往而不善。"

〔二〇〕朱子：即朱熹。

〔二一〕孔、颜所乐何事：《二程遗书》卷二载程颢语曰："昔受学于周茂叔（按，即周敦颐，茂叔其字），每令寻颜子、仲尼乐处，所乐何事。"

〔二二〕饭疏食饮水、乐在其中：语出《论语·述而》："子曰：'饭疏食饮水，曲肱而枕之，乐亦在其中矣。'"

〔二三〕颜子之箪瓢陋巷，"不改其乐"：语出《论语·雍也》："子曰：'贤哉，回也！一箪食，一瓢饮，在陋巷。人不堪其忧，回也不改其乐。'"

〔二四〕不怨不尤：语出《论语·宪问》："子曰：'不怨天，不尤人。下学而上达，知我者其天乎！'"小人戚戚：《论语·述而》：子曰：'君子坦荡荡，小人长戚戚。'"

〔二五〕发愤忘食：语出《论语·述而》："子曰：'女奚不曰：其为人也，发愤忘食，乐以忘忧，不知老之将至云尔。'"

答芷塘太史〔一〕

二十年来，每见梦楼太守，必相与称说风徽，以为太史盘盘大才，是前朝李西厓一流人物〔二〕。枚自伤老矣，吏隐途分，虑今生未必相见，心为缺然〔三〕！不意前春邂逅杭州〔四〕，一见如平生欢，蒙以诗稿命为校勘。枚感太史矜宠之意，遂不自揆，而甲乙瑕瑜之，献其所知，并献其所不知，返之于心，未敢自以为是，遑敢望太史之许以为是耶〔五〕？虽三易寒暑，而此心终觉缺然！

今年冬，从周秀才处接手书，纸长言重，奖纳甚殷，窥太史之意，若忘其谬而赏其直者。然后知大才人虚怀乐善，此中甘苦，早自知之，将来玄妙，终必诣之〔六〕。所以询于刍荛者，不过管敬仲放老马而先之之意〔七〕。昔叶公与孔子论微言，曰："以水投水何如？"曰："淄渑之合，易牙能尝而知之。"〔八〕枚因与太史论诗，而不觉有味乎圣人之语也。蒙赐五律二章，清苍独绝，纯以神行，真是唐贤高手！惜许可太过，使野人喜毕而惭生。

注释

〔一〕芷塘太史：即祝德麟（1742—1797），字趾堂，号芷塘，浙江海宁人。乾隆二十八年（1763）进士，选翰林院庶常，散馆授编修，尝充《续三通》馆纂修、《四库》馆提调。乾隆五十一年（1786）授湖广道御史，因劾司业黄某降级，需次部员，五十五年（1790）乞归，主讲云间书院。太史，清代翰林的别称。

〔二〕梦楼太守：即王文治。风徽：风范，美德。盘盘（pán）大才：语出《世说新语·赏誉》。盘盘，大的样子。前朝李西厓：即明代茶陵诗派领袖李东阳，西涯其号。

〔三〕缺然：犹歉然。

〔四〕前春邂逅杭州：乾隆四十三年（1778）春，袁枚返回杭州，尝与祝德麟过从。

〔五〕揆（kuí）：估量，揣测。甲乙瑕瑜：指分清好坏，辨明优缺点。

〔六〕诣：到。

〔七〕刍荛（chú ráo）：谦辞，向别人提供意见时，把自己比作草野鄙陋之人。管敬仲放老马而先之：管敬仲，即管仲，名夷吾，字仲，谥敬。此即老马识途的典故，事见《韩非子·说林上》。这里是祝德麟向袁枚询问学诗途径的意思。

〔八〕“昔叶公与孔子论微言”句：叶公为春秋后期楚国贵族，芈姓，沈尹氏，名诸梁，字子高，因被楚昭王封于叶，故称叶公。实则与孔子论微言者，为当时另一位楚国贵族白公胜，芈姓，熊氏，名胜，号白公，楚平王之孙，太子建之子。微言，精微之言。白公与孔子论微言事，见《吕氏春秋·审应览》记载。

答章观察招饮〔一〕

蒙招饮甚喜，闻多菜甚愁。南朝孔琳之曰：“所甘不过一味，而食前方丈，适口之外，皆为悦目之资。”〔二〕斯言最有道理。

今之人非但悦目也，兼且悦耳。每张饮，必震而惊之曰“三撤席”，曰“两重台”，燕窝如山，海参似海〔三〕。耳闻者以为既多且贵，敬客之心，至矣尽矣！不知名手作诗，经营惨淡，一日中未必得一二佳句。其所谓对客挥毫，万言立就者，皆以欺妇女童蒙，而不可以示识者也。饮食亦然，但使一席之间，羹过七簋〔四〕，则虽易牙调和〔五〕，伊尹割烹〔六〕，其不能佳可知也。且工于作诗者，所用之字，不过月露风云；工于制菜者，所用之物，不过鸡猪鱼鸭。今不求之于本物自然之味，而徒求之价高名重之物，以钱费自夸，是不如盘碗中散盛明珠一斛矣，其如不可食何〔七〕？昔何曾日食万钱，犹嫌无下箸处，人多怪其过侈；余以为世之知钱者多，知味者少，故何曾蒙此恶耳〔八〕。夫下箸与不下箸，岂在钱之多寡哉？苟得其味，虽日食百钱，可以下箸也。苟不得其味，虽日食十万钱，依然不可以下箸也，于曾乎何尤〔九〕？

又闻足下广召笙歌，则尤不必。仆八字中命少金星〔一〇〕，以故不知音乐。今老矣，其不能为媚足下故，耆而好学，抱曲本，执丝竹，受业于笙师也明矣〔一一〕。张文和公有句云〔一二〕：“天与人间清净福，不能饮酒厌闻歌。”文和公两代宰相，生长华腴，尚且不能增益其福分之所无，况窭人子耶〔一三〕？倘使酒绿灯红，虬须直视，予欲无言，殊少味也〔一四〕。仆撰《食谱》一书，中有应戒者若干条、须知者若干条，容日呈教〔一五〕。

注释

〔一〕章观察：即章攀桂（1737—？），字华国，号淮树，一作槐墅，安徽桐城人。官至苏松太兵备道，精于形家言。因于敏中事夺职，居江宁。观察，清代道员的别称。

〔二〕“南朝孔琳之曰”句：孔琳之（369—423），字彦琳，会稽山阴人，领本州大中正，封为祠部尚书，卒后追赠太常。孔琳之语见《宋书·孔琳之传》：“所甘不过一味，而陈必方丈，适口之外，皆为悦目之费。”食前方丈，语出《孟子·尽心下》：“食前方丈，侍妾数百人，我得志弗为也。”指吃饭时面前一丈见方的地方摆满了食物，形容吃得阔气。

〔三〕张饮：摆酒宴。三撤席：三次撤下宴席，换上新菜。重台：复瓣的花，这里形容宴席花样繁复。

〔四〕簋（guǐ）：古代盛放饭食的器皿，也用作礼器，圆口，双耳。

〔五〕易牙：生活于春秋中期，擅长厨艺，甚得齐桓公欢心。调和：烹调、调味的意思。

〔六〕伊尹：名挚，商朝初年政治家、思想家，擅长厨艺，传说曾以“调和五味”的理论来治理天下。割烹：割切烹调，泛指烹饪。

〔七〕钱费：多花钱。斛（hú）：古量器名，也是容量单位。《说文解字》：“斛，十斗也。”宋代以后改一斛为五斗。

〔八〕何曾日食万钱，犹嫌无下箸（zhù）处：何曾（199—278），原名瑞谏，又名谏，字颖考。官至太保兼司徒，进封朗陵公。《晋书·何曾传》载其“食日万钱，犹曰无下箸处”，意即每天在饮食方面花费上万钱财，还说没有值得下筷子的东西。蒙此恶：蒙受这一恶名。

〔九〕于曾乎何尤：怎么可以去责备何曾呢？

〔一〇〕八字中命少金星：即五行缺金。

〔一一〕媚：迎合，逢迎。耆（qí）：年老。丝竹：弦乐器和管乐器，泛指音乐。笙师：古乐官名。

〔一二〕张文和公：即张廷玉（1672—1755），字衡臣，号砚斋，安徽桐城人。康熙三十九年（1700）进士，改庶吉士，授检讨，入值南书房。康熙时任刑部左侍郎，雍正时曾任礼部尚书、户部尚书、吏部尚书、保和殿大学士、首席军机大臣等职。谥文和，配享太庙。

〔一三〕生长华腴：生长于世代做大官的人家。窭（jù）人子：穷人家子弟。

〔一四〕虬须直视：语出《三国志·魏志·崔琰传》："对宾客虬须直视，若有所瞋。"这里形容酒席间双方言语或性情不合，因而怒目相对。殊少味也：犹言很没意思。

〔一五〕容日呈教：容我他日再呈上《食谱》一书奉教。

卷　五

答梁瑶峰司农〔一〕

江宁陶方伯归自京师〔二〕，道公问枚甚切，兼有十年前久要不忘之言〔三〕，尤征大君子略势位而重文章之古谊。枚静言思之，终觉“齐大非偶”〔四〕，不敢作董叔之系援〔五〕，亦不敢作郑忽之辞谢，捐除成见〔六〕，静候报章。近闻公宠擢大司农之职〔七〕，从此均调玉烛，管榷金仓〔八〕。谅吴隐之虽廉，不必以蓬席为屏风，作度支尚书之典故矣〔九〕。

启者〔一〇〕，常州新拔贡生殷杰，少年好学，秀出班行，受业于枚久矣。今战其艺于都门，索枚一言，求望见门阑之厮〔一一〕，以为光宠。昔苏子瞻兄弟得见富、韩两公〔一二〕，终身夸于侪辈，以为欣幸。可见后生小子，瞻仰大贤，亦是秉彝公好，遂古皆然，枚故嘉其意而弗敢阑也〔一三〕。望退食之余，许其抠衣趋隅，进而教之〔一四〕。夫燕求马骨，薛养鸡鸣，自是明公所夙晓〔一五〕。兹复有所称引者，南朝萧梁盛时，特置乡豪一人，专司搜荐〔一六〕。如枚者，殆其人欤！

注释

〔一〕梁瑶峰司农：即梁国治（1723—1787），字阶平，号瑶峰、丰山、梅塘，浙江会稽（今绍兴）人。乾隆十三年（1748）戊戌科状元，官至东阁大学士。清代以户部司漕粮田赋，故别称户部尚书为大司农。

〔二〕江宁陶方伯：即陶易。他于乾隆四十一年（1776）三月至四十三年（1778）九月间任江宁布政使。

〔三〕久要不忘之言：语出《论语·宪问》："见利思义，见危授命，久要不忘平生之言。"久要不忘，不忘旧交的意思。

〔四〕齐大非偶：此为春秋前期郑国世子忽（即后来的郑昭公）辞谢齐国联姻请求之典故。事见《左传·桓公六年》。后指辞婚者表示自己门第或势位卑微，不敢高攀。

〔五〕董叔之系援：此为春秋后期晋国董叔欲借联姻手段攀附卿大夫范氏之典故。事见《国语·晋语九》。

〔六〕捐除：消除。

〔七〕近闻公宠擢大司农之职：大司农，清代户部尚书的别称。梁国治于乾隆四十二年（1777）十一月由户部侍郎迁户部尚书。袁枚该信应写于此后不久。

〔八〕均调玉烛：四季气候调和。管榷（què）：垄断，专卖。

〔九〕"吴隐之虽廉"句：吴隐之（？—414），字处默，东晋濮阳鄄城人，官至度支尚书。度支尚书掌管全国财赋的统计和支调，故名度支。

〔一〇〕启者：书信中开始陈述的套语。

〔一一〕门阑（lán）之厮：语出《史记·楚世家》："虽仪之所甚愿为门阑之厮者，亦无先大王。"门阑，门框或门栅栏。厮，古代干粗杂活的男奴隶或小役。

〔一二〕苏子瞻兄弟：即苏轼、苏辙。富、韩两公：即北宋名臣富弼与韩琦。

〔一三〕秉彝：秉持常理。阑：通"拦"。

〔一四〕退食：退朝就食于家，即公余休息之意。抠衣趋隅：语出《礼记·曲礼》，意即提起衣襟，走到角落坐下。此为古时见到尊长时的礼数。

〔一五〕燕（yān）求马骨：见卷二《尹六公子闻新娶姬人患病戏作骈体书为紫云之请作此覆之》注〔三〕。薛养鸡鸣：此为战国中期齐国孟尝君（封地在薛邑）养门客三千，中有鸡鸣狗盗之徒的典故。事见《史记·孟尝君列传》等。

〔一六〕"南朝萧梁盛时"句：《梁书·武帝纪中》："（天监七年二月）庚午，诏于州郡县置州望、郡宗、乡豪各一人，专掌搜荐。"

补寿彭芝亭大司马[一]

前以《全集》呈教，原望尚书怜其弱冠时即在门墙[二]，必有训诲，使不至于懵寐以终。乃接手书，赐题三绝句，施丹漆于樗栎，加熏沐于无盐[三]，较皇甫之序左思尤为夸异[四]。明知大君子至诚待物，必不加以虚誉，然而好善之心太觉从长，捧读之余，能无踧踖[五]？夏间晤沈永之观察[六]，方知尚书于去秋八月间，庆八十生辰，枚竟两耳塞绵，未知赴祝。

伏念尚书福德兼隆，乃文学大臣中之郭汾阳也，少蹑金鳌，壮持玉尺，三貂八座，半是门生[七]。山左、江东都持旌节[八]，郭以其武，公以其文，足相抗矣。至于开午桥之庄，置平泉之酒，则又裴晋公能兼之，而汾阳不及焉[九]。枚不能学瑶池之青鸟[一〇]，随群仙以齐来；反若坐宛渠之螺舟[一一]，隔一年而始至。赋诗四章，专人呈上。失晨之鸡，思补更鸣，或者尚书听厌钧、《韶》，忽闻野音而善之耶[一二]？

注释

〔一〕彭芝亭大司马：即彭启丰。此信应写于乾隆四十六年（1781），彭启丰时任兵部尚书，故称其为大司马。

〔二〕门墙：师门。

〔三〕丹漆：朱红色的漆。樗栎（chū lì）：两种树名，古人认为二者质地不佳。后以之比喻才能低下，亦用为自谦之辞。熏沐：熏香沐浴，引申指梳妆打扮。无盐：即战国时齐宣王后钟离春。传说其有德而貌丑，后用为丑女的代称。事见西汉刘向《列女传》卷六“齐钟离春”条。

〔四〕较皇甫之序左思尤为夸异：西晋文学家左思耗时十年，创作了《三都赋》。当时学者皇甫谧见到文稿后，大加赞赏，并为之作序，予以揄扬。

〔五〕踧踖（cù jí）：恭敬而不安的样子。

〔六〕沈永之观察：即沈荣昌，字永之，一字省堂，浙江吴兴（今湖州）人。以进士出任山西文水知县、朔州知州、河南怀庆知府。丁艰起复，擢守甘肃兰州，调巩昌、平凉，迁陕西粮道。再丁艰起复，补云南驿盐道。以事镌级，捐复，补江西盐法道，调粮道，卒于督运途中，年七十四。卒后，袁枚为作《江西督粮道省堂沈公传》，收入《小仓山房文集》卷三十一。幼女沈全宝嫁袁枚幼子袁迟为妻。

〔七〕兼隆：一样盛大。郭汾阳：即唐代名将郭子仪，因其受封汾阳郡王，故称。少蹑金鳌，壮持玉尺，三貂八座：泛指高官重臣。金鳌，见卷六《谢毕抚军》注〔一五〕。玉尺，见卷三《寄谢未堂司寇》注〔一一〕。三貂，见卷三《寄庆树斋少宰》注〔五〕。八座，见卷二《与湖南抚军方毓川》注〔一四〕。

〔八〕山左、江东都持旌节：山左即山东，江东即今皖南、苏南、浙江、上海等地。彭启丰担任过山东、浙江乡试考官，并出任过浙江学政，故称山左、江东都持旌节。

〔九〕午桥庄：中唐宰相裴度的别墅名，故址在今河南洛阳南。平泉：晚唐宰相李德裕的别墅名，亦在洛阳附近。裴晋公：即裴度，因其受封晋国公，故称。

〔一〇〕瑶池：神话人物西王母居住的地方。青鸟：传说中西王母的使者。

〔一一〕宛渠之螺舟：典出前秦王嘉《拾遗记·秦始皇》："始皇好神仙之事，有宛渠之民，乘螺舟而至。舟形似螺，沉行海底而水不浸入，一名沦波舟。"

〔一二〕失晨之鸡：忘记报晓的雄鸡，比喻失职或犯错误的人。钧：即钧天广乐，指天上的音乐。《韶》：传说中舜所作乐曲名。

寄福建抚军杨西峰〔一〕

家奴从杭州归，接手书，所以存慰之者甚厚〔二〕，具见大君子故旧不遗之意。阅邸报，知中丞移抚闽疆，此是公弱冠时，听鼓角于东厢处也〔三〕。今又南面而握牙璋矣〔四〕，必有白发军民，犹认得当年玉貌者。前《奉怀》云：“官从旧地迁才乐，人是相知喜更狂。”不料两联屡成诗谶，此种福慧，非岳降嵩生，何能如是〔五〕？惟望中丞分己之余福，以福军民。一切张施，因明以造于诚〔六〕，借慧以行其善，则海宇苍生，俱受贤人之赐矣。

枚去春服阕〔七〕，即具牒本籍，以老乞休。连岁秋收歉薄，阿品在广〔八〕，屡信相招，因之自忘其衰，欲为天台、雁荡之游，度仙霞岭到闽中。先见中丞之名臣，再啖荔枝之名果，先游武夷之幽深，再游罗浮之飘渺，庶几极天下之大观。然后息影蓬庐，以终余年，未知暮景颓光，天肯玉成之否〔九〕？且待到故乡之后，自度精神〔一〇〕，再定行止焉。

注释

〔一〕福建抚军杨西峰：即杨魁（？—1782），字梅村，汉军正黄旗。初任江苏苏松太道，乾隆三十六年（1771）授安徽按察使，迁安徽布政使。四十一年（1776）三月授江苏巡抚，四十五年（1780）四月改陕西巡抚，同月调河南巡抚，十月丁忧。四十六年（1781）五月署福建巡抚，四十七年（1782）三月以病免职，五月回京，卒于途中。

〔二〕存慰：存问，慰抚。

〔三〕中丞：这里指福建巡抚。此信应写于乾隆四十六年（1781）五月杨魁移署福建巡抚之后不久。东厢：正房东侧的房屋。

〔四〕南面：古代以面朝南为尊位。牙璋：本指一种兵符，这里是手握大权的意思。

〔五〕诗谶（chèn）：谓所作诗无意中预示了后来发生的事。岳降嵩生：语出《诗经·大雅·嵩高》：“嵩高维岳，骏极于天。维岳降神，生甫及申。”嵩，即中岳嵩山。岳，高大的山。降，降生。比喻大人物的出生。

〔六〕张施：施设、举措的意思。因明以造于诚：语出北宋张载《正蒙·乾称》：“儒者则因明致诚，因诚致明，故天人合一，致学而可以成圣，得天而未始遗人。”

〔七〕去春：去年春天，即乾隆四十五年（1780）春。服阕：守丧期满，除去丧服。这里指袁枚为其母章氏（卒于乾隆四十三年二月初九）守丧。

〔八〕歉薄：收成微薄。阿品：即袁枚的堂弟袁树，小名阿品。广：即广东。

〔九〕息影：退隐闲居。蓬庐：泛指简陋的房屋，这里是袁枚自谦。暮景颓光：本指夕阳残照，这里比喻风烛残年，余日无多。景，同“影”，日光。

〔一〇〕度（duó）：估计，推测。

与广西姚云岫抚军〔一〕

明公移东粤之屏藩，领漓江之节钺，地不远夫千里，位已列于三台〔二〕。贤者之道行矣，书生之荣极矣。故乡人士靡不欣欣然有喜色而相告，而枚尤有异焉。

记当日同肄业敷文书院〔三〕，枚将赴广西金中丞之招〔四〕，公赋诗相留云：“纵使将军重揖客，何如南国有词人？”一时士流，交相传诵。岂料四十年来，所谓将军者，公即其人；所谓粤西者，公领其地。枚恨不学著翅人，飞来作揖客耳〔五〕！

然而弱冠所游之处，虽成春梦，未隔前生。当时受金德山中丞国士之知，每到官鼓晨鸣，衙参客满〔六〕，枚辄向八桂堂隔帘窥伺。闻中丞谈公事毕后，必与司道、府州延誉鄙人〔七〕，津津然不啻若自其口出。命作《铜鼓赋》一篇，梓入《广西省志》。如许怜才，每一思之，憬然泣下〔八〕。未知天假之年，犹能重到粤西，一寻陈迹否，未知《省志》中，此赋犹存否？

贵姊夫沈永之观察，与枚同学、同榜、同年〔九〕，公所知也。前年枚生一男，永之生一女，都是六十岁外小妻所出，秋禾晚获，甘蔗旁生，彼此信来，遂联姻娅〔一〇〕。今年梅花开时，永之与殷夫人作韩姞相攸故事〔一一〕。高固、叔姬〔一二〕，双双俱至，盘桓五日，才赋北征。不特小星合两姓之欢，六亲同庆；而且大享行夫人之礼，九献未终〔一三〕。诚盛事也。何不转告年嫂夫人，同为一笑。

注释

〔一〕广西姚云岫抚军：即姚成烈（1716—1786），字申甫，号云岫，浙江钱塘（今杭州）人。乾隆十年（1745）二甲进士，任吏部主事、江苏江安粮道。乾隆三十四年（1769）迁安徽按察使，迁江苏布政使改江宁布政使，调广东布政使。乾隆四十四年（1779）十一月迁广西巡抚，四十六年（1781）十月改湖北巡抚，四十九年（1784）七月授礼部尚书。姚成烈与袁枚同年生人，同年肄业于敷文书院，同举乾隆三年（1738）乡试。卒后，袁枚为撰《礼部尚书姚公传》，收入《小仓山房（续）文集》卷三十三。广西抚军，即广西巡抚。此信应写于乾隆四十五年（1780）。

〔二〕东粤之屏藩：东粤，即广东。屏藩，屏风和藩篱，比喻周围的疆土。广东之屏藩，即广西之谓。节钺：符节及斧钺。古代出征时，天子授予将领以示威信的信物，后作为权力的象征。三台：见卷一《答何献葵明府》注〔一一〕。

〔三〕敷文书院：在浙江杭州，因康熙帝为其题写“浙水敷文”之匾额，故以敷文为名。

〔四〕广西金中丞：即金鉷（1678—1740），字震方，号德山，汉军镶白旗人。初以监生授江西广昌知县，荐升山西太原知府。雍正五年（1727）擢广西按察使，寻迁广西布政使，六年（1728）擢广西巡抚。乾隆元年（1736）以挪借公银夺官。中丞，即巡抚的别称。

〔五〕著翅人：北周猛将韩果的绰号。《周书·韩果传》：“胡地险阻，人迹罕至，果进兵穷讨，散其种落。稽胡惮（韩）果劲健，号为著翅人。”揖客：语出《史记·汲郑列传》，指平揖不拜之客，谓足与主人分庭抗礼者。

〔六〕衙参：吏员齐集衙门，向长官请示公事。

〔七〕延誉：传扬好名声。

〔八〕憬（jǐng）然：觉悟的样子。

〔九〕沈永之观察：即沈荣昌。同榜、同年：古代科举考试，在同一榜录取的称为同榜，同一年考中的彼此称为同年。

〔一〇〕“前年枚生一男”句：小妻，小老婆。乾隆四十三年（1778）七月二十三日，袁枚妾钟氏诞下一男，袁枚时年六十三岁。甘蔗旁生：比喻侧室所生子女。姻娅（yà）：亲家和连襟，泛指姻亲。

〔一一〕韩姞（jí）相攸：见卷四《与周新之孝廉》注〔二〕。

〔一二〕高固：春秋中期齐国大夫，又称高宣子。叔姬：鲁国人，嫁高固为妻。

〔一三〕小星：代指妾。大享：古代的一种祭礼，合祭太祖以下所有的神主。九献：帝王宴请重臣的仪节，献酒共九次。

答明我斋参领〔一〕

秋间似村世兄处〔二〕，寄到和诗二章，即景情生，言从心发。押“时”字韵，感期望之深；押“经”字韵，见相思之切。至于廿年转职〔三〕，六十生儿，正如吟诗者因迟见妙，司马长卿之三年一赋，终胜于枚皋之援笔立成也〔四〕。

枚生平不喜佛法，而独于“因缘”二字，信之最真，以为足补圣贤语录之所未及。身历名场，垂五十年，事事可证。即如枚与君家，亦大奇矣！二十七岁时，翰林散馆〔五〕，在光明殿考试，蒙文忠公一见倾心〔六〕，赏其爽俊，嗣后每到宫门，必加奖许。后乞养山居，犹托尹相国聘为记室〔七〕，枚以母老路遥，辞谢而止。三十五年，王师征缅，家弟树作宰南阳，办理军需，忽接钦差六百里羽檄，合署惊惶，不知何事〔八〕。启封，乃绝句一章云：“双丁二陆传名久〔九〕，今日相逢在路途。借问南阳贤令尹，风流得似子牙无？”一时士大夫传为佳话，此即令兄讳仁者之流风遗韵也〔一〇〕。近年来又以白下程、朱二友，假馆华堂，得与执事时通芳讯。一门之内，重叠恩知。或未见而相思，或乍逢而矜宠，倘非陆法和所谓前生有香火因缘者〔一一〕，何能如是？

枚犬马之齿，六十有六矣，人间万事，尽付烟云，惟于“感恩知己”四字，一息尚存，每钦钦其在抱〔一二〕。未知今生得仰见贤人丰采否，言之黯然。

注释

〔一〕明我斋参领：即明义，号我斋，富察氏，满洲镶黄旗人。曾任上驷院侍卫，有《绿烟锁窗集》传世。参领，清代八旗甲喇额真的汉译名。此信写于乾隆四十六年（1781）。

〔二〕似村：即庆兰。

〔三〕转职：迁官补缺。

〔四〕“司马长卿之三年一赋”句：司马长卿，即司马相如，长卿其字。他与枚皋均为汉武帝时的宫廷辞赋家。《汉书·贾邹枚路传》称枚皋“为文疾，受诏辄成，故所赋者多。司马相如善为文而迟，故所作少而善于皋”。

〔五〕散馆：清代翰林院设庶常馆，新进士朝考得庶吉士资格者入馆学习，三年期满举行考试后，成绩优良者留馆，授以编修、检讨之职，其余发各部为给事中、御史、主事，或出为州县官，谓之散馆。

〔六〕文忠公：即傅恒（？—1770），字春和，富察氏，满洲镶黄旗人。官至保和殿大学士兼首席军机大臣，封一等公。在军机处二十余年，尝经略金川、缅甸等地军务，为乾隆帝所倚重，卒谥文忠。

〔七〕尹相国：即尹继善。记室：官名，掌章表书记文檄。

〔八〕缅：即缅甸。家弟树：即袁树。羽檄：古代军事文书，插鸟羽以示紧急。

〔九〕双丁：指三国魏丁仪、丁廙兄弟。二陆：指西晋陆机、陆云兄弟。

〔一〇〕令兄讳仁者：即明义之兄明仁。

〔一一〕陆法和所谓前生有香火因缘：陆法和，南朝梁时道士，以军功被梁元帝任命为都督、郢州刺史，封江乘县公，有部曲数千人。后法和在江夏聚集兵船，想偷袭襄阳后攻入武关，梁元帝派人制止。法和说："法和是求佛之人，岂有图谋王位之想？只是我佛与皇上有香火因缘，见主人将有报应到来，所以来援罢了。眼下既然被人怀疑，这是业定，无法更改了。"事见《北齐书·列传第二十四》等。

〔一二〕钦钦其在抱：见卷四《答程在山》注〔七〕。

与史抑堂少司马〔一〕

书来，命以本月团圞之夕，联两家儿女之欢〔二〕。枚谨照司马《书仪》，拜领侍郎门状矣〔三〕。伏念以孔、李通家〔四〕，作朱、陈姻娅〔五〕，礼虽成于一日，数早定于三生。然非亲家略势位而重文章，念交情而怜故旧，何以有此？昔孙明复士流也，李迪贵相也，李妻以侄女，孙疑焉。其弟子石介进曰："公卿不下士久矣！今李相国独能如此，先生宜许之，以成相公之贤。"〔六〕枚不敢有违宠命，亦步趋孙公之意。园中植紫薇三株，十易星霜，从无蓓蕾，今年盛开，烂如云锦，或者薇省呈祥，应在将来甥馆乎〔七〕？虽瑞应之符〔八〕，儒者不道，而荣华之景，触目欣然。附及之，勉公子读书，博亲家莞尔〔九〕。

注释

〔一〕史抑堂少司马：即史奕昂（1712—1791），字颉甫，江苏溧阳人，文渊阁大学士史贻直次子。历官刑部员外郎中、山东兖沂曹济道、运河兵备道、甘肃布政使、福建按察使、广东布政使、兵部左侍郎。少司马，兵部侍郎的别称。史奕昂于乾隆三十年（1765）十一月署兵部左侍郎，三十一年（1766）正月实授，十月革职。

〔二〕命以本月团圞之夕，联两家儿女之欢：团圞，犹团聚。乾隆四十九年（1781）年二月，袁枚将四妹袁杼之女鹏姑嫁与史奕昂第六子。

〔三〕司马《书仪》：北宋司马光撰写的一部士庶通礼，为嗣后朱熹编纂《家礼》所效法。门状：又称名帖，古代拜谒通报用的帖子。

〔四〕孔、李通家：通家，指彼此世代交谊深厚，如同一家。《后汉书·郑孔荀列传》载孔融拜访李膺，称“先君孔子与君先人李老君同德比义，而相师友，则融与君累世通家”。传说老子姓李，而孔子又有问礼于老子一事，故孔融借此自称是李膺的世交。

〔五〕朱、陈姻娅：语出唐白居易《朱陈村》：“徐州古丰县，有村曰朱陈。……一村唯两姓，世世为婚姻。”后用为两姓联姻的代称。

〔六〕“昔孙明复士流也”句：《宋史·孙复传》载，孙复字明复，晋州平阳人。举进士不第，退居泰山。李迪知其贤，以其弟之子妻之。复初犹豫，石介与诸弟子请曰：“公卿不下士久矣，今丞相不以先生贫贱，欲托以子，宜因以成丞相之贤名。”

〔七〕薇省：紫微省（又称“紫薇省”）的略称，借指中枢机要官署。甥馆：女婿的居处。

〔八〕瑞应：古代认为天降祥瑞以应人君之德。

〔九〕莞尔：微笑的样子。

答洪稚存〔一〕论吴中行〔二〕

明吴中行以门生劾座主江陵〔三〕，映川赋诗颂之〔四〕。仆心不喜，道师有过，当谏；谏而不听，当避位〔五〕。斯言也，下笔后颇知其非。位受之于君，非受之于师，不得援孟子论异姓之卿之礼〔六〕，为事师之则。继而思之，位虽受之于君，而所以能受之于君者，未尝非师之力。饮水知源，不为无理，以故仍而不改〔七〕。

昨接手书，果招足下之规〔八〕，夫复何辨？第足下来书，尚有未协者。书中道座主轻于举主说，良是也〔九〕。举主知其人，其恩重；座主知其文，其恩杀〔一〇〕。然唐、宋以后科目盛，辟举衰，士大夫舍座主无由进身，则座主之恩，不得不同于举主〔一一〕。东汉举主有丧，门生衰麻避位，亦何尝不以君臣之义，行之师弟之间〔一二〕？若曰座主取士，彼自奉公令耳，于士无与也〔一三〕。然则父母生子，彼自感情欲耳，亦于子无与矣。忘本之言，伊于胡底〔一四〕？郑子濯孺子以学射庾公之徒之故，叩轮而反，孟子与之〔一五〕。夫追寇，君命也；学射，小伎也。学于其徒，非学于庾公也，然卒不忍以夫子之道反害夫子。孟子以为端人，且引以证逢蒙之恶。然则使孔、孟为人门生，必不劾座主以为名也可知。唐萧遘扶王铎上殿，昭宗见之甚喜，曰："卿待座主如此，待朕可知。"〔一六〕李夷简劾杨凭，杨远贬，其门客徐晦送之。夷简表晦为御史，曰："君不负杨公，肯负国乎？"〔一七〕古明君贤臣，往往观过知仁，十不爽一〔一八〕。而欧公所谓未干荐祢之墨，先弯射羿之弓者〔一九〕，其人果何如也？

足下虑禁劾座主，将有植党之虞〔二〇〕，则与仆言相背，何也？仆言事师之道，有过则谏，谏而不听则避位。果能如仆所言，则门生多，谏者愈多，避位者愈多。大臣不善，朝廷且为之一空矣。彼座主者，独无所慑于心，而不改弦易辙乎〔二一〕？又安见其植党满朝，而不敢动摇也？所引楚弃疾、李怀光事，尤为不伦〔二二〕。楚王将杀子南，三泣其子，王之心岂不欲其子之谏父耶〔二三〕？然而弃疾之谏与不谏，传无明文，卒与父同死，或其间必有委曲难全之故。遥遥千秋，难以臆断。至于怀光谋反，李璀大义灭亲〔二四〕，自无两全之术。使当日江陵果谋反，则中行劾之当也〔二五〕。足下书中所谓缓不及待是也。乃江陵并非谋反，所劾者不过夺情一节，则是江陵一身之私罪，与宗社安危毫无关阂，有何缓不及待之有〔二六〕？而况中行上疏之明日，赵疏入矣；又明日，艾疏入矣；又明日，沈疏入矣〔二七〕。明目张胆攻江陵者，如云而起，何劳门下士急急争先？且夺情之说，尚有可疑者。《王制》："父母之丧，三年不从政。"〔二八〕礼也。然《丧服大记》

云："君既葬，王政入于国；大夫、士葬，公政入于家。"〔二九〕似大夫丧，可以知政也。郑注：《王制》之"三年不从政"，指庶人，非指大夫〔三〇〕。其义更明。《檀弓》云："父母之丧，使必知其反。"〔三一〕似大夫丧中可以出使也。《公羊传》："闵子要绖而服事。"〔三二〕既要绖矣，又服王事，似亦在位守制之滥觞〔三三〕。中行仅记《礼经》一二句，而未读全书，与议大礼获罪者，都是一丘之貉。古名臣如汉之赵熹、耿恭，晋、隋之傅咸、柳彧，唐之房、杜、褚遂良、张九龄，宋、元之陈恕、廉希宪，俱有夺情之事。彼数君子者，岂无门生故吏，略知大义之人，而何以史册寂然，不闻有弹之者〔三四〕？岂非明代以前风俗敦厚，而悻悻争名者尚少故耶〔三五〕？史称江陵相万历二十余年，四夷宾服，海内充实，有霍子孟、李赞皇之遗风〔三六〕。然则中行果有爱国之心，方宜留护江陵，为贤者讳过可也〔三七〕。为国狗之瘈犹不可〔三八〕，而竟为山中之狼〔三九〕，其可乎？

《中行本传》称中行既上疏，以副封白江陵〔四〇〕。江陵大惊，曰："已上耶？"曰："不上，不敢白也。"审是，则中行不但不谏其师，并欺蔽之使不知过，而突出其不意以相攻击，其心术尚可问乎！《左氏》曰："人之欲善，谁不如我？"〔四一〕中行好名，江陵亦好名，观其惊问疏上否，颇有悔过掩覆之思〔四二〕。使中行不廷争之，而私执门生之义，爱人以德，造膝婉陈，未必不动其天良，而自行求去也〔四三〕。及闻其疏已上，则大名已裂，状如被逐，刚愎之性，遂倒行而逆施。程子所谓吾党激成之祸〔四四〕，《儒行》所谓贤者之过可微辨，不可面数〔四五〕，正谓此也。且中行为他人父，为他人母，使自己父母之遗体毁伤廷杖，尤为可嗤〔四六〕。而此后台臣阁臣，水火偾兴，互相排诋，无一日休，必至国亡而后已〔四七〕。如庸医治病，专务斗药争方，而全不顾其人之元气命脉也。扬其波者，中行与有罪焉。本朝理学名儒，如李安溪、朱高安〔四八〕，皆夺情辅政，而群臣御史亦寂无一言，扫尽前明陋习，非圣明在上，何能如此？

仆山居，老矣，未必有为座主之日，而足下高才少年，为门生、为座主之日正长。言之者无私，闻之者有益，故不觉其倾尽焉。

注释

〔一〕洪稚存：即洪亮吉（1746—1809），字君直、稚存，号北江，晚号更生居士，江苏阳湖（今常州）人。乾隆五十五年（1790）榜眼，授编修，官至贵州学政。有《更生斋集》等。袁枚与洪亮吉论辩吴中行劾座主夺情一事，凡书信往复三次，时在乾隆四十年（1775）秋至四十一年（1776）间。洪亮吉原信见收于其《卷施阁文甲集·补遗》，标题依次作《与袁简斋书》《再与袁简斋书》《三与袁简斋书》。

〔二〕吴中行（1540—1594）：字子道，号复庵，南直隶武进（今江苏常州）人。隆庆五年（1571）进士，选庶吉士，授编修。万历五年（1577）座主大学士张居正遭父丧，夺情视事，中行上疏极谏，居正怒，廷杖几毙。居正死后，复召故官，屡起屡废，终于侍讲学士，掌南京翰林院事，又被劾，归卒。

〔三〕座主：见卷二《上座主虞山相公》注〔一〕。江陵：即张居正，因其为湖广江陵（今湖北荆州）人，故称。

〔四〕映川：即赵怀玉（1747—1823），字亿孙，号味辛，江苏武进（今常州）人。乾隆四十五年（1780）召试举人，授内阁中书，出为山东青州府海防同知，署登州、兖州知府。有《亦有生斋集》。

〔五〕避位：让位，辞职。

〔六〕孟子论异姓之卿之礼：《孟子·万章下》："（齐宣王）问异姓之卿。曰：'君有过则谏；反复之而不听，则去。'"

〔七〕仍：依旧。

〔八〕规：规劝。

〔九〕举主：保举别人的人。良是：的确是这样。

〔一〇〕杀：消减。

〔一一〕科目：即科举。辟举：征召荐举。

〔一二〕衰（cuī）麻：衰衣与麻绖。前者是丧服，后者是服丧期间系在头部或腰部的葛麻布带。师弟：老师和弟子。

〔一三〕无与（yù）：不相干。

〔一四〕伊于胡底：语出《诗经·小雅·小旻》，意即到什么地步为止。

〔一五〕“郑子濯孺子”句：《孟子·离娄下》载，郑国派子濯孺子率军侵犯卫国，卫国则派庾公之斯迎战。由于庾公之斯曾向尹公之他学习射箭，而尹公之他的箭术又自子濯孺子处学来，所以二人颇有渊源。两军阵前，子濯孺子因疾病发作，不能开弓放箭。庾公之斯认为自己奉君命出征，不能故意对敌人心慈手软，但又实在无法对一个病人下手，于是在车轮上敲掉箭头后，向子濯孺子射出四箭，然后才收兵。孟子对此举颇为赞赏。

〔一六〕“唐萧遘（gòu）扶王铎上殿”句：萧遘，字得圣，祖籍南兰陵（今江苏武进），晚唐宰相。《旧唐书·列传第一百二十九》载，王铎是萧遘参加科举考试时的主考官，唐僖宗在蜀地时，二人同时拜相。一次僖宗召见，王铎不慎跌倒，萧遘从旁将他扶起。僖宗非常高兴，对萧遘道：“你能尊重长者，我很高兴。”萧遘答道：“臣扶王铎不仅仅是尊重长者，还因为臣是王铎的门生。”僖宗笑道：“王铎选进士，朕选宰相，都没有亏负你啊。”

〔一七〕“李夷简劾杨凭”句：李夷简与杨凭均为中唐时人。杨凭任江南观察使时，贪图钱财。当时李夷简是杨凭属下的刺史，不被以礼相待。元和年间，杨、李二人分别官至京兆尹与御史中丞，李夷简乃揭发杨凭贪赃罪，导致杨凭被贬为临贺县尉。不久，李夷简出任检校礼部尚书、山南东道节度使。杨凭被贬后，只有门客徐晦一路送行至蓝田。李夷简知道后，上表推荐徐晦为监察御史。徐晦前往答谢，并询问推荐原因，夷简答曰：“君不负杨临贺，肯负国乎？”事见《新唐书·列传第八十五》。御史，官名，掌监察。

〔一八〕观过知仁：语出《论语·里仁》：“观过，斯知仁矣。”意即察看人的过失，可辨别贤愚。爽：差错。

〔一九〕未干荐祢之墨，先弯射羿之弓：语出北宋欧阳修《亳州谢上表》：“未干荐祢之墨，已弯射羿之弓。”祢，即东汉末年名士祢衡，曾被孔融推荐给曹操。羿：即传说中的射日英雄后羿。

〔二〇〕植党：结党，树立党羽。虞：忧虑。

〔二一〕改弦易辙：换上新琴弦，改变行车道路。比喻改变方针、方向。

〔二二〕楚弃疾：春秋中期楚国令尹子南之子，尝为楚康王御士，其父为康王所杀后，自缢而死。李怀光（729—785）：唐渤海靺鞨人，本姓茹，其先徙幽州，以战功赐姓李氏。尝任朔方节度使等，后因兴兵反唐被杀。不伦：不伦不类。

〔二三〕“楚王将杀子南”句：楚王，即楚康王（？—前545），芈姓，熊氏，名昭，前559—前545年在位。子南，芈姓，熊氏，名追舒，字子南，楚康王八年（前552）为楚国令尹，翌年被楚康王处死。事见《左传·襄公二十二年》。

〔二四〕怀光谋反，李璀大义灭亲：《新唐书·列传第一百四十九上》：“初，怀光死，其子璀尽杀其弟乃死，故怀光无后。”李璀，名或作“琟”。

〔二五〕当（dàng）：恰当。

〔二六〕夺情：古代官员若遭父母丧事，应弃官家居守制，服满再行补职。若丧期未满即被朝廷召出任职，或朝廷命其不必弃官去职，称“夺情”。关阂（hé）：妨碍。

〔二七〕“中行上疏之明日”句：《明史·列传第一百十七》：“（吴中行）疏既上，以副封白居正。居正愕然曰：‘疏进耶？’中行曰：‘未进不敢白也。’明日，赵用贤疏入。又明日，艾穆、沈思孝疏入。”

〔二八〕父母之丧，三年不从政：语出《礼记·王制》，意即：父母去世，在三年守丧期间不应力役之征。

〔二九〕“《丧服大记》云”句：《礼记·王制》：“君既葬，王政入于国，既卒哭而服王事；大夫、士既葬，公政入于家，既卒哭、弁绖带，金革之事无辟也。”意即：孝子是国君的，葬后，天子的政令就又可以畅通于本国；卒哭以后，就可以为天子奔走效劳。孝子是大夫、士的，葬后，国君的命令又要照常执行；卒哭以后，就是遇到打仗的事也不可推辞。

〔三〇〕“郑注”句：郑，即东汉经学家郑玄。语出《礼记正义》卷十二：“庶人既无爵命，更无殊礼，三年之内，许其终丧。余居丧之外，不供他事，故下云：‘父母之丧，三年不从政。’”

〔三一〕父母之丧，使必知其反：语出《礼记·檀弓上》：“父母之丧，哭无时，使必知其反也。”意即：父母死后，孝子一想到伤心之处就哭，是为了让父母的魂魄能循着哭声回家。

〔三二〕闵子要绖（dié）而服事：语出《春秋公羊传·宣公元年》。闵子，即闵子骞，孔子弟子，以孝闻名。要绖，古代居丧期间束于腰间的麻带。服事，从事公职。

〔三三〕滥觞：江河发源之地水很浅，只能浮起酒杯。后指事物的起源。

〔三四〕弹（tán）：弹劾。

〔三五〕悻悻（xìng）：刚愎傲慢貌。

〔三六〕相万历二十余年：张居正于隆庆六年（1572）万历皇帝登基后，代高拱为内阁首辅，万历十年（1582）六月逝世，前后任首辅十年，并无二十余年。四夷宾服：周边民族都服从。霍子孟：即西汉名臣霍光，子孟其字。李赞皇：即晚唐名相李德裕，因其为赵郡赞皇人，故称。

〔三七〕讳过：隐瞒过错或失误。

〔三八〕国狗之瘈（zhì）：语出《左传·哀公十二年》："国狗之瘈，无不噬也。"孔颖达疏："国狗犹家狗，言家畜狂狗，必啮人也。"

〔三九〕山中之狼：典出明马中锡《中山狼传》，后康海又作《中山狼》杂剧，写春秋时期东郭先生路过中山，救狼而反遭狼害的故事。

〔四〇〕副封：副本。白：告知。

〔四一〕人之欲善，谁不如我：语出《左传·僖公九年》，意即：人们要求上进，谁不像我一样?

〔四二〕掩覆：掩盖，掩饰。

〔四三〕廷争：在朝廷上向皇帝极力谏诤。造膝：犹促膝。婉陈：委婉地陈述。

〔四四〕程子所谓吾党激成之祸：程子，即北宋理学家程颢。南宋李焘《续资治通鉴长编》卷三百五十七："（程）颢尝论熙宁初张戬争新法不可行，遂以语触王安石，因曰：'新法之行，乃吾党激成之，当时自愧不能以诚感寤上心，遂成今日之祸。吾党当与安石等分其罪也。'"

〔四五〕贤者之过可微辨，不可面数（shǔ）：《礼记·儒行》："儒有可亲而不可劫也……其过失可微辨而不可面数也。"意即儒者的过失可以委婉地批评，而不可以当面责备。

〔四六〕使自己父母之遗体毁伤廷杖，尤为可嗤（chī）：古人认为身体发肤受之父母，不敢毁伤。史称吴中行、赵用贤、艾穆、沈思孝、邹元标等上疏后，均遭廷杖，故袁枚称吴中行使自己父母之遗体毁伤于廷杖。嗤，嗤笑。

〔四七〕台臣：谏官。阁臣：明清大学士的别称。偾（fèn）兴：涨起。排诋：排斥诋毁。

〔四八〕李安溪、朱高安：指清初理学名臣李光地与朱轼，因其分别为福建安溪、江西高安人，故称。

再答稚存

再接来书，足下深以中行不谏其师为非，则与仆之原议已合。第就其引《礼经》数语，全力攻排〔一〕，此正仆平素蓄疑而愿有闻于君子者也。《丧服大记》云：“大夫、士既葬，言公事不言家事。”此公事对家事而言，非金革也。又上言“公政入于家”，下言“金革之事毋避”，似公政是公家之政，非金革也〔二〕。若重言之〔三〕，于义为赘。《公羊传》言“闵子要绖而服事”，不言鲁使。闵子为将军，故闵子悔之，以为不即乎人心？若果金革之事，礼所当然，又何不即人心之有，又何退而致仕之有？〔四〕《檀弓》出使之说尤怪〔五〕。三年之丧，业已不呼其门矣，岂有从门外呼其行役之理？《礼经》庞杂，实属可疑。子曰“多闻阙疑”〔六〕，疑非圣人所禁。足下因其一疑，而遽以为许江陵之夺情，是犹行路者，目方及牛，而东家邻遽指为盗牛也，不已过乎？古人在三之义〔七〕，君父并尊；既仕之后，父不得有其子。以故楚弃疾、唐李璀为君故，与谋弑父，而足下犹欲宽之；江陵亦为国故，忘归奔丧，而足下不能谅之。弑生父之罚轻，忘死父之罚重，足下断狱如此〔八〕，于义何当？

足下夸今人风俗有厚于古者，引《丧服》及妇女不再适云云〔九〕，仆又疑之。古丧服，父在为母期，统于尊也〔一〇〕。今与父同三年，似乎厚矣，而夫为妻纲之义亡。古王子有母死者，其傅为请数月之丧，压于嫡也〔一一〕。今与母同三年，似乎厚矣，而嫡庶之义亡。古子妇为舅姑服期〔一二〕，以名服也。今与子同三年，似乎厚矣，而不贰斩之义亡〔一三〕。大抵古礼疏，疏皆有故；今礼密，密乃虚行。古礼随其人之自致，故人多朴而真；今礼强之使行，非其所愿，故人多文而伪。宰予短丧之问〔一四〕，今三尺童子皆知其非，而当时圣门高弟，自以为安。汉公孙弘、原涉、胡广皆能终丧〔一五〕，唐房、杜、张、褚不能终丧〔一六〕。以礼论，则夺情者为非，终丧者为是；以人论，则房、杜辈为君子，公孙辈为小人。孔子曰："君子而不仁者有矣夫，未有小人而仁者也。"〔一七〕江陵夺情，实君子之不仁，而中行之劾座主，未见其为小人之仁也。礼有异父同母之服，故先儒称共姜为守义〔一八〕，不为守礼。夫女子从一而终，周公亲赞《周易》者也〔一九〕。开国时制礼作乐，何难申严此意，悬之象魏哉〔二〇〕！所以无闻焉者，圣人宁过于仁，毋过于义，有深意存焉。后世没其义，而大为之防。从此内有怨女，外有旷夫，闺门黯昧之间，有不忍言者，然后知古人阔略处，似宽而实严，非后世龌龊小儒所能置议〔二一〕。

仆谓中行不必毁伤遗体，足下引仗马不鸣相诮〔二二〕，于知人论世之道尤为疏谬。李林甫所喻仗马者，指御史也〔二三〕。御史，马之当鸣者也。中行官编修〔二四〕，不官御史，马之不当鸣者也。孔子曰："不在其位，不谋其政。"〔二五〕孟子曰："位卑而言高，罪也。"〔二六〕中行冒大不韪，以劾其师，而其师又非元恶大憝，如分宜一流，则其受祸也不得以杨、沈诸公比〔二七〕。夫知命者，不立乎岩墙之下〔二八〕。当时杨、沈劾分宜，冀嘉靖英明，必能威断故也〔二九〕，非故欲蹈不测以求名也。若江陵当国时，太后、少主方虚己听之〔三〇〕，其肯以小臣一疏逐江陵乎？中行此奏，非奏两宫〔三一〕，直奏江陵也。以为私谏之，则江陵虽听而己名不彰，公弹之〔三二〕，则江陵愈怒而己名愈显，千载而下，若见其肺肝。然而江陵者，亦笨伯也。彼好名，即与以名，堕其术中而不悟〔三三〕，致足下犹为其所欺。若夫椒山〔三四〕，并非分宜弟子，家传称其将劾分宜，先登其门，再告其党，若曰“尔能改过，则吾章亦不上矣”，以视中行，岂不毅然大丈夫哉？夫君子怀刑〔三五〕，原非得已。如其是，则为杀身成仁；如其非，则为暴虎冯河〔三六〕。差之毫厘，谬以千里，白刃可蹈，中庸不可能〔三七〕，此之谓也。至于台阁相倾〔三八〕，始于明之中叶，万历以前其风未炽。此论在《中行传》之下卷，史臣所言，非仆之言也〔三九〕。史臣与中行何仇，而必欲抹摋前二百年事耶？中行既不读《礼经》全文，而足下又未观《明史》全部，致仆哓哓为多言之徒矣〔四〇〕，奈何！

注释

〔一〕攻排：抨击。

〔二〕“《丧服大记》云”数句：《礼记·丧大记》：“（父母）既葬，与人立：……大夫士言公事，不言家事。……大夫、士既葬，公政入于家，既卒哭、弁绖带，金革之事无辟也。”意即：父母葬后，与别人站在一起：……大夫、士只谈国事，不谈家事。……大夫、士葬后，国君有政令传到，过了卒哭祭，头戴弁加首绖和腰绖（去执行国君的命令），即使从军作战也不回避。

〔三〕重（chóng）言：再次申说。

〔四〕“《公羊传》言”数句：《春秋公羊传·宣公元年》：“古者臣有大丧，则君三年不呼其门。已练可以弁冕，服金革之事。君使之非也，臣行之礼也。闵子要绖而服事，既而曰：‘若此乎古之道，不即人心。’退而致仕。”金革之事，指战争。不即人心，犹言不近人情。致仕，交还官职，即辞官。

〔五〕《檀弓》：即《礼记·檀弓》篇。

〔六〕多闻阙疑：语出《论语·为政》：“子曰：‘多闻阙疑，慎言其余，则寡尤。’”

〔七〕在三：典出《国语·晋语一》：“成闻之：‘民生于三，事之如一。'父生之，师教之，君食之。非父不生，非食不长，非教不知，生之族也，故壹事之，唯其所在，则致死焉。"韦昭注："三，君、父、师也。"

〔八〕断狱：审理判决案件。

〔九〕"足下夸今人风俗有厚于古者"句：洪亮吉《再与袁简斋书》："夫风俗之厚薄，原有今不如古者，亦有今远过于古者。古大臣不行丧，而今必终三年，不得谓今薄而古淳也。又如北宋以前士大夫妻不耻再适，而今则严从一之义。若必欲事事师古，则诒讥者又岂少哉？"再适，再嫁。

〔一〇〕"古丧服"句：《礼记·丧服四制》："天无二日，土无二王，国无二君，家无二尊，以一治之也。故父在，为母齐衰期者，见无二尊也。"意即：父亲健在时母亲去世，那就只能降服齐衰，丧期一年。

〔一一〕"古王子有母死者"句：《孟子·尽心上》："王子有其母死者，其傅为之请数月之丧。公孙丑曰：'若此者，何如也？'曰：'是欲终之而不可得也。虽加一日愈于已，谓夫莫之禁而弗为者也。'"

〔一二〕子妇：这里指儿媳。舅姑：这里指公婆。

〔一三〕斩：即斩衰（cuī），古代五服中最重的丧服，服期三年。

〔一四〕宰予短丧之问：《论语·阳货》："宰我问：'三年之丧，期已久矣。君子三年不为礼，礼必坏；三年不为乐，乐必崩。旧谷既没，新谷既升，钻燧改火，期可已矣。'"宰予，字子我，孔子弟子。他认为服丧三年的时间太长，应缩减为一年。

〔一五〕汉公孙弘、原涉、胡广皆能终丧：公孙弘（前200——前121），字季，齐地菑川人（今山东寿光），官至丞相，封平津侯，谥献侯。《史记》《汉书》均有传。原涉（？—24），颍川阳翟（今河南禹州）人，王莽新朝时游侠，尝任谷口县令。事见《汉书·游侠传》。胡广（91—172），字伯始，南郡华容（今湖北监利）人，官至太傅，封安乐乡侯，谥文恭。事见《后汉书·邓张徐张胡列传》。终丧，服满三年之丧。

〔一六〕房、杜、张、褚：分别指唐代名臣房玄龄、杜如晦、张九龄、褚遂良。

〔一七〕君子而不仁者有矣夫，未有小人而仁者也：语出《论语·宪问》，意即：君子中没有仁德的人是有的，而小人中有仁德的人是没有的。

〔一八〕先儒称共姜为守义：《诗经·鄘风·柏舟》之《毛诗序》云："《柏舟》，共姜自誓也，卫世子共伯蚤死，其妻守义，父母欲夺而嫁之，誓而弗许，作是诗以绝之。"

〔一九〕女子从一而终，周公亲赞《周易》：《周易·恒卦》："六五，恒其德，贞；妇人吉，夫子凶。"《象传》："妇人贞吉，从一而终也。"古人或谓《周易》卦辞为周文王所作，爻辞为周公所作。

〔二〇〕申严：申令严格遵守或执行某种法令措施。象魏：又名"阙""观"，古代天子、诸侯宫门外的一对高建筑，为悬示教令的地方。后借指宫室、朝廷。

〔二一〕怨女：大龄而未嫁的女子。旷夫：大龄而未娶的男子。黯昧：暧昧，不明不白。龌龊：形容气量狭小，拘于小节。小儒：眼光狭小的愚陋读书人。置议：议论，评论。

〔二二〕仗马不鸣：《新唐书·列传第一百四十八上》载，李林甫任宰相十九年，独揽朝政，蒙蔽皇帝耳目。他曾对谏官说："君等独不见立仗马乎，终日无声，便得粮草饲养；若有一声嘶鸣，便立即被剔除。就算再想不乱叫，也不可能再被征用。"此后，朝中谏官无人再敢直言谏争。诮（qiào）：责备。

〔二三〕御史：古代官名，主监察。

〔二四〕编修：古代官名，明清属翰林院，多以一甲进士及庶吉士留馆者担任，无实职。

〔二五〕不在其位，不谋其政：语出《论语·泰伯》。

〔二六〕位卑而言高，罪也：语出《孟子·万章下》，意即：如果职位很低却去议论国事，是罪过。

〔二七〕元恶大憝（duì）：语出《尚书·康诰》。本义是大为人所憎恶，后指元凶魁首。分宜：即明代奸臣严嵩，因其是江西分宜人，故称。杨、沈诸公：即杨继盛、沈炼，二人均曾向嘉靖帝上疏陈述严嵩罪状，亦均遭严嵩报复而死于狱中。

〔二八〕知命者，不立乎岩墙之下：语出《孟子·尽心上》，意即懂天命的人不会站立在危墙下面。

〔二九〕威断：果断，决断。

〔三〇〕虚己：谦虚，虚心。

〔三一〕两宫：太后和皇帝。这里指万历帝及其母孝定皇太后李氏。

〔三二〕公弹：公开弹劾。

〔三三〕堕其术中：落入别人布置的圈套。

〔三四〕椒山：即杨继盛，椒山其号。

〔三五〕君子怀刑：语出《论语·里仁》，意即君子想的是法制。

〔三六〕暴虎冯（píng）河：语出《诗经·小雅·小旻》：“不敢暴虎，不敢冯河。”暴虎，空手搏虎。冯河，徒步过河。

〔三七〕白刃可蹈，中庸不可能：语出《礼记·中庸》，意即利刃是可以踩上去的，而中庸之道却不容易实行。

〔三八〕台阁相倾：台臣、阁臣彼此排挤，互相倾轧。

〔三九〕此论在《中行传》之下卷，史臣所言：《明史·列传第一百十八》：“明至中叶以后，建言者分曹为朋，率视阁臣为进退。依阿取宠则与之比，反是则争。比者不容于清议，而争则名高。故其时端揆之地，遂为抨击之丛，而国是淆矣。”《明史》为清廷官方设明史馆而敕修之史籍，故云“史臣所言”。

〔四〇〕哓哓（xiāo）：争辩不止的声音。

又

韩魏公与欧公，至交也，论《系词》终身不合〔一〕；温公与范景仁〔二〕，畏友也，论乐律驳辨千言；杨慈湖亲受业于朱子〔三〕，而论天命之性，以为不当杂人物而言。古人明辨义理，当仁不让，有何前后辈之分？足下引相规者之言〔四〕，疑仆有所介意，是何相待之薄耶？

昨年读《中行传》，为其劾座主，心为怦怦，欲作论正之而未暇也。偶批映川诗，约略及之。得足下两回往复，如骨哽喉，出而哇之〔五〕，于心始觉畅然。仆方感足下启予之不暇〔六〕，而又何懵焉？《礼经》庞杂，仆平日纠摘千余条〔七〕，不止丧礼。丧中服政[八]，但云“金革之事毋避”数字足矣，何必纷纷多言？一则曰权[九]，再则曰权，实开天下以无所不权之渐。注云“权礼”，“权礼”者，皆系后人曲为护解之词，何足引据[一〇]？仆前札云：“三年之丧，业已不呼其门矣，岂有从门外呼其行役之理？”语虽涉谑，恐郑、马复生，亦不能再下一转语[一一]。足下不能将前所疑者，条条指示，而徒颟顸相压，老泉所谓与人争，而引吾父之言以实之，人之心何能释然乎[一二]？

同年庄滋圃夺情作湖北巡抚，仆曾移书规之，此已梓入集中，足下之所见也，何独于江陵而犯不韪以护之哉[一三]？盖江陵为万历不可少之人，而庄公非圣朝必需之佐，其间轻重，不可不察。白太傅一生佞佛，而作《貘屏赞》则曰：“佛象日益，兵刃日滋。”[一四]苏子瞻谏用兵，引唐太宗伐高丽为戒，作《策断》，则以为可法[一五]。夫言岂一端而已[一六]，夫各有所当也。

总而论之，江陵夺情非礼，中行劾座主尤非礼。江陵之非礼，人人知之；中行之非礼，人人不知。君子立言，必阐发于人所不知之处，而后足以传世而行远，何必学三家村学究之见，人云亦云哉？请再思之。

以上三篇嫌太词费，故删作一篇入《文集》[一七]，而存原稿于《尺牍》中。自记。

集中有“有约乾坤不受恩”之句，映川手批亦复沾沾自喜。仆意颇不以为然。陶渊明是旷代高人，而乞人一饭，至于冥报相贻[一八]；杜少陵许身稷契，而感孙宰盘飧，至于永结弟昆[一九]；范文正公以晏公一荐，终身执弟子之礼[二〇]。三君子者，岂其绝无风骨，而甘心于感恩图报，卑贱若此哉？此正见古人仁心为质[二一]，不肯矜矜然自作身分处。忠臣孝子，皆由此一念扩而充之，受恩何妨？但问所受者为何人之恩耳。蔡中郎虽失身于董卓，然而闻变一叹，观过知仁，终不失其为中郎也〔二二〕。又记孔子之言曰："自季孙之赐我粟千钟也，而交益亲；南宫敬叔之乘我车也，而道益行。"〔二三〕在圣人未尝不受人之恩，而况我辈，又何必为大言以欺世耶？

仆老矣，贫贱时未尝受人一饼金，通人一关节，然而或褒其才，或荐其馆，或哀其饥渴，或助其资粮，或一科，或一第，皆恩也〔二四〕。如之何不受？如之何可忘？盍以此言再质之映川〔二五〕？

注释

〔一〕韩魏公：即北宋名臣韩琦，因其受封魏国公，故称。欧公：即欧阳修。《系词》：即《周易·系辞传》，分上、下两部分。

〔二〕温公：即北宋史学家、文学家司马光，因其卒赠温国公，故称。范景仁：即北宋史学家范镇，景仁其字。

〔三〕杨慈湖：即南宋理学家杨简，慈湖其号。朱子：即朱熹。

〔四〕规：规劝。

〔五〕出而哇之：语出《孟子·滕文公下》。哇，本指呕吐，这里是不吐不快的意思。

〔六〕启予：语出《论语·八佾》。启，启发。

〔七〕纠摘：这里指纠正。

〔八〕服政：从事公务。

〔九〕权：权宜，变通。

〔一〇〕注云"权礼"：《礼记·丧大记》："君既葬，王政入于国。既卒哭而服王事。大夫、士既葬，公政入于家。既卒哭，弁绖带，金革之事无辟也。"郑玄注："此权礼也。弁绖带者，变丧服而吊服，轻，可以即事也。"护解：袒护，开脱。

〔一一〕郑、马：即东汉经学家郑玄、马融。转语：佛教禅宗名词，指随机应对的话。

〔一二〕颟顸（mān hān）：指不明事理或漫不经心。老泉：即北宋文学家苏洵，老泉其号。

〔一三〕"同年庄滋圃夺情作湖北巡抚"句：见《小仓山房文集》卷十六《与湖北巡抚庄公书》。庄滋圃，即庄有恭。移书，致书。不韪

（wěi），过错，这里指赞同夺情服政。

〔一四〕白太傅：即白居易，因其曾官太子少傅，故称。佞佛：沉迷于佛教。貘（mò）：传说中一种只吃铜铁的动物。

〔一五〕“苏子瞻谏用兵”句：苏轼《策断上》：“今夫庸人之论，则曰勿为祸始。古之英雄之君，岂其乐祸而好杀？唐太宗既平天下，而又岁岁出师，以从事于夷狄，盖晚而不倦，暴露于千里之外，亲击高丽者再焉。凡此者，皆所以争先而处强也。”

〔一六〕一端：一方面。

〔一七〕“以上三篇嫌太词费”句：《小仓山房文集》卷十九有《答洪稚存书》，即自以上三篇中的第一篇删并而来。

〔一八〕“陶渊明是旷代高人”句：陶渊明《乞食》：“衔戢知何谢，冥报以相贻。”

〔一九〕“杜少陵许身稷契”句：杜甫《彭衙行》云：“故人有孙宰，高义薄曾云。……众雏烂熳睡，唤起沾盘飧。誓将与夫子，永结为弟昆。”

〔二〇〕“范文正公以晏公一荐”句：晏公，即北宋文学家晏殊。范文公，即范仲淹，因其卒谥文正，故世称范文正公，简称范文公。南宋叶梦得《石林燕语》卷九载，晏殊曾举荐范仲淹，后范仲淹一生都对晏殊执弟子之礼。

〔二一〕仁心为质：语出《史记·袁盎晁错列传》：“袁盎虽不好学，亦善傅会，仁心为质，引义慷慨。”意即以仁爱之心为本体。

〔二二〕蔡中郎：即东汉后期学者、文学家蔡邕，因其曾任左中郎将，故世称蔡中郎。《后汉书·蔡邕列传》载，董卓被诛杀后，蔡邕因在王允座上为董卓叹息而被下狱，不久即死于狱中。

〔二三〕“孔子之言曰”句：《孔子家语·致思》：“孔子曰：‘季孙之赐我粟千钟也，而交益亲，自南宫敬叔之乘我车也，而道加行。’”季孙，即季康子，名肥，春秋后期鲁国大夫。交益亲，我和朋友们的关系更加亲密。南宫敬叔，名阅，春秋后期鲁国大夫。道加行，我的道更加流行。

〔二四〕饼金：饼状的金块，这里泛指钱财。荐其馆：推荐担任塾师或幕客。

〔二五〕盍（hé）：何不。质：询问。

与梅衷源〔一〕

诗宗韩、杜、苏三家〔二〕，自是取法乎上之意。然三家以前之源流，不可不考；三家以后之支流，不可不知。《书》曰："德无常师，主善为师。"〔三〕子贡曰："夫子焉不学，而亦何常师之有？"〔四〕杜少陵曰："转益多师是我师。"〔五〕皆极言师法之不可不宽也。

三家虽是大家，然拘守之，则取径太狭。譬如人学孔、孟，岂不甚佳？倘汉、唐以后之贤人君子茫然不知，其能超乘躐等〔六〕，而自跻于孔、孟之列乎？常规家蕙纕孝廉云〔七〕："士有乡党自好之士〔八〕，文亦有乡党自好之文，不可不察也。"且诗中之题目甚多，而古人之擅长不一。如庙堂宜沈、宋，风月宜王、孟，登临宜李、杜，言情宜温、李，属辞比事宜元、白，岩栖谷饮宜陶、韦，咏古器物宜昌黎〔九〕。在古人名成而去，原各不相谋，我辈宜兼收而并畜之，到落笔时，相题行事，方不囿于一偏。迨至真积力久，神明变通之后，其中又有我在焉。自成一家，令人莫测其所由来，则于斯道尽之矣。董文敏公论书法云〔一〇〕："其初须与古人合，其后须与古人离。"诗文字画，皆一理也。

足下年甚少，才甚猛，为之不止，此种意义，自能领悟，无待人言。然既问途于老马〔一一〕，则不得不就其所见，倾倒出之。昔邢颙之谏东阿王曰："君王爱庶子之春华，忘家丞之秋实。"〔一二〕斯言良是也。然天地气机，不有春华，何由秋实哉？近日上江学者少春华，下江学者少秋实〔一三〕，能如西门、安于各矫其弊〔一四〕，则大善矣。

注释

〔一〕梅衷源：即梅冲（1762—1826），字衷渊，一字衷源，号抱苏、抱村。祖籍安徽宣城，迁居江苏上元（今南京）。梅文鼎玄孙，梅曾亮父。早年为袁枚弟子。嘉庆五年（1800）举于乡。有《然后知斋四书五经答问》《庄子本义》《离骚经解》《勾股浅述》等。

〔二〕韩、杜、苏：即韩愈、杜甫、苏轼。

〔三〕德无常师，主善为师：语出《尚书·咸有一德》，意即：修养德行没有固定的老师，坚守善道的人都可以成为自己的老师。

〔四〕夫子焉不学，而亦何常师之有：语出《论语·子张》，意即：我的老师何处不学，又为什么要有一定的老师来专门传授呢?

〔五〕转益多师是我师：语出杜甫《戏为六绝句》："转益多师是汝师。"

〔六〕超乘（chéng）：出众。躐（liè）等：超越等级，不遵循原有次序。

〔七〕规：规劝。家蕙壤（xiāng）孝廉：即袁鉴。

〔八〕乡党自好（hào）：语出《孟子·万章上》："自鬻以成其君，乡党自好者不为，而谓贤者为之乎？"乡党，犹言乡里。古代五百家为党，一万二千五百家为乡，合称乡党。自好，犹言洁身自好。

〔九〕"庙堂宜沈、宋"句：沈、宋，王、孟，李、杜，温、李，元、白，陶、韦，昌黎，依次指沈佺期、宋之问，王维、孟浩然，李白、杜甫，温庭筠、李商隐，元稹、白居易，陶渊明、韦应物，韩愈。庙堂，朝廷。属（zhǔ）辞比事，原指连缀文辞、排比事实，后泛称作文纪事。岩栖谷饮，代指隐居。

〔一〇〕董文敏公：即晚明书画名家董其昌（1555—1636），字玄宰，号思白、香光居士，松江华亭（今上海市闵行区）人。万历十七年（1589）进士，授翰林院编修，官至南京礼部尚书，卒谥文敏。

〔一一〕问途于老马：见卷四《答芷塘太史》注〔七〕。

〔一二〕"邢颙（yóng）之谏东阿王"句：邢颙（？—223），字子昂，河间鄚县（今河北任丘北）人，三国曹魏大臣，官至太常。东阿王，即曹植。"君王爱庶子之春华，忘家丞之秋实"，语出《三国志·魏志·邢颙传》，春华、秋实分别比喻文采和品行学问。

〔一三〕上江、下江：长江自安徽流入江苏，故旧称安徽为上江，江苏为下江。

〔一四〕西门、安于各矫其弊：语出《韩非子·观行》：“西门豹之性急，故佩韦以自缓；董安于之性缓，故佩弦以自急。”西门，即西门豹，战国初期魏国安邑（今山西运城）人，魏文侯时任邺令，《史记·滑稽列传》有传。安于，即董安于（？—前496），春秋末期平阳翼城人，晋国五卿之一赵鞅的家臣。西门、安于各矫其弊，意谓将二人性急、性缓的弊病各自矫正。

与杨兰坡明府〔一〕

昔人称韩文、杜诗无一字没来历〔二〕，然当时韩、杜二公不见自下注脚。唐、宋大家集中，班班可考〔三〕。惟《金石录》载元微之《桐柏宫赋》自注数言，欧阳永叔讥之云：“古人从无自注其文者，元相此注殊陋。”〔四〕顾宁人用邪蒿事，自注见《北史·邢峙传》，毛西河笑之曰：“世上只宁人读《北史》耶？”〔五〕大抵古人用典，惟恐人知；今人用典，惟恐人不知。

明季以来，时文学兴〔六〕，古文学少，人人空疏。于是一二名士，先有自夸博雅之意，然后落笔，仆尝笑其心术不端。须知诗贵性情，不贵涂泽，文肆而质薤，古人所戒〔七〕。钟嵘《诗品》云：“高台多悲风”，“携手上河梁”，皆一时情景所触，羌无故实，竟成绝调。大明、泰始中，诱用典故，文章遂同抄书，文体大坏〔八〕。《南史》称沈隐侯用事，能如其胸臆之所出，教人读之，不知有典，所以难及〔九〕。此皆前哲明训，不可不知。况诗果流传，百千年后，自有后人替我笺注，何劳我之喋喋不惮烦哉？

或云“古事不宜注，近事宜注，使人知此诗之所由作”，此说是也。然李义山《锦瑟》一篇〔一〇〕，宁使后人东猜西揣，聚讼纷纷，而当时绝不多下一注，亦可想见古人之落落大方矣。

明府来诗绝妙，小注太多，故欲为删却。附白数语，当瞽人夜诵之音〔一一〕。

注释

〔一〕杨兰坡明府：即杨国霖，字兰坡，曾任广东高要（今广东肇庆）知县。乾隆四十九年（1784）袁枚出游岭南，尝与之过从。《随园诗话》卷十："高要令杨国霖兰坡，作吏三十年，两膺卓荐，傲兀不羁，与余相见端江，束脩之馈，无日不至。闻余游罗浮归，乞假到鼎湖延候……及余归时，送至十里外，临别泣下。"

〔二〕韩文、杜诗：韩愈的文章，杜甫的诗歌。

〔三〕班班可考：事情的源流始末清清楚楚，可以考证。

〔四〕"欧阳永叔讥之云"句：欧阳永叔，即北宋政治家、文学家欧阳修，永叔其字。其《集古录跋尾》卷八"唐元稹修桐柏宫碑"条云："其题云修桐柏宫碑，又其文以四言为韵语。既牵声韵，有述事不能详者，则自为注以解之。为文自注，非作者之法。"

〔五〕顾宁人：即明末清初学者、文学家顾炎武，宁人其字。毛西河：即明末清初学者、文学家毛奇龄，人称西河先生。

〔六〕时文：科举时代称应试的文章为时文。

〔七〕涂泽：修饰。文：指文章的语言风格与行文技巧。质：指文章的思想内容。肆：任意而行，缺乏约束。薤（xiè）：一种草本植物，这里形容思想内容的层次低下。

〔八〕"钟嵘（róng）《诗品》云"数句：钟嵘（约468—约518），字仲伟，颍川长社（今河南长葛）人。其诗歌评论专著《诗品》以五言诗为主，分上、中、下三品评论两汉至南朝梁的122位诗人，序云："至乎吟咏情性，亦何贵于用事？'思君如流水'，即是即目。'高台多悲风'，亦唯所见。'清晨登陇首'，羌无故实。'明月照积雪'，讵出经史？"为袁枚"高台多悲风"云云所本。大明、泰始，均为南朝刘宋的年号，大明（457—464）为宋孝武帝刘骏年号，泰始（465—471）为宋明帝刘彧年号。

〔九〕"《南史》称沈隐侯用事"句：北齐颜推之《颜氏家训·文章》："邢子才常曰：'沈侯文章，用事不使人觉，若胸臆语也。'深以此服之。"殆为袁枚"沈隐侯用事"云云所本。沈隐侯，即南朝齐梁时期文学家沈约，因其受封建昌县侯，谥隐，故称。事，典故。

〔一〇〕李义山：即晚唐诗人李商隐，义山其字。

〔一一〕瞽（gǔ）人夜诵：语出《后汉书·马廖传》："愿置章坐侧，以当瞽人夜诵之音。"瞽人，这里指盲乐师。

答人问生子

仆垂老生子〔一〕，亦偶然事耳，何足控揣而来〔二〕，问服食之方耶？要知无子而求之于服食之方，此子之所以不生也。虽然，生子亦未尝无方也。

昔方望溪〔三〕先生有弟子某，年逾商瞿〔四〕，戚戚然以无子为虑。先生笑曰："汝能学禽兽，则有子矣。"先生素方严，忽作谩语，其人愕然问故〔五〕。先生曰："'男女构精，万物化生。'〔六〕此处有人欲而无天理。今之人年过四十，往往当交构时，便有为祖宗绵血食之意〔七〕，将天理搀入人欲中，不特欲心不炽，难以成胎，而且以人夺天，遂为造物之所忌。子不见乎牛羊犬豕乎？其交也，如养由基之射〔八〕，一发一中，百发百中，是何故哉？盖禽兽无生子之心，但为阴阳之所鼓荡，行乎其所不得不行，止乎其所不得不止，遂生乎其所不得不生。又不见夫奸夫奸妇，偷期密约者乎？彼自知干名犯义〔九〕，方惟恐生子被人耻笑，而无奈发于情之不自禁，则奸生子往往独多，此其明验也。"其人悚然而退。

余因推广先生之意，为足下告曰："天地无心而成化，岂独子嗣为然哉？从来家出显贵者，其祖宗必不择吉地而后葬；获得窖金者，其人必不先望气而后掘；享高年者，平生不服丸散；作名将者，其人不读兵书〔一〇〕。此仆阅历数十年悟道之语。但愿足下此时无子，自视如有子然；将来有子，自视如无子然。能如是，则足下之子，不但易生，而且易养矣。”

注释

〔一〕仆垂老生子：袁枚于乾隆四十三年（1778）七月二十三日得一子，时年六十三岁。

〔二〕控揣：即控抟。《史记·屈原贾生列传》：“忽然为人兮，何足控抟。”司马贞《索隐》：“控抟，谓引持而自玩弄，贵生之意也。”

〔三〕方望溪：即清代古文家、桐城派初祖方苞，望溪其号。

〔四〕商瞿：鲁人，字子木，孔子弟子。《孔子家语·七十二弟子解》记商翟语曰：“昔吾年三十八无子，吾母为吾更取室。夫子使吾之齐，母欲请留吾。夫子曰：‘无忧也，瞿过四十，当有五丈夫。’今果然。”年逾商瞿，意即年过四十。

〔五〕方严：方正严肃。谩（màn）语：轻慢不逊的话。

〔六〕男女构精，万物化生：语出《周易·系辞下》。

〔七〕血食：古代杀牲取血，用以祭祀，故名。这里指传宗接代。

〔八〕养由基：春秋中期楚国大夫，以射术精良著称。

〔九〕干（gān）：冒犯。

〔一〇〕窖金：这里指地窖里藏的金子。丸散：中药的丸剂和粉剂。

答人求娶妾

足下托仆访美，而首载一条，拳拳于弓鞋之大小〔一〕。甚矣，足下非真好色者也！凡有真好者，必有独得之见，不肯随声附和。从古诗书所载咏美人多矣，未有称及脚者。

《宋书》称男子履方，妇人履圆〔二〕；《唐史》称杨妃罗袜〔三〕；韩冬郎诗“六寸肤圆光致致”〔四〕：皆不缠足之明证。

李后主使窅娘裹足，作新月之形，相传为缠足之滥觞〔五〕。然后主亡国之君，矫揉造作，何足为典？要今人每入花丛，不仰观云鬟，先俯察裙下，亦可谓小人之下达者矣〔六〕。不知眉目发肤，先天也，故咏美人者，以此为贵；弓鞋大小，后天也，刖之且可使断〔七〕，而何难于缠之使小乎？

或云足不小，则身不娉婷，此言尤误也。夫女之所以娉婷者，为其领如蝤蛴，腰如约素故耳，非谓其站立不稳也〔八〕。倘弓鞋三寸，而缩颈粗腰，可能望其凌波微步，姗姗来迟否〔九〕？仆尝过河南，入两陕，见乞丐之妻，担水之妇，其脚无不纤小平正，峭如菱角者。使足下见之，其皆认作西施、毛嫱〔一〇〕，而纳之后房乎？庄子曰："下士不可语于道者，囿于习也。"〔一一〕今之习尚，固有火化其父母之骸以为孝者，遂有裹小其女子之脚以为慈者，败俗伤风，事同一例。足下作诗文多皮附而不能深入，好色又随流俗而无能主裁。鄙意饮食男女之间，最易观人之真识见，故即一小事，而敢以逆耳之言进。

注释

〔一〕弓鞋：弓形的鞋，旧时缠足妇女所穿。

〔二〕《宋书》称男子履方，妇人履圆：南朝梁沈约《宋书·五行志》："昔初作履者，妇人圆头，男子方头。圆者，顺从之义，所以别男女也。"

〔三〕《唐史》称杨妃罗袜：唐李肇《唐国史补》卷上："玄宗幸蜀，至马嵬驿，命高力士缢贵妃于佛堂前梨树下。马嵬店媪收得锦靿一只，相传过客每一借玩，必须百钱，前后获利极多，媪因至富。"靿（yào），长筒袜。

〔四〕韩冬郎：即晚唐诗人韩偓，乳名冬郎。六寸肤圆光致致：语出韩偓《屐子》诗。

〔五〕"李后主使窅娘裹足"句：元陶宗仪《南村辍耕录》卷十"缠足"条载，南唐李后主宫嫔窅娘纤丽善舞，李后主令窅娘以帛缠绕足部，在莲花中舞蹈，有凌云飞舞之态。当时妇女争相效仿，妇女缠足陋习由此而生。滥觞，事物的起源。

〔六〕小人之下达者：语出《论语·宪问》：“君子上达，小人下达。”意即：君子通达于仁义，小人通达于财利。

〔七〕刖（yuè）：一种砍掉脚的酷刑。

〔八〕领如蝤蛴（qiú qí）：语出《诗经·卫风·硕人》，谓脖颈如蝤蛴般白净修长。蝤蛴，天牛的幼虫，色白身长。腰如约素：语出战国宋玉《登徒子好色赋》：“腰如束素。”素，洁白的生绢。

〔九〕凌波微步：语出三国魏曹植《洛神赋》。姗姗来迟：语出《汉书·外戚传》：“立而望之，偏何姗姗其来迟。”

〔一〇〕毛嫱：先秦时期与西施并称的美女。《管子·小称》：“毛嫱、西施，天下之美人也。”

〔一一〕“庄子曰”句：《庄子·秋水》：“曲士不可以语于道者，束于教也。”

答书巢〔一〕

夫不可以理测之谓数，不能以情解之谓命。妹夫十年中，三复官而三失之，皆系别风淮雨〔二〕，无可提防，宜方寸中乍冰乍火〔三〕。然春秋时季文子三穷三通〔四〕，蘧伯玉再仕再化〔五〕，因盱豫之悔，而获明夷之心〔六〕，又未尝不以命数之穷，转为学问之助。

香亭信来，劝妹夫就此回车，不必捐复〔七〕。仆不以为然，何也？庄子曰：“细视大不尽，大视细不明。”〔八〕凡人流行坎止〔九〕，总宜因任自然，不必预设成见。昔朱子曾问出处于君家文定〔一〇〕，文定云：“凡人仕宦进退，譬如饥饱冷暖，己所独知，不必问于旁人，亦非旁人所能参预。”此名儒之言，最中情款〔一一〕。妹夫此时年未六旬，家口百计，或渑池垂翅〔一二〕，息影蓬门；或鲁阳挥戈〔一三〕，苏而复上。当内审精神，外观大局，断非三千里外之香亭所能决策。而况古之人陈蕃受辟〔一四〕，黄宪辞征〔一五〕，各行其志，均不失为贤者。仆故不为刘湛之劝进〔一六〕，而亦不为袁淑之劝退也〔一七〕。惟智者自裁之。

注释

〔一〕书巢：即胡德琳。

〔二〕别风淮雨：南朝梁刘勰《文心雕龙·练字》："《尚书大传》有'别风淮雨'，《帝王世纪》云'列风淫雨'。'别''列'，'淮''淫'，字似潜移。'淫''列'义当而不奇，'淮''别'理乖而新异。"这里以书籍文字的以讹传讹，来借喻仕途的一误再误。

〔三〕方寸：心。乍冰乍火：忽冷忽热。

〔四〕季文子三穷三通：季文子（？—前568），即季孙行父，春秋中期鲁国正卿，谥文，史称季文子。西汉刘向《说苑·善说》载，卫将军文子问子贡："季文子三穷而三通，何也？"子贡回答说："其穷事贤，其通举穷，其富分贫，其贵礼贱。穷而事贤则不悔；通而举穷则忠于朋友，富而分贫则宗族亲之；贵而礼贱则百姓戴之。其得之，固道也；失之，命也。"

〔五〕蘧（qú）伯玉再仕再化：蘧伯玉，春秋后期卫国大夫，名瑗，字伯玉，谥成子。再仕再化，典出《庄子·寓言》："曾子再仕而心再化，曰：'吾及亲仕，三釜而心乐；后仕，三千钟而不洎，吾心悲。'"再仕而心再化，意即两次进入政界，心境迥然不同。

〔六〕盱（xū）豫之悔：语出《周易·豫卦》。盱豫，张望犹豫的样子。明夷之心：语出《周易·明夷卦》："明夷，利艰贞。"意即：《明夷》卦象征光明殒伤，利于牢记艰难，守持正固。

〔七〕香亭：即袁树。捐复：通过捐银来恢复因受处分而降革的官职。

〔八〕"庄子曰"句：《庄子·秋水》："夫自细视大者不尽，自大视细者不明。"意即：从细小的角度看庞大的东西不可能全面，从巨大的角度看细小的东西不可能真切。

〔九〕流行坎止：语出《汉书·贾谊传》："乘流则逝，得坎则止。"意即顺流而行，遇险即止。比喻顺利时出仕，遇挫时退隐。

〔一〇〕朱子：即朱熹。文定：即胡安国（1074—1138），字康侯，号青山，谥文定，学者称武夷先生，后世称胡文定公。

〔一一〕情款：真实情况。

〔一二〕渑池垂翅：《东观汉记》卷九载，冯异拜征西将军，与赤眉军作战。起初冯异败走回溪阪，后又在渑池一带大破敌军。事后，光武帝下诏书慰劳冯异说："垂翅回溪，奋翼渑池，失之东隅，收之桑榆。"意即：你虽然在回溪失利，但终于在渑池取胜，可谓失之东隅，收之桑榆。

〔一三〕鲁阳挥戈：典出《淮南子·览冥训》："鲁阳公与韩构难，战酣日暮，援戈而㧑之，日为之反三舍。"后用作人力胜天之譬喻。

〔一四〕陈蕃受辟（bì）：《后汉书·陈王列传》载，东汉名臣陈蕃最初在家乡汝南郡任职，被推举为孝廉，授郎中。因母亲去世，辞官居丧。服丧期满后，刺史周景召他为别驾从事，因二人意见不一，乃弃官而去。后被公府征辟，又被举为方正，皆不受任。汉代以征辟制选拔官吏，皇帝征召称"征"，官府征召称"辟"。

〔一五〕黄宪辞征：《后汉书·周黄徐姜申屠列传》载，东汉名士黄宪起初被选拔为孝廉，后又被召到公府。友人劝他到任，他未拒绝，但到京师后，马上就返回，居家过着闭门谢客的生活。

〔一六〕刘湛之劝进：刘湛（？—440），字弘仁，南阳涅阳（今河南邓州）人，是刘裕取代东晋，建立南朝宋的功臣之一。

〔一七〕袁淑之劝退：袁淑（408—453），字阳源，陈郡阳夏（今河南太康）人，官至太子左卫率。元嘉三十年（453），太子刘劭欲弑父宋文帝，拉拢袁淑共同起事，袁淑劝告不从，遂为刘劭所杀。

与奇丽川方伯〔一〕

前月路出皖江，自分小草闲云，不敢遽投手版〔二〕。乃蒙方伯闻其将到，先以名纸相迎〔三〕，待其趋辕，更以华筵款接。殷勤拂拭，若有前缘，玉麈挥时，清言娓娓。露醇儒之本色，忘人爵之尊荣〔四〕。此非古名臣内蕴渊深、义心清尚者，何能如是？

昔苏颍滨《上韩太尉书》云："平生心愿，于山见龙门、泰华之高，于人见欧阳公之伟。”[五]枚游过黄海、九华之后[六]，又见名贤，其福与苏公相似。拜辞之日，又蒙厚赐重重，有加靡已[七]。西洋镜好，不愁张籍青盲；普洱茶清，足解相如消渴[八]。捧竹器而思量清节，摇彩扇而奉扬仁风，一路归来，如有卿月光辉，满船照耀。唐人诗云：“惟有旧恩忘不得，半程犹自望城楼。”[九]其即枚别后之心情欤！久拟修书作谢，缘执讯人稀，羁迟匝月，才泐数行[一〇]。

注释

〔一〕奇丽川方伯：即奇丰额（1745—1806），字丽川，满洲正白旗人。乾隆三十四年（1769）三甲进士，任刑部主事、广东高廉道。乾隆四十五年（1780）三月授贵州按察使，四十七年（1782）九月迁安徽布政使，四十九年（1784）六月改广西布政使，五十二年（1787）六月改江苏布政使。乾隆五十七年（1792）五月授江苏巡抚，六十年（1795）五月革。嘉庆元年（1796）三月任叶尔羌办事大臣，五年（1800）六月解职，后任内务府主事。

〔二〕“前月路出皖江”句：皖江，安徽境内的长江两岸。分（fèn），料想。手版，明清时下属见上司或门生见座师所用的名帖。乾隆四十八年（1783）四、五月间，袁枚尝往游安徽南部的黄山、九华山，该信或即写于此时。

〔三〕名纸：古代拜谒时用的帖子。玉麈：玉柄拂尘。

〔四〕人爵：语出《孟子·告子上》：“有天爵者，有人爵者。仁义忠信，乐善不倦，此天爵也。公卿大夫，此人爵也。”

〔五〕苏颍滨：即北宋文学家苏辙，晚号颍滨遗老。《上韩太尉书》：全称《上枢密韩太尉书》，是苏辙于嘉祐二年（1057）写给太尉韩琦的一封信。欧阳公：即欧阳修。

〔六〕黄海：应是“黄山”之误。

〔七〕靡已：不停。

〔八〕西洋镜：即眼镜。张籍青盲：青盲，一种眼病。中唐诗人张籍曾官太祝，因患目疾，被称为“穷瞎张太祝”。相如消渴：相如，即西汉辞赋家司马相如。《史记·司马相如列传》：“相如口吃而善著书，常有消渴疾。”消渴，或即糖尿病。

〔九〕惟有旧恩忘不得，半程犹自望城楼：五代徐铉《贬官泰州出城作》："唯有恋恩终不改，半程犹自望城楼。"

〔一〇〕匝月：满一个月。泐（lè）：书写。

戏题小像寄罗两峰〔一〕

两峰居士为我画像〔二〕，两峰以为是我也，家人以为非我也，两争不决。

子才子笑曰〔三〕：圣人有二我："毋固毋我"之我，一我也；"我则异于是"之我，一我也〔四〕。我亦有二我：家人目中之我，一我也；两峰画中之我，一我也。人苦不自知，我之不能自知其貌，犹两峰之不能自知其画也。毕竟视者误耶？画者误耶？或我貌本当如是，而当时天生之者之误耶？又或者今生之我虽不如是，而前世之我、后世之我，焉知其不如是？故两峰且舍近图远，合先后天而画之耶〔五〕？然则是我非我，俱可存而不论也。

虽然，家之人既以为非我矣，若藏于家，势必误认为灶下执炊之叟，门前卖浆之翁，且拉杂摧烧之矣〔六〕。两峰居士既以为似我矣，若藏之两峰处，势必推爱友之心，自爱其画，将与《鬼趣图》，冬心、龙泓两先生像，共熏奉珍护于无穷，是又二我中一我之幸也〔七〕。故于其成也，不敢自存，转托两峰代存。使海内之识我者，识两峰者，共谛视之〔八〕。

注释

〔一〕罗两峰：即罗聘（1733—1799），字遯夫，号两峰，祖籍安徽歙县，其先辈迁居扬州。扬州八怪之一，为金农入室弟子。

〔二〕居士：出家人对在家信道者的泛称，文人雅士亦多用以自称。

〔三〕子才子：袁枚字子才，此其自称。

〔四〕毋固毋我：语出《论语·子罕》：“子绝四：毋意，毋必，毋固，毋我。”毋固，不拘泥固执。毋我，不自以为是。我则异于是：语出《论语·微子》：“我则异于是，无可无不可。”意即我就和他们这些人不同。

〔五〕舍近图远：犹舍近求远。先后天：语出《周易·乾卦》：“夫大人者，与天地合其德，与日月合其明，与四时合其序，与鬼神合其吉凶，先天而天弗违，后天而奉天时。”这里指前世与后世。

〔六〕拉杂摧烧：语出汉乐府《有所思》：“闻君有他心，拉杂摧烧之。”拆碎、捣毁、烧掉的意思。

〔七〕《鬼趣图》：罗聘的代表画作，凡八幅，画鬼态极尽其妙，借以讽世。冬心：即金农（1686—1763），字寿门，号冬心先生，浙江钱塘（今杭州）人。扬州八怪之一。龙泓：即丁敬（1695—1765），字敬身，号钝丁、砚林，别号龙泓山人等，浙江钱塘（今杭州）人。工诗善画，尤精篆刻，为浙派篆刻开山。

〔八〕谛视：仔细地看。

与和州刺史倪春岩索烛〔一〕

不接芳讯，荏苒八年。记昨秋邂逅秦淮，隔阑干而招手，盈盈一水，脉脉寸衷，卒不得纳屦升堂、交欢尽意为歉〔二〕。比来刺史摄篆和州，故人如江上春风，愈吹愈远，可胜惓然〔三〕！第不知都儿小子，犹侍后庭，陶婴誓言，不忘畴昔否〔四〕。念念！

仆客春远走台、荡〔五〕，二千余里，觅险寻诗。今将贾其余勇，为黄山、白岳之游〔六〕。渡江时，当先访旧雨〔七〕，后访名山也。

旧仆张荣，是仆宰江宁时管签押童子，皓然白首，还着青衣，念其穷老无归，与一函，使投辕下〔八〕。仆犹如此，主何以堪！望念其为王、谢堂前之燕，异目视之〔九〕。

偶过春圃家，见赠以和州红烛，分东壁之余光，照耀官阁〔一〇〕。而随园则一灯如豆，继晷无膏〔一一〕。何刺史之照其弟，而不照其兄也？求之欤，抑与之欤〔一二〕？

注释

〔一〕和州刺史倪春岩：即倪廷模，字帝培，别字群岩（又作春岩），浙江仁和（今杭州）人。乾隆二十五年（1760）进士，官至江防同知。卒后，袁枚为作《江防同知倪君帝培墓志铭》，收入《小仓山房文集》卷三十二。和州刺史，即清代安徽和州知州。乾隆四十八年（1783）四月，袁枚由江苏江宁出发，往游安徽黄山，途径和州，欲过访倪廷模，遂有此信之写作。

〔二〕秦淮：即南京秦淮河。阑干：即栏杆。寸衷：微小的心意。纳屦（jù）：穿鞋。

〔三〕摄篆：代理官职，执掌官印。惓（quán）然：恳切诚挚貌。

〔四〕后庭：犹后园。陶婴誓言：西汉刘向《列女传·鲁寡陶婴》："春秋鲁陶门之女，少寡，抚养幼孤，纺绩为生。鲁人或闻其义，将求匹，婴闻之，乃作《黄鹄之歌》以明志。鲁人闻之，遂不敢复求。"后以"陶婴"作为妇女贞节的典型。

〔五〕客春：去年春天，即乾隆四十七年（1782）春天。台（tāi）、荡：指浙江天台山、雁荡山。

〔六〕贾（gǔ）其余勇：贾，卖。这里是使出剩余力量的意思。白岳：即齐云山，位于安徽休宁县城西，古称白岳，与黄山南北相望，有"黄山白岳甲江南"之誉。

〔七〕旧雨：老友的代称。

〔八〕宰：主管。签押：在文书上签名画押。青衣：青色的衣服，多为古代低阶文官或卑贱者所穿的衣服，亦称"青衫"。辕下：辕门之下，引申为门下、部下。

〔九〕王、谢：琅琊王氏与陈郡谢氏的合称，后为世家大族的代名词。异目：犹另眼。

〔一〇〕春圃：即袁鉴。东壁之余光：典出《史记·樗里子甘茂列传》："臣闻贫人女与富人女会绩，贫人女曰：'我无以买烛，而子之烛光幸有余，子可分我余光，无损子明，而得一斯便焉。'"表示对他人有益而对自己无害的照顾或好处。官阁：犹官署。

〔一一〕继晷（guǐ）无膏：系成语“焚膏继晷”的反用。继，接续。晷，日光。膏，指灯烛。

〔一二〕抑：还是。

又

蒙惠烛奴千挺，使老人悠悠长夜，有室内之明，无瞑臣之苦，可谓贤者以其昭昭，使人昭昭矣〔一〕！感谢之私，绛蜡分明亦知此意〔二〕。

闻有皖江办案之行，此是于公决狱，素有贤名，故有医门多疾之累〔三〕。然明府自是照天蜡烛，光察覆盆〔四〕。赐以片言，自当立决。

仆黄山之游在清和时节，尔时驾或回署，竟得留髡剪烛〔五〕，亦未可知。

注释

〔一〕烛奴：原为雕刻成人形的烛台，后泛指烛台。挺：量词，用于挺直物。瞑：形容昏花迷离。

〔二〕绛蜡：红色的蜡烛。

〔三〕于公：西汉东海郡郯县人，曾任县狱史、郡决曹等官职，以判案公平闻名。事见《汉书·隽疏于薛平彭传》。决狱：判决诉讼案件。医门多疾：典出《庄子·人间世》：“治国去之，乱国就之，医门多疾。”医生门前病人多的意思。

〔四〕光察覆盆：语出晋葛洪《抱朴子·辨问》：“是责三光不照覆盆之内也。”意即阳光照不到覆置的盆的下面。这里反用其意，谓其光连覆盆之下也能照到。

〔五〕留髡：髡，即战国时期齐国人淳于髡。《史记·滑稽列传》载齐威王置酒后宫，召淳于髡饮酒，问：“先生能饮几何而醉？”淳于髡回答说："堂上烛灭，主人留髡而送客，罗襦襟解，微闻芗泽，当此之时，髡心最欢，能饮一石。"剪烛：语出唐李商隐《夜雨寄北》："何当共剪西窗烛，却话巴山夜雨时。"意即剪掉多余的烛芯来维持照明，后用为促膝夜谈之典故。

与白协台讳琏〔一〕

去春远游雁宕，路出乐清〔二〕，乘弇栈之车，到严城之下〔三〕。忽望见云中冠带，树外旌旗，游子心惊，不知所以。直至当前握手，方知二十年前之旧雨，相逢于三千里外之异乡。蒙明公手拦行李，不许别僦僧庵〔四〕。开公孙之阁以延之〔五〕，扫陈蕃之榻以待之〔六〕。席间出枚所赠二十年前之诗扇，墨渖未干，而扇上书名之李、郭诸公，都已化作异物〔七〕。晨星硕果，邂逅重逢，虽分隔云泥，能不情深胶漆哉〔八〕！自恨看山心急，不能久住华堂，不得已而赠句题笺，留下飞鸿爪迹〔九〕。临河送别，忽忽经年，回首天涯，又是一场春梦。

比来明公军政余闲，定多佳胜。五更鼓角，与龙湫仙瀑齐鸣〔一〇〕。藉甚威名，更兼清福，屡欲修书致谢，而鳞鸿乏便，心甚缺然〔一一〕。旦夕焚香，惟望明公移浙西之节〔一二〕，开幕府之山，鄙人将右手执杖，左手提壶，仿龙丘先生延候于秣陵江上耳〔一三〕。麾下旗牌邵得桂〔一四〕，承命服侍，一路勤劳，至今感不能忘。希为问好。

注释

〔一〕协台：清代副将的别称。此信写于乾隆四十八年（1783）。

〔二〕去春：去年春天，即乾隆四十七年（1782）春。雁宕

（dàng）：即雁荡山。路出：路过。乐（yuè）清：清代浙江温州府辖下县名，今为乐清市，北雁荡山在其境内。

〔三〕弇（yǎn）：狭窄。栈（zhàn）：即栈车，用竹木做成的车子。严城：戒备森严的城池，这里指乐清县城。

〔四〕僦（jiù）：租赁。

〔五〕开公孙之阁以延之：此为汉武帝时丞相公孙弘事。《汉书·公孙弘传》载，公孙弘拜相后，在自家庭院的东边开了一个小门，造房舍供宾客居住，以招纳四方贤才。后遂以“东阁”“公孙阁”指称款待宾客、招纳贤才之所，以“开阁”指称纳贤待客。延，延请，引进。

〔六〕陈蕃之榻：《后汉书·陈王列传》载，陈蕃担任乐安郡太守时，有郡人周璆，洁身自爱，前后几任郡守招请，都避而不见，只有陈蕃能招他前往。陈蕃还特别为周璆准备了一张床榻，每次周璆离开后，就把床榻悬起。

〔七〕席间出枚所赠二十年前之诗扇：《小仓山房诗集》卷二十八有《将入乐清境，副戎白公率文武官远迎郊外，袖中出诗扇，是余丁丑年所题。强留署中，遣将校送游雁山。临别赠诗》二首，是则此诗扇系袁枚于乾隆二十二年（1757）所题。墨渖（shěn）：墨汁。异物：死去的人。

〔八〕晨星：清晨天空中稀疏的星星，形容稀少。硕果：巨大的成果，比喻难得而仅存的人或物。云泥：云在天，泥在地，比喻相去甚远。胶漆：胶和漆是两种极具黏性的东西，比喻亲密无间。

〔九〕华堂：高大华丽的房子。飞鸿爪迹：语出北宋苏轼《和子由渑池怀旧》：“人生到处知何似，应似飞鸿踏雪泥。雪上偶然留爪印，鸿飞那复计东西。”比喻留下的痕迹。

〔一〇〕鼓角：战鼓和号角的总称，古代军队中用于发号施令。龙湫（qiū）仙瀑：即大龙湫瀑布，雁荡山胜景之一。

〔一一〕藉（jiè）甚：盛大，卓著。鳞鸿：即鱼雁，比喻信使。

〔一二〕移浙西之节：移节，转任或改变驻地。白琏任职于离南京较远的浙东，故袁枚有邀其转而任职于紧邻南京的浙西（即今浙江北部、江苏南部及上海一带）之语。

〔一三〕龙丘先生：即陈慥，字季常，号方山子，别号龙丘居士，四川眉山人，北宋隐士，有好客之名。延候：迎接。秣（mò）陵：南京的别称。

〔一四〕旗牌：旗牌官的简称，即担任传递号令等职的军吏。

与孔雩谷亲家〔一〕

公子采莲，莲花生子〔二〕，因而宜姑薄怒，家室勃谿〔三〕，皆人情之常也。

适嫛婗坠地之时〔四〕，正仆到尊斋之日。宜姑问安，谈及此事。仆晓以甘蔗旁生，螽斯衍庆之义〔五〕；宜姑遂有江沱之悔〔六〕，即已坐银鹿以佳儿〔七〕，置重僮为侧室矣〔八〕。不意亲家归，乃有义方之训，将施夏楚之威〔九〕。则仆以为代人行妒，乃芮伯万之母所为，非芮伯万之爷所为也〔一〇〕。《韩诗外传》曰："冠子不詈，发子不笞。"〔一一〕古有明训。而况《左氏》载鬥穀於菟，亦是野合而生〔一二〕；岂非贤郎所为，直是继迹先贤耶？老亲家请自含饴，无劳执朴〔一三〕。

虽然，汉律载奸妻婢者，厥罪曰姘〔一四〕，罚金四两。鄙意亲家有抱孙之乐，宜捐俸金代儿赎罪，即广张汤饼〔一五〕，开销此项为佳。

注释

〔一〕孔雩（yú）谷：即孔继榦（1746—1817），一作继涑，字阴泗，号云谷，一作樗谷，自署铁骨道人，山东曲阜人。乾隆四十九年（1784）任江苏江都知县，后为松江知府。

〔二〕公子采莲，莲花生子：此为孔继榦之子与家中婢女偷情，生下私生子的比喻说法。

〔三〕宜姑：即孔雩谷之妻。薄怒：稍稍发怒。勃谿：吵架，争斗。

〔四〕嫛婗（ní）：婴儿。坠地：出生。

〔五〕甘蔗旁生：见卷五《与广西姚云岫抚军》注〔一〇〕。螽

(zhōng)斯衍庆：旧时用于祝颂子孙众多。螽斯，虫名，产卵极多。衍，延续。庆，喜庆。

〔六〕江沱(tuó)之悔：《诗经·召南·江有汜》："江有沱，之子归，不我过。不我过，其啸也歌。"毛传将此诗解释为嫡妻向家中婢女悔过。

〔七〕坐银鹿以佳儿：《十国春秋》卷八十三载，五代时期吴越开国君主钱镠曾下令禁止纳妾，其子钱元瓘年逾三十无子，于是元瓘夫人马氏主动奏请钱镠，要求丈夫纳妾，钱镠乃破例让元瓘纳妾。众妾所生诸子，马氏均养之，常置银鹿于帐前，与群儿嬉戏。

〔八〕重儓(tái)：奴婢的奴婢。侧室：妾，又称偏房。

〔九〕义方：为人处世应遵守的规矩法度。夏(jiǎ)楚：鞭子。夏，同"榎"，楸树的别称。楚，荆条。

〔一〇〕芮伯万之母：见卷三《与书巢》注〔三二〕。爷：父亲。

〔一一〕"《韩诗外传》曰"句：《韩诗外传》卷七："冠子不詈，髦子不笞，听其微谏，无令忧之。此为人父之道也。"冠子，成年男子。詈(lì)，责骂。髦(máo)子，幼童。笞(chī)，抽打。

〔一二〕鬥穀於菟：春秋中期楚国令尹，芈姓，字子文，鬥伯比之子。野合：不合礼仪的婚配。《左传·宣公四年》载，鬥伯比曾随母生活在䢵国，与䢵子之女私通，生下鬥穀於菟。其母得知后，让人把还是婴儿的鬥穀於菟丢入云梦泽，不料竟有老虎给鬥穀於菟喂奶。其时䢵子正在泽中打猎，看到老虎给人类婴儿喂奶，惊愕不已。当他了解情况后，便让人收养了鬥穀於菟。楚国人管奶叫"穀"，管老虎叫"於菟"，所以就称这个孩子为鬥穀於菟。

〔一三〕含饴：谓哺育幼儿，形容亲子之情。饴，饴糖。朴：本义是未加工的木材，这里是木棍的意思。

〔一四〕汉律载奸妻婢者，厥罪曰姘：《说文解字》卷十二下："姘，除也。汉律：'齐人予妻婢奸曰姘。'"

〔一五〕汤饼：即汤饼宴。见卷四《寄庆雨林都统》注〔八〕。

与罗甥

谚云："天无绝人之路。"此言是也。然天不绝人，人自绝之。天生万物，大概以有用于人为贵。

律文宰牛马有禁，宰羊豕无禁〔一〕。所以然者，牛马有用于人，而羊豕无用于人故也。《左传》哀公九年，宋取郑师于雍丘，命有能者不死，遂取郑张、郑罗以归〔二〕。《三国志》孙坚将诛王叡，叡自陈无罪。坚曰："坐无所知。"〔三〕合而观之，可见有能者之不可少，而无知者之难以自存也。足下壮年，将谋食于四方〔四〕，愿时时以有用于世为心，则不愁世人之不用足下矣。勉之！

注释

〔一〕豕（shǐ）：猪。

〔二〕"《左传》哀公九年"句：前486年，郑、宋两国交战，宋军在雍丘全歼郑军。战后，宋国只让有才能的人留下性命，于是就把郑张和郑罗带回宋国。

〔三〕"《三国志》孙坚将诛王叡"句：孙坚诛杀王叡（应作"王睿"）事始末，见《三国志·吴书·孙破虏讨逆传》裴松之注引《吴录》。其称长沙太守孙坚出兵讨伐董卓，途经襄阳，要求荆州刺史王睿一同出兵。王睿与武陵太守曹寅不和，扬言孙坚只有杀死曹寅，才会出兵。曹寅畏惧，于是伪造檄文，列举王睿罪状，挑唆孙坚逮捕王睿。孙坚信以为真，便返回襄阳，擒拿王睿。王睿走投无路，吞金自杀，时当汉献帝初平元年（190）。

〔四〕谋食：犹谋生。

又

作诗如交友也。倘两友相见，终日一味作寒暄通套语〔一〕，而不能听一句肺腑之谈，此等泛交，如何可耐？

足下之诗，敷衍唐人皮面，不能表见性情，有类泛交之友，静言思之，亦自觉少味矣。至于摹韩学杜〔二〕，自负大家，则又如赵文华夸在太师门下〔三〕，举以傲人，而不知他人之门面，不足以为自己之牌坊也〔四〕。凡如此类，俱宜深维而苦思之〔五〕。

注释

〔一〕寒暄：问寒问暖，多指宾主见面时的应酬话。通套：惯用的格式。

〔二〕摹韩学杜：模拟韩愈，学习杜甫。

〔三〕赵文华（？—1557）：字符质，号默林，浙江慈溪人。明嘉靖八年（1529）进士，为严嵩义子，官工部尚书，加少保。太师：即指严嵩，因其曾任太子太师，故称。

〔四〕牌坊：又名牌楼，古代为表彰功勋、科第、德政以及忠孝节义等而建。

〔五〕维：思考。

答孙碧梧夫人〔一〕

俞苍石先生寄到夫人见和《留别杭州》诗〔二〕，读之声和被纸〔三〕，琬琰成章〔四〕。睹夷光之容，归而自憎其貌，当即抄入

《诗话》，付之剞劂矣〔五〕。因思离虽阴卦，而正位南方，应文明之象，女子之有文章宜也〔六〕。况西湖清气，谢傅门风，有以钟毓而陶冶以成之耶〔七〕？

惟是老人前诗，乃己亥年所作，今已十稔〔八〕。其时夫人年未及笄，业已才调如斯，而老人近始披览〔九〕。昔人以国中有颜子而不知为耻〔一〇〕，吾乡有宣文君、宋若昭而不知〔一一〕，独能无忝于颜乎？蒙札中称呼，仿徐昭华师毛西河故事〔一二〕。孟子曰："人之患，在好为人师。"〔一三〕为他人之师尚不敢，况为才女之师乎？然而伏生老去，正想传经；刘尹衰颓，与谁共话〔一四〕？以故莞尔而笑〔一五〕，居之不疑，谨覆数行，用酬来意。

注释

〔一〕孙碧梧：即孙云凤（1764—1814），字碧梧，浙江仁和（今杭州）人。袁枚女弟子。有《湘筠馆遗稿》传世。袁枚辑《随园女弟子诗选》以席佩兰排第一，孙云凤排第二，并为作《二闺秀诗》："扫眉才子少，吾得二贤难。鹫岭孙云凤，虞山席佩兰。"

〔二〕俞苍石先生寄到夫人见和《留别杭州》诗：俞苍石，即俞葆寅，浙江钱塘（今杭州）人。袁枚尝为作《俞苍石诗序》，收入《小仓山房文集》卷三十一。乾隆五十四年（1789）正月，孙云凤寄《和随园太史留别西湖元韵四首》至江宁，袁枚该信应作于同时或稍后。

〔三〕被（pī）：同"披"。

〔四〕琬琰：泛指美玉，这里比喻文词之美。

〔五〕夷光：即西施，传说其姓施，名夷光，春秋后期越国人。《诗话》：即袁枚《随园诗话》。剞劂（jī jué）：雕板，刻印。

〔六〕"离虽阴卦"句：《周易》八卦中，每卦由三爻组成。卦画奇数者为阳，称为阳卦。卦画偶数者为阴，称为阴卦。《离卦》卦画为四，故为阴卦；又其卦象为火，而火对应南方方位。《周易·说卦传》："离也者，明也，万物皆相见，南方之卦也。"

〔七〕谢傅：即东晋政治家谢安，因其死后追赠太傅，故称谢傅。钟毓（yù）：钟灵毓秀，指美好的风土诞育优秀人物。

〔八〕己亥年：即乾隆四十四年（1779）。稔（rěn）：年。

〔九〕及笄（jī）：古代女子满十五岁结发，用笄贯之，因称女子满十五岁为及笄。笄，束发用的簪子。才调（diào）：犹才气。

〔一〇〕颜子：即颜回，字渊，孔子弟子。

〔一一〕宣文君：即前秦女经学家宋氏，家传周官学。苻坚曾令学生一百二十人从她受业，使周官学得以保存流传，时人称为宣文君。宋若昭：初唐诗人宋之问裔孙宋庭芬之女。唐德宗贞元四年（788）被召入宫廷，称为内学士。唐穆宗时拜为尚官，历经唐穆宗、唐敬宗、唐文宗三朝，皆呼先生，后进封梁国夫人。

〔一二〕徐昭华师毛西河故事：徐昭华，字伊璧，号兰痴，浙江上虞（今绍兴市上虞区）人。父徐咸清与毛奇龄友善，昭华从之学诗，称女弟子。毛西河，即明末清初学者、文学家毛奇龄，学者称西河先生。

〔一三〕人之患，在好为人师：语出《孟子·离娄上》，意即：人的毛病在于喜欢做别人的老师。

〔一四〕伏生：见卷一《答相国》注〔一七〕。刘尹：即东晋清谈家刘惔，一作刘恢，字真长，沛国相县（今安徽宿州）人。

〔一五〕莞尔：微笑的样子。

附夫人来书

前岁星槎回里，怅叩谒之无缘；恰喜锦句传来，幸芳尘之可步。曾和短章，恭求钧诲。窃谓先生炼金点石之才，必有启聩发蒙之助。乃闻贮于案头，将欲登诸集上。得冒丹砂，云凤虽为一时之幸；混收鱼目，先生恐低千古之名。且崔、汪二夫人，久已联珠合璧，安敢杂以粃糠？而闺阁诸女伴，亦有碎玉遗金，何堪并收瓦砾？云凤得蒙请训，已列门墙，忝在弟子之班，妄窃诗人之号，自顾弥增惭汗，问世益觉厚颜。务祈先生即加针砭，附便掷还，万勿灾诸梨枣，徒滋贻笑方家。外附诗词，并求诲正。

与邹若泉〔一〕

去秋游云台，路出溧阳，是仆少年作令处，事垂五十年矣〔二〕！故吏吕瑞图太守之子峄亭观察〔三〕，率士民郊迎于十字桥。一半皤皤黄发，皆当时竹马儿童也〔四〕。闻妇女附耳私语："袁公去此已久，来者得非袁公之孙耶？"仆亦觉有丁令威化鹤归来之意〔五〕。城郭犹是，人民已非，且悲且喜。

到吕氏莱园，小住半月，有一二龙钟叟来，说当初赈何村，判何狱，拔取某士〔六〕，如理儿时旧书，历历可数，而仆已全不省记。梦耶，真耶？一世人耶，两世人耶？仆竟狐疑而不能自决也。

因思天地间雪泥鸿爪，转眼即化烟云，惟有付诸丹青，差可传之永久〔七〕。奈作画者，山水、人物不能兼长，当今惟足下擅此二妙。前临猗香夫人《图》，见者叹龙眠复生，故以素纸奉求〔八〕。大凡作画作诗，难得好题，替随园老人作《重到溧阳图》，题目殊佳。若泉先生独不下盼千秋，为自家姓名计乎？

注释

〔一〕邹若泉：即邹扩祖，字若泉，安徽巢县（今巢湖市）人，寓居江苏江宁（今南京）。清李斗《扬州画舫录》卷二："邹若泉，善画人物山水，以画兴教寺万佛楼壁五百应真得名。"此信写于乾隆五十四年（1789）。

〔二〕云台：山名，在今江苏连云港境内。路过溧阳，是仆少年作令处：袁枚并无任江苏溧阳知县之经历，且由江宁前往云台山亦无需取道溧阳，此处"溧阳"应是"沭阳"之误。袁枚于乾隆八年（1743）春至十年（1745）春间任沭阳知县，而其重游此地则在乾隆五十三年

（1788）十月。

〔三〕故吏吕瑞图太守：即吕又祥，字瑞龙，一字凤图，江苏沭阳人。袁枚任沭阳知县时，又祥在县衙习簿书，颇受袁枚器重。后官至湖南常德知府，因病辞官归里。卒后，袁枚为作《常德府知府吕君墓志铭》，收入《小仓山房文集》卷二十六。峄（yì）亭观察：即吕昌际（1735—1807），字峄亭，号莱园，吕又祥长子。乾隆二十四年（1759）由监生援例得县丞，分发广西，改捐布政司理问，历官商虞通判、捕河通判、沂郯海赣同知、陕西平阳知府、山西太原知府，四十年（1775）卓荐授冀宁道，权按察使事。以父病乞归养，优游林下三十余年。

〔四〕皤皤（pó）：头发白的样子。黄发：指老人。竹马儿童：语出唐白居易《赠楚州郭使君》："笑看儿童骑竹马。"

〔五〕丁令威化鹤归来：见卷四《寄张有虔先生》注〔九〕。

〔六〕拔取：选拔，选取。

〔七〕雪泥鸿爪：比喻往事遗留的痕迹。丹青：绘画的代称。

〔八〕猗香夫人《图》：猗香夫人，即毕沅侧室周月尊。袁枚《小仓山房诗集》卷三十二有《题漪香夫人采芝图》，此处所谓《图》或即《采芝图》。龙眠：即李公麟（1049—1106），字伯时，号龙眠居士。舒州（今安徽桐城）人。北宋熙宁三年（1070）进士。画家，传世作品有《五马图》《维摩诘图》等。素纸：白纸。

答陈舒轩〔一〕

足下秉夷姤之质，抱殷勤之心，持笔则着手成春，晤言则不衣自暖〔二〕。此仆侍相国门墙，与君擒裳连襼所深知者也〔三〕。不料事隔廿年，才增一斗〔四〕；两回书至，一片花飞。言情则曲而能申，叙事则纡而必达。清词丽句，缀玉编珠。虽非徐、庾词华，恰是欧、苏风调〔五〕。老人拊髀雀跃，不图为乐之至于斯〔六〕！

更蒙惠哈密瓜、八达杏等物。邵平老矣，犹分塞外之甘〔七〕；小宋依然〔八〕，重啖琼林之果。不但思其所嗜，兼教乐尔妻孥〔九〕。近年来淹中、稷下〔一〇〕，八墨、三儒〔一一〕，师弟情深〔一二〕，孰有如舒轩者乎？所愧无琼可报，难投鲁叟之匏瓜〔一三〕；且喜韫椟而藏，又得陈遵之尺牍〔一四〕。

注释

〔一〕陈舒轩：袁枚辑《续同人集·文类》卷一收陈宗郑《答随园夫子书》，内容与后“附舒轩来书”大抵相同，故陈舒轩应即陈宗郑，或为袁枚弟子。

〔二〕夷姤：语出《管子·地员》：“其泉黄白，其人夷姤。”公平厚道的意思。着手成春：语出唐司空图《诗品·自然》。晤言：见面谈话。不衣自暖：《南史》卷十九载，南朝宋齐时人谢超宗颇具文才，声誉甚隆。在一次寒冷时节的集会中，谢超宗刚一到场，齐高帝萧道成便对宾客说：“此客至，使人不衣自暖矣。”

〔三〕掎（jǐ）裳连襼（yì）：语出西晋潘岳《藉田赋》。本形容人多，这里指情谊密切。

〔四〕才增一斗：宋佚名《释常谈·八斗之才》：“文章多，谓之‘八斗之才’。谢灵运尝曰：‘天下才有一石，曹子建独占八斗，我得一斗，天下共分一斗。’”

〔五〕徐、庾：指徐陵与庾信。欧、苏：指欧阳修与苏轼。

〔六〕拊髀（bì）雀跃：语出《庄子·在宥》：“鸿蒙方将拊髀雀跃而游。”拊髀，以手拍大腿，表示兴奋。不图为乐之至于斯：语出《论语·述而》：“子在齐，闻韶，三月不知肉味。曰：‘不图为乐之至于斯也。’”

〔七〕邵平老矣，犹分塞外之甘：典出《史记·萧相国世家》：“召平者，故秦东陵侯。秦破，为布衣，贫，种瓜于长安城东，瓜美，故世俗谓之东陵瓜，从召平以为名也。”

〔八〕小宋：即北宋文学家宋祁。与兄宋庠同举进士，时人呼为二宋，以小大区别兄弟。

〔九〕思其所嗜：语出《礼记·祭义》：“斋之日，思其居处，思其笑语，思其志意，思其所乐，思其所嗜。”乐而妻孥（nú）：语出《诗经·小雅·常棣》。而，你的。妻孥，妻子和子女的统称。

〔一〇〕淹中：春秋时鲁国里名，在今山东曲阜。稷下：战国时齐威王、齐宣王在齐都临淄稷门附近建学宫，广招士人讲学议论，成为各学派活动的中心，号称稷下。这里泛指受业处所。

〔一一〕八墨、三儒：《韩非子·显学》："自孔子之死也，有子张之儒，有子思之儒，有颜氏之儒，有孟氏之儒，有漆雕氏之儒，有仲良氏之儒，有孙氏之儒，有乐正氏之儒。自墨子之死也，有相里氏之墨，有相夫氏之墨，有邓陵氏之墨。故孔、墨之后，儒分为八，墨离为三，取舍相反不同，而皆自谓真孔、墨。"

〔一二〕师弟：老师和弟子。

〔一三〕无琼可报：语本《诗经·卫风·木瓜》："投我以木瓜，报之以琼琚。"鲁叟之匏（páo）瓜：鲁叟，指孔子。《论语·阳货》记孔子语："吾岂匏瓜也哉，焉能系而不食？"

〔一四〕韫（yùn）椟而藏：语出《论语·子罕》："有美玉于斯，韫椟而藏诸？求善价而沽诸？"意即藏在柜子里，又比喻怀才隐退。这里是袁枚自比。陈遵之尺牍：《汉书·游侠传》："陈遵字孟公，杜陵人也。……性善书，与人尺牍，主皆藏去以为荣。"

附舒轩来书

夫子大人阁下：

昨于孟秋中浣敬肃芜笺，缄封而神与俱驰，转瞬而节惊忽改。想彼寸草，早达瑶阶；对此阳春，倍怀绛帐。只以江南多暖，北地常寒。烟冷而柳不藏鸦，金台零落；风高而尘能蔽日，云物萧疏。不独白露苍葭，深秋水一方之慕；恒以离群索处，作担簦千里之思。拟尺素之频通，川无游鲤；写丹诚而欲寄，目断征鸿。徒倚崇朝，彷徨终夜；乃承眷注，不弃幽遐。既贲琅函，复颁《文集》。谣歌骚赋，摅壮彩于篇章；颂表箴铭，运英才于述作。惟恨粗识之无，莫知奥义；难邀讲贯，徒结疑团。然而祥霞绮旭，盲人亦知晴朗之堪嘉；黄钟大镛，聋者要觉铿锵之可听。谁谓鞶女憎夷光之巧笑，裸民诮雾縠为妍华也哉？

独是子无誉父之文，岂弟有称师之义？愤启而舞蹈难禁，悱发而欢欣莫遏。虽夫子之文章，世有定论；而小子之钻仰，好更弥涯。于是向往维殷，离怀愈结。人非契阔，安知常聚之难逢；少若勤求，讵悔老来之失学？郑向有童心，失于交臂；嗣违左右，未获倾衿。不与斯文，甘心下走。辱夫子殷殷奖饰，历历称扬。不同《春秋》，责备贤者；肯收葑菲，许厕清流。人受宠而必惊，马加鞭而愈奋。所幸小仓山畔，竹报平安；安乐窝中，花名蠲忿。白髭朱履，行地如仙；长啸短吟，衔杯乐圣。命以基而始固，仁者宜然；福以敛而愈增，至人难量。纵慈云入岫，永辞燕北风沙；或小草向阳，来沐江南化雨。则虽改春风之面，犹须借嘘拂以驻衰颜；而与闻虎幄之谈，更必藉声光以开茅塞。未将芹曝，不免庄荒；小具束修，用资莞尔。兹呈哈密瓜、八达杏二物。戋戋曷贵，念其来自远方；琐琐堪嗤，乞鉴此中微悃。

卷　六

与梁山舟侍讲[一]

黄山归，见几上有陈受兹世兄带来尊札，蚕眠小字，为《小仓山房诗集》校勘精严，凡一音韵，一来历，一偏旁，靡不部居别白，条分而缕析之[二]。虽当时虞仲翔驳正康成经义共百六十处[三]，无此精严。因念司马温公作《通鉴》，自称平生精力尽于此书，且皆绝大经典，博洽宏通，可观可诵[四]。而其时能读一过者，只王胜之一人[五]，想见其余士大夫皆自郐无讥[六]，束之高阁。拙集不过偶尔讴吟，了无意义，而侍讲又素有高亢疏懒之名，故呈送时虑未必肯观，即肯观亦未必全撷[七]。乃公然低首降心，耐烦批阅，肯为将伯之助[八]，逐字推敲，得无胸中竟以此集为可以暂存人间之物，故务使协于美善而后已耶？

虽大君子之用心理宜如此，而仆恰得之于意外。颜之推称曾子七十犹学，名闻天下[九]，此其时矣！特将改本另刷呈览[一〇]，以不负一番见爱之苦心。所摘九十一条，其中一一如教，惟街弹、马援二音义所以未改者[一一]，缘平素掀翻古人文集，如范蠡之“蠡”，鄚侯之“鄚”，伍员之“员”，祢衡之“祢”，相如之“相”，司马之“司”，贞观之“观”，中兴、中酒之“中”，王气之“王”，钦迟之“迟”，亲迎之“迎”，琵琶之“琵”，车骑之“骑”，往往平仄两用。杜少陵诗“到此应常宿，相留各判年”，“判”作仄声用也；“先判一饮醉如泥”，则又作平声用矣[一二]。“侧听中兴主，长吟不世贤”，“中”作平声用也；“百年垂死中兴时”，则又作仄声用矣〔一三〕。他如“刺史诸侯贵，郎官列宿应”，“为问彭州牧，何时救急难”，考音义，“应”字、“难”字，均当作仄韵，而皆趁己之便，以平声押之〔一四〕。此外元、白两家〔一五〕，如此类用韵者，尤指不胜屈。枚故藉此为口实，自文其过〔一六〕。其实一时无字可改，故不得不畏难而苟安也。服罪输情〔一七〕，上博一笑。

注释

〔一〕梁山舟侍讲：即梁同书（1723—1815），字符颖，号山舟，晚年自署不翁、新吾长翁，浙江钱塘（今杭州）人。乾隆十七年（1752）恩科进士，改翰林院庶吉士，散馆授编修。后任顺天乡试同考官、会试同考官、翰林院侍讲、日讲起居注官，赐加侍讲学士衔。

〔二〕黄山归：乾隆四十八年（1783）四月，袁枚出游安徽黄山、九华山等地，六月五日返回江宁随园。几（jī）：小或矮的桌子。世兄：对世交晚辈的称呼。蚕眠小字：似眠蚕状的微小字迹。部居别白：按类编排，区分清楚。

〔三〕虞仲翔驳正康成经义共百六十处：见卷三《覆家实堂》注〔二二〕。

〔四〕“司马温公作《通鉴》”句：司马温公，即北宋史学家、文学家司马光，因其卒赠温国公，故称。司马光自宋英宗治平三年（1066）起，主持纂修《资治通鉴》，历时十九年完成。他在进呈给宋神宗的《进书表》中说：“臣之精力，尽于此书。”博洽：学识广博。宏通：博大通彻。

〔五〕“其时能读一过者”句：《宋史·王益柔传》载司马光语曰：“自吾为《资治通鉴》，人多欲求观读，未终一纸，已欠伸思睡。能阅之终篇者，惟王胜之耳。”王胜之，即王益柔（1015—1086），字胜之，河南（今河南洛阳）人，累迁知制诰，直学士院，先后知蔡、扬、亳州和江宁、应天府。

〔六〕自郐（kuài）无讥：《左传·襄公二十九年》载，吴国公子季札出访鲁国，其间观看鲁国展示的乐舞表演，对各诸侯国的乐曲都有评论，但从郐国以下他就没有再表达意见。后以该词表示自此以下的都不值得评论。

〔七〕撷：采择。

〔八〕降心：平抑心气。将（qiāng）伯之助：语出《诗经·小雅·正月》："载输尔载，将伯助予。"意即请求长者帮助。这里指别人对自己的帮助。

〔九〕颜之推（531—约591）：字介，琅邪临沂人。早年出仕南朝梁，侯景之乱后，被西魏俘获，迁至长安。后出逃北齐，官至黄门侍郎。北齐为北周所灭，他被征为御史上士。隋代北周，他又被召为学士，不久以疾终。曾子七十犹学，名闻天下：语出颜之推《颜氏家训·勉学》。曾子，即孔子弟子曾参。

〔一〇〕刷：印刷。

〔一一〕街弹：袁枚《寄鱼门舍人一百韵》有句云："来下陈蕃榻，同看街弹碑。"街弹，汉代里官治事的处所名。

〔一二〕到此应常宿，相留各判年：语出杜甫《重过何氏五首》之五。先判一饮醉如泥：语出杜甫《将赴成都草堂途中有作，先寄严郑公五首》之三。

〔一三〕侧听中兴主，长吟不世贤：语出杜甫《秋日夔府咏怀，奉寄郑监、李宾客一百韵》。百年垂死中兴时：语出杜甫《送郑十八虔贬台州司户，伤其临老陷贼之故阙，为面别，情见于诗》。

〔一四〕刺史诸侯贵，郎官列宿应：语出杜甫《寄刘峡州伯华使君四十韵》。为问彭州牧，何时救急难：语出杜甫《因崔五侍御寄高彭州一绝》。趁己之便：顺着自己的方便。

〔一五〕元、白：即元稹、白居易。

〔一六〕口实，这里是借口的意思。自文其过：自己掩饰自己的过错。

〔一七〕输情：表达真情。

与韩绍真〔一〕

前读《王君弼传》〔二〕，裁剪有法，欣喜之至。近时作古文者少，金陵则又少矣〔三〕。得足下起而张之，授受有人〔四〕，庶几吾道之不孤也。

尝谓方望溪才力虽薄〔五〕，颇得古文义意。乃竹汀少詹深鄙之〔六〕，与仆少时见解相同。中年以后则不敢复为此论。盖望溪读书少，而竹汀无书不览，其强记精详又远出仆上，以故渺视望溪，有刘贡父笑欧九之意〔七〕。不知古文之道，不贵书多，所读之书不古，则所作之文亦不古。唐、宋以来，推韩、柳能为古文〔八〕。然昌黎自言“非三代、两汉之书不敢观，惧其杂也，迎而距之”〔九〕。柳子与韦中立书自引书目〔一〇〕，班班可考，其得力处全在熔铸变化，纯以神行。若欲自炫所学，广搜百氏，旁摭佛老及说部书，儳入古文，便伤严洁〔一一〕。

尝读《吕氏春秋》载伯夷就养于文王，未至岐周而道卒〔一二〕。王荆公最博雅〔一三〕，未必不见此书，乃作《伯夷论》曰：“岂其年高不及至周而殁耶？抑或未及待武王而死也？”故意跌荡其词，以作波澜，不肯引《吕览》以实之。于此可悟作文之道。盖贵直者人也，贵曲者文也。天上有文曲星〔一四〕，无文直星。木之直者无文，木之拳曲盘纡者有文〔一五〕；水之静者无文，水之被风挠激者有文。孔子曰：“情欲信，词欲巧。”〔一六〕巧即曲之谓矣。善作文者，平素宜与书合，落笔时宜与书离；又须揭取精华，扫糟粕而空之。云之卷舒，鸟之飞翔，皆在于空。铜厚则钟哑矣，膏盛则灯灭矣〔一七〕。庄子云：“室无空虚，则姑妇勃谿。”〔一八〕其理皆可一贯。

足下好学，而能不为学所累，故布此同心之言，以佐足下之自信，而有以更进也。

注释

〔一〕韩绍真：即袁枚门生韩廷秀（1744—1790），字绍真，号介堂，江苏江宁（今南京）人。乾隆五十一年（1786）举人，五十五年（1790）进士。署广西马平知县，到任七日，即卒于任上。

〔二〕《王君弼传》：乾隆四十七年（1782）四月，袁枚出游浙江天台，天台县教谕陈文豹托其撰写《王梦弼传》，袁枚遂嘱韩廷秀代为捉刀，后收入韩氏《双牖堂文集》。此《王君弼传》，应即《王梦弼传》。

〔三〕金陵：南京的别称。

〔四〕授受：交给和接受。

〔五〕方望溪：即清代古文家、桐城派初祖方苞，望溪其号。

〔六〕竹汀少詹：即钱大昕（1728—1804），字晓徵，号辛楣，晚号潜研老人，又号竹汀，江苏嘉定（今上海市嘉定区）人。曾官詹事府少詹事，为乾嘉朴学代表人物之一。

〔七〕刘贡父笑欧九：见卷三《覆家实堂》注〔二六〕。

〔八〕韩、柳：即韩愈、柳宗元。

〔九〕“昌黎自言”句：韩愈《答李翊书》：“始者，非三代两汉之书不敢观，非圣人之志不敢存。……吾又惧其杂也，迎而距之，平心而察之，其皆醇也，然后肆焉。”

〔一〇〕柳子与韦中立书：即唐柳宗元《答韦中立论师道书》。自引书目：《答韦中立论师道书》有句云：“本之《书》以求其质，本之《诗》以求其恒，本之《礼》以求其宜，本之《春秋》以求其断，本之《易》以求其动：此吾所以取道之原也。参之《穀梁氏》以厉其气，参之《孟》《荀》以畅其支，参之《庄》《老》以肆其端，参之《国语》以博其趣，参之《离骚》以致其幽，参之《太史公》以著其洁：此吾所以旁推交通，而以为之文也。”

〔一一〕百氏：犹言诸子百家。摭（zhí）：收取，采集。佛老：佛家和道家的并称。因道家以老子为祖，故称。说部：旧指小说与逸闻、琐事一类著作。

〔一二〕“《吕氏春秋》载伯夷就养于文王”句：《吕氏春秋·季冬纪》载，伯夷、叔齐为躲避残暴的商纣王，遂前往北海之滨，和东夷人一起生活。后二人听闻周文王治下的周国欣欣向荣，于是相约到周国去，但途中遇到周武王伐纣的大军，才发现周文王已经死去。

〔一三〕王荆公：即王安石，因其受封荆国公，故称。

〔一四〕文曲星：星宿名，北斗第四星，传说主管文运。

〔一五〕文：这里是纹理的意思。拳曲：卷曲，弯曲。盘纡（yū）：曲折回旋。

〔一六〕情欲信，词欲巧：语出《礼记·表记》。

〔一七〕膏：灯油。

〔一八〕室无空虚，则姑妇勃豀：语出《庄子·外物》。意即：室内没有空余的地方，婆媳挤在一起，就难免争吵。

谢毕抚军[一]

严侍读处寄手书来，所以存慰之者甚至[二]。适枚远游紫琅[三]，未及裁答。近闻中丞以军政余闲，替东坡作生日[四]，首先提唱，和者如云。此事与前年修杨妃墓相仿[五]。中丞分陕以来[六]，三辅春深[七]，九边风静[八]，故不特恩周黎庶，兼且施及古人[九]。贤者当官，虽千百年前之名士倾城，俱受其福，使逖听风声者，谁不蹲蹲起舞耶[一〇]？

张友来，接赐小儿衣服，贵值千缣，纸无一字，岂干阿奶罔极之恩，多在不言中耶[一一]！伏念童子不衣裘裳[一二]，古之训也。阿迟六岁，何足以当火鼠之奇温[一三]？然而明公视同己子，有属毛离里之思[一四]，敢不剪裁命服以拜！但未知金鳌顶上，旷代箕裘，将来能克绍于万分之一否[一五]？外有谷种羊帽檐、玉桃带扣二物，枚不肯告知伊母，私自有之。自知装潢白发，覆首围腰，未免不称。然欺其未冠之儿，且作攘羊之父，冠带有知，必将笑其燕婉不求，遇此戚施矣[一六]。

古玩尾价，枚久不省记，明公忽将全数寄来，想哀其衰老，有意栽培，而又不肯居赠赐之名，故托为我欠之说。查他山诗曰[一七]："一醉无名特借花。"其即大人长者之用心欤！枚虽归旧价，实感新恩，白叟黄童[一八]，一齐申谢。

注释

〔一〕毕抚军：即毕沅。抚军，清代巡抚的别称。此信作于乾隆四十八年（1783），毕沅时任陕西巡抚。

〔二〕存慰：关怀照顾。

〔三〕远游紫琅：紫琅，即江苏南通境内的狼山，又为南通别名。袁枚前往南通（清代名通州），时在乾隆四十七年（1782）冬。

〔四〕东坡：即苏轼。

〔五〕杨妃：即杨贵妃。

〔六〕中丞分陕以来：犹言担任陕西巡抚以来。

〔七〕三辅：西汉治理京畿地区的三个职官京兆尹、左冯翊、右扶风的合称，后泛称京城附近地区为三辅。

〔八〕九边：又称九镇，系明代北方边境沿长城设立的九处军事重镇，分别为辽东镇、蓟州镇、宣府镇、大同镇、太原镇（也称山西镇或三关镇）、延绥镇（也称榆林镇）、宁夏镇、固原镇（也称陕西镇）、甘肃镇。

〔九〕施（yì）：给予。及：达到。

〔一〇〕名士倾城：名士指苏轼，倾城指杨贵妃。蹲蹲（cún）：语出《诗经·小雅·伐木》："坎坎鼓我，蹲蹲舞我。"形容翩翩起舞的样子。

〔一一〕缣（jiān）：双丝织的微带黄色的细绢。罔极：无穷尽。

〔一二〕童子不衣裘裳：语出《礼记·曲礼上》。裘裳，裘皮衣服。

〔一三〕阿迟：即袁枚子袁迟。火鼠：传说中皮毛可织火浣布的老鼠。

〔一四〕属毛离里：语出《诗经·小雅·小弁》，比喻子女与父母关系密切。

〔一五〕金鳌顶上：即鳌头。唐翰林学士朝见皇帝时，立于镌有巨鳌的殿陛石正中，因称翰林院为上鳌头，状元为独立鳌头。旷代：犹绝代。箕裘：比喻祖先的事业。克绍：能够继承。

〔一六〕攘羊之父：典出《论语·子路》："叶公语孔子曰：'吾党有直躬者，其父攘羊，而子证之。'"攘羊，偷羊。冠带：指上文的谷种羊帽檐和玉桃带扣二物。燕婉不求，遇此戚施：语出《诗经·邶风·新台》："燕婉之求，得此戚施。"燕婉，指夫妇和好。戚施，即蟾蜍，比喻貌丑驼背之人。

〔一七〕查他山：即清代浙派代表诗人查慎行，他山其号。

〔一八〕黄童：幼童。

寄孙补山中丞〔一〕

客秋八月，拜辞棨戟，即返端州〔二〕。重九后料量归棹，绕道桂林〔三〕，是弱冠时荐举鸿博之地〔四〕。事隔五十年，如习凿齿再到襄阳〔五〕，蓟子训重来东霸〔六〕，凡栖霞、独秀、仙鹤、明月诸峰，无不徘徊瞻眺，感慨系之。且喜阁下故人马嵰山、浦柳愚两山长，俱一见如旧相识，掎裳联襼，访古搜碑，极文宴之欢〔七〕。因知中丞百一山房中，怪石作供，嵌空奇妙，悔在五羊城未乞一观为憾〔八〕。

随顺流北下，寻愚溪，访钴鉧潭〔九〕，观日出于祝融峰，赏雪于黄鹤楼〔一〇〕，得诗百余首。一路南风不竞〔一一〕，水浅滩多，灯节前三日，才抵金陵〔一二〕。虽布帆无恙，壮佼如初〔一三〕，而回首龙门〔一四〕，已有谢玄晖白云在天之感〔一五〕。觉舍弟得隶旌麾〔一六〕，常亲道气，为可妒也。

伏念平生师友，在公论则重其为人，在私情则感其知己者，惟孙文定、尹文端二人〔一七〕。不图垂暮之年，又得之于阁下，相见太迟，相别太速，东望於邑，思何可支〔一八〕！所望珠江转舵，移节金陵，俾老人扶杖观化，受一廛而为氓，实所欣幸〔一九〕。赐诗九章，一时方闻缀学之士，已抄万本，读万遍矣，贱子还山，如衣锦焉〔二〇〕。

注释

〔一〕孙补山中丞：即孙士毅（1720—1796），字智冶，一字补山，浙江仁和（今杭州）人。乾隆二十六年（1761）二甲进士，官至文渊阁大学士。中丞，清代巡抚的别称。此信写于乾隆五十年（1785），孙士毅时任广东巡抚。

〔二〕“客秋八月”句：棨（qǐ）戟，古代官吏出行时作为前导的仪仗，这里指孙士毅的巡抚衙门。端州，清代广东肇庆府的古称。乾隆四十九年（1784）二月，袁枚应时任肇庆知府的从弟袁树之招，前往岭南，七月往游广州，与孙士毅过从，八月返回肇庆。

〔三〕重九后料量归棹，绕道桂林：料量，安排处理。归棹，即归舟。乾隆四十九年（1784）九月，袁枚启程离粤，取道广西桂林返乡。

〔四〕弱冠时荐举鸿博之地：即桂林。乾隆元年（1736），时年二十一岁的袁枚赴广西桂林，投奔时为广西巡抚金铁幕僚的叔父袁鸿，得金铁赏识。是年秋，会开博学鸿词之科，金铁遂推荐袁枚应试。

〔五〕习凿齿再到襄阳：习凿齿，字彦威，襄阳（今湖北襄阳）人。东晋史学家、文学家。曾被权臣桓温辟为从事、西曹主簿，因忤桓温图谋篡逆之意图，被降为户曹参军，后任荥阳太守，最后免去郡守之职，返回襄阳。

〔六〕蓟子训重来东霸：见卷一《与朱草衣》注〔四〕。

〔七〕“且喜阁下故人”句：马嵰山，即马俊良，字嵰山。浦柳愚，即浦铣（1729—1813），字光卿，号柳愚。乾隆三十年（1765）以选拔贡成均，三十一年（1766）廷试列高等，不获铨用。尝任广西桂林秀峰书院山长。掎裳联襼，见卷二《寄山东周燮堂抚军》注〔四〕。马俊良、浦铣为袁枚于乾隆四十九年（1784）十月游览桂林时结交的诗友。

〔八〕五羊城：广州的别称。

〔九〕“随顺流北下”句：乾隆四十九年（1784）十月以后，袁枚离开桂林，乘舟沿湘江顺流而下，进入湖南永州境内后，曾寻访愚溪、钴鉧潭等与柳宗元有关的古迹。

〔一〇〕祝融峰：南岳衡山的主峰。黄鹤楼：在今湖北武汉长江之滨。

〔一一〕南风不竞：语出《左传·襄公十八年》：“吾骤歌北风，又歌南风，南风不竞，多死声，楚必无功。”南风，南方的音乐。不竞，指乐音微弱。原指楚军战不能胜，这里直用字面意思，指冬季南风微弱，舟行缓慢。

〔一二〕灯节前三日，才抵金陵：袁枚结束岭南之行后，于乾隆五十年（1785）正月十一日前后返回随园。灯节即元宵节。

〔一三〕布帆无恙：语出《世说新语·排调》："顾长康作殷荆州佐，请假还东。尔时例不给布帆，顾苦求之，乃得发。至破冢，遭风大败。作笺与殷云：'地名破冢，真破冢而出。行人安稳，布帆无恙。'"意即布帆完好无损，比喻旅途平安。壮佼（jiǎo）：壮健。

〔一四〕龙门：语出《后汉书·党锢列传》："是时，朝廷日乱，纲纪颓阤，（李）膺独持风裁，以声名自高。士有被其容接者，名为登龙门。"比喻声望高的人。

〔一五〕谢玄晖白云在天之感：谢玄晖，即南朝齐文学家谢朓，玄晖其字。其《拜中军记室辞随王笺》云："白云在天，龙门不见。去德滋永，思德滋深。"古人常以白云为思亲友之喻。

〔一六〕舍弟：即袁树，当时在广东为官。

〔一七〕孙文定、尹文端：分别指孙嘉淦、尹继善。

〔一八〕於（wū）邑：犹呜咽。思何可支：语出三国魏曹丕《与吴质书》。

〔一九〕珠江转舵，移节金陵：意即由广东改官江苏。转舵，比喻调离。移节，旧称大吏转任或改变驻地。观化：观察教化。受一廛（chán）而为氓（méng）：语出《孟子·滕文公上》："有为神农之言者许行，自楚之滕，踵门而告文公曰：'远方之人，闻君行仁政，愿受一廛而为氓。'"廛，古指一户人家所住的房屋。氓，移民。

〔二〇〕方闻缀学：见卷三《与钱稼轩少宰》注〔五〕。贱子：这里是袁枚谦称自己。还山：犹言回家。衣锦：穿锦绣衣裳，形容显贵。

与陆朗夫中丞〔一〕

昔谢太傅功高百辟，心在一丘；范文正公经略西陲，而恋恋于圭峰水月〔二〕。古名臣有经世之功者，往往有出世之心，非务其名也，良以道韵平淡，然后能知进知退，而罔以宠利居成功。

中丞屏藩山左，声施烂然，独能咏《南陔》之诗〔三〕，洒然引退。天子重其为人，思其为政，锋车敦逼〔四〕，中丞感非常之恩，应诏复起。此种风范，尤于世道人心极有关系。此枚所以当垂暮之年，而必停舟修士相见礼也〔五〕。不意中丞愿见之心，更甚于枚，道先人替题《乞假归娶诗》时，在旁磨墨，年才十七，思之慨然！诵枚古文，琅琅满口，忘尊官不忘畴昔，勤簿书兼勤文章〔六〕，中丞真古之人哉！临行亲送登舟，缟纻兼金〔七〕，大恩压己；廉泉之水〔八〕，一勺皆甘。枚不敢辞而不受。然自念侯生老矣〔九〕，图报无时，犯诗人胡颜之讥，空呼负负而已〔一〇〕！赋五言一章，小抒情悃〔一一〕。

还山觅一介之使，杳不可得，适有砚工姚姓者来楚，托其寄上。姚生攻石之工，浑古精雅。中丞或呼而进之，取家传郁林之石一试其伎〔一二〕，何如？

注释

〔一〕陆朗夫中丞：即陆耀（1722—1785），字青来，一字朗夫，江苏吴江（今苏州市吴江区）人。乾隆十七年（1752）举人，官至湖南巡抚。中丞，清代巡抚的别称。乾隆四十九年（1784）十一月，袁枚由岭南返乡途中经过湖南长沙，与时任湖南巡抚陆耀过从，该信即写于此时。

〔二〕“谢太傅功高百辟”句：见卷四《答皖江裴二知抚军》注〔五〕。“范文正公经略西陲”句：见卷四《答皖江裴二知抚军》注〔六〕。

〔三〕屏藩山左：屏藩，比喻卫国的重臣。山左，山东的别称。这里就陆耀尝任山东按察使、布政使而言。声施：为世人所传扬的名声。《南陔》：《诗经·小雅》篇名，六笙诗之一，有目无诗。《毛诗序》云：“《南陔》，孝子相戒以养也。”

〔四〕锋车：即追锋车，常指朝廷用以征召的疾驰之车。敦逼：敦促逼迫。

〔五〕士相见礼：见卷四《答程在山》注〔一三〕。

〔六〕簿（bù）书：官署中的文书簿册。

〔七〕缟纻：见卷一《与胡书巢》注〔二〕。

〔八〕廉泉：南宋祝穆《方舆胜览》卷三十二："廉泉，在（赣）州报恩光孝寺。宋元嘉中，泉涌，因施为寺，时郡太守以廉名，故名曰廉泉。……又安远县亦有廉泉。"

〔九〕侯生：即侯嬴（？—前257），战国后期魏国隐士。被信陵君迎为上客。前257年，秦军包围赵都邯郸，赵国向魏国求救。魏安釐王命将军晋鄙领兵十万救赵，进至中途，乃逡巡不前。于是侯嬴向信陵君献计，窃得兵符，击杀晋鄙，夺得兵权，成功却秦救赵。事见《史记·魏公子列传》。

〔一〇〕犯诗人胡颜之讥：语出三国魏曹植《上责躬应诏诗表》："窃感《相鼠》之篇，无礼遄死之义，形影相吊，五情愧赧。以罪弃生，则违古贤'夕改'之劝，忍垢苟全，则犯诗人'胡颜'之讥。"按，《诗经·鄘风·相鼠》云："人而无礼，胡不遄死。"诗人"胡颜"之讥，即诗人"胡不遄死"的讥讽。胡颜，犹言有何面目。负负：见卷一《答金寿门托卖灯（又）》注〔四〕。

〔一一〕悃悃（kǔn）：犹衷情。

〔一二〕郁林石：典出《新唐书·列传第一百二十一》："（陆）绩尝事吴，为郁林太守，罢归无装，舟轻不可越海，取石为重。人称其廉，号'郁林石'，世保其居云。"

与李松圃郎中〔一〕

客冬小住桂林，得交乔梓，晤言之下，方知五十年前，原是通家，一旦相逢，可胜悲喜〔二〕！

足下洗笔银河，裁花作骨，诗笔与唐贤抗手。虽道衡著述，偶就问于颜籀〔三〕；而李白文章，早倾心于谢朓矣〔四〕。蒙见爱之深，情文兼至。拓晋、唐之碣〔五〕，则代架云梯；怜老眼之昏，则盆贻仙草。朱提百镒，郑重相将，从来文字之交，往往比骨肉妻孥，尤为关切〔六〕。古之人钟期流水〔七〕，庄惠濠梁〔八〕，何以加焉？

别后水浅沙淤，碍难鼓棹，行十余日，方至全州〔九〕。有札一函，交小阮寄上〔一〇〕，谅蒙省览。永州王蓬心太守，遣使相迎，索我之诗，赠渠之画，两人挑灯铺纸，同掉白头，不觉笑曰："可还似五十年前赴童子试耶？"〔一一〕因极夸溪厓洞壑之奇，劝小住往游，而余以岁暮怀归，遽从潇湘、洞庭而下。迄今思之，懊悔无及。方知刘、阮在天台，尘心一动，便永隔人天，往者不可谏，如何如何〔一二〕！

一路封姨作虐〔一三〕，直至今春灯节前二日，才还金陵。虽叨荫庇，老身无恙，而回忆漓江书院中，八仙一席，与心池、柳愚辈把酒吟诗〔一四〕，亦杳不能再。昔赵文子垂陇之会，与列国诸贤饮酒乐，叹曰："吾不复此矣！"〔一五〕仆自搔白发，正复似之。未知阁下与群公琴歌酒赋时，犹念及空山一叟否？

注释

〔一〕李松圃郎中：即李秉礼（1748—1830），字敬之，一字耕云，号松圃、七松老人，江西临川人，寄籍广西桂林。袁枚尝为其《韦庐诗内集》题辞。此信应写于乾隆五十年（1785）正月袁枚返回随园之后的一段时间。

〔二〕客冬小住桂林：客冬，去年冬天。乾隆四十九年（1784）十月，袁枚在桂林盘桓多日，其间与李秉礼结交。乔梓：比喻父子。通家：指彼此世代交谊深厚，如同一家。

〔三〕道衡著述，偶就问于颜籀：道衡，即隋朝诗人薛道衡。颜籀，即隋唐之际学者颜师古，师古其字。《旧唐书·列传第二十三》载"薛道衡为襄州总管……有所缀文，尝使其（按，即颜籀）掎摭疵病，甚亲昵之"。

〔四〕李白文章，早倾心于谢朓：李白诗文中多有仰慕南朝齐文学家谢朓的词句，清王士禛《戏仿元遗山论诗绝句三十二首》之三曰：

“青莲才笔九州横，一生低首谢宣城。”

〔五〕拓：把石碑或器物上的文字印在纸上。碣：圆顶的碑石。

〔六〕朱提：见卷一《再与西圃》注〔二〕。镒（yì）：古代重量单位，合二十两，一说二十四两。妻孥（nú）：妻子和儿女。

〔七〕钟期流水：典出《列子·汤问》：“伯牙善鼓琴，钟子期善听。伯牙鼓琴，志在登高山。钟子期曰：‘善哉，峨峨兮若泰山！’志在流水，钟子期曰：‘善哉，洋洋兮若江河！’伯牙所念，钟子期必得之。”

〔八〕庄惠濠梁：典出《庄子·秋水》：“庄子与惠子游于濠梁之上。庄子曰：‘鯈鱼出游从容，是鱼之乐也。’惠子曰：‘子非鱼，安知鱼之乐？’庄子曰：‘子非我，安知我不知鱼之乐？’”

〔九〕全州：清代广西桂林府辖下县名，为广西入湖南之门户。

〔一〇〕小阮：魏晋时阮籍、阮咸叔侄同列竹林七贤，时称阮咸为小阮。后因以小阮借指侄儿。

〔一一〕永州王蓬心太守：即时任湖南永州知府王宸。童子试：科举中录取秀才的考试。

〔一二〕“刘、阮在天台”：南朝宋刘义庆《幽明录》载，东汉永平年间，剡县人刘晨、阮肇在天台山采药时迷路，遇到两个仙女，遂被邀至家中。半年后回家，子孙已过七代。后二人重入天台山寻访仙女，踪迹杳然。往者不可谏：语出《论语·微子》。

〔一三〕封姨：唐郑怀古《博异志·崔玄微》载，崔玄微于一春夜遇美人绿衣杨氏、白衣李氏、绛衣陶氏、绯衣小女石醋醋和封家十八姨。崔玄微与诸女共饮，席间十八姨打翻酒盏，污了醋醋的衣裳，导致酒宴不欢而散。明夜诸女又来，醋醋对崔玄微说，诸女皆住苑中，多被恶风所挠，求崔玄微于每年元旦作朱幡立于苑东，即可免遭劫难。当时元旦已过，诸女便请玄微于某日平旦立此幡。到了那一天，狂风大作，折树飞沙，而苑中繁花安然无恙。崔乃悟诸女皆花精，而封十八姨乃风神。后因以“封姨”指代风。

〔一四〕心池：即朱锦。柳愚：即浦铣。

〔一五〕“赵文子垂陇之会”句：《左传·昭公元年》：“夏四月，赵孟、叔孙豹、曹大夫入于郑，郑伯兼享之。……赵孟为客，礼终乃宴。……饮酒乐。赵孟出，曰：‘吾不复此矣。’”赵文子，即春秋中期晋国正卿赵武，谥文，世人尊称其赵孟。垂陇，春秋时期郑国地名，在今河南郑州西北。吾不复此矣，我不会再见到这样的欢乐了。

答补山中丞[一]

端州役来[二]，接手书，知前寄数函，都蒙英盼，深慰下怀。伏念枚身历名场五十余年，所遇名公卿，感恩者有之，知己者亦有之，从未有三次倾衿，而能抉其肺腑之所藏如公者也。公教之以董子之言“去其群泰，集其众和”八字[三]，此即孔子之所谓“见贤思齐”“乐道人之善”[四]，孟子之所谓“舍己从人”“好善优于天下”是也[五]。枚之谫陋[六]，何足以当？尝笑宋儒讲学，于圣人道理岂无窥见堂奥者[七]？然必矜矜然抹杀汉、唐二千年诸贤，而自谓独得不传之秘，则未免自大也，而反自小矣。

春秋时，季札所到之国，必交其贤士大夫，如叔向、子产辈，皆刻意周旋[八]。枚虽非季札，而去年所历两粤、两湖，万里有余，所遇名流，颇记某某，时往来于心而不能决舍，不止山川之登临、烟云之怡悦已也。得诗百篇，寄呈教削。

家弟香亭有为善之资[九]，少坚定之力，自隶公麾下后，渐觉端静。方知南州小史，顿改风裁，为在张令门墙故也[一〇]。阅邸报，知蒙卓荐，论其才似未足膺斯重典[一一]，将来报恩酬知，谈何容易？然枚实为之喜而不寐者，不喜其官阶之将迁，而喜其归依之得主也。尝读史册《文苑传》曰：“最先为韩愈所知，则其人之文学可知矣。”《循吏传》曰：“某官为宋璟所荐[一二]，则其人之政事可知矣。”香亭竟为补山中丞之所荐，海内闻之，定皆额手[一三]。

枚幼不习字，晚悔无及，每执笔，如书生骑马，时防遏隧〔一四〕，意态全非。所上笺奏，公偏以亲书命之，宿瘤之丑〔一五〕，不能自匿，又意所倾吐，不能自休，遂致涂鸦满纸，老秀才重赴一回乡试，手腕欲僵。公览时，哂之耶，怜之耶？

注释

〔一〕补山中丞：即孙士毅。此信写于乾隆五十年（1785），孙士毅时任广东巡抚。

〔二〕役：供使唤的人。

〔三〕董子：即西汉儒家代表人物董仲舒。去其群泰，集其众和：语出董仲舒《春秋繁露·循天之道》："是故君子养而和之，节而法之，去其群泰，取其众和，高台多阳，广室多阴，远天地之和也。"意谓去掉那些过分的行为，采取和谐的方式。

〔四〕见贤思齐：语出《论语·里仁》，意即看见贤人，便想向他看齐。乐道人之善：语出《论语·季氏》，意即以宣扬别人的好处为快乐。

〔五〕舍己从人：语出《孟子·公孙丑上》。好善优于天下：语出《孟子·告子下》。好善，喜欢听取善言。优于天下，足以治理天下。

〔六〕谫（jiǎn）陋：浅薄。

〔七〕堂奥：房屋的深处，比喻深奥的道理或境界。

〔八〕季札：春秋后期吴国公子，吴王寿梦之季子。封于延陵，历聘鲁、齐、郑、卫、晋等国，以多闻著称。叔向、子产：分别是春秋后期晋国、郑国大夫。

〔九〕家弟香亭：即袁树。资：资质，天资。

〔一〇〕"南州小令"句：《南史·张绪传》载，王俭担任丹阳尹后，各令史前来拜谒。其中一位令史举止得体，风度很好，王俭十分欣赏，问他曾和谁共事，这位令史回答说："十来岁时在张令门下。"南州，泛指南方地区。小史，小吏，这里借指袁树。风裁，风度神采。张令，即指张绪，字思曼，吴县（今江苏苏州）人，南齐时任吏部尚书等职。以吐纳风流为时人推许。

〔一一〕膺（yīng）：承受。重典：重大的恩典。

〔一二〕宋璟（663—737）：邢州南和（今河北南和）人。弱冠中进士，历仕武后、唐中宗、唐睿宗、唐玄宗，开元十七年（729）拜尚书右丞相，进爵广平郡公。卒赠太尉，谥文贞。

〔一三〕额手：以手加额，表示庆幸。

〔一四〕逿（dàng）墬：语出《汉书·儒林·王式传》：“式耻之，阳醉逿墬。”颜师古注：“逿，失据而倒也。墬，古地字。”意谓失去依凭而倒在地上。

〔一五〕宿瘤：即宿瘤女，颈部生有大瘤的女子。西汉刘向《列女传·齐宿瘤女》载，战国中期，齐闵王出游至东郭，百姓尽皆前往围观，唯宿瘤女采桑如故。闵王召问之，女答父母教以采桑，未教观大王。闵王奇之，立为王后。

与秋帆中丞〔一〕

闻中州积年荒歉，尚书一到，雨旸时若，年岁顺成〔二〕。益信郭代公所临之地〔三〕，能使泉水变甘〔四〕，毒龙远徙也〔五〕。

枚撰《鱼门墓志》，已属道甫先生代呈教削〔六〕。刻下其一孤二寡，俱来金陵，孑立茕茕，毫无依倚。枚虽小有佽助〔七〕，而绵力无多，实难为继。偏值江省奇荒，石米五金〔八〕，枚年七十未逢此难。鱼嫂来云：“中丞许助三千金，代存妥处。”此种风义，嵩、华同高〔九〕，凡在士林，无不异音同叹，感泣者不止程氏一门也。

惟是现在待哺甚殷，寒衣典尽，未知慈云一片，何日吹来，托枚代为探信。伏思以周济之惠，当索逋之催〔一〇〕，局外局中，均觉太过，然探其情景，不得不然。大君子能将千百万哀鸿起诸沟壑〔一一〕，况区区故人之十余口哉！枚以故口欲嘿而难缄〔一二〕，笔将停而仍下者屡矣。惟中丞怜之而赐覆焉。

注释

〔一〕秋帆中丞：即毕沅。中丞，清代巡抚的别称。此信写于乾隆五十一年（1786）秋，毕沅时任河南巡抚。

〔二〕中州：即河南。雨旸时若：语出《尚书·洪范》：“曰肃，时雨若；曰乂，时旸若。”意即：天子办事恭谨，雨水就按时降下；天子政治清明，就会有充足的阳光。这里是晴雨及时的意思。

〔三〕郭代公：即初唐名臣郭震，因其受封代国公，故称。

〔四〕泉水变甘：《北齐书》卷四十六载，北齐武成帝河清年间，房豹任乐陵太守，为政颇为美善。乐陵濒临大海，水多咸苦。房豹下令凿井，遂得甘泉。

〔五〕毒龙远徙：北魏杨衒之《洛阳伽蓝记》卷五载，盘陀国故地有毒龙盘踞，滥杀过路商旅。盘陀王听说后，前往乌场国学婆罗门咒，最终驯服毒龙。后龙变为人，向王悔过，王乃将龙徙往二千余里外的葱岭山。

〔六〕《鱼门墓志》：即《小仓山房（续）文集》卷二十六所收《翰林院编修程君鱼门墓志铭》。属：同“嘱”。道甫先生：即严长明。

〔七〕佽（cì）助：帮助。

〔八〕江省奇荒，石米五金：乾隆五十年（1785）十月至十一月间，江宁一带发生灾荒，不久米价陡增。

〔九〕嵩、华：即中岳嵩山和西岳华山。

〔一〇〕索逋（bū）：催讨欠债。

〔一一〕哀鸿：典出《诗经·小野·鸿雁》：“鸿雁于飞，哀鸣嗷嗷。”后常以哀鸿比喻哀伤痛苦、流离失所的人。

〔一二〕嘿：同“默”。缄：封闭。

辞妓席札〔一〕

来书道不赴妓席，疑仆晚年染道学习气〔二〕，则大不然。仆之不来，正虑逼我走入道学故也。何也？凡人必先抱正心诚意之学，矜矜自持，不得已一登妓席，被冶容所动，遂丧其生平而溺惑之，如是则乐矣〔三〕。今我素非庄士〔四〕，先存好色之心，欣欣然而来，不料一登妓席，被其恶状阻兴，使顷刻间意不得不诚，心不得不正，终席间如对严师，如是则苦矣。

近日秦淮画舫之游，乐少苦多，以故称贞缩屋，实非本怀〔五〕。不特此也，缠头之费〔六〕，或言与其赏此辈，不如赈贫穷。此说良迂，然亦必发于中心之所愿〔七〕，而后挥金如土，亦所甘心。若方且唾之、弃之、厌之之不暇，而勉强挥霍，应酬主人之情，粉饰家僮之耳目〔八〕，势必先吝后悔，胸中作数日恶。况我辈缠头，自知不丰，不得不虚词褒赞，佯相附会，断不忍在此等地方，作史鱼之直〔九〕，面加贬词。于是像做枯窘题一般，无中生有：面目丑则夸其身段，肌理恶则誉其风神。费一片苦心，造几句浮誉，仔细思量，转不如仍作州县官，巧言令色〔一〇〕，奉承上官矣。

凡此皆仆所以奉辞之故，足下谅之。至于认钦鸡作凤皇，以符拔为麒麟〔一一〕，则海畔逐臭之夫〔一二〕，自古有之。人心不同，各如其面〔一三〕，不足怪也，毋相强也。

注释

〔一〕妓席：有妓女作陪的宴席。

〔二〕道学：宋代儒家学者周敦颐、张载、程颢、程颐、朱熹等创立的思想，后常用以形容迂腐守旧。

〔三〕正心诚意之学：《礼记·大学》：“欲修其身者，先正其心；欲正其心者，先诚其意。”正心，指心要端正而不存邪念。诚意，指意必真诚而不自欺。冶容：艳丽的容貌。溺惑：沉迷。

〔四〕庄士：犹正人君子。

〔五〕秦淮：即秦淮河，明清时著名的烟花场所。画舫（fǎng）：装饰漂亮的游船。称贞缩屋：即缩屋称贞。《诗经·小雅·巷伯》“哆兮侈兮，成是南箕”句下毛传云：颜叔子在一个风雨之夜收留了因房屋倒塌而无家可归的邻家寡妇，两人共处一室，颜叔子先让寡妇手执蜡烛取暖，后又拆取房屋的木料烧火取暖，却始终没有侵犯她。后即以“缩屋称贞”颂扬对妇女不加侵侮的美德。

〔六〕缠头：赠送给妓女的财物。

〔七〕中心：心中。

〔八〕家僮：对私家奴仆的称谓。

〔九〕史鱼之直：语出《论语·卫灵公》："子曰：'直哉史鱼！邦有道，如矢；邦无道，如矢。'"史鱼，名佗，字子鱼，春秋后期卫国大夫，以敢于直谏闻名。

〔一〇〕巧言令色：形容花言巧语，虚伪讨好。

〔一一〕钦䲹（péi）：传说中的神鸟名，见《山海经·西山经》。凤皇：即凤凰。符拔：传说中的神兽名，又称"桃拔"，形似麟而无角。

〔一二〕海畔逐臭之夫：典出《吕氏春秋·遇合》："人有大臭者，其亲戚兄弟妻妾知识无能与居者，自苦而居海上。海上人有说其臭者，昼夜随之而弗能去。"比喻嗜好怪癖、与众不同的人。

〔一三〕人心不同，各如其面：语出《左传·襄公三十一年》："人心之不同，各有其面。"

覆云松观察〔一〕

寄到手书，公然鄙人一序，冠群言之首〔二〕，欣幸无极！读近作二册，凡所抒写，皆枚意中语，未知何时逃入先生腹中，走出先生腕下，使我且妒且舞，因之憬然有悟〔三〕。先生所以推许我诗，如元相之爱庞严〔四〕，为其类己故也。然君子和而不同，又承虚怀下询，抑心所谓危，敢不以告耶〔五〕？

诸作是少陵晚年手笔〔六〕，无可推敲，略有一二可疑者，都已墨之卷端，以便斟酌。大概仆与先生天分有余，往往不肯平庸，争奇竞巧。要惟持之以庄，运之以雅，则大巧若拙，而于诗文之道尽之矣！尊作《自寿》诗"家无半亩忧天下，胸有千秋愧此生"一联，此种胸襟气象，虽大圣贤，何以加焉？不料末句以

“年老成精”作结〔七〕，有如虞庭《箫韶》、钧天广乐之地，忽跳出沐猴一舞，怪鸱一鸣〔八〕。趣则趣矣，类耶，不类耶？他如宋坑、秦坑，天公、腰背之类，皆斧凿痕太重〔九〕，有伤大雅。明知人老成精典出《淮南子》〔一〇〕，原非杜撰，而鄙意断乎不可者，譬如卢医用药，必不因马勃、牛溲载在《本草》之故，而遽与参耆并用也〔一一〕。庄子曰“道在屎溺”〔一二〕，此语何尝不是至理！然使牵庄周而置之溷圊之间〔一三〕，道则道矣，其能不掩鼻而逃耶？

注释

〔一〕云松观察：即赵翼。观察，清代对道员的尊称。赵翼官至贵西兵备道，故称。此信或写于乾隆五十一年（1786）。

〔二〕手书：或即袁枚辑《续同人集·文类》卷四所载赵翼《上简斋先生书》。鄙人一序，冠群言之首：乾隆五十年（1785），赵翼刊刻其《瓯北集》二十七卷，邀袁枚、王鸣盛、翁方纲、吴省钦、祝德麟等作序，以袁枚序列于首。

〔三〕憬（jǐng）然：觉悟的样子。

〔四〕元相之爱庞严：元相，即中唐诗人元稹，因其官至宰相，故称。庞严，《旧唐书·列传第一百一十六》载，元稹在后进士子中，最认可庞严，因为庞严所作诗文的体格最接近元稹。后元稹向朝廷一力保荐庞严，庞严遂得入翰林院为学士。

〔五〕君子和而不同：语出《论语·子路》。心所谓危：语出《尚书·大禹谟》：“人心惟危，道心惟微；惟精惟一，允执厥中。”

〔六〕诸作是少陵晚年手笔：杜甫晚年诗艺臻于炉火纯青，自称“晚节渐于诗律细”“老去诗篇浑漫与”。这里将赵翼诗作比作杜甫晚年诗作。

〔七〕末句以“年老成精”作结：赵翼于乾隆五十一年（1786）在扬州作《六十自述》七律组诗，后收入《瓯北集》卷三十，第八首尾联云：“米贵恰宜师辟谷，好教年老渐成精。”

〔八〕虞庭：传说中上古帝王虞舜的朝廷。《箫韶》：传说中虞舜时代的乐舞。钧天广乐：天上的音乐，犹仙乐。沐猴：猕猴。鸱（chī）：猫头鹰一类的鸟。

〔九〕斧凿痕：用斧头、凿子在木石上加工而留下的痕迹，比喻造作不自然。

〔一〇〕人老成精典出《淮南子》：赵翼《上简斋先生书》称赞袁枚为《瓯北集》所作序文为“岂真《楞严》所谓‘年老成精’者耶”，可知赵翼《六十自述》“好教年老渐成精”句实际上典出《楞严经》，具体可见该经卷九。

〔一一〕卢医：春秋时名医扁鹊的别称，后为良医的泛称。马勃、牛溲：皆比喻微贱的东西。前者俗称牛屎菇、马蹄包、药包子、马屁泡，后者是车前草的别名。《本草》：古代中药类书籍多称“本草”。参耆（qí）：指人参、黄耆等贵重中药材。

〔一二〕道在屎溺：语出《庄子·知北游》，指大道无所不在，并不会因为屎尿低下秽污，便不存在于其内。

〔一三〕溷圊（qīng）：厕所。

答陶怡云送蟹〔一〕

移人就蟹〔二〕，一人之享；移蟹就人，举家之餐。我知今夕通、迟两儿，都学蟛蜞拱手祝陶世兄早得中书矣〔三〕。且韵怕重复，句贵单行，鸭不随来，尤见君子用其一、缓其二之妙。且使老饕引领〔四〕，留有余不尽之思。

唐宫人上官婉儿评沈、宋诗，以“不愁明月尽，自有夜珠来”一结擢为第一〔五〕。世兄以蟹为明月，以鸭为夜珠，将来世兄廷试亦必第一〔六〕。且螃蟹虽见海龙王，也是一味横行，世兄将来以文才横行天下，即以今日之蟹为之兆也〔七〕。

注释

〔一〕陶怡云：即陶涣悦，字观文，一字怡云，江苏江宁（今南京）人。嘉庆十二年（1807）举人，官户部郎中。有《自怡轩诗稿》传世。

〔二〕就：凑近，靠近。

〔三〕通：即袁枚嗣子袁通（1775—1829），字君寿，号兰村。迟：即袁枚子袁迟（1778—1828），字真来。蟛蜞（péng qí）：螃蟹的一种。世兄：对世交晚辈的称呼。中书：中书令的省称。隋唐以中书令、侍中、尚书令共议国政，俱为宰相，后因以中书称宰相。

〔四〕老饕（tāo）：贪吃的人。引领：伸直脖子，形容殷切期待的样子。

〔五〕“唐宫人上官婉儿”句：上官婉儿（664—710），陕州陕县（今河南三门峡市）人。因聪慧善文而获武则天重用，唐中宗时被封为昭容。曾主持风雅，代朝廷品评天下诗文。宋计有功《唐诗纪事》卷三载，唐中宗命上官婉儿从群臣的应制诗中选一篇作为新翻御制曲。起初，众臣中仅有沈佺期和宋之问的诗作没被淘汰。过了一会儿，沈诗也被扔下来。上官婉儿评曰：“二诗工力悉敌。沈诗落句云：‘微臣雕朽质，羞睹豫章材’，盖词气已竭。宋诗云：‘不愁明月尽，自有夜珠来’，如徒健豪举。”对此，沈佺期不敢争辩。

〔六〕廷试：由皇帝亲自策问，在朝廷上举行的考试。

〔七〕兆：征兆。

答周漪香夫人〔一〕

前肃手书，寄《随园雅集图》求题，未同而言〔二〕，自觉冒昧。不料寄未三日，而沈纪来宁，奉到夫人采芝小照，命枚加墨〔三〕。红颜白发，路隔千里，不约而同，真可谓文章有神，心心相印矣。

卷开图画，华耀庄严，如见韩幹写九天玄女之容〔四〕，非下界凡人所敢逼视。一时衮师儿子，樊素姬人，无不额手传观，倾衿礼拜也〔五〕。因记当年尹相国副室张夫人，受封一品〔六〕，枚拜见后，献诗云：“身受金闺旷代恩，果然玉立天人样。”一时佳话，传遍江南。今将此联移献妆阁，所恨枚年衰才尽，不能副见委之盛心，又不敢知难而退，谨仿尚书题《随园图》故事，作长庆体一篇，补图中所未有〔七〕。其颂扬真切处，似较诸题者略有微长，不知夫人以为可存否？

来书刻雕朽木，矜宠太过，枚何敢当？读至“自嫌失学，黯然神伤”等语，忘现在之荣华，慕千秋之姓氏，此等胸襟，求之当代公卿，尚难多得，况闺中女士耶？真乃宣父十哲〔八〕，圣贤一流，不止福慧双兼、生天成佛而已。更有恳者，枚著《随园诗话》二十卷，自抒议论，扬表幽光，其中夫人佳句，采录尤多。虽现在无力开雕，而一息尚存，终思办理，求夫人赐序一篇，弁诸卷首〔九〕，以作光荣。遇古今未有之人，求古今未有之序，是枚所惓惓于中而不能自已者也，亦尚书闻之所欣然首肯者也。

刻下尚书信来，约枚明春为嵩岳之游〔一〇〕。枚老矣，方修月告之文，凛夜行之戒，不敢蹈程鱼门故辙〔一一〕。或春间邓尉梅开，竟驾扁舟来谒藐姑仙子，亦古人愿缓须臾毋死之意〔一二〕。南海烧香，不若西天见佛。枚再拜。

注释

〔一〕周漪香夫人：即周月尊，号漪香，江苏长洲（今苏州）人。毕沅侧室。此信应写于乾隆五十二年（1787）冬。

〔二〕未同而言：语出《孟子·滕文公下》：“子路：‘未同而言，观其色赧赧然，非由之所知也。’”原指志未合而与之信，谓之失言。这里指未征得同意即寄图征求题咏。

〔三〕沈纪：姓沈的仆人。小照：肖像。加墨：指题诗。

〔四〕韩幹（约706—783）：京兆蓝田（治今陕西西安）人，善画人物画像，尤善画马。九天玄女：又称“玄女”，传说其曾帮助黄帝战胜蚩尤。

〔五〕衮师儿子：语出唐李商隐《骄儿诗》：“衮师我骄儿，美秀乃无匹。”樊素姬人：白居易的家姬。额手：以手加额，表示庆幸。倾衿：推诚相待。

〔六〕“当年尹相国副室张夫人”句：乾隆二十六年（1761）

春，尹继善侧室张氏晋封一品夫人。

〔七〕妆阁：妇女的居室，这里指代周月尊。副：相符，相称。《随园图》：即《随园雅集图》。长庆体：中唐诗人元稹、白居易的诗体。元、白二人诗风相似，其各自诗集《元氏长庆集》《白氏长庆集》又皆成书于唐穆宗长庆年间，故称元白诗体为“长庆体”。

〔八〕宣父十哲：宣父，对孔子的尊称。唐贞观十一年（637），诏尊孔子为宣父。十哲，孔庙祀典把孔子的门徒颜渊、闵子骞、冉伯牛、仲弓、宰我、子贡、冉有、季路、子游、子夏十人列侍于侧，称为“十哲”。后颜渊配享，升补曾参；曾参配享，又升补子张。

〔九〕求夫人赐序一篇，弁（biàn）诸卷首：弁，放在前面。今本《随园诗话》卷首未见周月尊序。

〔一〇〕嵩岳：即中岳嵩山。

〔一一〕月告：指每月膳食的安排。程鱼门故辙：指程晋芳年老而赴京候补，病死途中一事。

〔一二〕邓尉：即江苏苏州城西南的赏梅胜地邓尉山。藐姑仙子：《庄子·逍遥游》：“藐姑射之山，有神人居焉。肌肤若冰雪，绰约若处子。”

附周夫人原书

月尊周氏端肃，启问随园先生万安：

尊读先生之书，十有余年矣，又时时闻中丞道先生言论丰采，口无虚日。海内老师宿儒、奇才异能之士，时至中丞左右者，亦莫不盛称先生之才。其在先生同辈诸公，更未尝不极口赞扬于无既。尊觉耳目所及，海内名流，无若先生者矣。

尊凡陋之质，叨侍上公，巾拂身世，无复所憾。惟幼耽翰墨，妄生好名之心，不肯汮汮终世。乃生少聪明，兼多疾病，蛩寒蝉寂，终不成声。于今悔叹废弃，始信天限之弗可渝夺，又无绝技殊能高于辈行，可托传于名公大人著述，以垂永久者。他日晏然随化，澹然神伤而已！前在中州，取义山“十年长梦采华芝”之句，作《采芝图》，画工既劣，更不能择手题咏，诚无可观。今特寄呈，求赐宏制。斯人斯图，虽不足当大方题品，诚欲藉传姓氏于集中，则生平之憾始释然也。小儿嵩珠，年甫三岁，近已种花，以为迟郎福命，宜兄弟所致。先生与中丞谊重交深，闻之必喜，用敢附及，冒昧干请。临启惕然，诸惟达鉴。敬问夫人懿安，迟郎文祉。诗礼之学，想日益进，亟思一见之也。附呈微物导意。

寄阿广庭公相〔一〕

记戊午科，枚与相公同出邓逊斋先生门下〔二〕，赴阙谢恩时，匆匆一见，至于今五十年矣。相公出入将相，身画凌烟，是本朝有数人物；而枚入玉堂后，改官州郡，告归养亲〔三〕。以南北之路遥，兼云泥之分隔，以故一札之投，亦不敢轻渎于隶人之听〔四〕。非傲也，礼：士于上大夫不敢有所先也。

今秋游武夷之便，九月十日路过吴江，于月下望见水上旌旗，知公在杭州勾当公事而返〔五〕。初意拟肃手板，叩舷求见；继而思之，夜已更余，公当就寝，且天上凤鸾，亦未必尚忆人间有当日同飞之燕雀，以故噤龂不前，拏舟竟去〔六〕。

到杭州，见方受畴司马〔七〕，告知公欲见枚，命渠驰六百里羽檄，呼之使来。方知大君子之念旧怜才，迥出寻常万万，而枚之所以仰测高深者，抑何浅之为丈夫也！纳手扪心，不无小过。特寄七律四章，聊申悃素。不宣。

注释

〔一〕阿广庭公相：即阿桂。公相，犹宰相、相国，清代大学士雅称相国。阿桂于乾隆四十一年（1776）正月授协办大学士，四十二年（1777）六月迁武英殿大学士。此信写于乾隆五十一年（1786）。

〔二〕“戊午科”句：戊午，即乾隆三年（1738）。袁枚与阿桂均参加该年的顺天乡试，并考中举人。其时同考官为邓时敏，逊斋其字。

〔三〕身画凌烟：见卷三《寄房师邓逊斋先生（又）》注〔四〕。玉堂：翰林院的别称。

〔四〕隶人：仆人。

〔五〕今秋游武夷：乾隆五十一年（1786）秋，袁枚往游福建武夷山。勾当：办理。

〔六〕手板：明清时见上司、座师或贵官等所用的名帖。叩舷：以桨击船舷。噤龂（xiè）：本义是咬牙切齿、强忍不言之状，这里指强忍不前。拏（ná）：牵引。

〔七〕方受畴（？—1822）：字次耘，号来青，安徽桐城人。乾隆四十年（1775）由监生捐盐大使分发两淮，历官两淮盐课大使、嘉松分司运判、浙江萧山知县、嘉兴府海防同知、直隶大名知府、通永道、河南按察使、直隶按察使、直隶布政使、浙江巡抚、河南巡抚、直隶总督，嘉庆二十五年（1820）八月加太子少保。司马：兵部尚书的别称，亦用以称府同知。方受畴曾任嘉兴府海防同知，故称司马。

寄浣青夫人〔一〕

三十年来，闻浣青之名，读浣青之诗，知老同年文敏公之家法，不传子而传女，有汉人伏、蔡两家风，私心窃向往之〔二〕。奈道路乖分，终难一见，钦钦在抱者，已非一日〔三〕。

去冬游武夷，路出吾乡，急扶杖而趋妆阁〔四〕。果然谢道韫之谈谐，宣文君之经义，应口如响，触绪纷来〔五〕。赵充国云：

"百闻不如一见。"〔六〕诚哉是言！蒙念我父执，怜我颓侵，饮之以羹汤，衣之以缟纻，赐赤舄之几几，踏菜竹之猗猗〔七〕。题《雅集图》七古一章，浑脱流利，饶杜陵风格，可当作玉女之云签、灵霄之秘籍焉〔八〕。感谢之忱，千言难罄。

别后到苏，盘桓十日，为雨雪所困，毕公灵岩山馆，仅着屐一登而已〔九〕。贵女弟子漪香主人，尚在中州，未还吴下〔一〇〕。世妹所寄手书，已交张止原递至中丞公处矣〔一一〕。比来湖上春生，想玉体平善，诸公子书声洋洋盈耳也。令爱存姑，犹能记代取名之白头老叟否？念之问之。

注释

〔一〕浣（huàn）青夫人：即钱孟钿，字冠之，号浣青，江苏武进（今常州）人。尚书钱维城女，巡道崔龙见妻。有《浣青诗草》《鸣秋合籁集》等。此信写于乾隆五十二年（1787）。

〔二〕同年：古代科举考试同科中式者的相互称谓。文敏公：指钱维城。伏、蔡：汉代伏氏家族自秦博士伏胜起，迄于汉献帝皇后伏寿，历十六世，累世经学。蔡氏亦为汉代文化世家，以东汉后期蔡邕、蔡琰父女最为著名。

〔三〕乖分：分离。钦钦在抱：见卷四《答程在山》注〔七〕。

〔四〕去冬游武夷：袁枚于乾隆五十一年（1786）八月十五日起，出游武夷山。吾乡：即袁枚的家乡浙江杭州。趋：以短而多的步子快步走。妆阁：指妇女的居室。

〔五〕谢道韫：东晋女诗人，字令姜，号称咏絮才女。谈谐：说笑。宣文君：见卷五《答孙碧梧夫人》注〔一一〕。

〔六〕赵充国（前137—前52）：字翁孙，原为陇西上邽（今甘肃天水）人，后移居湟中（今青海西宁），西汉名将。百闻不如一见：语出《汉书·赵充国传》。

〔七〕父执：父亲的朋友。颓侵：逐渐衰老。缟纻：见卷一《与胡书巢》注〔二〕。赤舄（xì）之几几：语出《诗经·豳风·狼跋》。赤舄，古代天子、诸侯所穿的鞋。几几，鲜明。猗猗（yī）：形容美好、茂盛的样子。

〔八〕题《雅集图》七古一章：或即袁枚辑《续同人集·闺秀类》

所收钱孟钿《越江深一篇，敬题〈随园雅集图〉》。浑脱：浑然天成，无人工痕迹。杜陵：指杜甫。玉女之云签：本义是道家的典籍。灵霄之秘籍：形容珍贵罕见的书籍。

〔九〕苏：即苏州。毕公灵岩山馆：毕沅在苏州城西南灵岩山一带的别业。屐（jī）：本指用木头做鞋底的鞋，又泛指鞋。

〔一〇〕漪香主人：即周月尊。尚在中州，未还吴下：中州，指河南。吴下，指苏州。袁枚此信写于乾隆五十二年（1787），当时毕沅担任河南巡抚，周月尊亦随夫前往河南。

〔一一〕张止原：即张复纯，字仁斋，一字保初，号止原，江苏江宁（今南京）人。诸生。精医，善篆刻。中丞公：即毕沅。

与钱竹初〔一〕

接手书，知兄于军务倥匆际〔二〕，犹念及清凉山下人〔三〕，何其谊之高、心之暇耶？见惠海物三捆，足供一岁之餐，胜受赵韩王瓜子金矣〔四〕。枚去年武夷之游，亦是天缘巧凑，使迟至今年，其能与荷戈者争路耶〔五〕？

来札教其爱惜精神，以虚无恬淡为宗，鄙意不以为然。夫至虚者，天也，然日食星陨，天亦无如何。古之恬淡人，有过于陶渊明、周茂叔者乎〔六〕？考其寿，皆不逾七十。枚虽不肖，忝窃过之。且所谓虚无者，为其无成见也。若有成见以求虚无，是受制于虚无，而虚而为盈、无而为有矣。大抵养生之道，无心最妙。沈氏《笔谈》载有女巫能知人隐事，或手握棋子试之，其先自知其数者，渠能知之；其随手取棋，而自己不知其数者，渠亦不能知〔七〕。此有心不如无心之妙也。枚自觉尔来健忘少卧，衰态日增，此亦万古千秋、天地自然之理。譬如贫人产尽，爱惜之不过如是，散纵之不过如是，故曰贫不学俭，贱不学恭，老不服药。“行行重行行”〔八〕，逝者为归人，则存者为行人矣，听其所至而休焉，兄毋为我戚戚也。晋人称王蒙曰：“性至通而自然有节。”〔九〕此则某一生得力处。

五年中连接来札，屡屡以乞退为言，枚更不以为然。夫士君子流行坎止〔一〇〕，相时而动，亦不必有成见捉搦其间〔一一〕。得其道，进未必为非；失其道，退未必为是。枚山居四十年，亦是乞养先慈，年登上寿，有以成就之，非枚之所敢以早退鸣高者也。果在官行一日仁民爱物之事，胜在家终岁作研朱滴露之功〔一二〕，孔、孟复生，斯言不易。倘果膏肓泉石〔一三〕，归兴勃然，则竟解组投簪〔一四〕，戛然而止，亦不必先以告人。但目下台匪猖狂，军书旁午，兄此时乞退，不特势有所不可，亦心有所不安〔一五〕。

枚祖籍慈溪，为兄部民，因生长杭州，数典忘祖〔一六〕。明岁老身健在，道路平安，或竟翩然而至，应雪窦之招〔一七〕，亦未可定。人生如傀儡〔一八〕，行止往来，暗中有牵丝者，亦何能自作主持耶？客秋用庵先生见招，枚飞往杭州，止迟九日，竟不得见，仅到灵前作秦失三号而已〔一九〕。方知友朋一面，价过千金，造物于贤人君子，尤靳之也〔二〇〕。

注释

〔一〕钱竹初：即钱维乔（1739—1806），字树参、季木，小字阿逾，号曙川，又号竹初、半园、半竺道人、半园逸叟、林栖居士等，江苏武进（今常州）人。钱维城之弟。乾隆二十七年（1762）举人，曾任浙江遂昌、鄞县知县。有《竹初乐府》等。此信写于乾隆五十二年（1787）。

〔二〕军务倥匆：形容军事事务纷繁迫促。倥匆，同“倥偬”。乾隆五十一年（1786）十一月，台湾爆发林爽文叛乱，清廷自翌年正月起陆续派兵渡海，至五十三年（1788）正月乱平。

〔三〕清凉山下人：袁枚所居小仓山房，临近南京清凉山，故有此自称。

〔四〕赵韩王瓜子金：典出北宋司马光《涑水纪闻》："时两浙王钱俶方遣使致书及海物十瓶于韩王，置左右庑下，会车驾至……即命启之，皆贮满瓜子金也。"韩王，即北宋宰相赵普，累封韩王。瓜子金，砂金的一种，形如瓜子。

〔五〕荷（hè）戈者：泛指军队。

〔六〕周茂叔：即北宋理学家周敦颐，茂叔其字。

〔七〕"沈氏《笔谈》"句：事见北宋沈括《梦溪笔谈》卷二十。

〔八〕行行重行行：语出《古诗十九首》之一。

〔九〕"晋人称王蒙"句：《晋书·列传第六十三》："王蒙，字仲祖，哀靖皇后父也。……与沛国刘惔齐名友善，惔常称蒙性至通，而自然有节。"

〔一〇〕流行坎止：见卷五《答书巢》注〔九〕。

〔一一〕捉搦（nuò）：握持。

〔一二〕研朱滴露：滴水研磨朱砂，这里指用朱笔评校书籍。

〔一三〕膏肓泉石：此为初唐隐士田游岩之典故，《新唐书·列传第一百二十一》载唐高宗驾临嵩山，问居住在此的田游岩："先生比佳否？"田游岩回答说："臣所谓泉石膏肓、烟霞痼疾者。"膏肓，这里比喻癖好。泉石，比喻山水。意即酷爱山水到了痴迷成癖的地步。

〔一四〕解组投簪：语出南朝梁萧纶《隐居贞白先生陶君碑》："明年遂拜表解职，抽簪东都之外，解组北山之阳。"谓解下印绶，丢掉固冠用的簪子，比喻辞去官职。

〔一五〕台匪：指台湾林爽文之乱。军书旁午：形容军务繁忙。军书，军队中来往的公文。旁午，交错、纷繁的意思。

〔一六〕部民：统属下的人民。数典忘祖：语出《左传·昭公十五年》："籍父其无后乎，数典而忘祖。"后比喻忘本。

〔一七〕雪窦：山名，在今浙江宁波市奉化区。

〔一八〕傀儡：见卷四《与金匮令》注〔一四〕。

〔一九〕"客秋用庵先生见招"句：用庵先生，即蒋和宁。乾隆五十一年（1786）九月十五日，袁枚出游武夷山途中路经杭州，欲过访蒋和宁，而蒋氏已于九月六日逝世。秦失三号（háo）：典出《庄子·养生主》："老聃死，秦失吊之，三号而出。"

〔一〇〕靳（jìn）：吝惜。

与朱石君侍郎〔一〕

客冬蒙公招饮，许所作古文，有真气而无十弊〔二〕，颓老才尽，得大君子一言以张之，遂妄作千秋之想，感何可支！别后归江南，一路颂主司之贤者，洋洋盈耳〔三〕。就枚门下士，如韩廷秀、谈泰、陈春华、顾敏恒、李赓芸等，皆素知其溺苦于学，华实兼备者，屈久得申，如缒井底珠，而升之白昼之庭也〔四〕。

伏念陆宣公知贡举，贞元八年一榜，得退之、元宾、欧阳詹诸人，一时称盛，至今传为美谈。然考其故，则由梁补阙、王郎中为之关说，唐人所谓通榜是也，终属公中之私，非盛德事〔五〕。惟阁下倏然前来，不询于人，不采于众，暗中求索，而能使出群之才，若烛照数计而尽取之，猗欤盛哉，岂不高出古人万万哉〔六〕？枚虽衰，恨不负卷册，挥烟墨，重入棘闱〔七〕，与诸贤一战其艺，以求赏于贤主司之前也。

虽然，主试者三年一至，其教士浅；督学者一至三年，其教士深〔八〕。吾浙向称文薮，近颇衰葸，得贤者为之振作，儒林、文苑，各分其类，各取其真，将见治化之隆媲成、周，臻唐、虞，又岂徒夸元和、庆历而已耶〔九〕？

注释

〔一〕朱石君侍郎：即朱珪。此信写于乾隆五十二年（1787），朱珪时任礼部侍郎。

〔二〕“客冬蒙公招饮”句：客冬，去年冬天，即乾隆五十一年（1786）冬。是年秋，袁枚有出游武夷山之行。返程时路过杭州，朱珪招饮，二人宴席间谈论古文，遂有“十弊”之说。“十弊”具体可见本书卷三《覆家实堂》。

〔三〕洋洋盈耳：宏亮而优美的声音充满双耳，形容声音悦耳动听。

〔四〕溺：沉迷。屈：弯曲。申：同“伸”，舒展。缒（zhuì）：拽，拉。

〔五〕“陆宣公知贡举”句：唐德宗贞元八年（792）举行的科举考试，由宰相陆贽（谥宣，世称陆宣公）主持，梁肃（时任右补阙、翰林学士）、王础（时任比部郎中）为佐，录取韩愈（退之其字）、李观（元宾其字）、欧阳詹等，号称得人。知，主管。贡举，这里泛指科举。唐代科举考试的考卷并不糊名，一由主试者决定去取。考前，主试者往往预先列出考生中的知名人士名单，得中者往往出于其中，谓之通榜。考生亦多有事先结交权贵，由权贵为之说好话、揄扬声名者，关说即指此而言，犹今所谓通关节、拉关系。

〔六〕倓（tán）然：安然不疑。烛照数计：语出唐韩愈《送石处士序》：“若烛照数计而龟卜也。”意即用烛照着，按数计算。比喻料事准确。猗欤（yī yú）：叹词，表示赞美。

〔七〕棘闱（wéi）：指考场、试院。

〔八〕“主试者三年一至”句：主试，即乡试主考官，明清时规定乡试每三年举行一次。督学，即明清时的提督学政，简称学政，俗称学台。其职务由翰林院或进士出身的官员担任，由朝廷委派到各省主持院试、岁科两试，并督察各地学官和生员。一般任职年限为三年。

〔九〕文薮（sǒu）：文人聚集的地方。衰葸（xǐ）：这里形容文风不振。治化：治理国家，教化人民。隆：盛大。媲（pì）：媲美。臻：达到。元和、庆历：分别是唐宪宗、宋仁宗的年号，是唐和北宋相对兴盛的时期。

与翁东如

从古文章家，替人作碑、铭、传、志者，其道有三：第一是其人功德忠勋彪炳海内，我为表章〔一〕，不独彼借我传其名，而我亦借彼以传其文，此不待其子孙之请，而甘心访求以为之者。次则其人虽无可纪，而生平与我交好，则为之传志，以申哀感之情，此亦古人集中往往有之。再次，其人虽于世庸庸，于我落落，而无奈其子孙欲展孝思，大辇金币，来求吾文，则亦不得不且感且惭，贬其道而为之，譬如抱关击柝，为贫而仕者一般〔二〕。此刘乂所谓谀墓之文〔三〕，亦古人所不免者也。若三者无一，不过乡里之善人，村巷之嫠妇，此辈在世，偻指难数，焉得人人而传志之〔四〕？《论语》称“好仁不好学，其蔽也愚”〔五〕，君子不为也。

前在苏州，与公望薛君彼此往返〔六〕，并未一见，而家人无知，收其食物。足下又交行状一纸，催逼作传，不得已，仿谀墓之例，撰成寄上〔七〕。然古文一道，知者甚希，不得不将体例详言之，以免俗人口实。来状要作松庄先生与妻吴氏合传，开口便错。试撷翻《文苑英华》一千卷，八大家数百卷，可有夫妻合传之文乎〔八〕？古人墓志，夫妇合葬者，其标题但书某公某大夫，而不书暨配某夫人〔九〕，何也？地道无成〔一〇〕，统于所尊也。其妻果贤，不妨于文中叙及之；其妻分葬，则竟作某夫人墓志，此定例也。自元、明以后，古文道衰，始有题中书暨配某氏之文，汪钝翁以为此不典之词〔一一〕。夫合葬墓志，尚不可以夫妇并称，而况于作合传乎？以故标题但书“松庄先生传”，而不及其室，亦犹行古之道也。

注释

〔一〕表章：表彰。

〔二〕庸庸：平庸。落落：这里指无过往交情。大辇（niǎn）：大车。抱关击柝（tuò）：守关巡夜的人，比喻职位卑下。抱关，守关。击柝，打更巡夜。

〔三〕刘乂（yì）所谓谀墓之文：刘乂，即中唐诗人刘叉，《新唐书》记其名为“刘乂”。李商隐《齐鲁二生·刘叉》：“（刘叉）闻韩愈善接天下士，步行归之。……后以争语不能下诸公，因持愈金数斤去，曰：'此谀墓中人所得耳，不若与刘君为寿。'愈不能止，复归齐、鲁。"

〔四〕嫠（lí）妇：寡妇。偻（lǚ）指难数：形容数量多，逐一屈指而数也数不过来。

〔五〕好仁不好学，其蔽也愚：语出《论语·阳货》。

〔六〕公望薛君：即清乾隆、嘉庆年间名医薛承基，字公望，号性天，江苏吴县（今苏州）人。尝著《伤寒百症歌》，刊于《吴医汇讲》。

〔七〕行状：见卷二《与许青岩方伯》注〔一三〕。谀墓：指撰写墓志铭时，不论死者功绩如何，一概夸大其词予以颂扬的行为。

〔八〕《文苑英华》：北宋四大类书之一。由宋太宗命李昉、徐铉等二十余人共同编纂。全书上起萧梁，下迄唐五代，选录近二千二百人之诗文近二万篇。八大家：即唐宋八大家。

〔九〕暨（jì）：和，与。

〔一〇〕地道无成：语出《周易·坤卦·文言》："地道也，妻道也，臣道也。地道无成，而代有终也。"意即地顺从天的道理，表明成功不归己有。

〔一一〕汪钝翁：即汪琬（1624—1691），字苕文，号钝庵，晚号尧峰，长洲（今江苏苏州）人，与侯方域、魏禧合称清初古文三大家。不典：不典雅，粗俗。

答朱心池明府〔一〕

前书有"遇恩赦，可免输薪"之语，何以至今犹滞留桂水〔二〕？想天道此邦山好，特留与文人时时作伴耶？抑或藉此抑勒文人〔三〕，使之豪宕感激，有以成就其著作也？

仆五六年来，行二万余里，东南山川，都已游遍，只欠武夷一座。客秋九月，竟蜡屐而登曼亭之峰，探九曲之妙，往来百余日，得诗七十余篇，阁下闻之，亦为我张目也〔四〕。尝谓佛家“因缘”二字，实补圣经贤传之所不及。仆名场六十年，有终日见而落落然若路人者〔五〕；有一二见而思之终身不能忘者；有万无不见之理，而竟不能一见者；有万无可见之理，而公然一见者。君与松圃〔六〕，离仆六千余里，仆又行年七十，此岂有见理哉？然而竟得见矣，且一二见而至今思之不能忘矣，无他，缘故也。不然，使家弟不守端州〔七〕，则仆不粤游；敝亲家不守桂林〔八〕，则仆虽粤游，不至桂林，渠早罢官，仆又不至桂林。乃一弟一亲家，偏作官于我三人未见之前，皆罢官于我三人既见之后。是舍弟与亲家之作官某处，皆为我三人之交好而设也，思之悚然。

第此后执讯人稀，仆傫然衰矣〔九〕，有离无合，为唤奈何！阁下非独诗佳也，骈体文宛转流利，虽非徐、庾，已是欧、苏，在词馆中吾见亦罕〔一〇〕。舍弟秋江，诗笔甚秀，亦复衙官屈、宋〔一一〕，皆可惜也！附寄武夷诗呈政〔一二〕。

注释

〔一〕朱心池明府：即朱锦，字心池，湖南芷江人，曾任广西凭祥州州判。乾隆四十九年（1784）十月，袁枚由岭南返乡途中路经桂林，与朱锦等诗酒雅集，由此订交。此信写于乾隆五十二年（1787）。

〔二〕输薪：充军。桂水：泛指桂林一带的山水。

〔三〕抑勒：压制，压抑。

〔四〕蜡屐：以蜡涂木屐，备登山之用。曼亭峰、九曲溪：均为武夷山中景点。张目：壮声势。

〔五〕落落然：形容孤高，与人难合。

〔六〕松圃：即李秉礼。

〔七〕家弟不守端州：家弟，即袁枚从弟袁树，当时任广东肇庆知府。肇庆古称端州。

〔八〕敝亲家不守桂林：敝亲家，即时任广西桂林知府汪修镛。袁枚第五女袁如，嫁汪修镛子汪世泰为妻。

〔九〕儽（lěi）然：颓丧的样子。

〔一〇〕徐、庾：即徐陵、庾信。欧、苏：即欧阳修、苏轼。词馆：即翰林院。吾见亦罕：语出《孟子·告子上》。

〔一一〕衙官屈、宋：语出《旧唐书·杜审言传》：“吾之文章，合得屈宋作衙官。”意即：要以屈原、宋玉为下属官吏。原指自夸文章好，后也用以称赞别人的文采。

〔一二〕呈政：敬辞，犹言呈上请指正。政，同“正”。

答靖海侯〔一〕

除夕前五日，接贤侯手书《袁文辨诬》一册，读之词严义正，校吴缜《唐书纠谬》尤为详析〔二〕。自知获戾，颇觉悚惶〔三〕。但事出无心，有不得不申诉于贤侯之前者。

枚与姚氏素无瓜葛，忽丙戌岁，和州参戎姚公讳林者，入山见访，袖中出乃祖启圣公行述一册、《闽颂汇编》二本，求为作传〔四〕。枚山居之人，无国史可考，又未见先将军家传，事隔百余年，文献无征，只得就其来本，略加点窜，依样葫芦，应付而去，所谓述而不作也。至今二十余年，姚公音问不通久矣，此等笔墨，山中指不胜屈。设使贤侯当日以先将军行述命为作传，则亦不过谨依来本，极力表彰而已，不能顾姚氏之有所訾謷也〔五〕。文虽存于集中，事已忘之度外。

不料其行述、《汇编》中，诬罔名臣，失实已甚，或是当时门客曲意逢迎、党同伐异之作〔六〕，亦未可知。枚落笔太易，阁下身为孙子，一见怒生，理之正也。但不根究其以讹传讹之故，而遽作申申之詈，则是不揣其本而齐其末矣〔七〕。须知唐人平淮西一事，李太尉之忠勋，虽昌黎大儒，不能掩蔽〔八〕；穹碑三丈，因石烈士数言，顷刻一曳而倒，况区区之匏宣瓦奏，何足为典要乎〔九〕？婴儿伤人，有何成见乎？且儒家之改过，即佛家之忏悔也。

既受指南，似梦初醒。惟有抽出此篇，或加增改，兼请贤侯将此札附载于尊作《辨诬》之后，以表鄙人空空洞洞之本怀焉〔一〇〕。

刻下台匪猖狂，王师进讨，贤侯世受国恩，正宜绳其祖武，副靖海之名，奏鹰扬之绩，又何暇手执毛锥，与穷老秀才争闲气而已耶〔一一〕？息怒，一笑。

注释

〔一〕靖海侯：清初名将施琅因平定台湾有功，受封靖海侯，子孙世袭。这里指第六任靖海侯施秉仁，乾隆四十七年（1782）十二月袭封。此信应写于乾隆五十二年（1787）。

〔二〕校：比较。吴缜《唐书纠谬》：吴缜，字廷珍，北宋成都人，其《新唐书纠谬》二十卷，指证《新唐书》中的错误四百余条。

〔三〕获戾：得罪，获咎。悚（sǒng）惶：犹惶恐。

〔四〕丙戌：即乾隆三十一年（1766）。乃祖：他的祖父。启圣公：即姚启圣（1624—1683），字熙止，号忧庵，浙江会稽（今绍兴）人。康熙二年（1663）举人，官至福建总督。康熙十九年（1680）率兵克海澄，收金门、厦门，迫使郑经退至澎湖，因功授兵部尚书、太子少保。袁枚《小仓山房文集》卷六有《福建总督太子少保姚公传》。

〔五〕訾謷（zǐ áo）：攻击诋毁。

〔六〕党同伐异：语出《后汉书·党锢传序》。指拉帮结伙，打击不同意见的人。

〔七〕申申之詈（lì）：语出屈原《离骚》："女媭之婵媛兮，申申其詈予。"申申，重复。詈，责骂。不揣其本而齐其末：语出《孟子·告子下》，意即不揣摩根本的东西，而只是去比较末端。

〔八〕"唐人平淮西"句：唐宪宗元和十二年（816）平定淮西藩镇吴元济后，诏令韩愈撰《平淮西碑》。韩愈在该文中将功劳归于宰相裴度。时邓州节度使李愬先入蔡州，自居首功，对此不平。愬妻出入禁中，诉说碑辞不实，宪宗遂诏令磨去韩文，另命翰林学士段文昌重撰刻石。李太尉，即李愬。唐元和十年（814），淮西节度使吴元济反，裴度以李愬为邓州节度使，率兵讨伐。十二年（816），愬率师雪夜袭蔡州，生擒吴元济，以功封凉国公。

〔九〕穹碑：高大的碑。匏（páo）宣瓦奏：语出《国语·周语下》："匏以宣之，瓦以赞之。"这里比喻应酬笔墨。匏，古代八音之一。瓦，古代八音中"土"的别称。典要：可靠的根据。

〔一〇〕空空洞洞：这里指绝无任何成见。

〔一一〕台匪：指台湾林爽文叛乱。绳其祖武：语出《诗经·大雅·下武》，意即继承祖先的行迹。副：相符，相称。鹰扬：语出《诗经·大雅·大明》，谓如鹰之奋扬，喻指威武或大展雄才。毛锥：毛笔。

答是仲明〔一〕

前有一函，劝足下不必讲学，谅蒙省览。兹来札问昌黎果否知道，朱子得其《与大颠上人书》，以为真赃现获云云〔二〕。

嘻，朱子过矣！足下述朱子之言，是重朱子之过也〔三〕。孔子曰："躬自厚而薄责于人。"〔四〕曾子曰："如得其情，则哀矜而勿喜。"〔五〕圣贤居心，大概从厚，故现在与我并世之人与所治之民，尚且薄其责，勿喜得其情，况相隔数百年之贤者？声名久定，何劳朱子身作捕快〔六〕，搜取真赃而欣欣得意耶？若果以罗织为能，则孔子亦有老子犹龙之赞，其可指为孔子通道教之真赃耶〔七〕？吾故曰朱子过矣。

虽然，昌黎亦有自取之道，何也？"道统"二字是腐儒习气语，古圣无此言，亦从无以此二字公然自任者。文王小心翼翼，望道而未之见〔八〕，望且未见矣，肯以统自任乎？孔子曰："若圣与仁，则吾岂敢？""五十学《易》，可以无大过。"〔九〕过犹不免矣，肯以道自尊乎？昌黎则阴袭孟子"闻知见知"之说，创为尧传、舜传，而终之以轲死莫传〔一〇〕，是隐然以道统自居也。昌黎居之，朱子亦欲居之，譬如只此一坐席，不推倒一客，如何能据其位？不取真赃，如何能入其罪？故朱子之搜赃，亦昌黎之慢藏诲盗〔一一〕，有以自取之也。不然，汉、唐之贤人君子亦多矣，朱子何不家家搜赃，而独与无冤无仇之昌黎为难哉？

或曰：周元公与真净文禅师在庐山鸾溪结青松社〔一二〕，是亦佞佛之真赃，朱子何以不搜？不知朱子道统得自二程，二程道统得自元公，元公之赃即朱子之赃，是与捕快烹分者也〔一三〕，故勿搜也。一笑。

注释

〔一〕是仲明：即是镜（1693—1769），原名铸，字仲明，号诚斋，江苏阳湖（今常州）人。究心程朱之学。父死葬于舜山，遂筑庐墓侧，创建学所，讲道授业，人称舜山先生。有《是仲明杂著》传世。

〔二〕“昌黎果否知道”句：韩愈文集中有《与大颠师书》三通，后世对其真伪聚讼颇多，引出韩愈是否崇信佛教、是否真是明道醇儒的争论。朱熹《昌黎先生集考异》力辨《与大颠师书》确为韩愈手笔，由此得出该三通书信是韩愈平生铁案的结论。

〔三〕重（chóng）朱子之过：重复朱熹的错误。

〔四〕“孔子曰”句：语出《论语·卫灵公》：“子曰：‘躬自厚而薄责于人，则远怨矣。’”

〔五〕“曾子曰”：语出《论语·子张》：“曾子曰：‘上失其道，民散久矣。如得其情，则哀矜而勿喜。’”

〔六〕捕快：古代官署里担任缉捕的差役。

〔七〕罗织：虚构种种罪名，诬陷无辜者。孔子亦有老子犹龙之赞：《史记·老子韩非列传》载孔子语：“吾今日见老子，其犹龙邪！”

〔八〕文王：即周文王。小心翼翼：语出《诗经·大雅·大明》。望道而未之见：语出《孟子·离娄下》，意即追求真理，又似乎未曾见到一样，表示不自满、不懈之意。

〔九〕“孔子曰”句：均语出《论语·述而》。

〔一〇〕“昌黎则阴袭孟子”句：孟子“闻知见知”之说，语出

《孟子·尽心下》："孟子曰：'由尧、舜至于汤，五百有余岁，若禹、皋陶，则见而知之，若汤，则闻而知之。由汤至于文王，五百有余岁，若伊尹、莱朱，则见而知之，若文王，则闻而知之。由文王至于孔子，五百有余岁，若太公望、散宜生，则见而知之，若孔子，则闻而知之。'"韩愈在《原道》一文中提出："斯吾所谓道也，非向所谓老与佛之道也。尧以是传之舜，舜以是传之汤，汤以是传之文、武、周公，文、武、周公以是传之孔子，孔子传之孟轲，轲之死，不得其传焉。"袁枚认为韩愈的道统学说实为暗地里袭取孟子言论的产物。

〔一一〕慢藏诲盗：语出《周易·系辞上》，意即收藏财物不慎，等于诱人偷窃。

〔一二〕周元公与真净文禅师在庐山鸾溪结青松社：周元公，即北宋理学家周敦颐，元公是其谥号。周敦颐晚年居于庐山莲花峰下，并效法东晋时庐山东林寺僧人慧远所结白莲社，与归宗寺的真净文祥师等人结青松社。

〔一三〕二程：指北宋理学家程颢、程颐兄弟。熹分：分享。

与树斋尚书〔一〕

今春枚探梅邓尉，家中递到似村手书〔二〕，知世兄已从塞外还京，深为欣慰。又闻往湖南勾当公事，以故未驰延候之笺，仅寄声陈舒轩，托其代通芳讯〔三〕。端阳后十日，补山制府书来〔四〕，道世兄殷殷念我，且讹传已作逐客还乡〔五〕，致劳叹息，将所寄渠小札封与枚观。

伏念尚书身在九霄〔六〕，犹能俯而下视，时时留心于枯木朽株，何风义之笃，而念旧之深也！枚六七年来，遨游二万余里，东南山川，殆被麻鞋踏遍。在家日少，与人事绝不相关，诸当事亦都闻声相钦〔七〕。间有一二不相中者，虽绝无谐际，而时有谰言，此亦从古圣贤所不能免〔八〕。《国策》曰："夜行者自信不为盗，而不能使狗无吠。”〔九〕《古乐府》曰：“蚊虫啮铁杵，渠无下嘴处。”〔一〇〕每读至此，令人笑吃吃不休。或者逐客之讹传，从此来乎？

要知君子小人，世所恒有，但使一出于真，俱可以情相感。孔子恶穿窬，不恶其内荏，而恶其色厉也〔一一〕；孟子恶乡愿，不恶其奄然媚世，而恶其居之似忠信、行之似廉洁也〔一二〕。杨诚斋云〔一三〕：“天下不患有真小人，而患有伪君子。”何也？真者易知，伪者难测故也。试观在昔宋时，卢多逊、丁谓、王钦若皆小人也〔一四〕，虽当国持权，于宋朝元气卒无大损，惟一刚正廉洁之王安石出，而遂基靖康之祸〔一五〕。此伪君子之明效也。然而学问文章，今之人有能及安石万分之一者乎？

枚今年七十有三矣，念古人韩、柳、欧、苏都无此寿，公然得之，自觉忝窃〔一六〕。然而食米不满半升，看书未终，神欲舍形飞去，此亦元化推迁，自然之理，陶然寐，蘧然觉，无一分顾藉心〔一七〕。惟交好如世兄，中心折服如世兄，竟说“今生不见”，觉此四字，胸中难过耳。

似村信来，说陶夔典郎君来京候选，二十年前，枚抱与尚书之义儿也。忽然乔梓相逢〔一八〕，真为佳话。

注释

〔一〕树斋尚书：即庆桂。此信写于乾隆五十三年（1788），庆桂时任兵部尚书。

〔二〕今春枚探梅邓尉：乾隆五十三年（1788）正月，袁枚往苏州邓尉山赏梅。似村：即庆兰。

〔三〕勾当：办理，处理。延候：迎接。寄声：托人传话。

〔四〕补山制府书来：补山制府，指时任两广总督孙士毅。其寄来书信见收于袁枚辑《续同人集·文类》卷三。

〔五〕讹传已作逐客还乡：乾隆五十二年（1787）冬，有传闻称袁枚因与时任江苏巡抚闵鹗元不睦，而被鹗元驱逐，不得不离开江宁，返回家乡杭州。

〔六〕九霄：天之极高处，这里比喻庆桂位高权重。

〔七〕当事：当局，当政者。

〔八〕谐际：交接，接触。谰（lán）言：诬妄不实的话。

〔九〕“《国策》曰”句：《战国策·韩策》：“宵行者能无为奸，而不能令狗无吠也。”意即：走夜路的人，可以保证自己不做坏事，却没有办法让狗别对着自己乱叫。比喻人可以行得正、做得端，却不能阻止别人的议论。

〔一〇〕“《古乐府》曰”句：此处应为“蚊子叮铁牛，无渠下嘴处”，系唐代诗僧寒山之作。

〔一一〕“孔子恶穿窬（yú）”句：《论语·阳货》：“子曰：‘色厉而内荏，譬诸小人，其犹穿窬之盗也欤！”色厉而内荏，形容外表强硬，内心虚弱。穿窬，凿穿或爬越墙壁进行盗窃。

〔一二〕“孟子恶乡愿”句：乡愿，貌似谨厚而实与流俗合污的伪善者。详见《孟子·尽心下》。

〔一三〕杨诚斋：即南宋诗人杨万里，诚斋其号。

〔一四〕卢多逊、丁谓、王钦若：三人均为北宋初年大臣而官声不佳，卢多逊史称其“贪权固位”（《宋史·列传第二十三》），后因交通秦王赵廷美事败露，被流放崖州，最终卒于贬所。丁谓、王钦若则长期被视为奸臣，《宋史·列传第四十二》载：“钦若与丁谓、林特、陈彭年、刘承珪，时谓之五鬼。”

〔一五〕靖康之祸：宋钦宗靖康二年（1127），金人入侵，虏徽宗、钦宗北去，北宋灭亡，史称靖康之变。

〔一六〕韩、柳、欧、苏：即韩愈、柳宗元、欧阳修、苏轼。忝窃：辱居其位或愧得其名，表谦虚之语。

〔一七〕元化：造化。陶然寐，蘧（qú）然觉：语本《庄子·大宗师》：“成然寐，蘧然觉。”陶然，形容舒畅快乐的样子。蘧然，形容惊喜的样子。顾藉（jiè）：顾惜，爱惜。

〔一八〕乔梓：比喻父子。

与似村[一]

五月间有奉怀诗，托孙叟奉寄，未知收到否？弟年逾六十，即欲戒诗，不料年逾七十，犹时时为之而不能已。岂春蚕吐丝，真个到死方尽耶[二]？抑戒诗如戒酒，生而曲蘖性成者[三]，忍俊不禁，屡戒屡开耶？近自号“诗中冯妇”[四]，自解嘲也。

世兄寄我诗笺小印，有“诗名心未忘”五字，我贴壁间。有某官素好谈理学者见之，栩栩然曰[五]：“人皆好名，我独不好名。”我应声曰：“人之所以异于禽兽者，以其好名也！”其人惭沮而去[六]。附告世兄，一笑。

注释

〔一〕似村：即庆兰。

〔二〕春蚕吐丝，真个到死方尽：语出唐李商隐《无题》：“春蚕到死丝方尽，蜡炬成灰泪始干。”

〔三〕曲蘖（niè）：酒曲，酒母。

〔四〕冯妇：见卷三《与家春圃》注〔四〕。这里指重操旧业的人。

〔五〕栩栩然：语出《庄子·齐物论》：“昔者庄周梦为蝴蝶，栩栩然蝴蝶也。”形容欢喜自得的样子。

〔六〕惭沮：羞愧沮丧。

与毕制府〔一〕

太仓王君来，接手书，知道体康娱〔二〕。丙相患病而病安〔三〕，于公求雨而得雨〔四〕，此皆大君子诚感所至，灵贶自甄之效〔五〕。

枚览今怀古，尝谓以天下为己任，一夫不得其所，引为己恨者，伊尹是也〔六〕；以斯文为己任，一士不得其所，引为己恨者，尚书是也〔七〕。尚书用心，即先王养贤以及万民之意，比泛爱博施，尤为知所先务〔八〕。是尚书一身，不但系苍生之休戚，兼关风雅之盛衰。周公所称天寿平格，丕冒海隅〔九〕，夫岂偶然哉？想龙马精神〔一〇〕，定胜平昔矣。

枚闻善《易》者不占，善《诗》者不说〔一一〕，枚撰《随园诗话》十六卷，未免宋、元人习气，自觉可嗤。然中间抒自己之见解，发潜德之幽光〔一二〕，尚有可存。积岁既久，卷页遂多，无力付梓，又不忍拉杂摧烧之〔一三〕。蒙尚书许为开雕，不觉欣幸！当即清誊六本，将交王先生寄呈省览。忽闻尚书有总督两湖之信，恐方展陶太尉之经略〔一四〕，必暂缓羊太傅之闲情〔一五〕，未敢干渎尊严，故仍且留下。

今春在府，抱嵩珠世兄，嶷嶷麟角，牙牙相亲，是将来之韩忠彦、范纯仁一流人物〔一六〕。储休启佑，理合如斯，藉便报知，兼以志喜。

注释

〔一〕毕制府：即毕沅。清代总督又称制府。毕沅于乾隆五十一年（1786）六月至十月间，乾隆五十三年（1788）七月至五十九年

（1794）八月间，以及乾隆六十年（1795）正月至嘉庆二年（1797）七月间，凡三次担任湖广总督，故称之为制府。此信应写于毕沅第二次出任湖广总督之前。

〔二〕道体：犹玉体、贵体。康娱：安乐。

〔三〕丙相患病而病安：丙相，即西汉名臣丙吉，因其曾任丞相，故称丙相。《汉书·魏相丙吉传》载丙吉尝患病，汉宣帝担心他的病好不了，想趁着丙吉还活着的时候给他封侯。太子太傅夏侯胜对宣帝说："丙吉不会死。积阴德的人一定会享受到阴德带来的欢乐，还会延及子孙。现在丙吉积累的阴德还没有得到回报，所以这不是要命的病。"后来丙吉的病果然好了。

〔四〕于公求雨而得雨：此为西汉名臣于定国之父于公事。《汉书·隽疏于薛平彭传》载，东海郡有个孝妇，遭人诬告杀害了婆婆，被官府屈打成招。于公认为孝妇以孝顺闻名乡里，一定不会是凶手。然而太守刚愎自用，最终处死了孝妇。孝妇冤死后，东海郡大旱三年。新太守上任后，于公指出旱灾乃是前任太守错杀孝妇所致，于是新太守亲自前往孝妇坟前祭奠，并为她立了墓碑，以表彰其孝行。不久该郡果然降下大雨，当年即五谷丰登。

〔五〕灵贶（kuàng）自甄：语出《后汉书·光武帝纪》。灵贶，神灵赐福。甄，明。

〔六〕"一夫不得其所"句：语出《尚书·说命下》："昔先正保衡作我先王……一夫不获，则曰：'时予之辜。'"意即：从前先贤伊尹使我的先王兴起……一人不得其所，他就说："这是我的罪过。"保衡，即商初名臣伊尹。

〔七〕尚书：毕沅以湖广总督而坐衔兵部尚书，故称之为尚书。

〔八〕先务：当前最急于要办的事。

〔九〕天寿平格：语出《尚书·君奭》，意即上天赐予了中正和平的官员。丕冒海隅：语出《尚书·君奭》："我咸成文王功于，不怠丕冒，海隅出日，罔不率俾。"意即：我们共同来成就文王的功业吧！不懈地加倍努力，要使那海边日出的地方，没有人不顺从我们。

〔一〇〕龙马精神：比喻人老而健。

〔一一〕善《易》者不占，善《诗》者不说：语出《荀子·大略》："善为《诗》者不说，善为《易》者不占，善为《礼》者不相，其心同也。"

〔一二〕发潜德之幽光：语出唐韩愈《答崔立之书》。潜德，不为人知的美德，这里指辑录不为人知的好诗。

〔一三〕拉杂摧烧之：语出汉乐府《有所思》。

〔一四〕陶太尉：即东晋名将陶侃，因其曾官太尉，故称。经略：筹划治理。

〔一五〕暂缓羊太傅之闲情：羊太傅，即魏晋之际名臣羊祜。史称其都督荆州军事期间，平日轻裘缓带，身不披甲，与吴将陆抗互通使节，并实施怀柔、攻心政策，以收吴人之心。

〔一六〕嶷嶷（yí）：形容高的样子。麟角：这里指小儿头上的角辫。牙牙：婴儿学说话的声音。韩忠彦：指北宋名臣韩琦。范纯仁（1027—1101）：字尧夫，谥忠宣，北宋名臣。

与佛裔上人〔一〕

三年小别，渺隔人天，一纸书来，忽闻謦欬〔二〕。上人以西方之禅伯，念白下之衰翁，想与鄙人香火因缘，不无瓜葛，鸠摩天性，最爱文章之故耶〔三〕？

命枚学白傅以诗集交东林、圣善两寺〔四〕，仗佛力作护持，使他年不寂灭，婆心善意，可感可钦。奈拙集卷帙繁重，一时少驮经之白马，捆载而来，兼恐煮字不可以斋僧〔五〕，丑诗未足以呈佛，以故敝帚自享，临发迟疑。又不忍负上人雅意，先将《外集》二本、游山诗六卷，先行寄上，余俟明春还乡扫墓时，再呈省览〔六〕。

恳者，枚撰《随园诗话》十六卷，苦搜方外一门，已将吾乡之明中、让山及他省之寄尘、亦苇，都已登载矣。龙华会上，岂可少支公一大法师哉〔七〕？乞将平时佳句，命侍者录数首来。

注释

〔一〕佛裔上人：即释实荫（1719—1791），字佛裔，俗姓钟，湖北汉阳人。上人，对僧侣的尊称。

〔二〕謦欬：借指谈笑，谈吐。

〔三〕禅伯：对有道僧人的尊称。白下：南京的别称。鸠摩：即东晋十六国时来华的西域高僧、翻译家鸠摩罗什。

〔四〕白傅以诗集交东林、圣善两寺：白傅，即白居易。《旧唐书·白居易传》："居易尝写其文集，送江州东西二林寺、洛城香山圣善等寺，如佛书杂传例流行之。"

〔五〕煮字：比喻靠写文章谋生。

〔六〕省览：审阅，观览。

〔七〕"龙华会上"句：语出唐刘长卿《陪元侍御游支硎山寺》："支公去已久，寂寞龙华会。"龙华会，南朝梁宗懔《荆楚岁时记》："四月八日，诸寺各设香汤浴佛，共作龙华会，以为弥勒下生之征。"支公，即东晋高僧支遁（314—366），字道林，世称支公，也称林公，别称支硎，本姓关。陈留（今河南开封）人，或说河东林虑（今河南林州）人。

答李香林尚书〔一〕

腊月十二日，成观察来金陵，递到尚书手札，伏读之下，词意殷拳〔二〕。自谦则若江河之就下，见誉则扶伛偻以升高〔三〕。昔庞士元称引人才，往往有溢其分者〔四〕，皆由爱士亲贤之意诚于中，形于外，遂不啻若自其口出焉〔五〕。古君子之高风，即尚书今日之见待也。第施之者不觉其过，而受之者弥增其惭，纳手扪心，能无踧踖〔六〕？

枚代撰尚书六十寿序，就所亲炙〔七〕，略作波澜，以莛击钟，如蠡测海〔八〕，心有余而才不足，十分序一，挂漏殊多。尚书不责其笔墨之荒疏，而赏其精思之结构。文以人重，昼锦堂中一记，欧九书生，将藉安阳相国而增身价矣〔九〕。

树芳斋席上，偶谈及乳酥一味，向颇嗜之，不过酒后兴到语耳。乃蒙尚书远购长安，寄来白下，久要不忘平生之言，何其爱之深而怜之至也〔一〇〕！启箧传观，举家颐朵〔一一〕。白如霜雪，凝为姑射之肤；衬以查梨，酸带秀才之味〔一二〕。笑张苍之齿脱，乐比餐霞〔一三〕；饮穆氏之醍醐〔一四〕，恩深养老。焦氏《易林》云："心得所好，口常欲笑。"〔一五〕庾子山云："鳌戴三山，深知其重。"〔一六〕即枚此日之心情欤！

注释

〔一〕李香林尚书：即李奉翰（？—1799），字香林（一作芗林），号春亭，汉军正蓝旗人。初捐县丞，累迁至江苏苏松太道。乾隆四十四年（1779）署江南河道总督，四十五年（1780）调东河总督，四十六年（1781）正月回任南河总督，四十九年（1784）赐骑都尉世职，五十四年（1789）二月改东河总督。嘉庆二年（1797）加太子太保，授两江总督，兼领南河事。李奉翰于乾隆四十八年（1783）五月得兵部尚书、右都御史衔，故称之为尚书。

〔二〕殷拳：殷切，诚挚。

〔三〕江河之就下：《孟子·告子上》："人性之善也，犹水之就下也。"伛偻（yǔ lǚ）：弯腰曲背。升高：登高。

〔四〕"庞士元称引人才"句：庞士元，即庞统，士元其字。《三国志·蜀书·庞统传》："性好人伦，勤于长养，每所称述，多过其才。"

〔五〕诚于中，形于外：语出《礼记·大学》，意即内心有什么想法，必然要从行动上表现出来。不啻若自其口出：语出《尚书·秦誓》，意即如同从他自己嘴里说出来一样。

〔六〕踧踖（cù jí）：恭敬而不安的样子。

〔七〕枚代撰尚书六十寿序，就所亲炙：亲炙，这里指亲自见到的事迹。此寿序《小仓山房文集》与《小仓山房外集》均未收。

〔八〕以莛击钟：见卷三《寄房师邓逊斋先生》注〔一五〕。如蠡测海：语出《汉书·东方朔传》："以管窥天，以蠡测海。"蠡，瓠瓢，古代舀水用具。指用瓢来测量海水的深浅多少，比喻用浅薄的眼光看待高深的事物。

〔九〕“昼锦堂中一记”句：欧九即欧阳修。安阳相国即韩琦，因其为相州安阳人，并拜同中书门下平章事，故称。韩琦晚年尝以司空兼侍中通判相州，在州衙内修建楼阁，取名昼锦堂，欧阳修为作《相州昼锦堂记》。

〔一〇〕长安、白下：分别为北京、南京的代称。久要不忘平生之言：语出《论语·宪问》，意即经过长久的穷困日子，都不忘记平日的诺言。

〔一一〕启箧（qiè）：打开盒子。颐朵：犹大快朵颐。

〔一二〕白如霜雪，凝为姑射（yè）之肤：《庄子·逍遥游》：“藐姑射之山，有神人居焉，肌肤若冰雪，绰约若处子。”查梨：即楂梨。

〔一三〕张苍之齿脱：张苍，阳武（今河南原阳）人，初仕秦为御史，因罪亡归。从刘邦起兵，封北平侯。汉文帝时为丞相十余年，定历律，后以病免。《史记·张丞相列传》：“苍之免相后，老，口中无齿，食乳，女子为乳母。”餐霞：指修仙学道。

〔一四〕饮穆氏之醍醐：此为唐代穆赞、穆质、穆员、穆赏兄弟之典故。《新唐书·列传第八十八》：“兄弟皆和粹，世以珍味目之：赞少俗，然有格，为‘酪’；质美而多入，为‘酥’；员为‘醍醐’；赏为‘乳腐’云。”醍醐，比喻美酒。

〔一五〕心得所好，口常欲笑：语出西汉焦延寿《焦氏易林》卷十三“震之第五十一·巽”。

〔一六〕庾子山：即南北朝文学家庾信，子山其字。鳌戴三山，深知其重：语出庾信《谢赵王赉犀带等启》。

附来书

卅载钦迟，一朝攀晤，当德水安澜之候，正闲云出岫之时。先生盛代奇才，海内宗仰，挂冠遂终养之怀，结庐得清凉之境。升平岁月，怡逸性天，此华顶青松，云中白鹤，不足相方也。

昨者往返溧阳，两承枉顾。羡朱颜之不老，矍铄精神；荷青眼之相看，绸缪交谊。辱投佳句，宛如明月入怀；快接高谈，顿觉春风满座。一樽共话，欢若平生。比以返棹匆匆，挽留未遂。乃盂城小住，复惠手书，一叶瑶华，三熏盥诵。且因鄙人初度之辰，曲徇同僚之请，怜其马齿，光以鸿文，健笔如椽，精思结撰。虽誉之过甚，而爱之实深。弟鹿鹿河壖，悠悠岁序，凛涓埃之未效，愧甲子之已周。何期荏苒方嗟，转获褒扬致颂。既临风而佩德，更滋恧以难安。惟是六秩居诸，得附千秋著述，则文能寿世，永垂不朽之名；语出吉人，便是长生之箓。其为感戢，曷可言宣？迩闻文旆已返山中，腊鼓催年，江梅送暖，想园林之佳胜，颂祉履之绥和。肃泐覆谢，敬候近祺。

卷　七

答杨笠湖[一]

秦世兄来，递到手教[二]。有是哉，子之迂也！《子不语》一书[三]，皆莫须有之事，游戏谰言，何足为典要[四]！故不录作者姓名，足下当作正经、正史，一字一句而订正之，何许子之不惮烦耶[五]？为载香君荐卷一事[六]，色然而怒[七]，似乎有意污君名节，则不得不大言以开足下之惑。

夫至人无梦，足下在闱中[八]，不但有梦，而且使女子入梦，其非至人也明矣！然而求者自求，拒者自拒，如《画墁录》载范文正公修史一事[九]，则虽非至人，亦不失为正人。乃足下公然如其请而荐之，为正人者，当如是乎？其事已毕，则亦浮云过太虚，忘之可矣，何以庚寅年运川木过随园[一〇]，犹欣欣然称说不已？凡仆所载，皆足下告我之语，不然，仆不与足下同梦，何从知此一重公案耶？主试是东麓侍郎[一一]，亦君所说，非我臆造。今并此不认，师丹老而善忘[一二]，何以一至于此！想当日足下壮年，心地光明，率真便说，无所顾忌。目下日暮途穷，时时为身后之行述、墓铭起见，故想讳隐其前说耶[一三]？不知竟见香君，何伤人品！黄石斋先生为友所嬲，与顾横波夫人同卧一夜，夷然不以为忤[一四]。足下梦中一见香君，而愕然若有所浼[一五]，何其局量广狭之不同耶？

古人如古物也。古之物已往矣，不可得而见矣；忽然得见古鼎、古彝而喜[一六]，即得见古砖、古瓦而亦喜。古之人已往矣，不可得而见矣；忽然见岳武穆、杨椒山固可喜[一七]，即得见秦桧、严嵩亦可喜。何也？以其难得见故也。香君到今将及二百年，可谓难得见矣！使其尚存，则一白发老妪，必非少艾，而况当日早有“小扇坠”之称[一八]，其不美可知。不特严气正性之笠湖见之，虽喜无妨；即“佻𠯿下流”之随园见之[一九]，亦虽喜无害也。

然而香君虽妓，岂可厚非哉？当马、阮势张时，独能守公子之节，却佥人之聘，此种风概，求之士大夫尚属难得，不得以出身之贱而薄之[二〇]。昔汪锜嬖童也，能执干戈以卫社稷，孔子许其勿殇[二一]；毛惜惜妓女也，能骂贼而死，史登列传[二二]。足下得见香君以为荣幸，未必非好善慕古之心，乃必以好色狎邪自揣[二三]，何其居心不净、自待之薄也！书中改“搴帘私语”四字为“床下跪求”四字[二四]，尤为可笑。香君不过荐士，并无罪案拿讯县堂[二五]，有何跪求之有？足下解组已久[二六]，犹欲以向日州县威风，加之于二百年前之女鬼，尤无谓也。

来札一则曰“贞魂”，再则曰“贞魂”，香君之贞与不贞，足下何由知之？即非香君，是别一个四十岁许之淡妆女子[二七]，其贞与不贞，亦非足下所应知也。足下苟无邪念，虽“搴帘私语”何妨？苟有邪念，则跪床下者何不可抱至膝前耶？读所记有“衣裳雅素，形容端洁”八字，考语审谛太真[二八]，已犯“非礼勿视”之戒[二九]，将来配享两庑[三〇]，想吃一块冷猪肉，岌岌乎殆矣[三一]！从来僧道女流，最易传名，就目前而论，自然笠湖尊、香君贱矣，恐再隔三五十年，天下但知有李香君，不复知有杨笠湖。士君子行己立身如坐轿然，要人扛，不必自己扛也。札又云：“仆非不好色，特不好妓女之色耳。”此言尤悖。试问不好妓女之色，更好何人之色乎？好妓女之色，其罪小；好良家女之色，其罪大。夫色犹酒也，天性不饮者有之，一石不乱者有之〔三二〕。人心不同，各如其面。好色不必讳，不好色尤不必讳。人品之高下，岂在好色与不好色哉？文王好色，而孔子是之〔三三〕；卫灵公好色，而孔子非之〔三四〕。卢杞家无妾媵，卒为小人〔三五〕；谢安挟妓东山，卒为君子〔三六〕。足下天性严重〔三七〕，不解好色，仆所素知，亦所深敬，又何必慕好色之名，而勉强附会之？古有系籍圣贤〔三八〕，今有冒充好色，大奇，大奇！

闻足下庆七十时，与老夫人重行合卺之礼〔三九〕，子妇扶入洞房，坐床撒帐，足下自称好色，或藉此自雄耶？王龙溪云〔四〇〕："穷秀才抱着家中黄脸婆儿，自称好色，岂不羞死！"此之谓矣！昔人有畏妻者，梦见娶妾，告知其妻，妻大骂，不许再作此梦。足下梦中亦必远嫌，想亦嫂夫人平日积威所致耶？李刚主自负不欺之学〔四一〕，日记云"昨夜与老妻敦伦一次"〔四二〕，至今传为笑谈。足下八十老翁，兴复不浅，敦伦则有之，好色则未也。夫君子务其远者、大者，小人务其细者、近者。黄叔度汪汪千顷之波，澄之不清，摇之不浊〔四三〕；足下修道多年，一摇便浊，眼光如豆。毋乃沟浍之水〔四四〕，虽清易涸乎？顾足下勿自矜满，受我箴规，作速挑惠山泉十斛，洗灵府中一团霉腐龌龊之气，则养生功效，比服黑芝麻、诵《金刚经》更妙也〔四五〕。

仆老矣，为无甚关系事，与故人争闲气，似亦太过。然恐足下硁硁爱名〔四六〕，受此诬污，一旦学窥观女贞，羞忿自尽，则《子不语》一书，不但显悖圣人，兼且阴杀贤者，于心不安。故遵论劈板从缓〔四七〕，而驰书先辨为佳。

注释

〔一〕杨笠湖：即杨潮观（1710—1788），字宏度，号笠湖，江苏无锡人。乾隆元年（1736）举人，历任山西文水、河南固始、杞县、林县知县，江苏邳州、四川邛州、泸州知州等，四十六年（1781）辞官归乡。卒后，袁枚为作《邛州知州杨君笠湖传》，收入《小仓山房（续）文集》卷三十四。

〔二〕手教：即手书，对来信的敬称。

〔三〕《子不语》：又名《新齐谐》，系袁枚撰写的一部文言短篇小说集。

〔四〕谰（lán）言：诬妄不实的话。典要：可靠的根据。

〔五〕许子之不惮烦：语出《孟子·滕文公上》："许子何不为陶冶，舍皆取诸其宫中而用之？何为纷纷然与百工交易？何许子之不惮烦？"许子，即许行，与孟子同时代的农家代表人物。不惮烦，不怕麻烦。

〔六〕香君荐卷：香君，即明末秦淮名妓李香君。袁枚《子不语》卷三载《李香君荐卷》一篇，写乾隆十七年（1752）河南固始知县杨潮观担任该年河南乡试同考官时，梦见一个三十多岁女子向其推荐"桂花香"试卷，后果然在一份被黜落试卷中发现该卷，因向主考官钱汝诚推荐录取。当填写榜单时乃知该考生系侯方域之孙侯元标，由此推知托梦女子应系李香君。《随园诗话》卷八亦有类似记载。

〔七〕色然：形容脸色因发怒、惊愕而改变。

〔八〕闱（wéi）：举行科举考试的试院。

〔九〕《画墁（màn）录》载范文正公修史一事：《画墁录》是北宋张舜民撰写的笔记。范文正公，即范仲淹，因其谥号文正，故世称范文正公。今本《画墁录》未见范仲淹修史事。

〔一〇〕庚寅年：即乾隆三十五年（1770）。

〔一一〕东麓侍郎：即钱汝诚，东麓其号。

〔一二〕师丹老而善忘：师丹（？—5），字仲公，西汉琅邪东武（今山东诸城）人，官至大司空，封高乐侯。《汉书·师丹传》有"丹老人，忘其前语"的记载。

〔一三〕行述：即行状，见卷二《与许青岩方伯》注〔一三〕。墓铭：即墓志铭，古代刻在石上埋入坟中的文字。讳隐：回避隐瞒。

〔一四〕"黄石斋先生为友所嬲（niǎo）"句：黄石斋，即黄道周（1585—1646），字幼平，号石斋，福建漳浦人，明天启二年（1622）进士，历官翰林院修撰、詹事府少詹事。南明隆武时，任吏部尚书兼兵部尚书、武英殿大学士。因抗清失败被俘，不屈而死。顾横波，即顾媚（1619—1664），字眉生，号横波，应天府上元县（今江苏南京）人，明末秦淮八艳之一，后嫁龚鼎孳，清初受诰封为一品夫人。嬲，戏弄。

夷然，平静镇定的样子。不以为忤，不视为忤逆之举。据清人方苞《石斋黄公逸事》记载，明末崇祯年间，余集生、谭元春、黄道周等结社游宴于南京。因道周一向标榜自己循礼守正，余、谭二人遂邀来秦淮名妓顾媚共同戏弄道周。他们在一次宴会中灌醉道周，并趁机让顾媚与道周独处一室。当晚顾媚想方设法诱惑道周，但道周始终不为所动。第二天，顾媚对众人说："公等名士，赋诗饮酒，是乐而已矣！为圣为佛，成忠成孝，终归黄公。"

〔一五〕浼（měi）：沾污，玷污。

〔一六〕彝：古代盛酒的器具，亦泛指宗庙使用的祭器。

〔一七〕岳武穆：即岳飞，宋孝宗时追谥武穆。杨椒山：即杨继盛（1516—1555），字仲芳，号椒山，直隶容城（今属河北）人。明嘉靖二十六年（1547）进士，嘉靖三十二年（1553）上疏力劾严嵩"五奸十大罪"，遭诬陷下狱，最终遇害。明穆宗即位后，追赠太常少卿，谥忠愍。

〔一八〕少艾：形容年轻貌美，也指年轻貌美的女子。小扇坠：明末清初余怀《板桥杂记》卷中："李香身躯短小，肤理玉色，慧俊始转，调笑无双，人名之为香扇坠。"

〔一九〕佻㒓（tiāo dá）下流：此为杨潮观来书中语。佻㒓，轻薄放荡的意思。

〔二〇〕马、阮：即南明弘光政权之权臣马士英、阮大铖。佥（qiān）人：小人。风概：犹节操。

〔二一〕"汪锜嬖（bì）童也"句：汪锜，春秋后期鲁昭公之子公叔务人宠爱的童子。后与公孙务人一起在与齐国的战争中战死。鲁国人因汪锜年幼，欲以殇礼葬之，孔子认为汪锜是为国捐躯，葬礼无须作成年或未成年的区分。

〔二二〕"毛惜惜妓女也"句：毛惜惜，南宋名妓，被高邮总兵荣全纳为小妾。后荣全反叛朝廷，朝廷派人招安，荣全假装投降，想斩杀来使。酒席宴上，毛惜惜耻于为荣全等人端茶倒酒，遂遭杀害。宋理宗端平三年（1236），追封毛惜惜为"英烈夫人"。《宋史》有传。

〔二三〕狎（xiá）邪：行为放荡，品行不端。自揣：自己估量。

〔二四〕搴（qiān）帘：卷起窗帘。

〔二五〕拿：逮捕，捉拿。讯：审问。县堂：县衙大堂。

〔二六〕解组：解下印绶，即辞官的意思。

〔二七〕许：表示约略估计。

〔二八〕考语：对人的品德行为的评语。审谛：仔细地看。

〔二九〕非礼勿视：语出《论语·颜渊》。

〔三〇〕配享：合祭，祔祀。这里指孔子弟子或历代名儒祔祀于孔庙。两庑（wǔ）：后世供奉先贤先儒的地方。这里特指文庙中先贤从祀之处。

〔三一〕岌岌（jí）乎殆：语出《孟子·万章下》："天下殆哉，岌岌乎！"岌岌，形容危险的样子。殆，危险。

〔三二〕一石（dàn）不乱：形容酒量大。石，古代容量单位，十斗为一石。

〔三三〕文王好色，而孔子是之：《诗经·周南·关雎》写男女之情，其中"君子好逑"之"君子"，朱熹《诗集传》认为即周文王，并称："孔子曰：《关雎》乐而不淫，哀而不伤。"

〔三四〕卫灵公好色，而孔子非之：《论语·子罕》："子曰：'吾未见好德如好色者也。'"据《史记·孔子世家》记载："孔子居卫，灵公与夫人同车，使孔子为次乘，招摇市过之。孔子丑之，故有是言。"

〔三五〕卢杞家无妾媵（yìng），卒为小人：卢杞（？—约785），字子良，滑州灵昌（今河南滑县）人。唐德宗时为相，陷害忠良。《旧唐书·卢杞传》称其不耻恶衣粝食，不蓄妾媵，生活颇为俭朴。

〔三六〕谢安挟妓东山，卒为君子：《晋书·谢安传》称东晋名相谢安未出仕时，尝隐居东山，每蓄女妓，携持游肆。

〔三七〕严重：严肃持重。

〔三八〕系籍：编入名籍。

〔三九〕合卺（jǐn）：古代结婚时男女同杯饮酒之礼，后泛指结婚。

〔四〇〕王龙溪：即王畿（1498—1583），字汝中，号龙溪，学者称龙溪先生，浙江山阴（今绍兴）人。明代心学"浙中派"创始人。有《龙溪全集》。

〔四一〕李刚主：即李塨（1659—1733），字刚主，号恕谷，直隶蠡县（今属河北）人。清初思想家，"颜李学派"代表人物。

〔四二〕敦伦：泛指夫妻之间行房事。

〔四三〕"黄叔度汪汪千顷之波"句：黄叔度，即黄宪，字叔度，号征君，东汉慎阳（今河南正阳）人。《后汉书·黄宪传》载郭泰对他的评语说："叔度汪汪若千顷陂，澄之不清，淆之不浊，不可量也。"

〔四四〕沟浍（kuài）：泛指田间水道。浍，田间水渠。

〔四五〕箴规：劝戒规谏。惠山泉：在江苏无锡城西之惠山脚下，号称"天下第二泉"。杨潮观为无锡人，故袁枚有此说法。灵府：指心。

〔四六〕硁硁（kēng）：浅薄固执的样子。

〔四七〕劈板：毁掉书板。板，即书板，雕板印刷的底板。

又

来札云："名妓二字，弟所厌闻。"此言也，仆亦厌闻。盍再申之，遵圣人"各言尔志"之意〔一〕？

夫人世之有娼妓，犹人世之有僧道。仆不喜二氏家言〔二〕，独不厌僧道，何也？盖欧公之《本论》不能行〔三〕，则昌黎之《原道》终为虚说〔四〕。先王之世，蚕桑纺绩，周礼化行，内无怨女，外无旷夫，其时安得有娼妓哉〔五〕？春秋礼教衰，民无恒产〔六〕，南宫万奔陈，陈使妇人饮之酒而缚之〔七〕，此妇人即妓者滥觞〔八〕。管子设女闾三百〔九〕，待天下之贤者；越王使罢女为士缝衽〔一〇〕，皆有苦心作用，并非得已。曾过邯郸，见人题壁云："但使桑麻都遍野，肯教行露夜深来〔一一〕？"立言深厚，最知政体。大抵情欲之感，圣人所宽。周初南国诸侯，沐文王之化〔一二〕，尚有"有女怀春，吉士诱之"者〔一三〕；其后采兰赠芍〔一四〕，相习成风。《凯风》之母，有七子而犹嫁，孟子以为小过〔一五〕；倘使季桓子虽受女乐而三日犹朝，则孔子亦不去也〔一六〕。二千年来，娼妓一门，历明主贤臣，卒不能禁，亦犹僧道寺观，至今遍满九州，亦未尝非安置闲民之良策。

夫得一以清者，天也〔一七〕。然而泾水自清，渭水自浊；淮水自清，黄水自浊。天不能厌渭水、黄水之浊，而使尽变为泾水、淮水之清也。且有汾、浍以流其恶〔一八〕，则宫室安矣；有匽潴以泄其秽，则庖湢洁矣〔一九〕；有娼妓以分其类，则良贱别矣。既有其类，便有出乎其类者〔二〇〕。谚云："行行出君子。"妓中有侠者，义者，能文者，工伎艺者〔二一〕，忠国家者，史册所传，不一而足。女不幸坠落，蝉蜕污泥〔二二〕，犹能自立，较之口孔、孟而行盗跖者胜〔二三〕，即较之曹蜍、李志淹淹如泉下人者亦胜〔二四〕。苟为不熟，不如稊稗〔二五〕；伪名儒，不如真名妓。若果有其人，足下秉彝之好〔二六〕，当乐闻，不当厌闻。古之忠臣孝子，皆廓落自喜，不矜细行〔二七〕，目中有妓何妨？心中有妓亦何妨？宋朝胡忠简公请斩秦桧，直声遍天下〔二八〕；贬南海，乃恋恋于黎倩〔二九〕。朱子作诗讥之曰〔三〇〕："十年浮海一身轻，独对黎涡恰有情。世上无如人欲险，几人到此误平生。"我代忠简答云："从来小节古人轻，万里投荒尚有情。不学遁翁捧蓍草，甘心钳口自偷生。"〔三一〕宋蓉塘《诗话》责白太傅去杭州〔三二〕，忆妓诗多，忆民诗少。余驳之曰："《关雎》一篇，文王辗转反侧，何以不忆太王、王季，而忆后妃耶〔三三〕？孔子厄于陈、蔡，何以不忆哀公、定公，而忆及门耶〔三四〕？"凡此数言，皆足下所厌闻，然而我辈立言，宁可使腐儒厌，不可使通儒呕〔三五〕。

奉答两书，非好为哓哓〔三六〕，亦陈仲子误食之肉，不得不出而哇之也〔三七〕。

注释

〔一〕盍：何不。各言尔志：语出《论语·公冶长》："颜渊、季路侍从。子曰：'盍各言尔志？'"

〔二〕二氏：佛教与道教。

〔三〕欧公之《本论》：欧公即欧阳修。《本论》系欧阳修于庆历二年（1042）向宋仁宗所上奏折，陈述足财、驭兵、立制、任人、尚名等事宜，意在施行新政、消除忧患。

〔四〕昌黎之《原道》：昌黎即韩愈。《原道》是韩愈的古文名篇，全文驳斥佛老之非，论述儒学之是，意在恢复古道、尊崇儒学。

〔五〕纺绩：纺纱与缉麻。周礼：周代的礼乐制度。化行：教化施行。内无怨女，外无旷夫：语出《孟子·梁惠王下》。

〔六〕恒产：指田地、房屋等比较固定的产业。

〔七〕南宫万奔陈，陈使妇人饮之酒而缚之：南宫万，亦作南宫长万，春秋前期宋国将领。他于前682年秋杀害宋闵公，拥立公子游为君。同年冬，萧叔大心与宋国公族杀死公子游，立公子御说为君，是为宋桓公，南宫万被迫逃至陈国。宋国请求陈国归还南宫长万，并施以贿赂。于是，陈国人将南宫长万灌醉后，用犀牛皮把他包起来送往宋国。事见《左传·庄公十二年》。

〔八〕滥觞：事物的起源。

〔九〕管子设女闾三百：管子，即管仲。女闾，春秋时齐国设于宫中的淫乐场所，后世以之指称妓院。

〔一〇〕越王使罢女为士缝衽（rèn）：事见《越绝书》卷八："句践罢吴，种葛，使越女织治葛布，献于吴王夫差。"罢女，无行的女子。衽，衣襟，这里指代衣服。

〔一一〕行露：《诗经·召南》有《行露》篇，《毛诗序》云："《行露》，召伯听讼也。衰乱之俗微，贞信之教兴，强暴之男，不能侵陵贞女也。"后为女子守贞自誓之典。

〔一二〕周初南国诸侯，沐文王之化：《毛诗序》解说《诗经·周南》与《召南》诗篇时，多次提及周文王政教化行南国。

〔一三〕有女怀春，吉士诱之：语出《诗经·召南·野有死麕》。吉士，男子的美称。

〔一四〕采兰赠芍：语出《诗经·郑风·溱洧》："维士与女，伊其相谑，赠之以芍药。"比喻男女互赠礼物，表示相爱。

〔一五〕"《凯风》之母"句：《毛诗序》认为《诗经·邶风·凯风》的创作宗旨与背景是"美孝子也。卫之淫风流行，虽有七子之母，犹不能安其室。故美七子能尽其孝道，以慰母心，而成其志尔"。《孟子·告子下》评论说："《凯风》，亲之过小者也。"

〔一六〕"倘使季桓子虽受女乐而三日犹朝"句：《论语·微子》："齐人归女乐，季桓子受之，三日不朝。孔子行。"季桓子，即春秋后期鲁国卿大夫季孙斯。

〔一七〕得一以清者，天也：语出《老子》第三十九章："天得一以清，地得一以宁，神得一以灵，谷得一以盈，侯王得一以为天下正。”

〔一八〕有汾、浍（huì）以流其恶：语出《左传·成公六年》：“不如新田，土厚水深，居之不疾，有汾、浍以流其恶。”汾浍，汾水与浍水，皆在今山西境内。恶，污垢、秽物的意思。

〔一九〕匽潴（zhū）：排泄污水的阴沟。庖湢（páo bì）：厨房和浴室。

〔二〇〕出乎其类：语出《孟子·公孙丑上》：“出于其类，拔乎其萃，自生民以来，未有盛于孔子也。”

〔二一〕工：善于。伎艺：指手艺或艺术表演等。

〔二二〕蝉蜕污泥：语出《史记·屈原贾生列传》：“自疏濯淖污泥之中，蝉蜕于浊秽，以浮游尘埃之外。”蝉蜕，比喻解脱。

〔二三〕盗跖（zhí）：相传为春秋时期的大盗。后用以代指盗贼。

〔二四〕曹蜍（chú）、李志淹淹如泉下人者：语出《世说新语·品藻》：“廉颇、蔺相如虽千载上死人，懔懔恒如有生气；曹蜍、李志虽见在，厌厌如九泉下人。”曹蜍即曹茂之，字永世，小字蜍，东晋彭城（今江苏徐州）人。李志字温祖，东晋江夏钟武人。二人与王羲之同时，均擅书法。厌厌，精神不振的样子。

〔二五〕苟为不熟，不如稊稗（tí bài）：语出《孟子·告子上》：“五谷者，种之美者也。苟为不熟，不如荑稗。”稊，稗子一类的草。稗，一年生草本植物，长在稻田里或低湿的地方，形状像稻。

〔二六〕秉彝：持执常道。

〔二七〕廓落：豁达的样子。自喜：自我欣赏。不矜细行：不注重小事细节。

〔二八〕胡忠简公：即胡铨（1102—1180），字邦衡，号澹庵，吉州庐陵（今江西吉安）人。建炎二年（1128）进士，初授抚州军事判官，后除枢密院编修官。绍兴八年（1138）秦桧主和，胡铨抗疏力斥，乞斩秦桧与参政孙近、使臣王伦，声振朝野。晚年以资政殿学士致仕，卒谥忠简。

〔二九〕贬南海，乃恋恋于黎倩：南宋罗大经《鹤林玉露·乙编》卷六：“胡澹庵十年贬海外，北归之日，饮于湘潭胡氏园，题诗云：‘君恩许归此一醉，旁有黎颊生微涡。’谓侍妾黎倩也。”

〔三〇〕朱子：即朱熹。

〔三一〕“我代忠简答云”句：《随园诗话》卷三：“古之忠臣、孝子，皆情为之也。胡忠简公劾秦桧，流窜海南，临归时，恋恋于黎倩。此与苏子卿娶胡妇相类。盖一意孤行之士，细行不矜。孔子所谓‘观过知仁’，正此类也。乃朱子讥之云：‘十年浮海一身轻，归对黎涡恰有情。世上无如人欲险，几人到此误平生？’高守村和云：‘批鳞一疏死生轻，万死投荒尚有情。不学遁翁捧著草，甘心钳口自偷生。’”高守村即高为阜，江西铅山人，袁枚尝为之作《高守村先生传》，收入《小仓山房文集》卷六。

〔三二〕白太傅：即中唐诗人白居易，因其曾官太子少傅，故称。去：离开。

〔三三〕“《关雎》一篇”句：文王，即周文王。太王、王季，分别为周文王之祖父与父亲。北宋欧阳修《诗本义》认为《诗经·周南·关雎》中的“淑女谓太姒，君子谓文王也”，南宋朱熹《诗集传》亦持此说。太姒为周文王正妻。

〔三四〕孔子厄于陈、蔡：前489年，孔子与诸弟子离开陈国，前往蔡国，途中绝粮，弟子皆有饥色。及门：正式登门拜师受业的学生。

〔三五〕通儒：通晓古今、学识渊博的儒者。

〔三六〕哓哓（xiāo）：争辩不止的声音。

〔三七〕“陈仲子误食之肉”句：陈仲子，战国时期齐国隐士。《孟子·滕文公下》载，陈仲子因见其兄食禄万钟，以为是不义之财，故而避兄离母，独居於陵。一日，有人给其兄送来一只鹅，母亲便杀鹅给陈仲子吃。当陈仲子知道这是别人送给他兄长的鹅后，便跑出门把肉吐了出来。

又

来札云：书名《子不语》显悖圣教，而大招物议〔一〕。此又拘墟之见也〔二〕。圣人不肯以神怪语人，即“敬鬼神而远之”之意〔三〕，非谓意无鬼神也。《易》称“龙战于野”“载鬼一车”〔四〕，非《易经》之语怪乎？《春秋》书“六鹢退飞，星陨如雨”〔五〕，非《春秋》之语怪乎？左丘明亲受业于圣人〔六〕，而《左传》一书语怪者尤不胜屈指，可考而知也。子贡曰：“夫子之言性与天道，不可得而闻也。”〔七〕以故《论语》中，除“性相近”一章外〔八〕，说性者甚少。然而孟子、子思、程子、朱子〔九〕，专喜说性与天道，岂不显悖圣人，而至今不招物议、崇祀两庑者〔一〇〕，何耶？

注释

〔一〕圣教：即儒教。物议：众人的议论，多指非议。

〔二〕拘墟之见：形容狭隘短浅的见识。

〔三〕敬鬼神而远之：语出《论语·雍也》。

〔四〕龙战于野：语出《周易·坤卦》：“龙战于野，其血玄黄。”意即：龙在原野上交合，流出青黄相杂的鲜血。载鬼一车：语出《周易·睽卦》：“见豕负涂，载鬼一车。”意即：看见丑猪背负污泥，又见一辆大车满载鬼怪在奔驰。

〔五〕六鹢（yì）退飞，星陨如雨：语出《春秋公羊传·僖公十六年》：“陨石于宋五。是月，六鹢退飞过宋都。”意即：有五颗陨石落到宋国，这个月，有六只水鸟被风吹得倒退着飞过宋国国都。

〔六〕左丘明：传说为鲁国太史，尝撰《左传》与《国语》二书。

〔七〕“子贡曰”句：语出《论语·公冶长》：“子贡曰：‘夫子之文章，可得而闻也；夫子之言性与天道，不可得而闻也。’”

〔八〕“性相近”一章：指《论语·阳货》：“子曰：‘性相近也，习相远也。’”

〔九〕子思：即孔子嫡孙孔伋，字子思。程子：即北宋理学家程颢、程颐兄弟。朱子：即朱熹。

〔一〇〕崇祀：崇拜奉祀。两庑：后世供奉先贤先儒的地方。

附来书

见示《子不语》首本，已全行阅讫，他无干碍，《新齐谐》续《广记》，无不可者。惟看到“李香君荐卷”一条，为之骇然。此事在壬申科，并非弟固始任内之事，一也。年久，是科主司亦不记谁某，二也。河南乡试中额止有七十一名，安得有八十三名之举人？三也。所中侯生，不过壮悔堂房族孙，非其的嗣，四也。似此信手拈来，总非是实，俱不足辨。

至内中有“揭帐私语”四字，污蔑贞魂矣！末又有某得见李香君，每夸于人，以为荣幸。诬蔑旧交矣！所称李香君者，乃当时侯朝宗之婊子也。就见活香君，有何荣？有何幸？有何可夸？弟生平非不好色，独不好婊子之色，“名妓”二字，尤所厌闻。如所云云，与弟素性正相反，不知有何开罪阁下之处，乃于笔尖侮弄如此！似此乃佻㑊下流，弟虽不肖，尚不至此。此事原属梦间贞魂报德之事，在敝集稿中曾经序述，今录出寄阅，并无所谓“李香君”，“李臭君”者亦牵扯不上也。因此不惮冒渎，务即为劈板削去。再，阁下既引为交契之末，更当奉规。书名《子不语》，分明悖圣，以妄诞自居，不但大招物议而已。阁下名望太重，谅无人敢规劝一言者。自愧忠告而不能善道，祈即赐一回音。

答项金门〔一〕

来书为辨《楞严经》一节〔二〕，见爱过深，语病太重，不得不再赘数行，以晓足下。

仆尝谓人性不同，各如其面：有嗜羊枣者，脍炙不足以动之〔三〕；有嗜芰者，菖蒲菹不足以动之〔四〕；甚至刘邕嗜痂，海畔之夫逐臭，虽易牙复生，亦不能测其所以然〔五〕。佛在中国二千余年，辟之者迂也〔六〕，尊之者愚也。汉景帝曰："食肉不食马肝，未为不知味。"〔七〕北齐高谦之曰："佛者九流之一家。"〔八〕此二言最有见解。

仆生性不喜佛，不喜仙，兼不喜理学。自觉穷年累月，无一日敢废书不观，尚且正经、正史不能参究，何暇攻乎异端〔九〕，以费精神、縻岁月哉？既不暇观，亦不暇辟，庄子所谓虚而与之委蛇足矣〔一〇〕。年四十时，忽有老友程绵庄劝读《楞严经》，以为仆性聪明，一读必相水乳，不料览卷未终，欠伸思卧〔一一〕。彼以为奇者，我觉其庸；彼以为奥者，我觉其乱。所以然者，性不相近，前生无香火因缘故也〔一二〕。"缘"之一字，亦出于佛家，然仆阅历世间，信之最深，以为足补圣经贤传之缺。可见仆此中空空洞洞，凡事但求一是处，并无儒、释门户之见。

足下闻一"乱"字，大为彼教不服，引《乐府》之"妃呼豨"、扬子之《太玄》以证之〔一三〕，不知古语之不可解者，岂止妃呼豨、《太玄》而已哉？《盘庚》之"吊由灵"〔一四〕，《国语》暇豫之"吾吾巾"〔一五〕，《舞歌》之"来吾婴"〔一六〕，伯牙之"歂钦伤宫"〔一七〕，《乐府》之"收中吾""羊无夷""何何何吾吾”〔一八〕，刘向之《请雨华山赋》〔一九〕，此皆方言古谚、简断编残失传之故，无意于乱而乱者也。若佛经之侏㒧咒诀〔二〇〕，此有意于乱而乱者也。足下道以秦言读之，都有正解，然则如仆所举数条，足下可能以齐言、鲁言解之而为我告否〔二一〕？至于扬子之《太玄》，即北魏缪袭之《尤射经》也〔二二〕，索隐行怪〔二三〕，后世无述焉。宋陈去非云：“子云好奇，是以不能奇。”〔二四〕东坡訾子云“以艰深文浅陋”〔二五〕，皆定论也。

再见规云：“立论偶有所失，虑为其徒所窥，将乘虚直捣，便无立足之地。”此言误矣！倘仆将借佛门以立足乎，则恐为其所攻，足下虑之诚是也。今仆并不借佛门以立足，方恐被其引诱，走入邪径，则立足之所，我有我地，何畏乎攻？倘攻之曰“门外汉”，我闻之欣然；再攻之曰“不晓佛理之妄人”，我更欣然。何也？道不同，不相为谋〔二六〕。笑颜渊不如公冶长能通鸟语〔二七〕，责子贡不如介葛卢能知牛鸣〔二八〕，二贤固无愧色也。且足下既深赞佛经之精微，则足下即佛之徒，欲攻我即攻我矣，又何必假手他人而为此洞疑虚喝之词乎〔二九〕？凤凰翔于千仞，而莺鸠犹虑其瓦缝之难居，窃为足下不取也。

札尾又云：“今士大夫靡不奉佛，惟先生一人，出而主持名教，力挽颓风。”则仆又不以为然。仆一生任天而动，雅不喜作间架语〔三〇〕，自立身分。其所以不喜佛老者，犹拒郁肉漏脯而不餐，远僸佅侏离而不听〔三一〕，亦不过率其耳目之常情，而并非夸审音辨味，借此以鸣高。尝谓文王望道未见〔三二〕，而孟、韩两公以道统自任，矜矜然或辟杨、墨，或辟佛、老〔三三〕，忧河水之浊，而欲以泪清之，俱是书生习气，与世无补。仆则不然，不佞佛，亦不辟佛；不信九流，亦不摈九流。何也？物之不齐，物之情也〔三四〕。子夏曰：“虽小道，必有可观。致远恐泥，君子不为。”〔三五〕佛、老亦小道之一端，听其说法诱众，其中养活多少闲民，此天地之所以为大也。周、孔复生〔三六〕，不易吾言。

注释

〔一〕项金门：即项墉（1743—？），字金门，号秋子，浙江钱塘（今杭州）人。贡生，候选州同知。卒于嘉庆二十四年（1819）之后。

〔二〕《楞严经》：佛教经典，唐般剌密谛译。

〔三〕有嗜羊枣者，脍炙不足以动之：语出《孟子·尽心下》：“脍炙与羊枣孰美？”脍、炙，皆佳肴。羊枣，果名。

〔四〕芰（jì）：菱角。菖蒲：一种水生草本植物，有香气。菹（zū）：腌菜。

〔五〕刘邕嗜痂：见卷二《与尹相国论书》注〔一二〕。海畔之夫逐臭：见卷六《辞妓席札》注〔一二〕。易牙：见卷一《答相国》注〔一三〕。

〔六〕辟（pì）：排斥，驳斥。

〔七〕“汉景帝曰”句：《汉书·儒林列传》：“上（按，即汉景帝）曰：‘食肉毋食马肝，未为不知味也。’”传说马肝有毒，故有不食马肝的说法。

〔八〕“北齐高谦之曰”句：高谦之，字道让，渤海蓨人。其舅父沮渠蒙逊曾据守凉州一带，当地盛行佛教，他撰文贬斥，称佛教是九流中的一家。事见《魏书·列传第六十五》。

〔九〕攻乎异端：语出《论语·为政》。儒家称其他不同见解的学派为异端。

〔一〇〕庄子所谓虚而与之委蛇：《庄子·应帝王》：“吾与之虚而委蛇。”后称敷衍应付为虚与委蛇。

〔一一〕程绵庄：即程廷祚。其劝袁枚读《楞严经》事，可参见卷一《与程绵庄论楞严经》。水乳：比喻投合无间。欠伸：困倦时打呵欠，伸懒腰。

〔一二〕香火因缘：佛教称彼此意志相投为“香火因缘”。

〔一三〕妃呼豨（xī）：语出汉乐府《有所思》。《太玄》：西汉扬雄模拟《周易》而写就的一部著作，以艰深晦涩著称。

〔一四〕吊由灵：语出《尚书·盘庚下》：“肆予冲人，非废厥谋，吊由灵各。”

〔一五〕《国语》暇豫之“吾吾巾”：《国语·晋语二》：“（优施）乃歌曰：‘暇豫之吾吾，不如鸟乌。人皆集于苑，己独集于枯。’”

〔一六〕来吾婴：语出《宋书·乐志四》载录《公莫巾舞歌行》。

〔一七〕欹钦伤宫：语出托名伯牙的《水仙操》。

〔一八〕收中吾：语出汉乐府《临高台》。羊无夷：语出《乐府诗集》卷二十六引南朝陈释智匠《古今乐录》：“辞者其歌诗也，声者若羊吾夷、伊那何之类也。”何何何吾吾：应作“何何吾吾”，语出《公莫巾舞歌行》。

〔一九〕刘向之《请雨华山赋》：原收于《古文苑》卷二十一，南宋章樵注：“此文阙讹难读。”

〔二〇〕侏儒咒诀：形容佛教咒诀的语言难辨。

〔二一〕秦言、齐言、鲁言：即秦地、齐地、鲁地方言，犹陕西、山东方言。

〔二二〕北魏缪袭之《尤射经》：缪袭（186—245），字熙伯，东海兰陵人。官至尚书、光禄勋。《尤射》是有关射箭的一部典籍，有《汉魏丛书》本等传世。

〔二三〕索隐行怪：语出《礼记·中庸》。索隐，探索事物隐僻之理。行怪，行为诡谲。

〔二四〕陈去非：即南宋文学家陈与义，去非其字。子云好奇，是以不能奇：语出北宋陈师道《后山诗话》：“扬子云（按，即扬雄，子云其字）之文，好奇而卒不能奇也，故思苦而词艰。善为文者，因事以出奇，江河之行，顺下而已。至其触山赴谷，风抟物激，然后尽天下之变。子云惟好奇，故不能奇也。”此处或是袁枚误记。

〔二五〕訾（zǐ）：指责。以艰深文浅陋：语出北宋苏轼《与谢民师推官书》：“扬雄好为艰深之辞，以文浅易之说，若正言之，则人人知之矣。”

〔二六〕道不同，不相为谋：语出《论语·卫灵公》。

〔二七〕公冶长能通鸟语：公冶长，春秋后期鲁国人，孔子弟子。南朝梁皇侃《论语义疏》引《论释》称他能解百禽之语，并曾因此无辜获罪。

〔二八〕介葛卢能知牛鸣：《左传·僖公二十九年》载，介葛卢听到牛叫，说：“这头牛生了三头小牛，都用来祭祀了，所以叫声如此。”加以询问后，果然如其所言。介，春秋时东夷小国。葛卢，介国国君名。

〔二九〕洞疑虚喝：语出《史记·苏秦列传》，意即虚张声势，恐吓威胁。

〔三〇〕间架语：这里指自我标榜的架子话。

〔三一〕郁肉漏脯：语出《抱朴子·良规》：“饥者之取饱于郁肉漏脯也。”意即腐败变质的肉食。僸佅侏（jìn mài zhū）离：古代四方少数民族的音乐声。

〔三二〕文王望道未见：见卷六《答是仲明》注〔八〕。

〔三三〕孟、韩：即孟子与韩愈。杨、墨：即杨朱与墨翟。杨朱主张为我，墨翟主张兼爱，是战国时期与儒家对立的两个重要学派。孟子排斥杨、墨的言论，见《孟子·滕文公下》：“杨朱、墨翟之言盈天下。……能言拒杨墨者，圣人之徒也。”佛、老：佛教和道教的合称。韩愈以排斥佛、老自任，详见其《原道》一文。

〔三四〕物之不齐，物之情也：语出《孟子·滕文公上》。

〔三五〕“子夏曰”句：语见《论语·子张》。

〔三六〕周、孔：周公和孔子。

答法时帆学士〔一〕

客冬畅月〔二〕，接到手书、诗笺。写《黄庭》之初拓，奏天上之云璈〔三〕；金丝引和，从兰吹气。数千言中，无飞尘一点蒙其笔端，读之醰醰有味，使人意消；可谓平子得其清，茂先得其雅矣〔四〕。老人潢治成册，当作灵书玉券〔五〕，供奉案头，永为珍护焉。

尝谓作文之道，同于作诗，然而亦有小异者。何也？作文曰“作”，作诗曰“吟”，吟之云者，必含金吐石，使其音清扬而远闻也。今之诗流，号称有才者，往往从苏、黄入手，乭阶而升，以致文而不采，有声而无音，坠入槎枒粗硬一途〔六〕，与四始、六义之风远矣〔七〕。学士独能从源溯流，奉汉、魏、三唐、王、孟、韦、柳为圭臬〔八〕。如行路者所由既正，如测交者取友既端，自然藻思芊绵〔九〕，天机清妙，渊乎其不可量。将来一朝作手，非学士其谁任之？

惟是聆音识曲，从古为难，此庄惠濠梁、钟期流水之所以艳称千古也〔一〇〕。今学士縹缨魏阙〔一一〕，如日在东，枚寂处空山，颓云将散，不能两人合并，一谈口内所欲言，一证胸中所蕴蓄。年衰路远，如桓子野闻歌，空唤奈何而已〔一二〕，思之黯然。所望者，江左风骚〔一三〕，凋敝久矣。或天使文昌星降，为之提挈而振作之，俾颓衰老子亦得扶杖而观文化〔一四〕，岂非艺苑之光辉，暮年之乐事乎？

孔子曰："及其老也，戒之在得。"〔一五〕枚年垂八十，万念皆空。所不能戒者，惟此一得而已。学士多情，必同此惓惓焉〔一六〕。

注释

〔一〕法时帆学士：即法式善（1753—1813），字开文，号时帆，又号梧门、小西涯居士，蒙古正红旗人。乾隆四十五年（1780）进士，改翰林院庶吉士，散馆授检讨，擢司业，五十年（1785）移左庶子，五十一年（1786）迁侍读学士。乾隆五十六年（1791）翰林院大考，名列末等，奉旨以部属用，掣兵部员外郎上行走。五十八年（1793）升祭酒。其后又两为侍讲学士，一以大考改赞善，一坐修书不谨贬庶子，遂乞病归。有《存素堂集》《梧门诗话》《陶庐杂录》《清秘述闻》等。此信或作于乾隆五十五年（1790）。

〔二〕客冬畅月：客冬，去年冬天。畅月，农历十一月。乾隆五十四年（1789）冬，法式善得《小仓山房诗集》，读而爱之，作《题小仓山房诗集》诗。

〔三〕《黄庭》：即《黄庭经》，道教养生著作。云璈（áo）：即云锣，一种打击乐器。

〔四〕醰醰（tán）：醇厚，浓厚。平子得其清，茂先得其雅：南朝梁刘勰《文心雕龙·明诗》："五言流调，则清丽居宗，华实异用，惟才所安。故平子得其雅……茂先凝其清。"平子，即东汉学者、文学家张衡，平子其字。茂先，即西晋文学家张华，茂先其字。

〔五〕潢治成册：装裱成书册。灵书玉券：犹仙书。

〔六〕含金吐石：比喻诗文音调铿锵，文辞优美。苏、黄：即苏轼与黄庭坚。辵（chuò）：不按阶次，快速地走。槎枒（chá yā）：这里形容语句不整饬。

〔七〕四始：《诗经》之《国风》《大雅》《小雅》《颂》四部分各自列首位的诗，即《关雎》《鹿鸣》《文王》《清庙》。六义：即风、雅、颂，赋、比、兴。

〔八〕三唐：诗家论唐人诗作，多以初、盛、中、晚分期，或以中唐分属盛、晚，谓之三唐。王、孟、韦、柳：分别指唐代诗人王维、孟浩然、韦应物、柳宗元。圭臬（niè）：古时测日影的器具，比喻准则、法度。

〔九〕藻思：写文章的才思。芊（qiān）绵：本义是草木繁密茂盛的样子，这里形容富有文采。

〔一〇〕庄惠濠梁：此为庄子与惠施在濠水桥梁上辩论"鱼之乐"的典故，详见《庄子·秋水》。钟期流水：此为俞伯牙、钟子期高山流水遇知音的典故，详见《列子·汤问》。

〔一一〕缥缨（piǎo yīng）：借指官服。缥，青白色的丝织品。缨，帽带。魏阙：古代宫门外高大的建筑，又用作朝廷的代称。

〔一二〕桓子野闻歌，空唤奈何：典出《世说新语·任诞》："桓子野每闻清歌，辄唤'奈何'。谢公（按，即谢安）闻之曰：'子野可谓一往有深情。'"桓子野，即东晋名士桓伊，小字子野。

〔一三〕江左：古代以东为左，故江左又叫江东。因长江在安徽境内向东北方向斜流，遂称此段江面以东的长江下游南岸地区为江东。风骚：《诗经·国风》和《楚辞·离骚》的并称，后泛称文学。

〔一四〕文昌星：又称文曲星，古人认为是主持文运功名的星宿。俾（bǐ）：使。文化：文治教化。

〔一五〕"孔子曰"句：语出《论语·季氏》。戒之在得，戒除贪得无厌。

〔一六〕惓惓：念念不忘。

答补山宫保[一]

初四日清晨，尚衣同公招啖胙肉，未刻还山，见案上有尚书手札、《节母诗》一卷，及风肉、鲫鱼等物[二]。伏念尚书七十高年，三江重任[三]，又当鸣驺远行之际[四]，犹能存问山中老物，承筐是将，且引名士鲫鱼之典，善戏谑兮[五]，何以精神渊著一至于斯？方知北魏屈蛇侯一百七岁，犹管领三十六曹事[六]；宋文潞公年逾大耋，平章军国，苏轼称其“聪强敏练，虽少年有所不如”，契丹使者为之却立拱手[七]。将来继二公而起者，其在尚书乎？

钟山书院诸生文字不佳[八]，枚早知之，非敢薄待此间士也。金陵山川之气，散而不收。六朝自王、谢渡江而后，所表表者皆外来人物[九]，初唐土著只王昌龄一人而已。近今诸生，窾启寡闻，侈然自足[一〇]，虽历任山长卢抱经、钱辛楣、姚姬传诸君子[一一]，何尝不是名儒硕士，而无如师弟身分，相隔太远[一二]。譬如僬侥一尺，捧杖而侍身横九亩之防风，其能辟咡相通，虚心请教也哉[一三]！昔人称“虚胜之风，江左所尚”[一四]，又云“上车不落则著作，体中何如则秘书”[一五]，皆极言不学之弊也。或者文运应转，尚书以名儒来作大府，树之风声，已足以动士心而鼓士气；再加沙汰，厚其廪饩，训以经史，必有瑰奇磊落之才，勃然而兴者[一六]。枚虽衰，犹将拭目俟之。

注释

〔一〕补山宫保：即孙士毅。宫保，太子太保、少保的通称。孙士毅于乾隆五十二年（1787）十一月加太子太保。

〔二〕啖：吃。胙（zuò）肉：祭祀时供神的肉。未刻：下午一点至三点钟。还山：这里是回家的意思。风肉：腌肉。

〔三〕尚书：即孙士毅。三江重任：即两江总督之职务。乾隆五十四年（1789）三月，孙士毅以两广总督任兵部尚书，五十五年（1790）六月调两江总督，时年七十，翌年四月离任。此信应作于孙士毅在任两江总督期间。

〔四〕鸣驺：古代随从显贵出行并传呼喝道的骑卒，亦借指显贵。

〔五〕存问：慰问。承筐是将：语出《诗经·小雅·鹿鸣》。承筐，奉上礼品。将，送，献。名士鲫鱼之典：东晋王朝在江南建立后，北方士族纷纷来到江南，时称“过江名士多于鲫”。善戏谑兮：语出《诗经·卫风·淇奥》。

〔六〕“北魏屈蛇侯一百七岁”句：北魏屈蛇侯，即罗结，因功绩卓越而被赐爵屈蛇侯。《魏书·列传第三十二》载，罗结出任侍中、外都大官，总三十六曹事，直至一百零七岁，犹精爽不衰。

〔七〕“宋文潞公年逾大耋”句：文潞公，即北宋名臣文彦博，因其受封潞国公，故世称文潞公。他尝于宋哲宗元祐元年（1086）拜平章军国重事，时年八十一。大耋（dié），八十岁曰耋。《宋史·列传第七十二》载，宋哲宗元丰年间，契丹派使者来访，苏轼接待。使者在殿门外望见文彦博，叹其年虽高而犹健壮。苏轼曰：“使者见其容，未闻其语。其综理庶务，虽精练少年有不如；其学问贯穿古今，虽专门名家有不逮。”使者拱手曰：“天下异人也。”

〔八〕钟山书院：雍正元年（1723）两江总督查弼纳倡建，位于江苏上元（今南京）县城。诸生：古代经考试录取而进入中央、府、州、县各级学校乃至太学学习的生员。

〔九〕表表：这里是突出、出色的意思。

〔一〇〕窾（kuǎn）：空洞不实。侈然：骄纵自大貌。自足：自满。

〔一一〕山长：唐五代时对山居讲学者的敬称，宋元以后称在书院讲学并兼领院务者为山长。卢抱经、钱辛楣、姚姬传：分别指卢文弨（抱经其号）、钱大昕（辛楣其号）、姚鼐（姬传其字），依次为钟山书院前三任山长。

〔一二〕硕士：贤德的人，有学问的人。师弟：老师和弟子。

〔一三〕僬侥（jiāo yáo）：古代传说中的矮人。防风：即防风氏，上古传说中的巨人族。辟弭：见卷四《寄嵇黼庭相国》注〔八〕。

〔一四〕虚胜之风，江左所尚：《南史·列传第二十》："斯殆虚胜之风，江东所尚，不然，何以至于此也？"虚胜，喜好虚名。

〔一五〕上车不落则著作，体中何如则秘书：语出北齐颜之推《颜氏家训·勉学》，意即上了车不掉下来，就可以当著作郎；提笔能写身体如何，就可以做秘书郎。

〔一六〕大府：泛指上级官府，明清时亦称总督、巡抚为大府。沙汰：淘汰，拣选。廪饩（xì）：科举时代由公家发给在学生员的膳食津贴。

答钱竹初〔一〕

蒋姓来，接手书，蒙和挽章〔二〕，读之洞彻幽明，超超玄箸〔三〕，足冠群作无疑矣。惟札中见规数语，似知我者浅，而于理亦欠圆足。何也？人在天地间，不有生，何有死？仆昔有句云："若云死可悲，当知生已误。"早道破机关。然人之常情，莫不好生而恶死，虽圣人亦与人同。"子之所慎，斋、战、疾"〔四〕，非好生乎？"微服而过宋"〔五〕，非恶死乎？好之无所为非，恶之不足为怪，又何必矫情拂性〔六〕，强所不好以为好，强所恶以为不恶哉？仆之自挽，非有所强也，闲居无俚，不善饮，不工博弈，结习未忘，作诗自挽，邀人和挽，借游戏篇章，聊以自娱，不自知其达，亦不自知其不达也。足下以为挽即不达，必学杨乔之闭口而死〔七〕，然后为达，然则孔子梦奠两楹，作"泰山其颓"之歌〔八〕，毋乃胸中亦尚有未达者存乎？夫孔子之歌，即渊明自挽之滥觞也；仆之自挽，即渊明之作俑也〔九〕。足下规我，当先规渊明，规渊明，当先规孔子矣。

札中引卫武公年高好学以相劝勉〔一〇〕，此误也。夫“六十不亲学”〔一一〕，古之训也；“老者安之”〔一二〕，圣人之言也。耄期倦勤，尧且不免〔一三〕。武公身作诸侯，系宗社人民之重，又当周衰时，不得不慊慊自勉〔一四〕，岂可与山居谷处者相提而并论？然而《淇澳》之诗，称其“善戏谑兮，不为虐兮”〔一五〕，则其平日之泮奂优游〔一六〕，以儒为戏，或更有甚于自挽者，未可知也。倘慕其九十有五之年，而遂欲慎威仪，勤洒扫，以为养生之法，是则不达之甚者矣！

足下又劝以“泛乎若不系之舟，养空而游”等语，又误也。夫舟者，无知之物也，可以系，可以不系；空者，无着之处也，无所养，无所不养。人则何能哉？自以为不系，是即系矣；自以为空，是即不空矣。充类至义之尽〔一七〕，转多障碍，不若得挽即挽，得歌且歌之为乐也。

足下又云：“人能恬淡无为，寿便不期其永而永。”此尤误也。以陶靖节、邵尧夫之胸怀，而寿止六十〔一八〕；以蔡京、严嵩之贪黩，而寿至八十〔一九〕。孔子云：“仁者寿。”〔二〇〕然孔子寿止七十三，而仆之寿已七十六，敢谓仁过孔子乎？要知达者寿，不达者亦寿；达者死，不达者亦死。此中气化推迁〔二一〕，并无所以然之故。在造物不能自主，而况于人？足下但能规我，不能规造物也，一笑。

注释

〔一〕钱竹初：即钱维乔。此信或作于乾隆五十六年（1791）。

〔二〕挽章：自乾隆五十五年（1790）冬起，袁枚因看相术士有其当于七十六岁寿终之预言，且所患腹疾久而不愈，以为将于翌年辞世，遂赋诗自挽，又遍邀众人和之。

〔三〕超超玄箸：语出《世说新语·言语》：“我（按，指王衍）与王安丰说延陵子房，亦超超玄箸。”谓议论高妙，不着形迹。

〔四〕子之所慎，斋、战、疾：语出《论语·述而》。斋、战、疾，分别指斋戒、战阵、疾病。

〔五〕微服而过宋：《孟子·万章上》："孔子不悦于鲁、卫，遭宋桓司马，将要而杀之，微服而过宋。"

〔六〕矫情：掩饰真情。拂性：违反人的本性或本意。

〔七〕杨乔之闭口而死：《后汉书·张法滕冯度杨列传》载，汉桓帝爱杨乔才貌，诏妻以公主，乔固辞不听，遂闭口不食，七日而死。

〔八〕"孔子梦奠两楹"句：两楹，房屋正厅当中的两根柱子，借指停放棺柩、举行祭奠之所。颓，崩塌。《礼记·檀弓上》载，孔子一早起来，口中唱着："泰山其颓乎？梁木其坏乎？哲人其萎乎？"又对子贡说："殷人停柩于两楹之间，那是介于宾主之间的位置，我是殷人后代。昨夜我梦见自己安坐于两楹之间，我大概是快死了吧。"七八天后，孔子就去世了。

〔九〕渊明自挽：东晋陶渊明生前作《自祭文》祭奠自己。滥觞：事物的起源。作俑：制造殉葬的木偶人或泥偶人，后称创始为作俑。

〔一〇〕卫武公年高好学：卫武公，西周末年、春秋初年卫国国君。《国语·楚语上》载其年九十五岁时，仍告诫国人恭敬从事，勇于进谏，并作《懿》这首戒诗来自我警戒。

〔一一〕六十不亲学：《礼记·王制》："五十而爵，六十不亲学，七十致政。"

〔一二〕老者安之：语出《论语·公冶长》，意即使老年人安逸。

〔一三〕耄期倦勤，尧且不免："耄期倦勤"实为《尚书·大禹谟》所载舜对禹说的话，原文曰："朕宅帝位三十有三载，耄期倦于勤。"意即：我居帝位已经三十三年了，如今已到老耄昏聩的时期。

〔一四〕慊慊（qiàn）：不自满貌。

〔一五〕"《淇澳》之诗"句：《诗经·卫风·淇奥》："善戏谑兮，不为虐兮。"虐，过分。毛传："《淇奥》，美武公之德也。有文章，又能听其规谏，以礼自防，故能入相于周，美而作是诗也。"

〔一六〕泮奂（pàn huàn）：闲适自在。优游：悠闲游乐。

〔一七〕充类至义之尽：语出《孟子·万章下》，原指把同类的事物加以比照推论，这里指类比不当。

〔一八〕以陶靖节、邵尧夫之胸怀，而寿止六十：陶靖节即东晋诗人陶渊明，卒年六十三岁。邵尧夫即北宋理学家邵雍，字尧夫，卒年六十六岁。

〔一九〕以蔡京、严嵩之贪黩，而寿至八十：蔡京、严嵩分别是北宋与明代的著名奸臣，蔡京卒年八十一岁，严嵩卒年八十七岁。

〔二〇〕仁者寿：语出《论语·雍也》。

〔二一〕气化：本指阴阳之气的变化，这里指生死的变化。推迁：指时间的推移。

答临洮吴信辰先生〔一〕

文人之生于世也，天必媒之使相悦，介之使相通也，亦不知其所以然而然者也〔二〕。仆与先生年垂八十矣，相离之路几万里矣，以常情测之，无几相见〔三〕，无信可通，此必然之势也。

不意前岁辽州王柏厓来作少尉，读其诗，惊衙官中有屈、宋，问其渊源，云得宗师于先生〔四〕。因此又得读先生之诗，新妙奇警，夺人目光，因忆生平编纂《诗话》，十五省中独缺肃州一省，如《国风》之遗吴、越，心常缺然〔五〕。忽得先生以补之，颇似《周礼》一书，最后得于山岩屋壁之上〔六〕。声应气求，天之所相〔七〕，非偶然也。

柏厓又递到尊札及全集见示，如获护世城中美膳，穷日夜哺啜之，而不能即休焉〔八〕。若命加以箴规，是造五凤楼手〔九〕，而问巧拙于箍桶匠也，奚可哉？集中见星树、蓉裳两弟子俱得厕名其间，诚为厚幸〔一〇〕。未知蓉裳现官何方，有信一函，望为交付。

注释

〔一〕临洮吴信辰先生：即吴镇（1721—1797），字信辰，一字士安，号松崖，别号松花道人，甘肃狄道州（今临洮）人。乾隆三十三年（1768）举人，官至湖南沅州知府。有《松花庵全集》。此信或作于乾隆五十七年（1792）。

〔二〕媒、介：均为介绍的意思。

〔三〕无几：犹无期。

〔四〕辽州王柏厓：即吴镇弟子王光晟，字柏厓，一字立夫，山西辽州（今左权）人，曾官江宁尉，有《晚翠轩诗集》。衙官：泛指下属小官。屈、宋：即屈原、宋玉。

〔五〕肃州一省：即甘肃省。甘肃得名于省内的甘州（今张掖）与肃州（今酒泉），故以肃州指称之。《国风》之遗吴、越：《诗经·国风》多为周朝各诸侯国的乐歌，却无吴、越两国。

〔六〕“《周礼》一书”句：此说出自唐贾公彦《周礼注疏》卷首《序周礼废兴》引东汉马融《周官传》。其称秦始皇下令凡天下有藏《诗》《书》及百家语者，均上交焚毁，导致《周礼》一书隐没世间约一百年。直至汉武帝开献书之路，此书才“出于山岩屋壁之上”，重见天日。

〔七〕声应气求：语出《周易·乾卦》：“同声相应，同气相求。”同类的事物相互感应，比喻志趣相投的人自然地结合在一起。相（xiàng）：帮助。

〔八〕护世城中美膳：典出《华严经·贤首品》：“护世城中雨美膳，色香味具增长力。”这里作为美食的代称。穷：穷尽。哺啜（chuò）：吃喝。

〔九〕造五凤楼手：喻指文章巨匠。宋杨亿《杨文公谈苑》载韩浦、韩洎兄弟皆善古文，韩洎认为兄长为文，像用绳子捆住的草舍，自己的文章则是“造五凤楼手”。五凤楼，唐代洛阳名楼，构造精美。

〔一〇〕星树：即丁珠。蓉裳：即杨芳灿（1753—1815），字蓉裳，号才叔，江苏金匮（今无锡）人。乾隆四十二年（1777）拔贡，补甘肃伏羌知县，以功擢知灵州，旋入赀为户部员外郎。有《芙蓉山馆全集》。厕：混杂在里面。厚幸：大幸。

答惠瑶圃中丞〔一〕

登州蓝守，递到手书，略分言情〔二〕，知人论世，如读欧阳公《与吴充秀才书》〔三〕。仰见中丞身任封疆，心游物外，郇云一朵〔四〕，非典签书记之所能捉刀也〔五〕。

枚尝谓人必有才也而后能怜才，知音也而后能识曲。周公之握发吐哺〔六〕，岂貌为谦恭以博名誉哉？惟其多才多艺，无所不能，而后见人之有技，若己有之矣〔七〕。子与人歌而善，必使反之，而后和之〔八〕。使夫子不能歌，则人虽善歌，与我何与？何必多此一反一和哉？惟其游艺功深，闻《韶》忘味〔九〕，故虽沧浪孺子之歌，亦不觉沨沨入耳，而命小子识之矣〔一〇〕。中丞天才超绝，又得塞外山川之助，故有沉雄者、清妙者，兼此二长，在当代公卿中，实所罕见，宜其虚怀若谷。虽枚之下里巴音〔一一〕，亦若有所惬于心而不能自已。《诗》云："惟其有之，是以似之。"〔一二〕孟子曰："好善优于天下。"〔一三〕其中丞之谓欤！宋人以"大"字称张文定公〔一四〕，所谓大者，包含遍覆之谓。近日弇山尚书〔一五〕，不愧此一字。

然庞士元称引人才，往往或逾其分〔一六〕。钱辛楣少詹宏通渊雅〔一七〕，一代名儒，以枚与之相提而并论，未免宠之太过。即云松观察之妙手灵心〔一八〕，聪明绝世，亦皆枚中年以后之畏友。中丞札中及此二人，可谓搜仇索耦，实获我心焉〔一九〕。

蒙问及措施政务，尤仰见中丞位愈尊而心愈小，爱国忠君，形于言外。然以皋、夔事业，询于巢、许闲民，其能措一词而陈一说哉〔二〇〕？惟望天假之缘，移山左之福星，来照耀于三江两浙〔二一〕，使某得与野叟村童，扶杖而观德化，是则公论与私心，不能不焚香以默祝者也。

注释

〔一〕惠瑶圃中丞：即惠龄（？—1804），字瑶圃、椿亭，蒙古正白旗人。官至陕甘总督。卒赠太子少保，谥勤襄。中丞，这里指山东巡抚，惠龄于乾隆五十五年（1790）九月至五十六年（1791）十一月间担任此职。此信应作于其任职期间。

〔二〕登州：清代山东登州府，治所在今山东蓬莱市。略分：略去地位身份。

〔三〕欧阳公《与吴充秀才书》：北宋欧阳修有《答吴充秀才书》一文，讲述求学为文不要满足于语言的精巧，而要追求高远的大道。

〔四〕郇云：见卷三《答尹相国》注〔三〕。

〔五〕典签：掌管文书的小吏。捉刀：代人作文。

〔六〕周公之握发吐哺：《韩诗外传》卷三："成王封伯禽于鲁，周公戒之曰：'吾于天下，亦不轻矣，然一沐而三握发，一饭而三吐哺，犹恐失天下之士。'"后比喻为国操劳，求才殷切。

〔七〕多才多艺：语出《尚书·金縢》。人之有技，若己有之：语出《尚书·秦誓》，意即：看见别人有本领，就像自己有一样。

〔八〕"子与人歌而善"句：《论语·述而》："子与人歌而善，必使反之，而后和之。"反，重唱一次。和，跟着唱。

〔九〕游艺：《论语·述而》："志于道，据于德，依于仁，游于艺。"艺，本指礼、乐、射、御、书、数六艺，后泛指学艺的修养。闻《韶》忘味：《论语·述而》："子在齐，闻《韶》，三月不知肉味。"

〔一〇〕"虽沧浪孺子之歌"句：《孟子·离娄上》："有孺子歌曰：'沧浪之水清兮，可以濯我缨，沧浪之水浊兮，可以濯我足。'孔子曰："小子听之，清斯濯缨，浊斯濯足矣，自取之也。"沨沨（féng）：形容乐声婉转悠扬。

〔一一〕下里巴音：战国宋玉《对楚王问》："客有歌于郢中者，其始曰《下里巴人》，国中属而和者数千人。"下里，乡里。巴，古国名，在今重庆一带。

〔一二〕惟其有之，是以似之：语出《诗经·小雅·裳裳者华》。有，取。似，通"嗣"，继承。

〔一三〕好善优于天下：见卷六《答补山中丞》注〔五〕。

〔一四〕张文定公：即北宋名臣张齐贤（942—1014），字师亮，曹州冤句（今山东菏泽）人。太平兴国二年（977）进士，历任通判、枢密副使、兵部尚书、同中书门下平章事、吏部尚书、司空等职。卒赠司徒，谥文定。

〔一五〕弇山尚书：即毕沅。

〔一六〕"庞士元称引人才"句：见卷六《答李香林尚书》注

〔四〕。

〔一七〕钱辛楣少詹：即钱大昕，辛楣其号。

〔一八〕云松观察：即赵翼，云松其字。

〔一九〕搜仇索耦：西汉王褒《四子讲德论》："鸣声相应，仇偶相从，人由意合，物以类同。"仇，同伴。耦，匹配，后指意气相投的人。实获我心：语出《诗经·邶风·绿衣》。

〔二〇〕皋、夔、巢、许：分别指传说中的尧舜时大臣皋陶与夔，以及隐士巢父与许由。

〔二一〕山左：即山东。三江两浙：泛指江南一带。

答刘澄斋〔一〕

除夕前七日，王葑亭给谏递到手书及佳作〔二〕，雒诵之下〔三〕，喜何可支！

伏念枚忝列词馆〔四〕，二十三科矣。譬彼坏木，疾用无枝，遥望长安，恍如天上〔五〕。不意阁下有意其存之，凡枚之戋戋著述，草草平生，都被宗工哲匠滥收于胸臆中〔六〕。孔北海亦知人间有刘豫州〔七〕，何其幸也！

见赠九首，手为天马，一气空行，不愧才人本色。尤爱"语必惊人总近情"七字，包括《仓山全集》，直指心源，觉他 人之万语千言，都为皮傅，生前知己，微阁下，吾谁与归〔八〕？至于"死悟前因原是月，生无一日不看花"一联，好句如仙，虽质之长沙库中，亦值得黄金十笏也〔九〕。

所耿耿于怀者，枚年届八旬，朝心不开，暮发尽白，倾衿握手，渺渺无期，不免有"望美人兮天一方"之叹〔一〇〕。张志和云："我以天地为蘧庐，日月为灯烛，与四海诸公共处，未尝相隔也。"〔一一〕此虽达人之见，然终是无可奈何之转语。枚则云：

情睽则共一室而相忤〔一二〕，道合则隔千里而弥亲。古之人有彼此相寻，梦中识路者〔一三〕。枚虽不能北上，而公可以南来。或异日南人有福，公来操文衡而作主试，则干旌孑孑，降自云中，亦未可知〔一四〕。枚当夭寿不贰〔一五〕，修身以俟之而已。

枚年届八旬，聩眊不渫，久不能削牍临池矣〔一六〕。兹特端书作答者，望阁下省览时，如见白发龙钟之叟，亲侍左右云。

注释

〔一〕刘澄斋：即刘锡五（1758—1816），字受兹，又字澄斋，山西介休人。乾隆四十六年（1781）进士，尝官湖北武昌知府。有《随俟书屋诗集》。

〔二〕王葑亭给谏：即王友亮（1742—1797），字景南，号葑亭，安徽婺源（今属江西）籍，迁江苏上元（今南京）。乾隆四十六年（1780）进士，授刑部主事，历官山东道监察御史、通政司参议、太仆寺少卿、通政司副使。有《双佩斋集》。给谏，给事中的别称。

〔三〕雒（luò）诵：反复诵读。

〔四〕词馆：翰林院。

〔五〕譬彼坏木，疾用无枝：语出《诗经·小雅·小弁》。这里是袁枚自述老迈衰颓。长安：北京的代称。

〔六〕戋戋（jiān）：细微的样子。宗工哲匠：富有学问才艺而为众所推崇敬仰的人。

〔七〕孔北海亦知人间有刘豫州：孔北海，即东汉末年名士孔融，因其曾为北海相，故称。刘豫州，即刘备，因其曾为豫州牧，故称。《后汉书·郑孔荀列传》："（孔）融乃出屯都昌，为贼管亥所围。融逼急，乃遣东莱太史慈求救于平原相刘备。备惊曰：'孔北海乃复知天下有刘备耶？'即遣兵三千救之。"

〔八〕《仓山全集》：即袁枚《小仓山房全集》。皮傅：以肤浅的言词牵强附会。微阁下，吾谁与归：语出北宋范仲淹《岳阳楼记》："微斯人，吾谁与归？"

〔九〕质之长沙库中：此为南朝梁人甄彬还金之典。《南史·列传第六十》载，甄彬曾以一束苎麻到长沙西库抵押换钱，后赎回苎麻时在里面发现五两金子，便将其归还西库。库，典当之所。笏：古时铸金银为条板状，形似笏。五十两为一笏，相当于后世的一锭。

〔一〇〕望美人兮天一方：语出北宋苏轼《前赤壁赋》。

〔一一〕张志和：字子同，初名龟龄，号玄真子，唐婺州（今浙江金华）人。年十六明经及第，授左金吾卫录事参军。因事获罪，贬南浦尉。不久赦还，居江湖，自称烟波钓徒。蘧（qú）庐：旅舍。

〔一二〕睽（kuí）：不合。忤（wǔ）：不和睦。

〔一三〕彼此相寻，梦中识路：《昭明文选》卷二十所收南朝梁沈约《别范安成》云："梦中不识路，何以慰相思？"李善注："《韩非子》曰：'六国时，张敏与高惠二人为友，每相思不能得见，敏便于梦中往寻，但行至半道，即迷不知路，遂回，如此者三。'"

〔一四〕文衡：以文章取士的标准来取舍权衡。主试：即主考官。干（gān）旄孑孑：《诗经·鄘风·干旄》："孑孑干旄，在浚之都。"干旄，一种以旄牛尾装饰的旗竿，作为仪仗的旌旗。孑孑，特出的样子。

〔一五〕夭寿不贰：语出《孟子·尽心上》，意即或夭或寿，都不改变初衷。

〔一六〕聩眊（kuì mào）：眼花耳聋。不渫（xiè）：不止。削牍：古时用刀削竹木作简册，在上面写字，叫削牍。临池：研墨学习书法。池，砚池。

与丽川奇方伯〔一〕

去冬腊底〔二〕，黄甘泉秀才带到大人见赐哈密瓜一枚，重封叠裹，冬月如新。劈以金刀，现绿衣黄裳之色；盛于碧碗，胜琼浆玉露之供〔三〕。从万里而来，恩比三山之重。枚故即刻荐之寝庙〔四〕，分与宾朋，以见大人之吐慧分甘，爱贤礼士，至于此极也。

枚客春感相士之言〔五〕，自制挽歌，广征群作，不料残冬度过，又到新年。真如远行之客，诈骗路资，而依然不作归计，毋乃为祖道饯行者所笑乎〔六〕？约阎罗而不赴，既已失信于泉台；望旗鹤以不来，又恐除名于天上〔七〕。歌离吊梦〔八〕，太觉荒唐。然而《吕氏春秋》有言："所谓长生者，非能短而续之也，毕其数也。"〔九〕枚之数已毕，而大人续之之心无穷，赐药酒，赐人参，赐仙果，且为之歌曰："饮罢一尊应自笑，于今还似少年时。"以吉人之词，当仁王之忏，公之所许，天必从之〔一〇〕。枚从此将学古之刘更生、李延寿改名易字〔一一〕，志佳话焉。

除夕戏作七绝句〔一二〕，聊以解嘲，寄呈一笑。

注释

〔一〕丽川奇方伯：即奇丰额。方伯，这里指江苏布政使，奇丰额于乾隆五十二年（1787）六月至五十七年（1792）五月间任此职。此信应写于乾隆五十七年（1792）春。

〔二〕去冬腊底：指乾隆五十六年（1791）十二月底。

〔三〕绿衣黄裳：语出《诗经·邶风·绿衣》。这里指哈密瓜的皮与瓤。琼浆玉露：比喻美酒或甘美的浆汁。琼，美玉。

〔四〕荐：进献。寝庙：旧称皇帝宗庙的前殿为庙，后殿为寝。这里泛指寝居之处。

〔五〕枚客春感相士之言：客春，去年春天，即乾隆五十六年（1791）春。是年袁枚七十六岁，此前有相士预言其将于该年寿终。相士，看相算命的人。

〔六〕路资：路费。祖道：古代为出行者祭祀路神和设宴送行的礼仪。

〔七〕阎罗：传说中阴曹地府的王，掌管众生的生死。泉台：黄泉，阴司。望旗鹤以不来，又恐除名于天上：北宋邵伯温《邵氏闻见录》卷十八载，邵雍六十七岁那年患了轻微疾病。一日午睡醒来，忽然说："吾梦旌旗、鹤雁自空而下，下导吾行乱山中，与司马君实、吕晦叔诸公相分别于一驿亭。回视其壁间，有大书四字曰'千秋万岁'。吾神往矣，无以医药相逼也！"于是病卒。

〔八〕歌离吊梦：语出晚唐罗隐《蟋蟀诗》："屑戍有动，歌离吊梦。"

〔九〕"《吕氏春秋》有言"句：《吕氏春秋·季春纪·尽数》：

“长也者，非短而续之也，毕其数也。”意即：所谓长久，不是说寿命本来短而使它延长，而是使寿命终其天年。

〔一〇〕吉人：有福之人。仁王：佛教徒对佛的尊称。忏：这里指佛教讽诵的一种经文。许：应允，认可。

〔一一〕刘更生：即刘向（前77—前6），字子政，原名更生，楚国彭城（今江苏徐州）人。汉成帝即位后，任光禄大夫，改名为向。李延寿，字遐龄，唐相州（今河南安阳）人。撰《南史》《北史》等。

〔一二〕除夕戏作七绝句：乾隆五十六年除夕，袁枚因相士七十六岁寿终之预言未应验，作《除夕告存戏作七绝句》，后收入《小仓山房诗集》卷三十三。

答何水部〔一〕

枚新年七十有七矣，平生嗜好，百无一存，惟爱贤乐善之心，老而弥笃。闻阁下以终、贾之年华，抱燕、许之手笔，自是文星偶降，应运而生〔二〕。枚不能作著翅人，飞来一见，故托葑亭给谏，寄声延候，由此拳拳〔三〕。不料除夕前五日，接到手书，见赠四律。书则春风满纸，诗则琬琰成章〔四〕，一种芬芳悱恻之怀，流露于字里行间。方知阁下秉醇邕之德〔五〕，有殷勤之心，非今之人，乃古之人也。读至“许署随园诗弟子，此生端不羡封侯”二句，慄然意下，一至于斯，使老人受宠若惊，感深次骨〔六〕。想见大君子之怀虚若谷，舍己从人，岂非孟子之所谓“好善优于天下”者耶〔七〕？

从古非常之士，未有不根于天授者。弈之为数，小数也〔八〕，然成国手，必须弱冠以前，过此则终身无望。驶骎生七日而超其母〔九〕，李邺侯七岁为曲江小友〔一〇〕，杨妃抱刘士安坐膝上，为之画眉〔一一〕，厥后皆功在社稷。阁下年未二十，即升名于礼部，名动京师，将来追踪唐、宋名臣，可以预决。若夫诗者，心之声也，性情所流露者也。从性情而得者，如出水芙蓉，天然可爱；从学问而来者，如玄黄错采，绚染始成〔一二〕。阁下之性情，可谓真矣。卷中有感念鱼门、瘦桐两诗，结古欢于九泉，托深心于遐契，此种风义，可泣可歌，宜其笔舌所宣，加人一等也〔一三〕。

寄来佳作二本，有书有笔，妙万物而为言。都已加墨，以志钦挹之忱，间有献其可疑者，古人所为荐我寸长，补君尺短〔一四〕。虞松作表，钟会为定五字〔一五〕，道衡为文，颜籀代判瑕疵〔一六〕。大君子询于刍荛，或不责其蚩儜耶〔一七〕？

注释

〔一〕何水部：即何道生（1766—1806），字立之，号兰士，山西灵石人。乾隆五十二年（1787）进士，历工部主事、员外郎、郎中，迁御史，官至甘肃宁夏知府。水部为工部司官的一般称呼。此信写于乾隆五十七年（1792）。

〔二〕终、贾之年华：终、贾，即西汉人终军和贾谊。二人皆少年得志，后因以指年少有才的人。燕、许之手笔：唐玄宗时，燕国公张说、许国公苏颋并以文章显世，时号“燕许大手笔”。

〔三〕著翅人：见卷五《与广西姚云岫抚军》注〔五〕。葑亭给谏：即王友亮。延候：迎接。

〔四〕琬琰：泛指美玉，比喻品德或文词之美。

〔五〕醇鬯（chàng）：醇酒。

〔六〕惵（dié）然：不安的样子。意下：口气缓和下来，不再坚持原先的看法。次骨：犹入骨。

〔七〕好善优于天下：见卷六《答补山中丞》注〔五〕。

〔八〕弈之为数，小数也：《孟子·告子上》：“今夫弈之为数，小数也，不专心致志，则不得也。”小数，小技能。

〔九〕駃騠（jué tí）生七日而超其母：语出西汉刘向《列女传·齐管妾婧》。駃騠，古时良马名。

〔一〇〕李邺侯七岁为曲江小友：李邺侯即唐代名相李泌，因其受封邺县侯，故称。曲江，即唐代名相张九龄，因其为韶州曲江（今广东韶关）人，故称。小友，年长者对少年朋友的称呼。李泌七岁时曾劝张九龄远离阿谀奉承之人，从而被张九龄称为“小友”。事见《新唐书·列传第六十四》。

〔一一〕杨妃抱刘士安坐膝上，为之画眉：刘士安，即唐代理财名臣刘晏，士安其字。刘晏幼年号称神童，名噪京师。唐玄宗曾引他入内殿，由杨贵妃将他抱在膝上，亲自为他画眉、扎发髻。事见唐郑綮《开天传信记》。

〔一二〕“从性情而得者”句：南朝梁钟嵘《诗品》卷中：“谢诗如芙蓉出水，颜诗如错彩镂金。”玄黄，彩色的丝织物。错彩，涂饰色彩。绚染，以色彩著染。

〔一三〕遐契：逝去的友谊。风义：犹情谊。

〔一四〕钦挹之忱：见卷四《寄张有虔先生》注〔一六〕。荐我寸长，补君尺短：屈原《卜居》：“夫尺有所短，寸有所长。”谓事物各有短处和长处。后也用寸长指微小的长处。

〔一五〕虞松作表，钟会为定五字：《三国志·魏书·王毌丘诸葛邓钟传》裴松之注引《世语》载，司马师命中书令虞松撰写表文，呈上后，司马师不满意，命虞松更改。虞松向钟会求助。钟会改了五个字后呈上，司马师看后极为满意。后以“五字客”为褒扬文章才华的典故。

〔一六〕道衡为文，颜籀代判瑕疵：见卷六《与李松圃郎中》注〔三〕。

〔一七〕刍荛：见卷四《答芷塘太史》注〔七〕。蚩儜（níng）：庸劣。

寄奇方伯〔一〕

七月一日接手谕，及题《雅集图》七古〔二〕，展卷讽诵，纸上云飞。唐人云：“闻萧夫子之风者，五尺之童，羞称曹、陆。”〔三〕斯言信矣。蒙赐纸三捆，谨装《全集》三部，专差送上，虽剩纸不无盈余，而耗羡不能全解，恃公必不委员清查也〔四〕。所著《随园随笔》，蒙屡问及，将为付梓，特抄清本一套，附上台览，副公嗜学问而重文章之至意〔五〕。

但考据之学，枚心终不以为然。大概著书立说，最怕雷同，拾人牙慧〔六〕。赋诗作文，都是自写胸襟，人心不同，各如其面，故好丑虽殊，而不同则一也。考史证经，都从故纸堆中得来〔七〕，我所见之书，人亦能见；我所考之典，人亦能考。虽费尽气力，终是叠床架屋〔八〕，老生常谈。有如贾人屯货，胥吏写供〔九〕，得人之得，而不自得其得。就使精凿异常〔一〇〕，亦便他人观览，与我何与？况词章之学最古，始于六经，盛于《三传》〔一一〕，皆殷、周贤圣之才。考据之学最后，始于郑、马，盛于邢、孔，皆汉唐龌龊之士，甚至戴圣、欧阳歙尽赃吏矣〔一二〕！其拘牵附会，穿凿侜张，殊非“大乐必易，大礼必简”之旨〔一三〕。不过天生笨伯，借此藏拙消闲则可耳，有识之人，断不为也。

奈枚自幼记性不佳，看书必加摘录，久之分门别类，积而成书。自备作诗文时，掀翻獭祭〔一四〕，或谈论时，作中郎枕秘欺人耳〔一五〕。此外零星散记，未分门类者，尚有三十余卷，皆视同糟粕，所好不存焉。家中藏书五万卷，初自以为多矣，近闻毕秋帆先生家藏书九十五万卷，以随园比之，如粒米入太仓〔一六〕。其所考据征引，敢自信哉？敢自足哉？

据枚鄙见，求阁下略加省览，依旧发还，俟枚得缓须臾毋死，或自加增删，或再托博雅君子，如钱辛楣、陆耳山、孙贻穀诸公，同为校检〔一七〕。将此本删去大半，只存其自著议论、别出心裁者，另为数册，尔时或再送阁下存之，俟枚身后再行付梓，亦未为晚。第又恐天下之书无穷〔一八〕，而三人之耳目有限，势必言人人殊。或在他书见过，而以此本为陈言；或在他书未见，而以此本为新义。或今日初见此本，以为新义；或他日再见别书，而又以为陈言。或辛楣要存某条，而贻谷业已钩去；或耳山要删某条，而辛楣方教存留。人心不同，未可知也。除非收尽海内书籍，再遍请天下名儒，锁闭一堂，宽以十年之期，奉以千金之俸，使之互相编校而后可也，然而势不能也。此考据之学之所以可贱也。公绝世聪明，必以为“雍之言然”〔一九〕。

明春将约春岩廉使，重游天台，过苏时必赴辕趋侍，再罄所怀〔二〇〕。

注释

〔一〕奇方伯：即奇丰额。此信应写于乾隆五十六年（1791）七月前后，奇丰额时任江苏布政使。

〔二〕《雅集图》：即《随园雅集图》。

〔三〕“唐人云”句：见卷一《与钱香树司寇》注〔四〕。

〔四〕《全集》：即袁枚《小仓山房全集》。耗羡：旧时官府征收钱粮时，以弥补损耗为名，在正额之外加征的部分。委员：委派人员。

〔五〕“所著《随园随笔》”句：乾隆五十六年（1791）七月，奇丰额欲代为刊刻《随园随笔》，袁枚遂将该书清本寄与奇丰额。后终因袁枚对考据之学不以为然而未即付梓。副：相称，符合。

〔六〕拾人牙慧：比喻拾取别人的一言半语当作自己的话。

〔七〕故纸堆：指大量的古旧书籍、资料。

〔八〕叠床架屋：床上搁床，屋上架屋。比喻重复、累赘。

〔九〕贾（gǔ）人：商人。胥（xū）吏：古代官府的各类办事人员和差役。

〔一〇〕精凿：精细确凿。

〔一一〕《三传》：即《春秋三传》，包括《左传》《公羊传》《穀梁传》。

〔一二〕郑、马：东汉经学家郑玄、马融。邢：北宋经学家邢昺，有《论语注疏》《尔雅注疏》《孝经注疏》等。孔：唐代经学家孔颖达，有《五经正义》传世。龌龊（wò chuò）：形容气量狭小、拘于小节。戴圣、欧阳歙（xī）尽赃吏：赃吏，贪官。戴圣为西汉经学家，为人不拘小节，时有违法乱纪之举。欧阳歙生活于两汉之交，以祖传“伏生尚书”任博士，东汉建武十六年（40）拜相，任大司徒。此人恃权贪污，最终被捕下狱，死于狱中。

〔一三〕侜（zhōu）张：欺骗，欺诳。大乐必易，大礼必简：语出《礼记·乐论》。

〔一四〕掀翻獭（tǎ）祭：獭是一种两栖动物，常将捕到的鱼排列在岸上。古人认为有如陈列祭祀的供品，又认为有如堆砌。后即以獭祭鱼形容罗列典故或堆砌成文的现象。

〔一五〕中郎：即蔡邕，东汉著名学者、文学家，以藏书宏富闻名。枕秘：珍藏于枕函中的秘传宝书。

〔一六〕毕秋帆：即毕沅。太仓：古代京师储藏谷物的大仓库。

〔一七〕钱辛楣：即钱大昕。陆耳山：即陆锡熊（1734—1792），字健男，号耳山，上海人。乾隆二十六年（1761）进士，召试授内阁中书，官至左副都御史。有《篁村诗集》《宝奎堂文集》等。孙贻榖：即孙志祖（1737—1801），字贻榖，号约斋，浙江仁和（今杭州）人。乾隆三十一年（1766）进士，以主事用，分刑部，由员外郎升云南司郎中，擢江南道监察御史。有《孔子家语疏证》《文选考异》《文选注补正》《读书脞录》等。校（jiào）检：校对核检。

〔一八〕第：但。

〔一九〕雍之言然：语出《论语·雍也》。意即：（冉雍）你这话说得对。雍，即孔子弟子冉雍。

〔二〇〕明春将约春岩廉使，重游天台：春岩廉使，即倪廷模。袁枚重游浙江天台，事在乾隆五十七年（1792）春。苏：苏州。江苏布政使驻扎苏州。辕：借指衙署。趋侍：侍奉。罄：尽。

答严历亭司马代人求墓志书〔一〕

所托某公墓志一事，不得不以鄙怀奉告〔二〕。从古传志之文，笔墨之役，有六说焉：其最上者，一代贤臣名将，勋业巍峨，借彼声华〔三〕，壮我撰述。此彼虽不求，而我当先访，所以作集中之冠冕也。其次，事虽无可纪载，而与我交谊最深，性情相契，其中有一段悲欢离合，从心叙出，可泣可歌，此亦文章之必传，而集中之不可少者也。再其次，无事可纪，无情可说，而其后人以润笔相求〔四〕，未免贪心重而下笔轻。韩文公辇金币如山，致谀墓之金为刘乂所攫〔五〕。白香山与元微之交好最笃，而受其名马十匹，缯彩千端，于心不安，为造湘宫寺一区，以作元家功德〔六〕。此皆古文章家之成例，每况愈下者也。再不然，韩熙载受贿志墓，但书官爵、子女，不称功德，其人不悦，乃取稿归而送金币还之〔七〕。此一法也。再不然，陶胡奴拔刀相向，袁宏不得不应声作赞〔八〕，宋子仙以兵三千围庾肩吾，逼令赋诗〔九〕，性命所关，万难辞谢。此又一法也。再不然，叶法善以神咒摄李邕魂，使梦中书《娑罗树碑》，醒后惊悔〔一〇〕，亦已无及。此又一法也。

若其人无此六说，并未识荆，不过卑官末节，乡里善人，则谁无子孙，谁不欲表章其祖父者〔一一〕？纷纷麻起，剔攦成文，将使《史记》《汉书》都变作里巷弹词、僧家缘簿，可以塞破屋子矣〔一二〕！获小窃而大书露布，对村婆而各絜生平〔一三〕，费尽气力，徒招人笑。棘闱榜发，所张挂者，皆不识姓名之人，则主司房考，亦为之减色〔一四〕。不特此也，凡人之所以求传志者，为仆之文足以荣其祖若父也。倘仆滥为应付，东撰一家传焉，西作一墓铭焉，人将笑为不必翻阅之文，而得之者反足以辱其先人，非孝子贤孙之本意也。曾见凤毛麟角，家家可以畜取，而犹称端物者乎〔一五〕？某生所呈节略〔一六〕，有看不清楚处，老人年登八十，不能作无米之炊。祈阁下善为我辞焉。幸甚！

注释

〔一〕严历亭司马：即严守田（1748—1799），字縠园，一作谷园，号历亭，浙江仁和（今杭州）人。乾隆三十六年（1771）举人，官南河同知。有《待松轩诗存》等。司马，清代同知的雅称。

〔二〕鄙怀：谦称自己的心愿、心意。

〔三〕声华：声誉。

〔四〕润笔：请人写文章、写字、作画等的报酬。

〔五〕“韩文公辇金币如山”句：见卷六《与翁东如》注〔三〕。

〔六〕“白香山与元微之交好最笃”句：白居易与元稹交好，元稹临终前，将写墓志之事托付给白居易。白居易将元家给的银两丝帛等谢礼拿来修葺香山寺，为元家积攒功德。事见白居易《修香山寺记》。

〔七〕“韩熙载受贿志墓”句：韩熙载（902—970），字叔言，潍州北海（今山东潍坊）人。五代十国时南唐名臣、文学家。北宋释文莹《湘山野录》卷下载，严续请韩熙载撰写严父的神道碑，并以奇珍异宝和歌姬作为报酬。韩熙载收下财宝和歌姬，答应撰文，但文章写得如流水账一般，毫无褒扬严父之词句。严续不悦，让韩熙载修改。韩熙载取回原稿，把严续所赠财宝与歌姬全部归还。

〔八〕“陶胡奴拔刀相向”句：《晋书·列传第六十二》载，东晋袁宏曾作《东征赋》，称颂渡江诸名流，未提及陶侃。陶侃的儿子胡奴拔刀质问袁宏：“家君勋迹如此，君赋何故忽略？”袁宏急忙答道：“我已盛赞过尊大人了。”并引述赋中词句“精金百汰，在割能断，功以济时，职思静乱，长沙之勋，为史所赞”作证，胡奴这才不再追究。

〔九〕“宋子仙以兵三千围庾肩吾”句：《南史·列传第四十》载，侯景之乱爆发后，庾肩吾被侯景部将宋子仙擒获。宋子仙本欲杀之，听闻庾肩吾有文才，便要他当场赋诗，庾肩吾操笔立就，乃获释放。

〔一〇〕“叶法善以神咒摄李邕魂”句：南宋陈思辑《宝刻丛编》卷十三“唐有道先生华国重碑”条引《集古录目》云：“唐松阳令李邕撰并书。”又引《叶法善传》云：“李邕既为撰碑，而难于书法。法善追其魂而书之，世号‘追魂碑’”

〔一一〕识荆：典出唐李白《与韩荆州书》：“生不用封万户侯，但愿一识韩荆州。”韩荆州即韩朝宗，时任荆州长史兼襄州刺史、山南东道采访使。后因以“识荆”“识韩”指初次见面或结识。末节：比喻细小而无关紧要。表章：表彰。

〔一二〕剔嬲（niǎo）：纠缠。弹词：古代的一种民间曲艺，流行于南方诸省。缘簿：寺庙向人化缘的册子。

〔一三〕小窃：小偷。露布：犹布告、通告。絮：絮叨。

〔一四〕棘闱：科举时代在考场四周围上荆棘，以防闲人擅自进入，故称棘闱。主司：主试官。房考：明清乡、会试时的阅卷官。

〔一五〕端：端正，正派。
〔一六〕节略：这里指行状的节略。

答补山相公〔一〕

久不奉德音，思心潭潭〔二〕。花朝日约友人三游天台，舟泊燕子矶下〔三〕。家中递到相公手书，及福公相〔四〕、和司空〔五〕、惠制府翰墨〔六〕，顷刻间如闻箫管云璈，从空飞下，使老子婆娑，不觉首之至地也〔七〕。

伏念相公披一品服，驾九花虬，建熙天耀日之功〔八〕，在绝塞穷边之地，在旁人观之，疑若尊不可接，劳亦难支矣！乃能希心物外，念及龙钟，加狂狷之裁，和《告存》之作〔九〕。非徒贵人造命，实由贤者过情，且复招集皋、夔，同怜巢、许，珠玑错落，各寄吟笺〔一〇〕。想见戎务余闲说士，甘于说肉、说随园风景，公不惜齿牙。譬若奖借无盐，作鸩媒之首唱〔一一〕；刻雕朽木，合群匠以量材。既有开以必先，遂升高而下视。不然，四君子之爱士尊贤，何以适符和仲、羲和之数耶〔一二〕？

枚今年七十有九矣，虽手去筇藜，目除叆叇，似可苟延岁月〔一三〕。然而春寒老健，天惯欺人，未醒黄粱〔一四〕，且了残梦。拟于春三月老人揽揆之辰，即为阿迟完姻之日，从此闭户待终，不出雷池半步矣〔一五〕。古人毕向平之愿，始游五岳，枚毕五岳之愿，才作向平，亦添范氏《独行传》中之一变局也〔一六〕。但尚有一年之期，未知能托公福荫，克如所愿否〔一七〕。

枚有答和福、和诸公之作〔一八〕，无从觅寄，门下士徐璋家人之便，即交带上。徐璋署邛州州同，官小如蚁，颇思负粒米而奔趋〔一九〕。人视彼以为蚁行，渠自视以为牛斗也。公呼叱而东西之〔二〇〕。幸甚！幸甚！

注释

〔一〕补山相公：即孙士毅。相公，即相国、宰相。清代称大学士为宰相。孙士毅于乾隆五十六年（1791）授协办大学士，五十七年（1792）八月迁文渊阁大学士，故袁枚称之为相公。此信或写于乾隆五十九年（1794）春。

〔二〕潭潭：深广貌。

〔三〕花朝日：俗称百花生日，一般于农历二月初二、二月十二或二月十五举行。天台：即浙江天台山。燕子矶：在江苏南京东北部观音山，屹立于长江边，三面悬绝，宛如飞燕，故名。

〔四〕福公相：即福康安（1754—1796），字瑶林，号敬斋，满洲镶黄旗人。乾隆年间名将，曾率军平定四川大小金川、甘肃民变、台湾林爽文叛乱，击退廓尔喀入侵。官至武英殿大学士兼军机大臣，卒谥文襄。福康安于乾隆五十一年（1786）授协办大学士，五十七年（1792）八月授武英殿大学士，故称公相。

〔五〕和司空：即和琳（1754—1796），字希斋，号华坪，原隶满洲正红旗，乾隆中随兄和珅改隶正黄旗。乾隆五十一年（1786）任杭州织造，五十五年（1790）任吏部给事中，五十六年（1791）授内阁学士迁兵部右侍郎，五十七年（1792）入藏抵御廓尔喀入侵，八月迁工部尚书，兼驻藏办事大臣。五十九年（1794）七月调四川总督。乾隆六十年（1795）贵州、湖南爆发苗乱，受命征讨，翌年八月病亡于军中。司空，工部尚书的别称。

〔六〕惠制府：即惠龄。制府，这里指四川总督。

〔七〕首之至地：即五体投地。

〔八〕九花虬：名马，传说能日行千里。熙天：使世运昌明。

〔九〕希心：向往，追求。物外：世外。狂狷：见卷二《与江苏抚军陈榕门先生》注〔一二〕。和《告存》之作：即孙士毅和袁枚《除夕告存，戏作七绝句》之作，收入袁枚辑《续同人集·告存类》。

〔一〇〕造命：掌握命运。过情：超越常情。皋、夔、巢、许：分别是传说中的尧舜时大臣皋陶、夔，以及隐士巢父、许由。吟笺：诗稿。

〔一一〕无盐：丑女的代称。见卷五《补寿彭芝亭大司马》注〔三〕。鸩媒：语出屈原《离骚》："吾令鸩为媒兮，鸩告余以不好。”指善于言辞的媒人。

〔一二〕“四君子之爱士尊贤”：四君子，即孙士毅、福康安、和琳、惠龄。和仲、羲和之数，典出《尚书·尧典》：“分命羲仲，宅嵎夷，曰旸谷。……申命羲叔，宅南交。……分命和仲，宅西，曰昧谷。……申命和叔，宅朔方，曰幽都。”这里以传说中尧的大臣羲仲、羲叔、和仲、和叔比拟四君子。

〔一三〕筇（qióng）藜：手杖。叆叇（ài dài）：眼镜。

〔一四〕黄粱：犹言黄粱梦，典出唐沈既济《枕中记》。

〔一五〕春三月老人揽揆之辰：揽揆，生日的代称。农历三月初二为袁枚生日。阿迟完姻之日：阿迟，即袁枚之子袁迟。他于乾隆五十九年（1794）三月初二与袁枚同年沈荣昌之女全宝成婚。待终：语出《列子·天瑞》：“贫者士之常，死者人之终也，处常待终，当何忧哉？”等待寿终的意思。雷池半步：见卷一《再与西圃》注〔一一〕。

〔一六〕向平之愿：儿女成婚的愿望。见卷一《覆陈竹香》注〔六〕。范氏《独行传》：范氏，指南朝刘宋史学家、文学家范晔。其《后汉书》有《独行列传》。

〔一七〕克：能够。

〔一八〕答和福、和诸公之作：即《小仓山房诗集》卷三十五所收《答敬斋相公四首》与《答和希斋大司空四首》。福、和诸公，即福康安、和琳。

〔一九〕署：暂时代理。邛州：清代四川直隶州，州治在今四川邛崃市。州同：清代知州的佐官。奔趋：趋附，追求。

〔二〇〕呼叱：发怒而大声斥责。

答福敬斋公相〔一〕

阁下金、张门第〔二〕，王、谢家风，秉君子之九能〔三〕，腾英声于八表〔四〕。历沙度绳行之地，竖亥皆惊〔五〕；建丹青神化之功，云台早画〔六〕。列爵惟五，先封侯而后封公〔七〕；不朽有三，既立功而兼立德〔八〕。凡有血气者，无不瞻星识斗，望海知归。枚虽终老空山，亦时觉钦钦其在抱〔九〕。无奈闲鸥在野，有梦难通；卿月当天〔一〇〕，无梯可接。自分贱子姓名，无由得达于隶人之听矣〔一一〕。不料花朝前一日，补山相国递到瑶函，屈朝廷极品之尊，行朋友先施之礼〔一二〕。诗成四律，落珠斗于云中〔一六〕；书展八行，生春风于纸上。凡枚之琴歌酒赋，都蒙盼睐有加；即枚之谰语卮言，亦复刍荛必采〔一三〕。感旧则情深一往，怜才而宠极三生。《秦誓》云："人之有技，若已有之。"〔一四〕孟子云："好善优于天下。"〔一五〕古来名臣贤相，往往如斯。然非前生有香火因缘，亦不能有此意外之遭际也。

枚追记壬戌散馆〔一七〕，辛未迎銮〔一八〕，或待诏宫门，或挥毫殿上。蒙文忠公倾衿相接〔一九〕，刮目相看。唤作才人，年已远而声犹在耳；招为记室〔二〇〕，聘虽却而恩已镌心。方知此时一万里外之德音，即当时五十年前之家法也。公三年无改〔二一〕，枚一息犹存。思执辔以无从〔二二〕，空望云而遥拜。谨依来教，上献芜词。譬若秃尾山鸡，触镜光而尚舞；卸缰老马，对郎主以犹鸣〔二三〕。干渎尊严，小申悃款〔二四〕。倘蒙钧诲〔二五〕，曷胜光荣！

注释

〔一〕福敬斋：即福康安。此信或写于乾隆五十九年（1794）春。

〔二〕金、张：金日磾与张安世的合称。二人均为汉宣帝时的权贵，后遂以金张称显贵的世族。

〔三〕君子之九能：《诗经·鄘风·定之方中》："卜云其吉，终然允臧。"毛传："建国必卜之。故建邦能命龟，田能施命，作器能铭，使能造命，升高能赋，师旅能誓，山川能说，丧纪能诔，祭祀能语，君子能此九者，可谓有德音，可以为大夫。"

〔四〕英声：美好的名声。八表：八方之外，指极远的地方。

〔五〕沙度绳行：语出《后汉书·西域传》："梯山栈谷、绳行沙度之道，身热首痛、风灾鬼难之域，莫不备写情形，审求根实。"沙度，越过沙漠。绳行，用绳索悬缒而行。竖亥：《山海经·海外东经》："帝命竖亥步，自东极至于西极。"郭璞注："竖亥，健行人也。"

〔六〕丹青神化：对初唐画家阎立本的赞语。唐张彦远《历代名画记》卷九："（阎立本）有应务之才，兼能书画，朝廷号为丹青神化。"云台早画：东汉永平三年（60），汉明帝命人在洛阳南宫云台阁绘二十八位功臣的画像，称为云台二十八将。

〔七〕列爵惟五，先封侯而后封公：《尚书·武成》："列爵惟五，分土惟三。"孔传："爵五等，公、侯、伯、子、男。"

〔八〕不朽有三，既立功而兼立德：《左传·襄公二十四年》："太上有立德，其次有立功，其次有立言，虽久不废，此之谓不朽。"

〔九〕钦钦其在抱：见卷四《答程在山》注〔七〕。

〔一〇〕卿月：月亮的美称，亦借指百官。

〔一一〕自分（fèn）：自己估量自己。贱子：谦称自己。隶人：仆人。

〔一二〕补山相国：即孙士毅。先施：见卷四《答陕西抚军毕秋帆先生》注〔一〇〕。

〔一三〕珠斗：指北斗七星。

〔一四〕盼睐（lài）：眷顾，垂青。谰（lán）语：妄语。卮（zhī）言：自然随意之言。刍荛：见卷四《答芷塘太史》注〔七〕。

〔一五〕人之有技，若己有之：见本卷《答惠瑶圃中丞》注〔七〕。

〔一六〕好善优于天下：见卷六《答补山中丞》注〔五〕。

〔一七〕壬戌散馆：壬戌，即乾隆七年（1742）。明清时翰林院设庶常馆，新进士朝考得庶吉士资格者入馆学习，三年期满举行考试后，成绩优良者留馆，授以编修、检讨之职，其余分发各部为给事中、御史、主事，或出为州县官，谓之散馆。袁枚于乾隆七年（1742）四月散馆，因满文翻译成绩不佳，被派往江南任知县。

〔一八〕辛未迎銮：辛未，即乾隆十六年（1751）。迎銮，迎接皇帝。该年春，乾隆首次巡游江南，袁枚作《迎銮应制》四首，收入《小仓山房诗集》卷七。

〔一九〕文忠公：即福康安之父傅恒。倾衿：推诚相待。

〔二〇〕记室：官名，东汉置，掌章表书记文檄。

〔二一〕三年无改：《论语·学而》："三年无改于父之道，可谓孝矣。”

〔二二〕执辔（pèi）：手持马缰驾车。

〔二三〕“秃尾山鸡”句：见卷四《答伊簾也侍郎》注〔九〕。“卸缰老马”句：《战国策·楚策四》载汗明见春申君，引用了一则千里马遇伯乐的故事，谓老马驾着盐车爬太行山，被鞭打着爬到中途却再也上不去。伯乐看到了，抱着它痛哭，并解下衣服给它披上。马“仰而鸣，声达于天，若出金石者”。因为它知道伯乐是自己的知己。此处袁枚或化用此典，表达报答知己的意思。郎主，主人。

〔二四〕悃（kǔn）款：语出屈原《卜居》：“吾宁悃悃款款朴以忠乎？”诚挚的意思。

〔二五〕钧：敬辞，对尊长或上级用。

附来书

余束发时，即耳随园名，知为当代作者，而南北相睽，不得一见，心辄向往。甲辰春，扈从金陵，思一访随园，适奉命他往，遂不果。今又将十年矣！向见《随园诗话》《新齐谐》二书，虽游戏之笔，而标新领异，已远胜《沧浪》《虞初》诸书。携之行箧，把玩不置。兹来卫藏，军事之暇，适补山相国、瑶圃制军咸共朝夕，谈次时及随园。和希斋大司空携有《小仓山房全集》，因得读之，才气浩瀚，茫无津涯。余于役万里，征讨绝域，出青海而眄碣石，登昆仑以睇星宿，复过卫藏以西数千里，历从古未通中国之地，殊形诡状，不可臆度。惟随园之才，庶几仿佛似之。窃以余髫年侍值禁廷，不及读中秘书，游历几遍天下，所遇名山大川，竟未能著所闻见，形之咏歌。读随园之诗，乃不禁怦然动也。闻补山相国适有札覆，缘附成四律以寄，亦以见倾倒之有素尔。

答和希斋尚书〔一〕

辛亥春，安郁亭观察由京师来，传述尚书纡尊降贵，垂问野叟姓名，久已感铭五内〔二〕。只缘分隔云泥，未敢遽通款曲〔三〕。嗣于李香林河帅处，得读阁下和木兰山人诗，有逸藻风生、清章云委之妙〔四〕。旋采入《诗话》，以光简编〔五〕。此秉彝之良所不能自已者，尚觉牖中窥日，不足以尽全体之光华〔六〕。小草幽栖，高山难仰。

不料花朝前一日，由补山相国处接到手书一函、五律二首〔七〕，阁下镇绝塞穷边之地，赋含金吐石之章。以弟子自居，抝谦太过；以龙门见誉，受宠益惊〔八〕。虽古大臣为国怜才，每存片善不遗之念，而窭人子抚心自揣〔九〕，愈抱盛名难副之忧。以故即将来札装潢成册，传示宾朋。来观之人，亦欣欣然有喜色而相告，不禁代枚手之舞之，足之蹈之也〔一〇〕。

惟是枚夕阳虽好，红不多时。虽执鞭之有心，恐扫门之无日〔一一〕。景星庆云〔一二〕，知已在九霄之上；颓光暮景，衔恩当八十之年。物有感而必鸣，礼无来而不报。谨以瓦奏匏宣之曲，和《咸池》《韶濩》之音〔一三〕。诗献四章〔一四〕，心抽一寸，不揣卑贱，干渎尊严。伏希公余之暇，赐之省览。枚临池不胜瞻依〔一五〕。

注释

〔一〕和希斋尚书：即和琳。尚书，这里指工部尚书。此信或写于乾隆五十九年（1794）春。

〔二〕辛亥：即乾隆五十六年（1791）。感铭五内：比喻内心非常感激。

〔三〕款曲：殷勤的心意。

〔四〕李香林河帅：即李奉翰。河帅，清代河道总督的别称。李奉翰时任东河总督。逸藻：华丽的辞藻。清章：清丽、清新的篇章。云委：如云之委积，极言其多。

〔五〕简编：书籍，典籍。这里指《随园诗话》。

〔六〕秉彝之良：人心所持守的常道。牖中窥日：语出《世说新语·文学》："北人看书如显处视月，南人学问如牖中窥日。"意即从窗户中看太阳，比喻见识不广。

〔七〕补山相国：即孙士毅。

〔八〕㧑（huī）谦：谦逊。龙门：见卷六《寄孙补山中丞》注〔一四〕。

〔九〕窭（jù）人子：穷苦人家的孩子。抚心：反省自问。自揣：自己估量。

〔一〇〕手之舞之，足之蹈之：语出《毛诗大序》。

〔一一〕执鞭：举鞭为人驾车，表示景仰追随之意。扫门：求谒权贵的典故。见卷一《与刘映榆侍讲（又）》注〔五〕。

〔一二〕景星庆云：比喻吉祥的征兆。景星，德星，瑞星。庆云，五色祥云。

〔一三〕瓦奏匏（páo）宣：见卷六《答靖海侯》注〔九〕。《咸池》：传说中黄帝所作乐名。《韶濩（hù）》：传说中商汤时的乐名。

〔一四〕诗献四章：即《小仓山房诗集》卷三十五所收《答和希斋大司空四首》。

〔一五〕临池：本指学习书法，这里是写信的意思。瞻依：瞻仰依恃，表示对尊长的敬意。

答吴松厓太守〔一〕

来札以张、许二公诗未登《诗话》见憾〔二〕，具见先生乡情之重。但两贤诗业已刻集，自然流传，无藉鄙人表章〔三〕。其诗格律清老，实有工夫，然皆唐人皮壳〔四〕，无甚出色处，以故不甚动心。所谓“食肉不食马肝，未为不知味也”〔五〕。且诗话与选诗不同。选则诗之平头正脸者〔六〕，受人之托，选之而已。诗话则必有几句话头，以配其诗。现在四方之以诗来者，千人万人，而专仗老翁一人为之搜索枯肠，添造话头，加此差徭〔七〕，作何办治？至于文人相轻之责，则先生误矣！古来文人之所以相轻者，以同时争名故也。枚虽不肖，必不争名于国初前辈、八千里外之人。而何以先生与枚同时，素无一面，才又绝奇，乃不敢相轻，苦搜其断句零章，登之集中，以为光耀哉？可见文章一道，自有公评，父子不能滥收，仇雠不能割爱〔八〕。先生能思之，必能谅之。

再，札中有取于彭尺木佞佛之言〔九〕，尤非所望于贤者。彭之所以规我，先生之所以重彭者，不过为“生死”二字尚未分明故耳。欲知生死，必归佛法，然则佛法未入中国之前三千年中，尧、舜、孔、颜都是醉生梦死于世上者乎〔一〇〕？孔子曰“死生有命”〔一一〕，孟子曰“夭寿不贰”〔一二〕，张子曰“存吾顺事，没吾宁守”〔一三〕。此数言，任他历劫轮回，恐颠扑不破也。元人《就日录》有言〔一四〕：“凡见理明之人，一切神鬼阴阳，皆不能惑，亦不敢犯。”先生何不将彼教诞语一扫而空之〔一五〕？近日士大夫年衰气怯，惑此者甚多。仆不愿宏通渊雅之儒，又从而附益之。凡有所慕于彼者，皆无所得于此故也。忝在相知，不敢不言之尽意。

注释

〔一〕吴松厓太守：即吴镇。

〔二〕《诗话》：即袁枚《随园诗话》。

〔三〕表章：表彰。

〔四〕唐人皮壳：这里指只在表面形式上学习唐人诗歌。

〔五〕“食肉不食马肝”句：见卷七《答项金门》注〔七〕。

〔六〕平头正脸：本形容相貌长得端正，这里形容诗歌质量过关。

〔七〕差徭：本意为徭役，这里指撰写《随园诗话》的工作。

〔八〕仇雠（chóu）：仇人。

〔九〕彭尺木：即彭绍升（1740—1796），法名际清，字允初，号尺木、二林居士，江苏长洲（今苏州）人。乾隆三十四年（1769）进士，选县官，不就。有《二林居集》等。

〔一〇〕孔、颜：即孔子及其弟子颜渊。

〔一一〕死生有命：语出《论语·颜渊》，实为孔子弟子子夏所言。

〔一二〕夭寿不贰：语出《孟子·尽心上》，意即：不论寿命是长是短，都不改变态度。

〔一三〕“张子曰”句：张子，即北宋理学家张载。其《西铭》曰：“存，吾顺事；没，吾宁也。”

〔一四〕《就日录》：元代文学家虞集的著作。

〔一五〕彼教：这里指佛教。诞：荒诞。

再

仆道人之有死生，即天之有昼夜也。其所以有昼有夜者，阴阳也；其所以有阴阳者，虽问天，天亦不能知也，任其自然而已。人之所以有死生者，命也；其所以命有长短者，气数也；其所以有气数者，虽问圣人，圣人亦不能知也，任其自然而已。如圣人能知之，则舜、禹必不野死，而泰山之颓，亦何待梦奠两楹而后知之乎〔一〕？

若依佛家所云“生本无生，去来如一”，则颜渊夭折，夫子何必哭之恸〔二〕？而子路问死〔三〕，亦可将此类语答之矣。亦惟其不知，故卓然为至圣，而服丧、教孝之书所由起也。若夫预知死期，则东汉谢夷吾辈皆能之〔四〕，而近日村夫野妇能预知死期者亦颇不少。

总而言之，知死亦死，不知死亦死。先生必欲知之，其殆将不死耶？

注释

〔一〕舜、禹必不野死：传说舜到南方巡狩时，死于苍梧之野；禹亦在巡行途中死于会稽。“泰山之颓”句：见本卷《答钱竹初》注〔八〕。

〔二〕“颜渊夭折”句：《论语·宪问》：“颜渊死，子哭之恸。从者曰：‘子恸矣！’曰：‘有恸乎？非夫人之为恸而谁为？’”

〔三〕子路问死：《论语·宪问》：“季路问事鬼神。子曰：‘未能事人，焉能事鬼？’曰：‘敢问死。’曰：‘未知生，焉知死？’”季路即子路。

〔四〕“若夫预知死期”句：谢夷吾（25—89），字尧卿，东汉会稽（今浙江绍兴）人，官至荆州刺史。《太平御览》卷五百五十六引《会稽典录》载其预知死期事：“谢夷吾转下邳令，预自克死日，如期果卒。”

答张船山太史〔一〕

诗人洪稚存太史，旷代逸才，目无余子，而屡次信来，颂执事之才为长安第一，并寄两人仿昌黎《二鸟》七古诗，奇趣横生，读之蹲蹲欲舞〔二〕。当即抄付梓人〔三〕，刻入《随园诗话》久矣！但闻执事已请假还蜀，未知何时得通芳讯，心尤拳拳。不料中秋前十日，于王葑亭给谏家接到见怀二十八字〔四〕，意思深长，有邢颙言少而理多之妙〔五〕。更附名纸三版，表翰林衙门饩羊告朔之思〔六〕，可谓古之人欤？古之人也。

读《推袁集》一册〔七〕，命名先不敢当。虽大君子舍己从人，以谦虚为坐荐，游戏标题，无所不可；而当今作者如云，万目睽睽，得毋咤执事之认符拔为麒麟〔八〕，拜票客为大将乎？损执事之名，折野人之福，千万以换去为祷。然以执事倚天拔地之才，肯如此㧑谦，亦是八十衰翁生平第一知己。

更有不料者，来札道仆书法妍媚，务求的笔数行，以作玩本〔九〕。嘻，异矣！老人幼不习书，每握管，如稚子抛堉〔一〇〕，全无纪律，故有所书写，辄求人代，海内所共知也。忽足下好人所恶，然则齐桓公之悦支离，黄帝之聘嫫母，古今来其真有此事乎〔一一〕？孟子曰："脍炙所同也，羊枣所独也。"〔一二〕脍炙得知己易，羊枣得知己难。得其所难，而感之愈甚。待解冻时，老阿婆谨当胡粉饰貌，涂抹数行，以自呈于左右，何如？

注释

〔一〕张船山太史：即张问陶（1764—1814），字仲治，号船山，四川遂宁人。乾隆五十五年（1790）进士，改庶吉士，授检讨。官至山东莱州知府，以忤上官而乞病归。有《船山诗草》。此信写于乾隆五十八年（1793）。

〔二〕洪稚存太史：即洪亮吉。长安：北京的代称。昌黎《二鸟》：韩愈有《双鸟诗》，系五言古诗，非七言古诗。蹲蹲（cún）：见卷六《谢毕抚军》注〔一〇〕。

〔三〕梓人：这里指刻版工人。

〔四〕王葑亭给谏：即王友亮。见怀二十八字：即张问陶《船山诗草》卷十所收此诗："先生八十方知我，不死年年望寄诗。叠纸细书三百首，邮筒飞递未应迟。"

〔五〕邢颙（？—223）：字子昂，三国时期河间鄚人，官至太常，赐爵关内侯。

〔六〕饩（xì）羊告朔：语出《论语·八佾》："子贡欲去告朔之饩羊。子曰：'赐也！尔爱其羊，我爱其礼。'"古代的一种祭祀仪式。天子在年终时，将来年历书颁给诸侯，诸侯将它藏在祖庙中，每月朔日，以活羊告祭于庙，然后听政。后比喻徒有形式或虚应故事。

〔七〕《推袁集》：张问陶在本篇注〔四〕所引诗题中称“自检己酉以来近作，手写一册”，即此书。推袁，即推尊袁枚之意。

〔八〕符拔：又称“桃拔”，传说中的兽名。

〔九〕的笔：真迹，亲笔。玩：观赏，玩味。

〔一〇〕墒（tuó）：古时用作抛掷游戏的砖块。

〔一一〕齐桓公之悦支离：典出《庄子·德充符》：“瓮盎大瘿说齐桓公，桓公说之。”意即：一个颈瘤大如瓮盎的人游说齐桓公，齐桓公十分喜欢他。聘：订婚或女子出嫁。嫫（mó）母：传说中黄帝之妻，貌极丑，后为丑女代称。

〔一二〕脍炙所同也，羊枣所独也：语出《孟子·尽心下》，意即：烧肉末是大家都喜欢吃的，羊枣只是个别人喜欢吃的。羊枣，柿之小者，俗名牛奶柿。

寄奇中丞〔一〕

谈泰从京师归矣〔二〕，虽试礼部报罢，而公然竟选清河县校官〔三〕，苜蓿一盘，大可糊口〔四〕，其感激中丞格外之恩，至于全家顶礼，没齿不忘。何也？前某公巡抚江南，十余年不荐一士〔五〕，公抵任未两月，已荐二人。此公叔文子与臧文仲居心之优劣，所以难免于圣人之褒贬也〔六〕。

其祖羽仪郎中，受业门下〔七〕，故仿《元次山传》中太先生之称〔八〕。其实考据之学，太先生不如小门生远矣！又有嘉兴王少昙者，诗非所长，而能医，能射，能通阴阳，能晓二氏之说，能解地理，能识篆、隶，能弄枪舞剑，能多藏法书、名画，人亦觥觥不群〔九〕。尝向枚云：“苏子瞻年十一游乡校，便知有韩、范二公〔一〇〕。及弱冠登进士，而范公已不可得而见矣。终身以为恨事。”渠仰慕中丞，已非一日，只求一见，而心愿已足，此外并无丝毫干渎，故枚不吝数行，为之缓颊〔一一〕。

昔林和靖僻处西湖〔一二〕，不乐仕进，而专好荐贤人。或美之，或笑之。枚今年未及半载，而抡指计算曾荐某某，几有童子五六人之数〔一三〕。仰天思之，八十老人自觉多事。然读《国策》淳于髡一日而荐七士于齐王〔一四〕，则枚又尚嫌其少也。一笑。

注释

〔一〕奇中丞：即奇丰额。中丞，这里指江苏巡抚。奇丰额于乾隆五十七年（1792）五月至六十年（1795）五月间担任此职。此信或作于乾隆五十七年（1792）七月前后。

〔二〕谈泰：字阶平，一字星符，江苏上元（今南京）人。乾隆五十一年（1786）举人，任山阳县学教谕、南汇县学训导。

〔三〕报罢：考试落第。校官：古代的学官，掌管学校事务。

〔四〕苜蓿（mù xu）一盘，大可糊口：典出五代王定保《唐摭言》卷十五："薛令之，闽中长溪人，累迁左庶子。时开元东宫官僚清淡，令之以诗自悼，复纪于公署曰：'朝旭上团团，照见先生盘。盘中何所有？苜蓿长阑干。饭涩匙难绾，羹稀箸易宽。何以谋朝夕，何由保岁寒？'"后以苜蓿形容生活清苦。

〔五〕"前某公巡抚江南"句：某公应指闵鹗元（1720—1797），字少仪，号峙庭，浙江归安（今湖州）人，乾隆十年（1746）进士。此人于乾隆四十五年（1780）八月至五十五年（1790）四月间任江苏巡抚，恰为奇丰额的前任；又于乾隆四十一年（1776）三月至四十五年（1780）八月间任安徽巡抚，亦符合"巡抚江南十余年"之说。

〔六〕"公叔文子与臧文仲居心之优劣"句：公叔文子是春秋后期卫国大夫，因提拔大夫僎升居卿位而得到孔子赞扬。事见《论语·宪问》。臧文仲，春秋中期鲁国执政，因用人施政失当与迷信而多次被孔子讥评。事见《左传·文公二年》《论语·卫灵公》等。

〔七〕其祖羽仪郎中，受业门下：谈泰祖父谈羽仪（1716—1791），字毓奇，江苏江宁（今南京）人。以诸生例为刑部郎中，为袁枚弟子。卒后，袁枚为作《哭谈毓奇郎中三十八韵》，收入《小仓山房诗集》卷三十三。

〔八〕《元次山传》中太先生之称：元次山，即唐代文学家元结，次山其字。卒后，颜真卿为撰《唐故容州都督兼御史中丞本管经略使元君表墓碑铭并序》，文中提及："及终，门人谥曰太先生。"

〔九〕二氏：指佛教、道教。法书：又称法帖，可以作为书法楷模的范本。觥觥（gōng）：刚直的样子。不群：不平凡，高出同辈。

〔一〇〕"苏子瞻年十一游乡校"句：苏子瞻，即苏轼，子瞻其字。韩、范二公，即韩琦、范仲淹。乡校，古代地方学校。苏轼《范文正公文集序》："庆历三年，轼始总角入乡校，士有自京师来者，以鲁人石守道所作《庆历圣德诗》示乡先生。轼从旁窥观，则能诵习其辞，问先生以所颂十一人者何人也？……曰：'韩、范、富、欧阳，此四人者，人杰也。'时虽未尽了，则已私识之矣。"

〔一一〕干（gān）渎：冒犯。缓颊：婉言劝解或替人求情。

〔一二〕林和靖：即北宋初年诗人林逋，世称和靖先生。

〔一三〕抡（lún）指：扳指头推算。童子五六人：语出《论语·先进》："暮春者，春服既成，冠者五六人，童子六七人，浴乎沂，风乎舞雩，咏而归。"

〔一四〕读《国策》淳于髡一日而荐七士于齐王：见卷一《与刘映榆侍讲（又）》注〔九〕。

与陈药洲方伯书〔一〕

长至前一日，诗僧可韵从楚中来，得悉阁下夏间入都述职，天颜有喜，宠赐便蕃，归途作《纪恩诗》四首，抒宋艳班香之笔，写隆天重地之恩〔二〕。所谓"独含日光静与天"语，真李卫公《一品集》中文字〔三〕，可胜钦佩！伏稔阁下屏藩襄汉，垂七八年，仁风泽宣，吏民凫藻〔四〕。以汉水一池，当老臣之汤沐〔五〕；以黄鹤一只，为仙府之家禽。陈萧子良古斋之图书〔六〕，曳陶士行后庭之罗绮〔七〕，名士作名臣，猗欤盛矣〔八〕！但未知襄阳耆旧，尚有何人可能酒赋琴歌，续《汉上题襟》之集否〔九〕。念念！

孙韶秀才书来，蒙公嘘拂，得黄州书记一席，宾主相安，孤寒得所〔一〇〕。此皆推老人之谆诿〔一一〕，爱屋及乌；亦由抱古佛之慈悲，随缘洒露。凡在士林，闻此风者，能不翘首龙门〔一二〕，异音同叹哉！

枚今年七十有六矣，因有感于相士之言，仿渊明《自挽》一篇，一时和者麻集。葭灰已动，踵息犹存〔一三〕，在阎罗殿中，竟失虞人之信，未免嗀然自笑〔一四〕。然从前秋患飧泄后〔一五〕，神明顿衰，始信单襄公之视下言徐〔一六〕，赵文子之朝不谋夕〔一七〕，重重老态，渐渐逼人。据鄙意，老而病不若老而死。何也？死则与化同归，凌云一笑；病则残形剩魄，终日支离〔一八〕。匪徒人厌〔一九〕，而己亦厌之。天下大患，在吾有身〔二〇〕。此朱云之所以不肯呼医饮药〔二一〕，诚达人哉！

枚养空而游〔二二〕，无想无因，适来适去。平生嗜好，本觉寥寥：听丝竹，道不如鸟鸣；问樗蒱〔二三〕，则不知几齿。老无他事自娱，因仿冒巢民先生故事，将六十年海内名人投赠诗文，分门别类，择其佳者，梓而存之〔二四〕。每一开卷，如见其人，如闻其语。阁下文翰，其尤冠群言之首者也。俟梓成后，寄呈省览。

注释

〔一〕陈药洲方伯：即陈淮（？—1810），字望之，河南商丘人。乾隆十八年（1753）拔贡生，历官甘肃兰州道、甘肃按察使、湖北布政使、贵州巡抚、江西巡抚。嘉庆元年（1796）十二月，因伙同南昌知县徐午舞弊，被革职。此信写于乾隆五十六年（1791），陈淮时任湖北布政使。

〔二〕长至：夏至。夏至白昼最长，故称。便蕃：频繁。宋艳班香之笔：宋、班，指宋玉和班固。二人均以文藻富丽见称。

〔三〕李卫公《一品集》：李卫公，即晚唐名相李德裕，因其受封卫国公，故称。《一品集》，即李德裕别集《会昌一品集》。

〔四〕屏藩襄汉：屏藩，屏风和藩篱，比喻卫国的重臣。襄指襄水，汉指汉水，均在湖北襄阳境内。这里指陈淮担任湖北布政使。凫

(fú) 藻：凫鸟嬉戏于水藻间，比喻欢悦。

〔五〕汤沐：《礼记·王制》："方伯为朝天子，皆有汤沐之邑于天子之县内。"后指王公贵族收取赋税的私邑。这里是陈淮担任湖北省长官的比喻说法。

〔六〕萧子良古斋：萧子良（460—494），字云英，南兰陵（治今常州西北）人，封为竟陵郡王。《南齐书》卷四十："子良敦义爱古。……后于西邸起古斋，多聚古人器服以充之。"

〔七〕曳陶士行后庭之罗绮：曳，拖、拉。陶士行，即东晋名将陶侃，士行其字。《晋书·陶侃传》称其"媵妾数十，家僮千余，珍奇宝货富于天府"。

〔八〕猗欤：叹词，表示赞美。

〔九〕《汉上题襟》之集：唐宣宗大中年间，山南东道节度使徐商驻守襄阳，段成式、温庭筠等游其幕中，多有唱和与书札往来，后由段成式纂为《汉上题襟集》十卷。

〔一〇〕孙韶秀才：孙韶系袁枚弟子，字九成，号莲水居士。诸生。有《春雨楼诗略》七卷。黄州：清代湖北有黄州府，治所在今黄冈市黄州区。书记：旧指从事公文、书记工作的人。

〔一一〕诿诿（zhuì wěi）：嘱托。

〔一二〕龙门：见卷六《寄孙补山中丞》注〔一四〕。

〔一三〕葭（jiā）灰已动：葭灰，古人烧苇膜成灰，置于律管中，放密室内，以占气候。这里袁枚是说相士已经预卜自己将于七十六岁那年亡故。踵息犹存：这里是一息尚存的意思。

〔一四〕在阎罗殿中，竟失虞人之信：这里袁枚是说相士占卜不准，自己并未在七十六岁这一年亡故。虞人之信，用战国前期魏文侯与虞人约好一起打猎，不因饮酒之乐和天下雨而失约的典故，见《战国策·魏策一》。虞人指掌管山泽的官。齤（quán）然：笑而见齿貌。

〔一五〕飧（sūn）泄：食物不消化，并且拉肚子。

〔一六〕单襄公之视下言徐：《左传·昭公十一年》："单子会韩宣子于戚，视下言徐。叔向曰：'单子其将死乎！'"视下言徐，目光向下、说话迟缓的意思。按，此处的单子非单襄公，而是单成公。这里袁枚自比单成公，是称自己距死不远。

〔一七〕赵文子之朝不谋夕：赵文子，即春秋中期晋国正卿赵武，谥文，故称赵文子。朝不谋夕：语出《左传·昭公元年》："老夫罪戾是惧，焉能恤远？吾侪偷食，朝不谋夕，何其长也？"是为赵武答复周景王卿士刘定公的话。朝不谋夕，意即早晨不能知道晚上会发生什么情况。这里袁枚自比赵武，是称自己年迈昏聩，且距死期不远。

〔一八〕支离：形容衰残瘦弱的样子。

〔一九〕匪徒：不仅，不但。

〔二〇〕天下大患，在吾有身：语出《老子》第十三章："吾所以有大患者，为吾有身。"

〔二一〕朱云之所以不肯呼医饮药：朱云，字游，原居鲁地，后移居平陵，少好任侠。汉元帝时授博士，迁杜陵令，后为槐里令。《汉书·杨胡朱梅云传》："（朱）云年七十余，终于家，病不呼医饮药。"

〔二二〕养空：涵养空灵的心性。

〔二三〕樗（chū）蒱：又作"樗蒲"，古代的一种棋类游戏，后亦指赌博。

〔二四〕"仿冒巢民先生故事"句：冒巢民，即冒襄（1611—1693），字辟疆，号巢民，一号朴庵，又号朴巢，南直隶如皋（今江苏如皋）人。冒襄交游广泛，晚年尝辑平生交游投赠唱和之作为《同人集》。袁枚仿其所为，辑《续同人集》一书，卷首自序云："余在名场垂六十年，四方投赠之诗不下万首。……想学巢民先生付之剞劂，又苦无力，乃选其诗之最佳者梓而存之，号曰《续同人集》。"

在苏州谢张松园方伯〔一〕

枚慕公名久矣，未识荆州，中心惓惓〔二〕。常恐威凤翔于九霄，闲鸥游于江上，风云天阔，沾接无由。不料今春小住西湖，得亲光范〔三〕，听经纶之周密，观气局之恢宏。在粤东闻公之贤，胜于洛下；在浙西闻公之贤，又胜于粤东〔四〕。当兹圣世，大臣可与公拒手者，其惟秋帆尚书乎〔五〕？更蒙国士之知，倾衿相待，未投名刺，先辱高轩〔六〕。每接清谈，便加奇赏，饫以护世城中之美膳，贶以波斯海外之奇珍，重叠恩施，秋储难算[七]。大君子怜才爱士，不图为乐之至于斯！

更喜者，枚生平爱镜，喜其爽人心性，一片空明故也。四十年来，所得容成侯[八]，不下二十余面。每至赏花剪烛，炫赫荧煌，自以为书生之愿足矣[九]。忽蒙公以大镜相贻，六尺成方，千形莫匿。方知有空中卿月之光，而爝火微明，不足以为耀也[一〇]；见丈六金身之佛，而竫人九寸[一一]，不可以为长也。感深次骨，喜极难言！辇至苏州[一二]，即于虎丘寓中，装立堂上。遍召一时名士，唱韦坚《得宝》之歌[一三]；更呼荡桨佳人，窥天女簪花之影。高吟者，挥毫苦索；红妆者，掠鬓争先。还山之后，将使全家同入月宫，拉宾客尽行水上矣。当写诗二册，一以献左右，一以传子孙。衰翁一息尚存，庶不至委君贶于草莽也[一四]。

兹因钱令家人来杭之便，裁书奉谢[一五]，并请周、蒋、刘、陈四夫人玉体金安。

注释

〔一〕张松园方伯：即张朝缙，字毓屏，号松园。由贡生援例捐纳知县，历官福建闽县知县、泉州府厦门同知、泉州知府、河南南阳知府、河南粮盐道、广东按察使、浙江布政使、甘肃布政使。此信写于乾隆五十九年（1794）四、五月间，张朝缙时任浙江布政使。

〔二〕未识荆州：见本卷《答严历亭司马代人求墓志书》注〔一一〕。中心：心中。惓惓（quán）：形容诚恳深切。

〔三〕今春小住西湖，得亲光范：光范，即光辉的仪表、风范。乾隆五十九年（1794）二月，袁枚出游吴越，三月二十五日抵杭州，在杭期间与张朝缙过从。张朝缙投袁枚所好，赠其西式大洋镜一面。

〔四〕“在粤东闻公之贤”句：张朝缙先后担任河南粮盐道、广东按察使、浙江布政使等职，故以洛下、粤东、浙西指代之。

〔五〕大臣可与公拒手者，其惟秋帆尚书乎：拒手，相提并论。秋帆尚书，即毕沅。《随园诗话补遗》卷九：“吾乡方伯张松园朝缙先生，受知于福敬斋公相、毕秋帆制府。”可知张朝缙与毕沅交好，故袁枚以毕沅与之相提并论。

〔六〕名刺：又称“名帖”，拜访时通姓名用的名片。高轩：贵显者所乘高车，亦借指贵显者。

〔七〕饫（yù）：赐。赆（jìn）：这里是赠送的意思。秋储：围棋的别称。

〔八〕容成侯：指镜子。晚唐司空图有《容成侯传》，以镜子拟人，托名容成侯。

〔九〕剪烛：剪掉多余的烛芯来维持明亮的照明。炫赫：光耀貌。荧煌：辉煌。

〔一〇〕卿月：月亮的美称。爝（jué）火：火炬，火把。

〔一一〕竫（jìng）人：古代传说中的一种矮人。晋郭璞《山海经图赞·竫人国》：“僬僬极么，竫人又小。四体取足，眉目才了。”

〔一二〕輂：乘车。

〔一三〕韦坚《得宝》之歌：韦坚，字子金，唐京兆万年（今陕西西安）人。曾任陕郡太守、水陆转运使等职。《旧唐书·列传第五十五》载，唐玄宗天宝年间，韦坚奏请在咸阳一带兴修兴成堰。落成典礼上，韦坚特意为玄宗安排歌舞节目，一百多人齐声唱道：“得宝弘农野，弘农得宝耶！潭里船车闹，扬州铜器多。三郎当殿坐，看唱《得宝歌》。”

〔一四〕委：抛弃，舍弃。贶（kuàng）：赠送，这里指赠送的物品。

〔一五〕裁书：裁笺作书，即写信。

卷　八

戏答庆都统〔一〕

来札念我“今岁有秋，可免饥寒”等语〔二〕，具见相爱之深。惟札尾有“荷包业已制就，专等诗来再寄”之言，则山人不以为然。

夫周、郑交质〔三〕，衰世之文也；朋友先施〔四〕，圣人之训也。世兄不法圣人，而学衰世，何耶？若寄一荷包，必索一诗；倘寄一冠一靴，必索一赋；再如四世兄之寄我一袍一褂〔五〕，必索我万言书矣！征求无已〔六〕，山人比受饥寒更苦矣。

昔淳于髡笑以一豆饭一鲋鱼，而祝得谷百车，以为所持者约，所望者奢〔七〕，岂不闻古人有献一字而索千缣〔八〕，得一诗而赠二婢者〔九〕，较之荷包，其厚薄不太相悬殊乎？在世兄身为都统，阅武操兵，军士射中一箭，即赏一银牌。此赏罚严明之号令，平时用惯，故以待军士者移以待故人乎？

须知有挟而求，孟子所戒〔一〇〕；挟贤挟贵且不可，而况于挟荷包乎？且荷包虽华，不过妾婢之手爪；诗虽劣，恰是老叟之精神。世兄以老叟之精神，易妾婢之手爪，是重妾婢而轻朋友也。若使世兄竟能舍都统之长枪大剑，而手执女子之一针一线，亲绣荷包见赠，则虽换随园十首诗，亦下情所愿。然而名将用兵，知己知彼〔一一〕。在仆不敢强男作女工，贻世兄以巾帼妇人之帻〔一二〕；在世兄岂可以阿瞒相待，欣欣然于一小鞶囊也哉〔一三〕？

闲居无俚，戏作驳数行，干犯麾下〔一四〕。如怒之，则荷包永远绝望；如悔过，则荷包作速飞来。诗之有无，问荷包便悉〔一五〕。

注释

〔一〕庆都统：即庆霖。都统，即清代八旗都统，分掌满、蒙、汉军二十四旗使令。

〔二〕有秋：有收获，谓丰收。

〔三〕周、郑交质：即春秋初期郑庄公与周平王为缓解矛盾、改善关系，而互相交换人质一事。事见《左传·隐公三年》。

〔四〕朋友先施：见卷四《答陕西抚军毕秋帆先生》注〔一〇〕。

〔五〕四世兄：即庆桂。

〔六〕已：停止。

〔七〕“昔淳于髡笑以一奁饭一鲋（fù）鱼”句：《史记·滑稽列传》载，战国中期，楚国大军侵犯齐国，齐威王派淳于髡携带黄金百斤、马车十辆，到赵国请救兵。出发前，淳于髡仰天大笑，威王问他为何大笑，淳于髡说：“我今天看见路旁有个人拿着一只猪蹄和一杯酒，向神灵祷告：‘高地上收获的谷物盛满篝笼，低田里收获的庄稼装满车辆，五谷茂盛丰熟，米粮堆积粮仓。’我看到他拿的祭品很少，而祈求的东西却很多，所以发笑。”一奁饭，一小盒饭。鲋鱼，即鲫鱼。

〔八〕献一字而索千缣（jiān）：唐高彦休《唐阙史》卷上载，中唐名相裴度重修福先寺时，一开始打算让白居易撰写碑文。裴度的幕僚皇甫湜自视甚高，得知此事后，指责裴度说：“近舍湜而远取居易，请从此辞！”裴度见状，改请皇甫湜撰写。皇甫湜一挥而就，于是裴度送给他很多车马缯彩。然而皇甫湜却嫌少，说：“今碑字三千，字三缣，何遇我薄邪！”向裴度索要九千匹缣的酬劳。裴度最终满足了他的要求。缣，粗厚织物，汉以后多用作赏赠酬谢之物。

〔九〕得一诗而赠二婢：《世说新语·言语》载，东晋征西将军桓温驻扎江陵，把江陵城修得颇为雄伟壮丽。一次，桓温会聚宾客，远观城景，说：“若有人能恰当地品评此城，我将重赏。”顾恺之品评道：“遥望层城，丹楼如霞。”桓温听后，随即奖赏给他两个婢女。

〔一〇〕有挟而求，孟子所戒：《孟子·尽心上》载有孟子的话：“挟贵而问，挟贤而问，挟长而问，挟有勋劳而问，挟故而问，皆所不答也。”意即：倚仗着自己的权势地位而来问，倚仗着自己贤能而来问，倚仗着自己年纪大而来问，倚仗着自己有功劳而来问，倚仗着自己有交情而来问，都是我不回答的。

〔一一〕知己知彼：语出《孙子兵法·谋攻》：“知己知彼，百战不殆。”

〔一二〕强（qiǎng）：勉强。巾帼妇人之帻（zé）：《三国志·魏书·明帝纪》裴松之注引晋孙盛《魏氏春秋》曰：“（诸葛）亮既屡遣使交书，又致巾帼妇人之饰，以怒宣王（按，即司马懿）。”巾帼，妇女的头巾和发饰，后用为妇女的代称。帻，即包头巾。

〔一三〕“岂可以阿瞒相待”句：《太平御览·服用部》卷六引《曹瞒传》：“操性佻易，自佩小鞶囊，盛手巾细物。”鞶囊，系于腰带上的革囊，单名鞶。阿瞒，曹操小字。

〔一四〕干（gān）犯：触犯。麾下：对将帅的敬称。

〔一五〕悉：知道。

与香亭〔一〕

阿通年十七矣〔二〕，饱食暖衣，读书懒惰。欲其知考试之难，故命考上元以劳苦之，非望其入学也〔三〕。如果入学，便入江宁籍贯，祖宗丘墓之乡一旦捐弃，揆之齐太公五世葬周之义，于我心有戚戚焉〔四〕！两儿俱不与金陵人联姻，正为此也。

不料此地诸生，竟以冒籍控官〔五〕，我不以为怨，而以为德。何也？以其“实获我心”故也〔六〕。不料弟与纾亭大为不平，引成例千言，赴诉于县，我以为真客气也〔七〕。夫才不才者，本也；考不考者，末也。儿果才，则试金陵可，试武林可，即不试亦可；儿果不才，则试金陵不可，试武林不可，必不试废业而后可〔八〕。为父兄者，不教以读书学文，而徒与他人争闲气，何不揣其本而齐其末哉〔九〕？知子莫若父，阿通文理粗浮，与“秀才”二字相离尚远。若以为此地文风不如杭州容易入学，此之谓不与齐、楚争强，而甘与江、黄竞伯，何其薄待儿孙、贻谋之可鄙哉〔一〇〕！子路曰：“君子之仕也，行其义也。”〔一一〕非贪爵禄荣耀也。李鹤峰中丞之女叶夫人《慰儿落第》诗云：“当年蓬矢桑弧意，岂为科名始读书？”〔一二〕大哉言乎！闺阁中有此见解，今之士大夫都应羞死。要知此理不明，虽得科名、作高官，必至误国误民，并误其身而后已。无基而厚墉，虽高必颠〔一三〕，非所以爱之，实所以害之也。

然而人所处之境，亦复不同，有不得不求科名者，如我与弟是也。家无立锥〔一四〕，不得科名，则此身衣食无着。陶渊明云“聊欲弦歌以为三径之资”〔一五〕，非得已也。有可以不求科名者，如阿通、阿长是也。我弟兄遭逢盛世，清俸之余，薄有田产，儿辈可以度日，倘能安分守己，无险情赘行〔一六〕，如马少游所云：“骑款段马，作乡党之善人。”〔一七〕是即吾家之佳子弟，老夫死亦瞑目矣，尚何敢妄有所希冀哉？

不特此也，我阅历人世七十年，尝见天下多冤枉事：有刚悍之才，不为丈夫而偏作妇人者；有柔懦之性，不为女子而偏作丈夫者。有其才不过工匠农夫，而枉作士大夫者；有其才可以为士大夫，而屈作工匠村农者。偶然遭际，遂戕贼杞柳以为桮棬〔一八〕，殊可浩叹！《中庸》先言“率性之谓道”，再言“修道之谓教”，盖言性之所无，虽教亦无益也。孔、孟深明此理，故孔教伯鱼，不过学《诗》学《礼》〔一九〕，义方之训〔二〇〕，轻描淡写，流水行云，绝无督责。倘使当时不趋庭，不独立，或伯鱼谬对以《诗》《礼》之已学，或貌应父命，退而不学《诗》，不学《礼》，夫子竟听其言而信其行耶〔二一〕？不视其所以、察其所安耶〔二二〕？何严于他人而宽于儿子耶？至孟子则云“父子之间不责善”，且以责善为不祥。似乎孟子之子尚不如伯鱼，故不屑教诲，致伤和气，被公孙丑一问，不得不权词相答〔二三〕；而至今卒不知孟子之子为何人，岂非圣贤不甚望子之明效大验哉？善乎北齐颜之推曰："子孙者，不过天地间一苍生耳，与我何与？而世人过于宝惜爱护之。"〔二四〕此真达人之见，不可不知。

有门下士，因阿通不考，为我怏怏者，又有为我再三画策者，余笑而应之曰："许由能让天下，而其家人犹爱惜其皮冠〔二五〕；鹪鹩愁凤凰无处栖宿〔二六〕，为谋一瓦缝以居之。诸公爱我，何以异兹？韩、柳、欧、苏，谁是靠儿孙俎豆者〔二七〕？箕畴五福〔二八〕，儿孙不与焉。"附及之，以解弟与纾亭之惑。

注释

〔一〕香亭：即袁树。此信写于乾隆五十六年（1791）。

〔二〕阿通：即袁枚嗣子袁通。

〔三〕上元：清代江苏江宁府的附郭县，即今南京。入学：见卷四《寄张有虔先生》注〔二〕。

〔四〕祖宗丘墓之乡：这里指浙江杭州。丘墓，坟墓。齐太公五世葬周：《礼记·檀弓上》："太公封于营丘，比及五世，皆反葬于周。"齐太公为西周开国功臣、齐国首封之君，即民间传说中的姜子牙。于我心有戚戚焉：语出《孟子·梁惠王上》。

〔五〕冒籍：假冒籍贯。

〔六〕实获我心：语出《诗经·邶风·绿衣》。

〔七〕纾（shū）亭：即袁知（1728—1800），字书林，一字舒亭、纾亭，号雪庐，浙江钱塘（今杭州）人。袁枚族弟。官至山西大同知府。有《次立斋诗文集》。客气：一时的意气。

〔八〕金陵、武林：分别为南京、杭州的别称。废业：中止学业。

〔九〕揣其本而齐其末：语出《孟子·告子下》："不揣其本，而齐其末。"意即：不比较基础的高低是否一致，而只是比较顶端。

〔一〇〕齐、楚：周代两大国名。江、黄：周代两小国名。竞伯（bà）：争霸。贻谋：语出《诗经·大雅·文王有声》："贻厥孙谋，以燕翼子。"意即为儿孙谋安乐吉祥。

〔一一〕君子之仕也，行其义也：语出《论语·微子》。

〔一二〕李鹤峰中丞：即李因培，因其曾先后出任湖北巡抚、湖南巡抚、福建巡抚，故以中丞称之。叶夫人：指李因培长女李含章（1744—？），字兰贞，嫁浙江归安叶佩逊为继室。蓬矢桑弧：亦作“桑弧蒿矢”，典出《礼记·内则》：“国君世子生……射人以桑弧蓬矢六，射天地四方。”古时男子出生，以桑木作弓，蓬草为矢，使射人射天地四方，寓志在四方之意。

〔一三〕无基而厚墉（yōng），虽高必颠：语出《国语·晋语六》：“夫德，福之基也，无德而福隆，犹无基而厚墉也，其坏也无日矣。”墉，墙。

〔一四〕立锥：比喻极小的地方。

〔一五〕“陶渊明云”句：《晋书·陶潜传》：“（陶潜）复为就军、建威参军，谓亲朋曰：‘聊欲弦歌，以为三径之资，可乎？’执事者闻之，以为彭泽令。”

〔一六〕险情赘行：语出《后汉书·皇后纪上》：“当其接床笫，承恩色，虽险情赘行，莫不德焉。”险情，邪恶的心灵。赘行，丑恶的行为。

〔一七〕“马少游所云”句：马少游，东汉伏波将军马援从弟。他的这段话见《后汉书·马援传》记载，曰：“士生一世，但取衣食裁足，乘下泽车，御款段马，为郡掾史，守坟墓，乡里称善人，斯可矣。致求盈余，但自苦耳。”款（kuǎn）段，马行迟缓的样子。

〔一八〕戕贼杞（qǐ）柳以为桮棬（bēi quān）：《孟子·告子上》：“子能顺杞柳之性而以为桮棬乎，将戕贼杞柳而后以为桮棬也？”意即：你是顺着杞柳树的本性来制成杯盘呢，还是毁伤杞柳树的本性来制成杯盘呢？

〔一九〕孔教伯鱼，不过学《诗》学《礼》：《论语·季氏》：“（孔子）尝独立，鲤趋而过庭，曰：‘学《诗》乎？’对曰：‘未也。’‘不学《诗》，无以言。’鲤退而学《诗》。他日，又独立，鲤趋而过庭，曰：‘学《礼》乎？’对曰：‘未也。’‘不学《礼》，无以立。’鲤退而学《礼》。”伯鱼，孔子之子，名鲤，字伯鱼。趋庭，恭敬地快步走过庭前。

〔二〇〕义方：做人的正道。

〔二一〕听其言而信其行：语出《论语·公冶长》：“子曰：‘始吾于人也，听其言而信其行，今吾于人也，听其言而观其行。’”

〔二二〕视其所以、察其所安：语出《论语·为政》：“子曰：‘视其所以，观其所由，察其所安，人焉廋哉，人焉廋哉！’”视其所以，考察一个人结交的朋友。察其所安，了解他的心情安于什么，不安于什么。

〔二三〕“至孟子则云”句：《孟子·离娄上》：“公孙丑曰：‘君子之不教子，何也？’孟子曰：‘势不行也。教者必以正；以正不行，继之以怒；继之以怒，则反夷矣。“夫子教我以正，夫子未出于正也。”则是父子相夷也；父子相夷，则恶矣。古者易子而教之。父子之间不责善，责善则离，离则不祥莫大焉。’”权词，权宜之词。

〔二四〕“北齐颜之推曰”句：北齐颜之推《颜氏家训·归心》：“夫有子孙，自是天地间一苍生耳，何预身事？而乃爱护，遗其基址，况于己之神爽，顿欲弃之哉？”

〔二五〕“许由能让天下”句：《韩非子·说林下》：“尧以天下让许由，许由逃之，舍于家人，家人藏其皮冠。夫弃天下而家人藏其皮冠，是不知许由者也。”

〔二六〕鷦鷯（jiāo liáo）：俗称黄脰鸟。全身灰色，有斑，常取茅苇毛毳为巢。

〔二七〕韩、柳、欧、苏：即韩愈、柳宗元、欧阳修、苏轼。俎（zǔ）豆：古代祭祀、宴飨时盛食物用的两种礼器。这里引申指祭祀。

〔二八〕箕畴五福：传说周武王克商后，过访商朝贵族箕子，问治国之道，箕子以洪范九畴答之。箕畴，即箕子九畴，《尚书·洪范》记载曰：“初一曰五行，次二曰敬用五事，次三曰农用八政，次四曰协用五纪，次五曰建用皇极，次六曰乂用三德，次七曰明用稽疑，次八曰念用庶征，次九曰向用五福，威用六极。”五福，亦见《尚书·洪范》记载：“一曰寿，二曰富，三曰康宁，四曰攸好德，五曰考终命。”

答叶书山庶子〔一〕

承示《春秋指微》，具见精识，驾啖助、赵匡而过之，胡安定不足道也〔二〕。第鄙意终觉《春秋》一书，断非孔子所作。孔子自称“述而不作”〔三〕。作《春秋》，史官事也，孔子非史官，“不在其位，不谋其政”焉〔四〕。有侵史官之权，而妄为代作，曰“知我罪我”〔五〕，俨然以素王自居〔六〕，不但夫子不肯，鲁之君臣及史官亦不能容也。且既云“笔则笔，削则削，游、夏不能赞一词”矣〔七〕，乃孔子绝笔于获麟〔八〕，而后之《春秋》从哀公十四年起，直书至十六年孔子卒而后止〔九〕。三年中是又何人之笔，何人所赞哉？可见鲁自有史官，有《春秋》，不与孔子为存亡也。

书之可信者，莫如《论语》。《论语》载：子之教人，则“《诗》《书》执礼”〔一〇〕；自勉，则“五十学《易》”〔一一〕，绝无半字及《春秋》。韩宣子聘鲁，见《易》象与《鲁春秋》〔一二〕，《楚语》庄王傅太子，申叔时教之以《春秋》〔一三〕，《晋语》称羊舌肸习于《春秋》〔一四〕，是孔子之前，四方之国有《春秋》久矣。或者孔子自卫反鲁，正《雅》《颂》之余〔一五〕，偶读《春秋》，而略加修饰。《公》《穀》所引有“不修《春秋》”之称〔一六〕，是未可知也，而作则断无之事。尤可笑者，卢仝高束《三传》，独抱遗经，以究终始〔一七〕。然则天王狩于河阳，周襄王无故而远狩于千里之外〔一八〕，隐、桓二公皆被弑，而经皆书“薨”〔一九〕，是圣人之直笔转不如晋之董狐、齐之南史氏矣〔二〇〕！乱臣贼子，又何所鉴戒而惧耶？

注释

〔一〕叶书山庶子：即叶酉（1693—1773），字书山，号花南，安徽桐城人。乾隆元年四年（1739）进士，改庶吉士，授编修，官至左庶子，后以事降职。有《巢南诗钞》。

〔二〕驾：超出。啖（dàn）助（724—770）：字叔佐，唐赵州（州治在今河北赵县）人，后迁居关中，经学家。赵匡：字伯循，河东（郡治在今山西永济）人，生活年代与啖助相近，亦为经学家，官至洋州刺史。胡安定：即胡瑗（993—1059），字翼之，北宋理学家，世称安定先生。

〔三〕述而不作：《论语·述而》：“子曰：‘述而不作，信而好古，窃比于我老彭。'"

〔四〕不在其位，不谋其政：语出《论语·泰伯》。

〔五〕知我罪我：《孟子·滕文公下》："《春秋》，天子之事也。是故孔子曰：'知我者，其惟《春秋》乎！罪我者，其惟《春秋》乎！'"

〔六〕素王：有帝王之德才而未居帝王之位者。后世儒家称誉孔子为素王。

〔七〕"笔则笔"句：《史记·孔子世家》："孔子在位听讼，文辞有可与人共者，弗独有也。至于为《春秋》，笔则笔，削则削，子夏之徒不能赞一辞。"游指子游，夏指子夏，均为孔子弟子。

〔八〕孔子绝笔于获麟：《春秋·哀公十四年》："十有四年春，西狩获麟。"相传孔子修《春秋》，绝笔于此。

〔九〕"后之《春秋》从哀公十四年起"句：传世《春秋》经并非止于鲁哀公十四年（前481）之"西狩获麟"句，而是一直书写至鲁哀公十六年（前479），终结于该年的"夏四月己丑，孔丘卒"句。

〔一〇〕《诗》《书》执礼：《论语·述而》："子所雅言，《诗》《书》、执礼，皆雅言也。"

〔一一〕五十学《易》：《论语·述而》："子曰：'加我数年，五十以学《易》，可以无大过矣。'"

〔一二〕"韩宣子聘鲁"句：《左传·昭公二年》："二年春，晋侯使韩宣子来聘，且告为政而来见，礼也。观书于大史氏，见《易》象与《鲁春秋》，曰：'周礼尽在鲁矣。吾乃今知周公之德，与周之所以王也。'"韩宣子，春秋后期晋国六卿之一，名起，谥宣，史称韩宣子。

〔一三〕"《楚语》庄王傅太子"句：《国语·楚语上》："庄王使士亹傅太子箴……问于申叔时，叔时曰：'教之《春秋》，而为之耸善而抑恶焉，以戒劝其心。'"申叔时，春秋中期楚庄王（前614—前591年在位）时人，楚国公族。

〔一四〕《晋语》称羊舌肸（xī）习于《春秋》：《国语·晋语七》："悼公与司马侯升台而望……公曰：'孰能？'对曰：'羊舌肸习于《春秋》。'乃召叔向使傅太子彪。"羊舌肸，春秋后期晋国大夫，姬姓，羊舌氏，名肸，字叔向，又称叔肸、杨肸，历事晋悼公、晋平公、晋昭公。

〔一五〕孔子自卫反鲁，正《雅》《颂》：《论语·子罕》："子曰：‘吾自卫反鲁，然后乐正，《雅》《颂》各得其所。’”

〔一六〕《公》《穀》所引有“不修《春秋》”之称：不修《春秋》，指鲁国的史记，因其未经孔子修订，故称“不修《春秋》”。《春秋公羊传·庄公七年》：“不修《春秋》曰：‘雨星不及地尺而复。’君子修之曰：‘星陨如雨。’何以书？记异也。”意即：鲁国史官记的《春秋》说：“流星雨不到地面一尺而回上去了。”孔子修订为：“流星像雨一样落下来。”为什么写下？是记录异常现象。

〔一七〕“卢仝（tóng）高束《三传》”句：唐韩愈《寄卢仝》：“春秋三传束高阁，独抱遗经究终始。”卢仝（？—835），自号玉川子，范阳（今河北涿州）人，一说济源（今河南济源）人。与韩愈交好，精研《春秋》。

〔一八〕“天王狩于河阳”句：《春秋·僖公二十八年》：“天王狩于河阳。”天王，即周襄王（前651—前619年在位）。狩，巡狩，天子巡察诸侯治理的地方。河阳，今河南孟州一带。此事实为晋文公于城濮之战获胜后，召周襄王，命诸侯国以朝周天子名义而举行的一次会盟活动。《春秋》为尊者讳，遂书曰：“天王狩于河阳。”

〔一九〕“隐、桓二公皆被弑”句：隐、桓二公，即鲁隐公（前722—前712年在位）、鲁桓公（前711—前694年在位）。前者被鲁桓公命人刺杀；后者访问齐国时，被齐襄公遣人杀害。《春秋·隐公十一年》记载鲁隐公之死曰：“冬十有一月壬辰，公薨。”《桓公十八年》记载鲁桓公之死曰：“夏四月丙子，公薨于齐。”

〔二〇〕晋之董狐、齐之南史氏：分别是春秋时晋国、齐国的史官，均被视为尊重史实、秉笔直书的史家代表。其事分别见《左传·宣公二年》与《襄公二十五年》。

又

来札云：《中庸》填砌拖沓，敷衍成文，手笔去《论语》《大学》甚远，尚不如《孟子》。是汉儒所撰，非子思作也，其隙罅有无心而发露者[一]。孔、孟皆山东人，故论事就眼前指点。孔子曰“曾为泰山，不如林放”，曰“泰山其颓”〔二〕，孟子曰“登泰山而小天下”“挟泰山以超北海”〔三〕。就所居之地，指所有之山，人之情也。汉都长安，华山在焉。《中庸》引山称“华岳而不重”，明明是长安之人引长安之山，此伪托子思之明验，已无心而发露矣〔四〕。真可谓读书得间，发二千年古人所未有。仆因之有《论语》之疑焉。

陆象山先生曰：“观《易》《诗》《书》圣人手定者，方知编《论语》者，颇有语病。”〔五〕初闻此言，似乎太妄，然平心玩之，亦似有理。大抵《论语》记言，不出一人之手，又其人非亲及门墙者〔六〕，故不无所见异词、所传闻异词之累。即如论管仲，忽而褒，忽而贬〔七〕；学不厌，诲不倦，忽而自认，忽而不居〔八〕。皆不可解。其叙事笔法，下论不如上论之朴老，如“道千乘之国”“弟子入则孝”两章，直起直落，不作虚冒架子〔九〕。至下论，则论仁而曰“能行五者于天下”，论政而曰“尊五美，屏四恶”〔一〇〕，都先作一虚冒，如廋词隐语，教人猜度〔一一〕。倘子张不问，则不知“五者”为何行、“五美”“四恶”为何事矣！其他如九思、三戒、三损、三益、三愆、三畏〔一二〕，都是先加虚冒，开《周礼》九贡、九赋之门〔一三〕。“子见南子”一节〔一四〕，子路何以不悦？夫子何至立誓？至今解说不明。足下亦曾议论及之耶？

注释

〔一〕子思：即孔伋，字子思，孔子嫡孙。传说他是《中庸》的作者。隙罅（xià）：缝隙，裂缝。

〔二〕曾为泰山，不如林放：语出《论语·八佾》：“曾谓泰山不如林放乎？”意即竟可以说泰山之神还不及林放懂礼吗？泰山其颓：见卷七《答钱竹初》注〔八〕。

〔三〕登泰山而小天下：语出《孟子·尽心上》：“孔子登东山而小鲁，登泰山而小天下。”挟泰山以超北海：语出《孟子·梁惠王上》："挟太山以超北海，语人曰：'我不能。'是诚不能也。"太，同"泰"。

〔四〕《中庸》引山称"华岳而不重"：《礼记·中庸》："今夫地，一撮土之多。及其广厚，载华岳而不重，振河海而不泄，万物载焉。"华岳，指西岳华山。明验：明显的证验或应验。

〔五〕"陆象山先生曰"句：陆象山，即南宋心学家陆九渊，世称象山先生。其《象山语录》卷下云："观《春秋》《易》《诗》《书》经圣人手，则知编《论语》者亦有病。"

〔六〕门墙：师门。

〔七〕"论管仲"句：《论语》论及管仲，褒者如《宪问》："桓公九合诸侯，不以兵车，管仲之力也。如其仁，如其仁。"又云："管仲相桓公，霸诸侯，一匡天下，民到于今受其赐。微管仲，吾其被发左衽矣。"贬者如《八佾》："子曰：'管仲之器小哉！'或曰：'管仲俭乎？'曰：'管氏有三归，官事不摄，焉得俭？'"《宪问》："问管仲，曰：'人也。夺伯氏骈邑三百，饭蔬食，没齿无怨言。'"

〔八〕"学不厌"句：自认者如《论语·述而》："子曰：'若圣与仁，则吾岂敢？抑为之不厌，诲人不倦，则可谓云尔已矣。'"不居者如《论语·述而》："子曰：'默而识之，学而不厌，诲人不倦，何有于我哉？'"

〔九〕"下论不如上论之朴老"句：《论语》凡二十篇，前十篇为上论，后十篇为下论。道千乘之国、弟子入则孝，均语出《论语》第一篇《学而》。

〔一〇〕能行五者于天下：语出《论语》第十七篇《阳货》："孔子曰：'能行五者于天下为仁矣。''请问之。'曰：'恭，宽，信，敏，惠。恭则不侮，宽则得众，信则人任焉，敏则有功，惠则足以使人。'"尊五美，屏四恶：语出《论语》第二十篇《尧曰》："子曰：'尊五美，屏四恶，斯可以从政矣。'子张曰：'何谓五美？'子曰：'君子惠而不费，劳而不怨，欲而不贪，泰而不骄，威而不猛。'子张曰：'何谓四恶？'子曰：'不教而杀谓之虐；不戒视成谓之暴；慢令致期谓之贼；犹之与人也，出纳之吝谓之有司。'"

〔一一〕廋（sōu）词隐语：廋词与隐语意义相近，即不把要说的意思明说出来，而借用别的词句来表示。猜度（duó）：猜想，推测。

〔一二〕九思、三戒、三损、三益、三愆、三畏：均语出《论语》第十六篇《季氏》，依次云："君子有九思：视思明，听思聪，色思温，貌思恭，言思忠，事思敬，疑思问，忿思难，见得思义”；“君子有三戒：少之时，血气未定，戒之在色；及其壮也，血气方刚，戒之在斗；及其老也，血气既衰，戒之在得”；“益者三友，损者三友。友直，友谅，友多闻，益矣。友便辟，友善柔，友便佞，损矣”；“侍于君子有三愆：言未及之而言谓之躁，言及之而不言谓之隐，未见颜色而言谓之瞽”；“君子有三畏：畏天命，畏大人，畏圣人之言。小人不知天命而不畏也，狎大人，侮圣人之言。”

〔一三〕《周礼》九贡、九赋：《周礼·天官冢宰·大宰》：“以九赋敛财贿：一曰邦中之赋，二曰四郊之赋，三曰邦甸之赋，四曰家削之赋，五曰邦县之赋，六曰邦都之赋，七曰关市之赋，八曰山泽之赋，九曰币余之赋。……以九贡致邦国之用：一曰祀贡，二曰嫔贡，三曰器贡，四曰币贡，五曰材贡，六曰货贡，七曰服贡，八曰斿贡，九曰物贡。”

〔一四〕“子见南子”一节：见卷四《与金匮令》注〔七〕。

答胡书巢〔一〕

来札道罢官后，香亭进规谏之词，君大不喜，来质于仆〔二〕。仆道规谏何妨？当在平日作官时，不当在今日罢官时。譬如甑已破矣，主人心绪不佳，旁人刺刺多言，可犹能修好而完善之哉〔三〕？昔苏子美答韩持国云：“余于持国，外兄弟也，急难不相救援，又于未安宁时以义相琢磨，虽古人亦不能受。”〔四〕足下之憎香亭，毋乃是类？仆因之有感焉。

《儒行》云：“贤者之过，可微辨，而不可面数也。”〔五〕既辨矣，而曰“微”，又曰“不可面数”。子贡问友，子曰：“忠告而善道之。”〔六〕既忠告矣，又必善为开导。可见圣人体贴物理人情，不可直行而径遂〔七〕。谢幼舆好佩紫香囊，谢太傅以叔父之尊，不忍伤其意，伪与弈胜，取而焚之〔八〕。滕达道在范希文幕中〔九〕，迷恋一妓，希文不肯伤其意，召妓痛饮滕公，使大醉，而置一舟送妓远归。香亭能知昔贤所为，其或免于君子之讥乎？

注释

〔一〕胡书巢：即胡德琳。

〔二〕香亭：即袁树。质：询问。

〔三〕甑（zèng）已破矣：《后汉书·郭符许列传》载孟敏荷甑坠地，不顾而去。郭林宗见而问其意，对曰："甑以破矣，视之何益？"甑，古代炊具。刺刺：形容说话连续不断。

〔四〕"苏子美答韩持国云"句：苏子美：即北宋文学家苏舜钦，子美其字。韩持国，即韩维（1017—1098），字持国，北宋开封雍丘（今河南杞县）人。累迁翰林学士，知开封府，后为学士承旨，以太子少傅致仕。苏舜钦《报韩维书》："余以持国外兄弟也，急难不相救，又于未安宁之际，欲以义相琢磨，虽古人所不能受。余欲不报，虑浅吾持国也。"

〔五〕《儒行》：《礼记》的一篇。微辨：委婉地批评。面数：当面数落、责备。

〔六〕"子贡问友"句：《论语·颜渊》："子贡问友。子曰：'忠告而善道之，不可则止，毋自辱焉。'"道，引导。

〔七〕径遂：犹直捷。

〔八〕"谢幼舆好佩紫香囊"句：《世说新语·假谲》："谢遏年少时，好著紫罗香囊，垂覆手。太傅患之，而不欲伤其意，乃谲与赌，得即烧之。"谢遏，即东晋名将谢玄，字幼度，小字遏。谢太傅，即谢玄的叔父谢安。此处误为谢鲲（字幼舆）。

〔九〕滕达道：即滕宗谅（990—1047），字子京，与范仲淹同举进士，累官殿中丞，出知湖州、泾州。宋仁宗庆历中以仲淹荐擢天章阁侍制，坐事谪守岳州。范希文：即范仲淹，希文其字。

答奇方伯〔一〕

家人从吴下归〔二〕，得接手书，含笑开函，春风满纸，一番矜宠衰翁之意，情见乎词。赐以文竹小几，使伛偻榻上，得所凭依；赐以龙井芽茶，使舌本留甘〔三〕，无虞消渴。恩俱来于望外，感愈结于心中，东望吴云，可胜额手〔四〕！

比来紫菊初花，黄云满野〔五〕。阁下领东南之财赋，见村落之仓箱〔六〕，喜可知也。枚有感于相士之言，今年为两儿分家，将著作纂定，闭户却扫，静待考终〔七〕。不料暮景颓光，又偷度一番寒暑，起居眠食，依旧如初。似乎苦雪残冬，泰山主簿〔八〕，未必催程速驾，求其故而不得。或是贵人有夺命之权，明公爱之欲其生，苍苍者曲体明公之意，特留此白头宫女，谈说开元，当作吹竹弹丝，使娱左右耶〔九〕！

明春倘蒙福荫，老物犹存，将践孙令宜廉使同游天台之约〔一〇〕。非为天台也，希图舟泊胥门〔一一〕，一望见仁人颜色也。凡人无过分之想，则处世不愿其长；有未报之恩，则处世又愁其短。枚年垂八十，了尽尘缘，尽可悬崖撒手〔一二〕，而无如回忆栽培，终不能如草木之无知也，为唤奈何！

注释

〔一〕奇方伯：即奇丰额。方伯，这里指江苏布政使。此信应写于乾隆五十六年（1791）秋冬之际。

〔二〕吴下：这里指苏州，系江苏布政使驻地。

〔三〕文竹：犹斑竹。几（jī）：茶几。伛偻（yǔ lǚ）：弯腰曲背。这里借指老人。舌本：舌根。

〔四〕额手：以手加额，表示庆幸。

〔五〕黄云：这里指金黄色的稻谷。南宋陆游《屡雪，二麦可望，喜而作歌》："三月翠浪舞东风，四月黄云暗南陌。"

〔六〕领东南之财赋：布政使专管一省的财赋和人事，故有此说。仓箱：语出《诗经·小雅·甫田》："乃求千斯仓，乃求万斯箱。"后以之比喻丰收。

〔七〕相士：看相算命的人。两儿：指袁枚嗣子袁通与少子袁迟。考终：尽享天年，长寿而亡。

〔八〕泰山主簿：古人认为人死后魂归泰山阴司，由泰山府君管辖。主簿，这里指在泰山阴司里负责文案的鬼吏。

〔九〕爱之欲其生：语出《论语·颜渊》。苍苍者：犹上苍、上天。留此白头宫女，谈说开元：唐元稹《行宫》："寥落古行宫，宫花寂寞红。白头宫女在，闲坐说玄宗。"

〔一〇〕老物：犹言老东西。孙令宜廉使：即孙嘉乐（1733—1800），字令宜，浙江钱塘（今杭州）人。乾隆二十六年（1761）进士，分户部福建司，补山东司主事，升广东司员外、云南司郎中、云南学政，授广东雷琼道、笔罗道。后以失察降职，遂告归。其女孙云凤、孙云鹤，为袁枚女弟子。

〔一一〕胥门：清代苏州城西门。

〔一二〕悬崖撒手：语出北宋释道原《景德传灯录》卷二十："直须悬崖撒手，自肯承当。"本意为面临险境，翻然悔悟，这里喻指离开人世。

答法学士〔一〕

北雁南飞，德音颁到，挽诗五首〔二〕，天机清妙，足冠群言。第留之之意多，而送之之意少，未免远客将归，翻增依恋。古人论昼夜之道，子贡曰："大哉死乎！君子息焉，小人伏焉。"〔三〕列子则曰："当生而生，福也；当死而死，福也。"〔四〕列子之言，较胜一筹〔五〕。

仆自计平生，踌躇满志，今年考终，未为非福，以故静以俟之。不料白发光阴，又到黄花时节。秋来起居眠食，平善如初，几有星陨少微，吴中名士求死不得之苦〔六〕。然而神明顿衰，一卷未终，恍已忘其姓氏；片文屡过〔七〕，终不记其偏旁。此树婆娑，生意尽矣〔八〕！学士诗中有“我到公年拜公侧”之言，蒲柳春秋〔九〕，何足挂齿！而苍松翠柏，乃欲相约齐年〔一〇〕，何言之谦而望之奢也？倘公年如仆，仆身尚存，恐亦不言不语，将被子孙供养入鸡窠矣〔一一〕！其能如西河窦公，上《周官·大司乐》一章哉〔一二〕？其能如蓟子训重到东灞城边，摩挲铜狄哉〔一三〕？多寿则多辱，故虽感雅意，而终想却之，却之为不恭焉〔一四〕。或者仆受公知，不得与公相见，亦是人间一缺陷事。

文章有神，两美必合。天欲补二人之憾，将使公持节拥旄，来振南邦文教，暂留老身，以俟君子，未可知也。企予望之！

注释

〔一〕法学士：即法式善。此信写于乾隆五十六年（1791）。

〔二〕挽诗五首：即法式善为袁枚生挽诗所作和诗。

〔三〕“子贡曰”句：《孔子家语·困誓》：“子贡曰：‘大哉乎死也！君子息焉，小人休焉。大哉乎死也！’”

〔四〕“列子则曰”句：《列子·力命》：“可以生而生，天福也；可以死而死，天福也。”

〔五〕较胜一筹：比较起来要好一些。筹，古代计数工具，多用竹子制成。

〔六〕平善：平安，安康。“几有星陨少微”句：星陨，星坠于地，比喻名人死亡。少微，一名处士星，在太微西南。《史记·天官书》有“曰少微，士大夫”的记述，后以之比喻处士。《晋书·列传第六十四》载，晋哀帝隆和元年（362），月犯少微，算命者以为当有隐士辞世。谯国隐士戴逵有美才，人或忧之。不久，会稽人谢敷去世，戴逵则安然无恙。于是会稽人嘲讽吴人说：“吴中高士，便是求死不得死。”意即谢敷才是名符其实的隐士。

〔七〕片文：少数的几个文字。

〔八〕此树婆娑，生意尽矣：《世说新语·黜免》载，东晋桓玄叛乱失败后，殷仲文回京任大司马咨议，心情反复不定。大司马官署厅前有一棵老槐树，殷仲文视之良久，叹息道："槐树婆娑，无复生意。"

〔九〕蒲柳：见卷二《寄山东周燮堂抚军》注〔一一〕。

〔一〇〕齐年：年纪相等。

〔一一〕被子孙供养入鸡窠：北宋钱易《洞微志》载，北宋太平兴国年间，李守忠奉命去南方巡查，遇见一位八十一岁的老人，名叫杨遐举。李守忠到老人家里做客，发现他还有一百二十岁的父亲和一百九十五岁的祖父。接着，李守忠又看到房梁上搭着一个鸡窠，里面竟有个小孩。杨遐举对李守忠说："此吾前代祖也，不语不食，不知其年。朔望取下，子孙列拜而已。"

〔一二〕"西河窦公"句：《汉书·艺文志》："六国之君，魏文侯最为好古，孝文时得其乐人窦公，献其书，乃《周官·大宗伯》之《大司乐》章也。"《周礼》又名《周官》。

〔一三〕"蓟子训重到东灞城边"句：见卷一《与朱草衣》注〔四〕。

〔一四〕终想却之，却之为不恭：语出《孟子·万章下》："万章曰：'敢问交际何心也？'孟子曰：'恭也。'曰：'却之却之为不恭，何哉？'"

答严东有〔一〕

接手教，并程氏银信〔二〕，委仆转交。同居一室而取证，逢公避嫌，非贤者事，"谨厚者亦复为之"耶〔三〕？

仆则不能，遣一苍头致之而已〔四〕。江左奇荒〔五〕，田无寸草，加以耳根不净，如书巢、鱼门两眷属之惨惨叫号者，时有声闻。《古乐府》云："黄禾起羸马，有钱始作人。"〔六〕又曰："钱钱何难得？"〔七〕古人非欺我也。华札数行，旁行斜上，有匆匆草草之形，想河务殷繁〔八〕，贤劳甚矣，深为悬念。最妙者在百忙中，犹为不荐刘郎一节，辨口嘐嘐，似有半糠蔽目，一蚋啮肤之累〔九〕，仆诚过矣！虽然，虞翻向伯符云："翻是明府家宝，不可示人。"〔一〇〕亦是古人高义。较之卓茂攘牛，不疑盗嫂，受诬尚小，颇可包羞〔一一〕，必欲拒而不受，何太乏汪汪之量耶〔一二〕？古之人有毁之而孟尝之名著〔一三〕、怒之而齐王之疾瘳者〔一四〕，所谓从政有所反之以取媚也〔一五〕。仆老去无俚，污君以自娱，且欲使刘季闻之，窃喜自负〔一六〕。所谓"心有所好乐，则不得其正也"，君毋尤焉〔一七〕！蒙赐生地四斤，使阴重客、阳虚侯俱获其益〔一八〕，感何可言！

注释

〔一〕严东有：即严长明。此信或写于乾隆五十一年（1786）前后。

〔二〕银信：书信和汇款的合称。

〔三〕谨厚者亦复为之：语出《后汉书·光武帝纪》："时伯升已会众起兵。初，诸家子弟恐惧，皆逃亡自匿，曰：'伯升杀我。'及见光武绛衣大冠，皆惊曰：'谨厚者亦复为之。'乃稍自安。"

〔四〕苍头：指奴仆。

〔五〕江左奇荒：事见卷六《与秋帆中丞》注〔八〕。

〔六〕黄禾起羸马，有钱始作人：语出北朝乐府《幽州马客吟歌辞》。黄禾，成熟了的谷子。起羸马，把瘦马喂饱喂肥。

〔七〕钱钱何难得：东晋常璩《华阳国志》卷一载东汉桓帝时，李盛为巴郡太守，贪财重赋。百姓作诗讽刺他："狗吠何喧喧，有吏来在门。披衣出门应，府记欲得钱。语穷乞请期，吏怒反见尤。旋步顾家中，家中无可与。思往从邻贷，邻人已言匮。钱钱何难得，令我独憔悴。"

〔八〕河务：治水事务。殷繁：繁多。

〔九〕嘐嘐（jiāo）：语出《孟子·尽心下》："何以是嘐嘐也，言不顾行，行不顾言。"形容志大而言夸。蚋（ruì）：蚊子。

〔一〇〕"虞翻向伯符云"句：伯符，即孙策。《三国志·吴书·虞陆张骆陆吾朱传》裴松之注引《江表传》载，孙策平定豫章郡后，回军途中对虞翻说："你博学多闻，本想让你去许都与朝中人士交往，但你既然不愿前往，我就只好派张纮去了。”虞翻答道：“我是您家中的宝贝，若拿出去给别人看，被人留下来，岂不让您少了我这个贤良辅佐？”

〔一一〕卓茂攘牛：见卷一《与金贤村明府》注〔一〇〕。不疑盗嫂：《汉书·万石卫直周张传》：“直不疑，南阳人也。为郎，事文帝。……人或毁不疑曰：‘不疑状貌甚美，然特毋奈其善盗嫂何也！’不疑闻，曰：‘我乃无兄。’然终不自明也。”包羞：承受羞辱。

〔一二〕汪汪之量：《世说新语·德行》载，东汉名士郭泰去汝南郡拜访袁阆，见面只一会儿就走了；当他再去拜访黄宪时，却留宿了一两天。别人问他什么原因，他说：“叔度汪汪如万顷之陂。澄之不清，扰之不浊，其器深广，难测量也。”意即：黄宪（叔度其字）好比万顷湖泊那样宽广深邃，不能使之澄清，也不能搅浑，气量深广，难以测量。

〔一三〕毁之而孟尝之名著：《史记·孟尝君列传》载，齐湣王受毁谤言论蛊惑，认为孟尝君独揽齐国大权，便罢免了他。宾客们看到孟尝君丢官，大都离开了他。只有冯谖留下，为孟尝君游说秦王，最终说服秦王让孟尝君到秦国当丞相，并派马车载着百镒黄金去迎接孟尝君。齐湣王得到消息，赶紧恢复孟尝君的官位，并归还原来封邑的土地。

〔一四〕怒之而齐王之疾瘳（chōu）：《吕氏春秋·仲冬纪·至忠》载，战国时齐威王得病，请名医文挚治疗。文挚认为“令王大怒则愈”，于是穿着鞋就踩上了齐威王的床。齐威王大怒，杀了文挚，病也就此好了。瘳，病愈。

〔一五〕从政有所反之以取媚：《左传·昭公七年》：“子产曰：‘悦也，为身无义而图悦。从政，有所反之，以取媚也。”意即治理政事，有时要反其道以取悦于民。这里指对严长明的指摘。

〔一六〕无俚：无聊。刘季闻之，窃喜自负：刘季，即汉高祖刘邦。《汉书·高帝纪上》载，刘邦押送徒役去骊山，路上将役徒全都放走，自己也只能走上逃亡之路。逃亡途中，刘邦发现有一条大蛇挡在路上，他乘着酒兴上前，拔剑斩蛇。酒醒后，身边的人把斩蛇之事告诉刘邦，他心中暗暗高兴，更加自负。

〔一七〕心有所好乐，则不得其正也：《礼记·大学》：“所谓修身在正其心者。……有所好乐，则不得其正，有所忧患，则不得其正。”不得其正，指不得正其心。尤：责怪。

〔一八〕生地：即地黄，药用植物。阴重客、阳虚侯：阴重、阳虚的比拟说法。

与林远峰书〔一〕

王西林归〔二〕，仆问足下近况，据云一贫彻骨，仗渠为将伯之助〔三〕，才得买舟渡江。仆心疑之。足下家口不多，修俸不薄，似可不至于斯。因忆蒋立厓有“借君百金，一旦挥尽”之语〔四〕。嘻，远峰过矣！

周公赞《周易·节卦》曰：“不节若，则嗟若。”〔五〕孔子曰：“奢则不逊，俭则固，与其不逊也，宁固。”〔六〕所谓不逊者，非必玉杯象箸、日食万钱之谓也。贪豪侠之名，作不自量之事；或骄花宠柳，而轻掷缠头〔七〕；或舍己从人，而自夸慷慨：是皆不逊之甚者也。试观《史记·游侠传》中，获保首领以没者有几人哉〔八〕？孔子爱颜渊，哭之至恸〔九〕，及颜路请子之车以为椁，则毅然不可〔一〇〕。非爱颜渊不如爱车也，师生分在，使夫子徒行〔一一〕，亦颜渊在九泉，心所不安也。观下文不肯厚葬颜渊，委罪于二三子〔一二〕，而君子爱人以德之心，愈觉分明。子华使齐，使之者夫子也，理当酬劳，其母在堂，理当助养。乃夫子寂然视同路人，直待冉子一请再请，而仅仅与釜与庾，勉强酬应，惜粟如金。于是冉子悻悻然有大不满先生之意，而与之粟五秉，不特恤公西华，直以愧夫子也。其时旁观者，亦必以冉子为仗义疏财，夫子为出纳之吝，真乃师不必贤于弟子矣。于是圣人不得不申明“周急不继富”之义〔一三〕。而撰《论语》者，又记得夫子有与原思粟九百，将两事合而记之〔一四〕，然后知圣人用财，早有定见，请之而不与，辞之而必与，其至精至当处，非贤者所知。使当日夫子学冉有与子华粟五秉，则他日亦必不能与原思粟九百矣。何也？用其所不当用，必不能用其所当用也。

仆老矣，阅世六十余年，常见好杀人者，天必报之以死；好用钱者，天必报之以穷。此一定之效，丝毫不爽者也〔一五〕。然或花费己身所赚之钱，其过犹小；若用祖父之钱与他人之钱，其过尤大。何也？祖父之财，未必皆贪官污吏劫取而来之物，在祖父辛苦经营以贻之，在子孙视若土苴以散之〔一六〕，不孝甚矣！若他人之财，则物各有主。天子不能夺陶朱之财以与黔娄〔一七〕，圣人不能取子华之裘马以与原宪，而足下乃欲借他人之财，以逞欲而沽名，是权过天子，惠过圣人。刲他人之股以行孝〔一八〕，不特不仁，且不义不智矣！老友程鱼门，家资六万，不过好买书籍，好赠朋友，而二十年中，家产荡尽，至于逋负山积，身死秦中，赖秋帆先生为归其柩〔一九〕，养其遗孤，至今茕茕然朝不保暮。在鱼门当日，并不在酒场歌席妄费一钱，而手滑心慈，遂至累人累己，所谓“好仁不好学，其蔽也愚”〔二〇〕。至今感之者少，嗤之者多〔二一〕。

立厓訾足下，认借为赠，不偿所负，向余哓哓〔二二〕。余答之曰：“远峰之非，百喙莫赎〔二三〕，固也。然足下交远峰未一载，而遽然脱手百金，是足下亦一远峰也。以远峰遇远峰，宜其交好不终。《记》曰：‘君子不尽人之欢，不竭人之忠，以全交也。’〔二四〕此就一面说也。若就两面说，则君子有欢而不使人尽，有忠而不使人竭，其所全之交，不更多乎？”立厓亦嗇然不能答也〔二五〕。庄子曰：“其赴义若热者，其去道必疾。”〔二六〕邵尧夫曰〔二七〕：“行善固好，然必须自顾力量。”鄂文端公曰〔二八〕：“不要钱，原非异事；太要好，也是私心。”此数语，深中足下之病，故因西林来而为此忠告。

注释

〔一〕林远峰：即林镐，初名泰，字远峰，自号双树生，福建龙岩人。

〔二〕王西林：袁枚《哭王西林秀才》诗序："西林名汝翰，其父廷泰，余试童子时之案首也。西林才过其父，而溺苦于学，以咯血亡，年才二十六岁。"

〔三〕将伯之助：见卷六《与梁山舟侍讲》注〔八〕。

〔四〕蒋立厓：即蒋业晋（1728—1804），字绍初，号立厓，江苏长洲（今苏州）人。乾隆二十一年（1756）举人，官汉阳县知县候补同知。有《立厓诗钞》。

〔五〕"周公赞"句：《周易·节卦》："六三，不节若，则嗟若，无咎。"意即：六三，不能节制，于是嗟叹伤悔，可免咎害。上述文字为《节卦》之爻辞，唐以前认为其作者或为周文王，或为周公。

〔六〕"孔子曰"句：语出《论语·述而》。意即：奢侈豪华就显得骄傲，省俭朴素就显得寒伧。与其骄傲，宁可寒伧。

〔七〕缠头：这里指送给妓女的财物。

〔八〕获保首领以没：语出《左传·昭公二十五年》，意即能保全脑袋而善终。

〔九〕孔子爱颜渊，哭之至恸：《论语·先进》："颜渊死，子哭之恸。"

〔一〇〕"颜路请子之车以为椁（guǒ）"句：《论语·先进》："颜渊死，颜路请子之车以为之椁。子曰：'才不才，亦各言其子也。鲤也死，有棺而无椁。吾不徒行以为之椁。以吾从大夫之后，不可徒行也。'"颜路，颜渊的父亲，名无繇，字路，也是孔子学生。椁，套在棺外的大棺。

〔一一〕徒行：步行。

〔一二〕"下文不肯厚葬颜渊"句：《论语·先进》"颜渊死，子哭之恸"下一段文字为："颜渊死，门人欲厚葬之，子曰：'不可。'门人厚葬之。子曰："回也，视予犹父也。非我也，夫二三子也。"

〔一三〕"子华使齐"数句：《论语·雍也》："子华使齐，冉子为其母请粟。子曰：'与之釜。'请益，曰：'与之庾。'冉子与之粟五秉。子曰：'赤之适齐也，乘肥马，衣轻裘，吾闻之也，君子周急不继富。'"子华，即公西赤，字子华，孔子弟子。使齐，出使齐国。冉子，即冉有，孔子弟子。釜、庾，古量器名，六斗四升曰釜，十六斗曰庾。秉，古量器名，十六斛曰秉。

〔一四〕"夫子有与原思粟九百"句：《论语·雍也》："原宪为

之宰，与之粟九百，辞。子曰：‘毋，以与尔邻里乡党乎！’”原宪，字思，孔子弟子。

〔一五〕不爽：没有差错。

〔一六〕土苴：泥土和枯草，比喻微贱的东西。

〔一七〕陶朱：见卷四《与金匮令》注〔一七〕。黔娄：战国时齐国隐士，家贫，不求仕进，死时衾不蔽体。后以黔娄喻贫士。

〔一八〕刲（kuī）：割。股：大腿。古代以割股治疗父母疾病为至孝。

〔一九〕逋（bū）负：拖欠债务。秋帆先生：即毕沅。

〔二〇〕好仁不好学，其蔽也愚：语出《论语·阳货》。

〔二一〕嗤：讥笑。

〔二二〕哓哓（xiāo）：争辩声。

〔二三〕百喙（huì）莫赎：纵有众多的嘴，也不能为之辩解过错。喙，本指鸟兽的嘴，又借指人的嘴。赎，用行动抵销、弥补罪过。

〔二四〕“君子不尽人之欢”句：语出《礼记·曲礼上》。全交，保持友谊。

〔二五〕鬈（quán）然：笑而见齿的样子。

〔二六〕其赴义若热者，其去道必疾：语出《庄子·列御寇》：“其就义若渴者，其去义若热。”

〔二七〕邵尧夫：即北宋理学家邵雍，尧夫其字。

〔二八〕鄂文端公：即鄂尔泰（1677—1745），西林觉罗氏，字毅安，满州镶蓝旗人。康熙三十八年（1799）举人，历官内务府员外郎、江苏布政使、广西巡抚、云南巡抚、云贵总督、云广总督、保和殿大学士、军机大臣，卒谥文端。

答彭贲园先生〔一〕

先生当代耆英，长枚三岁，学问之渊雅，词翰之清新，实为东南领袖，乃慄然意下于山中一叟，若有所惓惓于心而不能自释者〔二〕。《大学》所谓“之其所亲爱而辟焉”〔三〕，其斯之谓欤!

悔壬寅春，在敝亲家红泉书屋小住六日，而竟不及一访名贤〔四〕。所谓渡江不见刘元城，过泗州不见大菩萨，真人生恨事，但未知其时已解组归否〔五〕？枚平生爱诗如爱色，每读人一佳句，有如绝代佳人过目，明知是他人妻女，于我无分，而不觉“中心藏之”〔六〕，有忍俊不禁之意。此《随园诗话》之所由作也。区区乐善之怀，竟被先生奖许，可谓刘君知我，胜我自知〔七〕。

惟是两人年俱八旬，神通而形隔，后会茫茫。元微之诗云：“垂老相逢渐难别，大家期限各无多。”〔八〕夫见而作别，尚且为难，而况于未见乎？或者絜果兰因〔九〕，终能会合；否则海天兜率〔一〇〕，尚有前期。情到难堪，又不得不作转语，聊以自宽也。先生以为然否？

附上代梓故人胡书巢、何南园诗集二本〔一一〕，伏希省览。

注释

〔一〕彭贲园先生：即彭光斗（1713—？），字文枢、贲园，号退庵，江苏溧阳人。乾隆二十四年（1759）顺天举人，官福建永定知县。有《云溪诗集》等。此信或写于乾隆六十年（1795）。

〔二〕耆英：年高德劭之人。慄然意下：见卷七《答何水部》注〔六〕。

〔三〕之其所亲爱而辟焉：《礼记·大学》：“所谓齐其家在修其身者，人之其所亲爱而辟焉。”意即：一般不能修身的人，对于自己所亲爱的人，往往有过分亲爱的倾向。

〔四〕“悔壬寅春”句：壬寅，即乾隆四十七年（1782）。亲家，即史奕昂，其第六子娶袁枚养女鹏姑为妻。红泉书屋，史奕昂住宅名。该年二月，袁枚往游天台途中，路经溧阳，宿于史奕昂家。

〔五〕刘元城：即北宋名臣刘安世（1048—1125），元城其号。泗州大菩萨：即唐代僧人僧伽大师（628—709）。他于唐高宗龙朔元年（661）到泗州临淮县（今江苏盱眙）置普照王寺布道，受百姓崇拜，后被唐中宗封为国师。卒后，唐中宗为漆肉身，送回临淮起塔供养。北宋雍熙元年（984），宋太宗加封其“大圣”谥号，民间遂日益流行“泗州大圣”信仰。解组：解下印绶，谓辞去官职。

〔六〕中心藏之：语出《诗经·小雅·隰桑》：“中心藏之，何日忘之？”

〔七〕刘君知我，胜我自知：语出《晋书·列传第六十三》：“王蒙与沛国刘惔齐名友善，刘惔常称蒙性至通，而自然有节，蒙每云：‘刘君知我，胜我自知。’”

〔八〕“元微之诗云”句：唐元稹《赠乐天诗》：“垂老相逢渐难别，白头期限各无多。”

〔九〕絮果兰因：絮果，比喻离散的结局。兰因，比喻美好的结合。这里是说目前虽然隔离，但今后有缘的话，就能再见面。

〔一〇〕兜律：佛教用语，即兜律天，是欲界六天中的第四天，后泛指人死后所登的天界。这里指死后在天界也可相会。

〔一一〕胡书巢：即胡德琳。何南园：即何士颙，一名士容，字南园，江苏江宁（今南京）人。袁枚为代镌《南园诗选》二卷。

答李少鹤书〔一〕

少鹤明府足下〔二〕：

胡甥从桂林归，接诗册一本，恍如面晤〔三〕。见和生挽、《告存》诸作，如异乐仙音，来自海外，迥非人间凡响。所说春田太守，乃仆世交也。十年前在姑苏相遇，犹以清门公子目之〔四〕；不料去年寄诗集来，孤秀神崖，独师怀抱，真后来作手也〔五〕，且有“先生宗白我推袁，万古心香共一源”之句。沈休文迟暮之年得王元礼出而张之〔六〕，可胜欣喜！其佳句久已梓入《诗话》，得明府又从而附益之，固所愿也〔七〕。

来札忧近今诗教，有以“温柔敦厚”四字训人者，遂致流为卑靡庸琐，属老人起而共挽之〔八〕。此言误矣。夫“温柔敦厚”，圣人之言也，非持教者之言也。学圣人之言，而至庸琐卑靡，是学者之过，非圣人之过也。足下必欲反此四字以立教，将教之以北鄙杀伐之音乎〔九〕？毋乃“由之瑟奚为于某之门”矣〔一〇〕！严沧浪论诗，笑坡、谷二人如子路侍夫子，有行行之气〔一一〕。此语殊解人颐〔一二〕。才如坡、谷，尚不免人讥弹〔一三〕，而况于不如坡、谷者乎？夫温柔之与卑靡，刚健之与粗硬，似是而非，差之毫厘，失以千里，不可不察也。然而天下物，未有不以柔为贵者。金、银、铜、铁、䌷〔一四〕、罗、纱、绢，触目皆然。虽太阿、纯钩，天下之至刚者也，亦以能屈能伸为贵，而况于声诗一道，将含商嚼徵，播之管弦者耶〔一五〕？《易》称君子“独立不惧”，而仍“藉用白茅”〔一六〕，取其柔之至也。刘熙《释名》云〔一七〕：“儒者，柔也。”即此意也。然而人性不同，或嗜羊枣，或嗜昌蒲〔一八〕。诗亦如之。杜少陵不喜陶诗，欧公不喜杜诗；竟陵、公安、七子互相诋娸；王阮亭痛訾元、白，专主中唐；蒋心余、钱玙沙痛诋阮亭，专主初白〔一九〕。仆以为皆是也，皆非也。是者，是其独得之见，不随人为步趋〔二〇〕；非者，非其所见之偏，不平心而察理。范尉宗所谓“能识同体之善，而忘异量之美”〔二一〕，庄子所谓“敝于古而不知今”，此学者之大病也〔二二〕。

足下不喜查他山〔二三〕，以为卑靡之习，自他山开之，此言又误矣！夫他山以前诗之卑靡者，无万万数，不过不传于世，故足下未见耳，非自他山滥觞〔二四〕。他山是白描高手，一片性灵，痛洗阮亭敷衍之病〔二五〕，此境谈何容易！若以流弊而论，则槎枒粗硬之弊，亦何尝不自老杜开之〔二六〕？韩昌黎之“蔓涎蜗出壳，角缩头敲铿”〔二七〕，与《笑林》中所云“蛙翻白出阔，蚓死紫之长”〔二八〕，又何以异？足下之诗，酷摩韩、杜〔二九〕，故纵笔及之，为思患预防之戒。近今诗教之坏，莫甚于以注疏夸高，以填砌矜博，捃摭琐碎，死气满纸，一句七字，必小注十余行，令人舌绊口呿，而不敢下手〔三〇〕。“性情”二字，几乎丧尽天良，此则二千年所未有之诗教也。足下何不起而共挽之？

再白者，明府又尝疑我议论，似乎三教皆不归依，到底归依何处？此言亦非知我者。我辈坠地后，舍周、孔何归〔三一〕？但古来归周、孔者，荀、孟、程、朱俱有流弊〔三二〕，有习气，我不以为然。譬之到人家，敬重一长者、丈人而已〔三三〕，其旁子弟、侍从之烦言赘语，我不能随声附和也。至于佛、老二家，何尝无可取处？奈其习气更重，流弊更多，故不得不淡漠视之，而有“彼哉彼哉”之叹〔三四〕！

注释

〔一〕李少鹤：即李宪乔（1746—1797），字义堂，一字子乔，号少鹤，山东高密人。乾隆四十一年（1776）举人。自乾隆四十五年（1780）起，在广西宦游多年，先后任岑溪知县、归顺州知州、柳城知县、宁明州知州。此信或写于乾隆五十七年（1792）。

〔二〕明府：县令的别称。

〔三〕胡甥从桂林归：胡甥，应即胡德琳之子。德琳为广西桂林府临桂县人士，又娶袁枚堂妹为妻，故袁枚呼其子为胡甥。面晤：面谈。

〔四〕清门：清贵的门第。

〔五〕作手：能手，行家。

〔六〕沈休文迟暮之年得王元礼出而张之：沈休文，即南朝齐梁时期文坛领袖沈约，休文其字。王元礼，即南朝齐梁时期文学家王筠，元礼其字。《梁书·列传第二十七》载，沈约晚年特别欣赏后起之秀王筠的文才，并视为知音，曾在梁武帝面前夸赞王筠：“晚来名家，唯见王筠独步。”

〔七〕《诗话》：即袁枚《随园诗话》。附益：增加。

〔八〕卑靡：格调低下柔弱。庸琐：平庸，不识大体。属（zhǔ）：同“嘱”。老人：袁枚自称。

〔九〕北鄙：北方边境地区。杀伐：征战，杀戮。

〔一〇〕由之瑟奚为于某之门：《论语·先进》："子曰：'由之瑟，奚为于丘之门？'门人不敬子路。子曰：'由也升堂矣，未入于室也。'"

〔一一〕"严沧浪论诗"句：严沧浪，即南宋诗论家严羽，自号沧浪逋客，世称严沧浪。其《沧浪诗话》附录《答出继叔临安吴景仙书》云："坡、谷诸公之诗如米元章之字，虽笔力劲健，终有子路事夫子时气象。"坡、谷，即苏轼、黄庭坚。

〔一二〕殊：很。解人颐：语出《汉书·匡张孔马传》："诸儒为之语曰：'无说《诗》，匡鼎来；匡语《诗》，解人颐。'"颜师古注引如淳曰："使人笑不能止也。"

〔一三〕讥弹（tán）：指责缺点和错误。

〔一四〕䌷：同"绸"。

〔一五〕太阿（ē）、纯钩：均为古代宝剑名。声诗：即诗歌。含商嚼徵（zhǐ）：语出南朝宋鲍照《代白纻舞歌辞》之一："含商咀徵歌露晞，珠履飒沓纨袖飞。"商、徵，中国古乐中的音阶名。

〔一六〕独立不惧、藉用白茅：均语出《周易·大过卦·象传》。前者云："泽灭木，大过；君子以独立不惧，遁世无闷。"意即：大泽淹没树木，象征"大为过甚"；君子因此能够独自屹立，毫不畏惧，毅然逃世，无所苦闷。后者云："藉用白茅，柔在下也。"意即：用洁白的茅草衬垫承放奉献给尊者的物品，说明初六爻柔顺居下，行为敬慎。

〔一七〕刘熙《释名》：刘熙，字成国，东汉北海（今山东昌乐）人，官至南安太守。《释名》是他的一部训诂学著作。

〔一八〕或嗜羊枣，或嗜昌蒲：见卷一《答似村公子索食物》注〔一二〕。

〔一九〕杜少陵：即杜甫。陶：即陶渊明。欧公：即欧阳修。竟陵、公安、七子：指明代公安派、竟陵派与前后七子。诋諆（qī）：毁谤。王阮亭：即清初诗人王士禛，阮亭其号。訾（zǐ）：责备。元、白：即元稹、白居易。蒋心余：即蒋士铨。钱玙沙：即钱琦。初白：即清代诗人查慎行，因其晚年居于初白庵，故又称查初白。

〔二〇〕步趋：追随，效法。

〔二一〕能识同体之善，而忘异量之美：语出三国魏刘劭《人物志·接识第七》："夫人初甚难知，而士无众寡皆自以为知人。故以己观人，则以为可知也；观人之察人，则以为不识也。夫何哉？是故能识同体之善，而或失异量之美。"意即人们往往只能赏识与自己质性相同的人，而不能接受与自己完全不同的人的优点。这里说该语出自范晔（尉宗其字），或系误记。

〔二二〕庄子所谓“敝于古而不知今”：《荀子·解蔽》：“庄子蔽于天而不知人。”病：缺点，错误。

〔二三〕查他山：即查慎行，他山其号。

〔二四〕滥觞：事物的起源，开始。

〔二五〕阮亭：即王士禛，阮亭其号。

〔二六〕槎枒（chá yā）：树木枝杈歧出的样子，这里形容语句粗糙不整饬。老杜：即杜甫。

〔二七〕蔓涎（xián）蜗出壳，角缩头敲铿：唐韩愈、孟郊《城南联句》：“蔓涎角出缩，树啄头敲铿。”前一句语出韩愈，后一句语出孟郊。

〔二八〕蛙翻白出阔，蚓死紫之长：语出宋邢居实《拊掌录》：“哲宗朝，宗子有好为诗而鄙俚可笑者，尝作《即事》诗云：‘日暖看三织，风高斗两厢。蛙翻白出阔，蚓死紫之长。’”系旧时嘲讽鄙陋无文的诗句，意即：青蛙翻过来像一个宽扁的白色“出”字，蚯蚓死去后像一个紫色的细长“之”字。

〔二九〕酷：形容程度深。摩：模拟。韩：韩愈。杜：杜甫。

〔三〇〕“以注疏夸高”句：这里指当时诗坛上浙派、肌理派等在诗中大量塞入自注，以夸耀学问的现象。捃摭（jùn zhí）：采集，搜集。舌绊（jǔ）：舌翘起而不下。呿（qū）：张开。

〔三一〕坠地：犹言出生。周、孔：周公与孔子。

〔三二〕荀、孟：荀子与孟子。程、朱：宋代理学家程颐、程颢兄弟与朱熹。

〔三三〕丈人：对老年男子的尊称。

〔三四〕“彼哉彼哉”之叹：《论语·宪问》：“或问子产，子曰：‘惠人也。’问子西，曰：‘彼哉，彼哉！’”何晏《集解》引马融曰：“彼哉彼哉，言无足称。”

答奇中丞〔一〕

李太守归，接手书，云枚知公实授抚军〔二〕，必当欣喜，此言是也。然公但知其喜，而不知何以喜也，请略言之。

人生知己难得，得一知己而见其官尊道行，隆隆而升，比自己当年之得科名、与馆选，更为荣幸〔三〕。此其可喜者一也。

从来才大之人，不受捉搦〔四〕。《论语》曰："君子不可小知而可大受。"〔五〕方伯虽非小知〔六〕，然而行政用人，终难自主。即以吴下巡抚而论〔七〕，如前朝之周文襄〔八〕，本朝之汤文正〔九〕，皆独行其志，故至今民不能忘。公才大如海，又久任屏藩，事事了彻〔一〇〕。而居公上者，或才不及，或所见偏宕，未见龃龉〔一一〕。今独当一面，旁无掣肘之人，可以从容展布，如大云起雨，一切草木山川，均沾余润。此其可喜者二也。

古之为政者，廉、慎、仁、明四字并称。而枚持论则首重明字。何也？明则廉其所当廉，慎其所当慎，仁其所当仁。不明则孑孑为廉，而已非廉矣；戚戚为慎，而已非慎矣；煦煦为仁，而已非仁矣〔一二〕。终身由之而不知其道。此子张之所以"问明"〔一三〕，《大学》之所以先"明明德"〔一四〕也。公题画诗云："笔上眉痕刀上血，用来不错是英雄。"此即荀子"夺然后义，杀然后仁"之谓〔一五〕。此二句包罗一部"十七史"〔一六〕，可想见心胸魄力。以一"明"字，治国平天下而有余，何区区江苏一省而已哉！此其可喜者三也。

假使公持节他邦〔一七〕，则虽以公之明，其风土人情，终需半年三月，才见梗概。今公在江苏五年矣，民情之奸良，官吏之贤否，国课之盈虚，水利之通塞，久已烛照数计而无遗〔一八〕。一旦举而措之，若指诸掌〔一九〕。此其可喜者四也。

枚老矣，夕阳虽好，红不多时，使公远抚他邦，则此生不能再见。今不特近在吴门，且闻有场后入都之信，则秋闱监试，即可望见旌旗〔二〇〕。此其可喜者五也。

公封疆之任，简在帝心久矣〔二一〕。有忌公者尼之，因此略为濡滞〔二二〕，而此座终于让公。惟其畜之愈久，故发之愈光。如花树为春寒所勒，一旦怒开，倍觉鲜华〔二三〕。昔人画臧文仲于卞和之侧，故赪其颜，专为蔽贤者戒〔二四〕，安知无人画尼公者乎？此其可喜者六也。

以上六喜，公私参半，而究之私少公多。枚虽衰，其能不鼙乎其鼓之，轩乎其舞之哉〔二五〕？来书谆谆有官高任重、询于刍荛之意，人以为公之谦词曼语耳〔二六〕，枚独不以为然。何也？从来天分高之人，则其心必虚。以颜子之天分，而以能问于不能，以多问于寡；以诸葛孔明之天分，而勤求启诲，孜孜不倦〔二七〕。此皆非貌为谦恭也，盖深知天下事理之无穷，而不能者之有益于能，少者之有益于多也。公之天分，不在两贤之下，故虚怀若谷，乐取于人以为善，亦发于中心之诚，而非有所矫饰也。枚明知昼不点烛，日有余明，不必以萤火之光，上助清照。然匏宣瓦奏，亦师旷所乐闻〔二八〕。故敢陈其愚忠，请公听之。

枚阅世六十年，见一二巨公〔二九〕，其初天分非不高也，乃官稍尊则天分稍低，官愈尊则天分愈低。其故何也？南面而临，一言出口，千人唯唯，久之颐指气使，遂予圣自雄而不自觉矣〔三〇〕。公十载屏藩，集思广益，人无间言〔三一〕。枚愿公从中丞而制府，而尚书，而宰相，总不改此时光景，则不特无愧于大行不加之君子，而将来之福禄寿考，数千万之官吏苍生，亦受福于无涯矣〔三二〕。

宋张文定公善饮，求能与之敌者，或荐某军校量佳〔三三〕。公问量何如，曰："愈醉愈谦恭。"公笑曰："此不足为量也。防其醉而加谦，是改常也。量大者，始终如一而已。"夫谦恭尚且为改常，而况于骄纵乎！偶引故事，博公莞尔〔三四〕。

注释

〔一〕奇中丞：即奇丰额。中丞，这里指江苏巡抚之职。

〔二〕实授抚军：实授，正式授予官职。抚军，清代巡抚的别称。乾隆五十七年（1792）五月，奇丰额由江苏布政使迁江苏巡抚。袁枚此信亦应写于该时段。

〔三〕科名：因科举考中而取得的功名。与（yù）：参加。馆选：明代开始采取的一种考试制度，进士一甲三人被授予翰林院修撰和编修之职，二、三甲进士可参加翰林院庶吉士考试。

〔四〕捉搦（nuò）：这里是约束、管束的意思。

〔五〕"《论语》曰"句：《论语·卫灵公》："君子不可小知而可大受也，小人不可大受而可小知也。"意即：君子不可以用小事情考验他，却可以接受重大任务；小人不可以接受重大任务，却可以用小事情考验他。

〔六〕方伯：清代布政使的别称。

〔七〕吴下巡抚：即江苏巡抚。

〔八〕周文襄：即周忱（1381—1453），字恂如，号双崖，江西吉水人。明永乐二年（1404）进士。宣德五年（1430）授工部右侍郎，奉命巡抚江南，总督税粮。累官工部尚书，卒谥文襄。

〔九〕汤文正：即汤斌（1627—1687），字孔伯，号荆岘，晚号潜庵，河南睢州（今河南睢县）人。清顺治九年（1652）进士，官至工部尚书。乾隆元年（1736）追谥文正。尝于康熙二十三年（1684）六月至二十五年（1686）二月间任江宁巡抚。

〔一〇〕屏藩：比喻卫国的重臣。了彻：了悟，明白。

〔一一〕偏宕（dàng）：偏激过当。龃龉（jǔ yǔ）：上下牙齿对不齐，比喻意见不合，互相抵触。

〔一二〕孑孑（jié）：急切、努力从事的样子。戚戚：急促的样子。煦煦：和蔼的样子，这里指小恩小惠。

〔一三〕子张之所以"问明"：《论语·颜渊》："子张问明。子曰：‘浸润之谮，肤受之愬，不行焉，可谓明也已矣。’”意即：像水润物那样暗中挑拨的坏话，像切肤之痛那样直接的诽谤，在你那里都行不通，那就可以算是明智了。

〔一四〕《大学》之所以先“明明德”：《礼记·大学》：“大学之道，在明明德，在亲民，在止于至善。”

〔一五〕夺然后义，杀然后仁：语出《荀子·臣道》。意即：夺取君权，然后才能实行道义；杀掉君主，然后才能实现仁德。

〔一六〕十七史：宋朝人对当时已经问世的十七部正史的称谓。见卷一《答两江制府尹公》注〔四〕。

〔一七〕持节他邦：这里是去其他省份任职的意思。

〔一八〕“今公在江苏”句：奇丰额于乾隆五十二年（1787）六月由广西布政使改官江苏布政使，至乾隆五十七年（1792）五月升任江苏巡抚，恰为五年。国课，国家税收。烛照数计，用烛照着，按数计算，比喻料事准确。

〔一九〕若指诸掌：比喻对事情非常熟悉了解。

〔二〇〕吴门：代指苏州一带。场：这里指科举考试。秋闱：科举时代乡试的考期在秋季八月，故称秋闱。

〔二一〕简在帝心：语出《论语·尧曰》，意即被帝王所知晓。

〔二二〕尼：阻止。濡（rú）滞：停留，迟滞。

〔二三〕勒：抑制。鲜华：鲜艳美丽。

〔二四〕“昔人画臧文仲于卞和之侧”句：西晋傅咸《画像赋》序：“先有画卞和之像者，虽具其事在素定，见其泣血残刖之刑，情以凄然，以为臧文仲知柳下惠之贤而不与立，卞和自刖以有证，相去远矣。戏画其像于卞子之傍，特赤其面，以示犹有惭色。”臧文仲，见卷七《寄奇中丞》注〔六〕。卞和，和氏璧的发现者，事见《韩非子·和氏》。赪（chēng），红色。

〔二五〕鼚（chāng）乎其鼓之，轩乎其舞之：语出传说中的帝舜《卿云歌》：“鼚乎鼓之，轩乎舞之。”鼚，鼓声。轩，高扬，飞扬。

〔二六〕刍荛：见卷四《答芷塘太史》注〔七〕。曼语：美饰之辞，这里是客气话的意思。

〔二七〕颜子：即孔子弟子颜回。诸葛孔明：即诸葛亮，孔明其字。启诲：开导教诲。

〔二八〕匏宣瓦奏：见卷六《答靖海侯》注〔九〕。师旷：春秋后期晋国著名盲乐师。

〔二九〕巨公：大人物。

〔三〇〕南面而临：古代以面朝南为尊位，故帝王见群臣、卿大夫见僚属，均南面而坐。后泛指帝王或官员的统治为南面。予圣自雄：自以为圣，自以为雄。

〔三一〕间（jiàn）言：闲话。

〔三二〕制府：明清尊称总督为制府。大行不加：见卷二《答涧泉》注。

〔三三〕张文定公：即张齐贤（942—1014），字师亮，曹州冤句（今山东菏泽南）人，后徙居洛阳（今属河南）。北宋太平兴国二年（977）登进士第，先后担任通判、枢密副使、兵部尚书、同中书门下平章事、吏部尚书、司空等职。卒后追赠司徒，谥文定。军校：任辅助之职的军官。

〔三四〕故事：旧事，典故。莞尔：微笑的样子。

覆徐小汀书〔一〕

小汀足下：

重阳前二日，丁先生来，接手书，知近履平善，兼知寄上《全集》，有窃书、改信一事，大奇大奇〔二〕！

海内士大夫，将所著作镂板行世者，浩如烟海，阅者大率攒眉，束之高阁，甚或拉杂摧烧，以之覆瓿者，无万数也〔三〕。仆虽梓《全集》六十余卷，而自视欿然，常恐亦受此惨〔四〕。不料有人溺爱嗜痂，出重价购之；又有人当作奇珍异宝，要于路而攫之，苦心孤诣，作许多狡狯〔五〕。虽抱窃疾，恰是书淫〔六〕，也算艺林佳话。较诸李博士之遇盗求诗〔七〕，白香山之买婢增价〔八〕，倍有荣焉。

因记闽人林远峰云〔九〕：其戚徐某，巨家多财。一日，有盗十余人昏夜破门入，正在搜牢箱箧时，有英悍少年，盗魁也，灯下见案上有宋板《文选》一部、《仓山全集》两册，笑曰："此老能藏古书，能读随园先生文集，非俗儒也。"〔一〇〕即麾诸偻罗出释事主〔一一〕，抱书两部而出。其说果确，则一窃一盗，俱足千秋。然非世兄明察秋毫，反复细观，又何能知其有抽匿部数、涂改原书之弊哉？此又古人之鞭丝见屑〔一二〕、决狱审刀之聪所未有也〔一三〕。仆感窃书人之知己，而服世兄之神明，特再寄一部，纸墨刷印，大胜于前。若是乎从者之廋〔一四〕，于买书人大有便宜。

注释

〔一〕徐小汀：即徐秉鉴，字小汀，浙江会稽（今绍兴）人。袁枚同年徐垣之子。

〔二〕近履：近来的行踪，近况。平善：平安，安康。《全集》：即袁枚《小仓山房全集》，下文简称为《仓山全集》。

〔三〕镂（lòu）板：本指雕刻印书的木板，引申为雕板印刷。攒（cuán）眉：皱眉头。拉杂摧烧：语出汉乐府《有所思》。覆瓿（bù）：形容著作没有什么价值，只能用来盖瓮。无万数：不知道有多少万。

〔四〕梓：刻印出版。欿（kǎn）然：不满意。

〔五〕嗜痂（jiā）：见卷二《与尹相国论书》注〔一二〕。要：强迫，威胁。这里是戏谑的说法。

〔六〕抱窃疾：有盗窃的毛病。书淫：典出《晋书·列传第二十一》："（皇甫谧）耽玩典籍，忘寝与食，时人谓之'书淫'。"指爱书入迷、好学不倦的人。

〔七〕李博士之遇盗求诗：李博士即李涉，自号清溪子，洛阳（今河南洛阳）人，唐文宗大和（827—835）中任国子博士，故世称李博士。晚唐范摅《云溪友议》卷下载，李涉乘船至九江探亲，路遇盗贼。盗贼头领听闻李涉在船上，便不求金帛，但求李涉赐诗。

〔八〕白香山买婢增价：事见白居易《与元九书》："及再来长安，又闻有军使高霞寓者，欲聘倡伎。妓大夸曰：'我诵得白学士《长恨歌》，岂同他妓哉？'由是增价。"

〔九〕林远峰：即林镐。

〔一〇〕搜牢：劫掠。箱箧（qiè）：大小箱子。盗魁：强盗头目。

〔一一〕麾：指挥。偻（lóu）罗：强盗或绿林头领的部众。事主：这里指被害人。

〔一二〕鞭丝见屑：此为南朝宋时山阴（今浙江绍兴）令傅琰断案事。《南史·列传第六十》载，有一卖针和一卖糖的老人，为一团丝线的归属而争执不下，于是请傅琰判案。傅琰把丝线团绑在柱子上，用鞭子抽打，发现有铁屑掉下，遂判此物为卖针老人所有，并责罚卖糖老人。

〔一三〕决狱审刀：决狱，判决诉讼案件。此为晚唐时广州刺史刘崇龟断案事。《新唐书·列传第十五》载，一富商子与一妓女相约晚上到女子住所会面。富商子到时，发现女子已被杀害，身上还插着一把屠刀。为破此案，刘崇龟在军中大摆酒宴，要求当地屠夫必须全部到齐，等候杀猪宰羊的差使。等众屠夫来后，刘崇龟又说猪羊还没到齐，让屠夫们先回家，屠刀暂且留下。随后，刘崇龟吩咐用杀人刀换下其中的一把。第二天，屠夫们都来认领自己的刀，一个屠夫指出那把杀人刀不是自己的刀，接着又有人认出此刀的主人。于是衙役前往拘捕，发现凶手已经逃跑。刘崇龟又生一计，从死牢中提出一个犯人冒充凶手，就地正法。真凶听说此事后，便溜回了家，正巧被守在他家的差役捉拿归案。

〔一四〕若是乎从者之廋（sōu）：《孟子·尽心下》载，孟子来到滕国，住在上等旅馆里。有一双还没织完的草鞋放在窗台上不见了，旅馆里的人遍寻不着。于是有人问孟子："若是乎从者之廋也？"意即：是不是跟随你的人把它藏起来了？

附来书

年愚侄徐秉鉴顿首，谨请福安：

春杪叩送行旌，转瞬间五更弦望矣，依恋之心，与日俱积。昨应试来杭，项三哥出示钧函，庄诵之下，知系四月间在苏所发。但侄所求大集三部，前曾领过有套者一部，兹来谕云："今寄《全集》一部，连前已经三部。"初看似属偶忘，反复细观，信中“一部”，“一”字略有刮洗更改之痕，而封面之字又与书中字两样。恐寄书人有抽匿私改之弊，特据实奉闻，并将原赐钧函缴呈台览。

答潘素心夫人〔一〕

接手书，及湖楼诗会五排一首〔二〕，庄姝典丽〔三〕，洋洋百言。此体最难，求之士林，尚少作者，而世妹以女子擅长，岂非闺中元、白乎〔四〕？

札问子女于父妾，当作何称。仆道父妾之有子者，竟称庶母，礼也。其有女者，亦得以母称。《论语》“以其子妻之”是也〔五〕。其无所生者，则称家父篷室〔六〕，或称姬人、侧室、侍者，俱无不可，须酌其年纪之老少、宠爱之光景而称之。亦有称为姨者，按《南史》齐衡阳王钧所生母区贵人病，左右以五色饼饴之，不肯食，曰：“得须姨差。”〔七〕又晋安王子懋生母阮淑媛病笃，僧行道有献莲花供佛者。子懋曰：“若使阿姨因此和胜，愿诸佛令此花竟斋不萎。”〔八〕是子女称本生母为姨之证。至于祭寿文，其无所出者，原不应有文，或破例而为之，则舍孺人、太君之外〔九〕，亦无别称，《记》所谓“亡于礼者之礼也”〔一〇〕。

蒙问称太君之说，始于何时。按：晋武帝封羊太傅夫人为万岁乡君〔一一〕，此一品夫人之称君也。唐武后命并州妇人年八十以上者，皆版授郡君〔一二〕，此百姓妇人之称君也。祭寿文不作则已，若作，则舍孺人、太君其何称焉？再如戏本中之赵解元、张解元〔一三〕，皆系旁人祝颂秀才之称，并非若君家之郎君是张解元也。唐人举进士科者，动称前进士、某进士〔一四〕，皆非中过进士之人。《大清会典》七品诰封孺人，今未入流以下讣文、寿文〔一五〕，谁不称孺人？似乎此处不妨通融。

注释

〔一〕潘素心（1764—？）：字虚白，号若耶女史，浙江山阴（今绍兴）人。袁枚女弟子。有《不栉吟》《不栉吟续刻》。

〔二〕湖楼诗会五排一首：乾隆五十七年（1792）二月，袁枚自江宁出发重游天台，回程途中经过杭州，遂于四月十三日招王文治与女弟子七人再度聚会于西湖。其间潘素心为作五言排律《随园老人集闺秀于西湖，分韵得庄字，即以送行》，后收入《不栉吟》卷二与《随园诗话补遗》卷五。袁枚此信应写于湖楼诗会之后的一段时间。

〔三〕庄姝典丽：端庄华美，文雅艳丽。

〔四〕元、白：即中唐诗人元稹、白居易。

〔五〕以其子妻之：语出《论语·公冶长》：“子谓公冶长，可妻也。虽在缧绁之中，非其罪也。以其子妻之。”子，这里是女儿的意思。

〔六〕簉（zào）室：《左传·昭公十一年》：“泉丘人有女，梦以其帷幕孟氏之庙，遂奔僖子……僖子使助薳氏之簉。”杜预注：“簉，副倅也。薳氏之女为僖子副妾，别居在外，故僖子纳泉丘人女，令副助之。”后称妾为簉室。

〔七〕“齐衡阳王钧所生母区贵人病”句：事见《南史·列传第三十一》。齐衡阳王钧，即萧钧（473—494），字宣礼，齐高帝子，出继伯父萧道度。姨，古诸侯嫁女，多以同姓为从嫁之人，因其如同妻的姐妹，故称妾媵为姨，后遂为妾的通称。差，病愈。

〔八〕“晋安王子懋”句：《南史·列传第三十四》载，南朝齐晋安王萧子懋七岁时，母亲阮氏患重病。子懋祈求佛法为母亲治病，有人献莲花供佛。子懋命和尚用铜钵盛水，将莲花浸泡其中，并流着泪，虔心拜佛。七日斋毕，莲花更为鲜艳，并长出一些根须，阮氏的病也好了。世人都说是子懋的孝心感动了佛，才有此奇迹。

〔九〕孺人：古代贵族、官吏之母或妻的封号，后为妻的通称。太君：古代官员母亲的封号，后亦为对他人母亲的尊称。

〔一〇〕亡于礼者之礼也：语出《礼记·檀弓上》：“子游观之

曰：‘将军文氏之子其庶几乎！亡于礼者之礼也，其动也中。’”意即不见于文字记载的礼。

〔一一〕晋武帝封羊太傅夫人为万岁乡君：羊太傅夫人，即西晋名臣羊祜的夫人夏侯氏，为夏侯霸之女。羊祜殁后，夏侯氏被封为万岁乡君，食邑五千户。乡君，古代妇女的封号。

〔一二〕“唐武后命并州妇人年八十以上者”句：《旧唐书·本纪第四》：“制以皇后故乡并州长史、司马各加勋级。……城内及诸妇女年八十已上，各版授郡君，仍赐物等。”版授，不经朝命而用白版授予官职或封号。郡君，古代命妇的封诰。

〔一三〕解元：即乡试第一名，后又作为读书应举的通称。

〔一四〕前进士：唐李肇国《国史补》卷下：“进士为时所尚久矣。……通称谓之秀才，投刺谓之乡贡，得第谓之前进士。”

〔一五〕入流：官阶在九品以内的叫流内，九品以外的叫流外，九品外的官员进入九品内叫入流。

奇中丞监临秋试闻随园招饮诸生助以酒肴裁书答谢〔一〕

昨招饮诸生，方陈草具，而嘉肴八簋，捧下军门，分丹桂之余香，壮主人之颜色〔二〕。顷刻秀才一村〔三〕，蹲蹲起舞〔四〕，有噎其馌〔五〕，已胜过鼓瑟吹笙，鹿鸣嘉宴矣〔六〕。

札来，知中丞臂患风湿，握物不牢。枚想手软由于心慈之故，羊太傅作折臂三公〔七〕，亦复何碍！然古佛之拈花可缓〔八〕，而黄人之捧日难迟〔九〕，百万苍生，都望中丞手援天下，岂容一刻放宽？记得王兰泉司寇作云南方伯〔一〇〕，寄鸡血藤膏来〔一一〕，云可以驱风散湿，因于破簏中寻求得之〔一二〕，即为献上。伏想兰泉敢学季康子之馈药〔一三〕，断不为羊叔子之酖人〔一四〕，公试饵之〔一五〕。

注释

〔一〕奇中丞：即奇丰额。中丞，这里指江苏布政使。监临：犹监督、监考。秋试，又称“秋闱”，明清时于秋天举行乡试，故称。裁书：裁笺作书，即写信。

〔二〕草具：粗劣的饭食。簋（guǐ）：用于盛放饭食的器皿，也用作礼器，圆口，双耳。军门：清代对提督的尊称。

〔三〕秀才一村：典出《北史·列传第二十一》：“（李悟）与从父兄普济并应秀才举，时人谓其所居为秀才村。”后称文人聚集的地方为秀才村。

〔四〕蹲蹲（cún）：见卷六《谢毕抚军》注〔一〇〕。

〔五〕有噡（tǎn）其馌（yè）：语出《诗经·周颂·载芟》。噡，众人饮食的声音。馌，送给田间耕作者的饮食。这里是品尝佳肴的意思。

〔六〕鼓瑟吹笙，鹿鸣嘉宴：典出《诗经·小雅·鹿鸣》。《鹿鸣》是一首宴饮诗，中有句云：“呦呦鹿鸣，食野之苹。我有嘉宾，鼓瑟吹笙。”

〔七〕羊太傅作折臂三公：羊太傅，即西晋名臣羊祜，因其卒赠太傅，故称。《晋书·列传第四》：“又有善相墓者，言（羊）祜祖墓所有帝王气，若凿之则无后，祜遂凿之。相者见曰：‘犹出折臂三公。’而祜竟堕马折臂，位至公而无子。”

〔八〕古佛之拈花：传说释迦牟尼曾在灵鹫山上说法，并拈起一朵金婆罗花示众，众人皆面面相觑，唯有摩诃迦叶破颜微笑。

〔九〕黄人之捧日：《太平御览》卷八百七十二“休征部·日”引《符瑞图》：“日，二黄人守者，外国八方自来降也。”后用以比喻朝政清明，天下太平。

〔一〇〕王兰泉司寇作云南方伯：王兰泉，即王昶（1725—1806），字德甫，号述庵，又号兰泉，江苏青浦（今上海市青浦区）人。因其曾任刑部侍郎、云南布政使，故以“司寇”“云南方伯”称之。

〔一一〕鸡血藤膏：一种主治血虚、手足麻木、关节酸痛、月经不调的药物。

〔一二〕簏（lù）：竹箱。

〔一三〕季康子之馈药：见卷二《尹六公子闻新娶姬人患病戏作骈

体书为紫云之请作此覆之》注〔六〕。

〔一四〕羊叔子之酖（zhèn）人：酖，同“鸩”，这里是用毒酒害人的意思。羊叔子，即羊祜。《晋书·列传第四》：“（羊）祜与陆抗相对，使命交通，抗称祜之德量，虽乐毅、诸葛孔明不能过也。抗尝病，祜馈之药，抗服之无疑心。人多谏抗，抗曰：‘羊祜岂鸩人者！’”

〔一五〕饵（ěr）：吃。

又

岁除前数日〔一〕，遣人献牡丹二枝，蒙中丞报以人参一两。昔北朝李元忠受人一绢，椎五牛以享之〔二〕。薄往厚来，于斯为盛〔三〕。

侧闻公以安抚司兼盐铁使，此格外宠荣，古未有也。人疑握算牢盆，非儒者事，遣造明堂手，执剪裁衣，未免小用〔四〕。而不知圣天子将使公调和鼐鼎，则盐梅滋味，理合先尝〔五〕，不仅教读管夷吾“禺荚”一篇也〔六〕。第鹾务当大案后〔七〕，如久病初痊，国手难以下药。而孰知有自邗江来者，道公所料简，无不部居别白〔八〕，明察秋毫，而又能天马行空，一丝不挂，当八面受风之处，戴四方平定之巾〔九〕。枚不觉喜而舞跃，屦为之穿〔一〇〕。

《古乐府》云：“猛虎依深山，只望松柏长。”〔一一〕枚之倚公，何异于松柏哉？昔孔明身后，有仆老矣，服事桓大司马。桓与众宾客说及孔明，叹羡不已。老仆在旁啃曰：“据奴所见，诸葛公亦无以异人。”桓闻之，便有自矜之色。仆徐曰：“第自诸葛公去后，觉后人办事，无有妥当如公者。”桓嘿然而惭〔一二〕。枚意欲颂公，亦不能于老仆之言之外再赞一词。

注释

〔一〕岁除：除夕。

〔二〕“北朝李元忠受人一绢”句：《北齐书·列传第十四》载，北魏孝明帝时，盗贼蜂起。清河有五百名戍边人员回家时经过赵郡，道路被阻，于是一同投奔李元忠。大家送给李元忠千匹绢，他只接受一匹，还宰杀五头羊招待他们。最后，李元忠让家奴送他们回家，并对家奴说：“若逢贼，但说李元忠遣送。”家奴照做，结果一路上的贼寇都没有阻拦他们。

〔三〕于斯为盛：语出《论语·泰伯》。

〔四〕牢盆：煮盐器。明堂：古代帝王宣明政教的地方。

〔五〕鼐鼎：见卷二《上座主虞山相公》注〔六〕。盐梅：盐和梅子。盐味咸，梅味酸，均为调味所需。喻指国家所需的贤才。

〔六〕管夷吾“禺荚”一篇：管夷吾，即管仲。荚，应作“策”，计算的意思。语出《管子·海王》：“禺策之，商日二百万。”意即：合起来计算，大约每日可得二百万钱。

〔七〕鹾务当大案后：清代盐务腐败层出不穷，此处或指乾隆三十三年（1768）爆发的“两淮盐引案”。

〔八〕邗江：清代扬州府的附郭县。料简：清点察看。部居：以类相聚，按类归部。别白：分辨明白。

〔九〕一丝不挂：这里比喻不为人情所累。四方平定之巾：明郎瑛《七修类稿》卷十四：“今里老所戴黑漆方巾，乃杨维祯入见太祖时所戴。上问曰：‘此巾何名？’对曰：‘此四方平定巾也。’遂颁式天下。”指儒生及处士戴的方形软帽，以黑色纱罗制成，其形四角皆方，故又名“四角方巾”。

〔一〇〕屧（xiè）：鞋子。穿：破。

〔一一〕猛虎依深山，只望松柏长：《乐府诗集》卷十五《琅琊王歌辞》：“猛虎依深山，原得松柏长。”

〔一二〕“昔孔明身后”数句：桓大司马，即东晋名将桓温，因其曾任大司马，故称。东晋元兴二年（403）十一月，其子桓玄代晋称帝，追尊桓温为宣武皇帝。唶（jiè），赞叹。南朝梁殷芸《小说》卷六：“桓宣武征蜀，犹见诸葛亮时小吏，年百余岁。桓问：‘诸葛丞相今谁与比？’意颇欲自矜。答曰：‘葛公在时，亦不觉异，自葛公殁后，正不见其比。’”

戏答秋帆制府误寄银信〔一〕

重九日，接到朱提一封，签标“随园先生哂存”六字〔二〕。正值儿子做亲〔三〕，欣然拆用。及细读来札，乃系寄鱼门家物也〔四〕。在尚书要周急，而记室要继富〔五〕。想牙门阔远〔六〕，宾主天各一方，不相关照耶？枚故哂则遵教，存则不敢也。

然而吾乡穷秀才，家有误报元魁者，其人始而喜，继而嗔，终而又喜〔七〕。无聊之极，思乃将报纸装潢收藏，不敢弃，及至次科〔八〕，公然中矣。枚如法，揭起“随园哂存”封皮一张，以待来年，未知果有效否。并寄此札，望公亦哂而存之。

注释

〔一〕秋帆制府：即毕沅。制府，清代尊称总督为制府。毕沅三次担任湖广总督，故称之为制府。

〔二〕重九：即农历九月初九。朱提：见卷一《再与西圃》注〔二〕。哂（shěn）存：犹笑纳。

〔三〕儿子做亲：乾隆五十八年（1793）二月前后，袁枚嗣子袁通就婚杭州汪氏；六十年（1795）三月，幼子袁迟与湖州沈氏女成婚。此处可能指袁枚为袁通做亲事，时约在乾隆五十七年（1792）九月前后，书信或亦作于同一时段。

〔四〕鱼门：即程晋芳。

〔五〕在尚书要周急，而记室要继富：语出《论语·雍也》：“吾闻之也：‘君子周急不济富。’”意即君子只周济急需救济的人，而不周济富裕的人。尚书，毕沅以湖广总督而坐衔兵部尚书，故称之为尚书。乾隆四十九年（1784）程晋芳卒后，毕沅尝周济其家。记室，古代职官名，掌章表书记文檄，这里应指毕沅手下。

〔六〕牙门：官署。

〔七〕元魁：这里是第一名的意思。嗔（chēn）：生气。

〔八〕次科：下一次科举考试。

戏答陶怡云馈鸭〔一〕

赐鸭一枝，签标“雏”字，老夫欣然取鸭。谛观其衰葸龙钟之状〔二〕，乃与老夫年纪相似。烹而食之，恐不能借西王母之金牙铁齿〔三〕，俾喉中作锯木声；畜而养之，又苦无吕洞宾丹药〔四〕，使此鸭返老还童。为唤奈何！若云真个雏也，则少年老成，与足下相似。仆只好以宾礼相加〔五〕，不敢以食物相待也。

昔公父文伯宴路堵父，置鳖焉，小，路堵父不悦，辞曰：“将待鳖长而后食之。”〔六〕仆仿路堵父之意，奉璧足下〔七〕，将使此鸭投胎再生而后食之，何如？

注释

〔一〕陶怡云：即陶涣悦，字观文，一字怡云，江苏江宁（今南京）人。嘉庆十二年（1807）举人，官户部郎中。有《自怡轩小稿》。

〔二〕谛（dì）观：审视，仔细看。衰葸（xǐ）：懈怠畏惧。龙钟：形容身体衰老、行动不灵便的样子。

〔三〕西王母：神话人物，见于《庄子》《山海经》等。因所居昆仑山位于中原以西，故称西王母。金牙铁齿：语出西汉焦延寿《焦氏易林·小畜卦》：“金牙铁齿，西王母子。”意即牙口结实，如同金铁。比喻年高体健。

〔四〕吕洞宾：名岩，字洞宾，道号纯阳子，自称回道人，河东蒲州河中府（今山西芮城）人。道教全真派祖师。

〔五〕宾礼：以上宾之礼相待。

〔六〕“昔公父文伯宴路堵父”句：《国语·鲁语》载，公父文伯在宴请南宫敬叔的酒席上，尊露睹父为上宾。在进鳖这道菜时，鳖小了些，导致露睹父十分生气，当即退席告辞说：“等鳖长大以后我再来吃吧。”

〔七〕奉璧：《史记·廉颇蔺相如列传》载，赵惠文王得楚国和氏璧，秦昭王致书赵王，愿以十五城交换此璧。当时秦强赵弱，赵惠文王恐赵予璧而秦不予城，大臣蔺相如愿奉璧前往，曰：“城入赵而璧留秦；城不入，臣请完璧归赵。”后即以“归赵”“奉璧”比喻物归原主。

戏答方甫参馈火腿〔一〕

书来，劝持刀者以片薄为贵，此言误矣！火腿之美劣，全在先天之鲜与不鲜，不在切片之薄与不薄也。譬如无盐丑女，使披鲛绡之衣〔二〕，飘若轻云，其能增美也乎？西施国色，使披千石之裘〔三〕，首饰繁重，其能变丑也乎？

仆尝云：买此物最难，三年出一个状元，三年出不得一个好火腿。足下以为然否？

注释

〔一〕方甫参：《随园诗话补遗》卷三：“余在沭阳署中，赋《落花》诗，已五十四年矣。今秋，门人方甫参携其尊甫《碧浔居士诗》来，盖当时和余之作。”

〔二〕无盐：丑女的代称。见卷五《补寿彭芝亭大司马》注〔三〕。鲛绡：南朝梁任昉《述异记》卷上：“南海出鲛绡纱，泉室潜织，一名龙纱。其价百余金，以为服，入水不濡。”传说为鱼尾人身的鲛人所织，后亦借指薄绢、轻纱。

〔三〕千石（dàn）之裘：这里形容衣服十分臃肿。

上福敬斋公相[一]

二月间，从补山相国处，递到见赐瑶笺[二]，如天半朱霞，从空飞下，枚惊喜过望，惭感交深。除锦裹香熏，传示子孙，永为珍护外，谨即恭和四诗，以虫鸟之微吟，答钧天之逸响[三]。端书一册，并肃寸缄，托苏抚奇中丞代为邮递[四]。未识已登英盼否，心殊悬悬。

令兄我斋先生[五]，寄示阁下所撰《双忠祠碑记》，读之知襄烈公征卫藏时，殉难立功，至今奕奕有生气[六]。不料事隔卌年，阁下以襄烈公从子督师进藏，得亲瞻遗像，手撰碑文，以大笔之如椽[七]，写精忠之贯日，较诸古人之纪功铜柱、勒石燕然者[八]，其光荣为更盛。何也？彼不过写自己之勋劳，而阁下独能表先人之遗烈故也[九]。天下文章，孰大于是？德门阀阅[一〇]，有开必先。

顷闻阁下移巴蜀旌旗，作滇池屏障[一一]。张益州之画像，应已供奉于三川[一二]；韦忠武之威名，又复惊传于六诏[一三]。皆由天子倚畀重臣，故屈上相之尊，屡寄师干之任[一四]。相传汉时彩云见于南中，故有云南之号[一五]。隔二千年而公临其地，想王褒迎碧鸡金马之神，作圣主贤臣之颂，殆为之先声耶[一六]？

枚年逾弱冠，蒙文忠公识葑菲于朝中[一七]；今齿届八旬，蒙贤节相寄珠玑于塞外[一八]。无一人之介绍，受两代之恩知，纳手扪心，临风泥首[一九]。古乐府曰：“蟪蛄蒙恩，深愧局促。思填东海，强衔一木。”[二〇]枚不自揣，亦想作一木之衔。其奈公府高华，何物不备，书生表敬，出手尤难。喜文字之相知，觉一芹之可献，特恭制龙宾十二、毛颖八床，交令兄我斋先生寄上〔二一〕。镌姓氏于烟煤，似我白头侍侧；挥烟云于彤管，祝公麟阁书勋〔二二〕。物更轻于蝇翅鹅毛，而心已坚于金膏水碧矣〔二三〕。乞阁下哂而存之，亦知黄、绮虽衰，终不忘留侯门下人也〔二四〕。通书有路，托芳讯于雁行；相见无期，祝台星之南照〔二五〕。临池不胜激切瞻依之至！

注释

〔一〕福敬斋：即福康安。此信应写于乾隆五十九年（1794）。

〔二〕从补山相国处，递到见赐瑶笺：事见卷七《答补山相公》。补山相国，即孙士毅。瑶笺，对书札的美称。

〔三〕钧天：传说中天帝居住的地方。逸响：这里指雄浑奔放的诗文。

〔四〕缄（jiān）：书信。苏抚奇中丞：即江苏巡抚奇丰额。他于乾隆五十七年（1792）五月至六十年（1795）五月间任江苏巡抚。

〔五〕令兄我斋先生：即明义，我斋其号。因其系傅恒二兄傅清之子，故有令兄之称。

〔六〕襄烈公：即傅清（？—1750），富察氏，满洲镶黄旗人。雍正年间，授侍卫。乾隆初年，累迁至直隶天津镇总兵，后以都统身份为驻藏大臣。乾隆十五年（1750），西藏贵族珠尔默特那木札勒勾结准噶尔部发动叛乱，傅清殉职。后追封一等伯，谥襄烈。奕奕：精神焕发的样子。

〔七〕大笔之如椽（chuán）：语出《晋书·列传第三十五》：“（王）珣梦人以大笔如椽与之，既觉，语人曰：‘此当有大手笔事。’”意即像椽子那样大的笔，多用以夸赞文笔雄健有力或文章气势宏大。椽，承托屋面用的木构件。

〔八〕勒石燕然：勒，雕刻。燕然，即燕然山，一般认为即今蒙古国的杭爱山。东汉永元元年（89），大将军窦宪率军出击北匈奴，大破之，遂登燕然山，刻石勒功，令班固作铭，铭文保存于《后汉书·窦融列传》。

〔九〕遗烈：前人遗留的节烈风操。

〔一〇〕阀阅：有功勋的世家、巨室。

〔一一〕移巴蜀旌旗，作滇池屏障：这里指福康安于乾隆五十九年（1794）七月由四川总督改任云贵总督。

〔一二〕“张益州之画像”句：张益州，即张方平（1007—1091），字安道，号乐全居士，应天府南京（今河南商丘）人。宋仁宗至和元年（1054）知益州，有善政。至和三年（1056）正月，蜀人在成都净众寺张挂张方平画像，事见苏洵《张益州画像记》。

〔一三〕“韦忠武之威名”句：韦忠武，即韦皋（746—805），字城武，京兆万年（今陕西西安）人。贞元元年（785）任剑南西川节度使，在蜀凡二十一年，与南诏通好，多次击败吐蕃，因功加授检校司徒，兼中书令，封南康郡王。卒赠太师，谥忠武。

〔一四〕倚畀（bì）：倚靠信任。师干（gān）：这里指军队的统帅。

〔一五〕“汉时彩云见于南中”句：明杨慎《南诏野史》卷上“南诏历代称名不同”条：“汉武帝元狩元年，彩云见南中，在今大理府赵州之白崖。云南之名始此。”

〔一六〕“王褒迎碧鸡金马之神”句：王褒，蜀资中（今四川资阳市）人，西汉辞赋家。《汉书·严朱吾丘主父徐严终王贾传下》载汉宣帝喜爱辞赋，王褒因擅写辞赋而被召入京，受诏作《圣主得贤臣颂》，不久即提拔为谏大夫。后听闻益州有金马碧鸡之神，宣帝命王褒前往祭祀，结果王褒病死于途中。

〔一七〕文忠公：即傅恒。葑（fēng）菲：语出《诗经·邶风·谷风》：“采葑采菲，无以下体。”葑、菲之叶与根皆可食，略带苦味，人或因其苦而弃之。后以葑菲为鄙陋或有一德可取之人的谦辞。

〔一八〕节相：清代各省总督之授大学士者，别称节相。福康安于乾隆五十七年（1792）八月授武英殿大学士，留两广总督任，后又先后改任四川、云贵、闽浙总督，故袁枚称之为节相。

〔一九〕泥首：顿首至地。

〔二〇〕“古乐府曰”句：唐李白《来日大难》：“蟪蛄蒙恩，深愧短促。思填东海，强衔一木。”

〔二一〕一芹之可献：见卷一《答似村公子索食物》注〔一一〕。龙宾：典出五代冯贽《云仙杂记》卷一“黑松使者”条：“（唐）玄宗御案墨曰龙香剂。一日，见墨上有小道士如蝇而行。上叱之，即呼万岁曰：‘臣即墨之精，黑松使者也。凡世人有文者，其墨上皆有龙宾十二。’上神之，乃以墨分赐掌文官。”后以龙宾指代名墨。毛颖：毛笔的别称。唐韩愈《毛颖传》以笔拟人，遂得此名。

〔二二〕烟煤：即砚台。彤管：语出《诗经·邶风·静女》，笔的代称。麟阁：即麒麟阁，汉宣帝曾悬霍光等十一位功臣画像于阁上，以表彰其功绩。

〔二三〕金膏水碧：《昭明文选》卷三十一所收江淹《杂体诗三十首》："水碧验未黩，金膏灵讵缁。"李周翰注："水碧，水玉也。与金膏并仙药。"

〔二四〕"黄、绮虽衰"句：黄、绮，即商山四皓中的夏黄公、绮里季。四皓均为秦末汉初时隐士，西汉建立后，留侯张良为吕雉献策，延请四人出山辅佐太子刘盈。这里袁枚自比夏黄公、绮里季，而将傅恒、福康安父子比作留侯张良。

〔二五〕台星：《晋书·天文志上》："三台六星，两两而居，起文昌，列抵太微。一曰天柱，三台之位也。在人曰三公，在天曰三台，主开德宣符也。"后喻指宰辅。

答种芝太史书〔一〕

十年前，君授馆章观察家〔二〕，时过随园，酒赋琴歌，依依如昨。不料光阴荏苒，别来一星终矣〔三〕。近闻足下缓步花砖，正想通函奉贺，而鸿稀雁少，此愿未酬〔四〕。忽章公子寄到手书，以三千里外天上之词臣，念二十四科山中之前辈，业已古道隆情，超绝流辈矣〔五〕。乃惵然意下〔六〕，称名署款，竟以师礼相加。嘻，异哉！

昔汉朝于曼倩，官拜廷尉之后，乃北面迎师而受《春秋》〔七〕，忘尊好学，民到如今称之。惜其师之名姓不传，而于公之日后官至丞相，声施烂然〔八〕，则本传具在。仆何敢为足下之师，而望足下将来学于公为丞相，为名臣，则不得不忝然受之〔九〕，以老夫之妄，成足下之贤。幸而昌黎有言"师不必贤于弟子”〔一〇〕，或可借此则解嘲耶？

礼亲王世子，河间学业，东阿文章〔一一〕，乃肯降贵纡尊，知空山中有一野叟，以《红豆》诗册，命枚和韵。大恩压己，荣幸非常，敢不竭江淹已尽之才〔一二〕，即为应教！奈册中名作如林，阳春满耳，难鸣瓦缶，上答《箫韶》〔一三〕。兼之年过八旬，新患间日之疟，委顿不支，略一构思，终夜不寝，缀卷迟延，暂求宽限〔一四〕。但记赠瑶华主人有句云：“宗子久钦龙凤质，仙才多出帝王家。”〔一五〕即此一联，实堪移赠。并闻世子工于四六，缀玉编珠，故奉上《文外》一编〔一六〕。望为代献，求教诲焉。

注释

〔一〕种芝太史：即吴贻咏，字惠连，号种芝，一作种之，安徽桐城人。乾隆五十八年（1793）进士，改庶吉士，官至吏部主事。有《芸晖馆诗集》。此信或作于乾隆五十九年（1794）。

〔二〕授馆：做家塾教师。章观察：即章攀桂。

〔三〕一星终：见卷二《与湖南抚军方毓川》注〔二〕。

〔四〕缓步花砖：犹言考中进士，进入翰林院。唐李肇《翰林志》载，唐代翰林院有一条花砖铺就的路。当时规定，学士冬季入署值班的时间，每天从日影照到第五块砖时开始。翰林学士李程生性疏懒，每日要到日影照到第八块砖以后才来。鸿、雁：指代书信。

〔五〕词臣：旧指文学侍从之臣，如翰林之类。超绝：远远胜过。流辈：同一辈份或同一类人。

〔六〕慄然意下：见卷七《答何水部》注〔六〕。

〔七〕“汉朝于曼倩”句：于曼倩，即于定国（？—前40），字曼倩，东海郡郯县人。他任廷尉后，拜师学习《春秋》，手执经书，面北而行弟子之礼。事见《汉书·隽疏于薛平彭传》。

〔八〕声施：为世人所传扬的名声。烂然：光明的样子。

〔九〕忝（tiǎn）然：不知羞愧貌。

〔一〇〕昌黎有言“师不必贤于弟子”：韩愈《师说》：“是故弟子不必不如师，师不必贤于弟子，闻道有先后，术业有专攻，如是而已。”

〔一一〕礼亲王世子：即昭梿（1776—1833），爱新觉罗氏，字汲修，号汲修主人、檀樽主人。努尔哈赤次子礼亲王代善第六世孙，为第八代礼亲王。嘉庆二十年（1815）因虐下获罪，革除王爵。有《啸亭杂录》等。世子，古代诸王公侯嗣子之称谓，明清为亲王嗣子之称谓。河间：即汉景帝第二子、河间献王刘德（前171—前130），喜好儒学，藏书甚多。东阿（ē）：即三国曹魏文学家曹植，曾受封为东阿王。

〔一二〕江淹已尽之才：南朝文学家江淹，少有文名，世称江郎，晚年诗文无佳句，时人谓之才尽。

〔一三〕瓦缶：古代陶土制的打击乐器，比喻庸俗低劣之音。《箫韶》：传说是帝舜时的音乐，后泛指美妙的音乐。

〔一四〕间日之疟：一种反复发作的疟疾。委顿：疲乏，憔悴。缀卷：犹成文、成篇。

〔一五〕瑶华主人：即弘旿（1743—1811），爱新觉罗氏，字卓亭，一字仲升，号恕斋，一号醉迂，别号瑶华道人，又号一如居士。乾隆二十八年（1763）封二等镇国将军，三十九年（1774）进封贝子。宗子久钦龙凤质，仙才多出帝王家：语出袁枚《蒙瑶华主人寄赠二律，恭答四章》，见收于《小仓山房诗集》卷三十五。宗子，这里指皇族子弟。

〔一六〕四六：指骈文。《文外》一编：指袁枚《小仓山房外集》，所收均为骈文。

寄明希哲太守〔一〕

去春家人从杭州归，接奉手书，蒙阁下当有事之秋，拳拳野叟，感何可言！嗣后雁少鸿稀，彼此未通芳讯，思心潭潭〔二〕。顷晤江宁和太守，知阁下近居京邸，暂为六月之息，定当再起东山，副苍生之望，慰老叟之心〔三〕。事在意中，不卜可知也。

枚年登八十矣，今春又到西湖〔四〕。追忆前年趋谒台阶，蒙阁下一见如旧相识，矜宠逾常〔五〕，即引上画楼，四美出见，命梧桐、袖香两侍者，受业门下，听《雁沙》一曲，观蚕眠数行[六]。枚惊喜过望，旋因西泠诸女弟子，联诗社于湖楼[七]，公云外呼驺，来看染翰，让出所乘玻璃画舫，命诸闺秀打桨游山[八]。公乃乘马还衙，旋遣郇厨代张酒宴[九]，兼颁钗珥，遍犒姬姜[一〇]。一时佳话传遍武林，以为当年白傅、东坡，尚无此为政风流也[一一]。

枚因往事之萦怀，怅盛游之难再，偶作长歌一首，联写心情，抄稿起呈，以博莞尔[一二]。知阁下贤者多情，亦必同此惓惓也[一三]。外附闺秀吟诗之墨、砚二种，求分致学琴、学字两弟子，勖其精进[一四]。特镌“随园老人”数字于上者，欲使停针染翰之时，如见把笔传经之一叟，尚在妆台教督焉。

注释

〔一〕明希哲太守：即明保，尝任浙江杭州知府。此信写于乾隆五十九年（1794）。

〔二〕雁、鸿：书信的代称。潭潭：深广的样子。

〔三〕京邸：京都的邸舍。再起东山，副苍生之望：东晋谢安曾长期隐居在东山，时人戏言：“安石不肯出，将如苍生何？”事见《世说新语·排调》。后以“东山再起”指称隐士出仕，也比喻失势之后又重新得势。

〔四〕枚年登八十矣，今春又到西湖：乾隆五十九年（1794）二月至四月，袁枚出游吴越，三月二十五日抵杭州，直至五月二十四日方返回随园。

〔五〕趋谒（yè）：前往进见。矜宠：犹宠爱。

〔六〕“引上画楼”句：梧桐、袖香，明保二妾名，后为袁枚女弟子。《随园诗话补遗》卷五：“太守有十二金钗，能琴者名悟（按，应作梧）桐，能诗者名袖香，最小者名月心。会（按，即湖楼诗会）前一日，皆执贽余门。”蚕眠，犹蚕状的字迹。

〔七〕西泠诸女弟子，联诗社于湖楼：即乾隆五十七年（1792）四月十三日袁枚招王文治并女弟子七人聚会于西湖一事。

〔八〕染翰：以笔蘸墨，引申指作诗文、绘画等。画舫（fǎng）：装饰华丽的游船。

〔九〕郇（xún）厨：典出五代冯贽《云仙杂记》卷三“郇公厨”条：“韦陟厨中，饮食之香错杂。人入其中，多饱饫而归。语曰：‘人欲不饭筋骨舒，夤缘须入郇公厨。’”

〔一〇〕钗珥：钗为发饰，珥为耳饰。泛指妇人的首饰。犒（kào）：犒劳。姬姜：这里指袁枚诸女弟子。

〔一一〕武林：杭州的别称。白傅、东坡：即白居易、苏轼。

〔一二〕莞尔：微笑的样子。

〔一三〕惓惓（quán）：深切思念，念念不忘。

〔一四〕学琴、学字两弟子：即前及明保侍女梧桐、袖香。勖（xù）：勉励。

卷　九

答朱石君尚书[一]

香亭弟寄到手书，见和《寿言》十三首，富哉言乎[二]！奥旨内蕴，精文外昭。虽庞士元称引人才，往往有逾其分[三]；而出于大贤君子之口，传之千秋。枚如伛偻升高，荣胜于庐山之九锡矣[四]。公在岭南，持督、抚二篆[五]，王事如麻，犹能通书礼士，拄笏吟诗[六]，真古大臣中所罕见。

惟是熟读来书，谆谆规勉，教将集中华言风语[七]，大加删削，似乎尚书爱枚过深，而知枚转浅。窃思古人所贵乎知己者，非徒知其长，兼知其短也。枚本无长，其短处公固知之，而所以不讳其短之故，公尚未知，则不得不布露所蓄[八]，直陈于大君子之前。

枚今年八十一矣，夕死有余，朝闻不足[九]，家数已成。试称于众曰“袁某文士”，行路之人或不以为非，倘称于众曰“袁某理学”，行路之人必掩口而笑。夫君子之所以比德于玉者，以其瑕瑜不相掩故也。如必欲匿其瑕，皇其瑜[一〇]，则玉之真者少矣。良医之所以不治疥癣者，以其无伤大体故也，如必攻治之，恐转为心腹之忧矣。孔门四科[一一]，因才教育，不必尽归德行，此圣道之所以为大也。宋儒硁硁然将政事、文学、言语一绳捆束[一二]，驱而尽纳诸德行一门，此程朱之所以为小也。王粲《英雄记》[一三]，无一人在三君、八顾中[一四]，盖建立事功，非规行矩步者所能[一五]。锯齿不斜，不能断木，此圣人所以欲举贤才，先赦小过也。吾家中郎治行可观〔一六〕，若论其文章，根柢浅薄，庞杂异端。蒙公举以相拟，得毋有“彼哉彼哉”之叹乎〔一七〕？

公自谦迂拘〔一八〕，而不知枚之迂拘，更有十倍于公者：雅不喜三教同源之说，以为此中界限不清，终是有所慕于彼者，无所得于此故也。学仙贪长生，即戒之在得之一端〔一九〕。敬鬼神而不远，则夫子以龟兆多少，定臧氏之贤否〔二〇〕。三世其义何在？司马温公曰：“其微言不能出吾书，其诞吾不信也。”〔二一〕公品望不在温公下，惟此处见解小异，故鸡口难耐，献瞽人夜诵之音〔二二〕。

注释

〔一〕朱石君尚书：即朱珪。此信或写于嘉庆元年（1796）冬。

〔二〕香亭：即袁枚从弟袁树。《寿言》：即袁枚《八十自寿》诗十首。袁枚辑《随园八十寿言》卷三收朱珪《祝简斋前辈寿》诗五首。富：丰富。

〔三〕庞士元称引人才，往往有逾其分：见卷六《答李香林尚书》注〔四〕。

〔四〕伛偻升高：见卷六《答李香林尚书》注〔三〕。庐山之九锡：见卷二《谢托师健抚军》注〔七〕。

〔五〕公在岭南，持督、抚二篆：岭南，即广东。篆，印章。朱珪于乾隆五十九年（1794）五月以安徽巡抚改任广东巡抚，六十年（1795）迁兵部尚书，留巡抚任，嘉庆元年（1796）六月署两广总督，八月改安徽巡抚。

〔六〕笏（hù）：古代大臣上朝时拿的手板，用玉、象牙或竹片制成，上面可以记事。

〔七〕华言风语：语出西汉焦赣《焦氏易林·咸之颐》。华言，浮华、浮夸之言。风语，虚浮不实的话。

〔八〕布露：公布，揭示。

〔九〕夕死有余，朝闻不足：语出《论语·里仁》：“朝闻道，夕死可矣。”

〔一〇〕皇：彰显。

〔一一〕孔门四科：《论语·先进》："德行：颜渊、闵子骞、冉伯牛、仲弓；言语：宰我、子贡；政事：冉有、季路；文学：子游、子夏。"德行、言语、政事、文学，即所谓孔门四科。

〔一二〕硁硁然：语出《论语·子路》："言必信，行必果，硁硁然小人哉。"意即：说到一定做到，做事一定坚持到底，不问是非地固执己见，那是小人啊。

〔一三〕《英雄记》：又作《汉末英雄记》《汉书英雄记》，记载东汉末年诸军阀的事绩，作者为东汉末年文学家王粲。

〔一四〕三君、八顾：典出《后汉书·党锢列传》。东汉中后期，太学生把敢于同宦官斗争的清流人物冠以"三君""八顾"等称号。"三君"指窦武、刘淑、陈蕃，"八顾"指郭泰、宗慈、巴肃、夏馥、范滂、尹勋、蔡衍、羊陟。

〔一五〕规行矩步：按规矩走路。比喻说话行动拘谨，严格按规矩办事。

〔一六〕吾家中郎：指晚明公安派代表人物袁宏道，中郎其字。治行：为政的成绩。

〔一七〕彼哉彼哉：见卷八《答李少鹤书》注〔三四〕。

〔一八〕迂拘：迂阔而保守。

〔一九〕戒之在得：见卷七《答法时帆学士》注〔一五〕。

〔二〇〕夫子以龟兆多少，定臧氏之贤否：见卷一《与岳水轩》注〔七〕。

〔二一〕"司马温公曰"句：《宋史·司马光传》："（司马）光于物澹然无所好，于学无所不通，惟不喜释、老，曰：'其微言不能出吾书，其诞吾不信也。'"

〔二二〕品望：人品与声望。鸡口：比喻地位低微。瞽人夜诵之音：见卷五《与杨兰坡明府》注〔一一〕。

枚尤不可解者，公游峡山〔二三〕，有刻枚诗者，并刻同游人姓名，公一见勃然，急横抹之，云为贤者讳过。枚初瞢然不解，徐思之，似指门下刘霞裳秀才，则公误矣〔二四〕。夫游亦何过之有？若云师弟不可同游邪，则樊迟不应从游于舞雩之下〔二五〕；若云年少不可同游邪，则曾点"浴乎沂，风乎舞雩"，不偕年高有德之人，乃与童冠同游，反为夫子所与者〔二六〕，何也？若以刘生非端人邪〔二七〕，则公在六千里外，未见其人，未闻其语，未考其居乡事迹，而毅然疾恶如仇，举笔涂抹。然则使互乡童子洁己以进〔二八〕，圣人其将掩面不视，遽命小子鸣鼓而攻之邪〔二九〕！

凡“疑”之一字，由人心生也。人心有定而无定。假使枚与然明游〔三〇〕，公不疑也；与宋朝游〔三一〕，公遽疑之。是不肖之心从公生，不从枚起。以“想当然”三字，举皋陶断狱〔三二〕，四方闻之，必以刘生有大过恶，故正人君子不许留姓名于集上。而不知渠乃刘念台先生之曾孙〔三三〕，居家孝友，诗文清妙，实佳士也。其大不是处，在初生时不求造物，与一丑面而来，致生物议。然此权乃女娲氏黄土所抟，非渠所能自主。随园粲粲门子尚有五六人，如陈梅岑、周青原辈，皆是也〔三四〕。得闻此信，人人自危。霞裳何负于公，而使之独蒙恶声？枚又何德于公，而为之欲盖弥彰哉？恐贤者之过将有所归，枚不能为公讳也。

昔者舜取人以貌，禹取人以言，文王取人以声，汉选博士弟子〔三五〕，取仪状端正者，古之人未尝不以貌取人也。公本大儒，登朝之后，仁义其身，礼乐其民，以忠诚结主知。现在枚卜之期指日可待，天下无智愚、贤不肖，皆在钧陶器使之中〔三六〕。倘但知同体之善，而忘异量之美，又或听言太广，所见太狭，皆非为国家爱惜人材之道。何况风情黯昧，悠悠之谈，宜绝智者之口。贾生，王佐才也，吴公为汉时第一循吏，乃太史公称生年十八，受吴公知，召置门下，最爱幸〔三七〕。夫爱可也，幸不可也〔三八〕。然而二千年来，不以此疑二公也。费祎少年，为孔明骖乘〔三九〕，当时但惊其宠，不以为疑。古礼最严男女之别，乃朝廷制律，不以风闻定案。忠厚之士，不谈闺阃，且有明犯瓜李之嫌〔四〇〕，而坐怀不乱者有之；侍婢多年，完然处子者有之。处人人可疑之地，而尚且有万万不可疑之人，何况觥觥大男子〔四一〕？

师弟传经，李固负笈以从〔四二〕；田何枕膝〔四三〕，而授无所为非。即果有情欲之感，亦必须捧匜之妾，涤溺袴之僮，方能探风影以相诬〔四四〕。达官长者，何由探知？于自家身分，不无小损。且天下之至可信者，目也。然孔子见颜渊拾尘，疑为窃饭〔四五〕。见而知之，尚且误矣，而况闻而知之者乎？

〔二三〕峡山：在今广东清远，又名飞来峡。

〔二四〕瞢（měng）然：懵懂，糊里糊涂的样子。刘霞裳：即刘志鹏。

〔二五〕师弟：老师和弟子。樊迟不应从游于舞雩（yú）之下：语出《论语·颜渊》："樊迟从游于舞雩之下。"樊迟，姓樊名须，字子迟，孔子弟子。

〔二六〕"曾点浴乎沂"句：语出《论语·先进》："（曾点）曰：'暮春者，春服既成，冠者五六人，童子六七人，浴乎沂，风乎舞雩，咏而归。'夫子喟然叹曰：'吾与点也。'"曾点，字子皙，孔子弟子。

〔二七〕端人：正直的人。

〔二八〕互乡童子洁己以进：见卷三《答家惠纕孝廉》注〔一八〕。

〔二九〕遽（jù）命小子鸣鼓而攻之：语出《论语·先进》："季氏富于周公，而求也为之聚敛而附益之。子曰：'非吾徒也，小子鸣鼓而攻之可也。'"遽，就。

〔三〇〕然明：春秋中期郑国大夫，鬷氏，名蔑，字然明，又称鬷明，以才智闻名。

〔三一〕宋朝：春秋后期宋国公子，以美貌著称。《论语·雍也》："不有祝鮀之佞，而有宋朝之美，难乎免于今之世矣！"

〔三二〕皋陶（yáo）：传说中舜、禹时期的名臣，掌管刑法。

〔三三〕刘念台：即刘宗周（1578—1645），字起东，别号念台，浙江山阴（今绍兴）人。因讲学于山阴蕺山，世称蕺山先生。

〔三四〕粲粲：鲜盛貌。门子：这里是门人的意思。陈梅岑、周青原：即陈熙、周发春。

〔三五〕博士：官名。秦汉时是掌管书籍文典、通晓史事的官职，后成为学术上专通一经或精通一艺、从事教授生徒的职务。

〔三六〕枚卜：占卜。古代以占卜选官，因以枚卜指称选用官员。钧陶：秉持国政者。器使：量材使用。

〔三七〕“吴公为汉时第一循吏”句：《史记·屈原贾生列传》载，贾谊少有才名，吴公担任河南郡守时，便把他召到衙门任职，颇为器重。汉文帝即位后，吴公因治理河南郡政绩卓著，为全国第一，被召至朝廷担任廷尉。吴公到任后，又推荐贾谊年轻有才，汉文帝便征召贾谊，让他担任博士一职。

〔三八〕幸：得到宠爱。

〔三九〕费祎少年，为孔明骖乘：此为三国时期蜀汉名臣费祎得诸葛亮赏识，同车而乘事，见《三国志·蜀书·费祎传》。

〔四〇〕闺阃（kǔn）：妇女居住的地方。瓜李之嫌：在瓜田里弯腰，在李树下抬手，皆可被疑为偷盗瓜果。比喻处在嫌疑的境地。

〔四一〕觥觥（gōng）：刚直的样子。

〔四二〕李固（94—147）：字子坚，汉中城固（今属陕西）人，东汉中期名臣。

〔四三〕田何：字子庄，淄川（今属山东淄博）人，徙杜陵（今陕西西安东南），号杜田生。西汉今文易学的开创者之一，田氏易学派的创始人。

〔四四〕匜（yí）：一种盛水洗手的用具。溺袴（kù）：内裤。

〔四五〕“孔子见颜渊”句：见卷一《答相国（又）》注〔二〕。

枚幼尝病魇，太母抱置怀中〔四六〕；弱冠甫离，自后不能孤眠。故香亭、阿迟，一弟、一儿，皆同卧起，即问香亭，可知也。俗子不读史书，便生物议，可知汉武与卫青、霍去病同卧起乎？光武与严子陵同卧起乎？关忠武与刘先主、张桓侯同卧起乎〔四七〕？然此犹云英主贤臣、年长者事也。《三国志》载孟宗之母，为长枕大被，招致四方文士，教儿同卧起，以求气类之亲，卒能致官司空，名传贤母〔四八〕。当其时宗尚少年，使生于今之世，则轻薄儿必造出无数谰言〔四九〕，将并其母而污之矣！圣人《系辞》云：“窥观女贞，亦可丑也。”〔五〇〕言闭户而窥，在女为贞，在男子则为丑也。枚犬马齿载，久读孔子闭房之记矣〔五一〕，非有心阑禁也。血气渐衰，止乎其所不得不止也。

追溯平时跅弛处，东山所挟，记忆难清；元则所怜，丝毫无染〔五二〕。皇天后土，实闻此言。惟其无所愧于心，是以无所择于口，风流自赏，言过其实，惟恐人不知，是则枚之过也。然而桑间濮上，圣人不删〔五三〕；前言戏之，子游不愠〔五四〕。屈原以美人比君〔五五〕，苏武以夫妻喻友〔五六〕，卮言十出〔五七〕，岂可据为口实哉？大抵才人读《诗》，爱《国风》，学人读《诗》，爱《雅》《颂》，不知二者不可偏废。尚书学人也，贵人也，有主持名教之责，又天性严重〔五八〕，故不识筝琶，专弹古瑟。所谓子政论文〔五九〕，必衷诸圣；稚圭劝学〔六〇〕，必奉于经：理当然也。若枚则山泽之癯，游戏人间，有何罣碍〔六一〕？《易》称“仁者见之谓之仁，智者见之谓之智”〔六二〕，其大德不逾处宜争，其小德出入处，故宜阔略也〔六三〕。

〔四六〕魇（yǎn）：梦中惊叫，或梦中觉得被什么东西压住不能动。太母：祖母。

〔四七〕关忠武与刘先主、张桓侯：分别指关羽、刘备、张飞。

〔四八〕“《三国志》载孟宗之母”句：《三国志·吴书·三嗣主传》裴松之注引《吴录》载，孟宗年幼时从南阳李肃学，孟母为他做了一床极大的被子。有人问其原因，孟母说：“我儿子没什么优秀品质能结交朋友。我听说学者大多贫穷，可能连被子都没有，所以我做这样一床大被子，让他们天冷时可以一起盖，或许能让我儿子结交到几个意气相投的朋友。”

〔四九〕谰（lán）言：没根据的话。

〔五〇〕“圣人《系辞》云”句：《周易·观卦》：“六二：窥观，利女贞。”《象传》曰：“‘窥观女贞’，亦可丑也。”传说《易传》为孔子所作，故有“圣人《系辞》云”之谓。此处文字出自《易传》中的《象传》，并非《系辞》。

〔五一〕㦶（dié）：古同“耋”。孔子闭房之记：古人托名孔子的谶纬书籍。

〔五二〕跅（tuò）弛：不受拘束，放荡。东山所挟：典出《世说新语·识鉴》：“谢公在东山畜妓。”刘孝标注引宋明帝《文章志》：

“安纵心事外，疏略常节，每畜女妓，携持游肆也。”谢公，即东晋名相谢安。“元则所怜”句：用宋陈规事。《宋史·陈规传》载陈规为女儿买婢，询知婢为张贡士的女儿，因丈夫死后没有依靠，乃卖身求活，于是“规即辍女奁嫁之，闻者感泣”。陈规字元则。

〔五三〕桑间濮上，圣人不删：桑间濮上为周朝时卫国属地，当地流行的乐歌往往被贬为“淫风”“亡国之音”。传说《诗经》为孔子编选而成，其中包含大量桑间濮上之辞，故云“桑间濮上，圣人不删”。

〔五四〕前言戏之，子游不愠：语出《论语·阳货》：“子之武城，闻弦歌之声，夫子莞尔而笑曰：‘割鸡焉用宰牛刀。’子游对曰：‘昔者偃也闻诸夫子曰：‘君子学道则爱人，小人学道则易使也。’子曰：‘二三子，偃之言是也。前言戏之耳。’”

〔五五〕屈原以美人比君：屈原作品多使用“香草美人”比喻国君，或自喻。

〔五六〕苏武以夫妻喻友：传说苏武写有多篇赠与李陵的诗篇，内容多写夫妻情事。

〔五七〕卮言十出：语出《庄子·寓言》：“寓言十九，重言十七，卮言日出，和以天倪。”成玄英疏：“卮，酒器也。……无心之言，即卮言也。”

〔五八〕严重：严肃稳重。

〔五九〕子政：即西汉学者、文学家刘向，子政其字。

〔六〇〕稚圭：即南朝宋、齐时期文学家孔稚圭。

〔六一〕癯（qú）：清瘦，一般形容清贫的知识分子。罣（guà）碍：羁绊，障碍。

〔六二〕仁者见之谓之仁，智者见之谓之智：语出《周易·系辞上》。

〔六三〕阔略：疏放，不拘束。

管公明曰：“忠孝人之根本，廉介人之小善焉。”〔六四〕能舍江海之流，而为激石之清乎？且《国风》之好，究与人品无干。傅鹑觚善言儿女之情，而侃侃直节，台阁生风〔六五〕。徐摛宫体华艳，而于殿上危急时，能挫侯景之威〔六六〕。寇莱公、赵清献、文潞公皆一代名臣，而诗多香奁，袭西昆体格〔六七〕；惟沈休文辱身三朝，晚节不终，乃逃归净域，思为绮语之忏〔六八〕。本不足而求诸末，此君子、小人之明效也。杜牧之骂白居易诗纤艳不逞，为名教罪人〔六九〕。然皇上选《唐宋诗醇》，俾与韩、杜同列〔七〇〕，不肯夺其一席。吾乡赵学斋副宪，督学江西〔七一〕，令兄竹君学士，督学皖江〔七二〕，所取皆美秀少年，一时不逞之徒，造作蜚语，二先生夷然绝不介意〔七三〕。不到十年，所识拔者，尽登朝宁，如麟凤群翔；而腾谤者，久已化作寒蝉，烟消灰灭〔七四〕。枚作赵公《墓志》，曾发愤一道，非为两贤雪冤，亦为世道人心起见也。

公道竹垞先生不删《风怀二百韵》〔七五〕，以为恨事，至于痛哭流涕，枚又不以为然。竹垞之不删《风怀》诗，即昌黎之不删《三上宰相书》〔七六〕，所以存其真也。《陈仲弓墓碑》直书先生，不饰廉隅，不修细行〔七七〕，亦所以存其真也。道家画八仙，必画李跛，非仙人不能医其跛也，亦所以存其本来面目也。以千金之珠，易鱼之一目，而鱼不愿者，以珠贵而伪，目贱而真故也。君子之过也，如日月之食焉，人皆见之〔七八〕。倘彼时竹垞竟行删去，亦未必能与元、明陋儒分享特豚之馈，而先已居心不净，掩不善以著其善，就阑入圣门，必为子路所呵逐无疑矣〔七九〕！《文苑》《儒林》，本无甲乙，《道学》一传，尤属赘瘤。一部“十七史”〔八〇〕，安放竹垞先生自有处所，不必公为过虑而痛哭也。

惟是《礼经》云：“七十非人不暖。”〔八一〕枚小星凋谢〔八二〕，无所取诸，不得已而求诸气类相同者。嗣后将访求古所称盲秃、伛尪、仇麋敦洽之徒〔八三〕，与同宴游，以省浮言，又恐非人情，不可近。老泉曾言之，“避嫌之事，贤者不为”；伊川先生曾言之，“卢杞面蓝，亦复奸邪”，更觉逡巡两难矣〔八四〕。还望尚书有以教我。

〔六四〕“管公明曰”句：管公明，即管辂（209—256），字公明，平原（今山东平原）人，三国曹魏术士。《三国志·魏书·方技传》裴松之注引《辂别传》：“（管辂）常谓：‘忠孝信义，人之根本，不可不厚；廉介细直，士之浮饰，不足为务也。’”

〔六五〕傅鹑觚：即西晋初年文学家傅玄，因其受封鹑觚子，故称。侃侃（kǎn）：刚直的样子。台阁：汉代时指尚书台，后泛指中央政府机构。

〔六六〕“徐摛宫体华艳”句：徐摛（474—551），字士秀，东海郯（今山东郯城）人，南朝齐梁时期文学家，宫体诗代表人物之一。《梁书·徐摛传》：“太清三年，侯景攻陷台城，时太宗居永福省，贼众奔入，举兵上殿，侍卫奔散，莫有存者。摛独嶷然侍立不动，徐谓曰：‘侯公当以礼见，何得如此？’凶威遂折。侯景乃拜，由是常惮摛。”

〔六七〕寇莱公：即北宋初年政治家寇准，因其受封莱国公，故称。赵清献：即北宋中期政治家赵抃，清献其谥。文潞公：即北宋中期政治家文彦博，因其受封潞国公，故称。香奁（lián）：借指闺阁。西昆：宋初诗歌流派，以《西昆酬唱集》而得名。

〔六八〕沈休文：即南朝齐梁时期文坛领袖沈约，休文其字。净域：即佛教所谓极乐净土。沈约笃信佛教，故称其逃归净域。

〔六九〕“杜牧之骂白居易”句：杜牧《唐故平卢节度巡官陇西李府君墓志铭》引李戡语曰：“尝痛自元和已来有元、白诗者，纤艳不逞，非庄士雅人，多为其所破坏。流于民间，疏于屏壁，子父女母，交口教授，淫言媟语，冬寒夏热，入人肌骨，不可除去。吾无位，不得用法以治之。”当为袁枚所本，实则并非杜牧自己的言论。

〔七〇〕皇上选《唐宋诗醇》：《唐宋诗醇》为乾隆帝御选的唐宋诗选本，凡收李白、杜甫、白居易、韩愈、苏轼、陆游六人之诗作。韩、杜：即韩愈、杜甫。

〔七一〕吾乡赵学斋副宪，督学江西：赵学斋，即赵佑（1727—1800），字启人，号鹿泉，浙江仁和（今杭州）人。乾隆十七年（1752）进士，改庶吉士，散馆授编修，官至都察院左都御史。副宪，都察院左都御史的别称。赵佑于乾隆五十四年（1789）八月至五十七年（1792）八月间任江西学政，故称其督学江西。

〔七二〕令兄竹君学士，督学皖江：令兄竹君学士，即朱珪之兄朱筠（1729—1781），字美叔，号竹君、笥河，顺天大兴（今北京市大兴区）人。乾隆十九年（1754）进士，改庶吉士，授编修，官至福建学政。有《笥河集》。朱筠曾于乾隆三十六年（1771）九月至三十八年（1773）九月间任安徽学政，故有督学皖江之说。

〔七三〕不逞之徒：心怀不满而捣乱闹事的人。夷然：平静镇定的样子。

〔七四〕识拔：赏识提拔。朝宁（zhù）：朝廷。宁，古代宫殿的门和屏之间，皇帝视朝站立的地方。腾谤：肆意诽谤。

〔七五〕竹垞（chá）先生不删《风怀二百韵》：竹垞，即朱彝尊（1629—1709），字锡鬯，号竹垞，晚号小长芦钓鱼师，又号金风亭长，浙江秀水（今嘉兴）人。《风怀二百韵》是朱彝尊写其早年一场婚外恋的长篇情诗。时人因此诗乃朱彝尊述其与妻妹的不伦情事，遂劝其删掉，朱彝尊听后则表示："吾宁不食两庑豚，不删《风怀二百韵》。"

〔七六〕昌黎之不删《三上宰相书》：韩愈文集中有《三上宰相书》，系韩愈于贞元十一年（795）正月二十七日至三月十六日间，先后向当时的宰相赵憬、贾耽、卢迈请求官职而作。历来多认为韩愈所做此事、所撰此文颇不光彩。

〔七七〕《陈仲弓墓碑》直书先生：《陈仲弓墓碑》，即东汉末年蔡邕为陈寔所作《陈太丘碑》，碑文开篇曰："先生讳寔，字仲弓，颍川许人也。"廉隅：棱角，比喻人的行为、品性端正不苟。细行：生活的小节。

〔七八〕"君子之过也"句：语出《论语·子张》。

〔七九〕特豚：一头小猪。馈：即馈食，古代的一种祭礼。阑入：掺杂进去。

〔八〇〕十七史：见卷八《答奇中丞》注〔一六〕。

〔八一〕"《礼经》云"句：《礼记·内则》："五十始衰，六十非肉不饱，七十非帛不暖，八十非人不暖，九十虽得人不暖矣。"

〔八二〕小星：代指妾。

〔八三〕伛尪（yǔ wāng）：驼背。仇麋敦洽：古丑女名。

〔八四〕老泉：即北宋文学家苏洵，老泉其号。伊川先生：即北宋理学家程颐，世称伊川先生。卢杞面蓝：传说唐代奸相卢杞面色如蓝，号蓝面鬼。逡巡：徘徊不前。

附来书

不晤光霁者，十年矣！甲寅秋，珪当有江宁监临之役，以为坐随园有竟日欢，而竟不果，其缘悭邪！令弟重来粤中，出手书并《自寿》诗相示，不禁神往。海内灵光落落，况如先生之函盖一切，玉山颓唐，笼罩意气，可想可慕。然窃疑先生游戏如曼倩，即如公家中郎，尚有诗文流弊，然其专心净土，实足荡涤绮语，独透光明。先生又另树一帜，久而论定，不可不防其滥觞也。珪游峡山，见有人刻先生之诗，并及同游人姓名，珪不觉大叫，曰："先生何负于汝，而不为贤者讳过乎？"急取笔抹去。珪实敬爱大贤，故敢献此狂愚，祈恕之。比于孙渊如之蠹蟫，一笑掷之也。《竹垞先生集》不删《风怀二百韵》，岂非孝子慈孙之恨？好事者又从而实之，可为痛哭流涕。先生得不以珪为大迂邪？谨和原韵录呈，珪不敢言风雅，然其意则可质神明。先生他日当思我言。至珪之乘负抱惭无状，不足为达人道，鱼门有知，自当衔结。渠不知所报，或导珪使进药言，亦其心不死耳。呵呵，干冒前辈，死罪！死罪！

答豫亲王世子思元主人〔一〕

腊月望日〔二〕，巡漕使者王葑亭〔三〕，寄到手书一函，赠诗一章，天外徽音，从空飞下〔四〕，业已神心布覆矣〔五〕！更启金箱〔六〕，鲜华夺目，拱璧、荷囊之赠〔七〕，珊瑚、百八之珠〔八〕，一时儿女传观，宾朋叹羡。有若朝阳威凤〔九〕，偶落一毛，千百余人，皆瞻其光也；佛国灵檀〔一〇〕，飘来一叶，五十里外，皆闻其香也。

伏念枚仓山小住四十余年，始而潘岳养亲〔一一〕，既乃祁奚请老〔一二〕，譬彼坏木疾用无枝，遑敢登缑岭而听子晋之笙〔一三〕，过淮南而折小山之桂哉〔一四〕？乃蒙世子远采葑菲〔一五〕，幽寻下里〔一六〕，行先施之礼〔一七〕，宠空谷之人〔一八〕，加丹漆之华〔一九〕，润凋荣之木。当日楚元设醴〔二〇〕，河间好贤〔二一〕，何以加焉？读大集，各体皆工，无美不备，唐人律赋〔二二〕，尤为擅长。魏佛助云："不能作赋，不为才子。"〔二三〕世子真无愧焉。其余寓言十七〔二四〕，笺牍三千，俱能吐石含金，自成馨逸〔二五〕。枚如哑人，享太牢能知其甘〔二六〕，而不能言其妙。虽应教作序，以莛扣钟〔二七〕，而才尽年衰，空增悚惕〔二八〕。

来书问枚需用长安什物〔二九〕，许代觅寄来，即此片言，已铭五内〔三〇〕。枚年登大耋，无所营求〔三一〕，但见所赐荷囊，惊才绝艳，不觉心花怒开，老去春蚕，余丝欲吐。门下女弟子十二人，俱窃比薛灵芸，以针神自命者，对此奇珍，一齐侠拜，以为断非人世间所能制造〔三二〕。因爱生贪，因贪生妄，要枚转求世子，再寄一二枚来。明知织女机丝，未必肯与人巧法；而天孙云锦，或竟可取诸宫中。知世子菩萨心肠，必不使娟娟此豸，望断蛸蛴之领也〔三三〕。

注释

〔一〕豫亲王世子思元主人：即裕瑞（1771—1838），爱新觉罗氏，字思元，豫通亲王多铎五世孙，豫良亲王修龄次子。有《枣窗闲笔》《思元斋集》等传世。

〔二〕腊月望日：这里指乾隆六十年十二月十五日，即公元1796年一月二十四日。

〔三〕巡漕使者王蒋亭：即王友亮。

〔四〕“寄到手书一函”句：手书一函，即袁枚辑《续同人集·文类》卷一所收裕亲王世子思元主人《寄随园主人书》。徽音，佳音，优美的乐声。

〔五〕神心布覆：见卷一《与胡书巢（又）》注〔二〕。

〔六〕更启金箱：启，打开。金箱，金制的箱，用以珍藏宝物。

〔七〕拱璧、荷囊之赠：拱璧，用双手合抱的大璧，比喻珍品。荷囊，犹荷包。

〔八〕百八之珠：由一百零八颗珠粒贯串而成的念珠。

〔九〕威凤：旧说凤有威仪，故称。

〔一〇〕灵檀：犹言灵台，即心。

〔一一〕潘岳养亲：潘岳（247—300），字安仁，河南中牟人，西晋著名文学家。北宋之前的二十四孝故事有潘岳辞官奉母之说，称潘岳事亲至孝，尝接母亲到任所侍奉，后母亲染病，思归故里，潘岳随即辞官，奉母回乡。

〔一二〕祁奚请老：典出《左传·襄公三年》：“祁奚请老，晋侯问嗣焉。”西晋杜预注：“老，致仕。”祁奚，字黄羊，春秋中期晋国大夫，因食邑于祁（今山西祁县），遂为祁氏。

〔一三〕登缑岭而听子晋之笙：西汉刘向《列仙传》云：“王子乔者，周灵王太子晋也。好吹笙作凤凰鸣，游伊洛间，道士浮丘公接以上嵩高山上。三十年后，求之于山上，见桓良，曰：‘告我家，七月七日，待我于缑氏山头’。至时，果乘白鹤驻山头。望之不得见，举手谢时人，数日而去。”

〔一四〕过淮南而折小山之桂：淮南小山，西汉淮南王刘安的门客。东汉王逸《楚辞章句》收淮南小山《招隐士》一篇，有句云：“桂树丛生兮山之幽，偃蹇连蜷兮枝相缭。”

〔一五〕蒋菲：见卷八《上福敬斋公相》注〔一七〕。

〔一六〕下里：乡里，乡野。

〔一七〕先施：见卷四《答陕西抚军毕秋帆先生》注〔一〇〕。

〔一八〕空谷之人：犹隐居之人。空谷，空旷幽深的山谷。

〔一九〕丹漆之华：丹漆，本为朱红色的漆，这里指红色。华，即花。

〔二〇〕楚元设醴：此为西汉初年楚元王刘交（？—前179）礼遇

贤士的典故。《汉书·楚元王列传》："元王既至楚，以穆生、白生、申公为中大夫。……穆生不耆酒，元王每置酒，常为穆生设醴。"唐颜师古注："醴，甘酒也。"

〔二一〕河间好贤：河间，即汉景帝次子、河间献王刘德（前171—前130）。《史记·五宗世家》："河间献王德，以孝景帝前二年用皇子为河间王。好儒学，被服造次必于儒者。山东诸儒多从之游。"

〔二二〕律赋：有一定格律的赋体，于音律、押韵都有严格规定。为唐宋以来科举考试所采用。

〔二三〕"魏佛助云"句：魏佛助，即北朝文学家、史学家魏收（507—572），字伯起，小字佛助，与温子升、邢邵并称"北地三才"。《北齐书·魏收传》："收以温子升全不作赋，邢虽有一两首，又非所长，常云：'会须作赋，始成大才士。'"

〔二四〕寓言十七：语出《庄子·寓言》："寓言十九，重言十七，卮言日出，和以天倪。"

〔二五〕馨逸：形容文辞美妙。

〔二六〕太牢：祭祀时，牛、羊、豕三牲全备为"太牢"。

〔二七〕以莛扣钟：见卷三《寄房师邓逊斋先生》注〔一五〕。

〔二八〕悚（sǒng）惕：恐惧，惶恐。

〔二九〕长安：北京的代称。什物：家庭日用衣物及其他用品。

〔三〇〕五内：五脏。

〔三一〕年登大耋（dié），无所营求：大耋，八十岁曰耋。营求，谋求，追求。

〔三二〕薛灵芸：前秦王嘉《拾遗记》卷七记载，魏文帝爱妾薛灵芸又名夜来，妙于针工，宫中号为"针神"。侠拜：古代妇女与男子为礼，女先拜，男子答拜，女又拜，谓之侠拜。侠，通"夹"。

〔三三〕娟娟此豸（zhì）：语出东汉张衡《西京赋》："嚼清商而却转，增婵蜎以此豸。"形容美女姿态妩媚妖娆。蝤蛴（qiú qí）之领：语出《诗经·卫风·硕人》："领如蝤蛴。"领，颈，脖子。蝤蛴，天牛及桑牛的幼虫，因其体丰润洁白，故古人用以比喻妇女光滑柔腻的颈项。

答和希斋尚书[一]

二月五日，从补山相国处递到尚书前岁所寄手书[二]，知肃覆芜函，奉和诗章，俱登英盼。伏念枚今春犬马之齿，八十有一矣，戢影蓬庐，久抱枯鱼衔索之感[三]。乃蒙尚书两赐朵云[四]，飞来万里。自谦，则若江河之就下；见誉，则扶伛偻以升高[五]。拜诵徽言，感深次骨[六]，尤爱来书云“宋儒之为道拘，犹士大夫之为位拘也”。此论为前人所未发，非绝世聪明、先知先觉，何能有此见解？

然枚更有进焉者。士大夫之为位拘，犹之可也；宋儒之为道拘，则断乎不可。何也？位者，王侯公卿实而可据者也。使人憎之避之，而不能笑其非王、非侯、非公卿也。宋儒之为道拘，道者，仁义道德虚而无凭者也。倘人责问之，而己亦不能自夸其何道、何德、何仁、何义也。况自以为有道德，便浅之乎为道德矣；自以为行仁义，便浅之乎为仁义矣。以周公之圣，而不吝不骄[七]；以文王之圣，而望道未见[八]；以孔子之圣，而子臣弟友，自谦未能以颜子之贤，而有若无，实若虚，以能问于不能[九]。古之圣贤，终日乾乾，惟日不足[一〇]，谁肯以道自拘者乎？不特此也，硗硗者易缺，皦皦者易污[一一]。当年明道、尧夫，同时谈道，而元祐洛、蜀之党，独起于伊川[一二]。东莱、子静，同时讲学，而熙宁伪学之禁，独攻及朱子[一三]。无补于国，徒祸其身，此又士大夫以道自拘之明效大验也[一四]。尚书能不为位拘，不为道拘，则将来集思广益之功，体国经野之略，岂有涯量也哉[一五]！

尚书又云"读枚诗文，知枚之为人"，此言又为今人所未发。枚生逢盛时，初心颇思有所树立，不欲以诗文自见。奈辞官养母三十余年，人子事毕，而身亦皤皤老矣〔一六〕。平昼闲居，小有述作，称心而言，自知为拘儒所呵无疑也〔一七〕。就有好我者，不过赏其词华足矣〔一八〕。不料垂暮之年，举头天外，忽得位极人臣之大君子，全无介绍先容〔一九〕，而聆音识曲，一则曰"立雪"，再则曰"撰杖"〔二〇〕，爱之深而宠之过。管敬仲所谓"生我者父母，知我者鲍叔"〔二一〕，其信然邪！古人举主之恩，重于座主〔二二〕，以举主能知其人，而座主仅知其文故也。尚书因知其文，兼知其人，是合座主、举主而兼之，然则"立雪""撰杖"者，恐在野叟，不在尚书矣。

枚婚嫁事毕，五岳游终，回首余生，毫无罣念〔二三〕。惟二三知己之感，一息尚存，此中耿耿〔二四〕。前冬，黄小松司马寄示尚书《西招杂咏》一册〔二五〕，读而爱之，谨题二律；又自制松烟百螺〔二六〕，附贱姓名，以志不能执鞭、尚思磨墨之意。托明希哲太守寄呈左右〔二七〕。近闻尚书统师黔、楚〔二八〕，而太守亦前赴军营，谅已面呈钧览。

注释

〔一〕和希斋尚书：即和琳。此信或写于嘉庆元年（1796）春。

〔二〕补山相国：即孙士毅。

〔三〕戢（jí）影：本义为隐匿踪迹，引申为退隐闲居。枯鱼衔索：穿在绳上的干鱼，形容日子已经不多。

〔四〕朵云：书信。见卷三《答尹相国》注〔三〕。

〔五〕扶伛偻以升高：见卷六《答李香林尚书》注〔三〕。

〔六〕徽言：美言，善言。次骨：犹入骨，形容程度极深。

〔七〕以周公之圣，而不吝不骄：语出《论语·泰伯》："如有周公之才之美，使骄且吝，其余不足观也已。"

〔八〕以文王之圣，而望道未见：见卷六《答是仲明》注〔八〕。

〔九〕"以孔子之圣"句：《论语·泰伯》："曾子曰：'以能问

于不能，以多问于寡，有若无，实若虚，犯而不校。昔者吾友尝从事于斯矣。’”吾友，一般认为即颜渊。

〔一〇〕终日乾乾：语出《周易·乾卦》，意即整天自强不息，勤奋努力。惟日不足：语出《尚书·泰誓》：“我闻吉人为善惟日不足，凶人为不善亦惟日不足。”意即只觉时日不够。

〔一一〕硗硗（qiāo）者易缺，皦皦（jiǎo）者易污：语出《后汉书·左周黄列传》，意即：高峻的东西容易被折损，洁白的东西容易被玷污。

〔一二〕“明道、尧夫”句：明道，即北宋理学家程颢，世称明道先生。尧夫，即北宋理学家邵雍，尧夫其字。伊川，即北宋理学家程颐，世称伊川先生。宋哲宗元祐（1086—1094）年间，反对王安石变法的朝臣形成洛党与蜀党，前者以程颐为首，后者以苏轼为首。所谓洛、蜀党争，即由程颐挑起。

〔一三〕“东莱、子静”句：东莱，即南宋理学家吕祖谦，世称东莱先生。子静，即南宋理学家陆九渊，子静其字。朱子，即朱熹。宋宁宗庆元（1195—1201）年间，权臣韩侂胄与赵汝愚争权。因朱熹等倾向于赵汝愚，韩侂胄得势后，遂称理学为伪学，罢斥赵汝愚以下五十九人，禁用赞同朱熹的士人，史称庆元党禁。这里袁枚或误记庆元为熙宁。

〔一四〕明效大验：非常显著的效验。

〔一五〕体国经野：语出《周礼·天官·序官》，指治理国家。略：谋略。涯量：限度，限量。

〔一六〕皤皤（pó）：白发貌，形容年老。

〔一七〕呵：怒责。

〔一八〕词华：文采。

〔一九〕先容：语出《史记·鲁仲连邹阳列传》：“蟠木根柢，轮囷离奇，而为万乘器者，何则？以左右先为之容也。”本义是先加修饰，后引申为事先为人介绍、推荐或关说。

〔二〇〕立雪：见卷二《上座主虞山相公》注〔二〕。撰杖：语出《礼记·曲礼上》：“侍坐于君子，君子欠伸，撰杖屦。”意即侍奉长者。

〔二一〕生我者父母，知我者鲍叔：语出《史记·管晏列传》。管敬仲即管仲，鲍叔即管仲好友鲍叔牙。

〔二二〕举主：推荐、保举别人的人。座主：见卷二《上座主虞山相公》注〔一〕。

〔二三〕罣（guà）念：挂念。

〔二四〕此中耿耿：心里有事，一直牵挂。

〔二五〕黄小松司马：即黄易（1744—1802），字大易，号小松、秋庵，又号秋影庵主、散花滩人，浙江仁和（今杭州）人。工篆刻，为西泠八家之一。

〔二六〕松烟：古代制墨，多用松木烧出的烟灰作原料，故名松烟墨。

〔二七〕明希哲太守：即明保。

〔二八〕统师黔、楚：乾隆六十年（1795）贵州、湖南爆发苗乱，和琳受命征讨。

寄毕秋帆制府〔一〕

张止原来，接诵瑶华，语长意重，情愫缠绵〔二〕。得悉阁下莅任以来，安良除莠，济猛以宽，溥万里之慈云，作两湖之甘雨，求之古人中，惟谢太傅、韩魏公有此才略，今复于阁下见之〔三〕。止原扇头所书大作《新乐府》六章，再三朗诵，如仙乐云璈，声来天上，不屑与人世间之丝竹凡音，作琤琤细响。且为国为民，一片婆心〔四〕，已尽得于字里行间。枚与阁下交，虽道谊分阻云泥，乃蒙千里寄声，时时垂念，何修得此，感篆奚如〔五〕！

云秀才蒙公嘘咈，得武昌书记一席〔六〕，枝栖有寄，实为得所。但渠九月来书，云宾主了无不合之意，惟食客中某某，时睽睽相视，颇有欲得而甘心者〔七〕。枚伏思渠在署中，不过孟尝下客，为质无多，何致引他族而争此土〔八〕？且重以阁下之栽培，如泰山压卵，坚莫能移，虽有力者，亦当袖手。此皆既得患失，犹未免寒酸作馆之故态〔九〕。但其人于学问一道，颇具苦心，尚祈视如小草，时被春风，则终始成全，恍如身受。

枚去冬赴奕园方伯之招，小住苏台半月有奇〔一〇〕。昔年旧雨，半是晨星，野草闲花，一无当意〔一一〕。闻阁下灵岩别墅，鸠工甫竣，泉石树木之盛，足冠吴会〔一二〕。惜风雪残年，归舟迅速，未获一觇盛概〔一三〕，至今耿耿于心。承示《映山诗集》〔一四〕，取境颇佳，近体中颇有突过唐人。顷已择其尤者，编入《诗话》矣〔一五〕。兹因王君来楚之便，肃此鸣谢，并候升祺，临楮依溯之至〔一六〕。

注释

〔一〕毕秋帆制府：即毕沅。毕沅三次担任湖广总督，故称之为制府。

〔二〕张止原：即张复纯。瑶华：对他人诗文的美称。

〔三〕溥：广大。谢太傅、韩魏公：即谢安、韩琦。

〔四〕婆心：慈悲善良的心地。

〔五〕感篆：感恩不忘，铭刻于心。

〔六〕得武昌书记一席：这里指在毕沅湖广总督署衙中从事公文、书记工作。

〔七〕食客：这里指毕沅的幕僚。睽睽：注视，瞪着眼睛看。

〔八〕孟尝：即战国中期齐国的孟尝君田文，以养士著称。下客：下等门客。质：同“贽”。

〔九〕作馆：受聘至他人家中坐馆授徒。

〔一〇〕苏台：即姑苏台，又名胥台，在苏州城西南姑苏山上。这里借指苏州。

〔一一〕旧雨：老友的代称。晨星：形容稀少。

〔一二〕灵岩别墅：即毕沅建于苏州城西灵岩山一带的别业灵岩山馆。鸠工：聚集工匠。甫竣：刚刚竣工。吴会：见卷三《与书巢》注〔一六〕。

〔一三〕觇（chān）：看。

〔一四〕《映山诗集》：毕沅诗集名。

〔一五〕《诗话》：即《随园诗话》。

〔一六〕升祺：吉祥到来。临楮（chǔ）：临纸。

答梁构亭制府[一]

今癸丑岁也[二]。记前癸丑，枚年十八，因杨轶群、柴行之两秀才作介，得亲文范[三]。其时尚书风标玉立，如月初生，一望而知为圭璋重器[四]。然无姑布子卿之术[五]，亦不能料今日之位极人臣，陶士行竟作八州督也[六]。花甲年周，云泥路隔，恐尚书胸中未必记同学、同科中尚有此叟[七]，故不敢奉尺一之书，渎隶人之听，笔欲下而仍停者有年矣！乃嘉平望日，方次耘观察寄到手札[八]，通布衣兄弟之欢，敦朋友先施之义，纡尊绛贵，送抱推襟[九]，方知卿月当天[一〇]，偏照幽栖小草。可感也，尤可敬也。

札中云当年在沈凡民家设帐[一一]，有语言文字之嫌，枚为解释云云。师丹老而善忘[一二]，丝毫不记。凡民先生人甚淳朴，精于篆隶，文字不甚分明。何以有此，或者左右有佥人从中剔臌乎[一三]？枚果为骑驿[一四]，理所当然，何足称说！而尚书大行不加[一五]，大善必录，学伍胥之思濑女[一六]，如荀萏之感贾人[一七]。昔人以《四书》三字成语作对，标孙文定公之门云：“大人者，君子哉！”[一八]尚书足以当之矣。

惟是巢、许年衰，而皋、夔亦老，未知班荆道故，更在何时[一九]。所望者将来仿吾乡孙补山先生故事，移北地旌旗，领两江节钺[二〇]，俾白头旧雨，重得倾衿[二一]。相与谈故土之沧桑，记儿时之钓弋，然后沙堤缓步，入赞纶扉[二二]。此则一息尚存，不能不为之惓惓者也[二三]。《全集》一部，遵谕恭呈。

注释

〔一〕梁构亭制府：即梁肯堂（1717—1801），字构亭，号春淙、晚香，浙江钱塘（今杭州）人。乾隆二十一年（1756）举人，补直隶知县，历深州、直隶州知州，保定府知府，擢清河道。乾隆四十六年（1781）五月荐升山东按察使，四十九年（1784）六月任直隶按察使，五十年（1785）八月迁直隶布政使，五十四年（1789）授河南巡抚，五十五年（1790）迁直隶总督。嘉庆三年（1798）授刑部尚书，六月署漕运总督，五年（1800）休致。制府，清代总督的别称，这里指直隶总督。

〔二〕癸丑岁：即乾隆五十八年（1793），此信即作于是年。

〔三〕"前癸丑"句：前癸丑，即雍正十一年（1733）。是年袁枚入杭州敷文书院，与梁肯堂、柴行之等为同学。柴行之，即柴景高，字行之，号鹿柴，浙江仁和（今杭州）人。乾隆十六年（1751）进士，官贵州安南知县，寻卒于官。

〔四〕圭璋：两种贵重的玉制礼器。

〔五〕姑布子卿之术：即相面术。姑布子卿，春秋后期相士，姓姑布，字子卿。《史记·赵世家》载其为晋国执政赵简子诸子相面事，《韩诗外传》卷十九载其为孔子相面事。

〔六〕陶士行竟作八州督：陶士行，即陶侃（259—334），字士行，东晋庐江寻阳（今江西九江西）人，官至侍中、太尉、荆江二州刺史、都督八州诸军事，封长沙郡公。

〔七〕花甲年周：袁枚于雍正十一年（1733）入杭州敷文书院读书，与梁肯堂为同年，距乾隆五十八年（1793）恰为六十年。同科：同榜考中者。

〔八〕嘉平：腊月的别称。望日：通常指农历每月的十五日。方次耘观察：即方受畴。

〔九〕先施：见卷四《答陕西抚军毕秋帆先生》注〔一〇〕。纡尊绛贵：地位高的人降低身分俯就。送抱推襟：真诚相待。

〔一〇〕卿月：语出《尚书·洪范》："卿士惟月。"孔传："卿士各有所掌，如月之有别。"借指百官。

〔一一〕沈凡民：即沈凤。设帐：设馆授徒。

〔一二〕师丹老而善忘：师丹（？—5），字仲公，西汉琅邪东武（今山东诸城）人。其老而善忘事见《汉书·何武王嘉师丹传》："会有上书言古者以龟贝为货，今以钱易之，民以故贫，宜可改币。上（按，即汉哀帝）以问丹，丹对言可改。章下有司议，皆以为行钱以来久，难卒变易。丹老人，忘其前语，后从公卿议。”

〔一三〕佥（qiān）人：小人。剔嬲（niǎo）：纠缠。

〔一四〕骑驿：借指乘马传递公文或信件的人。

〔一五〕大行不加：见卷二《答涧泉》注〔五〕。

〔一六〕伍胥之思濑女：《吴越春秋》卷三载，春秋末年，伍子胥从楚国逃亡到吴国后，向一浣纱女乞食。伍子胥吃完后，请女子不要泄露他的行踪。没等伍子胥走出五步，浣纱女已投水自尽。

〔一七〕荀罃之感贾人：荀罃（？—前560），春秋后期晋国大夫，又称知罃、知武子。《左传·成公三年》载，荀罃随父参加晋楚邲之战，不幸被俘。有个郑国商人计划把他藏在行囊中出逃，未及实施，楚国就释放了荀罃。后来这个郑国商人到晋国经商，荀罃依然把他当救命恩人一样接待。

〔一八〕“以《四书》三字成语作对”句：孙文定公，即孙嘉淦（1683—1753），字锡公，号懿斋，山西兴县人。康熙五十二年（1713）进士，改庶吉士，授检讨，官至吏部尚书、协办大学士。卒谥文定。大人者，语出《孟子·离娄下》：“大人者，不失其赤子之心者也。”君子哉，见《论语·公冶长》《宪问》《卫灵公》诸篇。

〔一九〕巢、许：传说中尧时的隐士巢父、许由。皋、夔：传说中舜、禹时的大臣皋陶、夔。班荆道故：见卷二《与徐紫庭方伯》注〔二〕。

〔二〇〕“仿吾乡孙补山先生故事”句：孙补山，即孙士毅。因其为浙江仁和（今杭州）人，系袁枚同乡，故称。孙士毅于乾隆五十四年（1789）年正月应召入京，授兵部尚书，十一月任四川总督，五十五年（1790）六月改任两江总督，所谓“移北地旌旗，领两江节钺”，即指此。

〔二一〕旧雨：老友的代称。倾衿：推诚相待。

〔二二〕钓弋（yì）：钓鱼和射鸟。赞：辅佐。纶扉：犹内阁。

〔二三〕惓惓（quán）：真挚诚恳。

答何兰士太史〔一〕

从王葑亭给谏处接手书，字之精细，如观王母《灵飞经》；文之纡折，如读刘敲《知己赋》〔二〕，不觉喜之极，而感之深。近日，老人无事，集本朝名流笔墨，上自公卿、将相，下至文士、布衣，或钦其功德，或爱其文章，或念其交谊。曾见面者若而人，未见面者若而人，将其零章断简，潢治而存之，得三十余册〔三〕。如阁下及时帆、澄斋、船山诸君之诗笺手札，都与阮亭、牧仲、张、鄂两太傅连类成编〔四〕。此番阁下手书，尤为超绝当今，世世子孙，凿楹而藏〔五〕。但念我辈如此神交，而见之一字，遥遥难必，此心缺然〔六〕。

近读时帆先生札〔七〕，云“想仿安南林蔗园之法，约二三知己，各画一小像相寄，庶几神传纸上，缘了心中”。善哉言乎！此事考之古昔，高言之则汉室之图姜肱〔八〕，戏拟之则崔徽之寄小影〔九〕，真千秋韵事，未知阁下其不惜此丹青否？

仆为阿迟姻事，看遍梅花，将作苕霅之行，再游天柱、南明，归期约在端阳节后〔一〇〕。感君端书来信，故亦作小楷相报。八旬老妪，还学少女簪花，何太不自量邪？希告诸公，同为定尔。

注释

〔一〕何兰士太史：即何道生（1766—1806），字立之，号兰士、菊人，山西灵石人。乾隆五十二年（1787）进士，历工部主事、员外郎、郎中，迁御史。出知江西九江府，以病告归。又起为甘肃宁夏府知府，卒于任。有《双藤书屋诗集》。此信或写于乾隆五十九

（1794）、六十年（1795）间。

〔二〕王葑亭给谏：即王友亮。《灵飞经》：道教经名。今传写本为小楷名作之一，或谓乃唐代钟绍京所书。刘敲《知己赋》：刘敲，应即刘歊（488-519），字士光，平原人。幼年有神童之称。及长，博学多才。著《革终论》。《隋书·经籍志》著录其集八卷，久已亡佚。至其《知己赋》，则未知何指。

〔三〕若而：若干。潢治而存之，得三十余册：这里指《续同人集》，系袁枚整理友朋投赠诗文，纂辑而成。

〔四〕时帆、澄斋、船山：分别指法式善、刘锡五、张问陶。阮亭、牧仲、张、鄂两太傅：分别指王士禛、宋荦、张英、鄂尔泰。

〔五〕凿楹：典出《晏子春秋·杂下三十》："晏子病，将死，凿楹纳书焉。谓其妻曰：'楹语也，子壮而示之。'"凿楹纳书，指藏守书籍，以传久远。

〔六〕缺然：犹歉然。

〔七〕时帆先生：即法式善。

〔八〕汉室之图姜肱：《后汉书·周黄徐姜申屠列传》载，东汉后期人姜肱不愿出仕，汉桓帝下诏给彭城令，让画工画出他的形象。姜肱得知后，故意睡在幽暗处，用被子盖住脸，说是患了头眩病，不能吹风，以至于画工竟无法见到他。

〔九〕崔徽之寄小影：崔徽，唐代歌妓。唐元稹《崔徽歌序》载其曾与裴敬中相爱，二人别离后，崔徽托画家写其肖像，寄给敬中，并说："崔徽一旦不及画中人，且为郎死。"崔徽后即抱恨而卒。

〔一〇〕"仆为阿迟姻事"：阿迟，即袁枚幼子袁迟。苕霅（tiáo zhà），苕溪、霅溪的并称，在今浙江湖州境内。乾隆六十年（1795）闰二月，袁枚南下送袁迟完婚，所娶为袁枚同年沈荣昌之女。沈氏为浙江湖州人，故以苕霅代称之。天柱，浙江天台山主峰名。南明，浙江新昌山名。

答张船山太史〔一〕

接手书，方知五十年前所遇者，即尊大人〔二〕；四十年前所遇者，即令叔祖也。为联通家之欢〔三〕，竟忘挟长之戒〔四〕，心殊不安。乃蒙阁下殷勤作答，执礼甚恭。且名所著诗集为《推袁集》，何其嗜痂已甚邪〔五〕！仆喜跃不止，屧为之穿〔六〕。但知尊公五马归来，亲见膝下有人将绳祖武〔七〕，而令叔祖在陕西以后之官阶、行止俱尚茫然〔八〕。还求再示数行，以在秦中候补时，彼此琴歌酒赋，备极绸缪故也。

仆平生不喜佛法，而独于“因缘”二字，信之最真，以为能补圣经贤传之缺〔九〕。使当日无横山阁学，则长安人海，未必能交尊公〔一〇〕；此时无稚存编修，则路隔关山，如何知有阁下〔一一〕？少陵云“文章有神交有道”〔一二〕，信不诬也。惟是枚以丁之唐进士〔一三〕，作亥字之鲁灵光〔一四〕，朽株枯木，断无北上之期；而太史则持节衡文〔一五〕，定有南来之日。但愿造物有情，使我缓须臾毋死，则握手倾衿，望尚未绝。

尤奇者，仆幼不工书，五六十年来，毛颖、龙宾〔一六〕，绝交已久。近竟有人来索亲笔者，仆以为此如卫灵公之悦支离无脤〔一七〕，故意揶揄我耳〔一八〕！不料足下亦为此言，不但索之急，而且誉之殷〔一九〕。嘻，过矣！今夫赤脚蓬头，十年不字之女〔二〇〕，一旦有佳公子贿而招之，媒而挑之〔二一〕，其敢信以为真邪？然而见西子者〔二二〕，输一金钱；悦杨妃者，玩其锦韈〔二三〕。此不过以耳为目，非美人之真知己也。惟齐王之聘无盐〔二四〕，孔明之娶黄家丑女〔二五〕，相赏于牝牡骊黄之外〔二六〕，乃丑人之真知己也。因人之爱其丑，而己亦忘其丑，则不得不扫眉整髻，走充后房〔二七〕，非无自知之明也，所以报知己者，不敢不然也。荀子云：“墨以为明，狐狸其苍。”〔二八〕其斯之谓欤？小册端书，寄上一笑。

注释

〔一〕张船山太史：即张问陶。此信应作于乾隆五十七年

（1792）。

〔二〕五十年前所遇者，即尊大人：尊大人，即张问陶之父张顾鉴（1721—1796），字镜千，号照斋，晚号耐舫，四川遂宁人。乾隆六年（1741）中顺天副榜，官至云南开化府知府。乾隆元年（1736）秋，袁枚抵达北京，赴博学鸿词试，寓居同乡赵大鲸家，与张顾鉴交好。

〔三〕通家：世代交好的家庭。

〔四〕挟长之戒：语出《孟子·万章下》："不挟长，不挟贵，不挟兄弟而友。"挟长，依仗年纪大。

〔五〕嗜痂：见卷二《与尹相国论书》注〔一二〕。

〔六〕屧（xiè）：木鞋。穿：破。

〔七〕尊公：对人父亲的敬称。五马：汉代太守的代称，清代则指知府。绳祖武：踏着祖先的足迹继续前进，比喻继承祖业。

〔八〕行止：行动，活动。

〔九〕圣经贤传：犹圣贤经传。

〔一〇〕横山阁学：即赵大鲸（1686—1749），字横山，号学斋，浙江仁和（今杭州）人。雍正二年（1724）进士，选庶常，官至副都御史。卒后，袁枚为作《左副都御史赵公墓志铭》，收入《小仓山房文集》卷四。长安：北京的代称。

〔一一〕"无稚存编修"句：稚存编修，即洪亮吉。乾隆五十六年（1791）二月，洪亮吉自北京寄信与袁枚，盛称翰林张问陶之才，由此袁枚乃知张问陶之名。

〔一二〕文章有神交有道：语出唐杜甫《苏端薛复筵简薛华醉歌》。

〔一三〕丁：成丁的年龄。唐进士：指唐末五代人梁震。《资治通鉴》卷二百六十七载，后梁取代唐朝后，梁震辞官归家。荆南节度使高季昌想任命他为节度判官。梁震极力推辞，又怕惹来杀身之祸，便对高季昌说："必欲使之参谋议，但以白衣侍樽俎可也，何必在幕府！"高季昌同意，于是梁震终身自称"前进士"，不接受高氏的委任征聘。这里是袁枚借此典故，戏称自己为"前进士"。

〔一四〕亥字之鲁灵光：《左传·襄公三十年》载，晋悼公夫人请筑城的百姓吃饭，发现有一个人年纪很大还在服役，便问其年龄。老人回答："我不懂该怎么去记录年龄，只知道我出生时正值正月初一甲子日，现在已经过去四百四十五个甲子日了，最末一个甲子日到今天正好是二十天。"师旷得知此事后，推测说："这是鲁国的叔仲惠伯在承筐会见郤成子的那一年，这个老人已经年满七十三岁了。”史赵也推测说：“亥字是‘二’字头、‘六’字身，把‘二’拿下来当身子，便是这个老人在世日子的数量。”士文伯听了史赵的话后，说：“照这么算，这个老人已经活了二万六千六百六十天了。”这里是袁枚借此典故，描述同为七旬老翁的自己。

〔一五〕持节：古代使臣奉命出行，必执符节以为凭证。这里指主持地方教育考试事务的官员。衡文：品评文章，这里特指主持科举考试。

〔一六〕毛颖、龙宾：指笔和墨。见卷八《上福敬斋公相》注〔二一〕。

〔一七〕卫灵公之悦支离无脤（shèn）：《庄子·德充符》：“跂支离无脤说卫灵公，灵公说之。”意即：一个跛脚、驼背、不长嘴的人游说卫灵公，卫灵公十分喜欢他。

〔一八〕揶揄：戏弄。

〔一九〕殷：热情，殷勤。

〔二〇〕字：许配。

〔二一〕贿而招之，媒而挑之：语出《列子·杨朱》：“乡有处子之娥姣者，必贿而招之，媒而挑之，弗获而后已。”意即用财物招引，派媒人挑诱。

〔二二〕西子：即西施。

〔二三〕悦杨妃者，玩其锦襪（miè）：见卷五《答人求娶妾》注〔三〕。

〔二四〕无盐：见卷五《补寿彭芝亭大司马》注〔三〕。

〔二五〕孔明之娶黄家丑女：《三国志·蜀书·诸葛亮传》裴松之注引《襄阳记》：“黄承彦者，高爽开列，为沔南名士，谓诸葛孔明曰：‘闻君择妇，身有丑女，黄头黑色，而才堪相配。’孔明许，即载送之。时人以为笑乐，乡里为之谚曰：‘莫作孔明择妇，正得阿承丑女。’”

〔二六〕牝牡骊黄：比喻事物的表面现象。《列子·说符》：“穆公曰：‘何马也？’对曰：‘牝而黄。’使人往取之，牡而骊。”牝，雌性。牡，雄性。骊，黑色。

〔二七〕后房：后面的房屋，旧多指姬妾住处。

〔二八〕墨以为明，狐狸其苍：语出《荀子·解蔽》：“诗云：‘墨以为明，狐狸而苍。’此言上幽而下险也。”意即有人把黑暗当光明，有人说狐狸是青苍色的。

覆洪稚存学使[一]

郎君秋试金陵，递到手书一函、贵州土宜四种，具见故旧不遗之谊，以手击头，呼谢者再[二]。枚今年七十有九，不能戒之在得[三]。前岁两游天台，今春一游雪窦，钟鸣漏尽，夜行不休，自觉蚩妄[四]。然而天竟怜惜，许其生还。读札中所说黔中山水之奇，真如老马闻战，犹蹀躞而不能自止[五]，为唤奈何！

明春三月二日，以老夫称觞之日，为阿迟索妇之辰[六]；已预作七律十章，自家游戏，诚恐不及期而先逝，徒惹姗笑[七]，以故未敢录寄。然随园一生小传，情在于斯。尤奇者，阁下所极赞之张船山[八]，乃枚之世交也。丙辰召试，枚寓吾乡赵横山阁学家，有美少年张顾鉴者，联床交好[九]。张小我三岁，遂与阁学儿子书山，作三人车笠之盟，未几书山亦登词馆[一〇]。此后音尘隔绝，刚六十年，岂知问即船山父也。倘非阁下言及，则天南地北，通问何年？因之张太守亦有书来，枚又有诗寄去，俱抄呈阁下读之，当必心开。寄来《卷施阁诗》十四卷[一一]，虽未能读毕，而天风海涛之奇，云蒸霞蔚之彩，已照耀耳目。古之人欤？古之人也。老夫于二十年前，早钦钦在抱矣[一二]，夫复何言？惟装成四本，其中缺页甚多。如啖鱼羹，正当美处而忽遭骨鲠[一三]，闷不可言。将来再赐一册，以便抽添为望。

尊札云："迩来养老娱神，谅少撰述。"此语真是督学仁慈[一四]，许老秀才结顶之仁心。谁知老氓笔墨差徭[一五]，十倍少壮；兼有意外应敌之兵，居高而临，势不能不报谢者。当廉颇遗矢之时[一六]，作马援据鞍之状[一七]，无可奈何！特令家奴抄呈来章和作，俾阁下哀其愦瞀颓唐至于此极也〔一八〕。枚带眼镜业已二十多年，须臾不离。今春在西湖桃庄，偶然去之，大觉清爽。因而试之灯下，亦颇了然。故特写蝇头，上污英盼〔一九〕。似此老童，倘到黔中应童子试，学台大人其肯赏一枝芹菜否〔二〇〕？

注释

〔一〕洪稚存学使：即洪亮吉。学使，即学政。洪亮吉于乾隆五十七年（1792）八月至六十年（1795）八月间任贵州学政。此信写于乾隆五十九年（1794）。

〔二〕郎君秋试金陵：指乾隆五十九年（1794）八月，洪亮吉长子洪饴孙在江宁参加当地乡试一事。土宜：地方特产。故旧不遗：语出《论语·泰伯》，谓不轻易抛弃老朋友。

〔三〕戒之在得：见卷七《答法时帆学士》注〔一五〕。

〔四〕前岁两游天台：前岁即乾隆五十七年（1792），是年袁枚第二次出游天台山。雪窦：浙江奉化境内山名。钟鸣漏尽，夜行不休：见卷二《与姚小坡尚书》注〔七〕。蚩妄：痴愚狂妄。

〔五〕蹀躞（dié xiè）：往来徘徊。

〔六〕"明春三月二日"句：称觞之日，生日。明春三月二日，即乾隆六十年（1795）三月二日，系袁枚八十岁生日，同时袁枚又安排幼子袁迟于是日与同年沈荣昌之女成婚。

〔七〕姗笑：讥笑，嘲笑。

〔八〕张船山：即张问陶。

〔九〕丙辰召试：即乾隆元年（1736）的博学鸿词试。赵横山：即赵大鲸。联床：指朋友或兄弟相聚。

〔一〇〕张小我三岁：张顾鉴实际上小袁枚五岁，袁枚所记有误。阁学儿子书山：即赵大鲸之子赵升，字书山，号昉林，浙江仁和（今杭州）人。乾隆二十五年（1760）进士，散馆改主事，官至湖南沅州知府。车笠之盟：典出西晋周处《风土记》："卿虽乘车我戴笠，后日相逢下车揖；我步行，君乘马，他日相逢君当下。"比喻不因富贵而改变贫贱之交。词馆：翰林院。

〔一一〕《卷施阁诗》：洪亮吉诗集名。

〔一二〕钦钦在抱：见卷四《答程在山》注〔七〕。

〔一三〕骨鲠（biān）：犹鱼刺。

〔一四〕督学：即学政。

〔一五〕老氓（méng）：犹老人。差徭：徭役，这里形容受他人请托而撰文之事务。

〔一六〕廉颇遗矢：典出《史记·廉颇蔺相如列传》：“廉将军虽老，尚善饭，然与臣坐，顷之三遗矢矣。”遗矢，大便。

〔一七〕马援据鞍：此为东汉名将马援老当益壮之典。《后汉书·马援传》载，东汉光武帝建武二十四年（48），马援请征武陵五溪蛮，帝悯其老，未予许可。马援说：“臣尚能披甲上马。”乃据鞍顾盼，以示可用。

〔一八〕愦瞀（kuì mào）：昏乱。

〔一九〕蝇头：像苍蝇头那样小的字。英盼：奕奕有神的目光。

〔二〇〕童子试：科举中录取秀才的考试。学台：清代学政的俗称。芹菜：典出《诗经·鲁颂·泮水》：“思乐泮水，薄采其芹。”古时学官前有水池名泮水，入学则可采水中之芹以为菜，故称入学为“采芹”“入泮”。后亦指考中秀才，成为县学生员。

谢李河台香林先生〔一〕

今春闰月八日，枚率阿迟渡江，了向平之愿，作列子之游〔二〕。稚子索妇苕溪，贱叟看山雪窦〔三〕，走屐齿未经之地，补奚囊未有之诗〔四〕。一路花月流连，直至五月下旬，才还白下。获睹瑶函于案上，如霏玉屑于云中，奖饰逾常，恩华曲被〔五〕。垂怜野叟，值马齿之加增；备极隆仪，命材官而远赍〔六〕。意取重周乎花甲，制就琼杯；耳听如意之嘉名，挥同玉麈〔七〕。经书松雪，册中之金字生光；酒进麻姑，纸上之云鬟欲活〔八〕。石来昌化，色艳丹霞〔九〕；缎号紫薇，情深缟纻〔一〇〕。而且寿言亲撰，恍奏钧天广乐之音；廉俸无多，更蒙白镪、朱提之锡〔一四〕。大恩压己，下士惊心，夸示亲朋，无不以手加额也〔一一〕。

比稔尚书茂著勋猷，荣膺甄叙〔一二〕。立马河堤之上，旌节生花；投鞭泲水之流〔一三〕，鱼龙听令。惟是时当三伏，驾拥八驺〔一五〕。虽心有似乎冰壶，定忘炎暑；而事重肩乎玉体，宜节勤劳。庶慰闲鸥野鹭之相思，兼副白叟黄童之仰望。临风翘首，曷胜依驰！

注释

〔一〕李河台香林先生：即李奉翰。河台，清代河道总督的俗称。此信写于乾隆六十年（1795），李奉翰时任东河总督。

〔二〕“今春闰月八日”句：乾隆六十年（1795）闰二月八日，袁枚送幼子袁迟南下湖州成婚。向平之愿，见卷一《覆陈竹香》注〔六〕。

〔三〕稚子索妇苕溪，贱叟看山雪窦：苕溪，浙江湖州境内河流名，这里代指湖州。雪窦，浙江奉化境内山名。袁氏父子南下后，袁迟赴湖州与袁枚同年沈荣昌女全宝成婚，袁枚则在抵达杭州后，旋往宁波等地游四明山、天一阁、天童寺、招宝山、雪窦山诸景。

〔四〕屐齿：木屐底部的齿，代指足迹、游踪。奚囊：见卷四《谢树斋将军寄灰鼠裘》注〔一二〕。

〔五〕瑶函：对他人书信的美称。被：盖，遮覆。

〔六〕材官：勇健的武卒。赍：怀抱，带着。

〔七〕玉麈：玉柄麈尾。

〔八〕松雪：即宋末元初书法家赵孟頫，松雪其号。麻姑：神话人物，传说尝于三月三日西王母寿辰时，在绛珠河边以灵芝酿酒祝寿。云鬟：高耸的环形发髻，借指年轻貌美的女子。

〔九〕石来昌化：指昌化石而言，乃清代浙江昌化（今杭州市临安区昌化镇）所产印章石。丹霞：比喻红艳的色彩。

〔一〇〕缟纻：见卷一《与胡书巢》注〔二〕。

〔一一〕钧天：天之中央。广乐：优美而雄壮的音乐。廉俸：清代官吏之正俸和“养廉银”的合称。白镪（qiǎng）、朱提：均为银子的代称。锡：同“赐”。

〔一二〕以手加额：表示庆幸。

〔一三〕尚书：李奉翰于乾隆四十八年（1783）五月得兵部尚书、右都御史衔，故袁枚有此称谓。甄叙：经甄别而加以提升或任用。

〔一四〕泲（jǐ）水：即济水，古代四渎之一，流经今河南、山东境内。清代东河总督管辖河南、山东等地黄河、运河防治工作，故袁枚有“投鞭泲水”之语。

〔一五〕八驺（zōu）：古代贵官出行，有八卒骑马前导，称八驺。

再寄李河台〔一〕

去岁肃谢一函，谅已登记室矣〔二〕。今春嘉庆纪元，圣天子行千叟之宴〔三〕，闻尚书应诏登朝。列一品之崇班，群钦黄发〔四〕；饮九天之湛露，胜服丹砂〔五〕。文露与武露俱浓，卿云与佛云一色〔六〕。想见桃花浪里，归舟尚带香烟；瓠子堤边，河卒皆谈恩宠也〔七〕。

枚八十之年，又加其一，叨公福庇，顽健如初〔八〕。平素养空而游〔九〕，委怀任运，惟二三知己，音尘远隔，不能不耿耿于心。从前，令弟拙存守毗陵〔一〇〕，令郎晓园守杭郡〔一一〕，不特都通兰臭，兼且仗作鳞鸿〔一二〕。以故彼此尺素往来，蝉嫣不断〔一三〕。今两君子都已高飞，只剩空山一叟。欲通芳讯，搔首踟蹰〔一四〕，怀袖置书，仰天望雁，未尝不心如结辖，肠似湒汤也〔一五〕。三月间，路过真州〔一六〕，闻令妹丈路名廷镜者作盐务官，乃托寄一函，兼附王觉斯、诸日昇字画真迹二十四幅〔一七〕。有如仙山路远，难逢博望之槎〔一八〕；而辽海书成，竟遇上林之雁〔一九〕。物虽微而心可表，言有尽而意无穷。伏乞哂存，幸甚！

注释

〔一〕李河台：即李奉翰。此信写于嘉庆元年（1796），李奉翰时任东河总督。

〔二〕记室：官名，东汉置，掌章表书记文檄。

〔三〕圣天子行千叟之宴：嘉庆元年（1796）正月初一与初四，已退位为太上皇的乾隆帝携新皇嘉庆帝在皇极殿举办千叟宴。

〔四〕崇班：犹高位。黄发：泛指老人。

〔五〕湛露：典出《左传·文公四年》："昔诸侯朝正于王，王宴乐之，于是乎赋《湛露》。"《湛露》是《诗经·小雅》篇名，后比喻君主之恩泽。丹砂：又称朱砂，古代方士多以之为炼丹原料。

〔六〕卿云：见卷二《与江苏抚军陈榕门先生》注〔一六〕。

〔七〕瓠（hù）子堤边，河卒皆谈恩宠：此处用汉武帝之典。汉武帝元光三年（前132），黄河瓠子（今河南濮阳西南）河段决口，淹及十六郡，武帝虽派汲黯、郑当时等前往堵塞，但未告大成。元封二年（前109），武帝亲临工地指挥封堵，并作《瓠子歌》二章，最终堵上了瓠子决口。事见《史记·河渠书》。

〔八〕顽健：谦称自己身体强健。

〔九〕养空：涵养空灵的心性。

〔一〇〕毗陵：江苏常州的古称。

〔一一〕令郎晓园：即李奉翰次子李亨特（？—1815），入赀授布政司理问，官至东河总督。嘉庆十八年（1813）九月，因睢州下汛二堡大堤塌陷，革职留工效力，十九年（1814）下刑部治罪，发黑龙江，卒于戍所。守杭郡：即担任杭州知府。

〔一二〕兰臭（xiù）：语出《周易·系辞上》："同心之言，其臭如兰。"后以兰臭指情投意合。鳞鸿：书信的代称。

〔一三〕蝉嫣：连续不断。

〔一四〕搔首踟蹰：语出《诗经·邶风·静女》。搔首，用手挠头。踟蹰，来回走动。

〔一五〕结辖（sè）：见卷一《与胡书巢妹夫》注〔一四〕。涫（guàn）汤：沸滚的水。

〔一六〕真州：今江苏仪征市。

〔一七〕王觉斯：即王铎（1592—1652），字觉斯，号十樵、嵩樵，又号痴庵、痴仙道人，别署烟潭渔叟，河南孟津人。书法与董其昌齐名，有“南董北王”之称。

〔一八〕博望之槎：博望，即西汉张骞。因其受封博望侯，故称。槎，木筏。西晋张华《博物志》载张骞乘槎至天宫，见到牛郎、织女事。这里指相见困难。

〔一九〕上林之雁：典出《汉书·李广苏建传》“（苏武）教使者谓单于，言天子射上林中，得雁，足有系帛书，言（苏）武等在某泽中。”上林，即西汉皇家园林上林苑，位于汉都长安郊外。

答陈药州中丞〔一〕

三月间，枚接手书，知中丞瞻觐九重，昼日三接〔二〕。作耆英之领袖，荷宠锡之骈蕃〔三〕。千载一时，明良合德〔四〕，真史册中所不多见。读纪恩诸作，九色扬翰，六管飞声。如见夔拊龙言〔五〕，如听鸾鸣凤哕〔六〕。方知王褒颂扬〔七〕，沈、宋应制〔八〕，杨炎工为德诏，常衮善作除书〔九〕，皆瞠乎其后矣！更闻旌旆还辕〔一〇〕，雨风协吉，以西江作汤沐〔一一〕，理文案如旧书。故吏争迎，甘棠愈茂〔一二〕。枚通家最久，受知最深，逖听风声，惟有以手加额而已〔一三〕。

王梦楼太守尝云：“当今公卿大夫，精鉴古玩者，惟秋帆尚书与药州太守二人，而中丞鉴别尤严。”〔一四〕枚平生望古遥集，学萧子良设立古斋〔一五〕，亦已久矣！奈年来雾里看花，真赝不辨〔一六〕，时有糊心眯目之忧。故前寄哥宣二磁于左右者，非徒野叟献芹〔一七〕，略表微敬；亦似山鸡舞镜〔一八〕，欲别妍媸故也。寸心惴惴，诚恐献铅刀于雷焕，进驽马于孙阳，则干渎尊严，徒抱十重颜甲〔一九〕。

乃蒙来谕云，的真旧物，许置文房，得充下陈〔二〇〕。有如秀才科考，遗才竟蒙录取，业已增荣饰观；且使瓦学士，辞蓬户而入朱门，亦当大乐，尚敢享敝帚而索千金之值哉〔二一〕！乃札中许为报琼，尤增惶悚〔二二〕。伏念枚十余年来，蒙阁下厚赐重重，业已秋储难算。昔人云："任过其才则力竭，宠逾其分则惭生。"愿中丞仍以瓦砾视之，而毋使老氓之仆仆然拜赐，惕惕然心惊也〔二三〕。再附上《集古帖》一部，亦梦楼先生所加墨者，未识中丞亦许其在清秘阁中有坐位否〔二四〕？

注释

〔一〕陈药州中丞：即陈淮。中丞，这里指江西巡抚。此信或作于乾隆五十七年（1792）。

〔二〕瞻觐：朝见，觐见。九重：这里指帝王。昼日三接：语出《周易·晋卦》，谓一日之间三次接见，形容深受宠爱礼遇。

〔三〕耆英：高年硕德的人。宠锡：皇帝的恩赐。骈蕃：繁多。

〔四〕明良：贤明的君主和忠良的臣子。合德：犹同德。

〔五〕夔拊（fǔ）龙言：夔、龙，传说中尧的两位大臣，前者主管音乐，后者主管出纳王命。拊，击打。

〔六〕哕（huì）：鸟鸣。

〔七〕王褒颂扬：《汉书》卷六十四载，汉宣帝时的宫廷文人王褒，多次跟随宣帝出游，"所幸宫馆，辄为歌颂，第其高下，以差赐帛"。

〔八〕沈、宋：即初唐宫廷诗人沈佺期、宋之问。应制：奉皇帝命令而写的诗文。

〔九〕杨炎工为德诏，常衮善作除书：杨炎、常衮均为中唐宰相，擅写制诏。除书，拜官授职的文书。《旧唐书》卷一百十八："（杨炎）与常衮并掌纶诰，衮长于除书，炎善为德音，自开元已来，言诏制之美者，时称常、杨焉。"

〔一〇〕旌旆（pèi）：犹大驾，多用于官员。还辕：犹回车。

〔一一〕以西江作汤沐：西江，犹江西。汤沐，见卷七《与陈药洲方伯书》注〔五〕。这里是陈淮担任江西省长官的比喻说法。陈淮于乾隆五十七年（1792）六月至嘉庆元年（1796）十二月间任江西巡抚。

〔一二〕甘棠愈茂：称颂官吏政绩之词。典出《诗经·召南·甘棠》，朱熹《诗集传》云："召伯循行南国，以布文王之政，或舍甘棠之下。其后人思其德，故爱其树而不忍伤也。”

〔一三〕通家：彼此世代交谊深厚，如同一家。逖（tì）听：语出西汉司马相如《封禅文》：“率迩者踵武，逖听者风声。”意即在远处听到，表示恭敬。以手加额：表示庆幸。

〔一四〕王梦楼太守：即王文治。秋帆尚书：即毕沅。

〔一五〕望古遥集：想见古代高士的行谊，好像共同会集于一时。萧子良设立古斋：见卷七《与陈药洲方伯书》注〔六〕。

〔一六〕真赝（yàn）：犹真伪。

〔一七〕哥宣二磁：磁，通“瓷”。即哥窑、宣德窑瓷器的意思。献芹：见卷一《答似村公子索食物》注〔一一〕。

〔一八〕山鸡舞镜：见卷四《答伊簾也侍郎》注〔九〕。

〔一九〕献铅刀于雷焕：铅刀，钝刀。雷焕，西晋丰城县令，《晋书》卷三十六载其在丰城掘得宝剑事。驽马：跑不快的马。孙阳：即伯乐，以擅相马而著称。干（gān）渎：冒犯。颜甲：脸厚如甲。

〔二〇〕的真：的确。下陈：殿堂下陈放礼器、站立侍从的地方。

〔二一〕敝帚：犹敝帚自珍，比喻把不好的东西看得很珍贵。敝帚，破扫帚。这里是袁枚对自己所送瓷器的谦辞。

〔二二〕报琼：语出《诗经·卫风·木瓜》：“投我以木瓜，报之以琼琚。”惶悚：惶恐。

〔二三〕老氓（méng）：犹老人。仆仆（pū）然：形容拜倒、倾倒的样子。惕惕然：形容惶恐的样子。

〔二四〕清秘阁：宋末元初书画家、藏书家倪瓒的藏书楼。这里借指陈淮的书房。

与庆树斋尚书〔一〕

去年马齿有加，蒙宠赐多珍，情文双至，曾有两函，小申谢悃，未知俱邀英盼否〔二〕？

伏念枚二十一岁，为乾隆元年，应太上皇鸿博之科〔三〕；八十一岁，为嘉庆元年，逢新皇帝千叟之宴。两逢盛典，身历四朝，非不想着翅飞来，与尚书班荆道故〔四〕。而无如长安路远，冰雪交加，鸠杖难扶，蒲轮易破，以故逡巡不进〔五〕。谅尚书怜念故人，未必不望我于五云深处也〔六〕。

然枚尚有冀者，转瞬三年，即是己未会试，枚与重赴琼林之例相符〔七〕。倘叨福庇，老物犹存，则必先期从水路而来。尔时世兄调鼎黄扉，可以分傅说之羹〔八〕，赐上尊之酒，别有一番嘉话。千叟宴，人所同也；重宴琼林，我所独也。阁下闻之，得毋笑其戒之在得乎〔九〕？

蒙五世兄寄文绮，为老人称祝；而老人竟无木瓜之报〔一〇〕，心实难安。故寄绣海棠一幅、诗四章，祝其花甲，求代寄吉林，幸甚！

注释

〔一〕庆树斋尚书：即庆桂。此信应写于嘉庆元年（1796），庆桂时任兵部尚书。

〔二〕谢悃（kǔn）：感谢的诚意。英盼：奕奕有神的目光。

〔三〕乾隆元年，太上皇鸿博之科：太上皇，即乾隆帝。乾隆元年（1736）秋，乾隆帝命开博学鸿词之科，袁枚由广西桂林出发，赴京考试。

〔四〕班荆道故：见卷二《与徐紫庭方伯》注〔二〕。

〔五〕长安：代指北京。鸠杖：又称鸠首杖，即在手杖的扶手处做成一只斑鸠的形状，是古代长者地位的象征。蒲轮：用蒲草裹轮的车子。古时常用于封禅或迎接贤士，以示礼敬。逡巡：徘徊不前。

〔六〕五云：指皇帝所在地。

〔七〕己未：这里指嘉庆四年（1799）。重赴琼林：清制，进士于考中后满六十周年，重逢原科（同一干支之年）开考，由礼部奏准，与新科进士同赴恩荣宴，通称琼林宴。

〔八〕调（tiáo）鼎：比喻担任宰相，治理国家。黄扉：见卷二《上座主虞山相公》注〔五〕。傅说之羹：见卷一《答相国》注〔一二〕。

〔九〕戒之在得：见卷七《答法时帆学士》注〔一五〕。

〔一〇〕木瓜之报：《诗经·卫风·木瓜》："投我以木瓜，报之以琼琚。匪报也，永以为好也。"

答孙渊如观察[一]

接手书，为"考据"二字，反复辨证，有渊渊其渊之意[二]。适霞裳在坐[三]，读之笑曰："渠不过要诱老人多答几番书，便两家集中添几篇文字耳！"仆亦莞然[四]，其时犹在欲答未答间。不料次日即患间日之疟，热重时人事不省，满口谵语，颇类考据家之哓哓荒言，闻者惶愕[五]。幸而疟鬼厌我、鄙我，月余方始绝交而去。数日来，才啜粥一瓯，欲以尊作解头风[六]，而不料略观数行，头风愈甚，何也？不甚领解故也[七]。譬如以钟鼓享爰居[八]，为混沌开眉目[九]，不但不能归依，亦无从驳辨。方信汉景帝之食肉，不食马肝，未为不知味[一〇]。元微之云："鸟不驾，马不飞，不相能，何相讥！"[一一]此天地之所以为大也。以故唯唯否否[一二]，将尊作以如意帖之而已[一三]。

昔者温公与蜀公至交也，而终身不与谈乐律[一四]；魏公与欧公至交也，而终身不与谈《系词》[一五]。仆与梦楼、姬传至交也，而一则至今不与谈禅，一则至今不与谈地理：皆君子全交之道[一六]。日前劝足下弃考据者，总为从前奉赠"奇才"二字，横据于胸中。近日见足下之诗、之文，才竟不奇矣，不得不归咎于考据。盖昼长则夜短，天且不能兼，而况于人乎？故敢陈其穴管[一七]。足下既不以为然，则语之而不知，舍之可也，又何必费一片苦心，援儒入墨，必欲拉八十翁，披腻颜帢，抱《左传》，逐康成车后哉[一八]？今而后，仆仍以二十年前之奇才视足下，足下亦以二十年前之知己待仆。如再有一字争考据者，请罚清酒三升，飞递于三千里之外，何如？

来札说奇中丞选近人古文〔一九〕，此信非也。老人有《随园随笔》三十卷，因五十年来看书甚多，苦不省记，择其新奇可喜者，随时摘录，终有类于考据。不过为自家备遗忘、资谈锋耳〔二〇〕。若刻以示人，便是出尔反尔，行与言违，徒有益于人，转无益于己。即使盛行于世，亦不过《容斋》五笔、《困学纪闻》之类而已〔二一〕。奇中丞见而爱之，将代为刊刻，仆苦辞得免，请将此刻费选刻近人散、骈两体古文之未开雕者，发潜德之幽光，最为功德〔二二〕。奇公应许。奈数年来搜罗甚难，钞写又难，略纂数卷，迄无成局。若得如足下所举王孝廉者，为将伯之助，岂不大妙〔二三〕？然老病缠身，须天假之年，方不至终成画饼耳〔二四〕。荣铁斋中丞素无一面，记有外甥王健庵诵其佳句云〔二五〕：“风自旁来无顺逆，水当涨处失江湖。”仆击节不已，采刻《诗话》中，已十五六年矣。刻下从君处接到中丞名纸一函，君子谦谦行先施之礼，礼无不答，故草数行，具门状奉报，求足下转献焉〔二六〕。附上《诗话》一部，并希转致。《自寿诗》十章，附呈一笑。

注释

〔一〕孙渊如观察：即孙星衍（1753—1818），字渊如，号季逑，江苏阳湖（今常州）人。乾隆五十二年（1787）一甲进士，授编修，后历官刑部主事、山东兖沂曹济道、山东督粮道，嘉庆十六年（1811）引疾归。有《孙渊如先生全集》传世。此信应写于乾隆六十年（1795），孙星衍时任山东兖沂曹济道。观察，清代对道员的尊称。

〔二〕渊渊其渊：语出《礼记·中庸》，形容思想像潭水般深沉。

〔三〕霞裳：即刘志鹏。

〔四〕莞（wǎn）然：犹莞尔，微笑的意思。

〔五〕谵（zhān）语：病中的胡言乱语。哓哓（xiāo）：吵嚷，唠叨。荒言：荒唐的言语。惶愕：惊恐。

〔六〕啜（chuò）：饮，吃。瓯（ōu）：小盆。解头风：这里反用曹操读陈琳写的章表书檄而头痛顿愈的典故。见卷一《与刘映榆侍讲》注〔三〕。头风，头痛。

〔七〕领解：领悟，理解。

〔八〕以钟鼓享爰（yuán）居：语出江淹《嵇中散言志》：“《咸池》飨爰居，钟鼓或愁辛。”又庾信《小园赋》：“爰居避风，本无情于钟鼓。”享，进献，使享用。爰居，海鸟名。

〔九〕为混沌开眉目：《庄子·应帝王》：“南海之帝为倏，北海之帝为忽，中央之帝为混沌。倏与忽时相与遇于浑沌之地，混沌待之甚善。倏与忽谋报混沌之德，曰：‘人皆有七窍，以视听食息，此独无有，尝试凿之。’日凿一窍，七日而混沌死。”

〔一〇〕“汉景帝之食肉”句：见卷七《答项金门》注〔七〕。

〔一一〕“元微之云”句：元稹《君莫非》诗云：“鸟不解走，兽不解飞。两不相解，那得相讥？”

〔一二〕唯唯否否：语出《左传·昭公二十年》：“君所谓可，据亦曰可；君所谓否，据亦曰否。”唯唯，回答时表示同意的应声；否否，别人说否，自己也跟着说否。形容胆小怕事，一味顺从。

〔一三〕如意：器物名，用骨、角、竹、木、玉、石、铜、铁等制成，长三尺许，前端作手指形。脊背瘙痒，用以搔抓，可如人意，因而得名。

〔一四〕“温公与蜀公至交也”句：温公，即司马光，因其逝世后追封温国公，故称。蜀公，即北宋名臣范镇，因其受封蜀国公，故称。范镇曾奏请朝廷颁布乐律度尺的法令，其间与司马光反复讨论诘难，书信往返数万言。

〔一五〕“魏公与欧公至交也”句：魏公，即北宋名臣韩琦，因其受封魏国公，故称。欧公，即欧阳修。《系词》，即《周易·系辞》。韩琦秉承传统观点，认为《周易·系辞》是孔子所作；欧阳修则认为非孔子所作。

〔一六〕梦楼、姬传：即王文治、姚鼐。全交：语出《礼记·曲礼上》：“君子不尽人之欢，不竭人之忠，以全交也。”意即保全、维护交情。

〔一七〕穴管：指管穴之见，比喻所见不广。

〔一八〕“披腻颜帢”句：见卷四《再答黄生》注〔七〕。

〔一九〕奇中丞：即奇丰额。中丞，这里指江苏巡抚。奇丰额于乾隆五十七年（1792）五月至六十年（1795）五月间任此职。

〔二〇〕省（xǐng）记：记忆。谈锋：言谈的劲头。

〔二一〕《容斋》五笔：即南宋洪迈的笔记《容斋随笔》，分《随笔》《续笔》《三笔》《四笔》《五笔》，共五集七十四卷。《困学纪闻》：宋末元初人王应麟的笔记。

〔二二〕开雕：开始刊刻书版。潜德：不为人知的美德。幽光：潜隐的光辉，常用以指人的品德。

〔二三〕将伯之助：见卷六《与梁山舟侍讲》注〔八〕。

〔二四〕画饼：画出来的饼，比喻空想。

〔二五〕荣铁斋：即荣柱（？—1802），字铁斋，号采芝，满州正白旗人。历官刑部郎中、广东按察使、河南按察使、河南布政使、河南巡抚、盛京刑部侍郎、奉天府尹，乾隆五十六年（1791）休致。荣柱于乾隆四十四年（1779）十二月至四十五年（1780）四月间任河南巡抚，故称之为中丞。王健庵：即袁枚大姊袁碧瑛与姊夫王裕琨之子。

〔二六〕刻下：犹眼下。先施：见卷四《答陕西抚军毕秋帆先生》注〔一〇〕。门状：又称名帖，古代拜谒时用的帖子。

谢奇中丞〔一〕

今春，自二月七日渡江后，一路扬帆打桨，游历于吴山越水间，直至看过水嬉，游毕洞庭，才归白下，业已百有余日矣〔二〕。其中来往，皆中丞以画舫迎之，遣傔从送之〔三〕，有如佛门大弟子，坐如来之慈航宝筏而行〔四〕，俾四方观看，无不膜拜倾衿〔五〕，香花供奉，而不知如来犹以为未足也。饮以般若之汤〔六〕，食以安成之饭，赐以南金北毳之珍〔七〕，衣以火鼠冰蚕之服〔八〕。甚至留其小住，则亲为扫帐熏蚊；爱其词章，则手自加签课女〔九〕。美矣，备矣！枚自问行年八十，曾有受知己之恩，至于此极者乎？即问公款待宾朋，曾有加非常矜宠〔一〇〕，至于如斯者乎？人非草木，能不镌心〔一一〕？奈老去倏羸〔一二〕，酬恩无日，或者仍借佛氏来生之说，作图报之期，联以欺公，亦以自欺乎？愿以今生五体〔一三〕，来世三生，预立画指券以与公，而未知公其信之否也？

阿迟收到完姻之赏〔一四〕，自知婚礼不贺，古有明文，未免童心颊红如火。老人教以长者之赐，理无不受，惟待结褵之后，舟过吴门，学春秋之子固、叔姬，同下双双之拜，祈先告干阿奶，买榛栗枣修，待其献贽，何如〔一五〕？

注释

〔一〕奇中丞：即奇丰额。中丞，清代巡抚的代称。此信写于乾隆六十年（1795），奇丰额时任江苏巡抚。

〔二〕洞庭：指太湖中的岛屿洞庭西山与洞庭东山。白下：南京的别称。

〔三〕傔（qiàn）从：侍从，随从。

〔四〕慈航宝筏：慈航，佛教认为佛、菩萨以大慈悲救度众生离开尘世苦海，有如舟航，故称慈航。宝筏，比喻引导众生渡过苦海到达彼岸的佛法。这里是对奇丰额提供的画舫的美称。

〔五〕倾衿：推诚相待。

〔六〕般若（bō rě）之汤：僧徒称呼酒的隐语。般若，佛教语，智慧的意思。

〔七〕南金：南方出产的铜，后亦借指贵重之物。北毳（cuì）：北方名贵的皮货。

〔八〕火鼠：传说中的异鼠，其毛可织火浣布。冰蚕：传说中的一种神秘生物，或作为普通蚕的美称。

〔九〕课：教导。

〔一〇〕矜宠：宠爱。

〔一一〕镌心：犹铭心。

〔一二〕侯嬴：见卷六《与陆朗夫中丞》注〔九〕。

〔一三〕五体：指四肢及头。

〔一四〕阿迟：即袁枚幼子袁迟。

〔一五〕结褵（lí）：代指成婚。子固、叔姬：见卷五《与广西姚云岫抚军》注〔一二〕。贽：古代初次求见他人时所送的礼物。

答赵禄亭先生〔一〕

端阳后一日，枚游洞庭西山〔二〕，奇中丞寄到手札〔三〕，洋洋千言，胜读灵威丈人之书〔四〕。书中历叙五十年来未见思见，及可以见而终于不得见之原委。如云之将近而又远，如萍之方合而又离。虽长卿之慕蔺子〔五〕，北海之思中郎〔六〕，何以加焉？所云让山、青雷诸公，俱化为异物〔七〕。昔人云："王生、李子，连岁俱亡；应璩、刘桢，一时俱逝。"〔八〕古今同慨，能不凄然！惟枚与先生，傫然尚存，以隔一衣带水，把手无由，暮景颓光，前期难卜〔九〕。

昔人云："我恨不见古人，古人恨不见我。"〔一〇〕枚与先生皆今之人，非古之人也，彼此乖违〔一一〕，头颅如雪。桓子野唤奈何〔一二〕，不必闻歌而发也。然而书能道意，笔可言情。情暌则一室如道旁〔一三〕，见犹不见也；道合则千秋皆知己，不见犹见也。古之人或识梦中之路，或刻柳翌之形〔一四〕。不识面之交，往往独开生面，别有千秋。先生其有意乎？

注释

〔一〕赵禄亭：即赵佩德，字碌亭，亦作禄亭，满洲人，奇丰额姊丈。

〔二〕洞庭西山：太湖东南部的一个岛屿，位于江苏苏州的西南方向。

〔三〕奇中丞：即奇丰额。此信或写于乾隆六十年（1795），奇丰额时任江苏巡抚。

〔四〕灵威丈人：传说中仙人名。洞庭西山有林屋洞，洞口石壁镌刻"灵威丈人得大禹素书处"等大字。

〔五〕长卿之慕蔺子：长卿，即西汉辞赋家司马相如，长卿其字。蔺子，即战国中后期赵国名臣蔺相如。《史记·司马相如列传》："（司马）相如既学，慕蔺相如之为人，更名相如。"

〔六〕北海之思中郎：《后汉书·郑孔荀列传》："（孔融）与蔡邕素善，邕卒后，有虎贲士貌类于邕，融每酒酣，引与同座，曰：'虽无老成人，且有典刑。'"孔融尝官北海相，故称北海。蔡邕尝官左中郎将，故称中郎。

〔七〕异物：指死亡的人。

〔八〕"王生、李子"句：语出三国魏曹丕《与吴质书》："昔年疾疫，亲故多离其灾。徐、陈、应、刘，一时俱逝，痛可言邪！"

〔九〕傫（lěi）然：颓丧貌。暮景（yǐng）颓光：比喻风烛残年，余日无多。

〔一〇〕我恨不见古人，古人恨不见我：语出《南史》卷三十二《张融传》。

〔一一〕乖违：离别，分离。

〔一二〕桓子野唤奈何：见卷七《答法时帆学士》注〔一二〕。

〔一三〕暌（kuí）：隔离，分离。

〔一四〕识梦中之路：《文选》沈约《别范安成诗》云："梦中不识路，何以慰相思？"李善注引《韩非子》说，战国时张敏与高惠是好友，每相思不能见，张敏便在梦中往访，中途迷路而返，如是者三。刻柳䛒之形：《隋书》卷五十八载隋炀帝宠用柳䛒，"恨不能夜召，于是命匠刻木偶人，施机关，能坐起拜伏，以像于䛒"。柳䛒，字顾言，隋炀帝时官拜秘书监，封汉南县公。䛒，为"㝸"（biàn）之讹字。

再戏答树斋尚书〔一〕

接手书，责我有诗寿令弟，无诗寿公。有如鲁、卫两国〔二〕，分器不均，致兴问罪之师。枚诚过矣，然有不得不辨者五。

令弟之六十，有信告我也，阁下之六十已过两年，并不告我。我非算命先生、收生老妪〔三〕，何由知之？今已知之矣，自当作速寄补〔四〕。但应征钱粮既已缓征于前，忽又急催于后，粮户窘怖，只好载糠粃而奔纳〔五〕。收粮者须自知有慢令致期之过〔六〕，幸宽容之，勿加挑斥为妙。

然古有夷、齐让国〔七〕，今乃兄弟争诗，似乎老夫几句荒言，可当作薛包分产用矣〔八〕！告知天下人，颇为诗流生色也。

注释

〔一〕树斋尚书：即庆桂。此信应写于嘉庆元年（1796），庆桂时任兵部尚书。

〔二〕鲁、卫两国：《论语·子路》："子曰：'鲁、卫之政，兄弟也。'"

〔三〕收生：接生。

〔四〕寄补：即袁枚《小仓山房诗集》卷三十六所收《补祝庆树斋尚书》二首。

〔五〕糠粃（bǐ）：谷皮和瘪谷。

〔六〕慢令致期：语出《论语·尧曰》："慢令致期谓之贼。"意即：不加监督而突然限期叫做贼。

〔七〕夷、齐让国：《史记·伯夷列传》："伯夷、叔齐，孤竹君之二子也。父欲立叔齐。及父卒，叔齐让伯夷。伯夷曰：'父命也。'遂逃去。叔齐亦不肯立而逃之。国人立其中子。"

〔八〕薛包分产：薛包，东汉汝南人，以孝友著称。《后汉书》卷三十九载其父母亡故后，其弟要求分产。薛包无法制止，便将家产平分，并特意将年老的奴婢、荒凉的田园庐舍、破旧的衣物家具分给自己。分产后，其弟不善经营而又生活奢侈，导致数次破产，薛包又屡次接济其弟。

卷 十

答孙补山相公[一]

眉州涂刺史使者来，接手书。念枚马齿加长，远寄和章，真乃六管飞声，五彩成色；以幽燕老将之笔，兼相公造命之权，自然引蒲柳以长年，可胜欣幸矣[二]！枚共得寿言一千三百余首，择其尤佳者，付之开雕[三]，以志光宠，真觉威凤一鸣，万籁俱寂也[四]。捧到乌宝一元[五]，照人若雪，虽廉泉半勺[六]，倍觉其甘；而鳌戴三山[七]，终嫌其重。望前途之有限，自觉年衰；愧报德以无时，期诸来世。《诗》曰："中心藏之，何日忘之？"[八]其斯之谓矣！

阅邸抄，知相公屈坐论之尊，当征苗之任[九]。八旬年纪，五月渡泸[一〇]。或叱驭以登高[一一]，挥倚天之长剑；或裹绵而缒险，用麻札之短刀[一二]。卒使石硅沈黎[一三]，寇来不上，南陵白帝[一四]，烽火全消。宜乎圣旨宠褒，民夷歌舞[一五]！惜枚老矣，不能来听韦皋《白鸽》之标[一六]，献狄青平蛮之颂[一七]，殊深翘企[一八]。尤闻而感激者，来书说在行帐中[一九]，深宵秉烛，和枚寿诗。将士惊猜，疑有紧急兵机，召六营传箭；而不知将军雅兴，替一老称觞[二〇]。当年韩、范作经略时[二一]，不闻有此佳话。枚为神往者久之，恨不如老兵之在旁折壁也[二二]。特作七律一章，寄公莞尔。

香亭家居八载，不能呼贫与语，而依然以仕易农。老妇重婚，本属可笑，自到岭南后，两接家书，蹋地呼天，深悔铸九州之错，为唤奈何！

注释

〔一〕孙补山相公：即孙士毅。相公，犹相国、宰相，是清代内阁大学士、协办大学士的别称。此信写于乾隆六十年（1795），孙士毅时任文渊阁大学士。

〔二〕幽燕老将：南宋敖陶孙《臞翁诗评》："魏武帝（按，即曹操）如幽燕老将，气韵沉雄。"造命：掌握命运。蒲柳：见卷二《寄山东周燮堂抚军》注〔一一〕。

〔三〕"枚共得寿言一千三百余首"句：乾隆六十年（1795）三月二日，系袁枚八十寿诞。此前一年，袁枚先有自寿诗，和者如云，遂择其佳者，刻成《随园八十寿言》六卷。

〔四〕志：记。光宠：恩典，宠幸。威凤：旧说凤有威仪，故称。

〔五〕乌宝：古代的一种钱币。

〔六〕廉泉：与"贪泉"相对。《晋书·吴隐之传》载广州有贪泉，饮其水者，虽廉洁之士亦贪。约自宋代以后，全国各地多有以廉洁相标榜的廉泉之名。

〔七〕鳌戴三山：《列子·汤问》载，渤海之东有大壑，深不见底，中有五座仙山，常随波涛而上下漂流，于是天帝派十五头巨鳌轮流背负仙山，使之安稳。后比喻肩负重任。

〔八〕中心藏之，何日忘之：语出《诗经·小雅·隰桑》。

〔九〕邸抄：即邸报，见卷二《与江苏抚军陈榕门先生》注〔三〕。坐论：唐五代之制，宰相上殿议事，赐茶命坐，谓之坐论。至宋初，此制废。当征苗之任：乾隆六十年（1795）正月，湖南、贵州爆发苗乱，孙士毅受命平叛。

〔一〇〕五月渡泸：语出诸葛亮《前出师表》。

〔一一〕叱驭：典出《汉书·王尊传》："先是琅琊王阳为益州刺史，行部至邛郲九折阪，叹曰：'奉先人遗体，奈何数乘此险！'后以病去。及尊为刺史，至其阪，问吏曰：'此非王阳所畏道邪？'吏对曰：'是。'尊叱其驭曰：'驱之，王阳为孝子，王尊为忠臣。'"比喻忠于国家，不畏艰险。

〔一二〕缒（zhuì）险：犹探险。麻札：一种砍刀。

〔一三〕石砫沈黎：石砫与沈黎均为古代少数民族地区的行政区。前者始于南宋时的石砫安抚司，今为重庆市石柱县。沈黎为汉武帝时为管理西南夷而设的郡，治所在今四川汉源县一带。

〔一四〕白帝：古城名，故址在今重庆市奉节县一带。

〔一五〕民夷：犹民众。

〔一六〕韦皋《白鸽》之标：《新唐书·列传第一百四十七下》载唐德宗贞元年间，南诏国王异牟寻遣使者拜访剑南西川节度使韦皋，献夷中歌曲，且令骠国进献乐工。于是韦皋作《南诏奉圣乐》，曲名十二，《白鸽》为其中之一，以赞美其归顺之心。

〔一七〕狄青平蛮之颂：狄青（1008—1057），字汉臣，汾州西河（今山西汾阳）人，北宋名将。宋仁宗皇祐年间，广南西路侬智高乱起，狄青受命南征，平定叛乱。回师经过桂州（今广西桂林）时，狄青撰写《平蛮三将题名》，余靖亦撰《大宋平蛮碑》。

〔一八〕翘（qiáo）企：翘首企足，形容殷切地盼望。

〔一九〕行帐：行军时所搭的篷帐。

〔二〇〕兵机：军事机要。传箭：传递令箭，引申为传令。称觞：本意是举杯祝酒，这里是祝寿的意思。

〔二一〕韩、范作经略：韩、范，即北宋名臣韩琦、范仲淹。二人均担任过陕西经略安抚副使，主持与西夏国主李元昊之间的战争事务。

〔二二〕墍（jì）：已烧成灰的烛头。

荐陈竹士与毕制府管书〔一〕

近闻苗民逆命，尚书内理粮务，外赞兵机〔二〕。想干羽两阶，指日可舞〔三〕；而军书旁午〔四〕，未免劳心。诸惟珍重。

启者：府上管书之王西林，近为江宁陈方伯所延〔五〕。邺架所藏之九十五万卷〔六〕，岂可无人料理？枚以为藏书之家，与管书之人，彼此有益。古人如韦述读书于元行冲家〔七〕，刘炫借书于刘智海家〔八〕，遂成盛名而传后世，此其明效也。然非方闻缀学之士，年少有精神者，亦不克充此重任〔九〕。兹有吴门陈竹士秀才，人甚渊雅，文理清新，堪充此职。特为推荐，以代王郎。尚书费清俸数十金，杀蠹鱼千百万〔一〇〕，比平苗一事，岂不更容易而便宜耶？公请度之〔一一〕。

注释

〔一〕陈竹士：即陈基（1766—？），字竹士，江苏长洲（今苏州）人。其妻金逸，为袁枚女弟子。毕制府：即毕沅。制府，清代总督的别称。此信应写于乾隆六十年（1795），毕沅时任湖广总督。

〔二〕逆命：不服从命令，犹言叛逆。赞：辅佐。兵机：用兵的机谋，军事机要。

〔三〕干羽两阶，指日可舞：语出《尚书·大禹谟》："帝乃诞敷文德，舞干羽于两阶，七旬有苗格。"意即：帝舜于是大施文教德政，人们挥舞着盾牌和羽毛，在宫廷前的台阶上跳舞，过了七十天，三苗前来归顺。

〔四〕军书旁午：见卷六《与钱竹初》注〔一五〕。

〔五〕王西林：见卷八《与林远峰书》注〔二〕。江宁陈方伯：即陈奉滋（1726—1799），字时若，号东浦，江西德化（今九江）人。乾隆二十五年（1760）进士。历官四川蓬山、阆中知县、茂州知州、嘉定知府及建昌道道尹，四川按察使、河南按察使、江苏按察使，江宁布政使、安徽布政使、江苏布政使。方伯，这里指江宁布政使，陈奉滋于乾隆五十六年（1791）十二月至嘉庆元年（1796）七月间担任此职。延：请。

〔六〕邺架：唐代名臣李泌家中藏书甚多，因泌受封邺侯，后遂称藏书处为邺架。

〔七〕韦述读书于元行冲家：韦述（？—757），京兆万年（今陕西西安）人。《旧唐书》卷一百二载，韦述在舅舅元行冲书斋读书，废寝忘食。行冲与之交谈，发现韦述学识渊博，文采出众，大悦，引之同榻曰："此吾外家之宝也。"

〔八〕刘炫借书于刘智海家：刘炫，字光伯，河间景城（今河北献县东北）人。隋代经学家，曾任太学博士。《隋书》卷七十五载，刘智海家里有很多古书，刘炫到他那儿读书，虽衣食不继，却坚持了十年。

〔九〕方闻缀学：见卷三《与钱稼轩少宰》注〔五〕。克：能。

〔一〇〕清俸：旧称官吏的薪金。蠹（dù）鱼：一种蛀蚀书籍衣服的虫，因其形状稍如鱼，故名。

〔一一〕度（duó）：考虑。

与阮芸台宗伯[一]

夙仰风裁，无由沾接[二]。去秋孙韶秀才来，道阁下丰才博学，秉醇悫之德[三]，抱殷勤之心；知小仓山中，尚有五十六年前同衙门一老物，时时齿牙及之[四]，并诵阁下《小沧浪雅集诗》云："濠梁宜客性，山水愿人归。"《莱州试院》云："山风入院旆初动，潮气满城关未开。"枚已编入《诗话补遗》第八卷中，终以云泥隔绝，至今未敢使公知也。

刻下山阴施政秀才执讯来，云阁下访求征士胡稚威遗稿，欲为刊刻，枚闻之欣然[五]。伏念乾隆丙辰[六]，枚年二十一岁，与稚威同入长安，膺鸿博之试。其时少年气盛，如野马横行，目无余子，而一见稚威，便惵然意下[七]，因其年长以倍，愿以师事；而稚威亦惊讶，以奇才见许。常在任香谷尚书、商宝意编修两家[八]，时时文宴，如是者六年。枚散馆外用，稚威作序相送，其文奥折，直逼昌黎[九]。自此永诀[一〇]，屡寻其遗稿不可得。幸庚辰岁，在程鱼门处抄得骈体三十篇，又为门下士杨蓉裳窃去[一一]。其人现刺灵州[一二]，屡次书去，属其非寄还即代刻，俱无不可。而无如雁少鸿稀[一三]，久不作答，老去心情，殊郁郁也。今嘉庆丙辰矣，花甲重周[一四]。忽闻阁下有此举，显微阐幽[一五]，真盛德事。无怪吾乡人士来，称说学使之贤[一六]，以为近今数十年来所未有也。稚威之文以四六为第一[一七]，散文次之，诗又次之。四六沉博绝丽，如《禹陵碑》《秋霖赋》等作，上掩六朝。散文宗唐，不屑为北宋之文，未免偏宕[一八]。诗则专喜孟郊，过于溪刻[一九]，读者鲜欢；然如《烈女李三行》一篇，虽乐府《孔雀东南飞》，无以过也。其子孙不甚解事，将先人文集椟而藏之，不许旁人一问，又不知所以藏之之法，致多散失〔二〇〕。未知阁下所得，能有十分之六七否。今枚将所作《稚威哀词》呈上，将来付梓时，即以为稚威小传可也〔二一〕。

但枚更有请者。山阴多异人，稚威而外，尚有布衣童二树〔二二〕，诗才清妙，人亦孤姿绝状，风趣不凡。年六十余，渡江见访，适枚游天台，不及相见。及游归渡江访二树，而二树已死十日矣。临死时，风声鹤唳，以为随园将至，抱诗殗殜而起，旋知不至，怅然若失〔二三〕。其子告知。枚到灵前，不觉大恸。古之人未识面而泣临其丧者，盖亦鲜矣！且闻其作诗刻苦，所存甚少，容易刊刻。求阁下并托施君访得，为梓于稚威之后，则不特两贤九原知感，而使枚后死之人，亦为距跃三百也〔二四〕。特将拙作《童君诗序》《墓志》附呈〔二五〕，听候采取。

注释

〔一〕阮芸台宗伯：即阮元（1764—1849），字伯元，号芸台、雷塘庵主，晚号怡性老人，江苏仪征人。乾隆五十四年（1789）进士，历官礼部、兵部、户部、工部侍郎，山东、浙江学政，浙江、江西、河南巡抚及漕运总督、湖广总督、两广总督、云贵总督，道光十二年（1832）授协办大学士，十五年（1835）迁体仁阁大学士，二十六年（1846）晋太傅，谥文达。宗伯，这里指文章学问受人尊崇者。

〔二〕风裁：风度神采。沾接：这里是见到的意思。

〔三〕鬯（chàng）：古代祭祀用的酒。

〔四〕齿牙及之：犹说到、提及。

〔五〕山阴：清代浙江绍兴府的附郭县。征士：不接受朝廷征聘的隐士。胡稚威：即胡天游（1696—1758），字云持，又字稚威，号松竹主人，又号傲轩，浙江山阴（今绍兴）人。骈文家、诗人。

〔六〕乾隆丙辰：即乾隆元年（1736）。

〔七〕憷然意下：见卷七《答何水部》注〔六〕。

〔八〕任香谷尚书：即任兰枝（1677—1746），字香谷，一字随斋，江苏溧阳人。康熙五十二年（1713）进士，授编修。雍正元年

（1723），命直南书房。累迁内阁学士，擢礼部尚书，历户、兵、工部，复调礼部。十年（1732），以老致仕。有《南楼文集》等。商宝意编修：即商盘。

〔九〕散馆：见卷五《答明我斋参领》注〔五〕。外用：出任地方官。袁枚散馆外用，时在乾隆七年（1742）四、五月间。稚威作序相送：即胡天游《石笥山房集·文集补遗》所收《送简斋太史改官江南序》。昌黎：即韩愈。

〔一〇〕永诀：永别。

〔一一〕庚辰岁：即乾隆二十五年（1760）。程鱼门：即程晋芳。杨蓉裳：即杨芳灿。

〔一二〕刺灵州：担任灵州知州。灵州，清代属甘肃宁夏府管辖，即今宁夏灵武市。

〔一三〕无如：无奈。雁、鸿：均为书信的代称。

〔一四〕嘉庆丙辰：即嘉庆元年（1796）。花甲重周：六十年为一花甲。袁枚写作此信的嘉庆元年（1796），上距其进京赴博学鸿词试的乾隆元年（1736），恰为六十年，故称花甲重周。

〔一五〕显微阐幽：语出《周易·系辞下》："夫《易》彰往而察来，而微显阐幽。"意即显示细微之事，说明隐幽之理。这里指让默默无闻的胡天游诗文稿广为人知。

〔一六〕学使：即学政。嘉庆元年（1796），阮元由山东学政调任浙江学政，故称其为学使。

〔一七〕四六：代指骈文。

〔一八〕偏宕（dàng）：偏激过当。

〔一九〕溪刻：苛刻。

〔二〇〕解事：懂事。椟（dú）而藏之：装进柜子、匣子。

〔二一〕《稚威哀词》：即《小仓山房文集》卷十四所收《胡稚威哀词》。付梓：刊行。

〔二二〕童二树：即童钰（1721—1782），字璞岩，又字二如、二树，别号借庵、二树山人等，浙江山阴（今绍兴）人。有《二树山人集》《香雪斋余稿》等。卒后，袁枚为其编诗集十二卷。

〔二三〕风声鹤唳（lì）：语出《晋书·谢玄传》："闻风声鹤唳，皆以为王师已至。"形容惊慌失措，或自相惊扰。这里形容童二树听到一点响动就以为是袁枚来了。唳，鹤叫声。殗殜（yè dié）：因生病而半卧半起。旋：不久。怅（chàng）然若失：语出《世说新语·雅量》："殷怅然自失。"形容心情失落的样子。

〔二四〕九原：即黄泉。距跃：见卷三《与书巢》注〔二〕。

〔二五〕《童君诗序》《墓志》：分别指《小仓山房（续）文集》卷二十八所收《童二树诗序》与卷二十六所收《童二树先生墓志铭》。

寄奇中丞〔一〕

锡山拜别〔二〕，倏又经年，枚受知最深，酬恩已老，以故缱绻之情，时飞越于万里关河之外。闻公总管三山，曾赋五古奉寄〔三〕；闻公远赴西域，又赋七律奉寄〔四〕。非漏尽之钟〔五〕，乱鸣不止也。一息尚存，鸣乎其所不能自已也！但未知秋雁孤飞，几时能度玉门关。又未知公旧恙全消，尚喜马上吟诗否？

从古称唐休璟万里在胸〔六〕，郭代公九边持节〔七〕，诸英雄都从绝塞归来，均调鼎鼐〔八〕。天之将降大任，先多磨练，往往如斯。况公之逸情云上，慷慨襟怀，岂不视白草黄沙，更胜画船箫鼓邪？起居康胜〔九〕，不卜可知。二月初旬，扬州曾宾谷转运，招为修禊之游〔一〇〕。席间忽闻斟酒奴夏庆，乃当日公命其打桨相迎之故人也。枚如南国苍生，见甘棠而思召伯；北海座上，对虎贲以当中郎〔一一〕。元遗山诗曰："阿姨怀袖阿娘香。"〔一二〕其能无声子班荆〔一三〕，遽使与坐也哉！从前长安日远〔一四〕，以见面为难；此时绝塞天遥，以寄信为难。每一相思，寸心如割。幸在扬州遇天使伊瀞亭侍郎，道与公交好，且谈西域风景甚悉，似乎苍苍者哀枚之一往情深，故使天上卿云，代作人间邮驿邪〔一五〕？裁书一函寄上〔一六〕，恐书未到而枚魂先到，亦未可知。

注释

〔一〕奇中丞：即奇丰额。此信写于嘉庆元年（1796），奇丰额于该年三月任叶尔羌办事大臣。

〔二〕锡山拜别：锡山，代指江苏无锡。乾隆六十年（1795）五月七日，奇丰额因失察织造缺额事，被罢免江苏巡抚之职，因自苏州返回北京。袁枚时在苏州，遂送行至无锡。

〔三〕闻公总管三山，曾赋五古奉寄：即《小仓山房诗集》卷三十六所收《闻奇中丞恩给郎中衔，管理圆明园三山事，喜而有作》。

〔四〕闻公远赴西域，又赋七律奉寄：即《小仓山房诗集》卷三十六所收《接奇中丞信，知加二品衔，管喀尔乌苏事，却寄二律》。

〔五〕漏尽：刻漏已尽，谓夜深或天将晓。

〔六〕唐休璟万里在胸：唐休璟（627—712），名璇，字休璟，以字行，京兆始平（今陕西兴平）人。唐代名将、宰相。《旧唐书·唐休璟传》："休璟尤谙练边事，自碣石西逾四镇，绵亘万里，山川要害，皆能记之。"

〔七〕郭代公九边持节：郭代公，即郭元振（656—713），名震，字元振，以字行，魏州贵乡（今河北大名）人。唐朝名将、宰相，受封为代国公。元振长期为国守边，故称其九边持节。

〔八〕调鼎鼐：鼎和鼐均为古代烹调食物的器具。在鼎鼐中调味，比喻处理国家大事。

〔九〕康胜：犹安好。

〔一〇〕曾宾谷转运：即曾燠（yù，1759—1831），字庶蕃，号宾谷，晚号西溪渔隐，江西南城人。乾隆四十六年（1781）进士，改庶吉士，历官户部主事、贵州司员外郎、都察院副都御史、两淮盐运使、湖南按察使、湖北按察使、广东布政使、贵州巡抚。转运，这里指两淮盐运使。修禊：古人于农历三月上旬巳日（后固定为三月初三）到水边嬉戏，以祓除不祥，称为修禊。

〔一一〕"南国苍生"句：见卷九《答陈药州中丞》注〔一二〕。"北海座上"句：见卷九《答赵渌亭先生》注〔六〕。

〔一二〕"元遗山诗曰"句：金元好问有《姨母陇西君讳日作三首》，其一曰："竹马青衫小小郎，阿姨怀袖阿娘香。一龛白骨黄河隔，遥望梁门哭断肠。"元好问号遗山。

〔一三〕声子班荆：见卷二《与徐紫庭方伯》注〔二〕。这里是邂逅相逢的意思。

〔一四〕长安：代指北京。

〔一五〕天使：天子的使臣。伊瀞亭：即伊江阿（？-1801），字诚斋，号静亭（一作瀞亭），满洲正白旗人，拜都氏。协办大学士永贵子。任镶白旗满洲副都统，嘉庆元年（1796）六月授山东巡抚。高宗崩时因奏事附书和珅劝节哀，时和珅已下狱，仁宗得其书，四年（1799）正月革。后授蓝翎侍卫充古城领队大臣。苍苍者：即苍天、上天之意。卿云：一种彩云，古人视为祥瑞。这里指天子使者。邮驿：古代传送文书，步递曰邮，马递曰驿。

〔一六〕裁书：裁笺作书，即写信之意。

答祝芷塘太史〔一〕

读《悦亲楼诗》七本〔二〕，可谓高浪驾天，长风吹海，力量之大，工夫之专，心思之猛，征引之富，现今诗流，未有如阁下者。已题一律于卷首，志悦服之忱。卷中校勘诸公，以梦楼为第一，瓯北次之，施太常又次之〔三〕。盖梦楼诗从晋、唐入手，故能取篇外神韵。凡所逗点之句〔四〕，尤为细致。瓯北、心余，从苏、黄入手，故专尚气力，斗巧赌狠，替人校雠，未免忽略〔五〕。施太常则又拘于陈规旧格，而不能穷诗之变，收取太宽。承阁下虚怀，问途于老马，敢不以所欲言者倾倒出之？除业已加墨于卷首者不再赘外，尚有刍荛之献〔六〕，愿阁下留意焉。

古人如韩、杜诸集〔七〕，自始至终，光景如一。观者竟不能辨其少壮盛衰，想是晚年陶铸之功。读阁下诗，如啖蔗尾，愈老愈甘。少年诗有才多词费之累。温子升云："文章易作，逋峭难为。"〔八〕此宜留意者一也。

欲作好诗，先要好题，必须山川关塞，离合悲欢，才足以发抒情性，动人观感。若不过今日赏花，明日饮酒，同寮征逐，吮墨挥毫，剔嬲无休〔九〕，多多益累。纵使李、杜复生〔一〇〕，亦不能有惊人之句，况我辈生于今日，求传尤难。九州大矣，诗人多矣。家家鹤膝，户户犀渠〔一一〕，敝帚千金，堆箱塞架。问肯翻终一卷者，有几人哉？刘勰云：陆士龙亦有锋颖，而腴辞不剪，终累文骨〔一二〕。元相云〔一三〕："欲得人人服，须教面面全。"君子多乎哉？不多也。阁下才豪气猛，同唱和者又才出公下，所到披靡，因之易于语言，动辄刺刺〔一四〕，使人读之，惟恐其不了。语多生烦，韵多必凑，此一定之势也。据鄙见，宜加烹炼。直者曲之，来者拒之，易者难之，浅者深之，伉爽者蕴藉之〔一五〕。如陈年之酒，一石仅存数升，百练之钢，千炉才铸一剑。自然神光照耀，意味深长。精兵三千，胜羸师十万。此宜留意者二也。

欲作诗，先选好韵，唐人用韵，非响者不押，非稳者不押，非清脆者不押，非在眼前者不押，所以易于传诵，可播管弦。独昌黎以险韵矜奇，东坡以叠韵见巧〔一六〕，此不过一时兴到，以儒为戏，乘人而斗其捷。如僧家作盂兰会，布施饿鬼、夜叉，非正法眼藏、上乘神通也〔一七〕。沈隐侯云："文章当从三易言：易读，易解，易记也。"〔一八〕易记，则易传矣。若险韵、叠韵，当其作时，亦颇费捃摭〔一九〕，倘过三日，自家亦不省记矣。自家不记，而欲人记之乎？人不能记，而欲人传之乎？须知险韵、叠韵，亦因韩、苏他诗佳，他文好，声名重而传至今，非因险韵、叠韵而至今方知有韩、苏也。慕西施者效其颦，学凿齿者效其跛，不已傎乎〔二〇〕？尹文端公酷好叠韵、次韵〔二一〕，枚争之曰："叠韵、次韵，是与一人敌耳，曷不选好韵、好题，与千人万人、千世万世敌乎？"公曰："子言良是，然我两江事繁，那有工夫去翻韵书。借一韵构思，贪在车中、床上，俱便故也。"此是做总督者之苦心，而翰林闲官，似可不必。此宜留意者三也。

孔子曰："三人行，必有我师焉。"〔二二〕子贡曰："夫子焉不学，而亦何常师之有？"〔二三〕杜陵云："转益多师是我师。"〔二四〕师岂有一定哉？尧问路于牧童〔二五〕，则牧童即尧之师；孔子爱童子沧浪之歌〔二六〕，则童子即孔子之师。此圣人之所以为大也。阁下之师，专取杜、韩、白、苏四家，而其他付之自郐无讥〔二七〕。有托足权门，自负在太师门下之意，则身分似峻而反卑，门户似高而反仄矣〔二八〕！况非天宝之时世〔二九〕，而强为呻吟，无起衰之文章，而徒袭磬刻，抑末也。古作家，最忌寄人篱下。陆放翁云："文章切忌参死句。"〔三〇〕陈后山云："文章切忌随人后。"〔三一〕周亮工云："学古人只可与之夜中通梦，不可使之白昼现形。"〔三二〕顾宁人答某太史云："足下胸中总放不过一韩、一杜，此诗文之所以不至也。"〔三三〕董香光论书法亦云："其始要与古人合，其后要与古人离。"〔三四〕凡此皆作家独往独来，自竖一帜之根本，亦金针度世之苦心〔三五〕。阁下诗有太似韩、苏处，一开卷便是。后人读者，既读真韩、真杜之诗，又谁肯读似韩、似杜之诗哉？此宜留意者四也。

宋人诗话，最能误人。如称梅圣俞诗到人爱处，黄鲁直诗到人不爱处，似以不爱者为胜〔三六〕。阁下诗亦有诗不求工之语，殊不知凤皇、芝草，妇女共钦为祥瑞；青天、白日，愚人亦知其清明。孔子曰："情欲信，词欲巧。"〔三七〕圣人修词，尚且不避巧字，而况今之为文章者乎？是以春秋时郑国词命先草创，后讨论，再修饰而润色之〔三八〕，亦不过求巧、求人爱而已。圣人颇加称许。此宜留意者五也。

圣贤之学，刚柔并用，然而柔克之功，较胜于刚克〔三九〕。以物论：太阿、纯钩可以屈而弯之〔四〇〕，故曰"神剑"；南山之石不能屈弯，故曰"顽石"；其他金、银、铜、铁、缟、纻、丝、罗〔四一〕，一切硬者价贱，柔者价贵。以人论：则孔子柔于孟子，颜子柔于子路〔四二〕；人活则柔，人死则硬。阁下之诗能刚而不能柔。此宜留意者六也。

仆老矣，明知昼不点烛，日有余光，而蒙虚怀下询，故不敢不告。

注释

〔一〕祝芷塘太史：即祝德麟。乾隆五十七年（1792）闰四月，袁枚路过江苏松江，祝德麟以诗稿就正，袁枚遂作此信报之。

〔二〕《悦亲楼诗》：祝德麟诗集名。

〔三〕梦楼：即王文治。瓯北：即赵翼。施太常：即施朝幹（1731—1797），字培叔，号铁如、小铁，江苏仪征人。乾隆二十八年（1763）进士，官太仆寺卿、宗人府丞。有《陵阳集》。

〔四〕逗点：在书或文稿上加圆圈、点等标记，或作为句读，或标出值得注意的语句。

〔五〕心余：即蒋士铨。苏、黄：即苏轼、黄庭坚。校雠：校对书籍，纠正谬误。

〔六〕刍荛：见卷四《答芷塘太史》注〔七〕。

〔七〕韩、杜：即韩愈、杜甫。

〔八〕“温子升云”句：见卷一《与胡书巢（又）》注〔一〇〕。

〔九〕剔嬲（niǎo）：犹纠缠。

〔一〇〕李、杜：即李白、杜甫。

〔一一〕家家鹤膝，户户犀渠：语出西晋左思《吴都赋》：“家有鹤膝，户有犀渠，军容蓄用，器械兼储。”鹤膝，矛的一种。犀渠，用犀皮制成的盾牌。

〔一二〕“刘勰云”句：南朝梁刘勰《文心雕龙·议对》：“及陆机断议，亦有锋颖，而谀辞弗翦，颇累文骨。”陆机字士衡，士龙则为其弟陆云之字。

〔一三〕元相：即中唐诗人元稹，因其官至宰相，故称。

〔一四〕刺刺：絮絮叨叨。

〔一五〕伉（kàng）爽：刚直豪爽。

〔一六〕昌黎：即韩愈。险韵：指作诗词时，用一般人不用的韵字来押韵。矜奇：炫耀新奇。东坡：即苏轼，东坡其号。叠韵：和韵方式之一，指用自己以前所作诗歌的原韵作诗，亦即和己作之诗。若是连叠数次，即称连叠、三叠等。此外，步别人所作诗之韵，重叠两次以上者，也可称叠韵。

〔一七〕盂兰会：佛教徒在盂兰节举行的法会。饿鬼、夜叉：均为佛教语。夜叉是一种吃人恶魔。正法眼藏：见卷三《答王梦楼侍讲》注〔七〕。

〔一八〕“沈隐侯云”句：见卷一《与胡书巢（又）》注〔七〕。

〔一九〕捃摭（jùn zhí）：搜集，摘取。

〔二〇〕凿齿：古代传说中的怪兽。傎：同“颠”。

〔二一〕尹文端公：即尹继善。

〔二二〕三人行，必有我师焉：语出《论语·述而》。

〔二三〕夫子焉不学，而亦何常师之有：语出《论语·微子》。

〔二四〕“杜陵云”句：杜陵，即杜甫。其《戏为六绝句》之六：“未及前贤更勿疑，递相祖述复先谁。别裁伪体亲风雅，转益多师是汝师。”

〔二五〕尧问路于牧童：《列子·仲尼》：“尧乃微服游于康衢，闻儿童谣曰：‘立我蒸民，莫匪尔极，不识不知，顺帝之则。’尧喜问曰：‘谁教尔为此言？’童儿曰：‘我闻之大夫。’”

〔二六〕孔子爱童子沧浪之歌：见卷七《答惠瑶圃中丞》注〔一〇〕。

〔二七〕自郐无讥：见卷六《与梁山舟侍讲》注〔六〕。

〔二八〕“托足权门”句：用赵文华事。见卷五《与罗甥（又）》注〔三〕。仄：狭窄。

〔二九〕天宝：唐玄宗李隆基的年号（742—756）。

〔三〇〕陆放翁：即陆游，放翁其号。文章切忌参死句：语出陆游《赠应秀才》诗。

〔三一〕陈后山：即北宋诗人陈师道，后山其号。文章切忌随人后：实出自黄庭坚《赠谢敞王博谕》诗之“文章最忌随人后”一语。

〔三二〕“周亮工云”句：清周亮工《书影》卷四记明倪元璐序会稽令陈公文云：“夫用古如怀远人，可使其梦中神合，不可使其白昼形见魅出。”

〔三三〕“顾宁人答某太史”句：顾宁人，即明末清初思想家、文学家顾炎武，宁人其字。其《与人书十七》云：“君诗之病在于有杜，君文之病在于有韩、欧。有此蹊径于胸中，便终身不脱依傍二字，断不能登峰造极。”

〔三四〕“董香光论书法”句：董香光，即晚明书画名家董其昌，香光其号。其书论往往谈及与古人离合之话题。如《容台别集》卷四“杂纪”云：“书须参离合二字。”同卷“书品”云：“盖书家妙在能合，神在能离。”

〔三五〕金针：针灸用的针，比喻秘法、决窍。度世：谓传授给世人。

〔三六〕梅圣俞：即北宋诗人梅尧臣，圣俞其字。黄鲁直：即北宋诗人黄庭坚，鲁直其字。

〔三七〕情欲信，词欲巧：语出《礼记·表记》。

〔三八〕“春秋时郑国词命先草创”句：《论语·宪问》：“子曰：‘为命，裨谌草创之，世叔讨论之，行人子羽修饰之，东里子产润色之。’”意即：春秋时期郑国创制一篇外交辞令，首先由大夫裨谌起草，然后由大夫世叔研究，并提出意见，再交给外交官子羽进行修饰，最后让居住在都城东里的国相子产进行润色。

〔三九〕柔克之功，较胜于刚克：语出《尚书·洪范》：“三德：一曰正直，二曰刚克，三曰柔克。”柔克，和柔而能成事。刚克，以刚强取胜。

〔四〇〕太阿、纯钩：均为古代宝剑名。

〔四一〕缟（gǎo）：没有染颜色的丝织物。纻（zhù）：用苎麻织成的布。罗：轻软有稀孔的丝织品。

〔四二〕颜子：即孔子弟子颜回。

答孙俌之〔一〕

客秋接到手书，论近代古文，颇有见解，有“启予者商也”之叹〔二〕。第其中有不得不据所询以相晓者，特为胪陈于后〔三〕。

一、望溪之文，前辈杭堇浦、近今钱辛楣痛诋之，几乎程不识不值一钱矣〔四〕！独余不以为然。犹之阮亭之诗，蒋心余、钱玓沙俱痛诋之〔五〕，而余亦不以为然。何也？望溪为古文正宗，渔洋为诗家正派，此是不祧之论〔六〕，然而二人才力俱薄。试观望溪，可能吃得住一个大题目否？可能叙得一二大名臣、真豪杰否？可能上得万言书，痛陈利弊否？阮亭可能撑得住数十韵五排否？可能作得一篇排奡七古否〔七〕？故谓此二人者，不可毁，亦不可尊。毁之者，其文与诗必粗；尊之者，其文与诗必弱。

一、《西河文集》编定于后人之手，故拉杂贪多，失之靡曼〔八〕。甚至《观音庵送子记》一篇，直是村婆俚语，可笑已极！然而叙事之文，有几篇列传碑版沉郁淋漓，龙门复生；赋数篇古艳斑斓，徐、庾复出〔九〕。本朝抱此大手笔者，有几人哉？再如《学记》一题最难，着笔非平即腐，而《西河集》有两篇，竟能天马行空，谈何容易！况全集二百余卷，足下未必有工夫看完，而遽作蜉蝣之撼〔一〇〕，所谓非求益者也，欲速成者也。戒之哉！

一、足下从前寄我之书，赠我之序，颇有拗折之味，已刻在《续同人集》中〔一一〕。此番寄文数篇，反逊前作，大失所望，疑为望溪所误。夫文章犹草木也，草木之性，先有春华，方有秋实；圣人之教，先须博文，然后约礼〔一二〕。今足下未发春华，先求秋实；未博于文，先思约礼。此其所以气不能充其体，笔不能宣其意，字字卧于纸上。奈何！

一、论古文，如潜溪之冗，叔子之杂，青门之浅，山公之小，俱为的论，惟贬归熙甫索然易尽，失之过刻〔一三〕。熙甫袭取庐陵俯仰揖让之态〔一四〕，颇饶神韵，未可全非。其病如望溪才薄，亦由科名太迟，为时文所累使然〔一五〕。仆苦劝足下攻时文以绝时文，正为此也。凡一切事，责己要严，责人要宽。子贡方人，子曰："赐也，贤乎哉！"〔一六〕邵康节见子弟议前辈之短，必愀然曰："你且学他长处。"〔一七〕吾于足下亦云。

一、诗文之道，总以出色为主。譬如眉、目、口、耳，人人皆有，何以女美西施、男美宋朝哉〔一八〕？无他，出色故也。余尝谓人不和平不享福，文不奇峭不动目。尤忌一题到手，有许多人云亦云之语，陈陈相因之话头，尤宜扫而空之。凡事皆然，不独诗文。是以邓展手搏，子桓劝其受要道〔一九〕；淳于善医，阳庆劝其弃故方〔二〇〕；康昆仑弹琵琶，段师善本劝其不近乐器十年，然后可以得正声〔二一〕。皆可类推。

注释

〔一〕孙俌（fǔ）之：即孙辅元，字俌之，号寻云，浙江仁和（今杭州）人。贡生。此信写于乾隆五十七年（1792）。

〔二〕启予者商也：语出《论语·八佾》。启，启发。商，孔子弟子卜商，字子夏。

〔三〕胪（lú）陈：一一陈述。

〔四〕望溪：即清代古文桐城派之祖方苞，望溪其号。杭堇浦：即清代学者、文学家杭世骏，堇浦其号。钱辛楣：即清代乾嘉朴学的代表人物钱大昕，辛楣其号。程不识：汉武帝时大将，与李广齐名。史称其治军有方，军纪严明，生平未尝败绩。

〔五〕阮亭：即清初神韵诗派代表人物王士禛，阮亭其号。蒋心余、钱玙沙：即蒋士铨、钱琦。

〔六〕不祧（tiāo）：永不迁移。

〔七〕排奡（ào）：形容矫健的样子。

〔八〕《西河文集》：清初学者、文学家毛奇龄的文集。靡曼：纤弱柔美。

〔九〕龙门：即司马迁，因其家乡左冯翊夏阳有龙门山，故以龙门代称之。徐、庾：即南北朝文学家徐陵、庾信。二人早年文风绮艳，世称徐庾体。

〔一〇〕蜉蝣（fú yóu）：一种寿命很短的昆虫。

〔一一〕《续同人集》：袁枚编选的诗文总集，辑录友朋投赠之作，凡十七卷。

〔一二〕先须博文，然后约礼：语出《论语·雍也》："君子博学于文，约之以礼，亦可以弗畔矣夫。"意即：君子广泛地学习古代的文化典籍，又以礼来约束自己，也就可以不离经叛道了。

〔一三〕潜溪：即明代开国文臣之首宋濂，潜溪其号。叔子：即清初古文三大家之一的魏禧，叔子其字。青门：即清初文学家邵长蘅，号青门山人。山公：或即清初人郑重，字山公，福建建安（今福建建瓯）人。顺治十五年（1658）进士，官至刑部左侍郎。有《霞园诗集》《文集》。归熙甫：即明代古文唐宋派的代表人物归有光，熙甫其字。

〔一四〕庐陵：即北宋文学家欧阳修，因其家乡吉州永丰县在过去属庐陵郡辖地，故以庐陵代称之。

〔一五〕时文：科举时代称应试的文章，特指八股文。

〔一六〕"子贡方人"句：语出《论语·宪问》。意即：子贡评论别人的短处，孔子说："赐啊，你真的就那么贤良吗？"子贡，姓端木，名赐，字子贡。

〔一七〕邵康节：即北宋理学家邵雍，康节其谥。愀（qiǎo）然：神色不愉快的样子。

〔一八〕宋朝：见卷九《答朱石君尚书》注〔三一〕。

〔一九〕邓展手搏，子桓劝其受要道：邓展，三国曹魏将领。子桓，即魏文帝曹丕，子桓其字。《三国志·魏书·文帝纪》裴松之注引曹丕《典论·自叙》载，邓展精于剑术，曹丕亦善击剑。二人曾论剑，曹丕三次击中邓展手臂。邓展不服，再次比试，却被曹丕一下击中头部，随后曹丕劝邓展放弃故技，学习大道。

〔二〇〕淳于善医，阳庆劝其弃故方：淳于，即西汉名医淳于意。《史记·扁鹊仓公列传》载其曾师从当时的神医阳庆，阳庆要他忘掉过去所学知识后，才同意将平生绝学悉数传授。

〔二一〕"康昆仑弹琵琶"句：康昆仑与段善本皆为中唐音乐家，以善弹琵琶著称。唐段安节《乐府杂录》载二人曾比赛弹琵琶，同奏《绿腰》，段善本弹得出神入化，更胜一筹。康昆仑欲拜之为师，段善本却让他十年不得接近乐器，须忘掉以前的演奏习惯后才肯教授。

再答李少鹤〔一〕

来札谈论风骚〔二〕，洋洋千言，将所蕴蓄于胸者，倾盖出之。仕途中，足下真奇男子哉！但庄子云："辨生于末学。"〔三〕孟子好辨〔四〕，鄙意尚觉其多事。以秦始皇之威力，焚书坑儒，卒不能损周、孔子之教于万分之一，况区区之杨、墨哉〔五〕！使当时无孟子，杨、墨之教亦至今不行也。

所指诗教卑靡，为后学累。初不解所指，今蒙明教，方知指归愚尚书而言〔六〕，则不必矣。当归愚极盛时，宗之者止吴门七子耳〔七〕，不过一时藉以成名，而随后旋即叛去。此外偶有依草附木之人，称说一二，人多鄙之。此时如雪后寒蝉，声响俱寂。何劳足下以摩天巨刃，斩此枯木朽株哉！老人与归愚，乡、会同年〔八〕，鸿博同年，最为交好。然平时论诗，向彼嘿无一语，知其迂拘自是，而不可与言也〔九〕。然深知其居心端厚，未发之前，《竹啸轩集》中颇有佳篇〔一〇〕，未可一齐抹摋〔一一〕。况此时墓木已拱，家无负床之孙，足下尚何忍射死虎而虑其咆哮，斥奄人而禁其生育哉〔一二〕？亦可谓私忧过计〔一三〕，而用心于无益之地矣。

《礼记》一书，汉人所述，未必皆圣人之言，即如"温柔敦厚"四字，亦不过诗教之一端，不必篇篇如是。二《雅》中之"上帝板板，下民卒殚""投畀豺虎""投畀有北"〔一四〕，未尝不裂眦攘臂而呼〔一五〕，何敦厚之有？故仆以为孔子论诗可信者，"兴、观、群、怨"也〔一六〕；不可信者，"温柔敦厚"也。或者夫子有为言之也。夫言岂一端而已，亦各有所当也。

元遗山论诗，有"诗到苏黄尽"之语〔一七〕，以不满此二人。然东坡天才超迈，落笔成趣，不过情韵少，工夫浅耳；山谷诗佳处，老人至今茫然，《世说》云"张茂先我所不解"〔一八〕，此之谓也。宋人诗话说东坡如宦家女，大脚步便出；涪翁诗如小家女，拗项折颈，有许多做作扭捏处〔一九〕。元人《就日录》比之驴夫脚板〔二〇〕，铁匠火钳。仆则以为如食刀豆，嚼芋皮，始终无味。然嗜好不同。蒋心余好山谷，而不好杨诚斋〔二一〕；仆好诚斋，而不好山谷。犹之足下不喜他山〔二二〕，所谓人心不同，各如其面。若夫阮亭之不喜少陵、香山〔二三〕，则又有说。阮亭一味修容饰貌，所谓假诗是也。惟其假，故不喜杜、白两家之真，甚至骂杜甫为无耻，以其献《西岳赋表》称杨国忠为司空元弼故也〔二四〕。殊不知考之唐史，杜上表时，司空是郭子仪，并非杨国忠邪！

足下论诗，讲“体格”二字固佳，仆意“神韵”二字尤为要紧。体格是后天空架子，可仿而能；神韵是先天真性情，不可强而至〔二五〕。木马泥龙，皆有体格，其如死矣无所用何？前明何大复言古人诗皆可歌之宾宴〔二六〕，杜诗只《锦城》一绝可歌，余皆不入律，故宋人称为“村夫子”。此言亦系偏见。《三百篇》变风、变雅〔二七〕，原不入笙歌也，然于“情韵”二字，却有见到处。

来札所讲“诗言志”三字，历举李、杜、放翁之志〔二八〕，是矣。然亦不可太拘，诗人有终身之志，有一日之志，有诗外之志，有事外之志，有偶然兴到、流连光景、即事成诗之志。“志”字不可看杀也！谢傅之游山〔二九〕，韩熙载之纵伎〔三〇〕，此岂其本志哉？“多识于鸟兽草木之名”，亦夫子余语及之，而夫子之志岂在是哉？

足下用力于杜、韩二家，以为取法乎上，仅得其中，此外可一切决舍〔三一〕。此是学究常谈，不可奉为定论。当时燕哙取法乎尧、舜〔三二〕，王莽取法乎周公〔三三〕，向栩、扬雄取法乎孔子〔三四〕，亦可谓上之上矣，不图求为下下而不可得者。何也？王安石一生大病，总要上法皋、夔，下斥姚、宋〔三五〕，误国误民，皆为取法乎上所累。且“上”之一字，亦颇难言。杜初学庾、鲍，后取法乎二《雅》；昌黎以文为诗，初学李、杜，后得力于三《颂》〔三六〕。此又取法乎上之上者也。足下饮水思源，登枝求本，又何以姑舍是而不穷追之哉？今夫山，泰岳居五岳之首，一登可以小天下矣。然有人焉，终其身结茅篷于泰山之顶，而其余武夷之幽深，罗浮之奥妙，至死不知。其得谓之善游山者乎？仆道取法者，师之之意也。《尚书》云："德无常师，主善为师。"〔三七〕孟子曰："子归而求之，有余师。"〔三八〕圣人师蝼蚁而立战阵，师蜘蛛而制网罟〔三九〕。蝼蚁、蜘蛛，可谓下之下矣，而圣人不曰姑舍是者，何也？以故仆论诗，岂特不敢薄古人哉？即足下有一篇之善，一句之佳，仆必师之，而终身不敢忘也。又岂特如足下之大贤哉？即后生小子，女流末学，有一言之善，一句之佳，仆必师之，而亦终身不敢忘也。到落笔时，却处处有我在。

从古诗家，原无一定体格：《卿云》之歌〔四〇〕、《竹弹》之谣〔四一〕，与《三百篇》不相似；《三百篇》中之《雅》《颂》，与《国风》亦俱不相似。此后降而为《离骚》，为《乐府》，皆是仪神夺貌，无沾沾硁守一家者〔四二〕。在古人，清奇浓淡，业已成名而去，我辈独树一帜，则不得不兼览各家，相题行事〔四三〕。如登清庙明堂，当用高文典册〔四四〕；如过竹篱茅舍，便宜味淡声希〔四五〕。如经历山危海险，自当硬语盘空〔四六〕；如偶然宠柳骄花，必须惊才绝艳。或半吞半吐，专收弦外之音；或可泣可歌，痛写悲欢之事。或咏商盘周鼎〔四七〕，自当诘屈聱牙〔四八〕；或闻流管清丝，忍不音情顿挫？或苦思力索，心从天外归来；或水到渠成，竟是《黄庭》初拓〔四九〕。凡此妙境，全在书卷富足，方寸灵明〔五〇〕。如大帅将兵〔五一〕，知某敌到，当遣某将立功；如良医诊脉，知何病来，应用何方下药。虽人性不齐，才力不等，原不必求全责备。但须善藏其短，而不訾人之长，则可；若自护其短，而反毁人之长，则不可〔五二〕。自古名家诗，俱可诵读，猎取精华。譬如黄蜂造蜜，聚百卉以成甘；不可节女守贞，抱一夫而不嫁。君专学杜、韩，精进有得，因之高自位置，常自广以狭人，故献此刍荛〔五三〕。惜我二人，相见之晚也。

注释

〔一〕李少鹤：即李宪乔。此信系踵继卷八《答李少鹤书》而作，或作于乾隆五十七年（1792）前后。

〔二〕风骚：《诗经·国风》和《楚辞·离骚》的并称。后用来泛称文学。

〔三〕“庄子云”句：《庄子·天道》：“本在于上，末在于下。要在于主，详在于臣。三军五兵之运，德之末也。赏罚利害，五刑之辟，教之末也。礼法度数，形名比详，治之末也。钟鼓之音，羽旄之容，乐之末也。哭泣衰绖，隆杀之服，哀之末也。此五末者，须精神之运，心术之动，然后从之者也。末学者，古人有之，而非所以先也。”

〔四〕孟子好辨：《孟子·滕文公下》：“孟子曰：‘予岂好辩哉？予不得已也！’”

〔五〕周、孔子：即周公、孔子。杨、墨：指杨朱与墨翟。

〔六〕归愚尚书：即沈德潜。

〔七〕吴门七子：见卷一《覆陈竹香》注〔二〕。

〔八〕同年：科举时代同一年考中的人，彼此称为同年。

〔九〕嘿（mò）：同“默”。迂拘：迂腐执着，不知变通。自是：自以为是。

〔一〇〕《竹啸轩集》：沈德潜早年别集名。

〔一一〕抹摋：勾销，否定。

〔一二〕负床之孙：扶床而立、尚未能行走的小孩。奄人：被阉割的男人。

〔一三〕过计：过多的考虑。

〔一四〕上帝板板，下民卒瘅：语出《诗经·大雅·板》。意即：上帝昏乱背离常道，下民受苦多病辛劳。投畀（bì）豺虎、投畀有北：语出《诗经·小雅·巷伯》。畀，给。

〔一五〕裂眦（zì）：因发怒而眼睛睁得极大，眼眶似乎要裂开。攘臂：见卷四《与金匮令》注〔一六〕。

〔一六〕兴、观、群、怨：语出《论语·阳货》：“《诗》可以兴，可以观，可以群，可以怨，迩之事父，远之事君，多识于鸟兽草木之名。”

〔一七〕“元遗山论诗”句：金元好问（遗山其号）《论诗三十首》之二十二：“奇外无奇更出奇，一波才动万波随。只知诗到苏黄尽，沧海横流却是谁？”

〔一八〕张茂先我所不解：语出《世说新语·品藻》：“刘令言始入洛，见诸名士而叹曰：‘王夷甫太解明，乐彦辅我所敬，张茂先我所不解，周弘武巧于用短，杜方叔拙于用长。’”张茂先，即西晋政治家、文学家张华，茂先其字。

〔一九〕“宋人诗话说东坡如宦家女”句：东坡，即北宋文学家苏轼，东坡其号。宦家，仕宦之家。涪翁，即北宋文学家黄庭坚，涪翁其号。拗项，扭转脖子。

〔二〇〕《就日录》：元代中期文学家虞集的著作。

〔二一〕蒋心余：即蒋士铨，心余其字。山谷、杨诚斋：即宋代诗人黄庭坚（山谷其号）、杨万里（诚斋其号）。

〔二二〕他山：即清代诗人查慎行，他山其号。

〔二三〕阮亭：即清初神韵派代表诗人王士禛，阮亭其号。少陵、香山：即杜甫、白居易。

〔二四〕“不喜杜、白两家之真”句：杜甫《进封西岳赋表》有云：“维岳授陛下元弼，克生司空。”王士禛《池北偶谈》卷十九称：“杜所谓元弼、司空，谓国忠也。国忠以椒房进，夤缘三公，天下知其非据。而甫独引《大雅·甫申》之词以谀之，可谓无耻。……杜固诗史，其人品未可知，顾自许稷、契，亦妄矣。”

〔二五〕强（qiǎng）：勉强。

〔二六〕何大复：即明代中期文坛领袖、“前七子”之一何景明，号大复山人。

〔二七〕变风、变雅：《毛诗大序》：“至于王道衰，礼义废，政教失，国异政，家殊俗，而变风变雅作矣。”即《诗经》“二雅”和“国风”中表现西周中后期朝政衰乱的作品。

〔二八〕放翁：即南宋文学家陆游，放翁其号。

〔二九〕谢傅：即东晋政治家谢安，因其卒赠太傅，故称。

〔三〇〕韩熙载（902—970）：字叔言，潍州北海（今山东潍坊）人。五代十国时南唐名臣。

〔三一〕杜、韩：即杜甫、韩愈。决舍：弃绝，离弃。

〔三二〕燕哙取法乎尧、舜：燕哙，即战国中期燕国国王哙，前320—前318年在位。此人仰慕传说中的尧舜禅让故事，遂将王位让与相国子之，使得燕国大乱，并招来齐国的入侵，以兵败身死、国家残破而告终。

〔三三〕王莽取法乎周公：王莽于西汉末年被时人称为“周公再世”，取代汉朝称帝后颁布的一系列改革措施亦以周公之政为仿效对象，史称“王莽改制”。

〔三四〕向栩、扬雄取法乎孔子：向栩取法孔子事，见《后汉书·独行列传》：“向栩字甫兴，河内朝歌人。……有弟子，名为‘颜渊’‘子贡’‘季路’‘冉有’之辈。” 扬雄取法孔子事，见《汉书·扬雄传》：“（扬雄）好古而乐道，其意欲求文章成名于后世，以为经莫大于《易》，故作《太玄》；传莫大于《论语》，作《法言》。”

〔三五〕姚、宋：唐玄宗开元年间宰相姚崇、宋璟的合称。

〔三六〕杜：杜甫。庾：庾信。鲍：鲍照。二《雅》：即《诗经》中的《大雅》和《小雅》。三《颂》：即《诗经》中的《周颂》《鲁颂》与《商颂》。

〔三七〕德无常师，主善为师：语出《尚书·咸有一德》。意即：德没有不变的榜样，以善为准则就是榜样。

〔三八〕子归而求之，有余师：语出《孟子·告子下》。意即：你回去自己寻找吧，老师多得很呢。

〔三九〕网罟（gǔ）：捕捉鱼与鸟兽的工具。

〔四〇〕《卿云》之歌：始见于西汉伏生《尚书大传》，相传是舜禅位于禹时，与群臣唱和之作。

〔四一〕《竹弹》之谣：古歌谣名，始见于东汉赵晔《吴越春秋·勾践阴谋外传》。

〔四二〕硁（kēng）守：固执，保守。

〔四三〕相（xiàng）题：犹审题。

〔四四〕清庙：即太庙，古代帝王的宗庙。明堂：古代帝王宣明政教、举行大典的地方。高文典册：指朝廷的重要文书、诏令等。

〔四五〕希：少。

〔四六〕硬语盘空：遒劲有力的文句盘旋在天空中，形容文章气势雄伟、矫健有力。

〔四七〕商盘周鼎：商朝的盘，周朝的鼎，言其古老。

〔四八〕诘（jí）屈聱（áo）牙：语出唐韩愈《进学解》，形容文字晦涩艰深，难懂难读。诘屈，曲折，引申为不顺畅。聱牙，读起来拗口。

〔四九〕《黄庭》：即《黄庭经》，系道教养生著作，有诸多名家临写本传世。

〔五〇〕方寸：指人的内心。

〔五一〕将（jiāng）：率领，带领。

〔五二〕訾（zǐ）：说人坏话。毁：说人坏话，诽谤。

〔五三〕刍荛：见卷四《答芷塘太史》注〔七〕。

寄转运曾宾谷先生〔一〕

霞裳从贵署来，得悉太夫人起居康娱，阁下荣问休畅〔二〕，慰甚！喜甚！枚平生见解以为：同一受知也，而受知于少所许可之人，则其知始真；同一受惠也，而受惠于不肯泛施之所，则其惠才重。阁下屈承明著作之才，掌禺荚牢盆之任〔三〕，扬州又为通衢要道，以故海内之百舍重趼而趋下风者，振振殷殷，如云而至〔四〕。博施济众，尧、舜犹难。以故公本不骄，而人苦其龙门太峻〔五〕；公并不吝，而人觉其分润无多〔六〕。此亦物理人情，势所必有。虽使战国四公子来居此职〔七〕，亦不能满于人望者也。

枚老矣！二十五科杳然一梦，学曼倩游戏人间〔八〕，两来邗上，口无听请，旁无介宾〔九〕。而阁下所以待之者，青眼一双〔一〇〕，朱提百笏〔一一〕，既交欢而尽意，更送抱以推襟〔一二〕。荐士则爱屋及乌，论文则聆音识曲，似乎当代之三圭重爵〔一三〕，一等勋阶，皆从旁叹羡惊疑，以为得未尝有者。昔桓宣武送谢安出后，问左右曰："汝等见我待客，有如此人者否？"〔一四〕公待枚光景，正复似之。枚至今纳手扪心，亦不能测其所以然也。霞裳说公风神元定〔一五〕，真想在衿，势力不能移；惟性爱诗文，深入骨髓，寒素之士，都出门墙；又能目光如电，随其文才之高下，而称其分量以施之。枚因之窃喜自负，而欲代公申一说以晓世焉〔一六〕。

在《诗》之《小雅》云："园有树檀，其下惟穀。"〔一七〕穀与檀并栽，讥贤愚之混也。在《易·同人卦》之《系词》曰："君子以类族辨物。"〔一八〕惟其卦名同人，故君子不得不分其族类，而辨别其物色也。刘念和《人物志》云〔一九〕："多能似巧而无用，泛施似惠而无功。"吕子《新语》云："善养威者，不轻怒；善树恩者，不妄施。"〔二〇〕此皆先贤见到语，不虞阁下任心以行，能恰与之暗合，可以谓之难矣〔二一〕。然而归总以自己身分为主。圣人曰："为政在人，取人以身。"〔二二〕《诗》云："惟其有之，是以似之。"〔二三〕非有卞和之明，不能识昆山之璧〔二四〕；非有范蠡之智，不能进苎萝之姝〔二五〕。阁下著述，枚虽未能全读，而于《题襟集》及他题咏中〔二六〕，颇见清章云委〔二七〕，吐石含金。近体、古风，各体俱妙。虽大才人天分超绝，而平日于"四始""六义"中〔二八〕，非甘苦深尝，何能如是？昔蒋心余见赠云〔二九〕："古来只此笔数枝，怪哉公以一手持！"枚何敢当此语？移赠阁下，庶无愧焉。

霞裳在署，以平津之下客〔三〇〕，兼鲁国之诸生，既领修仪，又沾化雨，汉博士弟子，秩比二百石〔三一〕，公然是矣，何幸如之！枚但教其敬慎威仪，以近有德〔三二〕，修业不息，以报恩知而已。因渠来署，奉真伽南珠百八粒，前广州太守张公道源家藏之物。枚豪夺时，渠颇吝惜。霞裳所目睹者，有谢诗在拙集中〔三三〕，可命霞裳撷阅。所以献阁下者，又可添《题襟集》中一佳题也。香如有知，亦当大发氤氲之气。苦无他物为媵，适豫亲王世子思元主人寄惠内造绣囊二件，颇觉鲜华，有唐诗“宫锦不传样，御香空记名”之意，故遣随香而至〔三四〕。请阁下佩之，示闺中针博士同传观之，或掺掺巧手，更有织云锦之天孙〔三五〕，亦未可定。又何妨制一件以答我邪？一笑。

注释

〔一〕转运曾宾谷先生：即曾燠。此信应写于嘉庆元年（1796）春之后。

〔二〕霞裳：即刘志鹏。刘志鹏入曾燠幕，事约在乾隆六十年（1795），乃袁枚推荐之故。康娱：安乐。荣问：美好的声誉。休畅：美善畅通。

〔三〕承明：古代天子左右路寝称承明，因承接明堂之后，故称。禺荚牢盆：借指盐政或盐业。

〔四〕百舍（shè）重趼（chóng jiǎn）：百里为一舍。重趼，又作“重茧”，足底生出硬皮。形容长途奔走，十分辛劳。振振殷殷：语出《吕氏春秋·孝行览·慎人》，形容众多、昌盛的样子。

〔五〕龙门：见卷六《寄孙补山中丞》注〔一四〕。

〔六〕分润：分取钱财，分享利益。

〔七〕战国四公子：战国时期以养士著称的四位贵族，分别是魏国的信陵君魏无忌、楚国的春申君黄歇、齐国的孟尝君田文、赵国的平原君赵胜。

〔八〕曼倩：即西汉文学家东方朔，曼倩其字。

〔九〕两来邗（hán）上：邗上，扬州的别称。乾隆六十年（1795）与嘉庆元年（1796）二月，袁枚两赴扬州，与曾燠过从。介宾：古代行乡饮酒礼时辅佐宾客的人，这里指介绍人。

〔一〇〕青眼：黑色的眼珠在眼眶中间。即青眼看人，表示对人的喜爱、重视、尊重，与“白眼”相对。

〔一一〕朱提：见卷一《再与西圃》注〔二〕。百笏：百条黄金。古代官员上朝时皆手持长方形笏板，后因金条亦为长方形，故借“笏”字代“条”字，以表其量，兼状其形。

〔一二〕送抱以推襟：真诚相待的意思。

〔一三〕三圭：三种玉圭，借指公、侯、伯。后亦指高官重臣。

〔一四〕“昔桓宣武送谢安出后”句：桓宣武，即东晋权臣桓温，因其谥号宣武，故称。《晋书·列传第四十九》载桓温请谢安做司马，谢安到后，桓温很喜欢他，相谈甚欢。谢安走后，桓温问其左右：“你们曾看见过我有这样的客人吗？”

〔一五〕风神：风采，神态。

〔一六〕晓世：使世人知晓。

〔一七〕“《诗》之《小雅》云”句：《诗经·小雅·鹤鸣》：“乐彼之园，爰有树檀，其下维榖。”园，花园，喻指国家。爰，语助词。树檀，檀树，比喻贤人。榖，楮树，比喻小人。

〔一八〕君子以类族辨物：语出《周易·同人卦》之《象传》：“天与火，同人；君子以类族辨物。”意即：天与火互相亲和，象征“和同于人”；君子因此来分析人类群体，辨别各种事物。

〔一九〕刘念和：即三国魏时人刘劭，《人物志》是其所著品鉴人物才性的著作。

〔二〇〕“吕子《新语》云”：吕子，即晚明理学家吕坤。其《呻吟语》卷五云：“善用威者不轻怒，善用恩者不妄施。”

〔二一〕见到：有见地的意思。不虞：不料，没想到。

〔二二〕为政在人，取人以身：语出《礼记·中庸》，意即：欲施行善政，须得到贤臣；欲得到贤臣，须修正自身。

〔二三〕惟其有之，是以似之：语出《诗经·小雅·裳裳者华》，意即：正因为能用其所长，是以能继承祖业。

〔二四〕非有卞和之明，不能识昆山之璧：《韩非子·和氏》载，春秋时楚人卞和在荆山得到一块璞玉，两次献给楚王，都被认为是石头，遂以欺君之罪遭膑刑惩罚。卞和受刑后，来到荆山下抱着璞玉哭泣。楚文王即位后，令工匠剖雕璞玉，果真是宝玉，遂称此玉为“和氏璧”。

〔二五〕苎（zhù）萝：山名，在浙江诸暨市南，相传为西施故里。姝（shū）：美丽的女子。

〔二六〕《题襟集》：即《邗上题襟集》。乾隆五十八年（1793）二月，曾燠赴扬州任两淮盐运使，七月与友朋幕僚举行九峰园秋禊，诗酒唱和，积而成帙，十月乃刊刻《邗上题襟集》，取晚唐段成式、温庭筠等《汉上题襟集》之意。至嘉庆二年（1797），酬唱之作又已成帙，遂有《邗上题襟续集》之刻。二书凡收近九十位往来于扬州的文人之诗作五百余首。

〔二七〕云委：如云之委积，引申为会合、聚集。

〔二八〕四始六义：见卷七《答法时帆学士》注〔七〕。

〔二九〕蒋心余：即蒋士铨，心余其字。

〔三〇〕平津：汉有平津邑，武帝曾封丞相公孙弘为平津侯，后泛指丞相等高级官僚。下客：下等的宾客。

〔三一〕汉博士弟子：博士，古代学官名。汉代太学由博士授业，遂称太学生徒为博士弟子。博士弟子学习至一定年限，经考核，一般可任郡国文学的职务，优异者可授中央或地方行政官职。秩比二百石：汉代官员的俸禄以禄米计算，博士弟子所得俸禄为二百石禄米。

〔三二〕敬慎威仪，以近有德：语出《诗经·大雅·民劳》，意即：立身端正，讲求礼节，亲近贤德之人。

〔三三〕“奉真伽南珠百八粒”句：伽南珠，用伽南香制成的佛珠。袁枚《小仓山房诗集》卷三十有《张菊坡太守有伽南香珠，余乞之，命以诗易》，事在乾隆四十九年（1784）七月袁枚往游广州时。

〔三四〕媵（yìng）：古代嫁女时随嫁或陪嫁的人，这里指随赠的礼物。豫亲王世子思元主人：即裕瑞。宫锦不传样，御香空记名：语出唐张籍《旧宫人》诗。

〔三五〕针博士：博士，古代对手工艺者的尊称，犹后世称人为师傅。这里是对曾燠妻妾的戏称。掺掺（xiān）：形容女子的手纤美。天孙：传说中巧于织造的仙女。

寄张讱斋观察〔一〕

叨同桑梓，未接清尘〔二〕。幸二月间，扬州小憩，适阁下转漕西来，停桨邗江，得于舟中一晤〔三〕。仰见清襟兰郁，爽气迎人，一望而知为贤者。不料突有匪人在旁，见阁下待枚过厚，忽起邪心，捣一手版〔四〕，为枚借贷。以一面之交遽作百金之请，在他人断然不与，而大君子可欺以其方〔五〕，公然如数与之。幸而公家萧颖士之仆〔六〕，疑其神色小异，差人送至寓中，其奸始破。否则，公施恩于无名之地，枚负债于不白之天，真乃事出两难矣。然而孟子云："恭敬者，币之未将者也。"〔七〕《书》云："享多仪，仪不及物。"〔八〕阁下竟以币物相将，则其平时相敬相爱之忱，昭然若揭。此枚之所以刻骨铭心，比真借金、受金者而更深也。昔荀莹在楚思归，有贾人欲藏之褚中以出者，后晋楚交欢，荀蓥归国，而待贾人如实出己〔九〕。枚一息尚存，敢不抱知武子之心哉〔一〇〕？

见示古文三篇，如《邹先生墓碣》《随课题解序》，皆的的然得震川神味〔一一〕。近今散行一体，竟成《广陵散》矣〔一二〕！得阁下起而振之，当亦儒林之幸。

注释

〔一〕张讱斋观察：或即张姚成（1742—1798），字自东，一字讱轩，浙江仁和（今杭州）人。乾隆四十年（1775）进士，历官内阁中书、山西学政、内阁侍读、湖南学政、江西督粮道、江西按察使等。此信作于嘉庆元年（1796）。

〔二〕叨（tāo）：谦辞。桑梓：语出《诗经·小雅·小弁》："维桑与梓，必恭敬止。"意即：桑树和梓树是父母所种，必须对它恭恭敬敬。借指故乡。清尘：车后扬起的尘埃，用作对尊贵者的敬称。

〔三〕二月间，扬州小憩：指嘉庆元年（1796）二月，袁枚接受两淮盐运使曾燠邀请，前往扬州一事。邗（hán）江：清代扬州府的附郭县，今为江苏扬州市辖区的一部分。

〔四〕搦（nuò）：拿。

〔五〕大君子可欺以其方：见卷一《与胡书巢妹夫》注〔一六〕。

〔六〕萧颖士之仆：即唐代古文名家萧颖士的忠仆杜亮，事载唐张鷟《朝野佥载》卷六。

〔七〕"孟子云"句：语出《孟子·尽子上》，意即：恭敬之心是在送出礼物之前就有的。

〔八〕"《书》云"句：语出《尚书·洛诰》："享多仪，仪不及物，惟曰不享。"意即：享礼注重礼节，假如礼节赶不上礼物，应该叫做不享。

〔九〕"荀蓥在楚思归"句：见卷九《答梁构亭制府》注〔一七〕。

〔一〇〕知武子：即荀蓥。

〔一一〕的（dì）的然：明显貌。震川：即明代古文名家归有光，别号震川。

〔一二〕竟成《广陵散》：《晋书·嵇康传》："（嵇）康将刑东市，太学生三千人请以为师，弗许。康顾视日影，索琴弹之，曰：'昔袁孝尼尝从吾学《广陵散》，吾每靳固之，《广陵散》于今绝矣！'"

答孙渊如观察〔一〕

严子进从山左归，道阁下到任未一月，即赴某处料简兵差〔二〕，渠不得一见而返。异哉！夫以武备试文人，此皆少年时笔锋豪宕之所致也〔三〕。旋接手书，招我来游，与河帅香林先生一会〔四〕，真乃下情所愿。奈尚父之年〔五〕，又加其一心如沙鸟，中夜常惊。长安诸君子约我三年后重赴琼林〔六〕，尚有欲行不行之意，而况风沙千里，敢以白发渡黄河哉！望阁下升任吾乡，或藩臬，或中丞〔七〕，后年榜发，替我作鹿鸣主人〔八〕，则定当百舍重趼而至矣〔九〕！

今春在扬州修禊〔一〇〕，小住一月，避暑还山，拟过老妻八十生日。后扁舟至杭，与诸女弟子作一欢聚。所苦者，文字差徭，愈老愈重，想援古人六十不从军之例，竟不可得。因思方正学先生尝云〔一一〕："诗文虽细故，然天既以与人，便时时督责而苛迫之，使无须臾之得闲。"即其人不胜其苦，情愿以所畀之聪明才智归还造化〔一二〕，而势有所不能。老人现在光景，正复似之。闲居无俚，翻破簏中，得未刻古文九十余篇，诗百余首，似乎尚有可存者，理而出之，加之删改，重付麻沙〔一三〕。有如已黜之妻，仍留床第；已逐之子，召归膝前。既割爱于前廿年，复钟情于此一日，恐皆血气既衰，不能戒得之一端也。阁下倘看到

《小仓山房诗文补遗》五六卷，当异目视之〔一四〕。

注释

〔一〕孙渊如观察：即孙星衍。此信写于嘉庆元年（1796），孙星衍时任山东兖沂曹济道，故袁枚称其为观察。

〔二〕山左：即山东。料简：清点察看。兵差（chāi）：旧时地方上为军队提供劳役、供给等的人员。

〔三〕豪宕（dàng）：意气洋溢，器量阔大。

〔四〕河帅香林先生：即李奉翰。

〔五〕尚父之年：尚父，即西周开国功臣吕望，也就是民间传说中年至八十，乃得周文王重用的姜子牙。

〔六〕长安：北京的代称。琼林：见卷一《与胡书巢》注〔一〇〕。

〔七〕藩臬（niè）：藩司和臬司，清代布政使和按察使的并称。中丞：清代巡抚的别称。

〔八〕鹿鸣主人：即鹿鸣宴主人。鹿鸣宴为科举制度下的一种宴会，起于唐代，明清沿袭，于乡试发榜次日，宴请新科举人和内外帘官等，歌《诗经·小雅·鹿鸣》篇，称鹿鸣宴。

〔九〕百舍重趼：见本卷《寄转运曾宾谷先生》注〔四〕。

〔一〇〕今春在扬州修禊：嘉庆元年（1796）二月初，两淮盐运使曾燠邀请袁枚前往扬州，为修禊之游。见本卷《寄奇中丞》注〔一〇〕。

〔一一〕方正学：即明初学者、文学家方孝孺，因其在汉中府任教授时，蜀献王赐名其读书处为正学，故世称正学先生。

〔一二〕畀（bì）：给。

〔一三〕麻沙：宋元时期，福建建阳的麻沙镇以刻书闻名，所刻书世称麻沙本。

〔一四〕异目视之：犹言另眼相看。

答秋帆制府〔一〕

枚去岁九秋，作吴门之游〔二〕，一路花月留连，宾朋文宴，直至除夕前四日，才还山中，见案上手书及国宝四元。蒙尚书于战鼓惊天、吃饭不知口处之际〔三〕，犹念及空山野叟，润其白发，赐以朱提〔四〕，非徒古道隆情，超超玄箸〔五〕，而亦想见大君子遗大投艰，行所无事〔六〕，非有谢太傅之胸襟、郭汾阳之福力〔七〕，其何能从容料量，一至于斯！且闻苗匪荡平，大功告竣，圣恩优渥，宠锡骈蕃〔八〕。犹记二十年前，公在石湖舟中，与枚谈及西夏元昊之事，以为韩、范勋名，不无遗憾〔九〕。尔时觉公言太过，今日建此奇功，方知今人果胜于古人，非言大而夸也。

阅邸抄〔一〇〕，读《请彻征苗兵》一折，崇论宏议，辅志弊谋〔一一〕，洋洋千言。一时江左士大夫传诵者，以为此等奏章，当与赵营平请屯田之疏〔一二〕、房太尉谏东征之表〔一三〕，并是宇宙间有数文字。惜枚衰老，不能著翅飞来，替公盾头磨墨，帐外捉刀〔一四〕，为可叹也！枚今年八十有三矣，四朝闲话〔一五〕，说与谁听？四海知交，更无人在。居恒悒悒，自觉无俚，不得已而列子好游〔一六〕，来往于吴山越水间。竟有宋子、齐姜〔一七〕，终温且惠者〔一八〕，姗姗然揄袂捧贽而来〔一九〕，道韫尹堂，班昭问字〔二〇〕，数年来竟得二十余人。总缘夏侯笃老，既无瓜李之嫌〔二一〕；刘尹清淡，不惹婵娟之詈故也〔二二〕。现在绘《湖楼请业》之图〔二三〕，刻扫眉才子之集〔二四〕，俱已生成。俟有便鸿〔二五〕，还当飞寄台端，恭求题跋。非徒衰叟之荣，亦金闺之幸也〔二六〕。

注释

〔一〕秋帆制府：即毕沅。制府，清代总督的别称。此信写于嘉庆二年（1797）春，毕沅时任湖广总督。

〔二〕去岁：即嘉庆元年（1796）。吴门：即江苏苏州府。

〔三〕尚书：当时毕沅以湖广总督而坐衔兵部尚书。战鼓惊天：指湖南、贵州苗乱与湖北白莲教起事。乾隆六十年（1795）正月，湖南、贵州爆发苗乱，至嘉庆元年（1796）十二月平定；嘉庆元年（1796）正月，湖北又有白莲教起事，直至九年（1804）九月方告平定。

〔四〕朱提：银子的代称。

〔五〕超超玄箸：形容言论文辞高妙又明切。

〔六〕遗大投艰：语出《尚书·大诰》："予造天役，遗大投艰于朕身。"指交给重大艰难的任务。遗、投，均为交给的意思。行所无事：语出《孟子·离娄下》："禹之行水也，行其所无事也。"指人身处紧急关头而态度镇定，毫不慌乱。

〔七〕谢太傅：即东晋政治家谢安，因其卒赠太傅，故称。郭汾阳：即唐代名将郭子仪，因其受封汾阳王，故称。

〔八〕优渥：优厚。锡：同"赐"。骈蕃：繁多。

〔九〕石湖：在江苏苏州西南，通太湖。元昊：即西夏开国皇帝李元昊。韩、范：即北宋政治家韩琦、范仲淹。

〔一〇〕邸抄：即邸报，见卷二《与江苏抚军陈榕门先生》注〔三〕。

〔一一〕辅志弊谋：语出《周礼·秋官·小司寇》："小司寇摈以叙进而问焉，以众辅志而弊谋。"意即：小司寇揖请他们依次进前而接受王的征询，用众人的智慧辅助王的思虑而进行谋断。

〔一二〕赵营平请屯田之疏：赵营平，即西汉名将赵充国，因其受封营平侯，故称。赵充国长年在西北边境与匈奴、羌、氐作战，汉宣帝神爵元年（前61），他向朝廷上书，建议防事变于未然，提出了"以兵屯田"的主张。

〔一三〕房太尉谏东征之表：房太尉，即初唐名臣房玄龄，因其卒后追赠太尉，故称。《资治通鉴》卷一百九十九："玄龄谓诸子曰：'吾受主上厚恩，今天下无事，唯东征未已，群臣莫敢谏，吾知而不言，死有余责。'乃上表谏。"

〔一四〕捉刀：替别人代笔作文。

〔一五〕四朝：袁枚生平历经康熙、雍正、乾隆、嘉庆四朝。

〔一六〕悒悒（yì）：愁闷不乐。无俚：百无聊赖。列子好游：《列子·仲尼》："初，子列子好游。壶丘子曰：'御寇好游，游何所好？'列子曰：'游之乐所玩无故。人之游也，观其所见；我之游也，观其所变。游乎游乎！未有能辨其游者。'"

〔一七〕宋子、齐姜：西周、春秋时，宋国公室姓子，齐国公室姓姜。宋子、齐姜，即公侯之女。《诗经·陈风·衡门》：“岂其取妻，必齐之姜？……岂其取妻，必宋之子？”

〔一八〕终温且惠：语出《诗经·邶风·燕燕》，温和而恭顺的意思。

〔一九〕湔（jiān）裙：旧俗正月元日至月底，士女酹酒洗衣于水边，传说可以避灾度厄，洗掉晦气。贽（zhì）：古时初次求见人时所送的礼物。

〔二〇〕道韫：即东晋女诗人谢道韫。班昭：又名姬，字惠班，扶风安陵（今陕西咸阳东北）人。东汉女史学家、文学家，史学家班彪之女、班固之妹，十四岁嫁同郡曹世叔为妻，后世亦称曹大家。

〔二一〕夏侯：或指夏侯胜，字长公，宁阳侯国（今山东宁阳）人。官至太子太傅，年九十卒于官。瓜李之嫌：比喻处在嫌疑的境地，这里指袁枚与其众女弟子之关系而言。

〔二二〕刘尹：即东晋清谈家刘惔，因其尝任丹阳尹，故称。婵娟：这里是美女的代称。詈（lì）：骂。

〔二三〕《湖楼请业》之图：乾隆五十七年（1792）与六十年（1795），袁枚与其女弟子两次在杭州西湖聚会。第一次聚会后，袁枚请画家尤诏、汪恭合写《十三女弟子湖楼请业图》。

〔二四〕扫眉才子之集：即袁枚编刻的《随园女弟子诗选》。扫眉才子，旧指有才华的女子。

〔二五〕鸿：书信的别称。

〔二六〕金闺：闺阁的美称。

寄徐榆村〔一〕

前在吴江〔二〕，蒙敦三代之交，隆情厚币，重叠颁来，感谢之忱，一言难尽。惟是老人欲为尊公立传者〔二〕，慕尊公一代豪杰，为之立传，可与拙集中之王侯将相并传千秋。非徒不朽尊公，亦欲借尊公以不朽其自家之文也。意必有奇方妙药，如史册中之华陀、许颖宗〔三〕，可喜可愕之事，俾我铺张，教人传诵，亦可以启发后学，补救苍生。不料寄来节略〔四〕，仅取尊公自记数端，而于奇难大证、活人方法，一字不提，想因尊公医案太多，不能记忆故邪？抑薄医为小道〔五〕，故舍其小者，而存其大者邪？不知古今来，至德要道，莫大于医。神农创之，黄帝、岐伯继之〔六〕，其救天下万世之功，在尧、舜、皋、夔之上〔七〕。何也？尧、舜虽圣，不得天下，无能为也；皋、夔虽贤，不遇尧、舜，亦无能为也。若夫华陀、许颖宗之徒，虽僻处草茅，随时随地皆可展经纶而立功德〔八〕。子贡所谓“博施济众”，孔子云“仁者己欲立而立人”〔九〕，正此之谓。

尊公一匹夫耳，蒙圣天子两次征召，所以隆宠之者，为其医也，非为其能治水利，能通音律，能解形家言也〔一〇〕。君子素其位而行，“不在其位，不谋其政”〔一一〕。为尊公立传，当以医为本主，而将治水、审音诸事附及之〔一二〕，使宾不夺主位，然后可以传吾文，并传尊公也。不然，如华陀、许颖宗诸公，岂舍医外竟无一才一艺之可传哉？史官略而不书，知所轻重故也。

二十年前，仆与薛一瓢交好〔一三〕。一瓢亡后，仆欲为之立传，故向其孙寿鱼征其所治医案〔一四〕。寿鱼答云：“先祖耻以医名，故讳之。”但寄其晚年与苏抚陈文恭公讲性理编语录来，欲自附于周、程、张、朱之后〔一五〕。仆始而惊，继而欲呕。因告之，以得千百个之伪程、朱，不如得一个之真华陀、许颖宗也。为此，不为立传，但作《祭一瓢文》〔一六〕，叙述交情。而从此一瓢朽矣，不传矣，岂不可为长叹哉？

愿足下一雪此言〔一七〕，将令祖尊公一生救难扶危之案，记忆二三，录出寄来，以便构思奋笔。异日九原相逢，彼此必相视而笑，莫逆于心也〔一八〕。

注释

〔一〕徐榆村：即徐爔（1731—1807），字鼎和，又字榆村，号种缘，别署种缘子、镜缘主人，江苏吴江（今苏州市吴江区）人。以医名，又通音律，工词曲。有《镜光缘传奇》《写心杂剧十八种》等传世。

〔二〕前在吴江：乾隆五十九年（1794）冬，袁枚在江苏吴江小住，与徐爔过从。此信应写于该年年底或翌年年初。

〔二〕尊公：对他人父亲的敬称。这里指徐爔之父、清代名医徐大椿（1693—1771），原名大业，字灵胎，晚号洄溪道人，江苏吴江人。尝官太医院供奉，赠儒林郎。生平所撰医书之单刻本极多，并被汇纂为《徐氏医书六种》《徐灵胎医略六书》《徐氏医书八种》《徐灵胎十二种全集》《徐灵胎医学全书》《徐灵胎医书三十二种》等丛书行世。卒后，袁枚为作《徐灵胎先生传》，收入《小仓山房文集》卷三十四。

〔三〕华陀、许颖宗：均为古代名医。

〔四〕节略：概要。这里指徐大椿行状的概要。

〔五〕薄：轻视。

〔六〕岐伯：传说中的上古医圣。南宋罗泌《路史·疏仡纪·黄帝》载："古有岐伯，原居岐山之下。黄帝至岐见岐伯，引载而归，访于治道。"今传《黄帝内经·素问》多以黄帝询问、岐伯作答的形式，阐述医学理论。

〔七〕皋、夔：指皋陶和夔。皋陶，舜时刑官。夔，舜时乐官。

〔八〕经纶：整理蚕丝。比喻筹划、处理国家大事，也指治理国家的抱负和才能。

〔九〕"子贡所谓"句：语出《论语·雍也》："子贡曰：'如有博施于民而能济众，何如？可谓仁乎？'子曰：'何事于仁，必也圣乎！尧舜其犹病诸！夫仁者，己欲立而立人，己欲达而达人。能近取譬，可谓仁之方也已。'"

〔一〇〕形家：以相度地形吉凶，为人选择宅基、墓地为业的人，又称堪舆家。

〔一一〕素其位而行：语出《礼记·中庸》"君子素其位而行，不愿乎其外。"意即安于现在所处的地位，并努力做好应当做的事情。不在其位，不谋其政：语出《论语·泰伯》。

〔一二〕本主：主干，主要。审音：辨别音调。

〔一三〕薛一瓢：即薛雪（1679—1770），字生白，号一瓢，别号牧牛老朽、扫叶山人、槐云道人、磨剑道人，江苏吴县（今苏州）人。生平所撰医书颇多，刊刻行世者即有《医经原旨》《温热条辨》

《薛生白医案》《薛氏医案》等。

〔一四〕寿鱼：即薛雪之孙薛鏻。《小仓山房文集》卷十九有《与薛寿鱼书》一文，系袁枚为薛鏻羞于提及薛雪医名而作的劝谏之文。

〔一五〕苏抚陈文恭公：即陈弘谋。他于乾隆二十三年（1758）四月至二十七年（1762）十月间任江苏巡抚。周、程、张、朱：指宋代理学家周敦颐、程颐、程颢、张载、朱熹。

〔一六〕《祭一瓢文》：袁枚为薛雪所撰祭文，收入《小仓山房文集》卷十四。

〔一七〕雪：除去。

〔一八〕九原：犹言九泉、黄泉。莫逆于心：语出《庄子·大宗师》，指心中没有抵触，情感一致，心意相投。

寄奇中丞〔一〕

去冬，枚作吴会之游，除夕前四日才回白下，见案上有公手书，尚在喀尔乌苏时发也〔二〕。慰诲殷勤，如闻謦欬，以为两人分位悬殊，而野叟拳拳，时唱“泥忆云”之曲，疑陆法和所谓“前生有香火因缘”之故〔三〕，枚不以为然。

孟子曰：“无是非之心，非人也。”〔四〕有是非，便有恩怨，豪杰之士，恩怨分明。枚僻处山中五十年矣，恩多怨少，然如公之恩，枚则有出于寻常意计之外者〔五〕。一切见待光景，都在《仓山诗文集》中〔六〕。日暮年衰，丝毫未报，而公又远在穷边绝塞之天。枚所以叠有声诗寄呈左右者，实由今世之公，诱其天良；并非前世之枚，预能修到也。闻叶尔羌路虽远而官甚尊〔七〕，事不繁而地甚富。将军总管，颇可拥炉饮酒，猎罢歌诗。未知传闻之言，其果然否。

枚今年八旬有二，以公赐印计之，又作丁巳第六岁老人矣〔八〕。更有乐事为公告者：客冬在苏州时〔九〕，蒙公侍者翁、徐、王三少年过访，见枚如见主人。彼此排日开筵，招花置酒，临别时犹依依不舍，捧杖追舟，送出关外〔一〇〕。有是哉！唐颖士只有萧家一仆〔一一〕，而公家乃有秦国三良〔一二〕，想见大君子平日之熏陶教诲，定非偶然。兼知古人夸令史风裁之好，因在张令门墙十年〔一三〕；郑康成家牛触墙，皆成八字〔一四〕。史册所传，定非虚语。兹将赠三舍人诗，及从前怀公而未寄之诗，一齐录出，托江宁那将军奉寄〔一五〕。茫茫万里，区区一心，雁若有知〔一六〕，飞当早到。

注释

〔一〕奇中丞：即奇丰额。此信写于嘉庆二年（1797），奇丰额时任叶尔羌办事大臣。

〔二〕去冬：即嘉庆元年（1796）冬。吴会：见卷三《与书巢》注〔一六〕。白下：南京的别称。喀尔乌苏：清代新疆地名，约在今新疆乌苏市一带。

〔三〕慰诲：安慰教诲。謦欬：借指谈笑、谈吐。泥忆云：泥在地，袁枚自喻；云在天，代指奇丰额。陆法和所谓“前生有香火因缘”：见卷五《答明我斋参领》注〔一一〕。

〔四〕无是非之心，非人也：语出《孟子·公孙丑下》。

〔五〕意计：意料。

〔六〕《仓山诗文集》：即袁枚《小仓山房诗文集》。

〔七〕叶尔羌：清代新疆地名，约在今新疆莎车一带。

〔八〕丁巳：即嘉庆二年（1797）。

〔九〕客冬：去年冬天。

〔一〇〕招花：这里应是招揽歌妓的意思。关外：门外。

〔一一〕唐颖士只有萧家一仆：见本卷《寄张讱斋观察》注〔六〕。

〔一二〕秦国三良：指春秋中期秦穆公的三个贤臣奄息、仲行、针虎。秦穆公死后，杀三人以殉葬。古人认为《诗经·秦风·黄鸟》即秦人为悼念三良、讥刺秦穆公而作。

〔一三〕“古人夸令史”句：见卷六《答补山中丞》注〔一〇〕。

〔一四〕郑康成家牛触墙，皆成八字：郑康成，即东汉末年经学大师郑玄，康成其字。传说因其学识渊博，家中的牛也受到影响熏陶，而能识字。

〔一五〕舍人：亲信或门客的通称。江宁那将军：指时任江宁将军那奇泰。江宁将军，为清代统领江南驻防八旗军兵的最高统帅。那奇泰于乾隆六十年（1795）十二月至嘉庆三年（1798）间任此职。

〔一六〕雁：书信的比喻说法。

寄陈东浦方伯〔一〕

除夕前四日，接书二封，雒诵之余，恍如亲炙〔二〕，喜何可支！且闻荣调苏州〔三〕，为之欣跃〔四〕。譬如曝春阳者〔五〕，近一分则受一分之暖；望明月者，高一寸则多一寸之光。山中餐霞之野老，尚且如斯，则吴下望泽之官民〔六〕，益可想见。但未知皖江交代，何时清楚；路过白门〔七〕，何时再见。鹄立以望〔八〕，中心拳拳。

来谕知枚致石君尚书一札〔九〕，竟未收到，并云"尚书甚相推重，当无开罪处"云云，则公尚未悉枚所以致书之意矣。石君先生，一代大儒，海内有数人物。其爱枚也，发于中心之诚，故有箴规之言。如良医治病，未切病处，故不得不布露所畜〔一〇〕，以表区区。所谓士屈于不知己，而伸于知己也。前书托常镇观察查公寄去〔一一〕，而至今未到，想被洪乔沉没邪〔一二〕？抑查公嫌枚书太戆，故代为匿下以全交邪〔一三〕？是不但不知枚，并不知朱公也。昔者孔子至圣，而子路侍侧，时时不悦，时有诤言。虽夫子有"野哉！由也"之斥〔一四〕，而卒许其升堂〔一五〕，不挥之于门外者，何也？盖君子和而不同，不妨各言尔志〔一六〕。枚以子路事圣人者事朱公〔一七〕，有何不可，而必代为之讳匿邪？况天下之义理无穷，理愈辨而愈明，见解愈充而愈阔；是以周公大圣，召公大贤，尚不相悦〔一八〕，同在圣门而游、夏交相讥〔一九〕，同讲性理而孟、荀不相合〔二〇〕，皆不失为贤人君子，何必拘拘然隐情匿己，自类寒蝉也哉〔二一〕！

后世好人同己，而恶人异己者，莫如王荆公〔二二〕。东坡规之云〔二三〕："天下名花芳草，其色香各不相同，故足贵也。若夫瓦砾之场，一望黄茅白苇，遍地皆同，则亦人人践踏之矣。"至哉言乎！韩昌黎爱重阳城，故作《诤臣论》以规之〔二四〕，是亦欲治城之病，而未切脉情者也。然其后城能手裂白麻〔二五〕，名震天下，终不屑答昌黎一札，是则城之高，而枚所不及者也。然韩论只规城之一身，而朱公来书则有关他人之名节，使枚不得不哓哓为多言之徒〔二六〕。故特录前稿加一信，求补致朱公。

注释

〔一〕陈东浦方伯：即陈奉滋。此信应写于嘉庆二年（1797）初，陈奉滋时任江苏布政使。

〔二〕雒（luò）诵：反复诵读。亲炙：亲身受到教益。

〔三〕荣调苏州：嘉庆元年（1796）十一月，陈奉滋由安徽布政使调任江苏布政使。江苏布政使驻扎于苏州，故袁枚称其"荣调苏州"。

〔四〕欣跃：高兴地跳跃。

（五）曝（pù）：晒。

〔六〕吴下：即苏州。泽：恩泽，恩惠。

〔七〕白门：南京的别称。

〔八〕鹄（hú）立：语出《后汉书·袁谭传》。像鹄一样引颈而立，形容盼望等待。

〔九〕石君尚书：即朱珪。

〔一〇〕布露：展示。

〔一一〕常镇观察查公：即查淳，顺天宛平（今北京）人。贡生，乾隆五十八年（1794）四月起任江苏常镇道道员。

〔一二〕洪乔：典出《世说新语·任诞》："殷洪乔作豫章郡，临去，都下人因附百许书函。既至石头，悉掷水中，因祝曰：'沉者自沉，浮者自浮，殷洪乔不能作致书邮。'"意即不可信托的寄信人。

〔一三〕戇（gàng）：傻，鲁莽。全交：保全、维护交谊或友情。

〔一四〕野哉！由也：语出《论语·子路》。意即：真粗野啊，仲由（子路其字）。

〔一五〕卒许其升堂：典出《论语·先进》：“子曰：‘由之瑟，奚为于丘之门？’门人不敬子路。子曰：‘由也升堂矣！未入于室也！’”卒，最终。堂，正厅。室，内室。先入门，次升堂，最后入室，比喻学习的各个阶段。

〔一六〕和而不同：语出《论语·子路》：“子曰：‘君子和而不同，小人同而不和。’”各言尔志：语出《论语·公冶长》：“颜渊、季路侍。子曰：‘盍各言尔志？’”

〔一七〕朱公：即朱珪。

〔一八〕“周公大圣”句：周公、召公均为西周初年重臣。周武王死后，即位的周成王年幼，周公乃代为摄政，二人为此不和。事见《尚书·君奭》《史记·燕召公世家》等。

〔一九〕游、夏交相讥：子游、子夏均为孔子弟子。二人互相讥刺事，见《论语·子张》：“子游曰：‘子夏之门人小子，当洒扫应对进退则可矣。抑末也。本之则无，如之何？’子夏闻之，曰：‘噫！言游过矣!君子之道，孰先传焉？孰后倦焉？譬诸草木，区以别矣。君子之道，焉可诬也。有始有卒者，其惟圣人乎？’”

〔二〇〕同讲性理而孟、荀不相合：孟子主性善说，荀子主性恶说。

〔二一〕寒蝉：噤若寒蝉之意，形容不敢作声。

〔二二〕王荆公：即王安石，因其受封荆国公，故称。

〔二三〕东坡：即苏轼，东坡其号。

〔二四〕韩昌黎爱重阳城，故作《诤臣论》以规之：阳城（736—805），字亢宗，定州北平（今河北完县）人。《旧唐书·列传第一百四十二》载其曾被唐德宗召为谏议大夫，初至京师，时人认为他不慕名利，必能以死奉谏官之职。但阳城不愿进谏，反而经常与其弟日夜痛饮。人们不理解其行为，纷纷讥刺他，于是韩愈乃撰写《诤臣论》规劝阳城。

〔二五〕手裂白麻：此为阳城谏阻唐德宗起用裴延龄为宰相事，见《唐国史补》卷上：“阳城为谏议大夫，德宗欲用裴延龄为相。城曰：‘白麻若出，吾必裂之而死。’德宗闻之，以为难，竟寝之。”

〔二六〕哓哓（xiāo）：争辩声。

附　录

谢奇丽川方伯赐裘[一]

枚伏处山中，久不与人间事矣[二]。立春前三日，使者持公名纸来[三]，方知驾莅金陵。枚私心窃喜，恨不作著翅人，飞来趋侍；奈足疾未痊，不能纳履，且知公酬应纷繁，未必有燕寝余闲，与野人话旧，以故踟蹰不前[四]。然钦挹之忱[五]，未尝不心先身也。

蒙赐猞猁一袭，贵重华美。窃思枚自辞官养母之后，荷衣蕙带[六]，四十余年。当时之袨服宫袍，都变作质钱帖子[七]；虽有一二犬羊之鞟，亦是才尽江淹，一毛难拔[八]。今秋为暑痢所累，精神顿差，秋冷先知，冬心在抱。忽然长裘之覆，春自天来；顿教卧雪之身[九]，暖从心起。明知"六十不造屋，七十不裁衣"，古之训也；然而既受格外之恩，合破人间之例，忘其衰老，立唤缝人，放剪张灯，赶成新服，不肯传诸儿辈，叠在空箱，有负仁人之赐。骄其妻妾，群惊野老之忽华[一〇]；恋此蒙茸[一一]，翻怕春寒之易去。虽披一日，足抵千秋。

惟是陶渊明为晋朝高士，乞人一顿食，甘心冥报相贻[一二]。枚贤非靖节[一三]，而爰宠过之，暮景颓光，无时图报。或者佛氏有来生之说，想专为老人受恩者设乎？借此款公[一四]，兼以自欺。《古乐府》云："蟪蛄蒙恩，深愧局促，恩填东海，强衔一木。"[一五]敬为公诵之。

注释

〔一〕奇丽川方伯：即奇丰额。此信或写于乾隆五十四年（1789）秋，奇丰额时任江苏布政使。

〔二〕与（yù）：参与。

〔三〕名纸：古代拜谒时用的帖子。

〔四〕著翅人：见卷五《与广西姚云岫抚军》注〔五〕。趋侍：侍奉。纳履：穿鞋。燕寝：公余休息。野人：自谦之称谓。

〔五〕钦挹之忱：见卷四《寄张有虔先生》注〔一六〕。

〔六〕荷衣蕙带：语出屈原《九歌·少司命》："荷衣兮蕙带，倏而来兮忽而逝。"

〔七〕袨（xuàn）服：美盛的衣服。质钱帖子：当铺的当票。

〔八〕鞹（kuò）：去毛的兽皮。才尽江淹：江淹（444—505），字文通，济阳考城（今河南民权）人。以文章见称于世，晚年才思衰退，诗文无佳句，时人谓之江郎才尽。

〔九〕卧雪：此东汉袁安事。《后汉书·袁张韩周列传》李贤注引《汝南先贤传》载，洛阳连日大雪，很多人因断粮而外出乞食，唯有袁安门前积雪如故。洛阳令问他为何不出门，袁安回答："大雪天气，大家都饥肠辘辘，我不宜出门打搅他人。"后以"卧雪"形容高士生活清贫而有操守。

〔一〇〕骄其妻妾，群惊野老之忽华：《孟子·离娄下》载，齐人有一妻一妾，丈夫每次外出回家后，都向妻妾夸耀有达官贵人请他吃喝。妻子不信，一日跟踪丈夫出门，发现他竟向扫墓之人乞讨残羹剩饭。丈夫则浑然不知，回家后依然向妻妾大吹大擂。

〔一一〕蒙茸：犹蓬松。

〔一二〕"陶渊明为晋朝高士"句：东晋陶渊明《乞食》："衔戢知何谢，冥报以相贻。"

〔一三〕靖节：陶渊明卒后，友朋私谥靖节。

〔一四〕款：款待。

〔一五〕"《古乐府》云"句：唐李白《来日大难》："蟪蛄蒙恩，深愧短促。思填东海，强衔一木。"前二句典出《庄子·逍遥游》："蟪蛄不知春秋。"言其生命短促。后二句典出《山海经·北山经》："炎帝之少女，名曰女娃，女娃游于东海，溺而不返，故为精卫。常衔西山之木石，以堙于东海。"

贺李香林河帅调河东〔一〕

阅邸抄，知尚书调任河东，是大君子不久临莅之地。此番再到，一切决排疏浚〔二〕，如行熟路，如理旧书。堤上甘棠，都是召公之树〔三〕；河渠奏疏，犹存贾让之章〔四〕。天子以为甘露岁星〔五〕，岂可使一方常占？故必令之周流南北，惠泽均沾，而后有慰于圣心耶。

当此彤彤徂暑，百渎安澜〔六〕，尚书一路领春，八驺命驾〔七〕，公余之暇，有景必书，知锦囊佳句，又岂止“树树鸟相语，山山水上看”而已耶？既驾轻而就熟，自扢《雅》以扬《风》〔八〕，抵任以来，乐可知也。

惟是枚卅年仰止，才得瞻韩〔九〕。裴令公见和之诗〔一〇〕，尚笼壁上；陶太尉所贻之札〔一一〕，都是手书。樽前之笑语未终，江上之旌旗又去。枚年衰路远，不能缱绻从公，后会何时，中心纡郁〔一二〕！然而山中明月，本无常照之光；天上春风，自有重来之日。只望金陵有幸，玉节降临〔一三〕，开谢安幕府之山〔一四〕，领温峤丹阳之郡〔一五〕。枚虽老矣，必学龙丘苌挈杖携儿〔一六〕，迎慈云于境上焉〔一七〕。

注释

〔一〕李香林河帅调河东：李香林河帅，即李奉翰。河帅，清代河道总督的别称。李香林尝于乾隆四十五年（1780）二月与五十四年（1789）二月，两次由南河总督调任东河总督，这里指后一次。此信应写于乾隆五十四年（1789）夏。

〔二〕决排疏浚（jùn）：四种治水方法。决，堵。排，泄。疏，通。浚，导。

〔三〕堤上甘棠，都是召公之树：见卷九《答陈药州中丞》注〔一二〕。

〔四〕河渠奏疏，犹存贾让之章：《汉书·沟洫志》载，汉哀帝时，待诏贾让上疏，提出治河上、中、下三策。

〔五〕甘露岁星：古人以天降甘露为太平的瑞兆。岁星，即木星。岁星十二年运行一周，比喻朝廷大吏调任各地。

〔六〕彤彤：通红貌。这里形容天热。徂（cú）暑：盛暑。渎：本意是水沟，亦泛指河川。

〔七〕尚书：李奉翰于乾隆四十八年（1783）五月获兵部尚书、右都御史衔。八驺（zōu）：古代达官贵人出行，有八卒骑马前导，称八驺。命驾：吩咐人驾车，也指乘车出发。

〔八〕扢（jié）《雅》以扬《风》：犹言品评诗文。扢，颂扬。

〔九〕瞻韩：典出唐李白《与韩荆州书》："生不用封万户侯，但愿一识韩荆州。"久欲相识的意思。

〔一〇〕裴令公见和之诗：令公，唐朝对中书令的尊称。裴令公即中唐名相裴度，因其曾任中书令，故称。裴度晚年留守东都洛阳，与白居易、刘禹锡等唱酬甚密，为洛阳文事活动的中心人物。

〔一一〕陶太尉：即东晋名将陶侃，因其曾任太尉，故称。

〔一二〕中心：心中。纡郁：犹抑郁。

〔一三〕玉节：这里指持节赴任的官员。

〔一四〕开谢安幕府之山：幕府山，在今南京城西北长江南岸，传说东晋元帝渡江后，丞相王导建幕府于此，因而得名。谢安是东晋名相，这里将李奉翰与之相比拟，并希望他能来南京为官。

〔一五〕领温峤丹阳之郡：温峤（288—329），字泰真，一作太真，太原祁县（今山西祁县）人。东晋名将，先后参与平定王敦、苏峻叛乱等役，官至骠骑将军、江州刺史，封始安郡公。东晋时丹阳郡辖域包括今南京在内，这里同样是表达希望李奉翰来南京为官的意思。

〔一六〕龙丘苌（？—24）：会稽郡吴县（今苏州）人，西汉末年隐居于会稽龙丘山。《后汉书·循吏列传》载其笃志高洁，多次被委任官职，均辞谢不受。更始元年（23），任延出任会稽都尉，礼聘龙丘苌。丘苌应召，不久病逝。任延亲临殡殓仪式，并为之停止办公三天。从此，郡中贤士大夫争相入仕。这里将自己比作龙丘苌，将李奉翰比作任延。

〔一七〕慈云：佛教语。这里用来指李奉翰。

答赵味辛[一]

近今海内才人，仆省识大半，要如足下之有坚实本领，无丝毫客气者，目中不少概见[二]。隔一衣带水，欲晤为难，忽接手书，注怀老物。感知己之爱，觇古人之风[三]，可胜额手？

枚今年七十有四矣，夏间为暑所累，病痢月余。近虽痊可，而脾气大伤[四]，饮食滞留，碍难消化。医者道命门火衰[五]，当以参蓍补之。鄙意草木可以活人，则神农至今不死矣。《唐书》载贾敦颐不肯服药，曰："良医不治老。"[六]孔子所慎斋、战、疾，然而泰山其颓之时，不闻子贡为之延医，子夏为之和药也[七]。且曰："及其老也，戒之在得。"[八]所谓得者，非徒贪财、贪爵位之谓，贪长生不死，是亦得之宜戒者。况枚虽不屑，已加圣人一年，长释迦三岁[九]，尚何不足于心哉？逝者如斯，委化任怀，听之而已[一〇]。来札云："人生贵适意，修短有数，岂区区人力所能挽回？明知高谈伤气，而兴之所到，有所不恤。"[一一]与老人见解相符，可谓一点灵犀，心心相印矣。至于不贪进取，含光隐耀，善刀而藏[一二]，则尤是审时度势之真英雄，佩服，佩服！竹初明府擅"郑虔三绝"之才[一三]，小试烹鲜，奉身而退，真吉人哉[一四]！仆尚嫌其略迟耳。

拙刻《新齐谐》[一五]，妄言妄听，一时游戏，故不录作者姓名，无暇校勘，谰言误字，不一而足，乞示知以便改正。寄来三条，容当续上。

注释

〔一〕赵味辛：即赵怀玉。此信写于乾隆五十四年（1789）。

〔二〕省（xǐng）识：犹认识。客气：这里指言行虚矫，不真诚。

〔三〕觇（chān）：看，窥视。

〔四〕脾气：脾脏之病。

〔五〕命门：指右肾，中医认为是性命攸关之处。火：与风、寒、暑、湿、燥合称六淫，中医认为系致病根源之一。

〔六〕“《唐书》载贾敦颐不肯服药”句：《新唐书·列传第一百二十二》：“贾敦颐，曹州冤句人。贞观时，数历州刺史。……永淳初致仕，病笃，子孙迎医，敦实不肯见，曰：‘未闻良医能治老也。’卒，年九十余。”

〔七〕孔子所慎斋、战、疾：见卷七《答钱竹初》注〔四〕。泰山其颓：见卷七《答钱竹初》注〔八〕。延：请。和药：调制药物。

〔八〕及其老也，戒之在得：见卷七《答法时帆学士》注〔一五〕。

〔九〕“枚虽不屑”句：圣人指孔子，卒年七十三岁。释迦即佛教始祖释迦牟尼，卒年七十一岁。袁枚作此信时七十四岁，故云加圣人一年、长释迦三岁。

〔一〇〕逝者如斯：语出《论语·子罕》。委化：随任自然的变化，后引申为死的委婉说法。

〔一一〕修：长。恤：忧虑。

〔一二〕善刀而藏：见卷二《答鱼门》注〔九〕。

〔一三〕竹初明府：即钱维乔。郑虔三绝：唐郑虔擅长书画，又工诗，曾自写其诗并画以献，唐玄宗大署其尾曰：郑虔三绝。后世因以赞誉人诗书画皆精妙。

〔一五〕小试烹鲜：语出《老子》第六十章：“治大国若烹小鲜。”后以烹鲜比喻治国之道。奉身：养身，守身。吉人：有福之人。

〔一六〕《新齐谐》：即袁枚的志怪小说集《子不语》，后更名《新齐谐》。

与汪顺哉世妹[一]

今岁清和之月[二]，小住西湖。蒙诸女士不弃衰颓，香车问字，钗光峦翠，照耀书楼，如织女诸星，环聚于老人星侧[三]。忽见世妹惊鸿飞下，对客挥毫，以咏絮之才，写簪花之格[四]。补玉台之新咏，独擅风华；领金屋之群仙，自成馨逸[五]。非闻《诗》闻《礼》于秋御先生[六]，如切如磋于弱藻母氏[七]，其能为乐之至于斯乎？且一时彩伴，都是四代通家，有如武夷君下世，逢人可唤曾孙[八]。无瓜李之嫌疑，有瑶池之聚会[九]。一一载之《云仙杂录》《真话灵篇》[一〇]，诚千秋盛事也！

老人因彤彤徂暑，不克久留。次日走别君家，又蒙小叔、大郎，分班出见，留其茗饮，馈以珍羞[一一]，以女弟子之称，易丈人行之号[一二]。昔汉之夏侯胜传经于长信宫中[一三]，本朝毛西河授诗于昭华女子，至今士论荣之。以古较今，于斯为盛[一四]。所惜者，仆七十之年，又加其五，夕阳虽好，红不多时，再到故乡，未知何日，思之黯然！惟望郎君丹桂一枝，蟾宫早折[一五]；世妹花钗三树，朵殿颁来[一六]。使仆逖听风声，距跃三百[一七]，是则拳拳于怀，而当以瓣香默祝者也[一八]。带归诗稿，都已加墨，择尤佳者，梓入《诗话》中[一九]，得凤之一毛、麟之一角，已足增辉彤管矣[二〇]。

寄上书扇一柄，《湖楼即事》诗求世妹和之，转致令继母程夫人、令妹讳妕者和之，即交碧梧世妹处寄来[二一]。随诸君兴之所到，不必拘原韵，亦不必拘十二首之数也。

注释

〔一〕汪顺哉世妹：即汪妽，字顺哉，浙江钱塘（今杭州）人。袁枚女弟子。乾隆五十五年（1790）春，袁枚有杭州之游，返回江宁前，于四月十三日招汪妽、孙云凤、孙云鹤、张秉彝、徐裕馨等十三位女弟子聚会于西湖，号称湖楼之会。袁枚此信应作于其自杭州返回江宁后的一段时间。

〔二〕清和之月：春末夏初时节。

〔三〕问字：见卷三《寄房师邓逊斋先生》注〔一〇〕。老人星：又名南极老人星，民间称之为寿星。这里袁枚用以自指。

〔四〕咏絮之才：东晋谢道韫以"柳絮因风起"比拟白雪纷纷，事见《世说新语·言语》。簪花之格：唐张彦远《法书要录》卷二载南朝梁袁昂《古今书评》："卫恒书如插花美女，舞笑镜台。"后称书法娟秀工整者为簪花格。

〔五〕补玉台之新咏：南朝徐陵辑《玉台新咏》十卷，所收多为有关宫廷生活、男女艳情之作。馨逸：这里形容诗文美妙飘逸。

〔六〕闻《诗》闻《礼》：语出《论语·季氏》："陈亢退而喜曰：'问一得三，闻《诗》闻《礼》，又闻君子之远其子也。"秋御先生：即汪妽之父汪绳祖，字亢宗，号秋御，浙江钱塘（今杭州）人。有《松石斋吟稿》。

〔七〕如切如磋：语出《诗经·卫风·淇奥》："有匪君子，如切如磋，如琢如磨。"弱藻母氏：即程慰良，字弱藻，江苏嘉定（今上海市嘉定区）人。汪绳祖继室。有《吾土轩稿》。这两句指汪妽得到父亲汪绳祖与继母程慰良的指导与熏陶。

〔八〕彩伴：女伴。通家：世代有交谊之家。武夷君：传说中武夷山的山神。最早见于《史记·封禅书》，汉武帝时即已受祭祀。

〔九〕瓜李之嫌疑：见卷九《答朱石君尚书》注〔四〇〕。瑶池：传说中西王母居住的地方。

〔一〇〕《云仙杂录》：即《云仙杂记》，亦作《云仙散记》，旧题唐末五代人冯贽撰，或以为是宋王铚伪作。

〔一一〕馈：馈赠。珍羞：珍奇名贵的食物。

〔一二〕丈人行（háng）：语出《史记·匈奴列传》："（单于）乃自谓：'我儿子，安敢望汉天子；汉天子，我丈人行也。'"系对长辈的尊称。

〔一三〕汉之夏侯胜传经于长信宫中：夏侯胜为西汉经学名家，尤精于《尚书》学。汉宣帝即位初，权臣霍光命其以《尚书》教授太后。后迁长信少府，赐爵关内侯。事见《汉书·眭两夏侯京翼李传》。

〔一四〕本朝毛西河授诗于昭华女子：见卷五《答孙碧梧夫人》注〔一二〕。于斯为盛：语出《论语·泰伯》。

〔一五〕丹桂一枝，蟾宫早折：科举时代以月中折桂比喻考中进士。

〔一六〕花钗三树，朵殿颁来：这里指母以子贵，受到诰封。花钗，即花钿，妇女首饰。三树，犹三株。朵殿，殿的东西侧堂。

〔一七〕逖听风声：见卷九《答陈药州中丞》注〔一三〕。距跃三百：见卷三《与书巢》注〔二〕。

〔一八〕瓣香：古以拈香一瓣，表示对他人的敬仰，称瓣香。

〔一九〕《诗话》：即《随园诗话》。

〔二〇〕彤管：语出《诗经·邶风·静女》，笔的代称。

〔二一〕《湖楼即事》：应即袁枚《庚戌春暮，寓西湖孙氏宝石山庄，临行赋诗纪事》十二首，收入《小仓山房诗集》卷三十二。令继母程夫人、令妹讳妕者：分别指汪妕的继母程慰良与妹汪妕。碧梧世妹：即孙云凤。

图书在版编目(CIP)数据

小仓山房尺牍详注 / (清) 袁枚著 ; 夏勇注释. — 杭州 : 浙江古籍出版社, 2020.11（2022.7重印）

（尺牍经典）

ISBN 978-7-5540-1765-4

Ⅰ. ①小… Ⅱ. ①袁… ②夏… Ⅲ. ①书信集—中国—清代 ②《小仓山房尺牍》—注释 Ⅳ. ①I264.9

中国版本图书馆CIP数据核字(2020)第120788号

小仓山房尺牍详注

〔清〕袁 枚 著　夏 勇 注释

出版发行 浙江古籍出版社（杭州市体育场路347号）

电话：0571-85176986　邮编：310006

网　　址 https://zjgj.zjcbcm.com

责任编辑 沈宗宇

封面设计 吴思璐

责任校对 吴颖胤

责任印务 楼浩凯

照　　排 浙江时代出版服务有限公司

印　　刷 浙江新华印刷技术有限公司

开　　本 850mm × 1168mm　1/32

印　　张 18.125

字　　数 505千字

版　　次 2020年11月第1版

印　　次 2022年7月第2次印刷

书　　号 ISBN978-7-5540-1765-4

定　　价 89.00元